Stefanie Hasse

Heliopolis · Magie aus ewigem Sand

Stefanie Hasse

HELIOPOLIS

Magie aus ewigem Sand

Für [illegible]!
Möge die Magie
dir Hoffnung
schenken.

Stefanie Hasse

Loewe

Für dich.
Denn auch du bist Teil dieser Geschichte.

FSC
www.fsc.org
MIX
Papier aus verantwortungsvollen Quellen
FSC® C014496

ISBN 978-3-7432-0092-0
1. Auflage 2018

Dieses Werk wurde vermittelt durch die
Michael Meller Literary Agency GmbH, München
Umschlagfoto: BokehStore/shutterstock.com, MillaF/shutterstock.com,
givaga/shutterstock.com
Umschlaggestaltung: Ramona Karl
Printed in Germany

www. loewe-verlag.de

Teil 1

Heliopolis, 19. Nisannu 6996 nach Atum

Bis zu meinem sechzehnten Geburtstag hat mich mein Vater vor jeglichem Unheil bewahren können. Nun sitze ich allein in einem der größten Zimmer des Palastes und frage mich, wie es nur so weit kommen konnte. Wen ich erzürnt haben muss, dass mir nur noch dieser eine Ausweg bleibt. Morgen Vormittag werde ich mich mit meiner besten Freundin auf eine Reise begeben, an deren Ende der Tod auf uns wartet. Selbst mein Vater, der Herrscher der Letzten Stadt, hat dieser Option zugestimmt, weil er dem Hohen Rat der Wissenden auch keine andere Lösung präsentieren konnte.

Vom Flur dringt ein dumpfes Geräusch zu mir herein, gefolgt von einem Fluchen.

Ich kann es ihm nicht sagen, solange ich nicht selbst verstehe, wie es so weit kommen konnte.

Es ist absurd. Vor drei Tagen war ich noch die Prinzessin, die zukünftige Herrscherin von Heliopolis. Heute bin ich eine Todgeweihte.

In meinen Gedanken reise ich zurück. Zu dem Tag, der für mich einfach alles veränderte. Dem Tag meiner Initiation.

1

Zwei Tage zuvor: 17. Nisannu 6996 nach Atum

Möge die Magie dir Hoffnung schenken.« Ich wiederhole die Inschrift der hellen Säule wie ein Mantra, während ich ihre glatte Oberfläche berühre. Keine Maschine hätte diese Perfektion erreichen, kein Laser den aus dem Sand dieser Welt erschaffenen Stein so bearbeiten können. Es war Magie, die den Tempel und alles in ihm hervorgebracht hat, es ist Magie, die uns am Leben hält. Doch wie sollen wir auf die Magie vertrauen, wenn sie sich von uns abwendet, sich schleichend, aber dennoch spürbar entfernt? Ich sehne mich nach der Hoffnung, die für jeden Bewohner der Letzten Stadt in der Magie liegt. Die Hoffnung auf eine Zukunft, auf ein Überleben.

Meine Finger gleiten die Rundung der Säule entlang und weiter über die raue Wand, in die sie übergeht, während ich mich zum wiederholten Mal zu der vollständig aus Glas bestehenden Wand des Raumes bewege. Die Aussicht auf die Stadt zu meinen Füßen lässt mich leichter atmen. Ich fühle mich wie in einem Gefängnis. Getrennt von allen anderen. Allein um in mein Innerstes zu blicken, ehe mir der Diĝir meine Gabe schenken und mir damit meine künftige Aufgabe zuweisen wird.

Ich weiß nicht, warum ich solche Angst davor habe, vor den *Seelenspiegel* zu treten. Ich werfe einen Blick über meine Schulter, die achtstrahlige Sonne meines Kopfschmucks baumelt dabei vor meiner Stirn hin und her und erinnert mich mit jeder Bewegung daran, welcher Tag heute ist. Als könnte ich das vergessen.

Der mondlichtfarbene Schimmer des Seelenspiegels an der Wand zu meiner Linken, umgeben von den Mosaiken der acht großen Häuser, scheint mich zu sich zu rufen. Doch ich bin noch nicht bereit.

Statt zum Spiegel zu gehen, wende ich mich wieder dem Fenster zu und blicke auf das Geschehen im Amphitheater weit unter mir. Von Stunde zu Stunde huschten mehr Bedienstete, Priester und Vertreter jedes Hauses durch das steinerne Rund. Jetzt, da sich die Sonne langsam hinter der Stadtmauer versteckt, geht die Unruhe von dort unten auf mich über, ganz gleich, wie oft ich den göttlichen Leitspruch wiederhole.

Die Vorbereitungen sind beinahe abgeschlossen, die oberen Ränge heben sich mit ihren wehenden Tüchern und Farben von denen der restlichen Bevölkerung ab. Die roten Banner des Herrscherhauses Geb flattern im Wind, der in Heliopolis allgegenwärtig ist, und ich meine, das Rascheln der Palmblätter – ihr stetiges hohles Kratzen beim Aneinanderreiben – bis hier oben hinter dem dicken Glas der Tempelfront zu hören. Vielleicht steckt in diesem Glas mehr Magie als in jedem anderen Gebäude dieser Stadt. Nie zuvor habe ich mir so viele Gedanken um Magie gemacht. Trotz der allgegenwärtigen Hitze überzieht eine Gänsehaut meine Unterarme und lässt die aufgemalten Initiationszeichen uneben wirken.

Ich verfolge, wie vier in Orange gekleidete Feuerbändiger

des Hauses Tefnut die Fackeln rund um den Platz entzünden. Man sieht sofort, welcher von ihnen die größte Begabung besitzt. Das Feuer der grauhaarigen Frau besteht aus so vielen einzelnen Farben, wie ich es noch nie zuvor gesehen habe. Gebannt verfolge ich den Tanz ihrer Flamme, einem wahren Kunstwerk. Alle anderen Elementare erhellen nur den Platz gleichmäßig. Deren Feuer lebt nicht, es existiert nur. Sie haben nur ihre Aufgabe erledigt. Werde ich beim nächsten Ritual vielleicht eine von ihnen sein?

Ich schlucke.

Die ersten rhythmischen Trommelschläge ertönen. Sie rufen die Bewohner der Stadt zum Ritual. Es wird Zeit, in mein Innerstes zu blicken. Doch anstatt zum Seelenspiegel zu gehen, starre ich auf die mir gegenüberliegende Wand. Wie auch die beiden anderen Wände des Vorbereitungsraumes ist sie von Formwandler-Magie durchtränkt. Sobald ich hinschaue, erscheinen lebende Bilder, vor Jahrtausenden erschaffen, die zeigen, was seither geschehen ist. Riaz hat mir einmal erzählt, wie unbegreiflich mächtig ein solcher Zauber sein muss. Heute besitzt niemand mehr eine so große Macht.

Ich verfolge die einfach skizzierten Menschen, die gerade mit Waffen aufeinander losgehen. Eine sehr vereinfachte Darstellung der Kriege, die den Planeten zerstört haben. Kurz darauf verschwinden die Menschen wieder im Stein und ich sehe den Untergang der Erde. Das, was in den großen Religionen der Erdbewohner oft Sintflut genannt wird und nahezu die gesamte Menschheit dahingerafft hat, sieht hier so harmlos aus. Drei gewellte Linien, die über die Erde ziehen. Über ihnen steigt ein einfaches Dreieck auf. Die *Atum*. Das Schiff, das zu jener Zeit die letzten Magiebegabten evakuiert hat, um unser aller Überleben zu sichern.

Die Bilder ziehen sich für einen Moment in die Wand zurück. Wie immer halte ich den Atem an, als das Dreieck der *Atum* auf einem neuen Kreis erscheint und wie aus dem Nichts eine Stadt entsteht, während die *Atum* verblasst.

Zuerst der Tempel. Er schraubt sich aus dem Sand heraus weit nach oben wie eine gewundene Treppe, die nach unten hin immer breiter wird. Aus dem untersten Bogen wachsen die acht Türme der großen Häuser. Der größte von ihnen gehört dem ausgestorbenen Haus Isis, dem ehemaligen Herrscherhaus. Er trägt kein Zeichen, bleibt daher lediglich ein Umriss auf dem hellen Sandstein der Wand. Mit Erscheinen der Insignie der Täuscher, dem geöffneten Auge, auf dem Turm des Herrscherhauses beginnt der ganze Turm rötlich zu schimmern, in der Hausfarbe meines Vaters. Die Doppelspirale der Formwandler bildet sich auf dem blauen Turm des rangnächsten Hauses Nut, noch ehe der schwarze Turm von Haus Seth in die Höhe wächst und das Om der Emotionskontrollierenden erscheint.

Das Erwachsen der Stadt aus dem Spiegel scheint einen Augenblick zu pausieren, dann leuchtet der Turm mit der Flamme der Elementare des Hauses Tefnut orangefarben auf. Es folgt der weiße Turm mit der Triskele der Seher, jener Begabter, die für die Initianten den Seelenspiegel vorbereiten. Der vorletzte Turm erwacht mit dem Zeitglas des Hauses Osiris und färbt sich gelb, ehe als Letztes der Skorpion des Hauses Schu auf dem kleinsten Turm erscheint, der sogleich in grünes Licht getaucht ist.

Die Farben der Häuser strahlen von ihren Türmen aus bis in den letzten Winkel der Wand. Die Stadt gleicht nun einem vielfarbigen Kuchen, der in acht Stücke unterteilt ist. Acht Bezirke, in denen Menschen jedes Ranges leben. Als der Stadtkern nach oben wächst, legt sich das Gefühl von Willkür und Ungerechtigkeit schwer über meine Schultern. Die Spaltung der Menschen von Heliopolis, das Gefälle zwischen jenen, die nah am Tempel wohnen, weil sie Magie in sich tragen, und jenen, die im Schatten der Stadtmauern leben, weil sie nahezu unbegabt oder ganz ohne Magie im Blut sind, wird immer größer. Selbst die Stadtmauer, die bis auf den Tempel alle Gebäude der Stadt an Höhe übertrifft, erscheint noch vor den Randbezirken, obwohl wir ohne die Felder der Oasen und die Menschen, die dort arbeiten, nicht überleben könnten. Ebenso wenig wie ohne das untere Haus Tefnut, dessen Elementare unsere Felder bewässern. Und dennoch besitzen Täuscher wie mein Vater seit dem Aussterben von Haus Isis die größte Macht in der Stadt. Mithilfe seiner Gabe könnte der Herrscher jeden Bewohner gegen seinen Willen dazu bringen, ihm zu dienen. Er kann Formwandlern des Hauses Nut, den für mich am meisten beeindruckenden Magiern, weil sie tatsächlich etwas erschaffen können, befehlen, seine Wünsche zu erfüllen, indem er ihnen vortäuscht, dass sie es für sich, aus eigenem Antrieb tun. Haus Seth kann lediglich die Emotionen beeinflussen und die Gefühle lenken, um dies zu erreichen. Einem Trugbild vor Augen jedoch kann niemand widerstehen.

Das Bild der skizzierten Stadt wird kleiner und kleiner. Doch auch aus der Ferne sind die acht Türme des Tempels unverwechselbar. Zu jener Zeit trug unsere Stadt den Namen *Dilmun* noch voller Überzeugung. Sie war lange Zeit die prachtvollste Stadt auf ganz Heliopolis, das *Paradies*. Was danach geschah, zeigen die Bilder nicht: wie *Dilmun* zur Letzten Stadt wurde und wie unsere Mission, die Erde zu erneuern, und der Wunsch, eines Tages nach Hause zurückkehren zu können, bislang unerfüllt geblieben sind. Die Letzte Stadt ist nicht länger das Paradies, sondern das letzte Manifest menschlichen Lebens in dieser Welt.

Ich seufze. Niemand, nicht einmal mein Vater oder seine Gelehrten, hat mir je alle Antworten gegeben. Ich weiß nicht, ob sie es nicht wollen oder nicht können. Für mich jedenfalls befindet sich in unserer Geschichte ein großes Loch, in das ich jedes Mal stürze, wenn ich mich ihrem Kern zu nähern versuche.

Die Trommelschläge erheben sich wieder über der Stadt. Der zweite Ruf zum Ritual. Die nächsten Schläge werden meine Zeremonie eröffnen.

Ich kann es nicht weiter aufschieben, daher schließe ich die Augen und hole ein letztes Mal tief Luft, lasse den Rhythmus der Trommeln meinen gesamten Körper durchdringen, ehe ich mich vom Fenster abwende und langsam auf den Seelenspiegel zugehe. Das Symbol des Diĝirs auf meiner Stirn reflektiert das bläulich weiße Licht des Spiegels. Je näher ich trete, desto weißlicher wirken meine sonst goldenen Haare. Wie ich angewiesen wurde, streiche ich über das Mosaik der Insignie meines Vaters. Das sehende Auge des Herrscherhauses Geb. Die Fläche des Spiegels wird immer heller, bis ich geblendet blinzle und meine Vorbereitung beginnt.

Ich glaube so vieles nicht, an das die Älteren glauben oder was sie uns erzählen; zu oft durchschaue ich die Lügen, die Vater dem Volk erzählt. Erzählen *muss*, wie er immer behauptet. Dennoch überkommt mich eine tiefe Ehrfurcht für die Gründer unserer Stadt, als ich, nachdem das grelle Licht verblasst ist, anstelle meines Spiegelbildes die Letzte Stadt im Seelenspiegel sehe. Ich zucke zusammen, als ein lauter Gongschlag den Spiegel zum Erzittern bringt und aus dem nun unscharfen Bild der Stadt etwas Neues entsteht.

Die ersten Angehörigen von Haus Nephthys haben den Seelenspiegel erschaffen, um die Initianten daran zu erinnern, wer sie sind. Nicht einmal mein Vater, der Herrscher von Heliopolis, weiß, was ich heute zu sehen bekomme. Das Bild vor mir klärt sich.

Meine erste Station führt mich zum Markt.

Riaz und Yasmeen haben mich vorgewarnt, und dennoch bin ich nicht auf die Bilder vorbereitet, die nun vor meinen Augen erscheinen. Ich sehe mich selbst in einem Alter von vielleicht fünf oder sechs Jahren. Die kleine Akasha springt zwischen den bunten Ständen umher, streift die farbigen Tücher und atmet den vertrauten Geruch nach den verschiedensten Früchten und Kräutern ein.

Eine Stimme ruft nach ihr und sie wendet sich lächelnd um. Meine Mutter ist die schönste Frau, die ich je gesehen habe. Mein junges Ich strahlt jetzt über beide Ohren, während mich all die widersprüchlichen Gefühle, die ich mit meiner Mutter verbinde, zu ersticken drohen.

»*Amira*, bringst du das dem Jungen dort drüben?« Sie reicht der kleinen Akasha lächelnd ein in Tuch gewickeltes Päckchen. Der Duft nach frischem Brot steigt aus ihm hervor. Mein junges Ich dreht sich in Richtung ihres Blickes. An der Mauer der Zitadelle, die auf einer Seite den Markt begrenzt, lehnt ein dürrer Junge an der Wand, dessen dunkle Locken in alle Richtungen abstehen. Seine verschlissene Tunika ist ihm viel zu groß, sie rutscht ihm über die Schulter und legt kantige Knochen frei, wie ich sie bis dahin nie außerhalb des Heilzentrums, in dem die Älteren den Körper erforschen, gesehen habe. Der Junge gleicht einem Skelett.

Um seine Augen liegen dunkle Schatten. Sein Gesicht ist schmutzig. Vater hätte es niemals geduldet, dass ich mich so in der Öffentlichkeit zeige, und das weiß mein jüngeres Ich. Die Kleine drängt sich an die Hüfte der Mutter und verbirgt sich hinter dem weichen gelben Rock, den diese zu ihrer roten Tunika trägt. Sie will nicht zu dem Jungen gehen.

»Akasha«, meine Mutter geht in die Hocke und sieht meinem jungen Ich direkt in die Augen. »Du brauchst keine Angst zu haben. Der Junge ist wie du.«

Die Kleine presst die Lippen fest zusammen und schüttelt den Kopf, während sie an Mutter vorbei einen weiteren Blick auf den Jungen wirft. Auf seine spitzen Knochen, die Schrammen und Flecken überall auf seiner Haut und seiner Kleidung.

»Du hast das Glück, im Palast aufzuwachsen. Doch das hat nicht jeder. Du kennst die Geschichte dieses Jungen nicht. Vielleicht sind seine Eltern gestorben. Vielleicht haben sie aber auch keine Arbeit gefunden, mit der sie die Familie ernähren können. Nicht alle Häuser kümmern sich um die Familien in ihren Bezirken so wie dein Vater und ich.«

In diesem Moment blickt der Junge auf. Seine Augen klären sich. In ihnen steckt so viel Entbehrung, dass selbst mein junges Ich begreift, dass es zu viel ist für ein Kind. Und dennoch lächelt er sie schüchtern an. Nicht voller Neid auf ihre schönen Kleider. Es ist auch nicht das aufgesetzte Lächeln mancher Kinder der oberen Häuser, die schon sehr früh gelernt haben, wie man sich draußen zu verhalten hat. Nein, es ist ein ehrliches Lächeln, das mein junges Ich ebenfalls lächeln lässt.

Die kleine Akasha nimmt Mutter das Brot ab. Dann zögert sie.

Ohne das aufmunternde Nicken meiner Mutter wäre ich vielleicht nie zu ihm gegangen, hätte niemals seine Geschichte erfahren oder verstanden, was wirklich in der Stadt passiert. All die Dinge, die von einer kleinen Prinzessin ferngehalten werden. Der Junge mit den wilden Locken hat sie mir gezeigt. Und mit einem ehrlichen Lächeln mir gegenüber hat er das Leben seiner Familie für immer verändert.

Ich war von da an beinahe täglich auf dem Markt, habe ihm und manchmal auch anderen Kindern Essen gebracht, habe mich mit ihnen unterhalten und Vater so lange bedrängt, bis die Eltern des Jungen in unseren Bezirk umziehen durften und von Vater auf den Feldern angestellt wurden. Von da an sind wir gemeinsam aufgewachsen. Meine Mutter hatte für die Ausnahme gekämpft, dass Malak und meine beste Freundin Yasmeen gemeinsam mit den Kindern aus dem Palast unterrichtet wurden. Gemeinsam mit mir, Dante, dem Sohn von General Leemal Letos, und Riaz Deimos, dem Sohn der einflussreichsten Familie der Stadt. Fünf Kinder eines Jahrgangs, aus denen fünf Jugendliche wurden, die sich in unterschiedliche Richtungen entwickelt haben. Nach der heutigen Zeremonie würde auch die Letzte von ihnen erwachsen sein.

Trotz der Anspannung des heutigen Tages lächle ich. Stolz darauf, die Tochter von Herrscherin Lenora zu sein, auch wenn das der Rest der Stadt wohl nicht so sieht.

Als hätte ich das nächste Bild mit meinen Gedanken heraufbeschworen, verschwindet die Marktkulisse im Spiegel und wird zu meinem Kinderzimmer, das vor Gold, Silber und Seide überall funkelt. Doch ich weiß genau, dass nicht der Reichtum dieses Raumes den Spiegel bewogen hat, diese Erinnerung heraufzubeschwören, sondern die Geschichten, mit denen meine Mutter diesen Raum füllte. Ich sehe mein junges Ich und die Herrscherin Lenora, wie sie das Volk nie zu Gesicht bekommt: ohne die prunkvollen Gewänder und all den Schmuck, der sie als Königin auszeichnet. Hier bei mir ist sie einfach nur eine liebevolle Mutter, die ihre Tochter fest an sich drückt, während mein junges Ich gebannt ihren Worten folgt, die in meinem Kopf zu Bildern werden.

»Es war einmal ein kleines Mädchen …« So begann jede ihrer Geschichten. Es gab keinen Abend, an dem sie keine Geschichte erzählt hätte, weshalb ihr Verschwinden nicht nur ein Loch in meinem Herzen hinterlassen hat. Noch heute warte ich jeden Abend auf ihre Geschichten.

»Wir sind alle gleich, Akasha. Und niemand sollte sich über den anderen stellen. Wir brauchen jeden in dieser Stadt. Egal, ob er das Glück hatte, in eine begabte Familie geboren zu sein oder nicht.«

So oft kehren diese Worte in meinen Kopf zurück. Immer wenn Yasmeen und ich zusehen müssen, wie Menschen von den Soldaten abgeführt werden, obwohl ihnen kaum etwas vorgeworfen werden kann. Ich tue, was ich kann, um Mutters Aufgabe fortzuführen, aber es wird immer schwieriger.

Dabei frage ich mich wieder und wieder, ob sie es damals schon wusste. Ob sie davon Kenntnis hatte, dass sie nicht mehr lange bei mir bleiben würde. Ob sie deshalb ihren Rat, den ich später noch so oft gebrauchen würde, in ihren Märchen versteckte.

All das, was ich über Lenora Themis gehört habe, wie oft mir auch gesagt wird, was sie Schlimmes getan habe, ändert nichts daran, dass sie meine Mutter ist und ich nur schöne Erinnerungen an sie habe.

Während das Spiegelbild der Erzählstunden verblasst, zupfe ich mein Halstuch zurecht, das einzige Stück, das mir von ihr geblieben ist, und kehre vollständig in die Gegenwart zurück. Ich habe das Tuch heute Morgen nicht ausgewählt, weil das mit Silber und Kristallen durchwirkte Gewebe so gut zu der knöchellangen weißen Tunika meines Zeremoniengewandes passt, auf die ich nun hinabsehe, sondern weil ich meine Mutter in diesem wichtigsten Moment meines Lebens dabeihaben will. Die Erinnerungen an sie, die der Spiegel mir gezeigt hat, haben mich gestärkt. Sie haben mich nicht nur daran erinnert, wer ich bin, sondern auch, wo ich herkomme.

So wie sie mir gezeigt haben, dass ich an meinen Plänen festhalten muss. Dass es mehr braucht als ein paar helfende Neu-Erwachsene, die sich um die Hungernden der Stadt kümmern.

Ich sehe wieder in den Spiegel und erhasche einen Blick auf zwei Figuren, die die Stadtmauer hinaufklettern.

Mit einem Lächeln auf den Lippen reise ich in meinen Erinnerungen nur wenige Wochen in die Vergangenheit zurück. Im Spiegel trage ich eine breite Hose aus Seide, die beinahe aussieht wie ein Rock, darüber meine liebste Tunika mit Stickereien, die Riaz für mich ins Gewebe gearbeitet hat. Die völlig falschen Kleider für eine Kletterpartie.

»Kann es sein, dass du Hilfe brauchst, Ash?« Riaz' Stimme klingt amüsiert, und ich kann mir das Schmunzeln um seine Lippen genau vorstellen, auch wenn ich mich gerade auf jeden Tritt konzentrieren muss. Meine Arme brennen vom Klettern, meine Hände schmerzen von dem Griff in die schmalen Löcher, die Riaz mit seiner Magie für uns in die Stadtmauer geformt hat.

»Ich brauche keine Hilfe«, keuche ich, während ich mich

immer weiter nach oben ziehe. Eine Hand nach der anderen, die Füße rücken nach. Nur noch wenige Meter, dann habe ich es geschafft.

Ein Schatten fällt über mich, Riaz' blaue Augen strahlen mich an. Direkt hinter der Hand, die sich mir entgegenstreckt.

»Sei nicht so stur«, sagt er. Doch ich lehne ab und arbeite mich weiter Loch für Loch nach oben. Als ich an der Mauerkante ankomme, rückt er zurück und macht mir Platz.

»Das sollten wir öfter machen«, sage ich erleichtert, als ich mich neben ihn fallen lasse. Unsere Blicke sind nach draußen gerichtet. Die Sonne streift bereits die höchsten Dünen des ewigen Sandes, der sich vor dem Horizont ausbreitet.

»Verbotenerweise die Stadtmauer hochklettern?«, erwidert er mit diesem neckenden Unterton in der Stimme. Ich sehe ihm zu, während er es sich auf der schmalen Mauer, so gut es geht, bequem macht.

»Nur zu Trainingszwecken.«

»Natürlich.« Er lacht auf, ehe er mit gespielter Enttäuschung hinzufügt: »Und ich dachte, du würdest mich einfach öfter sehen wollen.«

»Wieso sollte ich das wollen?«, spiele ich mit.

»Selbstverständlich nur, um unsere Pläne auszuarbeiten. Was dachtest du denn?«

Ich kann das Grinsen nicht mehr zurückhalten. »Ich würde nie an etwas anderes denken als an unsere Pläne.« Die so leicht dahergesagten Worte erdrücken mich nahezu mit ihrem Gewicht.

Ich beiße die Zähne zusammen. Die Luft scheint sich binnen Sekunden abzukühlen, als ich mich nicht länger von Riaz' hübschem Gesicht ablenken lasse und mich der Welt jenseits der Stadtmauer zuwende. In der untergehenden Sonne werfen die Pyramiden lange Schatten, die sich bis zur Mauer erstrecken. Sie erheben sich wie verschieden große Felsen überall aus dem Sandmeer rund um die Stadt. Wann immer ich sie vom Palastturm des Hauses Geb aus sehe, sind sie mir ein Rätsel. Meine Gedanken verdüstern sich und mein Lächeln erlischt endgültig.

Mein Vater hat mir damals erzählt, dass dort unsere Ahnen begraben liegen. Eine Tradition, die wir vor vielen Generationen auch auf die Erde gebracht haben, als die Neuformung des Planeten abgeschlossen war und nach dem ersten Fehlschlag in Mesopotamien eine Expedition zum heutigen Ägypten reiste. Damals dachte die Bevölkerung von Heliopolis, dass wir es geschafft hätten, dass es nicht mehr lange dauern würde, ehe wir zurückkehren könnten. Nach all den Jahrtausenden der Neuschaffung des Planeten. Doch unsere Siedler auf der Erde verloren allmählich ihre Magie, die *Götter*, die dabei geholfen hatten, aus dem Nichts eine Hochkultur zu erschaffen, starben aus, gerieten in Vergessenheit, und das, was die Siedlung Ägypten ausmachte, ging zusammen mit der Hoffnung auf einen Neubeginn verloren.

Die Versuche wiederholten sich in den Siedlungen in Mexiko, später in Griechenland und in Italien. Mit jeder Generation verlor unser Volk aufs Neue seine Magie, und zurück blieben nur Trümmerhaufen einer Hochkultur und Erinnerungen an Gottheiten, die nie existiert hatten.

Seither reisen wir nur noch selten auf die Erde. In jeder Generation gibt es eine Gruppe Forscher, neue Denker, neue Begabte, die versuchen herauszufinden, weshalb sich die Menschen auf der Erde so verändert haben. Warum sie uns bekämpfen, anstatt uns wie früher mit offenen Armen zu empfangen. Und jedes Mal kehren nur wenige von diesen

Expeditionen zurück. In der Stadt wird erzählt, dass die Menschen auf der Erde längst nicht mehr so friedliebend sind wie damals. Es toben unentwegt Kriege, sie leben nicht mehr im Einklang mit dem Planeten. Sie selbst haben Waffen erschaffen, die sie alle töten könnten. Waffen, die mächtiger sind als unsere Magie. Dem Klatsch auf dem Markt zufolge hassen sie das Unbekannte, sehen alles Fremde als Bedrohung – und wollen unsere Macht für sich.

Der Sand erhebt sich vor meinen Augen wie ein erwachendes Monster und begräbt die Pyramide, die ich eben noch betrachtet habe. Dafür legt er im selben Atemzug eine andere, kleinere frei. Wie viele von ihnen mögen dort draußen wirklich existieren?

»Ash?« Riaz' Hand gleitet über meinen Unterarm, seine Finger verschränken sich mit meinen. »Wir werden nach draußen gehen und das Geheimnis lüften«, sagt er, ohne dass ich aussprechen muss, was in mir vorgeht. »Schließlich sind sie Teil unserer Pläne.«

Ich lache freudlos auf. »Die Pläne von fünf Kindern.«

»Die Pläne der zukünftigen Herrscherin von Heliopolis«, erwidert Riaz. »Die Stadt weiß, was sie an dir hat. Sieh dir Malaks Familie an. Ohne dich wäre er nicht mit uns aufgewachsen.«

Ich schüttle den Kopf und denke an die Wissenden des Hohen Rates. »Nicht jeder will mich in der Zitadelle sehen.«

Für einen winzigen Moment wird er ganz ernst, ehe er sich wieder fasst. »Und diese Zweifel wirst du ausräumen, wenn der Diĝir dich erwählt. Vor einigen Monaten haben wir darauf gehofft, dass ich die Insignie des Hauses Nut bekomme, und was ist geschehen?«

Ich nicke. »Du trägst die Insignie des Hauses Nut.«

»Also«, fährt Riaz fort, »dann wirst du das Zeichen des Hauses Geb erhalten, so einfach ist das.«

Seine Worte muntern mich tatsächlich auf. Wenn ich die Insignie meines Vaters erhalten würde, könnte ich gemeinsam mit Riaz regieren. Wir könnten weit mehr bewirken, als den Kindern Essen zu geben. Wir beide hätten Zutritt zur großen Bibliothek der Wissenden und könnten an der Seite der Gelehrten nach Lösungen suchen, frischen Wind in das eingestaubte Denken bringen. Sie alle sind so fest von der Macht des Diĝirs und dem Gott der Alten Welt überzeugt, dass sie noch immer nicht die Möglichkeit in Betracht ziehen können, dass uns dieser *Gott* verlassen hat und seine Gaben schwinden.

Meine Mutter war nicht wie sie, und daher bin ich auch nicht so gottesfürchtig aufgezogen worden, wenngleich mein Vater es nicht gerne hört. Ich aber wollte immer wie meine Mutter sein und nicht wie die anderen. Mit der Insignie des Geb könnte ich all diejenigen überzeugen, die bisher an mir zweifeln und nur auf den alten Gott und seine Weisungen vertrauen. Ich schlucke und bringe meine Gedanken zurück in die Gegenwart, als mich Riaz fragt: »Wollte Yasmeen nicht auch kommen?«

Ich zucke mit den Schultern. »Sie hatte bereits etwas anderes vor«, antworte ich wie jedes Mal, wenn sie uns versetzt. Ich habe mir vorgenommen zu warten, bis sie sich mir öffnet und endlich erzählt, was sie lieber macht, als sich mit ihrer besten Freundin und einem ihrer ältesten Freunde zu treffen – so oft haben wir schließlich nicht mehr die Gelegenheit dazu, seit alle – außer mir – ihrer zugewiesenen Arbeit nachgehen. Aber langsam werde ich ungeduldig. Ich habe mir vorgenommen, sie bald darauf anzusprechen.

»Das wird schon wieder.« Riaz zieht mich an sich, streicht mir sanft über den Oberarm. Ich hoffe, dass seine Worte wahr werden.

»Nun aber zu etwas ganz Wichtigem«, er pausiert so lange, bis ich ihn neugierig ansehe. »Ich kann mich da an eine gewisse Sache kaum mehr erinnern«, schelmisch sieht er mich aus seinen tiefblauen Augen an.

»So?«, frage ich, obwohl ich genau weiß, worauf er hinauswill. »Der Kuss«, sagt er nur.

»Welcher Kuss?«, erwidere ich wie bei dem Treffen, das auf unseren ersten Kuss im Schatten der Zikaden des Palastgartens folgte. Vor Nervosität hatte ich kaum vollständige Sätze zustande gebracht. Bis zu jenem Kuss waren wir nur Freunde gewesen, zwei junge Menschen, die Seite an Seite aufgewachsen waren.

Dass mehr daraus geworden war, hatten wir zunächst gar nicht gemerkt. Bis zu Riaz' Zeremonie sahen wir uns all die Jahre täglich, und seine Nähe war für mich so selbstverständlich, dass ich kaum wahrnahm, wie sehr ich sie genoss. Doch als er dann bei der Zeremonie das Zeichen des Hauses Nut erhielt und seine Ausbildung beginnen musste, sahen wir uns kaum noch.

Erst kurz vor Yasmeens Zeremonie sind wir uns wieder allein begegnet. Aus dem hageren Jungen war ein schmaler, aber durchtrainierter junger Mann geworden. Sein Dreitagebart und die kurz geschnittenen dunkelbraunen Haare brachten sein markantes Gesicht besser zur Geltung, aber seine Augen strahlten mich an wie eh und je. Und doch war in ihnen auf einmal ein neues Leuchten. Etwas, das für ein schwereloses Gefühl in meinem Bauch sorgte und meinen Puls zum Rasen brachte.

Unwillkürlich fasse ich an mein Handgelenk und fühle die schnellen Schläge unter meiner Haut, während Riaz sich räuspert. Er hat alle Mühe, ernst zu bleiben. »Ich kann mich gar nicht mehr daran erinnern, wie es sich angefühlt hat. Du solltest meine Erinnerung auffrischen.« Seine blauen Augen verdunkeln sich und das altbekannte Kribbeln rast meinen Rücken hinab. Ich weiß nicht, wie das möglich ist. Riaz besitzt nicht die emotionskontrollierende Gabe des Hauses Seth – und dennoch schafft er es, meine Gefühle von einem zum anderen Moment zu entflammen.

Seine Lippen öffnen sich leicht, er kommt mir jedoch nicht näher.

»Du hast recht«, sage ich lässig, während mein Puls weiterrast. »Ich bräuchte auch dringend eine Auffrischung.«

Riaz grinst, während er sich endlich vorbeugt, seine Lippen zärtlich über meine streifen und sich sein Atem, der wie immer nach den mentholhaltigen Blättern des Sandkrauts schmeckt, mit meinem mischt. Ich lausche meinem pochenden Herzen und seinem stockenden Atem. Auch nach all der Zeit könnte ich mich in Riaz' Augen verlieren, und selbst die federgleiche Berührung seiner Finger an meiner Wange fühlt sich an wie Wasser für einen Verdurstenden, als bräuchte mein Körper Riaz zum Überleben.

Ich wende mich nur widerwillig vom Spiegel ab und glaube seine Lippen noch immer auf meinen zu spüren. Plötzlich räuspert sich jemand direkt neben mir und ich stoße vor Schreck einen leisen Schrei aus.

2

17. Nisannu 6996 nach Atum

Deine Erinnerungen scheinen weit interessanter zu sein als meine vor sechs Monaten.«

Ich höre sie lachen und muss mich ihr nicht einmal zuwenden. Meine Wangen werden heiß, als hätte man mich auf frischer Tat ertappt. Es ist nicht verboten, jemanden vor der Initiation zu küssen – im Gegensatz zu weiterführendem Körperkontakt, der rein zum Zeugen von Nachwuchs da ist und durch unser hohes Ziel, den Fortbestand der Magie zu sichern, strengen Regeln unterworfen ist. Doch es fühlt sich unangenehm an, wenn über einen getuschelt wird.

»Yasmeen?« Nun sehe ich zum Hologramm meiner besten Freundin hinüber und kann nicht fassen, dass sie sich tatsächlich über das Kommunikationsverbot hinweggesetzt hat und das Holo verbotenerweise für private Zwecke verwendet. Nach unserem Gespräch am Vortag hätte ich damit wirklich nicht gerechnet.

»Wer denn sonst?« Sie hebt ihre Arme und dreht sich einmal im Kreis. Ihr helles Gewand mit der grünen Stickerei auf dem breiten Gürtel flattert um sie, ihre heute weißen Haare fallen sanft über ihre durchtrainierten Schultern. Bis gestern waren sie noch blasslila. Seit sie Soldatin ist, nutzt sie die

Dienste der Formwandler der Kaserne, die eigentlich an Tarnungen arbeiten, oftmals für private Zwecke. Doch nicht nur ihr Haar hat sich seit ihrem Antritt verändert. An ihren unbekleideten Armen und Schultern zeichnen sich Muskeln ab, und obwohl wir gleich groß sind, komme ich mir in ihrer Gegenwart klein vor. »Mehr als das Holo war aber nicht drin«, entschuldigt sie sich. Ich freue mich dennoch so sehr über ihre Anwesenheit, dass es mir egal ist, ob ich nur ihr Hologramm oder sie selbst bei mir habe.

»Willst du mir berichten, was du im Spiegel gesehen hast?« Das Hologramm flackert ein bisschen, so als würde die Magiezufuhr gleich zusammenbrechen. »Es hat garantiert etwas mit dem hübschen Formwandler zu tun, der sich ständig bei uns in den Kasernen herumtreibt, anstatt für die Energieversorgung der Stadt zu sorgen oder die Gebäude zu sanieren, hab ich recht?«

Ich lache über Riaz' treffende Beschreibung. Er sorgt tatsächlich lieber dafür, dass unsere Soldaten bestens ausgerüstet sind, wenn sie auf Außeneinsätze gehen, und beteiligt sich an der Entwicklung von Waffen, mit denen wir uns gegen die Erdmenschen verteidigen können, sollten die Schreckensszenarien, die die Rückkehrer der Expeditionen prophezeien, wahr werden.

»Könnte sein«, antworte ich so beiläufig wie möglich.

Das Hologramm läuft jetzt wieder ganz ruhig, sodass ich Yasmeens breites Grinsen wahrnehme. »Ich glaube, dann will ich es besser doch nicht hören. Bist du schon aufgeregt?«

Ich werfe ihr einen eindeutigen Blick zu, der keiner weiteren Antwort bedarf.

»Ihr habt mir diese dämliche Frage vor einem halben Jahr auch gestellt, weißt du noch?«, erklärt sie augenzwinkernd.

»Ich musste mich einfach revanchieren.« Das hatten wir tatsächlich. Riaz, Malak und ich haben uns hier in diesen Raum geschlichen und mächtig Ärger bekommen, als man uns dabei erwischt hat. *Verraten hat*, geistert es durch meinen Kopf. Aber Yasmeens Dankbarkeit war es wert. Die Ablenkung tat ihr gut. Wie mir jetzt.

»Du musst dir nicht so viele Gedanken machen, es wird alles gut gehen.« Sie streicht sich eine Strähne aus dem Gesicht, und ihre Armreifen klimpern aneinander, während sie mich energisch aus glänzenden Augen ansieht. Derselbe Ausdruck, mit dem sie mich, Riaz und Malak, ja selbst Dante so viele Male für ihre Ideen begeistert hat, über deren Konsequenzen wir alle heute nicht mehr sehr gerne nachdenken. Das Reinigen der Ställe nach einem spontanen Besuch im Tierhaltungsbezirk ohne die Hilfe von Wasserelementaren war definitiv eine Strafarbeit, auf die ich hätte verzichten können. Ihre Gefühle sind ansteckend, waren es, seit ich sie kenne. Ich frage mich immer wieder, ob dem Diĝir mit der Zuteilung der Insignie des Hauses Schu bei ihr ein Fehler unterlaufen ist.

»Du gehst da raus, dein Vater gibt dir den Diĝir, danach verkündet er, dass du das sehende Auge im Nacken hast, und der Traumhochzeit und dem neuen Herrscherpaar steht nichts mehr im Wege.«

Bei ihr klingt es so leicht und ich verziehe den Mund. Ehe ich etwas erwidern kann, hebt sie die Hand und fährt fort: »Riaz wird dich auch heiraten, wenn du zum Haus Seth gehörst, sogar wenn du einem der unteren Häuser zugeordnet wirst. Dein Vater wird schon dafür sorgen, dass ihr die Zustimmung bekommt.« Yasmeen fängt meine verdrängten Sorgen ein und reicht sie mir, in Seide gehüllt, verziert mit einer großen Schleife. Die Sorgen, die mich heute schon den ganzen Tag begleitet haben. Denn die Pläne, von denen Riaz und ich in meiner Erinnerung gesprochen haben, setzen voraus, dass wir im Rat sitzen und Einsicht in die Geheimnisse unserer Vergangenheit erhalten. »Ihr seid wie die namenlosen Liebenden. Ihr werdet euch allen Herausforderungen stellen.« Yasmeen liebt die uralte Geschichte über die verbotene Liebe dieser zwei Personen, die lange vor unserer Zeit gelebt haben sollen. So lange, dass man sich nicht mehr an ihre Namen, wohl aber an ihre Liebe erinnern kann. Ich lächle beim Gedanken daran, wie sie alles überwunden, mit ihrem Zusammenhalt dann sogar ihre Stadt gerettet haben. Sie haben jedem gezeigt, dass es sich lohnt, für die Liebe zu kämpfen.

Yasmeen sieht sich hastig um und ich mache es ihr instinktiv nach. Hoffentlich hat man sie nicht erwischt. Seit die Macht des Diĝirs immer mehr schwindet, darf keine magische Energie mehr vergeudet werden. Es ist daher streng verboten, die Holos privat zu nutzen. Es besitzen nur noch Soldaten wie Yasmeen und die Wissenden des Rates überhaupt die Geräte dafür. Die einzige Ausnahme bildet der kleine Projektor in meinem Ring mit dem Siegel des Geb – damit ich notfalls Hilfe rufen kann, ganz gleich, wo ich bin. Ein Prinzessinnenprivileg sozusagen.

»Ich muss los. Wir sehen uns bei deiner Zeremonie. Ich bin diejenige, die am lautesten schreit.« Ihr Bild wird immer durchscheinender, während sie mir noch einen letzten Blick zuwirft. »Du hast Besuch.«

Ihr Hologramm erlischt vollends, und ich starre stirnrunzelnd an die Stelle, an der sie verschwunden ist. Langsam dringt der frische Geruch von Sandkraut in meine Nase.

Ich drehe mich zur Tür um, doch dort ist niemand. Mit zusammengekniffenen Augen durchsuche ich den Raum und sehe, wie eine Stelle der lebenden Wand Wellen schlägt, als wäre sie flüssig, und kurz darauf tritt Riaz hindurch.

Ich starre ihn fassungslos an.

»Du scheinst ja sehr erfreut, mich zu sehen.« Die Stimme klingt nicht enttäuscht, sondern belustigt. Ich atme tief aus und registriere, dass sich mein Herzschlag selbst nach den vielen Monaten noch immer beschleunigt, wenn ich ihn sehe. Aber vielleicht schlägt mein Herz auch nur so schnell, weil er mich so erschreckt hat.

Riaz war nie dafür bekannt, sich allzu genau an Regeln zu halten – ich hätte es mir denken können. Aber er ist jetzt ein angesehenes Mitglied des Hauses Nut und sollte seine Stellung nicht für mich riskieren. Unser Besuch bei Yasmeen vor einem halben Jahr ist schließlich auch nicht ohne Konsequenzen geblieben. Dante hat uns täglich bei unserem Strafdienst in der Küche beobachtet, weil er die Früchte seines Verrats kosten wollte.

Während Riaz Schritt für Schritt näherkommt, verblasst der große Raum um mich herum, und die Sorgen weichen etwas zurück, als wäre das amüsierte Funkeln in seinen blauen Augen mein persönlicher Schutzschild. Was jedoch nicht bedeutet, dass er nicht vor sich selbst beschützt werden muss.

»Wenn mein Vater dich hier findet, gibt es Ärger. Du solltest gehen.« Natürlich meine ich nicht, was ich da sage, und daher klingen meine Worte auch nicht so überzeugend, wie sie sollten.

»Willst du das wirklich?« Mit einem großen Schritt ist er bei mir und wie immer überwältigt mich seine Nähe. Auch wenn er es mir gegenüber nie ausgesprochen hat, weiß ich, dass er Angebote abgelehnt hat, sich mit einem anderen Haus zu verbinden. Er widersetzte sich den *Empfehlungen* des Herrschers von Heliopolis und stellte sich damit gegen die Häuser, die ihn gerne in ihrer Familie gehabt hätten. Riaz hätte einfach ein Mädchen aus einer der anderen Familien heiraten können. Er schafft es jedoch immer, mir seine Gefühle so deutlich zu machen, dass ich nie ernsthaft darüber nachgedacht habe, ob er diese Entscheidung eines Tages bereuen würde. Bis heute zumindest.

Die Angst, die Worte auszusprechen, lähmt mich.

»Was ist, wenn …«, setze ich an, doch ich komme nicht dazu, mehr zu sagen.

Riaz legt mir sanft den Zeigefinger auf den Mund und schüttelt den Kopf. »Ich weiß, wie es hier drin ist. Vor einem Jahr war ich es, der fast durchgedreht ist und einfach alles infrage gestellt hat.«

Das Schlimmste, was passieren könnte, steht noch immer unausgesprochen zwischen uns.

»Du hast keinen Grund zu zweifeln«, fährt er fort und wischt unsere Angst beiseite. Aber ich habe die kleine Falte auf seiner Stirn gesehen und höre die winzige Unsicherheit in seiner Stimme.

»Es sei denn, du würdest lieber …« Seine plötzliche Hilflosigkeit ist so rührend und unsinnig zugleich, und dieses Mal bin ich es, die ihn nicht aussprechen lässt, worüber er zutiefst erleichtert ist.

Wie konnte ausgerechnet er zweifeln? Er ist der wundervollste Mensch, den ich kenne. Freundlich zu allen, intelligent, humorvoll. Er hat damals keine Sekunde gezögert, für Malaks Familie zu kämpfen, ihnen Arbeit zu besorgen und sie nicht länger von Almosen abhängig sein zu lassen. Er hat mir gute Argumente geliefert, um meinen Vater zu überzeugen. Voller Liebe sehe ich ihn an, und erst jetzt bemerke ich seine

Kleidung, die Uniform für offizielle Anlässe unserer Soldaten: die enge Hose und die Tunika aus weißem Neoferrum mit der darüberliegenden Weste aus hellem Leder, in der die Insignien seines Hauses eingelassen sind. Er sieht so erwachsen aus, so offiziell. Seine Zweifel scheinen ihn auch bei der heutigen Kleiderwahl angetrieben zu haben. Er wirkt regelrecht herausgeputzt, vermutlich weil er weiß, dass Dante es ebenso halten wird. Er sollte mich eigentlich gut genug kennen. Wissen, dass es mir darauf nicht ankommt. Er bemerkt meinen kritischen Blick und antwortet auf meine Gedanken.

»Selbst wenn ich dich wirklich überzeugt habe, gilt das nicht für deinen Vater und die anderen.« Er legt seine Stirn gegen meine. Die Wärme seiner Haut erhitzt den achtstrahligen Stern, der an feinen Kettengliedern zwischen meinen Brauen hängt. Meinen Vater hat Riaz schon längst überzeugt. Er wünscht sich von Herzen, dass ich glücklich bin.

Doch um unsere Verbindung auch als Herrscher gutheißen zu können, gibt es klare Regeln. Wenn ich heute nicht die Insignie des Herrscherhauses empfange, stimmt der Rat über die anderen Kandidaten ab. Von daher ist es vielleicht tatsächlich nicht falsch, die Anwesenden der Ratsmitglieder zu beeindrucken.

Auf Riaz' Gesicht tritt ein nahezu schüchterner Ausdruck und ich werde sofort neugierig. »Ich habe etwas für dich«, sagt er, während er in seiner Hosentasche wühlt, als wäre sie so groß wie die Brunnen des Palastes.

Mit einem triumphierenden Ausdruck zieht er seine Hand nach oben, und zwischen uns baumelt eine zart funkelnde Kette, dünn wie ein paar ineinander verschlungene Haare und im ersten Moment nahezu unsichtbar. Es dauert einen Moment, bis ich den kleinen, schwankenden Anhänger genau ansehen kann. Eine winzige Pyramide, so fein gearbeitet, dass Riaz Stunden damit verbracht haben muss. Ich kenne seine Arbeit, seine Begabung und seine Magie.

Ich nehme das Kunstwerk, das nur in etwa so groß ist wie der Nagel meines kleinen Fingers, zwischen Daumen und Zeigefinger, spüre die Gravur des Symbols, das wir in der Schule als eines der ersten der toten Sprachen der Erde gelernt haben und das uns seither niemals losgelassen hat. Ich bin gerührt, wie er es mit unseren gemeinsamen Plänen verbindet. Das Ankh – das Leben – und all seine Geheimnisse in Form einer Pyramide.

Mit belegter Stimme hauche ich ein Dankeschön, während er die Kette hält und seine Magie die Luft um uns knisternd auflädt. Einzelne Glieder öffnen sich und Riaz legt mir die Kette um und schiebt sie anschließend unter meinen Schal. Beim Einatmen rieche ich Leder, Neoferrum und Sandkraut. Er ist süchtig nach den aus den Blättern des Sandkrauts hergestellten Dragees, die er ständig lutscht, sodass dies sein ganz eigener Geruch ist.

Riaz hebt mein Kinn und drückt mir einen sanften Kuss auf die Lippen.

»Ich werde zu dir halten, Ash. Mir ist es gleich, welches Zeichen du in deinem Nacken trägst, ich werde nach der Zeremonie bei deinem Vater offiziell um deine Hand anhalten.«

Ich reiße die Augen auf und weiche ein Stück zurück, bevor ich mich Riaz in die Arme werfe und ihn so fest drücke, dass ihm die Luft wegbleibt.

Für einen Moment vergesse ich alle Sorgen, während sich in meinem Kopf die perfekte Zukunft entfaltet, die Riaz und ich uns so oft ausgemalt haben. So viele wilde Ideen, die wir verwirklichen wollen, so viele Missstände, die wir gemeinsam verändern könnten, so viele Geheimnisse, die es zu ergründen gibt. Jetzt könnte der Zeitpunkt gekommen sein, den Wolkenschlössern Taten folgen zu lassen. Und nichts kann uns jemals trennen.

»Nun lass mich mal wieder Luft holen«, verlangt Riaz lachend, aber ich denke nicht daran und küsse ihn.

Irgendwann löst sich Riaz sanft von mir. »Es wird Zeit …« Er streicht mir sanft über die Wange, ehe er mir zunickt und direkt auf die Wand zusteuert. Die Luft ist mittlerweile nahezu elektrisch geladen, die Härchen auf meinen Unterarmen richten sich auf. Er muss sehr viel Energie für seine Magie einsetzen, ehe die Wand erneut zu flimmern beginnt und anschließend Wellen schlägt. Riaz tritt mitten hinein und wendet sich mir zu. Mit einem letzten aufmunternden Lächeln in meine Richtung macht er einen Schritt zurück und schließt die Mauer hinter sich.

Von unten erklingen die ersten Trommeln. Ich muss mich bereithalten. Kurz greife ich nach der Pyramide auf meiner Brust, als könnte dieser winzige Anhänger mich vor allem beschützen, und tatsächlich reduziert sich das Tempo meines Herzschlags. Nicht die Magie schenkt mir Hoffnung, wie es in die Säulen dieses Raumes graviert ist, sondern das Vertrauen, das Riaz mir entgegenbringt. Hoffnung auf eine glückliche Zukunft – mit ihm an meiner Seite.

»Prinzessin.«

Bemüht ruhig, um nicht ertappt zu wirken, wende ich mich der Stimme zu und atme sofort erleichtert auf. Malak steht in dem schlichten Kaftan mit der roten Bordüre, dem Zeichen der Dienerschaft meines Vaters, an der Tür – einem leuchtenden Durchgang direkt neben dem Abbild der Letzten Stadt – und verbeugt sich vor mir.

»Seid Ihr bereit?« Er tritt zur Seite und deutet mit der Hand den langen Flur entlang, der stetig nach unten führt, direkt zum Zeremonienplatz.

»Ist man das jemals?«, frage ich zurück und trete neben ihn. Er schüttelt lächelnd den Kopf.

»Und ich habe dir schon ein paarmal gesagt, dass du mich nicht siezen sollst«, setze ich hinzu.

»Ich habe meine Befehle, Prinzessin.« Malaks Gesicht wirkt zerknirscht.

»Wer hat dir die Befehle gegeben? Mein Vater?« Ich balle die Hände zu Fäusten. Malak ist einer meiner ältesten Freunde und wird gezwungen, mir plötzlich als mein Diener gegenüberzutreten. Schlimm genug, dass er seine widerspenstigen Haare, die früher sein ganzes Gesicht umrahmt haben, jetzt immer streng nach hinten kämmen und mit ein paar Fasern bändigen muss, um sie im Zaum zu halten. Ohne seine wilden Locken wirkt er viel älter und ernster. Ich hole tief Luft, sehe ihm fest in die Augen und spreche in dem gebieterischen Prinzessinnentonfall, den man mir versucht hat beizubringen: »Ich befehle dir, mich weiterhin wie einen normalen Menschen zu behandeln.« Um zu unterstreichen, dass sich nichts zwischen uns verändert hat, umarme ich ihn.

Es ist für uns alle ein Schock gewesen, dass er das Leere Zeichen erhalten hat und nur einem der niederen Gewerke nachgehen kann.

»Natürlich, Prin… Akasha.« Malaks Stimme erklingt direkt an meinem Ohr, er drückt mich kurz an sich, ehe er mich ernst ansieht. »Der Befehl kam aber nicht von deinem Vater, sondern von Leemal. Wir sollten jetzt los. Dein Vater wartet nicht gerne.«

Ich werfe noch einen letzten Blick in den Spiegel, der jetzt nur noch mein Abbild zeigt, und verfluche Leemal, den ersten Berater meines Vaters und Befehlshaber über unsere Soldaten, während wir schon Seite an Seite den steinernen Korridor entlanggehen, der in einer Spirale nach unten führt. Tausende von Initianten müssen bereits die vom Hause Tefnut entzündeten Flammen passiert haben, sind den endlosen Kurven gefolgt, die im Kleinen die Spirale des Tempeläußeren wiedergeben. Waren sie voller Hoffnung oder erfüllt von Angst?

Wieder einmal fällt mir der unnatürliche Stillstand der Flammen auf. Feuer sollte wild sein, lebendig, stets in Bewegung. Von den Feuerbändigern wird es dazu versklavt, immer in derselben Form zu bleiben und still sein Licht zu verbreiten. Genauso fühle ich mich oft. Von meinem Vater und dem Volk in eine Form gepresst.

Prinzessin. Dieser Titel bringt mehr Zwang mit sich als Freiheit. Ich bin der Schatten meines Vaters, soll all seine Entscheidungen unterstützen und dabei keine eigene Meinung haben, geschweige denn eigene Entscheidungen treffen. Als offizielle Thronfolgerin wäre das anders. Sollte ich aber nicht das Mal des Hauses Geb oder zumindest das von Nut erhalten, bin ich gezwungen, auf Heiratsangebote zu hoffen, über die dann der Rat der Wissenden abstimmen wird. Ich presse meine Zähne zusammen, als ich daran denke, wer außer Riaz noch das Zeichen der hohen Häuser trägt.

Malak legt sanft seine Hand auf meinen Unterarm. Streng darauf bedacht, die Zeichnungen der Häuser nicht zu verschmieren.

»Es wird alles gut werden, Akasha.«

So oft, wie ich diese Worte heute gehört habe, sollte ich eigentlich daran glauben. Und doch kann ich die Stimme nicht abschütteln, die mir sagt, dass alles anders kommen wird.

3

17. Nisannu 6996 nach Atum

Akasha«, zischt Malak und hält mich zurück. Völlig in Gedanken versunken, wäre ich beinahe direkt durch das Hologramm in die Vorzeremonie geplatzt.

»Danke«, flüstere ich ihm zu.

»Ich an deiner Stelle wäre auch aufgeregt«, sagt er lächelnd.

Die Gesänge der sieben Wissenden, die den Häusern als Oberhäupter vorstehen, werden lauter. Ihre Worte schweben bis zu uns, kommen von mehreren Seiten versetzt, ehe mitten in einem Crescendo plötzlich eine unnatürliche Stille eintritt. Haus Osiris, Wächter über die Zeit, hat gerade den Schall angehalten.

Gänsehaut überzieht meinen Körper. Mit dem Verstummen der Trommeln scheint auch mein Herz ausgesetzt zu haben. Beim Versuch, mich vorsichtig der Holowand zu nähern, um durch die kleinen, zu einem Kunstwerk geformten Löcher zu schauen, bemerke ich, wie ich zittere. Der Druck, der auf mir lastet, ringt mich nieder. Es steht so viel auf dem Spiel.

Malak betätigt einen unsichtbaren Schalter neben der Holowand, und das dekorative Kunstwerk vor uns wird durchlässiger, sodass ich auch von meiner Position aus hindurchsehen kann. Ich werfe ihm ein angestrengtes Lächeln zu – zu mehr bin ich nicht in der Lage – und trete näher.

Mein Vater tritt soeben aus dem Kreis der Wissenden heraus. Als Vertreter des Hauses Geb ist er Herr über den Diĝir.

Erhobenen Hauptes schreitet er zu dem Altar in der Mitte der Arena, auf dem eine Schale in Form des achtstrahligen Sterns ruht: Darin ruht der Diĝir, das magische Gestein, bedeckt mit dem Element, aus dem unser Planet besteht: Sand. Nur aus Sand haben unsere Ahnen nach ihrer Ankunft alles hier erschaffen: den Stein und das Glas der Gebäude und zuletzt das Neoferrum, aus dem wir Maschinen sowie einfache Kleidung herstellen können.

Vaters Seidengewänder flattern in einer lautlosen Brise, vermutlich hervorgerufen durch verbündete Windflüsterer des Hauses Tefnut. Mein Vater überlässt nichts dem Zufall. Jede Zeremonie ist perfekt arrangiert und demonstriert seine Macht und die Loyalität der Häuser absolut überzeugend. In diesen schweren Zeiten braucht er den Rückhalt der anderen großen Familien und auch die des Volkes. Als mein Vater sich, von meinem Standpunkt aus gesehen, vor den Altar stellt und beide Hände über die Schale mit Sand hält, ist immer noch nicht das geringste Geräusch zu hören.

Die einzelnen Sandkörner kommen in Bewegung, steigen wie ein kleines Abbild der zahlreichen Windhosen jenseits der Mauer empor und legen den Blick auf den Diĝir frei, dessen Funkeln Lichtreflexe bis zur letzten Säule des Amphitheaters wirft. Langsam schwebt der Kristall nun empor, bricht auch noch das schwächste Licht einer jeden Fackel in seine tausend Farben.

Wie immer, wenn der Diĝir freigelegt wird, sieht man in den Gesichtern der Anwesenden den lautlosen Ausdruck von

Begeisterung und Ehrfurcht. Hätte Osiris nicht alle Laute angehalten, würde man das kollektive Aufkeuchen hören können.

Vater greift mit beiden Händen mitten in den wirbelnden Sand und fasst den Diĝir fest an den Seiten. Früher kam mir der Kristall mindestens doppelt so groß vor, aber da war ich eben selbst noch kleiner. In einer fließenden Bewegung hebt mein Vater den Diĝir hoch über seinen Kopf.

Haus Osiris stoppt die Beeinflussung des Schalls und der plötzliche dröhnende Applaus lässt mich zusammenzucken und schmerzt in meinen Ohren.

Mein Vater dreht sich mit dem Diĝir zu allen Seiten um, bis der Jubel der Menge abflacht.

»Bewohner von Heliopolis«, setzt er an und wartet, bis das Publikum ruhig wird. »Heute ist ein großer Tag für unser Volk. Meine geliebte Tochter Akasha wird heute ihre Insignie empfangen. Heißt sie unter den Erwachsenen willkommen.«

Das ist mein Stichwort. Ich hole tief Luft, sammle jede Zuversicht, ehe Malak die Holowand verschwinden lässt. Ein letztes Mal zupfe ich am Schal meiner Mutter und trete, begleitet vom Klimpern der Münzen an meinem Gürtel, aus dem Schatten des Tempels zu meinem Vater.

Er schenkt mir ein mildes Lächeln, das seine Augen nicht erreicht. Er macht sich ebenso Sorgen, vielleicht überlegt er sich bereits Rechtfertigungen gegenüber den Wissenden, oder er plant schon die Hochzeit mit einem rangniederen Gefährten für mich, sollte ich nicht mindestens Riaz' Insignie tragen. Bis vor wenigen Generationen verlieh der Diĝir den Nachkommen immer das Zeichen der Eltern. Doch so wie sich unsere Welt verändert hat, veränderte sich auch der Kristall und hat immer weiter an Macht eingebüßt. So wird es zumindest erzählt. Es heißt, dass er aufgrund des Schwindens der Magie jetzt sorgfältiger auswählt und niemand mehr ein Geburtsrecht auf die Fortsetzung der magischen Blutlinie hat. Doch das hat für mich noch nie Sinn ergeben. Schnell schiebe ich die ablenkenden Gedanken beiseite.

Der Jubel um mich herum wird immer lauter, und ich werfe verstohlene Blicke in die tobende Menge, suche nach den zwei Augenpaaren, die mir Sicherheit verleihen würden.

Ich bin fast bei meinem Vater angekommen, als ich sie entdecke: Yasmeen strahlt regelrecht und schickt mir Luftküsse zu, die ich mit einem zaghaften Lächeln erwidere. Riaz' Augen leuchten im Funkeln des Diĝirs übernatürlich blau. Die Zuversicht, die er noch immer ausstrahlt, legt sich wie ein warmer Mantel über mich und ringt die Gänsehaut nieder.

Inzwischen ist mein Vater neben den Altar getreten und ich stelle mich ihm gegenüber auf. In seinem Blick ringen Herrscher und Vater, wechseln sich Warnung und Mitgefühl ab, Vorwurf und Hoffnung. Seit dem Verschwinden meiner Mutter sehe ich diese Mischung ständig. Jede noch so kleine Verfehlung meinerseits macht es schlimmer – für ihn und mich. Ich versuche ja, eine gute Tochter und Prinzessin zu sein, doch es gibt zu viele Ungerechtigkeiten und Ungereimtheiten, über die ich zu laut nachdenke. Etwas, das den anderen sechs Wissenden niemals zu Ohren kommen darf.

Was jetzt kommen wird, kann ich weder zum Positiven noch zum Negativen verändern, es liegt außerhalb meiner Macht. Allein der Diĝir entscheidet, welche Gabe ich erhalte und welche Insignie zukünftig mein Leben prägt. Ich beneide die früheren Initianten, die nicht wie ich heute allein vor den Diĝir treten mussten. Doch die Zeiten, in denen unsere Welt so groß war, dass es unzählige Jugendliche im selben Alter gab, die weite Strecken über das Land zur Initiation in der Hauptstadt zurücklegen mussten, sind längst vergangen.

Ich lasse die Luft in einem tiefen Atemzug meine Lungenflügel füllen und stoße beim Ausatmen alle negativen Gedanken von mir, wie ich es in der Schule gelernt habe.

Vater senkt den Diĝir, bis er ihn mit ausgestreckten Händen auf Brusthöhe über der Säule hält. Der Sand in der Schale ist inzwischen komplett in sich zusammengesunken und türmt sich wieder und wieder zu kleinen Dünen wie die ewige Wüste jenseits der Stadtmauern.

»Akasha Themis, Tochter von Zaahir.« Er macht eine bedeutungsvolle Pause. Jeder im Publikum weiß, dass an dieser Stelle Mutters Name genannt werden müsste und welche Bestrafung es ist, hier – im Angesicht des heiligen Kristalls – den Namen nicht auszusprechen. Ob er es für das Publikum macht oder seine eigenen Gefühle gerade nicht unter Kontrolle hat, weiß ich nicht.

Ich schlucke und presse die Zähne zusammen. Vaters Kehlkopf hebt sich ebenfalls. Es ist also tatsächlich das Gefühl des Verrates, das ihn dazu angetrieben hat.

»Mit dem heutigen Tag hast du dein sechzehntes Lebensjahr vollendet und den Wert deines Daseins unter Beweis gestellt. Nun wird der heilige Kristall mit dir abrechnen.«

Er reicht mir wie in Zeitlupe den Diĝir, den ich ebenso auf Brusthöhe vor mir über der Säule halte. Vater tritt zur Seite und befiehlt mir emotionslos: »Nimm deine Position ein.«

Gleich darauf spüre ich die Magie, die er gerade wirkt. Er ist so begabt, dass die Täuschung der sanften Berührung an meiner Wange wie real wirkt. Ich weiß, dass er mich nicht anders behandeln kann als jeden anderen Initianten und eine Täuschung das Einzige ist, womit er mir seine Gefühle zeigen kann. Ich lächle unwillkürlich, während ich mich vor ihn stelle. Mein Blick richtet sich nicht auf das Publikum, sondern ausschließlich auf den Diĝir in meinen Händen. Mein Nacken kribbelt, als würden zahlreiche Skarabäen im Kreis rennen. Ich spüre die Magie, die Macht des heiligen Kristalls, die in pulsierenden Wellen aus ihm heraus durch meine Hände und mitten in mein Herz fließt.

Plötzlich fühle ich mich, als könnte ich das erste Mal in meinem Leben frei atmen, als wäre ich mein Leben lang gebückt gegangen und könnte mich nun endlich aufrichten. Die Luft ist plötzlich von so vielen neuen Gerüchen getränkt, Aromen, die ich zuvor niemals wahrgenommen habe. Für einen Moment bin ich völlig irritiert und sehe unauffällig zu Riaz und Yasmeen hinüber, die mir beide aufmunternd zulächeln.

»Schließ die Augen und besinne dich auf deinen wahren Wert. Der Diĝir wird diesen nach außen tragen.«

Die Stimme meines Vaters zittert leicht, als er mich anweist, den Kopf zu senken, damit er die Insignie, die gleich in meinem Nacken erscheinen wird, sofort sehen kann. Ich neige meinen Oberkörper so weit, dass erst das Symbol auf meiner Stirn, dann meine Haut direkt den Kristall berührt. Gleißendes Licht sticht durch meine geschlossenen Lider, ein sengender Schmerz fährt mir direkt ins Gehirn. Ich will den Kristall fallen lassen, den Kontakt zu ihm abbrechen, mir an die Stirn greifen, um irgendetwas gegen diesen Schmerz zu unternehmen. Doch ich bin nicht dazu in der Lage. Der Diĝir quält mich, während mein Vater hinter mir den Schal meiner Mutter lockert und meinen Nacken freilegt.

Eiskalter Wind vertreibt die Wärme des Halstuches, und dennoch kann mein Körper nicht erschaudern, solange ich dem Bann des Kristalls unterliege. Ich ringe nach Atem, Tränen quellen unter meinen geschlossenen Lidern hervor, bis das Leuchten nachlässt und mit ihm der Schmerz abflaut.

Ich bin wieder in der Lage, mich selbst zu bewegen, und hebe den Kopf. Die Anspannung weicht in mehreren keuchenden Atemzügen aus meinem Körper, kaum dass ich die Augen geöffnet habe.

Starke Hände greifen nach mir, halten mich an meinen Oberarmen aufrecht. Eine dritte Person nimmt mir behutsam den Diĝir ab.

Ich spüre die Blicke der Menge auf mir. Die Blicke der Gottesfürchtigen, denen nur die Insignie Beweis genug ist, dass ich würdig bin, nach meinem Vater den Thron zu besteigen. Für die ein Mal im Nacken mehr zählt als Taten. Die Menschen auf den farbigen Rängen sehen ihren Stand als gottgegeben an. Sie beobachten mich mit Argwohn. Doch auch auf den unteren Plätzen gibt es zahlreiche Personen, deren Hände zum Gebet erhoben sind – ihre ineinander verschränkten Finger bilden die acht Strahlen des Diĝirs, während die Daumen das Dreieck der *Atum* bilden. Andere tippen sich mit Daumen und Zeigefinger erst an die Stirn, dann auf die linke, anschließend auf die rechte Brust.

Diejenigen, die einfach nur abwarten – meist die jüngeren Jahrgänge –, sind diejenigen, die so sind wie ich. Die zwar sehen, dass es Magie gibt, aber sie nicht über alles stellen. Für sie ist Magie eine Art Energiequelle, die unsere Ahnen noch zu nutzen in der Lage waren.

»Bewohner von Heliopolis«, beginnt mein Vater. Seine Stimme klingt gefasst. Meine Gedanken drehen sich nur noch um die Hoffnung, die er mit nur einem Satz zerschlagen könnte. Wenn es erst ausgesprochen ist, würde auch Hoffen und Bangen nichts mehr beeinflussen.

Als würde mein Vater meine Gebete zum Diĝir abwarten, hält er einen Moment inne. Haus Osiris lässt erneut den Schall verebben und die Welt verstummt. Meine Gedanken sind plötzlich so laut, Schreie der Hoffnung und Verzweiflung zugleich.

Bitte lass es Vaters Insignie sein.

Es könnte alles zum Guten kommen. Ich würde Riaz heiraten, und gemeinsam würden wir einen Weg finden, das Volk zu heilen, die Magie zu uns zurückzubringen. Ohne Geb oder Nut würde meinem Vater keine andere Wahl bleiben, als über mich zu bestimmen.

Bitte lass es das Mal des Geb sein.

Langsam lässt Haus Osiris die Geräusche zurückkehren. Leises Geflüster hallt von allen Seiten wider. Alle sind gespannt auf mein Zeichen. Von Vorfreude bis zu arrogant verzogenen Gesichtern der Wissenden sehe ich die gesamte emotionale Bandbreite im Publikum.

Bitte das Mal des Geb.

Mit rauer Stimme verkündet mein Vater die Insignie und macht damit all meine Hoffnung in einem Satz zunichte.

»Akasha Themis, der Diĝir hat dir das Leere Zeichen geschenkt.«

Ein kollektives Aufkeuchen dringt vom Publikum zu mir, einzelne Schreie zerreißen die Nacht, während meine Beine endgültig nachgeben, weil die Helfer meines Vaters entsetzt zur Seite weichen, als könne das Leere Zeichen ansteckend sein. Nun ist das eingetreten, was ich bisher immer von mir geschoben habe, ja bis heute nicht einmal zu denken gewagt habe. Niemand kommt, um mir zu helfen. Das Publikum starrt in meine Richtung, sieht mich auf dem Boden liegen, doch niemand hilft mir auf.

4

Tucson – Arizona, 11. Juni

Hailey!« Der Schrei unterbricht die Stille und unwillkürlich fahre ich herum. So schnell, dass sich der Raum um mich herum dreht und ich Mühe habe, das Gleichgewicht wiederzufinden. Erst nach mehrmaligem Blinzeln erkenne ich eine Person am Ende des langen Gangs. Geblendet von dem hellen Licht, das durch die geöffnete Tür scheint, kann ich sie jedoch nicht erkennen.

»Kommst du endlich?«, setzt die Person nach. Die Stimme kommt mir bekannt vor, aber ich fühle mich nicht angesprochen. Ich sehe mich um. Außer mir ist hier niemand. Langsam gewöhnen sich meine Augen an das gleißende Licht, und ich sehe einen Jungen, der sich eben wieder zu mir umdreht, nachdem er draußen irgendetwas gesehen und wild gestikuliert hat.

»Die anderen sitzen alle schon im Bus. Wir können nicht länger bleiben, sonst bekommen wir nur wieder Ärger.«

Ich rühre mich nicht. Kein Stück. Ganz gleich, wie sehr mich die Augen des Jungen anfunkeln. Ich mustere ihn von oben bis unten. Mein Gefühl sagt mir, dass *er* üblicherweise für den Ärger sorgt, den er gerade erwähnt hat.

Er macht ein paar Schritte auf mich zu. Als die Tür langsam zugleitet und das Sonnenlicht aussperrt, verdunkelt sich der gesamte Raum und mir wird merklich kühler. Ich weiche zurück und stoße gegen etwas Hartes. Ich kann nicht nachsehen, etwas sagt mir, dass ich den Jungen nicht aus den Augen lassen darf.

Er bemerkt meinen Rückzug und bleibt stehen.

»Hailey, ist es schon wieder passiert?«

Tiefes Unbehagen lässt mein Herz schneller schlagen. Die Härchen in meinem Nacken richten sich auf. Das Wort »Gefahr« streift meine Gedanken und manifestiert sich als dicker Kloß in meinem Hals, der es mir unmöglich macht, etwas zu sagen.

»Rühr dich nicht vom Fleck. Ich bin gleich wieder zurück.« Blitzschnell dreht er sich um, drückt die Tür auf und verschwindet im grellen Licht.

Ich stehe noch einen Moment da wie erstarrt, dann drehe ich mich langsam um die eigene Achse, um nachzusehen, was mich davon abgehalten hat, weiter zurückzuweichen. Meine Hand berührt das kalte Glas des Schaukastens. Nur einer von vielen, wie ich bemerke, als ich meinen Blick durch den Raum schweifen lasse. Der Kasten ist ebenso leer wie die daneben. In ein paar weiteren stehen transparente Aufsteller, oder es liegen Kissen darin, die nur darauf warten, dass eine Kostbarkeit darauf gebettet wird.

Am Ende des großen Raumes hängt ein meterlanges weißes Banner von der Decke, das in kitschigen Wildwest-Lettern die Sonderausstellung »Unser indianisches Erbe: Paläoindianer, Hohokam-Kultur und mehr« ankündigt. Tonscherben, mehrere beschriftete Lederhäute und etliche Pfeilspitzen illustrieren die Worte.

Was mache ich hier? Wie bin ich hierhergekommen? Ich

strenge mich so sehr an, den Tag Revue passieren zu lassen, dass in meinen Schläfen ein beständiges Pochen einsetzt. Doch zu einem Ergebnis führt es mich nicht.

»Hailey Johnson!«, gellt ein weiterer Ruf zu mir herüber. Mein Name. Ich wende mich der tiefen Stimme zu.

Ein Mann kommt mit schnellen Schritten vom Eingang her auf mich zu. Ich glaube, seine Augen sind zusammengekniffen, aber die Lichtblitze könnten mich auch täuschen. Der Mann jedoch scheint seine Sicht der Dunkelheit anpassen zu müssen. Er ist definitiv älter als ich. Die tiefe Furche zwischen seinen Brauen und der zu einem schmalen Strich verzogene Mund widersprechen dem, was ich in seinen Augen zu sehen glaube. Beunruhigung? Sofort wünsche ich mir den Jungen zurück, den ich wenigstens direkt habe einschätzen können.

»Gibt es Probleme, Hailey?«

Wenn ich das nur wüsste!

Erneut richten sich meine Nackenhaare auf, und das darauffolgende Prickeln fühlt sich an, als würden mich Hunderte Blicke streifen. Angst. Ich habe Angst vor diesem Mann.

Mit einem offenen, so ehrlich wirkenden Lächeln, das eigentlich keine Zweifel an seinen Absichten aufkommen lassen sollte, kommt er mit schnellen Schritten auf mich zu. Er will mich am Unterarm berühren, doch ich zucke zurück. Für einen kurzen Moment sieht er aus, als hätte ich ihn getreten.

»Du bist stark, Hailey«, murmelt er nur.

»Was hat Vance so lange dadrin mit dir gemacht?« Jared hat sehr lange gebraucht, bis er es endlich ausgesprochen hat. Wir haben schon die Hälfte des South Nogales Highways auf dem Weg von Tucson nach Hause hinter uns gebracht. »Konnte er dir helfen? Oder … hat er Probleme gemacht?«

Weil ich nicht antworte, setzt Jared nach: »Du hattest wieder so einen … Moment, oder? Du hast mich nicht erkannt.«

Während er enttäuscht das Gesicht verzieht, lache ich freudlos auf. *Moment.* Das ist eine sehr nette Bezeichnung für das, was mit mir in letzter Zeit ständig passiert.

»Du weißt, dass du jederzeit mit mir reden kannst«, flüstert er mir direkt ins Ohr. Sein Atem kitzelt mich. »Über alles. Ich bin da, sobald du bereit bist.«

Ich will nicht wieder mit ihm darüber diskutieren, warum ich ihm nicht alles erzählen will, was in letzter Zeit mit mir los ist, und drehe mich dem Fenster zu, um die Angst zu vertreiben, die mich stets wie aus dem Nichts packt.

Wie konnte ich meinen besten Freund nicht erkennen, als er mich aus dem Museum holen wollte? Das ungute Gefühl darüber lässt sich die gesamte Rückfahrt nicht komplett vertreiben, während das monotone Bild jenseits des Busfensters vorüberzieht. Felsbrocken unterschiedlicher Größe, Berge im Hintergrund, trockene Gräser und dürres Gebüsch. Die bei Touristen so beliebten Kakteen winken mir zu und ich beneide sie nicht um ihren Platz in der brütenden Hitze.

Plötzlich sehe ich einen Menschen reglos zwischen den Pflanzen stehen, doch wir sind zu schnell vorbei, als dass ich mir die Gestalt – war es eine Frau? – länger ansehen könnte. Sie war komplett verhüllt wie die Wüstenbewohner Afrikas. Selbst wenn es in Arizona manchmal sehr heiß ist, ist es hier in der Gegend doch nicht üblich, sich derart zu kleiden, dass nur noch die Augen zu erkennen sind.

»Erde an Hailey!« Jared stupst mich von der Seite an.

»Hast du einen Geist gesehen?«, lacht er. Doch als ich nicht antworte, lenkt er schnell ab.

»Was hast du heute noch vor?« Wir passieren gerade das Willkommensschild am Rand der Stadt.

Sein Blick bohrt sich mir in die Seite. »Wollen wir noch etwas trinken gehen?«

»Ich habe Dad und Leyla versprochen, mit ihnen gemeinsam zu essen. Dad ist …«

Jared seufzt. »Ja, ich weiß. Dein Dad ist derzeit etwas … übervorsichtig.« Ich nicke. Kurz liegt mir eine Erwiderung auf der Zunge, dass ja nicht jeder so fleißig arbeitende Eltern haben kann, die man nie zu Gesicht bekommt, aber ich lasse es. Jared macht zwar immer gute Miene zum bösen Spiel, aber ich kann mir vorstellen, wie einsam es in dem großen Haus ist, wenn die Eltern fast nur unterwegs sind und er sie mit viel Glück höchstens am Wochenende zu sehen bekommt.

Ich kann mich nicht daran erinnern, wann ich Mr oder Mrs Matthew das letzte Mal gesehen habe. In meinem Kopf existiert nur noch ein sehr vages Bild von ihnen, das wirkt, als wäre es ein uraltes Familienporträt mit einem kleinen Jared, dessen große Zahnlücke den Blick automatisch vom Rest des Bildes ablenkt. Ich schiebe den Gedanken beiseite und konzentriere mich auf den großen Jared ohne Lücke zwischen den weißen Zähnen.

»Willst du vielleicht rüberkommen und mit uns essen? Ich kann aber nicht versprechen, dass du Leylas Kochkünste überlebst.« Ich rümpfe die Nase. Meine Schwester hat neuerdings das Kochen für sich entdeckt. Nur leider taugt das Ergebnis meist nicht zum Essen, sondern bestenfalls für die hübschen Fotos, die sie dann auf Instagram postet.

Jared lächelt leise in sich hinein. Ein einziges Mal ist er auf die Optik von Leylas Kreation hereingefallen. Höflich, wie er ist, hat er tapfer den ganzen Teller leer gegessen, sich aber seither immer herausgeredet, wenn Leyla ihn eingeladen hat.

»Gegenangebot: Solltest du auch nach dem Essen noch kurz vor dem Verhungern sein, bestellen wir uns Pizza und schauen einen Film, okay?« Ich nicke lächelnd. Ganz so abwegig ist das nicht.

»Habe ich da etwas von Pizza gehört?«

Ich kann lediglich eines von Kyles Augen und schwarze Locken zwischen den Sitzen sehen, aber er scheint uns auch davor schon aufmerksam zugehört zu haben. »Film klingt übrigens auch super«, legt Kyle nach. »Vielleicht bringst du Leyla ja mit und lässt sie vernünftiges Essen probieren. Sie ist in letzter Zeit so dünn geworden.«

Ich lächle nur kurz, weil ich mich frage, ob Kyle recht hat – und warum mir das nicht aufgefallen ist – und warum in seiner Stimme ein so schwärmender Ton mitschwingt, während Jared losprustet und etwas von »Bei dem Essen kein Wunder« murmelt. Das dazu passende leidende Gesicht, als hätte er in eine Zitrone gebissen, entreißt auch mich den grüblerischen Gedanken und hebt meine Stimmung.

Belebt von weiteren Witzen über die ungenießbaren Kochversuche meiner Schwester, verlassen wir wenig später den Bus auf dem nahezu leeren Parkplatz der Schule.

Dad lehnt mit vor der Brust verschränkten Armen an seinem SUV, der sämtliche Fahrzeuge der Schüler weit überragt. Dad ist der einzige Mensch auf dem Planeten, der seine Tochter abholt, obwohl es nur zehn Minuten Fußweg nach Hause sind. Ich stöhne auf. Man kann es mit der Fürsorge auch übertreiben!

Ich verabschiede mich von meinen Freunden, ehe ich meinen Vater begrüße, der für die beiden Jungs nur ein finsteres Nicken übrig hat. Während ich ins Auto einsteige, sehe ich noch, wie er Mr Vance freundlich zunickt, und erneut stößt irgendetwas in meinen Gedanken aneinander.

Doch kaum dass ich mich angeschnallt habe, werden sämtliche Bemühungen meines Gehirns, sich zu erinnern, unterdrückt. Dad gibt Gas, als wären wir auf der Rennbahn. Während ich mich am Griff der Tür festkralle, sehe ich wieder die Gestalt neben dem Highway vor mir, die mich nun regungslos vom Rand des Parkplatzes aus beobachtet.

5

17. Nisannu 6996 nach Atum

Nicht gerade sanft reißt mich mein Vater nach oben. Sein Gesicht ist bleich, seine Miene wie erstarrt. Mit weit geöffneten Augen sieht er auf mich herab. Er hat es selbst nicht für möglich gehalten, ganz gleich, wie er zu meiner Mutter steht.

Das Publikum sitzt noch immer mit offenem Mund da und starrt in meine Richtung. Erst jetzt bemerke ich, dass sie sich nicht rühren. Sie sind ebenso in ihrer Bewegung eingefroren wie die Fahnen, die gewellt, wie zu Stein geworden, in der Luft stehen.

Ich sehe, wie mein Vater einem Mitglied des Hauses Osiris zunickt, und verstehe. Er hat die Zeit anhalten lassen. Vater wollte mir die Demütigung ersparen. Die Wärme, die seine Fürsorge in mir auslöst, wird sofort wieder von der kalten Realität erstickt. Ich zittere in Vaters Armen, weiß nicht, was ich zu tun habe, wo ich hingehen muss. Mein Kopf dreht sich zu Riaz. In genau diesem Moment hätte er um meine Hand anhalten sollen, unsere Zukunft besiegeln. Selbst wenn er es nun tun würde – mein Vater würde dem Antrag nicht zustimmen können. All unsere gemeinsamen Pläne laufen wie eine Holoprojektion vor meinem inneren Auge ab. Ich flüchte mich in die Träumerei, spule die Bilder zurück, sehe noch einmal, wie Riaz mich im Vorbereitungsraum besucht. Die Pyramide um meinen Hals lastet auf einmal schrecklich schwer auf meiner Brust. Er hätte sie mir nicht geben sollen. Damit quält er sich genauso wie ich mich. Ich muss ihn unbedingt von seinem Versprechen einer gemeinsamen Zukunft entbinden.

Ich trage keine Insignie. Ich bin auch kein Krieger, der auf andere Weise viel Ehre erlangen könnte. Vor mir ist rein gar nichts mehr. Meine Zukunft ist so leer wie das Mal in meinem Nacken. Schwarze Schwerelosigkeit. Ich kann nicht sagen, ob ich falle oder fliege.

Ich bin zu einer Schande für die Familie geworden, nicht einmal fähig, einem angesehenen Tagewerk nachzugehen. Ich kann weder ein Element beherrschen noch mich verwandeln oder Materialien verändern, kann niemanden psychisch beeinflussen oder irgendetwas anderes zum Gemeinwohl beitragen. Ich entstamme der mächtigsten Familie des Planeten und bin zu einem Nichts geworden.

»Akasha, folge mir«, raunt mir mein Vater zu und rüttelt an meiner Schulter. Ich spüre, wie die Luft um mich herum knistert. Er setzt seine Magie ein und legt für die Zuschauer ein falsches Bild um uns. Ich höre, wie meine Stimme die Worte spricht, die sich nach Abschluss der Zeremonie gehören, während wir uns bereits abwenden: »Ich danke dem heiligen Kristall und dem Volk von Heliopolis.«

Ich stolpere an Vaters Seite zurück zum Tempel. Die Zuschauer kommen wieder in Bewegung, die Zeithüter lassen die Zeit weiterlaufen. Selbst die begabtesten Hüter des Hauses Osiris schaffen es heutzutage nur noch ein paar Minuten, die Zeit anzuhalten. Früher reichte unsere Magie aus, um Formwandler ganze Städte errichten zu lassen – oder die großen Pyramiden zu Zeiten der Expedition nach Ägypten. Meine Zeit steht immer noch still.

Die Kühle des Tempels umfängt mich. Wir folgen dem langen Flur mit den starren Fackeln, dann fühle ich Schwerelosigkeit. Wir sind allein. Mein Vater schiebt mich zu einer Gruppe schwebender Sessel, und als er mich loslässt, sinke ich darauf nieder. Sofort ertasten die Sensoren meine Konturen und passen sich meinem Körper an. Kurz darauf erhitzt sich das Polster. Selbst der Sessel hat erfasst, wie eiskalt ich bin.

»Akasha.« Die Stimme meines Vaters ist ruhig, als er sich vor mir niederbeugt und nach meiner Hand fasst. Ich spüre die Berührung wie durch Neoferrum-Handschuhe. »Wir werden eine Lösung finden. Ich bin der Herrscher der Letzten Stadt. Wer wenn nicht ich hätte die Möglichkeit dazu?« Die Worte klingen so hohl, wie ich mich fühle. Ich versuche mich an einem Lächeln, doch meine Lippen bleiben reglos. Vater weiß genauso gut wie ich, dass er für seine Tochter keine Ausnahme machen kann.

»Und was passiert dann?« Meine Stimme klingt wie das Krächzen des ersten sprachfähigen Roboters im Museum und sofort rauscht ein schwebendes Tray mit einer Karaffe und einem Kelch heran. Aber ich schiebe es von mir. »Die anderen sechs Häuser werden gegen dich arbeiten. Es wird noch größere Unruhen geben.«

Mein Vater erhebt sich und richtet sich zu voller Größe auf. »Ich bin der vom Diĝir erwählte Herrscher der Stadt. Sie müssen mir gehorchen.«

Ich schüttle traurig den Kopf und verdränge die Hoffnung, die sich aufgrund seiner Worte in meinem Inneren regt. Der Herrscher von Heliopolis hat keine Wahl. »Du bist der vom Diĝir erwählte Herrscher, solange du im Sinne des Volkes handelst.«

Mein Vater stößt laut die Luft aus und läuft in dem runden Raum auf und ab. Erst als mein Blick ihm folgt, erkenne ich, wo ich mich befinde. Ich sehe weiter als von irgendeinem anderen Punkt in der Stadt. Der Boden unter mir ist ein großes Mosaik des Auges, das auch auf den Münzen an meinem Gürtel prangt. Ich bin im Turm des Herrscherhauses, dem zweithöchsten der acht Türme. Die gesamte Außenwand besteht aus Glas. Irgendwo in meinem Rücken muss sich das einzige Bauwerk befinden, das hier oben meine Sicht brechen könnte: der leere Turm des ausgestorbenen Hauses Isis. Ich sehe von meinem Platz in der Mitte des Raumes aus nicht einmal die Stadtmauer, nur endlose Wüste wie in meinem Inneren. Alles mir Bekannte ist verschwunden. Wäre mein Vater nicht hier, würde ich mich für den letzten Menschen des Planeten halten.

Vater streicht sich immer wieder die halblangen Strähnen aus dem Gesicht, die er für die Zeremonie nicht wie sonst in einem Zopf nach hinten gebunden hat. Heute gleicht er nicht den Beschreibungen der alten Wikinger, die ihn zu den kahlen Seiten seines Schädels inspiriert haben.

Unentwegt murmelt er vor sich hin. Er benutzt die toten Sprachen der Erde, eine Eigenart von ihm. Als ich klein war, hat er mir einmal gesagt, dass das Denken in einer anderen Sprache zu anderen Lösungen führen kann. Heute wird er damit keinen Erfolg haben. Ich verstehe immer nur Wortfetzen und kann mir keinen Reim darauf machen, aber es klingt, als würde er die Entscheidung des Diĝirs anzweifeln.

»Vater.« Er zuckt zusammen, hält in seinem ewigen Lauf inne und wendet sich mir zu. »Ich werde mich fügen und suche mir eine Anstellung.« Ich bin mir nicht sicher, wann ich diese Entscheidung tatsächlich getroffen habe, dennoch weiß ich, dass es die richtige ist. Vielleicht hat die Verzweiflung in den Augen meines Vaters den Ausschlag gegeben, seine Versuche, einen Ausweg zu finden. Ich muss zu den Konsequenzen der Initiation stehen. Ich kann eine Arbeit finden und auf diese Weise dem Volk dienen.

Mein Vater sieht mich lange an. Sein Kehlkopf ist das Einzige an ihm, was sich bewegt. Er hebt und senkt sich mehrmals, ehe mein Vater nickt.

»Geh in dein Zimmer. Ich werde alles Weitere veranlassen.« Nun klingt er wieder wie der Herrscher Zaahir.

Automatisch senke ich demütig den Kopf. Vater aktiviert mit einer Handbewegung das Steuerungsdisplay und die Projektion der Tasten breitet sich vor ihm aus. Er bedient einen der virtuellen Schalter und der ganze Raum setzt sich mit uns in Bewegung. Auf dem Weg nach unten passieren wir die Türme der anderen Häuser, dann die Spitze des Tempels. Weiter unten im Amphitheater stehen noch zahlreiche Bewohner, meist in Gruppen gesammelt, und tauschen sich vermutlich über die heutige Zeremonie aus. Ein paar wenige sitzen auch auf ihren Plätzen, die Hände noch immer zum Gebet gefaltet.

Kurz werfe ich einen Blick nach oben und suche die gläserne Front ab, bis ich den Vorbereitungsraum erkenne. Dort oben hatte ich noch Hoffnung. Es kann kaum mehr als eine Stunde vergangen sein und dennoch bin ich nun ein anderer Mensch. Die wenigen Minuten mit meinem Vater haben mich klarer sehen lassen. Ich habe noch immer einen Platz in der Gesellschaft, bin frei und muss keine Angst mehr vor der Zukunft haben. So viele der Menschen dort unten sind wie ich Träger des Leeren Zeichens. Ich bin wie sie und werde meinen Teil zum Leben in der Letzten Stadt beitragen. Schwermut und Trauer fallen plötzlich von mir ab. Ohne die Last der Verantwortung fühle ich mich frei und unbeschwert, beinahe euphorisch.

Der Raum kommt am Fuße des Turmes an. Ich erhebe mich aus meinem Sessel und nicke meinem Vater zu, der nun ebenfalls wieder mit erhobenem Haupt dasteht. Ich drehe mich zu der Öffnung in der gläsernen Außenhülle des Turmes um und verlasse den Raum. Niemand ist hier. Keine Wachposten, keine Bediensteten des Tempels. Kurz bevor ich hinter der ersten steinernen Wand in Richtung Palast verschwinde, spüre ich ein Knistern in der Luft und fahre unwillkürlich herum. Vater bespricht sich bereits mit Leemal, seinem Berater. Er muss in den Raum getreten sein, als ich mich Vater zugewandt habe.

Ohne weitere Umwege gehe ich zum Palast, grüße die dort aufgestellten Wachen und Dienstboten. Ich fühle mich leicht wie lange nicht mehr. Kurz vor meinem Zimmer treffe ich auf Malak. »Es tut mir so leid«, flüstert er, echtes Bedauern in seinen Augen.

In meinem Inneren ringt das Gefühl von Freiheit, das mich erfüllt, alle anderen Empfindungen nieder. Ich lächle Malak an.

»Sie haben dich manipuliert«, sagt er sofort und mustert mich durchdringend.

»Mein Vater würde mich nie …«, beginne ich, doch ich kann die Worte nicht aussprechen. Stück für Stück löst sich das Gefühl von Freiheit und Wohlbefinden auf, schält sich ab wie die vielen Schichten der Kwaiknolle. Das muss Leemal gewesen sein! Er stammt aus dem Haus Seth und ist der mächtigste Emotionsfälscher der Stadt. Nur er hat so viel Magie, dass er mich täuschen kann, ohne mir dabei auch nur gegenüberzustehen. Ich habe keine Zeit für Enttäuschung. Mein Zorn brennt die Überreste der Arbeit des Gefühlsmanipulators weg. Ein dicker Kloß bildet sich in meinem Hals, und die Last, von der ich unter seinem Einfluss befreit war, kehrt mit einem Schlag zurück.

Malak antwortet nicht. Er sieht mich nur an und verfolgt, wie ich mir meine wirklichen Gefühle wieder zurückhole. Hoffnungslosigkeit und Trauer, aber wenigstens sind das meine eigenen Emotionen, keine Täuschungen. Als mir beim Gedanken an Riaz die Tränen über das Gesicht laufen, kommt Malak mir zu Hilfe.

»Was hast du jetzt vor?« Er muss mir ansehen, dass ich am liebsten davonlaufen würde, dass ich mich bewegen muss, denn er bietet mir seinen Arm an, und wir gehen zusammen los, während ich über seine Frage nachdenke. Erst bei meinem Zimmer angekommen, kann ich ihm eine ehrliche Antwort geben:

»Bis eben dachte ich noch, ich trage meinen Teil zur Gemeinschaft bei. Aber …« Ich presse meine Fingernägel so fest in die Handfläche, dass es wehtut und den inneren Schmerz für einen Moment verdrängt, ehe die Tränen kommen. Danach hole ich stockend Luft und antworte ihm ehrlich. »Ich habe niemals ernsthaft in Erwägung gezogen, dass ich das Leere Zeichen erhalten könnte.« Ich drücke die Tür auf und warte, bis Malak mir folgt.

»Ich auch nicht, Akasha. Du bist gut. Du bist die Einzige, die meine Familie und ich uns als zukünftige Herrscherin wünschen würden. Dem Diĝir muss ein Fehler unterlaufen sein. Vielleicht war das Ritual falsch oder du …«

Ich ringe mir ein Lächeln ab, verspüre tatsächlich Dankbarkeit für die Aufmunterung, hebe aber die Hand, um ihn zu unterbrechen. »Danke, Malak. Aber der Diĝir wählt weise. Es bringt nichts, nach einem Fehler zu suchen, der bei mir liegt.« Ich tippe an das Symbol des Diĝirs auf meiner Stirn.

Malak schüttelt den Kopf. »Nein, das glaube ich nicht«, erwidert er energisch und sieht sich im Raum um, als könnte das Himmelbett oder eines meiner vollgestellten Regale Antworten liefern. Wie von selbst schaue ich ebenfalls auf die zahlreichen Erinnerungsstücke: vermeintlich wertvolle Artefakte der Expeditionen, die ich als Kind gesammelt habe, das Papyrusdokument meines Abschlusses, mein erstes Trainingsschwert und ein vertrockneter Strauß Lilien.

»Du bist diejenige, die mir vorhin noch gesagt hat, ich solle sie nicht mit ihrem Titel ansprechen. Du hast nie die Arroganz der großen Häuser an den Tag gelegt, du hast meiner Familie so sehr geholfen, dafür kannst du nicht bestraft werden.« Endlich scheint er gefunden zu haben, wonach er gesucht hat. Mit großen Schritten geht er zum Regal neben dem Fenster, zieht eine alte Puppe aus dem Regal und drückt sie mir in die Hand. Seine Schwester Inez hat sie kurz nach dem Umzug in Vaters Bezirk für mich gemacht. Aus Malaks Kaftan, worüber er nicht sehr amüsiert war. Obwohl mich die Erinnerung sonst immer erheitert, schaffe ich heute nur ein müdes Lächeln.

»Für irgendetwas Schlimmes muss ich aber bestraft werden, wenn ich nicht würdig bin, eine Insignie zu tragen.«

Malaks Gesicht verdüstert sich für einen Moment. Am liebsten hätte ich mir auf die Zunge gebissen.

»Tut mir leid, ich …« Ich senke meinen Kopf und sehe zu,

wie meine Finger unentwegt die ledernen Fransen auf dem Kopf der Puppe glatt zu streichen versuchen.

Malak drückt kurz meinen Arm, und ich hebe den Kopf, auch wenn es mir nach meinem Benehmen schwerfällt, ihm in die Augen zu sehen. »Ich … Schon gut. Du hast es nicht so gemeint.«

Seine Worte sind ehrlich und wärmen meine Brust. »Danke für dein Verständnis«, flüstere ich erleichtert.

»Ich weiß doch, dass du dich sonst nicht so siehst, dass du dich nie für etwas Besseres gehalten hast. Trotz alldem hier.« Er dreht sich mit ausgestreckten Armen langsam um die eigene Achse. Ich komme nicht umhin, auf seinen Nacken zu starren. Der erhabene Kreis ist trotz halblanger Locken deutlich zu erkennen. Das Leere Zeichen, wie es all die Diener und Arbeiter der Bevölkerung tragen.

Wie auch ich es jetzt trage. Meine Hand gleitet zu meinem Nacken. Meine Finger schieben den Schal zur Seite und tasten das Mal ab. Es wird nie verschwinden – im Gegensatz zu den anderen Insignien, die nur aus der Haut hervortreten, wenn die Magie des Trägers gerade genutzt wird. Wie der Skorpion im Nacken von Yasmeen, bevor sie sich in eine Schlange verwandelt – oder die Doppelspirale bei Riaz, wenn er seine formwandlerische Fähigkeit nutzt. Bei mir wird man immer erkennen, dass ich *nichts* kann, unfähig und unbegabt bin.

Plötzlich wird die Tür ohne Anklopfen aufgerissen, und Yasmeen stürmt auf mich zu, dass ihre Haare wie eine weiße Fahne hinter ihr herwehen. Sie presst mich an sich.

»Es tut mir so leid«, flüstert sie in mein Ohr. Ihre Anteilnahme treibt mir erneut Tränen in die Augen, und ich beiße mir fest auf die Innenseite meiner Wange, um sie zu vertreiben. Trotzdem sehe ich Riaz, der langsamer als Yasmeen das Zimmer betritt, wie durch einen Schleier. »Es ist alles gut«, schlucke ich die Tränen hinunter und blinzle mehrmals. Eine glatte Lüge, die meine Freundin natürlich sofort durchschaut. Sie schiebt mich zu einem der schwebenden Sessel und drückt mich nieder.

»Ja klar«, antwortet sie nur, winkt einen weiteren Sessel zu sich und mustert mich mit ihrem durchdringenden Schlangenblick.

»Lasst ihr uns für einen Moment allein?« Riaz' Stimme klingt rau. Yasmeen hadert mit sich, ob sie sich nun hinsetzen oder seiner Bitte nachkommen soll. Ich kann es ihr ansehen. Sie wirft einen Blick hinter mich auf Malak.

»Danke, dass du für sie da warst, Malak«, setzt Riaz in dieselbe Richtung hinzu. Ich drehe mich ebenfalls zu ihm um.

»Das war meine Pflicht, mein Herr.« Malak senkt demütig den Kopf.

»Lass den Quatsch, Malak«, reagiert Riaz auf die Geste. Genauso wie ich sieht er nicht ein, warum wir besser sein sollten als er. Malak ist erst vor Kurzem in den direkten Dienst meines Vaters gehoben worden. Es ist eine große Ehre, dem Herrscher direkt zu dienen, wenn man in der Hierarchie des Diĝirs so weit unten steht. Ich stolpere über meinen eigenen Gedanken.

Ich bin nicht besser als er. Ich bin genauso wie Malak.

Ich selbst habe in ihm ebenso wie Riaz nie etwas anderes gesehen als einen gleichwertigen Menschen, einen Freund – auch nach seiner Initiation.

Doch das sind wir nicht. Dort draußen herrschen strenge Regeln, nicht zuletzt die Wissenden sorgen dafür, dass sie eingehalten werden und dass niemand ihre vom Diĝir verliehene Machtposition jemals infrage stellt. Hier drin sind Malak und ich mit Yasmeen und Riaz auf einer Stufe wie vor unser aller Initiation. Außerhalb des Palastes ziehen die Mächtigen der Stadt eine unsichtbare Mauer zwischen uns. Eine Mauer, die der Fünfte unseres Jahrgangs schon vor langer Zeit errichtet hat. Für Dante, Leemals Sohn, waren Yasmeen und Malak schon immer von weniger Wert, weil sie keiner großen Familie entstammen.

Eine leisere innere Stimme besitzt genug Galgenhumor, um anzumerken, dass ich Dante nun für immer los bin. Ich weiß, dass seine Familie auf eine Vermählung mit mir gesetzt hatte. Die Wahl eines Partners mit Leerem Zeichen steht auch ihm nicht offen. Genauso wenig wie Riaz.

»Wenn das Volk nicht einsieht, dass ihr das perfekte Herrscherpaar wärt, dann verstehe ich die Menschen nicht mehr.« Mit diesen Worten verlässt Malak den Raum. Yasmeen sieht ihm hinterher, ihr Blick ist in die Ferne gerichtet, ehe sie kurz blinzelt, mir ein flüchtiges Lächeln zuwirft und Malak mit schnellen Schritten folgt.

Ich wage es nicht, Riaz in die Augen zu blicken. Mit einem Mal fühle ich mich nicht würdig genug, jemals Anspruch auf ihn erhoben zu haben. Fühlt sich Malak jeden Tag so, seit er vor rund vier Monden das Leere Zeichen erhalten hat?

»Da sind wir nun«, sage ich, bemüht, die Stille zwischen uns zu füllen. Ich schaue stur an Riaz vorbei.

Er überwindet die Distanz zwischen uns und greift an mein Kinn. Ich wehre mich nicht, als er mein Gesicht seinem zuwendet. Seine Berührung dürfte sich nicht so gut anfühlen. Wir haben keine Zukunft. Für uns gibt es kein *Wir* mehr.

Ich hole tief Luft. Aber ehe ich die Worte herauslassen

kann, spricht Riaz und nimmt mir damit den Wind aus den Segeln.

»Ash, ich liebe dich.« Selbst sein aufrichtiges Lächeln und der Glanz in seinen Augen schaffen es nicht, mich aufzuheitern. Ich kann es mir nicht leisten, Hoffnung zu schöpfen, daher schweige ich, obwohl die Antwort hinter meinen zusammengepressten Lippen nur darauf wartet, ausgesprochen zu werden. Für einen kurzen Moment der Schwäche genieße ich seinen frischen Duft nach Sandkraut. Ich werde mich nie wieder in seine Arme fallen und mich von ihm in Träume über unser gemeinsames Leben locken lassen können.

Riaz räuspert sich, und ich zucke zusammen, reiße die Augen auf, obwohl ich sie nicht bewusst geschlossen habe. Wie lange hat mein Moment der Schwäche gedauert?

»Mir ist egal, ob in deinem Nacken ein leerer Kreis, ein Skorpion, eine Flamme oder der achtstrahlige Stern selbst zu finden ist. Von mir aus könnte dort ein grinsendes Gesicht auftauchen. Ich würde dich trotzdem noch lieben. Und genauso wie ich das weiß, weiß ich mit absoluter Sicherheit, dass wir zusammengehören. Wenn der Diĝir es uns schwer machen will, nehmen wir die Herausforderung an. Ich werde den Antrag stellen, dich mir zuweisen zu lassen und die Heirat mit anderen weiterhin ausschlagen.«

Ich schüttle den Kopf. »Es ist nicht so einfach, wie du es dir vorstellst. Wir wären nicht zusammen, ich wäre deine Mätresse.« Ich spucke das Wort regelrecht aus. »Wir dürften keine Nachkommen zeugen.«

Nicht dass ich allzu bald Kinder haben will, aber irgendwann sicher schon. Es ist verboten, magische Blutlinien zu schwächen. Gemischte Ehen sind verboten, seit immer mehr Menschen das Leere Zeichen erhalten. Die Magie unseres

Volkes würde immer weiter schwinden, und wir wären irgendwann so geschwächt, dass wir uns nicht einmal mehr gegen das wehren könnten, was jenseits der Stadtmauern haust. Eigentlich bin ich der lebende Gegenbeweis für dieses Gesetz. Die erste Initiantin, die trotz hochrangiger begabter Eltern keine Insignie empfangen hat.

Ich lege all die Überzeugungskraft in meine Stimme, die ich aufbringen kann: »Es ist deine Pflicht dem Volk gegenüber, begabte Nachkommen zu zeugen.«

»Mir sind die anderen egal und meine Pflicht ebenso. Ich will dich und sonst niemanden. Und dafür werde ich kämpfen.«

Meine Widerworte erstickt er mit seinen Lippen. Ein rauer Kuss voller Liebe, Besitzansprüche und Begierde. »Ich liebe dich«, fließen die Worte nun doch aus mir heraus, als wir atemlos voneinander ablassen.

Er schenkt mir ein hoffnungsvolles Lächeln. »Ich liebe *dich*, Ash. Und diese Liebe lasse ich mir von niemandem nehmen. Schon gar nicht von einem kleinen Kreis in deinem Nacken.«

Er zieht mich erneut an sich und küsst mich. Ich versuche, in der Berührung unserer Lippen einen Abschiedskuss zu sehen, doch alles in mir wehrt sich gegen den Gedanken. Der Kuss ist ein Versprechen, dass wir für die erträumte Zukunft kämpfen werden, und die Hoffnung wächst schneller als das Sandkraut in den Palastgärten.

6

Summit – Arizona, 11. Juni

Kaum dass Dad und ich in der Einfahrt zum Stehen kommen, wird die Haustür von innen aufgerissen, und Leyla winkt uns so überschwänglich zu, dass ihr kirschroter Pferdeschwanz gleich mitwinkt.

»Da seid ihr ja endlich! Wenn das Essen verkocht ist und nicht mehr schmeckt, seid ihr daran schuld.«

Dad und ich sehen uns kurz an, als wir die drei Stufen zu Leyla hochgehen. Ein verführerischer Duft nach allerlei Kräutern weht uns aus der Küche entgegen, in die Leyla eben wieder verschwindet. Mein Magen knurrt laut, und ich hoffe, dass Leylas Essen wenigstens im Ansatz so gut schmeckt, wie es riecht.

Auch Dad wirkt skeptisch, als er sich an den wundervoll dekorierten Tisch setzt. Ich werfe meine Bedenken über Bord und nehme ebenfalls Platz.

Leyla lächelt uns über die Schulter zu, ehe sie den dampfenden Topf mit der Soße und die Nudelschale auf die neue Servierplatte aus Schiefer stellt und alles zum Tisch tragen will. Ich habe die Platte letzte Woche gekauft, um unseren Tisch vor Brandflecken durch zu heiße Töpfe zu schützen, zum Servieren ist sie viel zu schwer. Meine Schwester spannt die Muskeln ihrer Oberarme an und krallt ihre Finger so fest um den Stein, dass die Sehnen weiß hervortreten, während sie in gleichmäßigen Schritten auf uns zukommt. Umständlich versucht sie dabei, ihren Kopf so weit zu senken, dass sie mit dem Oberarm eine Strähne aus der Stirn streichen kann. Die roten Haare auf ihrer hellen Haut sind wie ein böses Omen.

Ich sehe, wie der Topf nur minimal ins Rutschen gerät, die Balance damit aber nicht mehr gewährleistet ist und die heiße Soße Leylas Unterarm verbrüht. Ich springe auf, will ihr sofort helfen, fasse panisch nach ihr – doch ich greife ins Leere.

Blinzelnd schaue ich zum Herd hinüber, von wo aus mir Leyla eben ein Lächeln über die Schulter zuwirft.

»Alles in Ordnung?«, fragt Dad und sieht zu mir nach oben. Ich bin bereits aufgesprungen und stehe in einer seltsamen Haltung neben meinem umgekippten Stuhl. All das, was ich gesehen habe, ist nicht wirklich passiert. Dabei war es so real, dass ich noch immer eine Gänsehaut habe. Dad mustert mich wieder mit diesem sorgenvollen Ausdruck, den ich so sehr hasse, seit ich ihn das erste Mal gesehen habe. Er hält mich für verrückt.

Daher nicke ich ihm mit bemüht lockerem Gesichtsausdruck zu und murmle: »Ich wollte nur Leyla beim Servieren helfen.«

Dads Gesichtsausdruck ist unergründlich und ich winde mich ein paar Herzschläge lang unter seinem Blick. Rasch stelle ich den umgefallenen Stuhl wieder auf und eile mit schnellen Schritten zu Leyla hinüber, die gerade die Schüssel mit Nudeln auf die Schieferplatte stellt und sich anschließend dem Topf auf dem Herd zuwendet. Ich schnappe mir die Platte, trage sie zum Tisch und stelle sie zwischen unseren Tellern ab, während Leyla mir den Rücken zudreht.

»Hey!«, ruft sie, als sie mit dem Topf in den Händen dasteht. »Ich wollte das zusammen servieren.«

Ich stelle mich absichtlich blöd und lächle sie an. »Es riecht so köstlich, ich wollte nicht länger warten.«

Verständnislos schüttelt sich Leyla eine Haarsträhne aus den Augen, stellt den Topf auf dem Tisch ab und streift ihn dabei kurz mit dem Handballen. Fluchend springt sie auf und rennt in die Küche hinüber, um die Verbrennung sofort mit Wasser zu kühlen.

Die Haut ist trotzdem feuerrot, als sie sich zu uns setzt. »Zum Glück war es nur der Handballen.« Sie wedelt mit der Hand, auf der ich noch immer die dunkelroten Schlieren von Tomatensoße sehe, die sich großflächig in ihre Haut fressen. Was wäre geschehen, wenn ich nicht eingegriffen hätte? Wäre alles so gekommen, wie ich es gesehen habe?

»Guten Appetit!«

Ich zucke zusammen und bemerke erst jetzt, dass vor mir Dampf aus meinem Teller voller Spaghetti aufsteigt. Der Geruch lässt meinen Magen erneut aufbrüllen.

Ich will Dad noch einen Mut machenden Blick zuwerfen – schließlich riecht das Essen viel besser als sonst, wenn Leyla kocht, und es sieht auch besser aus –, aber er wirkt wie abwesend. Seine Augen sind leicht trüb, als würde er in längst vergessenen Zeiten schwelgen. Das hat er immer wieder. Leyla zieht ihn dann für gewöhnlich an seinem im Nacken zusammengebundenen Zopf und neckt ihn damit, dass er viel zu alt für lange Haare sei. Er trage diese Frisur mit Stolz und einem Hauch Nostalgie, bekommen wir dann immer zu hören.

Auch jetzt gelingt es ihr, ihn ins Hier und Jetzt zurückzuholen. Sie schnippt mit den Fingern, und er zieht kurz die Stirn kraus, dann greift er zum Besteck und wickelt ein paar Nudeln um seine Gabel.

Ich warte nicht, bis er den gewohnten gezwungen fröhlichen Gesichtsausdruck aufsetzt, sondern stecke das Essen noch vor seiner Reaktion in den Mund und erstarre. Ganz vorsichtig kaue ich, lasse den Geschmack auf mich wirken, ehe ich schlucke und zu meiner Schwester sehe, die breit grinsend von ihrem Handy aufsieht, mit dem sie unsere heutige Mahlzeit wohl bereits gepostet hat.

Seit wann kann sie so gut kochen?

»Was auch immer mit dir passiert ist, du darfst gerne so weitermachen«, sagt Dad lobend, während ich gar nicht so schnell essen kann, wie mein Magen darauf wartet. Als der erste Hunger gestillt ist, spüre ich, wie Dad etwas sagen will, und sehe stur nach vorn, um unsichtbar zu bleiben, obwohl ich weiß, wie idiotisch das von mir ist.

»Wie war der Tag in Tucson, Hailey?«

»Interessant«, antworte ich, ehe ich den nächsten Bissen in den Mund schiebe. Doch Dad genügt das natürlich nicht, also berichte ich ihm noch einmal kurz von unserem heutigen Projekttag. Ich habe mich für das Schulprojekt Indianer eingeschrieben, und unsere Gruppe darf dabei helfen, die Ausstellung über die lokalen Stämme mitzugestalten. Heute haben wir uns einen Überblick vor Ort verschafft, damit wir in den nächsten Tagen in die detaillierte Planung einsteigen und damit hoffentlich auch den Kurator überzeugen können. Doch darauf spielte Dads Frage natürlich nicht an.

»Ist *irgendetwas* … vorgefallen?« Seine Betonung lässt keinerlei Zweifel daran, was er meint.

Ich schüttle den Kopf, aber Leyla antwortet für mich, ohne von ihrem Handy aufzusehen.

»Kyle hat geschrieben, dass du ewig lang allein im Museum warst und er im Bus fast einen Hitzschlag bekommen hat«, mischt sie sich ein, meinen flehenden Blick sieht sie natürlich nicht. Warum schreibt sie sich überhaupt mit Kyle? Über mich? Mit dem würde ich später ein ernstes Wort reden müssen.

»Hailey?«, hakt nun auch Dad nach. Mit seinem Blick kann er Leute entweder verzaubern oder aufspießen. Letzteres hat Jared erst heute wieder am eigenen Leib erfahren. Ich kenne das Gefühl nur zu gut. Je länger man Dad ansieht, desto verschwommener nimmt man alles andere wahr.

»Ich war nur in Gedanken«, seufze ich in der Hoffnung, dass das ausreichen würde. Dad schaut mich fragend an, ehe er die Gabel beiseitelegt und sich nun Leyla widmet.

»Wie war dein Tag?«

Leyla ist um einiges gesprächiger als ich, plaudert munter über die heutigen Vorbereitungen ihres Projekts und die geplante Party rund um den Totempfahl. Bei der Erwähnung des letzten Beweises für die Indianersiedlung, die damals scheinbar spurlos verschwunden ist, wacht mein Geist wieder auf, und ich folge ihrer Erzählung. Eine innere Unruhe steigt in mir auf. Wieder einmal ohne erkennbare Ursache. Ehe ich darüber nachdenken kann, spreche ich die dort lauernde Gefahr an.

Dad runzelt die Stirn und Leyla kleckert sich vor Schreck Soße aufs T-Shirt. »Gefahren? Was soll an dem ollen Felsen in der Wüste denn schon passieren?«, fragt sie und starrt missmutig auf den Fleck.

Verzweifelt suche ich in meinem Kopf nach einer Begründung, doch außer all den Geschichten über verliebte Pärchen, die sich heimlich an dem Totempfahl treffen, finde ich absolut nichts. Verlegen reiche ich Leyla eine Serviette.

Dad tätschelt meine Hand und neigt sich zu mir: »Wenn die Lehrer dabei sind, mache ich mir über diese Art von *Gefahr* dort keine Gedanken.« Er grinst etwas unbeholfen, vermutlich ist ihm dieses Thema genauso unangenehm wie mir – oder meiner Schwester, die jetzt konzentriert an dem Fleck auf ihrem Shirt rubbelt.

Ich will erwidern, dass ich sicher keine Angst davor habe, dass Leyla dort wild herumknutscht, wie es in Summit Tradition zu sein scheint, dann ist mir aber alles egal. Ich will mich von diesem seltsamen Gefühl, das mich seit einiger Zeit verfolgt, nicht weiter verrückt machen lassen. Mit einem langen Atemzug lasse ich die Unruhe aus meinem Körper heraus und konzentriere mich auf die Gegenwart und das, was gut und sicher ist. Dad und Leyla.

Die beiden sind meine Familie, sie halten zu mir, auch wenn es manchmal zu Differenzen kommt. Mom ist schon so lange tot, dass ich außer einem vagen Bild von ihr keine Erinnerung an sie habe. Auch weil die wenigen Fotos von ihr, die zu schießen sie überhaupt erlaubt hatte, gemeinsam mit ihr bei dem Unglück verbrannten.

»Du gehst zu Jared zum Pizzaessen?«, ruft Leyla plötzlich aus und sieht entrüstet von ihrem Handydisplay auf. »Ich stehe den ganzen Tag in der Küche und koche und dann verabredest du dich zum *Pizzaessen*?«

Jetzt greife ich zur Serviette und wische mir den Mund ab, um Zeit zu gewinnen. »Ich … kann ihn doch nicht ständig allein lassen. Er ist mein bester Freund und … Woher weißt du überhaupt davon?«

»Kyle hat mich eben gefragt, ob ich mitkomme.«

Ich runzle die Stirn. »Schreibt ihr euch eigentlich den ganzen Tag?«

Dad wird neugierig und sieht Leyla ebenso auffordernd an wie ich. Sie windet sich kaum merklich, was mich sofort misstrauisch werden lässt. Ganz kurz bedeutet sie mir mit einem Seitenblick, dass wir uns später unterhalten können, und ich gehe darauf ein.

Als auch der köstliche Obstsalat fotografiert und gegessen ist, räumt Leyla so schnell auf, dass ich kaum etwas zu tun habe, und schiebt mich dann absolut unauffällig zur Treppe.

»Willst du mir erzählen, warum ihr euch den ganzen Tag schreibt? Willst du was von ihm?«, frage ich sie, während wir nach oben in mein Zimmer gehen. Sie verneint schnell.

»Aber ich würde dich nachher gerne zu Jared begleiten.«

»Warum?«

»Ich ... wegen Jared. Er schlägt meine Einladungen zum Essen ja ständig aus.« Sie lümmelt sich auf meinem Bett, während ich auf dem einzigen Stuhl Platz nehme.

Ich mustere sie ausgiebig und dann pruste ich los und verschlucke mich fast vor Lachen. »Das ist nicht dein Ernst. Es ist Jared. Du kennst ihn vermutlich besser als jeden anderen Jungen in der Stadt.«

Sie wickelt sich eine Strähne ihres Haares um den Finger und sieht mich seltsam verträumt an.

»Wann ...« Ich führe die Frage nicht zu Ende, sondern versuche, es auch so zu verstehen. Die Einladungen zum Essen, überhaupt Leylas plötzliches Interesse an der ganzen Kocherei ... so Perfekte-Hausfrau-Magazin-tauglich.

Leyla beobachtet mit ihrem berüchtigten Dackelblick, wie

ich langsam begreife. Sie beißt sich auf die Lippe und lächelt, halb entschuldigend und halb verträumt.

»Es ist Jared!«, sage ich noch einmal. »Wir kennen ihn seit tausend Jahren. Er ist … wie ein Bruder für dich.«

»Für dich vielleicht«, entgegnet sie barsch. »Vielleicht siehst du nicht, wie gut er aussieht, wie seine Augen strahlen, wenn er lächelt, und wie markant sein Gesicht ist, wenn er nachdenkt … Ich schon.«

Ich bin völlig fassungslos. Klar, Jared sieht ganz passabel aus, ich bin ja nicht blind, und eine Ähnlichkeit zu den Models auf den Covern von Hochglanzmagazinen ist nicht von der Hand zu weisen. Außerdem ist er der Star der Football-Mannschaft. Deswegen liegen ihm ja auch sämtliche weiblichen Wesen unserer Schule buchstäblich zu Füßen, aber doch bitte nicht meine Schwester! Seit wann sieht Leyla das plötzlich anders? Will sie etwa auf die für meinen Geschmack viel zu lange Liste mit Jareds Eroberungen? Dann macht es auf einmal klick in meinem Kopf, und ich sehe grimmig zu meiner Schwester hinüber, die sich gerade entspannt zurückgelehnt hat und verträumt an die Decke starrt. »Du hängst dich an Kyle, weil du so an Jared rankommen willst?«

Ihr Lächeln entgleitet ihr. Das ist mir Antwort genug und nie zuvor habe ich mich so für meine eigene Schwester geschämt. Ist sie wirklich so oberflächlich wie ihre besten Freundinnen, die mich immer ansehen, als wäre ich ein Haar in ihrem Essen? Bisher dachte ich, sie wäre ein anständiger Mensch.

Ich kenne Kyle nicht so lange wie Jared, aber dennoch ist er ein guter Freund, und ich möchte nicht, dass ihn jemand verletzt. Zumal ich das dumme Gefühl habe, dass er etwas von Leyla will.

»Klär das schnellstmöglich. Stell dir vor, du wärst an seiner Stelle.«

Wenigstens erreiche ich, dass Leyla sich schlecht fühlt und um mehrere Zentimeter schrumpft. Dann erhellt sich ihr Gesicht jedoch plötzlich, und sie verkündet: »Da Jared anscheinend nicht deinem Geschmack entspricht, ist vielleicht der Neue ja dann eher was für dich«, sagt sie geheimnisvoll. »Er soll umwerfend aussehen!«

»Welcher Neue?«

»Mavi hat ihn vor der Schule gesehen, weil er sich für ein Projekt eintragen musste. Er sollte bereits vor einer Woche ankommen, aber er war wohl krank oder so. Morgen macht er dann regulär beim Unterricht und der Projektwoche mit.«

Die Aufregung, die ein neuer Schüler in einer Kleinstadt wie Summit auslöst, ist dramatisch. Ich kann mir Leyla und ihre Klatschweiber-Freundinnen Mavi und Shawnie nur zu gut vorstellen, wie sie voller Begeisterung jeden darauf aufmerksam machen.

Der Neue tut mir jetzt schon leid.

7

19. Nisannu 6996 nach Atum

Dein Vater hat was?« Yasmeens Stimme überschlägt sich, sodass auch diejenigen Umstehenden, die uns noch nicht offen angestarrt haben, zu uns herüberschauen. Ich versuche, ihre Blicke zu ignorieren, während ich Yasmeen signalisiere, dass sie leiser sprechen soll. Was ich ihr erzählt habe, ist nichts, was bereits an die Öffentlichkeit dringen soll.

»Das ist die einzige Möglichkeit für ihn.« Als mein Vater mich gestern in meinem Zimmer aufgesucht und die Lösung präsentiert hat, war ich mindestens genauso schockiert wie meine beste Freundin. Ich habe ihr sofort eine Holo-Botschaft hinterlassen, aber erst am späten Abend konnte sie antworten und wir haben uns für heute verabredet.

Mein Blick gleitet über die schwebenden Marktstände, die mit bunten Tüchern aus transparenter Seide in allerlei Farben dekoriert sind, die nun im Wind flattern. Genauso stelle ich mir die alten Märkte auf der Erde vor, wenn ich die Berichte vergangener Expeditionen lese.

»Aber das geht nicht. Du trägst das Leere Zeichen. Dante kann dich nicht heiraten.«

Als ob ich das nicht selbst wüsste.

»Alle Wissenden haben zugestimmt.« Ich versuche, mich

zu beherrschen. Wir sind hier nicht in meinem Zimmer oder bei Yasmeen, wo ich meine Gefühle nicht verbergen muss. Wir beide ziehen so schon Aufmerksamkeit auf uns. Yasmeen wird gemustert wie die hier feilgebotene Ware, während mir Blicke zugeworfen werden, in denen nur teilweise Mitleid steht, teilweise aber auch Genugtuung. Als ob ich das Leere Zeichen verdient hätte. Das Zischen und Tuscheln hinter vorgehaltener Hand folgt uns schon den ganzen Weg vom Palast aus und kommt überwiegend von den Begabten und deren Angehörigen, die in die Farben ihrer Häuser gehüllt sind. Auch wenn ich sie zu ignorieren versuche, höre ich ihre Worte: »Sie ist nicht würdig, uns zu führen.« – »Es muss an ihrem gotteslästernden Leben liegen.« – »Der Diĝir hat sie für die Vergehen ihrer Mutter bestraft.«

Jeder Satz ist wie ein Stich in die tiefe Wunde, die nun in meinem Inneren klafft. Dort wo vorher Hoffnung und goldene Pläne waren.

Ich versuche wegzuhören, entspanne meine Schultern wieder, die ich instinktiv hochgezogen habe, um mich kleiner zu machen. Auch mit dem Leeren Zeichen bin ich die Prinzessin, und die hat gelernt, aufrecht durchs Volk zu gehen. Jetzt mehr denn je.

»Warum kannst du dann nicht einfach Riaz heiraten? Wenn schon eine Ausnahme gemacht wird, könnte diese doch wenigstens deinen Wünschen entsprechen.« Yasmeen stampft mit kräftigen Schritten neben mir her. Sie bewegt sich, als trüge sie ihre übliche Uniform und nicht wie heute das Grün der Damen ihres Hauses.

»Riaz' Eltern haben ebenfalls dafür gestimmt, wie letztendlich sogar mein Vater. Es gab sieben Stimmen dafür.« Meine Stimme klingt ruhig, obwohl ich innerlich koche. Wie konnten Riaz' Eltern den ausdrücklichen Wunsch ihres Sohnes so verraten? »Du kennst die Familie Deimos«, füge ich hinzu.

Yasmeen atmet hörbar aus. Ihre Armreifen klirren. Die transparenten weiten Tücher, die von den Trägern ihres Kleides zu den Handgelenken führen, flattern unentwegt wie bei den ersten Flugversuchen eines Jungvogels. Sie kann ihre Arme einfach nicht ruhig halten. Dann murmelt sie etwas von gesellschaftlichem Ansehen, das den Deimos wichtiger sei als das Glück ihres Sohnes, und ballt die Hände zu Fäusten. Mit allem hat sie leider recht.

»Was sagt Riaz dazu?«

Ich brauche sie nur anzusehen und sie kennt die Antwort. Trotzdem spreche ich es aus. »Er will bei den Wissenden vorsprechen.« Ich erzähle ihr nicht, wie fassungslos mich Riaz angesehen hat, wie der letzte Funke in seinen Augen erloschen ist, als ich ihm heute Morgen davon erzählt habe. Ich berühre meine Wange, auf der seine Hand gelegen hat, als er mir versichert hat, einen Ausweg zu finden, eine Möglichkeit für ein Wir.

Ich weiß, dass er alles tun wird – und dass er doch keine Chance hat. Er weiß es ebenso. Vor mir konnte er seine Hilflosigkeit nicht verbergen. Weil wir sie teilen. Ich schlucke den Kloß in meiner Kehle hinunter und bemühe mich, die Gefühle von mir wegzuschieben. »Riaz hat sofort die richtigen Schlüsse gezogen. Seine Mutter hat ihm, noch bevor ich es erzählt habe, eine neue Kandidatin vorgestellt. Die perfekte Partnerin für ihn. Elif.«

»Elif? Sie ist Witwe!« Yasmeen starrt mich ungläubig an.

Ich erkläre, was sie eigentlich schon weiß: »Sie ist jung und hübsch und trägt das Zeichen von Nephthys, auch wenn sie keine sehr talentierte Seherin ist. Ihre Eltern waren damals nicht sehr erfreut über ihre einzige Wahl.« Ich spreche nicht aus, dass ihr verstorbener Mann dem Haus Schu angehörte, wie Yasmeen. Dem rangniedrigsten Haus. Er starb im Außeneinsatz den Tod eines Soldaten.

»Wann sind die Menschen nur so geworden?«, sagt Yasmeen und erwartet hoffentlich keine Antwort. »Waren sie schon damals mehr auf ihre eigenen Interessen bedacht als auf die der Gemeinschaft? War das der wahre Grund, warum wir von der Erde fliehen mussten? Dann wäre es kein Wunder, dass unsere Kulturen immer wieder zugrunde gehen.« Auch wenn sie sich bemüht, die Sätze locker klingen zu lassen, schwingt eine unendliche Traurigkeit in ihrer Stimme mit. Sofort kann ich erahnen, was los ist.

»Hast du ebenfalls einen Antrag bekommen?«

Sie hält abrupt an, um ein paar Dienstmädchen mit voll beladenen Körben vorbeizulassen, bevor sie in der Menge wieder eine Lücke findet und mit hohem Tempo weiterläuft. Dieses Gespräch habe ich bereits vor drei Tagen begonnen, und es endete immer damit, dass sie mich zuerst angeschwiegen hat und dann versuchte, mit Belanglosigkeiten abzulenken. Wenn ich es nicht besser wüsste, hätte ich daraus geschlossen, dass sie bereits jemanden im Auge hat.

»Ich hasse es, mir vorschreiben zu lassen, wen ich heiraten soll. Und du solltest das ebenso. Sei nicht immer so vernünftig!« Bei ihr klingt das wie ein Schimpfwort. Ihre Augen funkeln. In ihnen brennt ein Feuer, das ich nicht mehr oft zu sehen bekomme. Es ist kein gutes Zeichen. Sie steigert sich in eine unmögliche Idee hinein, die ihr nur Ärger einbringt.

»Yas, du solltest die Angebote, die deine Eltern unterstützen, nicht ablehnen. Du würdest deiner Familie Ehre erweisen und darfst dich nicht gegen sie stellen.« *Und gegen den gesamten Rat der Wissenden*, füge ich in Gedanken hinzu. Das kann nicht gut enden.

»Solche Verbindungen – inklusive daraus hervorgehender Nachkommen – sollten aus Liebe entstehen. So wie es bei dir und Riaz der Fall wäre. Wenn ich nur daran denke, dass du mit Dante …« Sie macht ein Gesicht, als würde sie sich gleich übergeben wollen.

Ich schlucke. Es gab eine Zeit, da mochten wir Dante. Doch je älter er wurde, desto mehr glich er seinem Vater, General Leemal. Wie dieser ist Dante zu sehr auf seinen Stand bedacht, seine Interessen gehen über alles. Dante ist sich nie zu schade dafür gewesen, jeden noch so kleinen Fehltritt unsererseits zu melden – wie zuletzt den Besuch bei Yasmeen vor einem halben Jahr –, weshalb wir ihn irgendwann alle gemieden haben. Aus diesem Grund ist der Heiratsantrag durch seinen Vater Leemal ganz sicher nicht aus Liebe erfolgt. Ich habe schon eine gefühlte Ewigkeit nicht mehr mit Dante gesprochen.

Wir verlassen gerade den Markt und überqueren den Platz vor dem medizinischen Komplex. Wie von selbst folge ich einem der vielen dunklen Streifen im Pflaster vor dem Hauptgebäude, die aus allen Richtungen, von überall in der Stadt, zu diesem einen Punkt führen. Lange vor meiner Geburt, als es noch genug Magie gab, um die Flugmaschinen zu bedienen, dienten sie als Leitstrahlen, die auch weniger mobile Menschen zu den Heilern bringen konnten, um die Impfungen nicht zu verpassen. Heutzutage müssen die Heiler zu ihnen nach Hause kommen.

»Wusstest du, dass immer mehr Menschen mit dem Leeren Zeichen der Stadt verwiesen werden? Gestern waren es zehn.

Zehn Menschen, Ash! Und andere verschwinden spurlos.« Ihre Stimme ist vorwurfsvoll, aber auch herausfordernd, sie hat sich schon zu weit in ihre wilden Ideen verstrickt.

»Sie werden nicht aus der Gesellschaft geworfen, weil sie das Leere Zeichen tragen. Sie haben etwas verbrochen«, versuche ich, sie zu beruhigen, auch wenn ich in meinem Inneren der Überzeugung bin, dass der Verweis aus der Stadt einem Todesurteil gleichkommt, das in keinem Verhältnis zu den kleinen Vergehen steht, die begangen wurden. Jetzt kommt Yasmeen erst richtig in Fahrt, und ich verfluche mich dafür, damit angefangen zu haben.

»Hör auf, wie die Tochter des Herrschers zu sprechen, Ash. Du bist eine von ihnen.« Yasmeens Worte wirken wie ein Schlag ins Gesicht. Sofort wird ihre Stimme sanfter, doch an den Tatsachen kann sie nichts ändern. »Es gibt immer mehr Menschen mit dem Leeren Zeichen. So viele niedere Aufgaben gibt es gar nicht. Die Helferstellen sind besetzt, die Dienerschaft der großen Häuser schon längst überfüllt. Bauern und Nahrungskundler gibt es genug. Wie sollen sich diejenigen ernähren, die keiner dieser Aufgaben nachkommen können? Ist es verwunderlich, dass sie sich auflehnen?«

Das Feuer in ihren Augen lodert immer höher. Sie gestikuliert so wild, dass ihre Armreifen unentwegt klimpern. Ich weiß, dass sie recht hat. Mit allem, was sie sagt. Ich weiß aber auch, dass der Rat ebenfalls davon Kenntnis hat. Mein Vater und die anderen Wissenden schaffen fortlaufend neue Stellen. Vater beispielsweise hat erst vor zwei Wochen mehrere neue Küchenhilfen und einen neuen Diener eingestellt: Malak. Aber die Diskussion führt ins Leere. Ich stehe wie immer wieder zwischen meiner Freundin und dem Herrscher von Heliopolis.

Daher bin ich froh, dass wir endlich die Glastür des medizinischen Komplexes passieren und ich nicht weiter über etwas diskutieren muss, was Yasmeen in ihrer aktuellen Stimmung einfach nicht verstehen will.

Sofort wird meine Aufmerksamkeit auf eine Gruppe lautstark streitender Menschen gelenkt, die mit den in silberne Kaftans gehüllten Heilern diskutieren.

»Meine Frau und meine Tochter sind erkrankt, weil ihr ihnen keinen Impfstoff gegeben habt«, brüllt ein Mann mit Vollbart, seiner Kleidung nach zu urteilen arbeitet er auf den Feldern der Oase. Entfernt kommt mir sein Gesicht bekannt vor. »Sie liegen zu Hause und krümmen sich vor Schmerz. Ich kann sie nicht hierher bringen.« Die Stimme des Mannes wechselt von Wut zu Verzweiflung. Er verbirgt seine Hilflosigkeit nicht, sondern stellt sie schonungslos zur Schau. Ich will bereits in seine Richtung gehen, irgendetwas unternehmen, ihm helfen. Ihm erklären, dass ein Missverständnis vorliegt, doch Yasmeen hält mich zurück und will, dass ich weiter beobachte und zuhöre.

Die Antwort des medizinischen Mitarbeiters kann ich nicht verstehen, sehe nur seine beschwichtigend erhobenen Hände.

»Es werden immer mehr, denen ihr die Impfung verweigert«, mischt sich eine Frau mit grausilbernem Haar ein, ebenso in der zweckmäßigen Kleidung der Oase.

Das kann nicht sein. Die Impfung ist überlebensnotwendig für die Bevölkerung. Die Heiler haben jahrelang geforscht, weshalb immer mehr Menschen erkranken und sterben, ehe sie im Blut von Neugeborenen die Keime entdeckt haben. Es heißt, dass dies die erste offensichtliche Strafe des Diĝirs war. Die Krankheit kam und hat etliche Bewohner dahingerafft, bis sich das Volk hinter den Mauern dieser Stadt endlich wieder sicher gefühlt hat. Nach den vielen Toten tauchten die ersten Leeren Zeichen auf. Der Untergang von Heliopolis rückte – trotz all der Technik, die uns schon damals zur Verfügung stand – unentwegt näher. Doch letztendlich konnte die Krankheit eingedämmt werden. Monatlich erhalten wir Impfungen, um uns vor dem *Zorn des Diĝirs* zu schützen, wie er überall genannt wird. Ohne sie wird der Körper innerhalb kürzester Zeit dahingerafft. Der Mann und die alte Frau können dem Rat nicht vorwerfen, sein eigenes Volk zu töten. Zumindest scheinen sie nicht zu denjenigen zu gehören, die in der Erkrankung die direkte Strafe Gottes sehen.

Yasmeens Hand ist fest um meinen Oberarm gekrallt, sodass ich morgen blaue Flecken haben werde. Als Soldatin ist sie gut trainiert. Ich will endlich einschreiten, will erklären, dass es sich um einen Irrtum handeln muss. Doch noch ehe ich mich von Yasmeen losreißen kann, stürmt eine Gruppe Soldaten ins medizinische Zentrum.

Ohne überhaupt nachzufragen, was passiert ist, und die Missverständnisse aus dem Weg zu räumen, schalten sie jeden aus, der keine silberne Uniform trägt. Ich sehe entsetzt zu, wie die Menschen von Anti-Gravit-Netzen überzogen werden und hilflos hinter den niederen Soldaten herschweben. Der Anführer der Gruppe unterhält sich noch mit den Medizinern, zwei weitere Soldaten stehen neben ihm, und ich kann sie alle erkennen, als sie ihre Kapuze aus undurchdringlichem Neoferrum abstreifen, die ihren Kopf vor Angriffen schützt.

Mein Blick bleibt an dem Gesicht hängen, das von langen Haaren umrahmt wird. Vaters erster Berater und nach ihm die ranghöchste Person der Stadt: General Leemal.

»Lass uns gehen«, zischt Yasmeen neben mir und zerrt an meinem Arm. Erst jetzt beachte ich die zwei Personen, die Leemal flankieren. Zu seiner Rechten steht Mazen und sofort verengen sich meine Augen zu Schlitzen. Auch wenn er für das Volk von Heliopolis gehandelt hat, hat er doch meine Mutter verraten. Seine eigene Schwester. Ich werde ihm nie verzeihen können, was er meiner Familie angetan hat, und bezweifle bis heute, dass sich die Geschichte, die er überall verbreitet, tatsächlich so ereignet hat.

Nun dreht sich die Person zu Leemals Linken um und kalte Augen in der Farbe von unreifen Kwaiknollen mustern mich abschätzend. Dante ringt sich ein Lächeln ab, eine einstudierte Geste, die wenig überzeugend wirkt.

»Man sieht die Liebe förmlich zwischen euch hin und her schwingen«, bemerkt Yasmeen trocken und schafft es endlich, mich mit sich zu ziehen. »Und so stellst du dir deine Zukunft vor? Mit *ihm*?« Ich stolpere neben ihr her, werfe dennoch einen kurzen Blick zurück auf Dante. Sein Lächeln ist erloschen, kaum dass ich mich abgewandt habe. Dennoch sieht er mir hinterher, einen seltsamen Ausdruck in den Augen, der mir Gänsehaut verursacht, ehe mich ein so unnatürliches Glücksgefühl überrollt, dass ich vor Freude tanzen könnte. So unnatürlich, dass ich mich mit all meiner Willenskraft dagegen wehre, und dennoch versage. War es wieder Leemal, der mich manipuliert hat? Oder war es Dante? Auch er gehört dem Haus Seth an. Meine Wangen heben sich, dieses berauschende Gefühl muss nach außen getragen werden. Meine Schritte werden leichter, ich schwebe beinahe. Dante reagiert auf mein Lächeln, aber anders als erwartet. Anstatt zu triumphieren, dass seine Magie mich überrumpelt hat, senkt er den Blick und beendet die Manipulation.

»So ein Mistkerl«, flucht Yasmeen, als wir außer Sicht sind und Dantes Einfluss endgültig erlischt. »Will er dich so an seine Seite bringen? Dich niemals allein lassen, weil sich *deine* Gefühle für ihn ansonsten ändern könnten? Das kannst du nicht mit dir machen lassen, Ash. Du musst dich wehren! Rede mit deinem Vater.« Tiefes Mitleid steht in ihren Augen, aber da ist noch mehr. Erneut huscht eine Traurigkeit über ihr Gesicht, die nichts mehr mit mir zu tun hat, von der ich aber instinktiv weiß, dass sie der Kern ihres Aufbegehrens der letzten Wochen ist. Doch ich weiß nicht, wie ich sie darauf ansprechen soll. Egal was ich sage, es scheint immer das Falsche zu sein.

Diese ungesagten Dinge schweben zwischen uns, drängen uns auseinander, während wir den langen, monoton grauen Flur entlanggehen, der zu den Behandlungsräumen führt. Yasmeens Hand berührt immer wieder die meine, doch die Mauer, die uns trennt, war nie undurchdringlicher als in diesem Moment. Angst nagt an mir, frisst sich durch mich hindurch. Es ist nicht mehr nur die Angst vor meiner eigenen Zukunft mit Dante, sondern die Angst, dass Yasmeen sich noch weiter verändert und wir eines Tages keine Gemeinsamkeiten mehr haben. Ich kann sie nicht auch noch verlieren, wenn mir Riaz bereits genommen wird.

Doch trotz all dieser Gedanken schaffe ich es nicht, mit ihr zu reden, bis wir bei Yasmeens Behandlungszimmer eintreffen. »Wir sehen uns«, grüßt sie gedankenverloren, als wäre ich eine flüchtige Bekanntschaft und nicht ihre beste Freundin. Ich sehe zu, wie sich die automatische Tür hinter ihr schließt, und bleibe regungslos stehen, den Blick auf das kalte Metall vor mir gerichtet.

»Akasha Themis«, spricht mich plötzlich jemand an und

reißt mich aus den Gedanken zu all dem, was ich Yasmeen hätte sagen können. Ein Mädchen, nur wenig älter als ich, in einen silbernen Kaftan gekleidet, sieht mich fragend an.

Ich entschuldige mich sofort für meine Verspätung. Sicher hat sie schon ein paar Räume weiter vergeblich auf mich gewartet.

»Kein Problem. Die Prinzessin von Heliopolis darf das.« Noch während sie den letzten Satz ausspricht, entgleitet ihr das Lächeln, und sie bricht den Augenkontakt ab. Nervös spielt sie am Gürtel ihres Kaftans, ehe sie sich mit leicht geröteten Wangen schnell abwendet und in Richtung meines Behandlungsraumes geht. Ich weiß nicht, ob sie mich nicht verletzen wollte oder ob sie zu denjenigen gehört, die sich darüber freuen, dass der Diĝir aus der Prinzessin die Trägerin des Leeren Zeichens gemacht hat.

Sie hat bereits alles für meine Infusion vorbereitet. In ihrem Arbeitsbereich ist sie weniger befangen. Ein professionelles Lächeln breitet sich auf ihrem Gesicht aus, und ich kann noch weniger erahnen, zu welcher der beiden Parteien sie gehört. Wie jeder andere Behandler vor ihr erklärt auch sie mir, was gleich geschehen wird.

»Aufgrund Ihrer Erkrankung als Neugeborene erhalten Sie eine personalisierte Dosis des Impfstoffes, der nur intravenös verabreicht werden kann.« Sie deutet auf den sterilen schwebenden Sessel und ich setze mich. Sofort passt sich das formbare Metall an meine Körperkonturen an und meine Handgelenke werden fixiert. »Um die Komplikationen einzuschränken und den Wirkstoff optimal seine Wirkung entfalten zu lassen, wurde das Medikament mit dem Blut von Ihrem letzten Besuch von unseren besten Formwandlern verbunden«, fährt sie fort, während aus der Seite der Armlehne das Instrument ausfährt, das den Zugang legen und die Infusion einleiten wird.

»Wünschen Sie eine Betäubung?«, fragt das Mädchen, und ich schüttle den Kopf. Sie nickt, tippt etwas auf die projizierte Krankenakte auf ihrem Unterarm und mit einem leisen Surren macht sich das Instrument an die Arbeit. Ich zucke zusammen, obwohl ich weiß, wann die Metallspitze meine Haut durchstößt und der Druck auf meinen Unterarm zunimmt.

Um mich abzulenken, spreche ich das Mädchen an: »Ich habe gehört, dass nicht mehr alle Menschen geimpft werden.« Absichtlich habe ich es nicht als Vorwurf formuliert, dennoch erstarrt das Mädchen und wird kreidebleich. Ihre Augen bewegen sich nervös hin und her, ihr Körper beugt sich leicht nach vorne, als würde sie jeden Moment wegrennen wollen. Diese Reaktion ist mir Antwort genug. Die Gruppe, die Leemal hat abführen lassen, hat die Wahrheit gesagt.

8

Summit – Arizona, 12. Juni

Dichter Rauch quillt unter der Tür hindurch und hat sich bereits überall im Raum verbreitet. Da ist nichts mehr außer weißgrauen Schlieren, die auf mich zudrängen und mir den Atem rauben. Ich huste, was den stechenden Kopfschmerz unerträglich macht. Mein Hals kratzt. Verzweifelt reiße ich an meinem Shirt, will es über den Mund ziehen, doch es gibt einfach nicht nach. Ich muss hier raus!

Ein weiterer Hustenanfall erschüttert meinen Körper, während ich mich durch den immer dichteren Rauch zur Tür vortaste. Gehe ich überhaupt in die richtige Richtung? Ich drehe mich einmal um die eigene Achse, verliere so jedoch noch mehr die Orientierung. Mit schnellen Schritten gehe ich voran. Ich muss eine Wand finden, an der ich mich entlangtasten kann. Irgendwann werde ich die Tür finden.

Nach schier endlos wirkenden Sekunden berühre ich die kühle Wand. Die tiefe Erleichterung darüber hält nicht lange an. Inzwischen tränen meine Augen, sodass ich überhaupt nichts mehr sehen kann. Meine Lunge schmerzt, will mehr Sauerstoff, als die Luft hier drin bieten kann. Meine Beine zittern und drohen, unter meinem Gewicht nachzugeben.

Ich weiß, dass ich nicht mehr viel Zeit habe.

Ein Hustenanfall reißt mich aus diesem scheußlichen Albtraum. Ich ringe nach Atem. Mein Körper bäumt sich auf und sehnt sich nach Sauerstoff, als wäre der Traum real gewesen. Es dauert mehrere Minuten, bis ich mich selbst wieder unter Kontrolle habe.

Mom.

Ich habe gestern Abend an Mom gedacht, und mein Unterbewusstsein hat mir ihre letzten Minuten als Traumbilder geschickt, wie ich sie mir unzählige Male zusammengereimt habe. Ihre Angst und ihre Panik sind in diesen Träumen greifbar, als wären es meine eigenen Gefühle.

Selbst nach mehrmaligem Räuspern ist das Kratzen in meiner Kehle noch zu spüren. Ich erinnere mich an den dichten Rauch. Diesen Traum hatte ich nicht das erste Mal. Mit einem tiefen Atemzug lasse ich den Rest der Beklommenheit entweichen, stehe auf und gehe ins Bad, um zu duschen, ehe ich nach unten zu Dad und Leyla gehe, die schon beide am Esstisch sitzen, einen Berg Pancakes in der Mitte aufgestapelt.

»Wieder schlecht geträumt?«, fragt Dad, und die typische Sorgenfalte erscheint zwischen seinen Brauen, während ich mich setze.

Ich nicke kurz, lächle bemüht locker und sage: »Ich habe es im Griff.«

»Was war es dieses Mal? Kannst du dich noch erinnern?«

Ich halte in meiner Bewegung inne und der Sirup rinnt weiter und weiter auf meine Pancakes hinab. Da war … Ich bemühe mich, halte mich an dem Schreck fest, den ich gespürt habe, doch ich bekomme den Grund dafür nicht mehr zu fassen.

»Nein, nichts mehr da«, murmle ich und bemerke schockiert, wie meine Pancakes in einem Sirupsee ertrinken, der sich beinahe über den Tellerrand ergießt. Ich seufze genervt auf und stelle die Flasche zurück. Das ist heute nicht mein Tag. Schon nach einem der triefenden Pancakes ist mir schlecht und ich bringe meinen Teller in die Küche.

»Du hättest dich heute auch etwas mehr herrichten können«, zischt Leyla mir zu, als ich gerade das Besteck in die Spülmaschine räume.

»Bitte?«

»Der Neue, du weißt schon.«

Ich verdrehe die Augen. Den ganzen gestrigen Abend habe ich mir das anhören dürfen. Jared hat uns kurzfristig abgesagt, da seine Eltern tatsächlich einmal zu Hause gewesen sind und natürlich ein Vorrecht auf ihn haben. Leyla ist den ganzen Abend eingeschnappt gewesen, bis sie sich auf das Thema »neuer Schüler« eingeschossen hat. Es klang so, als wollte sie mich um jeden Preis verkuppeln, ganz gleich, wer der Typ war. Sie hat mir sogar ein total pixeliges Foto geschickt, das ihre Freundinnen aus hundert Metern Entfernung geschossen haben und auf dem ebenso ein Neandertaler zu sehen hätte sein können. Leylas schwärmerisches Seufzen machte es nicht besser. Um meine Ruhe zu haben, bot ich ihr an, sie dem Neuen vorzustellen, wenn sie doch so großes Interesse an ihm hatte.

Der Ärger von gestern packt mich erneut.

»Du weißt, dass es Jared ganz egal ist, wie jemand aussieht, oder?«, versuche ich, sie an ihrem neuesten wunden Punkt zu treffen. »Er ist nicht so oberflächlich wie deine Freundinnen – und wie du ganz offensichtlich geworden bist«, gifte ich weiter, sodass Leyla ihr Dauergrinsen entgleitet. Gewonnen! Ich dränge mich an ihr vorbei und schnappe meinen Rucksack.

Nach den gestrigen Erkenntnissen fühlt es sich heute seltsam an, mit Jared und Leyla die gewohnte Strecke zu laufen. Wir haben nur anderthalb Blocks bis zur Schule und daher gehen wir immer zu Fuß. Normalerweise ist diese Zeit immer von Leylas Plappern erfüllt, die uns über den neuesten Klatsch updatet. Heute jedoch umgibt uns eine dichte Wolke der Stille. Die Anspannung, die von Leyla ausgeht, überträgt sich auch auf Jared und mich, und ich bin nahezu erleichtert, als ich an der Kreuzung vor der Schule Mavi und Shawnie sehe, die beide den Kopf über ein Handy gesenkt haben.

Leyla beschleunigt ihre Schritte und gesellt sich zu ihren Freundinnen. An Jareds erleichtertem Aufatmen merke ich, dass auch er die Stimmung nicht gerade als angenehm empfand.

»Kommt es mir nur so vor oder hat sie sich seltsam benommen?« Jared kratzt sich im Nacken, während wir langsam weitergehen. Eigentlich wäre dies der Moment, in dem ich ihm sagen sollte, dass meine Schwester auf ihn steht. Aber nichtsdestotrotz ist sie meine Schwester, und ich will nicht, dass sie sauer auf mich ist, weil ich mich ihr in den Weg stelle und Jared erzähle, was ich weiß. Das kommt mir mehr als unfair vor, daher versuche ich, das Thema mit einem Schulterzucken zu umgehen. Sie wird ihn hoffentlich bald selbst aufklären.

»Sie … hat mit mir geflirtet, oder?«, fragt er weiter.

Ich sehe zu Jared hinüber und erwarte einen Gesichtsausdruck ähnlich meinem von gestern – schließlich ist doch allein schon der Gedanke daran absurd. Doch Jared überrascht mich mit seiner nachdenklichen Miene. Sein Blick ist in weite Ferne gerichtet – nein, auf Leyla –, und tatsächlich liegt ein leichtes Lächeln auf seinen Lippen.

»Sie hat sicher nur die Flirttipps aus einem Frauenmagazin an dir ausgetestet«, sage ich roboterhaft. Ich kann immer noch nicht fassen, dass für ihn der Gedanke an ein Leyla-und-Jared nicht wie für mich total abwegig ist.

Er antwortet mit einem gedankenverlorenen Nicken. Er ist noch immer nicht der Jared, den ich sonst an meiner Seite habe.

»Wie kannst du den Jungen deiner Träume mit einem Blick verzaubern«, gebe ich mit näselnder Stimme zum Besten.

»Vielleicht hat sie ja tatsächlich von mir geträumt?«, denkt er laut nach, während er sich durch die Haare fährt.

»Glaub mir: So schaut man seine Albträume nicht an«, feixe ich und erziele die gewünschte Wirkung.

Jared scheint endlich wieder entzaubert und sieht mich gespielt vorwurfsvoll an. »Haha!«

Wir passieren die Kreuzung vor der Schule und überqueren den Schulhof, wo sich die typischen Grüppchen gesammelt haben. Es wird immer getuschelt, aber heute noch mehr als sonst. Ich vermute, dass es an dem ominösen Neuen liegt, und bedauere ihn erneut. Wie muss es sein, in eine völlig neue Umgebung zu kommen und von allen angestarrt zu werden wie ein Alien? Keine Freunde oder Bekannte zu haben?

Nur wenig später lerne ich ihn dann kennen.

Nach der knappen Vorstellung von Mr Vance betritt Nicolas den Projektraum, und mein Blick saugt sich nahezu an ihm fest, sodass ich mich für einen Moment dazu hinreißen lasse, Verständnis für Mavis und Shawnies Schwärmerei aufzubringen. Nicolas ist alles andere als ein Höhlenmensch, wie ich ihn auf Leylas Handy wahrgenommen haben. Wie er mit seiner Hand lässig eine Strähne seiner dunkelblonden Haare aus dem Gesicht streicht, hätte jedem x-beliebigen

Spot für Shampoo entsprungen sein können – oder wenn man die schmale, aber durchaus durchtrainierte Statur unter dem eng anliegenden T-Shirt betrachtet, auch einer Werbung für ein Fitnessstudio oder einen Surfkurs.

Ein zweiter Blick auf sein Gesicht reicht aber, um zu erkennen, dass er und ich keine Freunde werden. Er mustert unsere Projektklasse, als hätte man ihm Würmer zum Essen serviert. Plötzlich sehe ich nur noch das arrogant gehobene Kinn, den überheblichen Blick und wie er uns belächelt. Letzteres löst in mir einen bislang unbekannten Drang aus, ihm ins Gesicht zu schlagen. Dabei hilft es auch nicht, dass es ein sehr attraktives Gesicht ist – inklusive hoher Wangenknochen und eines kantigen Kinns.

Zu allem Unglück weist ihn Mr Vance unserem Projektteam zu. Nicolas nickt ihm erst mit einem geheuchelten Sonnenscheinlächeln zu, ehe er mit deutlich sichtbarem Widerwillen auf den Tisch zugeht, an dem Jared, Kyle und ich Platz genommen haben. Ist das etwa ein Naserümpfen, als er sich mir gegenüber auf den Stuhl fallen lässt? Dass der erste Eindruck zählt, hat man Nicolas du Roi wohl nie beigebracht.

Jared neben mir räuspert sich und bemüht sich um ein freundliches, aufgeschlossenes Lächeln. »Willkommen in Summit. Ich bin Jared, das sind Kyle und Hailey.« Er streckt Nicolas die Hand entgegen, dieser jedoch sieht darauf hinab, als hätte Jared zuvor auf die Handfläche gespuckt. Jareds Lächeln erlischt und er legt seine Hand wieder auf den Tisch.

Auch Kyle murmelt eine Begrüßung und verzieht seine Lippen zu einem nur noch höflichen Lächeln. Meine beiden Teampartner teilen eindeutig meine Meinung über den Neuen.

Nicolas mustert uns aus so stark zusammengekniffenen Augen, dass ich die Farbe seiner Iris nicht genau erkennen kann. Seine Hand, die eben noch locker auf dem Tisch gelegen hat, ist zur Faust geballt, und plötzlich macht mich dieses arrogante Gehabe unglaublich wütend. Was bildet der Typ sich ein? Ich erwidere seinen starren Blick, und innerhalb eines Wimpernschlags verändert Nicolas seine Haltung und seine gesamte Mimik, sodass ich mir nicht sicher bin, ob ich mich eben nur getäuscht habe und mein Gehirn mir wieder einen Streich gespielt hat.

Mit einem strahlenden Lächeln grüßt er uns und in meinem Ohr hallt ein kollektives Aufseufzen aus dem Rest des Raumes wider. »Wollt ihr mir vielleicht erzählen, an welchem Teil des Projekts ihr arbeitet?«

Ich sehe irritiert zu Jared und Kyle, die bereits die vielen Zettel vor sich hin und her schieben und beide im selben Moment anfangen zu erzählen. Ihre Skepsis von eben ist wie verflogen.

Als ich wieder zu Nicolas blicke, spiegeln sich ausgerechnet in seinem Gesicht meine verwirrten Gefühle wider. Er blinzelt und schaut mit leicht gerunzelter Stirn hin und her, nur um anschließend den Kopf zu schütteln. Dann versucht er zu lächeln. Es hätte mich täuschen können, hätte ich den kurzen Moment verpasst, in dem regelrechte Panik in seinen grünen Augen aufgeflammt ist.

9

19. Nisannu 6996 nach Atum

Sie dürfen gerade nicht hinein.« Eine von Vaters neuen Angestellten stellt sich mir in den Weg. »Ihr Vater hat eine Besprechung.«

»Für mich wird er sie unterbrechen«, antworte ich ihr böser als beabsichtigt. Sie ist nicht der Grund für meine Wut. Kaum dass ich mit meiner Behandlung fertig war, bin ich aus dem Heilinstitut gerannt und auf direktem Weg hierhergekommen. Die Zitadelle ist der Regierungssitz des Rates, und alle Wissenden haben einen Raum hier, in dem sie Leute empfangen und arbeiten können.

Die Frau versucht, mich halbherzig zurückzuhalten, als ich mich an ihr vorbei zum Sensor dränge und die Tür aufgleitet.

Vater und General Leemal sitzen an Vaters Besprechungstisch und sehen nun zu mir. Leemal Letos verzieht den Mund zu einem abfälligen Lächeln und wendet sich dann wieder meinem Vater zu. Auch ohne dass der Oberste des Hauses Seth seine Gefühle auf mich projiziert, weiß ich, wie sehr er mich für das, was meine Mutter getan hat, hasst. Er will mich an ihrer Stelle leiden lassen. Sie ist ihm entkommen, was in mir immer wieder ein Gefühl von Genugtuung hervorruft.

Vater nickt Leemal zu, der aufsteht und sich kurz verneigt, sodass seine langen Haare nach vorne fallen. Unter seinem Kragen ist noch eine Spitze des Mals in seinem Nacken zu sehen. Wieso hat er Magie angewandt? Den Bruchteil einer Sekunde später ist es komplett verschwunden. Habe ich es tatsächlich gesehen? Das Zeichen, das als Om-Silbe noch heute in einigen Erdsprachen eine Bedeutung hat, zeigt, wie das Haus Seth diese Kulturen in ihrer Entstehungsphase beeinflusst hat. Leemal geht mit einem kalten Lächeln an mir vorbei. So dicht, dass seine Uniform mich streift und meine Unterarme sofort von einer Gänsehaut überzogen werden.

»Akasha?«, fragt mein Vater, nachdem sich die Tür hinter Leemal geschlossen hat. Ich habe mir auf dem Weg zur Zitadelle so viele Formulierungen zurechtgelegt. Doch hier, meinen Vater direkt vor mir, sein freundliches, aufrichtiges Lächeln im Gesicht, das mich sofort an so viele schöne Stunden meiner Kindheit erinnert, fällt es mir schwer, die Vorwürfe auszusprechen. Erwartungsvoll sieht er mich an.

»Du verbietest den Heilern, Menschen mit dem Leeren Zeichen zu impfen?«

Ich habe Entschuldigungen erwartet, eine Erklärung, die Aufklärung eines Missverständnisses. Doch mein Vater, der mächtige Herrscher von Heliopolis, presst seine Kiefer so fest zusammen, dass sich seine Kiefermuskeln deutlich abzeichnen, und nickt langsam.

Diese Geste entwaffnet mich, all die im Geist abgespielten Gespräche haben vorausgesetzt, dass er den Vorwurf zurückweist. In meinem Kopf herrscht nun absolute Leere, und ich öffne mehrmals den Mund, um etwas zu sagen, doch die Worte zerfallen auf meiner Zunge zu Staub. Irgendwann stammle ich ein »Warum?«.

»Setz dich, Akasha.« Er deutet auf die Sessel bei dem kleinen Tablett mit gläsernen Kelchen. Ich will mich nicht setzen, doch mein Vater macht deutlich, dass ich vorher keine Antwort bekommen werde. Er nimmt die Karaffe und gießt dampfendes Wasser in die Kelche. Der Duft des Tees steigt mir in die Nase. Vanille. Für mich riecht mein Vater in jeder Erinnerung nach Vanille – wie der Tee, den er am liebsten trinkt. Ich gebe nach und lasse mich auf den Sessel fallen. Mein Vater reicht mir meinen Kelch und ich nippe wie er daran. Der Dampf beruhigt mich wie all die Male davor, in denen mir mein Vater vor einem klärenden Gespräch genau dieses Getränk eingeschenkt hat. Doch heute möchte ich mich nicht beruhigen lassen. Schnell stelle ich den Tee zurück auf das schwebende Tablett.

»Ich glaube, du bist nun alt genug, um zu erfahren, was deine Familie dieser Stadt angetan hat.« Mein Vater stellt seinen Kelch ebenfalls ab und lehnt sich in seinem Sessel weit nach hinten.

»Erinnerst du dich noch an die Lehrstunden über die große Epidemie?«

Ich runzle die Stirn und frage mich, warum er so weit ausholt, nicke dann aber. Vater holt tief Luft. Die Fingerspitzen seiner Hände berühren die des jeweiligen Gegenstücks. Wenn er einatmet, formen sie eine Kugel, wenn er ausatmet, kommen sie zusammen. Sein Mantra. Er muss seine Mitte finden. Ich warte gespannt ab, die Finger fest um die Armlehnen des Sessels geschlungen.

»Dein Großvater Kareem, mein Vater, war Mitglied der Wissenden, als die Krankheit ausbrach. Zu jener Zeit hat die Familie deiner Mutter regiert, Ea Videen aus dem Haus Geb. All unsere Gelehrten forschten an einem Heilmittel, die begabtesten Formwandler haben bis in die kleinsten Atome nach der Ursache der Krankheit gesucht und sie dann tatsächlich gefunden.«

Ich nicke. Bislang habe ich nichts Neues erfahren.

»Euch erzählt man, dass die Ursache der Erkrankung bei einem Neugeborenen gefunden werden konnte. Sie haben bei diesem Kind tatsächlich etwas entdeckt …« Mein Vater macht eine bedeutungsschwere Pause. »Doch es war nichts, was wir mit den uns zur Verfügung stehenden Mitteln behandeln konnten, weder durch das gewohnte Umleiten der Energieströme des Körpers noch mit vereinten Kräften der Formwandler.«

»Aber wie …« Die wildesten Theorien huschen durch meinen Kopf. Mein Vater hebt die Hand und erzählt weiter.

»Vor unserer Flucht von der Erde konnte jeder Mensch Magie wirken«, holt er aus. »Jede einzelne technische Errungenschaft, die Formwandler gestalteten, wurde mithilfe dieser Energie angetrieben. Doch immer mehr Menschen verloren diese Begabung. Wie eine Epidemie kam die Magielosigkeit über die Menschen. Ein Teil von ihnen reagierte nicht weiter darauf, andere jedoch wurden im selben Moment körperlich schwächer, dann setzte der Wahnsinn ein, der meist tödlich endete. Die Magie geriet aus dem Gleichgewicht. Die Bevölkerung spaltete sich in mehrere Lager. Jahrzehntelang tobten Kriege, ein unerbittlicher Kampf, denn die Magielosen waren uns zahlenmäßig immer überlegener.«

Ich kenne die Geschichte unserer Ahnen und warte, von Ungeduld erfüllt, auf etwas, das mir bislang verheimlicht wurde.

»Die letzte Chance bestand darin, eine neue Welt zu erschaffen, unser aller Magie war vonnöten, um die Begabten zu retten, doch die Krankheit folgte uns auch hier nach Heliopolis, und wir erschufen die Mauer um unsere Stadt, um sie fernzuhalten.« Ich denke an all die Erzählungen von Angriffen jenseits der Stadt, an die Gefahr, die dort draußen lauert, und erschaudere. »Seither sind wir hier und verstecken uns vor dieser Krankheit. Ein jeder Versuch, die Erde neu zu bevölkern, scheiterte, als den Siedlern dasselbe widerfuhr wie unseren Ahnen vor dem Exodus. Bereits zweimal haben wir neu begonnen, doch nun läuft uns die Zeit davon.« Er holt tief Luft, seine Stimme klingt gepresst.

»Während der Regentschaft deiner Großmutter Ea hat es die Krankheit über die Mauer geschafft.«

Der Satz schwebt zwischen uns in der Luft und entzieht ihr den gesamten Sauerstoff. Ich versuche zu atmen, doch es gelingt mir erst, als der endlose Strom an Bildern in meinem Kopf den Bogen von der Vergangenheit zum Heute gezogen hat.

»Ihr habt doch ein Heilmittel gefunden, es erkrankt niemand mehr, niemand wird verrückt oder gefährlich.« Ich spreche nicht aus, dass es immer mehr Menschen gibt wie mich: Magielose, Träger des Leeren Zeichens.

Mein Vater stößt einen seltsamen Laut aus, eine Mischung aus freudlosem Lachen und Seufzen.

»Wir konnten die Menschen heilen. Doch zu welchem Preis?« Erneut fährt er sich über den Bart, ich sehe, dass seine Hand zittert, und unwillkürlich bekomme ich eine Gänsehaut.

»Nach einem Hinweis von Haus Nephthys entdeckte mein Vater Kareem die Lösung. Er war Heiler und stellte fest, dass die Symptome eines erkrankten Initianten nach der Berührung des Diĝirs bei seiner Initiation verschwanden – zumindest vorübergehend, ehe die Magielosigkeit, das Nichts und der damit einhergehende Wahnsinn erneut zuschlugen und er sich selbst tötete. Daher hat der damalige Rat unter Führung von Ea Videen dafür gesorgt, dass die Bevölkerung regelmäßig zugeführt bekommt, was von der Krankheit aufgezehrt wird.«

In meinem Kopf tun sich zahlreiche Optionen auf: der Diĝir, die Impfungen. Doch noch ehe ich die schockierende Lösung in Worte fassen kann, sorgt Zaahir mit seinen dafür, dass sich der Raum um mehrere Grad abkühlt.

»Mein Vater war ein mächtiger Formwandler und hat auf Anweisung der Herrscherin den Diĝir selbst für den Impfstoff verwendet. Er hat einzelne Moleküle aus ihm herausgelöst und so das Überleben der Magie in der Letzten Stadt gesichert. Aufgrund der Nähe des Diĝirs zu seinem Zwilling ging seine Macht nicht verloren. Er lud sich immer wieder auf, die Magie war im Gleichgewicht. Wir hatten die Ewigkeit, die Erde nach unserem Belieben zu gestalten, ehe wir zurückkehren.« Ein träumerisches Funkeln tritt für einen kurzen Moment in seine Augen wie immer, wenn er von den Zukunftsplänen der Ahnen erzählt. Doch schnell verlässt der Ausdruck sein Gesicht und er fährt sich ein weiteres Mal über den Bart. »Die Macht des Zwillings, seine Bedeutung ist der Bevölkerung nicht bewusst. Als Lenora den Stein an sich genommen hat, hat sie dem Diĝir damit die Möglichkeit genommen, sich aufzuladen. Uns die Magie genommen.« Er schluckt hörbar und sieht nach unten auf seine Hände, als könne er mir nicht in die Augen sehen. »Die Leeren Zeichen häufen sich, weil der Diĝir nicht mehr genug Macht spenden kann, um eine Insignie zu vergeben. Wir haben zu viel von ihm weggenommen, um unser Volk überleben zu lassen. Haus Seth war seit meiner Mutter Valea eingeweiht und hat die Bevölkerung bei Laune gehalten, aber deine Initiation hat für mich den Ausschlag gegeben, den bisherigen Weg nicht mehr fortzuführen. Wenn nicht einmal du eine Insignie erhalten hast, darf kein einziges Molekül mehr aus dem Diĝir extrahiert werden. Nur so kann er uns vor allem jenseits der Mauer schützen. Wir haben noch Impfstoff, aber den müssen wir rationieren, bis die Wissenden eine neue Lösung finden.« Als er mich endlich wieder ansieht, steht die Verzweiflung in seinem Gesicht.

Ich muss die Worte sich erst einmal setzen lassen, mein Wissen neu ordnen. Ich zähle mich sicher nicht zu denjenigen, die in dem Kristall einen Gott sehen – sondern eher die Energiequelle, die er ist –, aber in diesem Moment verschränken sich meine Hände wie von selbst zum Gebet. Meine Großeltern haben gemeinsam etwas begonnen, was uns nun trotz aller guten Beweggründe schleichend tötet. Ich kann nicht in Worte fassen, wie diese Information mich erdrückt. Meine Familie hat den Diĝir angetastet. Und doch war alles vergeblich, wenn die Impfung nun nicht mehr für alle ausreicht. Steht unserer Welt der gleiche Krieg bevor, der die Erde damals zerstört hat? Ich kann nicht sagen, was ich empfinde, überwältigt von dem Schock über dieses Geheimnis, die Bedrohung, die die Wissenden vor der Bevölkerung verbergen.

Mein Vater rechtfertigt seine Taten: »Es geht um das Überleben unseres Volkes, Akasha. Dafür müssen wir Opfer bringen. Unsere letzte Hoffnung besteht im Aufspüren des Zwillings des Diĝirs.«

Sein Tonfall hat sich nicht verändert. Die Worte sind ohne jegliche Wertung, aber dennoch höre ich den Vorwurf gegenüber meiner Mutter heraus, noch ehe er ihn ausspricht.

»Ich weiß, du liebst deine Mutter. Auch ich habe Lenora geliebt. Aber mein Großvater hat in guter Absicht gehandelt, er wusste, dass der Zwilling zusammen mit dem Diĝir das Volk schützen würde. Lenora jedoch …«

Erst jetzt schließt sich die Lücke, und das Bild, auf das Vater hinauswill, entsteht vor meinen Augen. Nicht sein Großvater trägt die Schuld an der heutigen Situation. Meine Mutter hat dem Volk den Schutz durch den Zwilling genommen. Ich schlucke mehrmals, doch der Kloß in meinem Hals verschwindet ebenso wenig wie der kalte Griff, der all die schönen Momente mit meiner Mutter packt und sie in etwas Dunkles verwandelt.

»Uns bleibt nicht einmal genug Energie, um die nächsten sechs Monde zu überstehen. Dann ist die Magie des Diĝirs endgültig verbraucht, und Heliopolis, wie wir es kennen, wird untergehen. Wir könnten nicht einmal mehr die gesamte Bevölkerung auf die Erde schaffen. Unser aller Überleben hängt vom Zwilling ab. Alles, was derzeit geschieht, ist die Folge von Lenoras Verrat.«

Das letzte Wort hallt durch den Besprechungsraum wie ein Peitschenhieb. Er hat mir gegenüber nie zuvor von Verrat gesprochen. »Der Rat bereitet gerade eine weitere Expedition vor. Wir haben keine Zeit, bis zur nächsten Generation zu warten. Wir müssen den Zwilling finden, ehe Heliopolis stirbt.«

Mein Vater erhebt sich und mir scheint, als wäre das Gespräch zu Ende. Ich stehe ebenfalls auf und mit etlichen Fragen im Kopf und der Last des Verrats meiner Mutter auf den Schultern gehe ich in Richtung Tür.

»Akasha?« Mühsam drehe ich mich zu meinem Vater um. Die Luft scheint zäh wie der Schlamm der Oase.

»Wir wissen nicht genau, in welches Äußere sich der Zwilling hüllen wird. Du musst genau hinsehen.«

Ich erstarre, glaube, mich verhört zu haben.

»Du wirst mit zur Erde reisen.«

Mit einem Schlag fühle ich mich von einer Eisschicht überzogen, die mich fest umgreift und immer fester zudrückt. Mein Vater beachtet es nicht. Oder ihm ist meine Reaktion egal.

»Die Seher glauben, du könntest den Zwilling aufspüren. Yasmeen hat sich bereits gemeldet, dich zu begleiten.«

Ich nicke mechanisch und wende mich wieder der Tür zu, nicht in der Lage, das volle Ausmaß der Aussage zu erfassen. »Es ist deine letzte Möglichkeit«, hallt mir seine Stimme noch hinterher, ehe die Tür zugleitet.

Mein Gehirn schafft es nicht, die Worte zu begreifen, während ich zum Palast zurückstolpere und dabei gegen zahlreiche Menschen stoße. Mir ist es egal, was sie denken.

Selbst wenn ich den Zwilling aufspüren könnte – warum schickt Vater meine beste Freundin gemeinsam mit mir in den Tod?

Seither sitze ich kerzengerade am Rand meines Bettes und starre geradeaus, während mein Kopf nur langsam die zahlreichen Informationen des Gespräches sortiert, das meine Welt verändert hat. In der Hand halte ich den Schal meiner Mutter und zupfe an den funkelnden Fäden, die Haus Nut darin eingeflochten hat.

Mein Vater hat mein Todesurteil befohlen. Ich bin keine Soldatin, habe keinerlei magische Fähigkeiten und soll auf die für uns so gefährliche Erde, wo bereits Hochbegabte durch Erdmenschen umgekommen sind? Das Wissen, dass meine eigene Mutter – die Frau, die ich trotz allem vor allen verteidigt habe – den Untergang unserer Welt zu verantworten hat, legt sich wie der Stein einer Grabkammer über mich. Ich will mich daraus befreien, will sie wieder lieben können, die guten Seiten an ihr sehen, doch es gelingt mir nicht. Mit aller Kraft knülle ich ihren Schal zusammen und werfe ihn von mir. Er ist so leicht, dass er nicht der erwarteten Flugbahn folgt, sondern sich, nur wenig entfernt von mir, öffnet und sanft zu Boden gleitet.

Ein lautes Klopfen erinnert mich wieder daran, dass ich es ihm erzählen muss, ihm erklären muss, was meine Mutter getan hat, was meine Vorfahren getan haben.

»Ash?«, klingt es dumpf. Dann ein weiteres Klopfen. Er versucht, Einlass zu erhalten, doch ich habe den Sensor deaktiviert. »Beim Diĝir, Ash, was ist los?«

Ich hebe den Kopf und starre in Richtung Tür, als könnte ich durch das dicke Metall sehen. »Riaz«, murmle ich leise vor mich hin. Ich versuche, meine schweren Glieder aus dem Bett zu heben, presse gerade die Füße fest auf den Boden, als Riaz mit Magie die Struktur der Tür ändert und hindurchtritt. Sofort stellen sich die Härchen an meinen Armen auf. Er hat mehr Magie angewandt als sonst, der Geruch nach Sandkraut ist nahezu penetrant, doch ihn scheint es nicht zu kümmern. Ohne den Zwilling wird auch er irgendwann keine Impfung mehr erhalten, er wird krank werden wie alle anderen. Seine Magie ist endlich. Und er nutzte sie dafür, einen Weg zu mir zu finden.

Sein Blick durchsucht den Raum, und als er mich auf dem Bett entdeckt, stürzt er zu mir, an dem ausgebreiteten Schal meiner Mutter vorbei.

»Ash? Ist alles in Ordnung?« Riaz geht vor mir in die

Hocke, die Hände legt er auf meine Oberschenkel. Mein Blick geht noch immer durch ihn hindurch, obwohl ich ihn so gerne ansehen würde. »Dein Vater hat mich benachrichtigen lassen, er habe eine Lösung gefunden. Eine Chance, dass wir die Zustimmung des Rates für die Vermählung erhalten.«

Mit einem Schlag ergeben die letzten Worte Sinn. »Es ist deine letzte Möglichkeit«, hat Vater gesagt. Nicht nur die letzte Möglichkeit unseres Volkes. Mein Vater sieht die Expedition auch als eine Chance, der Familie die Ehre zu erweisen, damit ich meine Zukunft frei wählen kann. Ich blinzle, um den Schleier vor meinen Augen loszuwerden, und sehe Riaz an. Stück für Stück weicht die Benommenheit einer kribbelnden Aufregung.

»Hat er es tatsächlich geschafft? Dürfen wir heiraten?«

Mein Nicken bringt seine Augen zum Strahlen und mein Herz zum Klopfen, ehe ich ihm den Schlag verpassen muss.

»Sobald ich von der Erde zurückkehre.«

Nun weicht sämtliches Blut aus seinem Gesicht. Sein Lachen wird zu einem entsetzten Keuchen, das Leuchten seiner blauen Augen erlischt.

»Das kann er nicht machen«, knurrt er und krallt seine Finger so fest um meine Oberschenkel, dass ich scharf die Luft einziehe. Sofort sieht er irritiert auf meine Beine hinab, lockert seinen Griff und blickt mich entschuldigend an. Ich erzähle, dass unser Volk seit Jahrzehnten nur von der Essenz des Diĝirs lebt und dass es ohne den Zwilling bald keinen Impfstoff mehr geben wird, wenn die Magie des Diĝirs aufgebraucht ist.

Riaz füllt die Stille nicht, die anschließend entsteht.

»Er tut es für das Volk, Riaz, aber auch für mich. Für uns.«

»Als hätte er keine andere Möglichkeit. Warum ausgerechnet du?« Riaz erhebt sich, seine Arme sind angespannt und auf seiner Stirn steht eine steile Falte. Energie brodelt in ihm und die Luft knistert bereits.

»Haus Nephthys hat gesehen, dass ich den Zwilling des Diĝirs finden könnte.« Ich erzähle ihm, warum sich das Leere Zeichen häuft, warum die Impfungen eingeschränkt werden, und mit jedem Satz werden seine Augen größer. Wir haben immer gewusst, dass etwas nicht stimmt, doch wer hätte damit gerechnet, dass wir bereits unaufhaltsam unserem Ende entgegensteuern? Ohne den Impfstoff aus dem Diĝir würden immer noch mehr Personen erkranken, sterben, und ohne den Zwilling, der den Diĝir heilt, wird unsere Welt zusammenbrechen. Die sechs Monde, die uns noch bleiben, verheimliche ich ihm.

Riaz hört zu, seine Pupillen bewegen sich hin und her, ebenso seine Finger, die er nicht still halten kann. Nachdem ich geendet habe, starrt er lange Zeit zum Fenster hinaus. Sein gezwungenes Lächeln beruhigt mich keinesfalls. Doch mit jedem Blick, den er mir von dort zuwirft, kehrt das Feuer in seine Augen zurück, ehe er sich mir entschlossen zuwendet. »Ich werde dich begleiten.«

»Nein!« Meine Angst vertreibt endlich die letzten Reste der Taubheit, in der mein Körper noch immer gefangen war. Ich springe auf, sehe Riaz so deutlich vor mir. Er trägt seine Rüstung, stellt sich den Horden wilder Erdmenschen entgegen. Ich sehe, wie er von ihnen angegriffen wird. Blaue und weiße Blitze, rotes Blut, das aus Riaz' Brust quellt. »Es ist zu gefährlich!«

Riaz lacht freudlos auf. »Ich will dich nicht beleidigen,

aber ich muss dich auch nicht dran erinnern, dass du keine magischen Kräfte hast und die Expedition alleine unmöglich überleben kannst. Ich kenne die Berichte der Soldaten, die es nur knapp geschafft haben. Starke Männer, begabt, aus den unterschiedlichsten Häusern. Sie alle erzählen von den Monstern, die unsere alte Heimat bevölkern. Ich werde dich nicht allein zu ihnen lassen. Niemals.«

»Deine Eltern werden dem nicht zustimmen. Ebenso wenig wie der Rest der Wissenden«, erklingt eine Stimme von der Tür. Riaz hat das Metall nicht wieder in seine ursprüngliche Form versetzt und Yasmeen tritt hindurch. Ihr grünes Kleid mit den Flügelärmeln vom Besuch des Heilkomplexes hat sie inzwischen gegen die sandfarbene Uniform getauscht. Die Haare hat sie in mehreren Zöpfen nach hinten gebunden. Ihre Augen sind von dicken schwarzen Linien umrahmt, die ihr eine nie gesehene Wildheit verleihen.

»Leemal hat mich über alles unterrichtet«, sagt sie zu mir, und ich versuche, aus ihr zu lesen, wie viel der General ihr wirklich gesagt hat. Doch ich sehe nichts als eine klare Entschlossenheit in ihren Augen, als sie sich Riaz zuwendet. »Ich bin eine echte Soldatin und werde sie begleiten.«

Riaz hat es immer verabscheut, nicht kämpfen zu dürfen, nicht richtig ausgebildet zu werden. General Leemal hat allen Rekruten untersagt, ihn anzugreifen. Er wird in den Kasernen nur geduldet, weil er sehr fähig ist und die Waffen und Ausrüstung erfolgreich weiterentwickelt. Er hasst es, wenn er nicht für einen echten Soldaten gehalten wird.

Energisch schüttelt er den Kopf. »Ich werde meine Eltern überzeugen. Sie müssen meine Forderung Leemal vortragen.«

»So wie du sie davon überzeugt hast, gegen Ashs Hochzeit mit Dante zu stimmen? Das hat ja wahnsinnig gut geklappt.« Ich habe Yasmeen heute Morgen bereits für extrem streitlustig gehalten, doch nun hat sie sich noch weiter hineingesteigert. Sie ist so geladen, dass sie ihre Magie kaum mehr kontrollieren kann und kurz vor der Verwandlung steht.

»Die komplette Besatzung ist bereits bekannt und du stehst nicht auf der Liste. Es wird schon alles für die Reise vorbereitet. Das Schiff startet morgen Vormittag.«

»Was?«, sagen Riaz und ich im selben Moment.

»Die Vorbereitungen für eine Expedition dauern Wochen! Ich brauche Zeit, um kämpfen zu lernen, ich …« Meine Stimme bricht weg, als ich daran denke, dass ich Riaz vielleicht nie wiedersehen würde. Hastig blinzle ich die Tränen weg, schlucke vergeblich gegen den Kloß in meiner Kehle an.

»Der General sagt, dass dieses Mal eine kleinere Besatzung fährt. Das Forscherteam bleibt hier. Wir müssen nicht wissen, wie es um die Erde steht. Wir müssen verdammt noch mal dafür sorgen, dass *wir* überleben. Dann haben wir noch genug Zeit, um zu versuchen, dort alles in die richtigen Bahnen zu lenken oder den Planeten noch einmal auszulöschen und neu zu terraformieren.« So energisch habe ich Yasmeen noch nie gesehen. Dann jedoch beginnt ihre Unterlippe zu zittern. »Wir werden den Zwilling finden, ehe noch mehr von unseren Leuten sterben.« Das letzte Wort schwebt kaum hörbar zwischen uns. In Yasmeens Augen glänzen Tränen, die mich kurzfristig von meiner eigenen Sorge ablenken. Riaz und ich sehen uns an, dann nickt er. Ich gehe zu Yasmeen und nehme sie in den Arm.

»Was ist passiert?«, flüstere ich, und endlich lässt sie ihre wahren Gefühle heraus, die unter dieser Wut auf die Erdmenschen versteckt sind.

»Meine Eltern werden auch nicht mehr geimpft. Ihnen bleiben nur noch wenige Monde. Wir müssen den Zwilling finden.«

Ich trete einen Schritt zurück und muss wissen, wie viel sie weiß: »Wie kommst du darauf, dass der Zwilling ihnen helfen kann?« Bis zum Gespräch mit meinem Vater kannte ich den Zusammenhang auch nicht.

Yasmeen schiebt die Hände in die Taschen ihrer Uniform. »Leemal hat es mir erzählt.« Sie zieht ein Taschentuch aus ihrer Uniform und putzt sich schnaubend die Nase. »Den Rest erzähle ich dir dann auf unserer Reise.« Sie wischt sich mit dem Handrücken über die Augen. »Du solltest packen.« Mit diesen Worten verlässt sie das Zimmer. Ich wende mich Riaz zu.

»Ich werde sofort zu meinen Eltern gehen. Und zu allen anderen. Sie müssen mich mitschicken.« Seine Stimme drückt das aus, was ich empfinde. Riaz weiß genauso gut wie ich, dass er sich keinerlei Hoffnungen zu machen braucht. General Leemal würde ihn nicht der Gefahr aussetzen, den talentierten und einzigen Sohn der mächtigsten Familie des Hauses Nut. Es wäre verrückt, ihn zur Erde zu schicken, wo die Magie eines jeden Begabten mit jedem Tag weiter schwindet, als würde sie der Planet absorbieren – jedenfalls habe ich das von den Rückkehrern gehört.

»Ich muss sie einfach überzeugen«, sagt er erneut, doch das Wissen um die Antwort löscht jeglichen Enthusiasmus aus seiner Stimme.

»Sosehr ich mir wünsche, dass du mit mir gehst«, flüstere ich, während ich langsam auf ihn zugehe, »ich möchte nicht, dass wir auch nur eine Minute unserer Zeit verschwenden.« Ich sehe ihn an, erkenne, wann er aufgibt und seine Schultern hängen lässt. Als ich mit meinen Fingern langsam über seine Arme streiche, bis ich die Gänsehaut spüren kann, sehe ich, wie sich sein Kehlkopf hebt.

Sein Atem gerät ins Stocken. Ich komme näher, und er umfängt mich mit seinem Geruch nach Neoferrum und Sandkraut, den ich tief einsauge. Wer weiß, ob ich ihn nach dem heutigen Tag noch einmal würde riechen können. Zärtlich streicht er über meinen Rücken, die Wirbelsäule entlang bis zu meinem Hals. Mein Unterbauch gerät in Aufruhr. Ich habe das Gefühl, wir müssten so vieles in diesen einen Tag packen, für das ich bis vor wenigen Tagen noch geglaubt habe, ein Leben lang Zeit zu haben.

Riaz' Rechte streicht mir über den Nacken, die Seite meines Halses entlang bis zum Kinn und hebt es an. Für einen kurzen Moment teilen wir uns die Luft, ich rieche das Sandkraut, das er ständig zu Pastillen formt und kaut. Seine geheime Sucht bringt mich zum Lachen.

»Ich liebe es, dich lächeln zu sehen«, flüstert er. »Mindestens genauso sehr, wie dich zu küssen.«

Und ich wünsche mir für diesen jetzigen Moment nichts mehr als das und flehe ihn stumm an, mich endlich von den Gedanken an den morgigen Tag abzulenken. Das Blitzen, das in seine Augen tritt, schafft es tatsächlich. Seine Pupillen weiten sich, ehe er seine Lippen auf meine legt und mich so küsst, dass ich für einen kurzen Moment alles vergesse.

10

Summit – Arizona, 12. Juni

Ich lasse Nicolas für den Rest des Tages nicht aus den Augen. Er ist distanziert, gibt sich cool, ringt sich ob seiner weiblichen Fans jedoch manchmal ein Lächeln ab und bringt sie zum Seufzen. Wenn er sich aber unbeobachtet fühlt, fällt die unnahbare, kühle Maske von ihm ab und statt des Lächelns beherrschen Zweifel seine Züge. Er sieht sich ständig um, als leide er unter Verfolgungswahn, was dafür sorgt, dass ich ebenfalls glaube, fremde Blicke auf mir zu spüren. Einmal meine ich sogar hinter einer Gruppe von Mitschülern die vermummte Gestalt von gestern zu sehen. Doch als ich näherkomme, ist sie verschwunden.

Alle Versuche, freundlich mit Nicolas ins Gespräch zu kommen und vielleicht mehr über ihn zu erfahren, prallen an ihm ab, und ich gebe auf. Jared und Kyle scheinen damit weniger ein Problem zu haben, sie laden ihn sogar an unseren Tisch ein, und wir verbringen die Mittagspause gemeinsam in der klimatisierten Mensa. Nicolas rutscht unruhig auf seinem Stuhl hin und her, als könne er es kaum aushalten, mit uns an einem Tisch sitzen und essen zu müssen, während wir weiter über die beste Anordnung der Ausstellungsstücke diskutieren.

»Wir müssen die Exponate chronologisch ordnen, alles andere wäre unsinnig«, sage ich, nachdem ich einen Blick auf Kyles neuen Vorschlag geworfen und den letzten Rest meines Erbseneintopfes hinuntergeschluckt habe.

»Tun wir doch«, gibt Kyle zurück und deutet auf den Grundriss des Museums in der Mitte unseres Tisches. Die einzelnen Schaukästen sind darauf eingezeichnet und wir sollen den besten Platz für die vielen Stücke auswählen. Der beste Vorschlag eines der Teams wird dem Kurator des Museums unterbreitet und hat große Chancen, umgesetzt zu werden. Eine wahnsinnig große Ehre, wie Mr Vance uns ständig weismachen will – immer einhergehend mit der Ermahnung, sehr gewissenhaft vorzugehen und den Wert eines jeden Gegenstandes anzuerkennen.

Ich widerspreche Kyle und krame in dem Stapel mit den Fotos der einzelnen Artefakte. Wir haben sie bereits mit Farben markiert und die entsprechenden Bereiche mit derselben Farbe auf dem Grundriss eingezeichnet. Doch erst jetzt kann ich greifen, was für mich einfach nicht zusammenpassen wollte.

Endlich ziehe ich ein Foto einer Tonscherbe mit einem Piktogramm aus dem Stapel und lege es neben die viel zu dunkle Kopie einer Pfeilspitze mit zahlreichen Rillen und Furchen und deute von einem Bild zum anderen. »Wenn auf beiden dasselbe steht, muss es doch zusammengehören, oder?«

Erst als eine Weile lang niemand etwas sagt, mir weder widerspricht noch zustimmt, schaue ich wieder auf.

Jared räuspert sich. »Die hier stammt anscheinend von den Paläoindianern«, er deutet auf die Pfeilspitze und die Zeitangaben daneben. »Und das hier«, nun tippt sein Finger auf die Scherbe, »sind eindeutig Piktogramme, die erst viel später erfunden wurden. Zwischen ihnen liegen Jahrtausende. Sie haben rein gar nichts miteinander zu tun.«

Mehr sagt er nicht. Ich starre auf die zwei Blätter vor mir, dann auf die in die steinerne Pfeilspitze eingeritzten Rillen, die viel zu genau sind, um willkürlich zu sein, und in denen ich das Wort *Tefnut* gelesen zu haben bis eben noch behauptet hätte. Meine Augen suchen wieder und wieder nach dem Wort, finden es jedoch nicht mehr. Ich suche auf dem Bild der Tonscherbe danach. Doch auch hier finde ich nichts, was *Tefnut* auch nur ähnelt – oder überhaupt Buchstaben. Das Einzige, was ich erkennen kann, ist das indianische Piktogramm. Zeichnungen, wie sie an den Verkaufsständen in den Reservaten der Gegend verkauft werden. Es könnte einfach alles bedeuten.

Ich blinzle wieder und wieder, doch es verändert sich nichts.

»Jared hat recht. Wir haben doch die Daten hier auf dem Übersichtsblatt.« Vollkommen von sich überzeugt, wedelt Kyle mit besagter Aufstellung der einzelnen Ausstellungsstücke herum.

Ich kann dazu nichts sagen. In meinem Kopf hämmert es umso wilder, je verzweifelter ich mich bemühe, das Gesehene zu beweisen. Hilflos sehe ich zu Jared und Kyle, die mich mit dem typischen Mitleidsblick anschauen, den ich nur zu gut kenne. Gleich wird die kleine Falte zwischen Jareds Brauen auftauchen und er mir mit Blicken zu verstehen geben, dass er sich Sorgen macht.

Darauf kann ich verzichten und sehe hinüber zu Nicolas, der wieder einmal seinen finstersten Blick aufgesetzt hat. Dennoch wandern seine Augen unentwegt zwischen steinerner Pfeilspitze und Tonscherbe hin und her. Dann atmet er hörbar aus und stimmt Jared und Kyle zu. Drei gegen einen. Ich habe wohl verloren und gebe seufzend nach.

Für den Nachmittag ist eine Gemeinschaftsaktion aller Projektgruppen angesetzt. Während wir in der Schlange für das Snackpaket anstehen, verfolge ich die scheuen Blicke, die Leyla und Jared austauschen.

Ich habe nie darüber nachgedacht, wie man sich verhalten soll, wenn sich die große Schwester in den besten Freund verliebt, denke aber, dass der Klumpen in meinem Magen definitiv gerechtfertigt ist. Natürlich hat Jared bislang nicht enthaltsam gelebt und ich kann seine zahlreichen kurzen Liebschaften, oder besser gesagt, *Affären* nicht einmal mit beiden Händen abzählen, geschweige denn, dass ich mich auch nur an eine seiner Exfreundinnen erinnere. Dennoch ist es etwas anderes, wenn sich etwas zwischen ihm und meiner Schwester anbahnt. Ich bin mir nicht sicher, woher das ungute Gefühl kommt. Beweise ich, dass ich eine gute Schwester bin, und mache mir nur Sorgen um Leyla, oder bin ich egoistisch, wie eine fiese innere Stimme behauptet, die mir ständig einredet, dass Jared keine Zeit mehr für mich haben wird?

Doch ganz gleich, woran es liegt. Ich nehme mir vor, den Dingen ihren Lauf zu lassen und abzuwarten – und sei es nur, um Leyla später necken zu können: *Ich habe es dir doch gesagt.* So gehört sich das unter Geschwistern.

»Hey«, stupst mich jemand von hinten an, und ich drehe mich so schnell um, dass ich Nicolas' Hand beinahe wegschlage. Er zuckt zurück, schenkt mir dann ein bemüht freundliches Lächeln, das ihm leider nicht gelingt. Er scheint es selbst zu bemerken und wendet sich verlegen ab, um aus dem Stapel an der Ausgabetheke ein Tablett zu ziehen. Ob ich ihn darauf hinweisen sollte, dass er es nicht braucht?

»Ja?«, frage ich und freue mich kurz darüber, dass es ihn aus dem Konzept zu bringen scheint, wenn man ihn nicht anschmachtet, so wie die Fünftklässlerinnen, die direkt hinter ihm in der Schlange stehen.

»Kannst du mir sagen, was genau die heute mit uns vorhaben?« Er hält das Tablett wie einen Schild vor seinen Körper. Eine Haltung, die etwas in meinem Inneren berührt, dem ich nichts entgegenzusetzen habe. Die bissige Bemerkung, die mir im ersten Moment auf der Zunge lag, bleibt ungesagt. Es macht mich beinahe schwindelig, wie schnell Nicolas seine Persönlichkeit wechselt. Ich weiß nie, ob meine Reaktion noch angebracht ist oder an Nicolas' anderer Seite abprallt.

»Zum Abschluss der ersten von zwei Projektwochen organisieren die Lehrer gemeinsam mit den Elternvertretern draußen in der Wüste ein kleines Zusammentreffen zum Austausch.« Ich mache eine kurze Pause, ehe ich auf seinen nun noch skeptischeren Blick reagiere. »Keine Sorge, wir nennen das Ödland nördlich der Stadt nur so. Es ist nur – eine Art Party. Die Lehrer verschwinden irgendwann am späten Nachmittag, am Abend gibt es mehrere Lagerfeuer und ein bisschen Musik. Ein paar von uns bleiben auch bis weit nach Mitternacht draußen beim Totempfahl.« Warum erwähne ich das ausgerechnet dem Neuen gegenüber? Mein Mund hat sich selbstständig gemacht.

Dabei denke ich natürlich an Jared und Leyla. In meinem Kopf baut sich das Bild zusammen: Meine Schwester und mein bester Freund, knutschend hinter einem der unzähligen großen Felsblöcke versteckt, die wie eine Herde Schafe rund um die indianische Skulptur versammelt sind, die der Witterung seit Jahrhunderten trotzt. Die Sonne geht gerade unter, und die Felsen leuchten wie verzaubert, weshalb der Ort als

Treffpunkt für einen romantischen Abend bei Jugendlichen sehr beliebt ist. Jedes Paar, das ich kenne, hat sich bereits hier im Sonnenuntergang geküsst. Es ist eine Art Tradition, und sicher wäre es auch für mich der perfekte Ort, um meinen Liebsten zu küssen, wenn ich denn einen hätte. Denn irgendwer hat in die Welt gesetzt, dass ein Kuss hier dem Paar Glück bringt. Das Bild von Jared und Leyla vor meinem inneren Auge verändert sich und plötzlich sitzt dort statt der rothaarigen Leyla und des dunkelhaarigen Jared ein anderes Paar.

»Vegan oder normal?« Ich fahre zusammen und merke, dass wir in der Zwischenzeit an der Essensausgabe angekommen sind. Wie lange habe ich Nicolas angesehen, ohne etwas zu sagen? Auf seine Lippen gestarrt und mir vorgestellt, diesen Mund zu küssen. Mit hochrotem Kopf nehme ich eine der Papiertüten entgegen, ohne auf die Frage zu antworten.

»Wenn du kein eigenes Auto hast, kann mein Vater dich sicher auch mitnehmen«, schlage ich Nicolas vor und presse anschließend die Lippen fest aufeinander. Wie bin ich denn auf diese gruselige Idee gekommen? Ich scheine über gewisse Regionen meines Hirnes gerade keine Kontrolle zu haben. Es ist schlimm genug, dass Dad darauf besteht, mich selbst hinzufahren und wieder abzuholen, und Leyla mit Jared und Kyle fahren darf, aber jemandem anzubieten mitzufahren, ist wohl das Oberpeinlichste überhaupt.

Glücklicherweise ist Nicolas gerade damit beschäftigt, mit dem Mädchen an der Snackausgabe zu flirten, und hat meinen blöden Vorschlag gar nicht gehört. Das muss ja wie eine Einladung zu einem Date geklungen haben – mit Papa als Fahrdienst. Leyla hätte sich vor Lachen gekringelt. Ich drücke meine Tüte an mich und gehe mit schnellen Schritten davon.

Auf dem Parkplatz herrscht das reinste Chaos. Ich suche nach Dads SUV und sehe ihn vorne an der Straße parken. Ich quetsche mich durch die vielen Autos und zwischen etlichen, Taschen schleppenden Mitschülern und Hektik verbreitenden, Eltern hindurch. An einer Stelle gibt es kein Durchkommen. Eine regelrechte Mädchentraube sammelt sich um ein schwarzes Cabriolet, einen alten Mustang, der auf Hochglanz poliert ist.

Ungefähr fünf Sekunden bevor der Fahrer eintrifft, ist mir klar, dass das Auto Nicolas gehören muss und dass sich die Mädchen – unter denen ich auch Mavi und Shawnie erkenne – um eine Mitfahrgelegenheit anstellen.

»Willst du vielleicht lieber mit mir fahren als mit deinem … Vater?« Nicolas hat also doch gehört, was ich vorhin gesagt habe. Aber er sieht mich beinahe schüchtern an. Daher bin ich mir nicht sicher, ob er es tatsächlich so böse meint, wie es bei mir ankommt. Dem verhaltenen Kichern von Mavi und der etwas betretenen Miene von Shawnie nach haben sie es ebenso verstanden wie ich. Hitze steigt mir in die Wangen und ich dränge mich zwischen den Mädchen hindurch. Geblendet von der Reflexion auf der polierten Motorhaube, sehe ich Sternchen und laufe blind in ein kurzhaariges Mädchen hinein, das mich sofort beschimpft. Ich entschuldige mich lieblos und verfluche im Stillen Nicolas inklusive seines blendenden Autos und sehne einen Regenschauer herbei, der den stetigen Sand in der Luft schnell zu marmorierten Flecken auf dem glänzenden Lack verwandeln würde. Natürlich ist am Himmel keine einzige Wolke zu sehen. Aber auf ewig würde Nicolas' Auto nicht aussehen, als käme es direkt aus der Fabrik.

»Wer hat dich denn geärgert?«, fragt mich Dad, als ich

mit viel Energie meinen Rucksack auf die Rückbank pfeffere und ins Auto einsteige.

Ich antworte ihm nicht und mache lediglich eine wegwerfende Handbewegung. Ich will nicht weiter daran denken. Mein eigenes Verhalten ist mir peinlich. So kindisch war ich das letzte Mal vielleicht vor fünf Jahren. Ich habe keine Ahnung, warum Nicolas eine so seltsame Wirkung auf mich hat – wenngleich ich ihm nicht wie verzaubert hinterherhechle wie die anderen Mädchen. Ich nehme mir fest vor, mich von ihm nicht mehr blenden zu lassen.

Fünf Sekunden später habe ich einfach alles vergessen, weil Dad wieder einmal wie beim großen Rennen von Indianapolis über die Landstraße rast. Mein Magen hat sich um meine Wirbelsäule geknotet, und sämtliche Glieder kribbeln wie eingeschlafen – wo auch immer sich das fehlende Blut befindet.

Als wir am Parkplatz der bei Touristen beliebten Grillstelle nahe des Totempfahls ankommen, sind lediglich die Elternvertreter und ein paar Erwachsene vor Ort. Sie bauen die Tische für uns auf und bereiten das Lagerfeuer für den Abend vor.

Dad entschuldigt sich mehrmals, dass er gleich wieder losmuss, worüber ich alles andere als enttäuscht bin. Schlimm genug, dass er mich hierhergefahren hat. Ich schnappe mir eine der Getränkekisten und schleppe sie vom Parkplatz aus zu dem kleinen hölzernen Pavillon, in dem unsere Vorräte lagern. Eine Reflexion lenkt meine Aufmerksamkeit auf eine Lücke zwischen den vielen großen Felsblöcken, doch als ich mich der Stelle zuwende, sehe ich nur noch jemanden verschwinden. Sofort habe ich wieder das Bild der vermummten Frau vor meinem inneren Auge und erschaudere. Mittlerweile bin ich mir absolut sicher, dass die Gestalt neben dem Highway eine Frau war. Vielleicht hat sich mein Gehirn das aber alles zusammengereimt, wenn ich sogar geglaubt habe, sie im Schulhof gesehen zu haben.

Jared und Kyle treffen wenig später mit Leyla ein, nach und nach kommen auch die anderen an, und die Luft um uns herum wird aufgrund des aufgewirbelten Sandes immer diesiger. Plötzlich zieht ein dröhnender Motor all unsere Aufmerksamkeit auf sich. Synchron drehen wir uns um und sehen gerade noch, wie Nicolas' Mustang in einer Staubwolke zum Stehen kommt.

Das Auto sieht aus, als käme es von einem Ausflug aus der Hölle. Staub und rötlicher Sand ziehen sich in etlichen Schlieren über den ehemals schwarzen Lack. Shawnie und Mavi springen laut schimpfend aus dem Wagen und Shawnie sieht aus wie aus einem Grab gestiegen. Ihre dunklen Haare hängen in dicken, sandverklumpten Strähnen um ihren Kopf wie Medusas Schlangen.

Wild gestikulierend, bahnen sich die beiden einen Weg Richtung Leyla. Kurz nach ihnen kommen auch Jared, Kyle und ich bei meiner Schwester an, und ich lache auf, als ich die wilde Geschichte zu hören bekomme.

Der Mustang ist als Letztes vom Parkplatz gefahren und in einen Regenschauer geraten. Nicolas hat schnellstmöglich angehalten und Shawnie, die auf dem Beifahrersitz saß, angebrüllt, beim Verschließen des Verdecks zu helfen. Doch als sie es geschafft haben und eben wieder einsteigen wollten, waren die beiden bereits klatschnass und der Tornado – laut Mavi –, der die Regenwolke innerhalb von Sekunden vertrieben hat, schleuderte ihnen laut Shawnies Erzählung tonnenweise Sand in die Augen. Ich kann nur zwischen den beiden hin und her sehen wie bei einem Tennismatch. Sie beenden gegenseitig ihre Sätze und mit jedem Sprecherwechsel wird die vorherige Aussage mit einer weiteren unglaublichen Übertreibung übertrumpft.

»Der Tornado hat sich wie eine Schleifmaschine über die Motorhaube bewegt«, schluchzt Mavi und zieht die Nase hoch.

»Und danach ist er wie gegen eine unsichtbare Wand geknallt und hat sich in Luft aufgelöst«, fügt Shawnie, eifrig nickend, hinzu. Die Schlangenhaare wippen fleißig mit. Im ersten Moment lache ich noch über die – hoffentlich – nur falsche Wortwahl von Shawnie; schließlich besteht ein Tornado aus nichts anderem als Luft. Aber dann frisst sich ein giftiger Gedanke immer tiefer durch meinen Kopf und hinterlässt ein Brennen in meinem Nacken.

11

19. Nisannu 6996 nach Atum

Es ist mir nicht einmal vergönnt, meine letzten Stunden in Heliopolis gemeinsam mit meinem Freund zu verbringen. Stattdessen stehe ich aufgetakelt wie nie zuvor in einer bodenlangen Tunika aus exklusivsten Fasern an exakt der Stelle, an der sich zwei Tage zuvor mein Leben innerhalb weniger Sekunden aufgelöst hat. Ich kann kaum nach unten sehen, ohne von all den funkelnden Kristallen geblendet zu werden, mit denen der Ausschnitt, meine Taille und der Saum bestickt sind. Sie fangen das Licht der zahlreichen Fackeln ein, die die Bühne beleuchten. Der zarte rote Stoff, der die obere Lage des Kleides bildet und sich vorne bis zum Gürtel verjüngt, setzt sich an meinen Armen fort und streichelt mir bei jeder Brise zärtlich über die Haut. Ich weiß nicht, wie lange an einem solchen Kleid gearbeitet werden muss, aber es kann sicher nicht in der kurzen Zeit entstanden sein, seit ich weiß, dass ich heute hier stehen und gesegnet werden würde.

Kaum dass Riaz mich geküsst hat, klopfte es an meiner Tür, und Malak trat mit gesenktem Kopf herein, über dem Arm einen Berg von Stoff, der funkelte wie die Krone meiner Mutter.

»Die Segnung wird bald beginnen. Du solltest dich vorbereiten.«

»Selbst daran halten sie fest? Haben sie nichts anderes zu tun?« Sofort habe ich mich bei Malak für den falschen Ton entschuldigt, den ich angeschlagen habe. Er konnte schließlich nichts dafür, sondern war lediglich der Bote. Er sagte nichts weiter, doch nachdem er mich hierhergeführt hat, erkenne ich den Grund für seine Wortkargheit. Er verlässt die Bühne nicht, die die Formwandler kurzfristig aus dem Sand erhoben haben, sondern stellt sich neben mich in die Reihe. Yasmeen, die auch jetzt noch ihre kriegerische Miene zur Schau trägt, sieht weder mich noch ihn an. Sie wirkt auch nicht erstaunt darüber, dass er uns begleitet. Warum wurde Malak erwählt, auf diese Expedition zu gehen? Und warum ist Yasmeen eingeweiht? Hat Haus Nephthys etwa auch ihn gesehen?

Dass Leemal die Expedition kommandiert, ist kein Wunder. Es ist die heilige Pflicht des amtierenden Generals, die Entsendeten zu beschützen. Und dennoch ist klar zu erkennen, dass es sich bei dieser Reise um etwas Besonderes handelt. Die Bühne ist viel kleiner, die Anzahl der zu Segnenden beträgt vielleicht ein Viertel der bisherigen Besatzungen.

Riaz wurde von Leemals Soldaten von der Bühne gezerrt. Hier oben darf nur stehen, wer die Reise zur Erde antritt und den Segen empfangen soll.

Ich spüre keinen Segen und auch keine Hoffnung. Ich spüre rein gar nichts, als jeder einzelne der sieben Wissenden zuerst meine Stirn berührt, dann den Rest des heiligen Dreiecks auf meinen Körper zeichnet, während sie in einen seltsamen Sprechgesang verfallen. Meine Augen sind nur auf Riaz gerichtet, der noch immer von zwei Soldaten flankiert wird. Der Rest der zahlreichen Zuschauer verschwimmt für mich in grauem Dunst und bunten Schlieren von den Bannern der Häuser. Doch Riaz ist so deutlich, so konturiert, als wäre nur er die Wirklichkeit und alles andere ein Trugbild.

Mein Vater richtet das Wort an uns und anschließend an das Volk, wie es Tradition ist. Doch ich höre ihn nicht. Meine Gedanken schreien lauter als alles andere, ballen sich zu einem klaren Bild zusammen:

Ich werde zurückkehren. Es wird nicht das letzte Mal sein, dass Riaz mich so sieht, herausgeputzt, wie es sonst nur bei Vermählungen der Fall ist. Ich werde den Zwilling finden, wie es die Seher vorhergesagt haben. Ich werde unserem Volk das zurückbringen, was meine Mutter gestohlen hat. Ich werde besser sein als sie und beweisen, wie viel mir unser Volk bedeutet. Und am Ende werde ich in einem solchen Kleid vor Riaz stehen, wie ich es mir immer ausgemalt habe, und das *Wir* kann beginnen.

Erst als Yasmeen mich am Arm zieht, bemerke ich, dass nur noch Malak, sie und ich hier oben stehen. Auch die Ränge haben sich deutlich geleert. Die meisten müssen bereits auf dem Weg in den Ballsaal des Palastes sein. Endlich lassen die beiden Soldaten auch Riaz los und er springt auf die Bühne. Schüchtern wie ein kleiner Junge, den man in eine Paradeuniform gesteckt hat, bleibt er kurz vor mir stehen. In seinen Augen spiegelt sich eine der vielen Fackeln und sie scheinen selbst in Flammen zu stehen.

Ich sehe, wie er schluckt. Dann räuspert er sich und greift nach meiner Hand, ehe er zu Boden sinkt.

Yasmeens ersticktes Aufkeuchen nehme ich nur am Rand wahr. Ebenso das Echo aus dem Zuschauerraum. Dann wird es still um uns, als wären Begabte des Hauses Osiris zugegen.

»Akasha Themis, Tochter von Zaahir Themis und Lenora Videen, ich schwöre dir meine Treue wie auch dem Volk von Heliopolis.«

Ich blinzle ununterbrochen, um den Tränenschleier zu vertreiben. Mein Herz schlägt schneller als jemals zuvor und mein gesamter Körper bebt von meinen stockenden Atemzügen.

»Ich gelobe, dich auf ewig zu lieben und zu ehren, vom heutigen Tag an bis zu jenem Moment, in dem der Diĝir mir meine letzten Lebenskräfte entzieht und mich zu dem Sand werden lässt, aus dem wir emporgekommen sind.«

Die Worte, die leicht abgewandelt bei jeder Vermählungszeremonie gesprochen werden, sorgen für eine Gänsehaut. Riaz küsst meinen Handrücken und verschränkt anschließend seine Finger in meine. Sie bilden nun die acht Strahlen des Diĝirs.

»Willst du meine Gemahlin sein?«

Ich schlucke mehrmals, kann vor Überwältigung nicht sprechen, mich nicht einmal rühren. Ein Schauder geht durch meinen Körper, meine Finger zittern. Ich bin von meinen Gefühlen völlig überwältigt. Riaz hat nicht bei meinem Vater um meine Hand angehalten, wie es üblich ist, sondern direkt die rituellen Worte der Zeremonie an mich gerichtet und allen, die hier versammelt sind, einen Ausblick darauf gegeben, wie ernst es ihm ist.

Riaz wird nervös, blickt von unten zu mir herauf und presst seine Lippen zusammen. Eine kühle Berührung an meiner freien Hand. Sie wird auf unsere verschränkten Finger gelegt, ehe mich jemand unsanft in die Seite stößt.

»Antworte ihm!«, zischt Yasmeen.

»Ja, ich will«, hauche ich, und mit diesen drei Worten

sind sämtliche Zweifel von Riaz' Gesicht gewischt. Er erhebt sich, legt seine freie Hand auf meine und besiegelt so unsere Verlobung.

Ich fühle mich erfüllt von Zuversicht und Hoffnung, mein Herz schlägt noch immer in einem fremden Takt, ich bin nahezu berauscht von seiner Tat. Yasmeen legt ihre Hand auf unsere, um den Antrag zu besiegeln, wie es eigentlich Aufgabe meines Vaters wäre. Malak folgt ihrer Geste, und für diesen winzigen Moment, bis die beiden zurücktreten, fühlt sich meine Welt vollkommen an, ehe mich die Härte der Realität mit voller Wucht trifft. In den Rängen und der Freifläche vor der Bühne ist es noch immer totenstill. Alle Augen sind auf Riaz und mich gerichtet und mir graut schon vor den verachtenden Blicken. Riaz wendet sich um und sieht ebenfalls zu den verbliebenen Bewohnern der Stadt hinab.

Doch anstelle der erwarteten Missbilligung sehe ich nichts anderes als Zustimmung in ihren Gesichtern. Sie lächeln uns an, ehe einer nach dem anderen durch Antippen von Stirn und Brust das heilige Dreieck formt.

Ich suche nach Ablehnung, kann nicht verstehen, wie das Volk gutheißen kann, dass der mächtigste Begabte sich mit einer Trägerin des Leeren Zeichens vermählen will. Doch ich finde nichts als Hoffnung in ihren Augen. Hoffnung, die auf mich übergeht und mir mehr bedeutet als die gemurmelten Standardworte der Wissenden. Vielleicht haben Riaz und Malak tatsächlich recht, wenn sie behaupten, dass mich das Volk gern als Herrscherin sehe. Doch sie sind es nicht, die darüber bestimmen können.

Riaz reißt unsere Hände nach oben, und die Bewohner von Heliopolis bejubeln uns wie bei der Vermählung, die ich mir immer erträumt habe. Meine Lippen formen ein lautloses »Danke«, ehe ich verlegen zur Seite schaue, um mir die Träne abzuwischen, die mir über die Wange läuft. Riaz kommt mir zuvor und drückt seine Lippen auf die Stelle.

»Ich liebe dich«, sagen wir beide im selben Moment, ehe Riaz mich mit einem überwältigenden Lächeln auf den Lippen küsst und die Menschen um uns herum erneut in Jubel ausbrechen.

»Ich will euch ja nicht den Spaß verderben«, sagt Yasmeen, und für einen kurzen Moment hasse ich sie für die Störung. »Aber du wirst im Ballsaal erwartet.«

Dass ausgerechnet die Frau, die stets gegen die Regeln aufbegehrt, mich eines Tages an diese erinnern würde, hätte ich niemals vermutet. Ohne sie anzusehen, nicke ich, und sie murmelt nur etwas von »Wir gehen schon einmal vor«.

Sie und Malak wenden sich ab. Sie spazieren so eng nebeneinanderher, dass es im Augenwinkel so aussieht, als würden sie sich fernab der Blicke der Zuschauer an den Händen halten.

Riaz' Küsse lenken sofort meine Aufmerksamkeit wieder auf ihn. Viel zu schnell jedoch herrscht wieder Kälte auf meinen Lippen.

»Sie hat recht«, sagt er mit ehrlichem Bedauern und sogar Enttäuschung in der Stimme. »Wir sollten gehen.«

Nur ungern folge ich Yasmeen und Malak, die Hände fest mit denen von Riaz verschränkt.

»Ich habe es mir immer anders vorgestellt«, beginnt er auf halbem Weg zum angrenzenden Palast und bleibt stehen. »Nicht so überstürzt, ich wollte alles richtig machen.«

»Du hast alles richtig gemacht.« Die Worte sind nicht nur so dahergesagt, sondern kommen aus dem tiefsten Winkel meines Herzens.

Er lächelt. »Für mich zählt nur dein Ja. Ob wir nun den Segen der Wissenden haben oder nicht, ist für mich nicht von Bedeutung. Ich wollte nur sicherstellen, dass du weißt, dass ich dich niemals aufgeben werde.«

Er schiebt den blau bestickten Ausschnitt seiner Tunika nach unten und legt ein schwarzes Symbol auf seiner linken Brust frei. Das Dreieck mit einem Ankh in seiner Mitte prangt direkt unter seinem linken Schlüsselbein.

»Wir werden alles verändern, Ash«, flüstert er nur, und die Freudentränen, die sich erneut in meinen Augen sammeln, sind ihm Antwort genug.

Die plötzlich aufsteigende Wärme in meiner Brust sorgt für ein Erschaudern, das Riaz missversteht. Er lässt seine Tunika los, zieht mich dicht an sich und reibt mir über die dünnen Tücher, die um meine Arme gewickelt sind.

Der Lärm aus dem Ballsaal hallt uns entgegen und durchsticht die Blase des unbändigen Glücks, das ich an Riaz' Seite empfinde. Mit jedem Schritt, den wir uns der Realität nähern, wird mir kälter. Doch noch ehe wir um die letzte Ecke vor dem Ballsaal biegen, erhebt sich eine Stimme über dem Gewirr und Geklimper, das von dort auf uns eindringt.

»Du hast nicht einmal deine Tochter unter Kontrolle.« Leemals Stimme klingt schärfer als die Klingen seiner Soldaten. Riaz bringt mich zum Stehen und berührt mit seinem Zeigefinger die Lippen.

»Du wagst es, mich infrage zu stellen?«, knurrt mein Vater zur Antwort.

»Sicher nicht grundlos«, erwidert Leemal scharf. »Außer denen, die für die Arbeit verpflichtet wurden, wohnt kein einziger Träger des Leeren Zeichens der Feier bei. Es ist eine stumme Revolte und das weißt du ganz genau.« Ich gehe im

Geiste die Gesichter der Menschen auf den Rängen durch. Sie alle waren meines Wissens nach Träger des Leeren Zeichens.

»Ihre Anwesenheit ändert nichts.« Mein Vater klingt so ruhig, als würde er mit Leemal über das Wetter reden. Ich weiß nicht, was mich mehr ängstigt. Leemal oder dass mein Vater offensichtlich nicht sehen will, dass Leemal ihn bedroht und seine Autorität infrage stellt. Ich schlucke. Ich bin schuld an diesem Gespräch, weil ich zu spät gekommen bin. Dabei hat Vater mir eine Chance gegeben.

Ich sehe zu Riaz, und als könnten wir unsere Gedanken auf Art der alten Begabten des Hauses Seth teilen, nickt er. Für einen letzten Kuss beugt er sich zu mir hinab, ehe er von mir zurücktritt und kurz auf seine Brust tippt. Auf unser Zeichen.

Es fällt mir schwer, mich von ihm zu trennen, doch ich will meinen Vater nicht mit Leemal allein lassen. Mit einem letzten tiefen Atemzug gehe ich den Flur entlang und biege um die Ecke.

»Vater«, ich tippe mit Daumen und Zeigefinger bei einem demütigen Kopfsenken gegen die Stirn – die Geste, die das Volk den vom Diĝir gesegneten Wissenden entgegenzubringen hat und die ich noch niemals zuvor angewandt habe. Doch Vaters geweitete Augen sind nichts im Vergleich zu dem Blick Leemals, als ich die Begrüßung bei ihm wiederhole. Er wirkt zunächst irritiert, dann verengen sich seine Augen und er mustert mich misstrauisch.

»Dante wartet auf dich«, sagt mein Vater, als er sich wieder gefangen hat, und ich nicke höflich und versuche sogar zu lächeln. Vater schiebt mich in den Ballsaal.

Der Zauber aller Begabten hängt schwer in der Luft und der durch die Magie entstehende Geruch nach Sandkraut dringt sofort auf mich ein. Feuerbändiger zeigen am anderen

Ende des imposanten Raumes ihr Können, erschaffen Tiere und Geister aus ihrem Element, die gegen Wasserwesen der anderen Elementare kämpfen und den vorderen Bereich des Saales in einen diesigen Dunst hüllen. Haus Nephthys prahlt an einer Seite mit seinem Talent und liest Gästen die Zukunft. Die mächtigsten Begabten des Hauses Schu präsentieren sich in ihrer tierischen Form. Niemand findet es ungewöhnlich, dass Tiger und Wölfe zwischen den Tanzenden und Schwatzenden umherstreifen. Sie alle wissen nicht, dass ihre Magie bald versiegen wird.

Unweit des Eingangs sehe ich vier Mitglieder des Hauses Osiris, die die Zeit im Raum zwischen sich manipulieren. Ein kleiner Vogel flattert mal beschleunigt, mal in Zeitlupe zwischen den Zeithütern hin und her. Direkt neben ihnen weint eine Frau bittere Tränen, ehe sie im nächsten Augenblick vor Freude auflacht, rot vor Zorn wird und würgt, als wäre ihr übel. Das Können von Haus Seth ist beeindruckend.

Ich spüre seine Anwesenheit, noch ehe ich ihn sehe. Doch die Fröhlichkeit fühlt sich so falsch an, dass ich sie leicht von dem wohlbehüteten wahren Glück in meinem Herzen unterscheiden kann. Vielleicht ist Dante unfähig, eine solche Emotion hervorzurufen, weil er sie nie selbst erlebt hat? Weil er zu ernst und zu verbittert ist, um echte Gefühle zu empfinden?

Ich wende mich ihm mit einem gleichgültigen Ausdruck im Gesicht zu und registriere, wie er nervös an seiner Galauniform herumzupft.

»Ich bin glücklich, du brauchst mich nicht zu beeinflussen«, sage ich nur und rege mich auch kein bisschen, als mich ein noch überwältigenderes Glücksgefühl überrollt. Dante presst vor Anstrengung die Kiefer fest zusammen.

»Wir sollten tanzen«, fordere ich ihn auf, und plötzlich projiziert er kein Glück, sondern seine Verwunderung auf mich, sodass ich an seiner Stelle die Augen aufreiße. Sofort lässt er seine Magie ziehen und mustert mich wie einen Gegner im Ring. Ich halte ihm meine Hand entgegen, die er so zögerlich und vorsichtig nimmt, als wäre sie ein Sandkaktus. Erst dann fasst er fester zu und führt mich an den Rand der Tanzfläche, auf der die anderen Gäste umherwirbeln.

Ich durchsuche kurz den Raum nach meinem Vater und registriere mit einem Lächeln den Blick, den er Leemal zuwirft.

»Was hast du vor?«, raunt Dante mir zwischen zusammengepressten Zähnen zu, während er uns mit geübten Schritten über die Tanzfläche bewegt. Für einen guten Tänzer hätte ich ihn nie gehalten. Damals im Unterricht ist er mir ständig auf die Füße getreten. Trotz der Pausen, die ich machen musste, hat er sich geweigert, mit Yasmeen zu tanzen, weil sie »unter seiner Würde war«, und hat das gemeinsame Üben ganz aufgegeben, als ich ihm daraufhin ins Gesicht sagte, dass er seinerseits unter mir und Riaz stand. Ich lasse meine Reaktion auf die Erinnerung, wer da meine Hand hält, in einem tiefen Atemzug entweichen, ehe sie mir anzusehen ist, und bemühe mich um ein Lächeln.

»Ich will meinen Vater glücklich machen, ehe wir aufbrechen.«

Dante hebt den Arm und führt mich in eine Drehung. »Du planst irgendwas, und ich werde herausfinden, was es ist.«

»Und zu deinem Vater rennen?« Ich kann mich nicht zurückhalten.

»Ich renne nicht … Was denkst du von mir?« Er bleibt so abrupt stehen, dass ich aus dem Gleichgewicht gerate. Er fängt mich gerade noch auf und lässt seine Hand locker auf meiner Hüfte liegen.

So viele Momente unserer Kindheit und Jugend ziehen an mir vorüber. Immer war es Dante gewesen, der uns verraten hatte und nachher mit breitem Grinsen und voller Genugtuung lauschte, wie wir bestraft werden sollten.

»Soll das ein Witz sein?«, erwidere ich eine Spur zu laut, und die Umstehenden sehen uns an.

»Nur weil ich nicht jeden Unsinn von euch mitgemacht habe, heißt das nicht, dass ich euch verraten habe.« Er will noch mehr sagen, doch ich hebe die Hand. Ich will es nicht hören. Mein Vorsatz, für meinen Vater wenigstens an diesem Abend eine gute Tochter zu sein, scheitert sonst noch an Dante.

Plötzlich wird es still im Raum, ehe ein Sprecher verkündet, dass nun der Herrscher selbst eine Kostprobe seines Könnens gibt.

Kaum dass die letzte Silbe bis in alle Winkel des Ballsaales vorgedrungen ist, wird es immer heller und heller im Raum, bis ich vor Schmerz meine Augen schließe und trotzdem noch immer das allumgebende Weiß sehe. Als es hinter meinen Lidern wieder dunkler geworden ist, wage ich es, sie wieder zu öffnen und befinde mich in einer völlig anderen Welt.

Der Ballsaal ist verschwunden, die Wände, an denen die zahlreichen Fackeln hingen, sind der unendlichen Weite eines … Waldes gewichen, wie ich ihn nur aus Berichten der Erde oder den Aufzeichnungen des alten Dilmuns kenne. Ich erfasse kaum die zahlreichen fremden Gerüche, die auf mich eindringen, und lausche nie gehörten Geräuschen, die Vogellauten ähneln. Erst als ich die Eindrücke genug auf mich habe wirken lassen, stelle ich fest, dass die Menschen, die den Ballsaal zuvor noch dicht an dicht bevölkert haben, ebenfalls verschwunden sind. Ich bin allein in diesem weiten Grün, das mein Vater erschaffen hat und das mein Gehirn trotz des Wissens, dass es sich um eine Täuschung handelt, nicht zu verdrängen vermag. Hätte ich mich nicht auf die Vorführung seiner Gabe einstellen können, wäre auch dieses Wissen inmitten all der Faszination für die von ihm erschaffene Welt verloren gegangen.

Ich höre ein Knacken und folge dem Geräusch. Es könnte ein wildes Tier sein, aber ich brauche keine Angst zu haben. Es ist eine Täuschung und es kann mir nichts tun. Ich steige über kleinere Bäume, die eher in die Breite wachsen als an einem dicken Stamm in die Höhe. Instinktiv versuche ich, sie beiseitezuschieben, glaube sogar, sie zu spüren.

Hinter einem dicken Stamm, den meine Arme nicht einmal zur Hälfte umrunden könnten, tritt Riaz hervor.

»Riaz?« Ich lächle ihn an und danke meinem Vater für diesen kurzen Moment der Zweisamkeit. Vielleicht will er sich auf diese Weise für mein vorbildliches Verhalten bedanken und schenkt mir einen Moment mit Riaz. Er kann ja nicht wissen, dass ich kurz zuvor mehrere Momente gestohlen habe.

Riaz trägt nicht dieselbe Kleidung wie zuvor und sofort sehe ich an mir hinab. Auch ich trage nicht länger die funkelnde bodenlange Tunika, sondern eine Hose und ein enges tunikaähnliches Oberteil mit mehreren Punkten an der vertikalen Zierleiste von meiner Brust bis zu meinem Bauchnabel hinab. Riaz ist ebenso gekleidet.

Erst mustert er mich skeptisch, dann schleicht sich ein Lächeln um seine Mundwinkel, doch das Lachen kommt nicht von Herzen, seine Augen strahlen nicht wie sonst, wenn er mich ansieht. Es muss an der Täuschung um uns herum liegen. Er ist sicher ebenso überwältigt wie ich.

Riaz sieht sich mehrmals um, als vergewissere er sich, dass wir allein sind, dann überwindet er die kurze Distanz zwischen uns, reißt mich an sich und presst seine Lippen auf meinen Mund. Der Kuss innerhalb der Täuschung fühlt sich so anders an, ich spüre so widersprüchliche Gefühle, dass ich ihn zunächst kaum genießen kann. Ich schließe die Augen und erwidere den Kuss, seine Lippen werden weicher, seine Zunge fordernder, und es fühlt sich nicht mehr ganz so fremd an. Ich lasse mich in diesen weiteren gestohlenen Moment sinken und genieße die Glücksgefühle, die mich überschwemmen.

Aus einem entfernten Rauschen lösen sich vereinzelte Stimmen, überraschte Aufschreie und ein Applaus. Doch der gilt nicht den Fähigkeiten meines Vaters, sondern mir.

Als ich mich atemlos aus dem Kuss löse und die Lider aufschlage, blicke ich nicht in Riaz' blaue Augen, sondern in die von Dante, dessen Atemzüge so unregelmäßig sind wie meine. Er starrt mich für einen Moment fassungslos an, ehe er sich so schnell abwendet, dass ich ihn zwischen den Ballgästen aus den Augen verliere. Ich schlucke heftig gegen die aufsteigende Magensäure an. Nicht nur, weil ich Dante geküsst habe, sondern vor allem wegen der Erkenntnis, dass mich offensichtlich mein eigener Vater dazu gebracht hat. Mein Vater hat mich, sein eigen Fleisch und Blut, absichtlich getäuscht.

Ich verlasse den Ballsaal, ignoriere das Gelächter und auch die höhnischen Blicke der Gäste und renne voller Scham und Gewissensbisse, so schnell es dieses bodenlange Kleid zulässt, zu meinem Zimmer hinauf.

Dort versuche ich sofort, Riaz zu kontaktieren, ich muss ihm sagen, was geschehen ist. Ich drücke auf das Siegel von Geb an meinem Ring und eine Reihe kleiner Projektionen der anderen Holo-Träger baut sich vor mir auf. Schnell suche ich nach Riaz und bete inständig, dass er das Kommunikationsgerät bei sich trägt. Als er meinen Anruf nicht annimmt, nehme ich mir vor, ihn morgen noch vor dem Abflug aufzusuchen. Heute würde ich nicht mehr hinausgehen. Noch mehr Demütigung würde ich nicht ertragen.

Doch als ich aufwache, hat sich die Welt abermals verändert. Ich will mich aufsetzen, doch etwas hält mich zurück. Benommen starre ich auf das Glas direkt über mir und bin mit einem Mal hellwach. Ich befinde mich nicht länger in meinem weichen Bett, sondern in der mit Formpolster ausgeschlagenen Enge einer Schlafkapsel. Ich befinde mich bereits auf dem Schiff und auf dem Weg zur Erde.

12

Summit – Arizona, 12. Juni

»Was ist denn hier los?« Mr Vance schiebt sich durch die große Gruppe Schüler, die sich mittlerweile um Mavi und Shawnie gedrängt haben und deren überaus dramatische Erlebnisse im Tornado kommentieren. Mr Vance hört ihnen ohne jegliche Regung zu. An seiner Stelle hätte ich mir das Lachen nicht verkneifen können.

Nicolas hat sich in der Zeit immer weiter zurückgezogen. Jetzt steht er neben mir und unterhält sich mit Jared und Kyle. Seine Schilderung hört sich weniger spektakulär an. »Da war eine verdammte Wolke. Eine einzige!«, erklärt er. »Ich habe sie gesehen und wollte das Verdeck schließen, aber wir waren nicht schnell genug.« Er zuckt mit den Schultern, als sei es nicht sonderlich tragisch, wenn das Auto plötzlich aussieht, als hätte er es in einer Sandgrube versenkt.

Jared und Kyle bieten ihm an, am Wochenende beim Säubern zu helfen, und ich bin kurz davor, ebenfalls meine Hilfe anzubieten, als er eine Bemerkung macht, durch die sämtliches Mitleid – oder was genau man in so einem Moment auch empfindet – verpufft wie Mavis *Tornado*. »Dafür sind die Haushaltskräfte da.«

Ich stöhne innerlich auf und Nicolas wendet seinen Kopf

zu mir um. Er mustert mich so lange, dass es mir bereits unangenehm ist und ich dem Drang widerstehen muss, einen Spiegel zu suchen, um mein Gesicht zu begutachten. Habe ich ihn etwa wieder angestarrt wie vorhin in der Cafeteria? Ich gehe hastig meine Gedanken durch, bin mir jedoch keiner Schuld bewusst.

»Geht es dir nicht gut?«, fragt er, nachdem er seine Begutachtung abgeschlossen hat.

Die Frage überrumpelt mich, weil ehrliches Interesse auf seinen Zügen zu erkennen ist.

»Er hat recht, Hailey«, mischt sich auch Jared ein. Nun starren mich schon zwei Augenpaare an und ich werde nervös. »Du siehst aus, als hättest du seit einer Woche nicht geschlafen.« Prompt hält auf seinem Gesicht dieser sorgenvolle Ausdruck Einzug, den ich so langsam nicht mehr ausstehen kann. Vielleicht würde ihm die Ablenkung durch Leyla guttun und er kann sich um sie sorgen. »Ich warte immer noch, dass du mir erzählst, was wirklich mit dir los ist«, erinnert er mich. »Ich bin für dich da.«

»Ich werde einfach schon mal unseren Stand vorbereiten«, sage ich knapp und gehe mit schnellen Schritten zu den aufgebauten Tischen, auf denen wir unsere Projekte vorstellen sollen. Die Kiste mit unseren Sachen steht bereits darauf. Ich öffne sie und greife nach den Fotos der Exponate.

»Können wir kurz reden?«, sagt eine Stimme so dicht neben meinem Ohr, dass ich vor Schreck die Fotos zurück in die Kiste fallen lasse. Ich wende mich langsam zu Nicolas um.

»Worüber?«, frage ich und konzentriere mich darauf, möglichst ausdruckslos zu bleiben.

Er wirkt wieder einmal nervös und sieht sich hastig um, ehe er mit der linken Hand seinen Nacken massiert. »Ich wollte mich …« Er kneift die Augen zusammen und sieht an mir vorbei. Ich warte eine gefühlte Unendlichkeit, dass er weiterredet, doch er beendet seinen Satz nicht.

»Du wolltest was?« Ich drehe mich um und versuche zu erkennen, was er sieht, *wen* er sieht, doch da ist nichts. Als er mir doch endlich antwortet, wende ich mich ihm wieder zu. Nun wirkt er völlig entspannt. Ein echtes Lächeln liegt auf seinen Lippen, und seine Augen haben plötzlich eine Tiefe, die ich bisher nicht bemerkt habe.

»Ich wollte mich bei dir entschuldigen. Das vorhin war echt nicht so gemeint. Ich wollte dich nicht vor den anderen lächerlich machen. Tut mir leid.«

Betreten sieht er zu seinen Schuhen hinab, und ich sehe, wie er mit seinem rechten Fuß einen Kreis um die weiß-rosafarbene Blüte direkt zwischen uns zieht. Die Minze wächst hier überall wie roséfarbene Kleckse im beigeroten Sandmeer. Sie trotzen dem trockenen Klima aber nur in der Gegend rund um den Totempfahl. Vielleicht bringt der ja auch den Pflanzen Glück? Je näher man dem geschnitzten Holz kommt, desto häufiger treten sie auf. Ich freue mich schon auf den Abend, wenn sie den intensiven Duft verströmen, der für mich untrennbar zu diesem Ort gehört.

»Und, was sagst du?«, reißt mich Nicolas aus den Gedanken. Er kaut auf seiner Unterlippe, was ihn gleich viel jünger aussehen lässt.

»Entschuldigung angenommen«, erwidere ich mit einem Lächeln. »Solche Auftritte hast du gar nicht nötig.«

Nicolas senkt den Blick und hebt die Fotos auf, die ich gerade fallen lassen hatte, während ich mir am liebsten auf die Zunge beißen möchte. Ich hoffe, dass er nicht darauf reagiert, doch mein Wunsch wird nicht erhört.

»Wie meinst du das?« Er blättert abwesend durch die Fotos, aber seine Augen funkeln dabei.

Ich räuspere mich, um einen Moment Zeit zu haben, die Worte so belanglos wie möglich klingen zu lassen. »Hier in Summit sind alle ganz freundlich. Niemand muss sich hier aufspielen, um dazuzugehören.«

Er wirft die Fotos auf den Tisch und sieht zur Seite. Ich sehe das Grinsen trotzdem.

»Weit seid ihr ja noch nicht gekommen.« Jared und Kyle treten zu uns und Jared sieht erst auf den Fotostapel auf dem Tisch, dann zwischen mir und Nicolas hin und her.

»Wir mussten uns dringend ... unterhalten«, antwortet Nicolas, und der Blick, den er mir zuwirft, sorgt dafür, dass meine Wangen heiß werden, ohne dass wir überhaupt etwas getan haben, was dies rechtfertigen würde. »Und wir sind noch nicht fertig«, sagt er so schnell, dass ich nicht sicher bin, ob ich richtig verstanden habe. Schon packt er mich am Handgelenk und zieht mich mit sich hinter einen der zahlreichen großen Steinblöcke, die hier überall herumstehen.

Ich höre noch, wie Jared mir hinterherruft, dass er und Kyle jetzt auf der ganzen Arbeit sitzen bleiben.

»Was soll das?« Ich entziehe Nicolas meine Hand.

»Das würde ich gern von dir wissen«, erwidert er. »Mit dir stimmt etwas nicht.«

»Wie bitte?«

Sein Ton wird noch vorwurfsvoller: »Ich habe dich erst heute kennengelernt, und mir kommt es vor, als würde ich dich schon ewig kennen.«

»In Filmen klingt so etwas romantischer«, entfährt es mir, ohne nachzudenken. In Gedanken klopfe ich mir aber für die bissige Tonlage auf die Schulter.

Ich erkenne genau, in welchem Moment Nicolas meinen blöden Spruch versteht. Er weicht einen Schritt zurück, hält inne, tritt wieder nah zu mir und lässt seinen Atem in einem Zug entweichen. »Hör zu, ich weiß nicht, was genau es ist«, er ringt regelrecht nach Worten, sodass er mir schon fast leidtut. »Aber ich *weiß*, dass uns etwas verbindet.« Er greift nach meiner Hand. Ich weiß nicht, ob ich schockierter über die Aussage, die Geste oder mich selbst sein soll, weil ich sie ihm nicht sofort entreiße, die Berührung sogar … genieße. Sein Gesicht kommt näher. So nah, dass mich sein Atem streift. Ich rieche einen Hauch von süßlichem Kaugummi.

»Denk darüber nach«, sagt er, und die unausgesprochene Bitte in seinen Augen bringt mich dazu, einfach nur zu nicken.

Er sieht mir noch einen Moment tief in die Augen und befeuchtet dann seine Lippen. Auch meine fühlen sich plötzlich unglaublich trocken an. Ich schlucke.

Einen Augenblick später ist der Zauber vorbei. Nicolas lässt meine Hand los und tritt so hastig zurück, als hätte er sich an mir verbrannt. Ohne weitere Worte wendet er sich ab und geht um den Steinblock herum, Richtung Jared und Kyle. Dann bleibt er stehen und sieht noch einmal zu mir zurück.

»Du hast recht gehabt: Auf der Tonscherbe und auf der Pfeilspitze stand das Wort *Tefnut*.«

Anschließend ist er um die Ecke verschwunden und ich stehe mit offenem Mund da und bin wie erstarrt.

Als ich mich gefangen habe, renne ich ihm mit einem ganzen Turm voller Fragen im Kopf hinterher. Atemlos komme ich an unserem Tisch an und ziehe sofort die Aufmerksamkeit von Jared, Kyle und Mr Vance auf mich. Nicolas hingegen sortiert Fotos auf dem Tisch und beschwert sie mit Steinen.

»Willst du mir verraten, was da gerade eben los war?«, raunt mir Jared ins Ohr. Mr Vance verschränkt die Arme vor der Brust und sieht mich konzentriert an.

Als ich nicht auf Jared reagiere, hakt er lauter nach. »Was läuft zwischen dir und ihm?« Mit seinem Kopf deutet er auf Nicolas. Mr Vance folgt der Geste sofort und schaut dann finster zu mir.

»Was läuft zwischen wem?« Innerlich stöhne ich auf und werfe Leyla, die eben zwischen mich und Jared tritt, ein stummes »Später!« zu. Sie nickt kurz und wendet sich dann an Jared. Noch in der Drehung verwandelt sich ihr gesamter Ausdruck. Ihre Augen beginnen zu strahlen, das Lächeln, das auf ihrem Mund erscheint, ist so ehrlich, dass ich das Grummeln in meinem Magen ignoriere und betreten wegschaue, als Jared es erwidert. Wann auch immer dieses Etwas zwischen ihnen entstanden ist – es wirkt wie ein starker Magnet. Wie ein Sog. Kyle räuspert sich mehrmals, doch die beiden starren sich unberührt davon weiter an.

»Ich glaube, wir sollten zu den anderen nach vorne gehen«, antwortet Kyle und zeigt auf die letzten Schüler, die gerade zwischen den Felsblöcken in Richtung Parkplatz verschwinden. »Gleich ist die Rede, und Mrs Barley ist sicher nicht erfreut, wenn wir nicht dabei sind oder zu spät kommen«, erklärt er mit ausladender Geste. Noch nie habe ich mich so über eine Ansprache der Rektorin gefreut wie in diesem Moment.

Kyle, Jared und Leyla verschwinden bereits aus meinem Sichtfeld. Mr Vance geht dicht hinter Nicolas und mir und ich spüre seine Blicke auf uns. Während Nicolas nur sein

Kinn nach oben reckt und die Lippen verzieht, überkommt mich schon wieder dieses Gefühl, auf frischer Tat ertappt worden zu sein. Doch ich komme nicht mehr dazu, etwas zu sagen. Verzerrte Schreie hallen zwischen den Felsblöcken hindurch. Mein Puls rast. Leyla. Jared. Kyle. Ohne darüber nachzudenken, renne ich los. Schwere Schritte folgen mir. Ich sehe jedoch nicht zurück, ob sie von Nicolas oder Mr Vance stammen.

Ich umrunde den letzten Fels, der mir die Sicht versperrt, und bleibe so abrupt stehen, dass jemand in mich hineinrennt. Wir gehen beide zu Boden, doch es bleibt keine Zeit für Vorwürfe.

Schockiert rapple ich mich auf und starre im Sitzen auf die Szene, die sich vor meinen Augen abspielt: Ein wilder Haufen Krieger in orientalisch angehauchten Klamotten geht mit in der Sonne funkelnden Schwertern auf unsere Freunde und Schulkameraden los. Einen kurzen Moment bin ich wie erstarrt, schaffe es nicht, aufzustehen und … Ich weiß nicht, was ich tun soll. Die Polizei anrufen? Um was zu sagen? Dass wir von einer Horde Kämpfer attackiert werden, deren Tuniken, weite Hosen und Lederwamse aussehen, als seien sie Teil der Ausstellung, die wir gerade organisieren?

Meine Hände bohren sich in den steinigen Untergrund. Neben mir rappelt sich Nicolas gerade hoch. Sein Gesicht spiegelt meinen eigenen Schock. Ich kann ihm ansehen, wie er fieberhaft nach einer Erklärung sucht, ebenfalls nicht weiß, was gerade geschieht oder was er tun soll.

Für einen Moment halte ich es für eine Showeinlage, passend zu unserem Gruppenthema der Projektwoche. Dann jedoch hallt ein weiterer Schrei von den Felsen wider. Lydia aus meinem Englischkurs rennt in Richtung Parkplatz. Einer der Krieger tritt ihr in den Weg. Ich sehe, wie sich Jordan vom Footballteam zwischen den kahlköpfigen Mann und seine Freundin stellt, die er behutsam hinter sich schiebt. Doch selbst sein vom Training aufgepumpter Körper nutzt ihm nichts. Ohne Vorwarnung schwingt der Mann mit der Kapuze seine Waffe und zieht die Klinge über Jordans Oberschenkel. Er geht sofort zu Boden. Seine Jeans verfärbt sich rot. Lydia lässt sich schreiend neben ihn fallen.

Ich suche nach Leyla und Jared, sehe überall kleinere Gruppen von Mitschülern, die von Kriegern in Schach gehalten werden. Es müssen zehn oder zwölf sein. Allesamt in dieser merkwürdigen altertümlichen Kleidung.

Meine Mitschüler sind verängstigt, starren nur fassungslos auf die Waffen der Männer. Das hier ist nicht das jährliche Amokalarm-Training. Die wenigen, die versucht haben, etwas zu unternehmen, liegen blutend wie Jordan am Boden. Die anderen haben sich hilflos an einem Felsen zusammengedrängt, der kaum Schutz bietet.

Endlich sehe ich Jared und Leyla. Die beiden stehen etwas abseits, nicht weit von mir. Jared hat Leyla fest an sich gepresst. Gleich zwei dieser finsteren Typen stehen ihnen gegenüber. Auch Jared schiebt Leyla nun instinktiv hinter sich, doch einer der Angreifer packt sie am Arm und zerrt sie wieder nach vorn. Jared macht nur einen kleinen Schritt nach vorn, so als würden seine Beine auf den Gedanken reagieren, etwas unternehmen zu müssen, ohne dass er den Befehl zum Handeln gibt. Der Mann ihm gegenüber reagiert sofort und schlägt ihm mitten ins Gesicht. Leylas erstickter Schrei dringt bis zu mir. Sie reißt die Hände vor den Mund. Ihre Haare leuchten in der Sonne wie das Blut, das nun von Jareds Lippe rinnt.

Ich springe auf, mein Körper reagiert nur noch, ich denke nicht mehr nach. Ich reiße mich von der Hand los, die mich zurückhalten will, und renne in Richtung Jared und Leyla. Schon nach wenigen Metern versperrt mir ein Mann die Sicht auf die beiden. Seine Nasenflügel zittern, seine Lippen verziehen sich zu einer Grimasse, die vielleicht ein Lächeln sein soll. Sein Schwert ruht in der Scheide an seiner Hüfte. Er mustert mich abfällig, während er gelassen die Arme vor der Brust verschränkt. Jeder dieser Arme hat den Umfang meiner Oberschenkel, sein Kopf scheint direkt auf den Schultern zu sitzen. Dann lacht er. Er findet es wohl witzig, wehrlose Schüler anzugreifen? Ich will an ihm vorbeigehen, muss zu Jared und Leyla, doch der Mann hält mich zurück. Seine fleischigen Finger zerquetschen mir beinahe den Unterarm und etwas in meinem Kopf brennt durch.

Ich denke nicht darüber nach, entwinde mich mit einer kreisförmigen Bewegung meines Unterarms seinem Griff und schiebe seinen Arm an seinen Körper, während meine linke Handfläche nach oben fährt. Das Knacken seines Nasenbeins hallt in meinem ganzen Körper nach. Seine Augen leuchten auf. Ich weiß nicht, ob vor Überraschung oder Blutdurst. Er kümmert sich nicht um seine gebrochene Nase, sondern hebt den Arm und macht sich für den Schlag bereit. Ich sehe die Faust auf mich zukommen, weiche im entscheidenden Moment mit dem Oberkörper minimal zurück, und er trifft mich nicht, kommt sogar leicht aus dem Gleichgewicht. Meine rechte Faust trifft seinen Kiefer, bevor meine Linke sein Trommelfell bersten lässt.

Mein Gegenüber weicht zurück, heult dann auf, rasend vor Wut. Ohne Waffe werde ich ihm nichts mehr entgegenzusetzen haben, er ist mir körperlich weit überlegen. Meine einzige Möglichkeit ist das Schwert an seiner Seite. Ich ducke mich unter seinem nächsten Schlag hinweg und umfasse den Griff. Noch in der Bewegung ziehe ich es aus der Scheide.

Ich komme nicht weit. Sein nächster Schlag trifft mich an der Schläfe und helle Funken überziehen mein Blickfeld. Ich gerate ins Taumeln und schaffe es erst zu spät, mich wieder aufzurichten und auf meine Verteidigung zu achten.

Ich werde zur Seite geschubst, und der nächste Hieb streift Nicolas' Deckung, der wie ich zuvor zurückgewichen ist. Von der Masse her ist er dem Mann ebenfalls deutlich unterlegen, aber er ist schnell, platziert in wenigen Augenblicken mehrere Faustschläge und Tritte, die sein Gegenüber tatsächlich zu Fall bringen. Doch auch er kann nichts gegen die anderen Männer ausrichten, die aus den Reihen unserer Mitschüler hervortreten und ihrem Kameraden zu Hilfe eilen. Sie umzingeln uns. Ich zähle fünf, der sechste ist hinter mir und umgreift meinen Körper. Meine Arme sind fixiert, und mir bleibt nur, mit voller Wucht auf seinen Fuß zu treten. Der Schmerz beeindruckt ihn nicht, die Umklammerung löst sich nicht, im Gegenteil. Der Mann schnürt mir fast die Luft ab und ein übler Gestank steigt in meine Nase. Hilflos muss ich mit ansehen, wie die Typen es genießen, reihum auf Nicolas einzuschlagen.

Meine Schreie werden leiser, als mir die Luft ausgeht. Nicolas schafft es nicht mehr, seine Arme zur Deckung weiter oben zu halten, sondern taumelt nur noch besinnungslos im Kreis der Krieger umher.

13

Akasha, 29. Nisannu 6996 nach Atum

Panik überkommt mich, ich bekomme keine Luft mehr, mein gesamter Körper wird vom Formpolster der Schlafkapsel zusammengepresst. Nur meine Arme sind frei. Ich hämmere mit dem Handrücken gegen das Glas, das sich nur knapp über mir befindet, die Schläge klingen dumpf, verlieren sich beinahe in der Stille.

Mein Puls rast, ich sollte dringend einatmen, aber ich schaffe es nicht. *Die Kapseln werden mit Sauerstoff versorgt*, sagt mir mein Gehirn wieder und wieder, doch die Kraft, die mich daran hindert, ihn einzusaugen, ist stärker als die Logik. Meine Hand tastet sich das körperwarme Formpolster entlang bis an die Stelle, an der das Polster in das gläserne Rund übergeht. Irgendwo muss der Notfall-Mechanismus sein, der sicherstellt, dass sich die Kapsel auch von innen öffnen lässt. Ich habe die Unterrichtsstunden über die Technik der Expeditionen immer aufmerksam verfolgt.

Mein Körper zieht sich in immer schnelleren Krämpfen zusammen. Das Formpolster dehnt sich immer weiter aus. Mein Oberkörper wird derart eingedrückt, dass ich es nicht einmal mehr schaffen *könnte*, ihn auszudehnen, um Luft zu holen. Vor mir tanzen bereits schwarze Flecken vor dem hellen Schein des Oberlichts umher, als von einem auf den anderen Moment der Druck von mir genommen wird und das Glas mit einem kurzen Knistern verschwunden ist.

Keuchend hole ich Atem und setze mich kerzengerade auf. Meine Hände zittern, während sie den seitlichen Rand der Kapsel umgreifen. Ich muss sofort hier raus, ehe sie sich wieder schließt.

»Akasha, ist bei dir alles in Ordnung?« Eine junge Frau tritt neben mich und greift nach meinem Handgelenk. Sie prüft meinen Puls. Ihr weißer Kaftan mit silberfarbener Stickerei spannt sich beim Bücken um ihre Brust.

»Ich habe keine Luft bekommen, das Polster hat mich erdrückt.« Meine Stimme klingt noch immer zittrig, ich koste jeden Atemzug aus.

»Du hattest eine Panikattacke«, überlegt die Frau laut. »Das Polster war nicht zu eng. Vielleicht leidest du unter Klaustrophobie?«

Ich weiß es nicht. Ich war noch nie in einer geschlossenen Schlafkapsel. Wir haben uns alle nur probehalber in eine geöffnete gelegt und uns ausgemalt, wie es wäre, wenn man in ihr die Reise durchs Weltall verschläft.

»Kannst du aufstehen?«

Ich nicke und hebe in einer holprigen Bewegung meine Beine zur Seite, bis sie den Boden berühren.

Als ich versuche aufzustehen, knicken sie ein. Die Frau fängt mich sofort auf und stützt mich. Die Formwandler haben also bereits eine künstliche Schwerkraft erschaffen. Wie lange sind wir schon unterwegs? Ich bemerke meine Kleidung. Eine zarte Hose und eine schmucklose Tunika. Beides weiß wie alles hier. Nur die Bordüre der Frau sticht aus dieser Eintönigkeit heraus.

»Ich werde dich zu den Heilern bringen«, sagt sie und winkt einen Schwebesessel heran, in den sie mir hilft.

Ich schwebe darin neben ihr quer durch den Raum mit den kahlen weißen Wänden und den vier Schlafkapseln. Nirgendwo gibt es Fenster. Durch einen Wink von ihr gleitet eine Tür zur Seite, die vorher nicht zu sehen war. Kurz sehe ich mich noch einmal in dem Raum um, ehe wir die Schlafkapseln hinter uns lassen.

»Wie heißt du?«, will ich wissen, aber das ist nicht die wichtigste der etlichen Fragen, die in meinem Kopf umherhuschen wie die seltenen Irrlichter jenseits der Stadtmauern von Heliopolis. Ich wage noch nicht zu fragen, ob wir Heliopolis bereits verlassen haben und ob es einen Grund dafür gibt, dass ich ohne Überwachung in der Kapsel gelegen habe. Ein intensiver Geruch von Sandkraut hängt in der Luft, und ich registriere ein konstantes Prickeln von Magie, aber mein Kopf möchte es nicht einsehen. Ich will mich mit dem Gedanken noch nicht auseinandersetzen, vielleicht schon Lichtjahre von Riaz entfernt zu sein, ohne mich von ihm verabschiedet zu haben. Was muss er empfinden, nachdem er von Dantes Kuss erfahren hat, ohne dass ich es ihm erklären kann? Von dieser Frau zu hören, dass wir schon auf dem Weg zur Erde sind, würde es wahr machen, und für diese Wahrheit bin ich noch nicht bereit.

»Elizaa«, antwortet sie kurz, bevor sie vor einer Tür stehen bleibt. In ihrem Nacken erhebt sich die Doppelspirale des Hauses Nut, kurz bevor sie erneut mit ihrer Gabe die Tür öffnet und wir einen weißen Raum betreten, der ebenso kahl ist wie der zuvor.

In der Mitte befindet sich eine weiß schimmernde Liege, zu der sie meinen Sessel schickt.

»Mir geht es schon besser«, sage ich und stehe auf.

»Die Untersuchung durch die Heiler ist Pflicht. Du hast länger geschlafen als die anderen«, antwortet sie mit strenger Stimme und schiebt mich zu der Liege.

Ich ergebe mich und setze mich, während Elizaa aus dem Raum huscht. Der Sessel folgt ihr noch immer, angezogen von ihrer Magie. Um die Wartezeit zu überbrücken und mich nicht in Gedanken zu verstricken, die mich in diesem Moment erdrücken würden, suche ich an den Wänden nach Anzeichen, wo sich all die medizinischen Instrumente und Gerätschaften verbergen könnten. Angehörige des Hauses Nut sind die wichtigsten Begleiter bei Expeditionen. Durch Manipulation der Materie, aus dem jedes Ding, jedes Element und sogar jeder lebende Körper besteht, treiben sie das Schiff an. Für den Start und den Übertritt in den Hyperraum sowie den Wiedereintritt in die Atmosphäre wird mehr Energie benötigt. Energie, die auf diesem Teil der Reise durch die Körper der Besatzungsmitglieder gewonnen wird. Die Kapseln sorgen außerdem für medizinische Überwachung, heilen und schützen uns.

Wenn bereits alle außer mir aufgewacht sind … Wie lange lebt Riaz bereits mit dem Wissen, dass ich mich nicht einmal von ihm verabschiedet habe? Mit den Lügen, die ganz sicher über den Kuss auf dem Ball kursieren. Ich hätte es ihm sofort erklären und mich nicht in meiner Demütigung suhlen sollen. Ich fasse an den Ausschnitt meiner Tunika, doch die Stelle fühlt sich schrecklich kalt an. Wer auch immer mich umgezogen und mir die Reisekleidung angelegt hat, hat mir Riaz' Kette weggenommen. Panik überkommt mich. Die Kette wäre die einzige Erinnerung an Riaz, die sich nicht in meinem Kopf befindet. Ich wünsche mir, dass ich unser Symbol ebenfalls von ihm unter die Haut hätte zeichnen lassen. Das hätte mir niemand nehmen können. Doch nun ist es zu spät.

Der Gedanke an ihn schmerzt bis in mein Innerstes, und ich bin froh über die Ablenkung, als Stimmen vom Flur zu mir dringen, begleitet von strammen Schritten.

»Du hattest nur diese eine Aufgabe«, brüllt eine mir nur allzu bekannte Stimme. »Doch nicht einmal dazu bist du zu gebrauchen.«

Ich zucke zusammen, als hätte General Leemal *mir* diese Worte an den Kopf geworfen. Die Antwort auf den Vorwurf ist für mich nur ein leises Gemurmel, ehe sich Leemals Stimme wieder erhebt. Ich schließe die Augen, um mich besser auf das Gehörte konzentrieren zu können.

»Ich kann deine ständigen Ausreden nicht mehr hören. Du bist eine Enttäuschung. Ich muss mich wohl damit abfinden, dass meine Hoffnung ein Fehler war, in Zukunft Großes von dir zu erwarten. Wie konnte ich annehmen, dass du diese Aufgabe erledigen könntest, wenn du es nicht einmal geschafft hast, sie ohne Hilfe …«

»Akasha, schön, dass du aufgewacht bist.« Ich reiße die Augen auf. Lautlos ist ein weißhaariger Mann in silbernem Kaftan durch eine Verbindungstür hinter mir in den Raum getreten, die sich soeben wieder zuschiebt. Elizaas Magie schließt zugleich die Tür, durch die wir gekommen sind. Nur ganz kurz erhasche ich noch einen Blick auf Leemal, doch mit wem auch immer er gesprochen hat – die Person befindet sich hinter dem weiß gefärbten Metall.

Der Weißhaarige stellt sich als Zedan vor, und ich glaube, dass er einer der Männer war, die ich zusammen mit Leemal im Heilzentrum gesehen habe.

Zedans Hand schwebt nur kurz neben der Liege, und

schon schiebt sich eine Art Tisch, ähnlich den schwebenden Trays zu Hause, aus dem Boden nach oben. Darauf liegen zahlreiche Gerätschaften, von denen ich nicht einmal weiß, wofür sie benutzt werden. Die meisten Heiler gehören dem Haus Nut an wie Zedan, daher brauchen sie für Behandlungen eigentlich nur ihre Gabe. Mit ihrer Hilfe spüren sie fehlgeleitete Energien im Körper der Menschen auf und beheben das Problem ebenfalls mit ihrer Fähigkeit. Wissen, das durch Haus Nut vor langer Zeit im asiatisch-orientalischen Raum der Erde weit verbreitet wurde und bis heute dort praktiziert wird.

Zedan folgt meinem kritischen Blick und die Falten um seinen Mund werden tiefer. »Keine Sorge. Ich muss nur alles dokumentieren.« Er tippt kurz an die Vorderseite des Tisches und ein Hologramm baut sich direkt darüber auf. Es zeigt ein Abbild von mir, daneben stehen etliche Daten.

»Du hast sehr lange geschlafen, Akasha. Wir sollten herausfinden, woran das liegt.« Er massiert mit dem Zeigefinger seine Schläfe, während er meine Akte liest. Unruhe überkommt mich.

»Die Sedierung verträgt sich vermutlich nicht mit der speziellen Form der Impfung, die du monatlich bekommst«, murmelt er nachdenklich, eher zu sich selbst als zu mir. Er greift nach meinem Handgelenk, und seine Magie äußert sich durch Wärme, die sich vom Punkt der Berührung immer weiter ausdehnt. »Beim nächsten Mal müssen wir das unbedingt berücksichtigen.« Er lässt meine Hand los und füllt meine Akte mit weiteren Daten.

»Beim nächsten Mal?«, hake ich nach.

Zedan schreckt zusammen und sein Blick klärt sich wieder.

»Jaja. Der Übertritt auf die Erde ist nur in den Schlafkapseln möglich.« Für den Bruchteil eines Augenblickes sieht er mich an, als zweifle er an meiner geistigen Zurechnungsfähigkeit. Doch schnell weicht der Ausdruck wieder der professionellen Maske und er schiebt eine Erklärung hinterher. »Unsere Körper verkraften die Energie, die für den Wärmeschutz bei Eintritt in die Erdatmosphäre notwendig ist, nur bei eingeschränkter Aktivität des Körpers.«

Mir ist es bisher tatsächlich nicht bewusst gewesen, aber seine Erklärung ist logisch. Sämtliche Formwandler des Hauses Nut verändern die Energien des Schiffes. Diese geballte Magie ist nur für die Wirkenden erträglich. Ich habe von Magieinfarkten gehört, dabei verändern sich die Gehirnströme. Im besten Fall wird man bewusstlos, im schlimmsten Fall bleibt ein nicht einmal durch die in Heilung ausgebildeten Formwandler zu behebender Hirnschaden.

»Der lange Schlaf hat dir nicht geschadet. Deine Energieströme fließen ohne große Störungen.«

Ohne große Störungen? Ich wiederhole seine Aussage in Gedanken.

»Welche Art Störung habe ich denn?« Bei den Impfungen werde ich regelmäßig untersucht, es sollten keinerlei Störungen vorliegen.

»Nur minimale Hemmungen. Dein Körper ist für Magie gemacht wie jeder andere. Fehlt sie, ist der Energiefluss gehemmt, was nach außen als Leeres Zeichen sichtbar ist. Sofort fasse ich in meinen Nacken und spüre die kreisförmige Erhebung, den Beweis dafür, dass all meine Träume einfach nur Träume bleiben. Es sei denn, ich finde den Zwilling. Was mich an den Grund dieser Reise erinnert. Von der in Heliopolis gefühlten tiefen Entschlossenheit durchströmt, meine

Aufgabe zu erfüllen, richtet sich mein Körper wie von selbst auf.

»Sind wir hier fertig?«, frage ich, weil Zedan wieder das Holo studiert und mich anscheinend vergessen hat.

»Was? Jaja, wir sind fertig. Elizaa wird dich in den Gesellschaftsraum führen.«

Elizaa öffnet mir die Tür, und als ich mich von Zedan verabschiedet habe, treten wir in den langen Flur. Wir wählen nicht dieselbe Richtung, aus der wir gekommen sind.

»Die Schlafkapseln befinden sich gemeinsam mit den Räumlichkeiten für medizinische Behandlungen auf dieser Ebene«, erklärt sie, als sie sieht, wie ich mich neugierig umsehe. Wir passieren ein Fenster, hinter dem ich mehrere uns abgewandte Personen sehe. Sie sitzen reglos wie Statuen in ihren Sesseln. Auch in ihrem Raum ist alles weiß, ebenso wie der Rest des Flures. Nirgendwo ist eine Inschrift oder eine Insignie. Nur kahle Wände. Ohne die Fähigkeit des Hauses Nut ist man hier verloren. Dem Knistern in der Luft nach zu urteilen, als wir den schwebenden Raum ähnlich dem in den Palasttürmen betreten haben, ist es mir ohne Begleitung nicht einmal möglich, die Heiler aufzusuchen. Hier scheint nichts eigenständig mit Magie erfüllt zu sein wie zu Hause. »Mitglieder des Hauses Nut dürfen sich nicht allzu weit vom Antrieb des Schiffes entfernen, falls die Energie nachlässt«, setzt sie hinzu, während wir uns nach oben bewegen. Jetzt verstehe ich, wer die Personen in jenem Raum waren: Formwandler, die das Schiff mit Energie versorgen. Ich registriere das beständige Surren in den Wänden und im Boden, begleitet von einem leichten Knistern in der Luft, das ich auch immer spüre, wenn Riaz seine Gabe einsetzt. Deshalb ist der kühle Geruch nach Sandkraut hier auch so dominant.

Die Gänge ziehen sich fast endlos. Meine noch leicht zittrigen Beine wollen protestieren, während uns eine Gruppe von fünf Weißgekleideten entgegenkommt. Obwohl sie nebeneinanderher gehen wie auch Elizaa und ich, passieren sie uns ohne jegliche Berührung. Die Dimension des Schiffes ist für mich unbegreiflich – oder vielmehr der Gedanke, wo ein solches Schiff denn in der Letzten Stadt versteckt werden kann.

Wir gelangen zu einem weiteren weißen Flur, in dem man sich endlich auch ohne formwandlerische Fähigkeit orientieren und bewegen kann, und gehen der Kennzeichnung nach an mehreren Trainingsräumen vorbei, ehe sich der Flur zu einem großen Raum weitet. Kaum gleitet die gläserne Tür auf meine kurze Berührung des Paneels hin zur Seite, dringt ein lautes Stimmengewirr an mein Ohr, und ich trete gefolgt von Elizaa ein.

Der Duft nach Essen, der mir sofort entgegenschlägt, umhüllt mich, und mein Magen reagiert darauf mit einem lauten Knurren. Beim ersten Blick auf die kleinen Schalen mit Instant-Nahrung jedoch folgt die Ernüchterung. Der herrliche Geruch stammt sicher nicht von den winzigen blassgrünen Würfeln, sondern von jemandem, der die Atome in der Luft manipulieren kann. Oder einem Täuscher.

»Geh weiter«, fordert mich Elizaa mit einem Nicken auf. »Deine Freunde sind da drüben.« Sie deutet auf die rechte Ecke des ebenso fensterlosen Raumes. Kann man von hier aus nirgendwo nach draußen sehen, auf die Sterne, zwischen denen wir uns bewegen?

Um das letzte große Schiff aus damaliger Zeit wurde schon immer ein Geheimnis gemacht. Yasmeen glaubt sogar, dass die Techniker nach Wartungen ihrer Erinnerungen beraubt werden, damit sie den Standort nicht verraten können. Aber ich halte das für ein Gerücht. Es gibt viele Techniker, die noch wissen, dass sie dort gewesen sind.

»Beim Diĝir!«, brüllt Yasmeen auf einmal, nachdem sie von ihrem Essen aufgesehen hat, und springt anschließend auf. Sofort richten sich alle Augen zuerst auf sie, dann dorthin, wo sie hinschaut: mich. Trotz dieser unangenehmen Musterung nimmt Yasmeens Anwesenheit den Druck von meiner Brust, den ich nicht einmal bemerkt habe. Als ich bei ihr ankomme, umarmt sie mich so fest, dass ich danach erst einmal keuchend Atem hole.

Auch Malak hat sich erhoben. »Willkommen zurück, Akasha.« Sein Lächeln wirkt so entspannt und zufrieden. Beinahe wie vor seiner Initiation. Die Luft im Schiff muss ihm guttun.

»Akasha«, lenkt Elizaa meine Aufmerksamkeit wieder auf sich, und Yasmeen tritt einen Schritt von mir zurück. »Hier ist ein Pod. Da du bei der Einweisung nicht anwesend warst, musst du dir die Regeln an Bord auf diese Weise aneignen.«

Sie schließt ein breites silberfarbenes Armband um mein Handgelenk und es rastet hörbar ein. Mit einem Tippen auf das Metall wird ein Paneel auf meinen Unterarm projiziert. Ein weiteres Tippen auf das Armband und die Projektion verschwindet. Elizaa nickt mir kurz zu und verlässt uns anschließend. Ich setze mich neben Yasmeen, Malak direkt gegenüber, und aktiviere den Pod. Ich will mir gerade die Einweisung ansehen, als eine weitere Schale aus dem Metalltisch nach oben fährt und mich zusammenzucken lässt.

Der Inhalt meiner Schale sieht genauso appetitlich aus wie vergammelte Schalen einer Kwaiknolle. Mein Magen fordert dennoch Nahrung und ich schiebe den ersten Würfel in den

Mund. Er schmeckt so trocken wie eine Handvoll Sand, und ich muss meinen gesamten Speichel aufbringen, bis ich ihn endlich schlucken kann.

Yasmeen tippt an die Seite des Tisches und ein Kelch mit Wasser schiebt sich neben meiner Schale hervor. Ich werfe ihr einen dankbaren Blick zu.

»Man gewöhnt sich daran«, sagt sie lächelnd. »Ich bin froh, dass du endlich aufgewacht bist. Auch wenn das heißt, dass ich mein Einzelzimmer wohl aufgeben muss.« Sie seufzt und wischt sich mit einem Schniefen theatralisch die nicht vorhandenen Tränen aus den Augen.

»Wir sind zusammen in einem Zimmer?« Endlich ein kleiner Lichtblick.

»Natürlich. Wer denn sonst? Hast du etwa auf einen männlichen Zimmergenossen gehofft?« Sie lacht unnatürlich schrill und sieht dabei kurz zu Malak hinüber.

»Äh, nein.« Ich weiß nicht einmal, in welch seltsame Richtung ihre Gedanken gerade ziehen, als ich meine eigene Dummheit endlich erkenne. Ich sehe zwischen der verlegen wirkenden Yasmeen und dem rotwangigen Malak hin und her. Yasmeen bemerkt es, und ihre Wangen werden ebenfalls schlagartig rot, während Malak wie gebannt auf seine Hände starrt, die ineinander verkeilt auf dem Tisch vor ihm liegen. Mir hingegen weicht das Blut aus dem Gesicht und meine Hände werden eiskalt.

»Du nimmst seinetwegen an der Expedition teil«, spreche ich es einfach aus. Ohne Vorwarnung. Ein kurzer Schmerz wie der Stich eines weißen Skorpions, der seine Qual erst entfaltet, wenn es schon zu spät ist. Ganz typisch für sie hat sie sich kopfüber in etwas gestürzt, ohne an die Konsequenzen zu denken. Hat sie nicht behauptet, es ginge um den Impfstoff für ihre Familie? Ich schlucke die bittere Enttäuschung hinunter. Auch darüber, dass es meiner besten Freundin nicht darum ging, mich zu beschützen. Ich versuche, mir nichts anmerken zu lassen.

Doch der Knoten in meinem Magen löst sich schnell, als ich vor mir sehe, welche Wirkung die beiden aufeinander haben, wie ihre Körper miteinander agieren, ohne dass sie wirklich etwas tun. Auch wenn Yasmeen mich ansieht, ist ihr Körper Malak zugewandt, mit jedem Blick in seine Richtung wird ihr Lächeln strahlender. Warum ist mir das nie zuvor aufgefallen?

Ich denke zurück an den Tag meiner Initiation, der Jahre her scheint. An den Blick, den Yasmeen Malak zugeworfen hat und den ich völlig falsch interpretiert habe. Oder wie es am Abend meiner Segnung ausgesehen hat, als hielten sich die beiden an den Händen.

»Ich habe dir doch gesagt, dass ich dir an Bord alles erkläre.« Yasmeen lächelt verkniffen. Sie hat Angst vor meiner Reaktion und versucht, diese zu überspielen.

In meinem Inneren toben widersprüchliche Gefühle. Die Tochter von Zaahir will ihr raten, diese unangemessene Verbindung zu lösen und endlich einen der Anträge der großen Häuser anzunehmen. Doch noch während mir das durch den Kopf geht, bekomme ich Gewissensbisse, weil ich ebenso wegen einer offiziell aussichtslosen Liebe hier bin, und ich bringe die Stimme der Tochter des Herrschers zum Verstummen.

Yasmeens beste Freundin Ash, die sich damals für Malaks Familie eingesetzt hat, freut sich, dass sich zwischen den beiden wie bei Riaz und mir mehr entwickelt hat als Freundschaft. Diese Person kann verstehen, dass Gefühle nicht durch eine standesgemäße Vermählung hervorgerufen werden können, ganz gleich, ob die zukünftigen Kinder vom Diĝir gesegnet sind oder nicht.

»Wann?«, frage ich nur, und es reicht aus, dass Yasmeen mir ihre Geschichte erzählt, während ich Würfel für Würfel meiner Nahrung hinunterwürge.

»Bei unserem Abschluss«, beginnt sie mit glänzenden Augen. Sie sieht kurz zu Malak, der etwas schüchtern und nervös von seinen Händen aufsieht, ehe ihr Blick in weite Ferne gleitet. Ihre Wangen sind leicht gerötet, das echte, wahrhaft glückliche Lächeln, das ich schon so lange nicht mehr an ihr gesehen habe, weicht nicht von ihren Lippen, während sie spricht und mir erzählt, dass sie sich immer getroffen haben, wenn sie Riaz und mir abgesagt hatten.

»Leemal muss uns irgendwann zusammen bei den Kasernen gesehen haben«, senkt sie nun ihre Stimme und blickt auf den Tisch, wo sich ihre Hände mittlerweile mit Malaks verschränkt haben. Auf den Expeditionen sind alle gleichgestellt, hier dürfen die beiden nicht verurteilt werden. Ich kann verstehen, warum sie sich für die Teilnahme gemeldet hat. Aber …

»Die Missionen enden für die meisten tödlich«, werfe ich ein, und sie wirft mir einen vorwurfsvollen Blick zu, Malaks Kehlkopf hebt und senkt sich.

»Du darfst dein Leben für eine Zukunft mit Riaz riskieren, ich meine es aber nicht für eine mit Malak?« Ihre Augen stehen regelrecht in Flammen und sie presst die Lippen fest zusammen. Ich sehe, wie sie schluckt.

»Da ist noch mehr«, schiebt sie nach schier endlosen Minuten nach. Das Feuer und der Glanz in ihren Augen sind einer sorgenvollen Miene gewichen. »Leemal hat mich dabei erwischt, wie ich Impfstoff aus dem Heilzentrum gestohlen habe.«

Ich ziehe scharf die Luft ein. Ein solcher Diebstahl würde zu sofortigem Ausstoß aus der Gesellschaft führen. Warum hat sie das nur gemacht? Noch ehe sie sich erklärt und es ausspricht, kommen mir ihre Worte wieder in den Sinn. Dass ihre Eltern ebenfalls keine Impfungen mehr erhalten, sollte der Zwilling nicht gefunden werden.

»Auch meine Mutter und meine Schwester erhalten keine Impfung mehr«, ergänzt Malak. »Jetzt, wo Vater inhaftiert ist und vermutlich ausgestoßen wird, sind die beiden meine einzige Familie. Ich hätte es Yas trotzdem nie erlauben sollen, dass sie das für mich tut.« Die Selbstvorwürfe scheinen Malak um etliche Zentimeter kleiner zu machen. Er streicht sich eine seiner schwarzen Locken aus dem Gesicht, die sich aus dem Zopf gelöst hat, während mir mit einem Schlag einfällt, woher ich den bärtigen Mann im Heilzentrum gekannt habe. Es war Malaks Vater.

»Hat dir Leemal den Handel angeboten?«, frage ich an Yasmeen gewandt, und sie nickt mit gesenktem Blick.

»Um seinem Angebot noch mehr Nachdruck zu verleihen, hat er dafür gesorgt, dass Malak mit an Bord kommt. Die einzige Alternative wäre Verbannung aus der Stadt gewesen.«

Verbannung, der sichere Tod. Sie beide wären verbannt worden. Sie haben keine Eltern mit einem Titel hinter sich. Ein Titel, der mich zumindest vor Schlimmerem bewahren würde. Doch das reicht mir nicht. Ich brauche mehr.

Stille senkt sich über uns, während wir an unseren Würfeln kauen. Die Essensgerüche in der Luft verflüchtigen sich langsam und die Nahrung wird mit jedem Bissen fader. Glücklicherweise ist mein Magen langsam gefüllt.

Yasmeen richtet sich ganz plötzlich auf und sieht jetzt wieder zuversichtlicher aus.

»Ich würde gerne wissen, warum du etliche Tage länger geschlafen hast als wir. Und kannst du dich noch daran erinnern, an Bord gekommen zu sein?«

»Heißt das, ihr könnt euch auch nicht erinnern?«, frage ich zurück, während meine Gedanken zum letzten Abend in Heliopolis wandern. Die *Vermählung* mit Riaz, unser letzter Kuss, nachdem er mir das Zeichen auf seiner Haut gezeigt hat, dann … Ich verdränge die Bilder an Dante, die sich unwillkürlich in mein Bewusstsein schleichen. Ich will nicht an ihn denken, will mir nicht ausmalen, wie Riaz reagiert hat, nachdem ihm irgendwer von diesem Kuss erzählt hat. Ich schlucke mehrmals, um den Kloß im Hals loszuwerden, und konzentriere mich wieder auf Yasmeen, die gerade den Kopf schüttelt.

»Ich habe dir immer gesagt, dass sie die Leute täuschen, bevor sie an Bord gehen.« Sie lacht freudlos auf. »Dabei wollte ich in dem Fall nicht unbedingt recht behalten.«

Sie hat mich genau gemustert und muss gesehen haben, wie sich die Tür zu den verdrängten Gedanken und Gefühlen öffnet. Ich kämpfe gegen das Brennen in meinen Augen an, doch ich verliere.

Yasmeen rückt ein Stück weiter zu mir und nimmt mich in den Arm. »Ash, was ist los?«

Oft ist es eine so einfache Frage, die all die Türen aufbricht. Die echte Sorge in ihrer Stimme führt dazu, dass ich meinen Tränen freien Lauf lasse und ihr erzähle, was am letzten Abend in Heliopolis geschehen ist.

Sie streicht mir dabei unentwegt über den Rücken, öffnet immer wieder den Mund, um etwas zu sagen, doch ich lasse sie nicht sprechen. Auf ein Nicken von ihr hin lässt Malak uns allein.

»Ash, es kommt alles in Ordnung.«

»Er wird es hören. Von all denen, die nicht wissen, dass ich Dante für ihn gehalten habe, als wir uns geküsst haben. Riaz wird ihnen glauben müssen, wenn ich mich nicht erklären kann. Dante hat ihm sicher liebend gern alles bis ins kleinste Detail erzählt.« Meine Stimme bricht.

Jemand räuspert sich neben unserem Tisch. Mit verschleiertem Blick sehe ich zu Malak auf, der eben zurückgekehrt ist, und der Person neben ihm, die mit einem entschiedenen »Nein« antwortet.

14

Summit – Arizona, 12. Juni

Der Geruch nach Schweiß umhüllt mich und löst einen Würgereiz aus. Ich starte einen letzten verzweifelten Versuch, mich den stämmigen Armen des Mannes zu entreißen, scheitere jedoch erneut.

Nicolas kann sich nicht mehr auf den Beinen halten und fällt auf die Knie. Blut rinnt aus seiner Nase, seine Lippe ist aufgeplatzt, und ich weiß nicht, ob die roten Flecken auf seiner Schläfe und seiner Wange Platzwunden sind oder ob es sich um das Blut aus seiner Nase handelt.

Ich sehe nur noch wie durch Nebel hindurch, wie der nächste Krieger aus dem Kreis hervortritt und zum Schlag auf Nicolas ansetzt. Ich presse ein »Nein!« hervor, das ungehört bleibt.

Ein leises Zischen durchfährt die Luft und ein Pfeil landet direkt in der Brust des Angreifers. Völlig aus dem Konzept gebracht, starrt der Mann nach unten, blickt auf den Pfeil, als würde er nicht verstehen, wie er dorthin gekommen ist. Wie in Zeitlupe umgreift er den Schaft mit beiden Händen, versucht, das Geschoss mit letzter Kraft aus der Brust zu ziehen, geht dann jedoch Nicolas direkt gegenüber auf die Knie und kippt zur Seite. Blut rinnt aus seinem Mund.

Der Klammergriff um meinen Körper löst sich. Die Krieger rufen sich in einer seltsamen Sprache etwas zu, suchen nach dem Schützen. Mein Blick folgt ihren Bewegungen, während ich mich langsam zu Boden sinken lasse und auf Nicolas zukrieche.

Er sieht mich mit nur einem Auge an. Das andere ist beinahe vollständig zugeschwollen, ich mag mir nicht ausmalen, welche Schmerzen er haben muss.

Ein Poltern. Der nächste Krieger geht zu Boden. Ein Pfeil steckt in seinem Hals. Er will seine Mitstreiter warnen, hebt den Arm und deutet auf etwas, das ich nicht sehen kann, doch seiner Kehle entrinnt nur ein letztes Keuchen und Gurgeln, ehe er leblos zusammensackt.

Ein kurzes Brüllen von einem der Angreifer, dann sind sie alle verschwunden. Buchstäblich! In einem Moment waren sie noch da, hielten nach der Person Ausschau, die auf sie geschossen hat, jetzt sind sie weg.

Ich stemme mich hoch und stürze zu Nicolas, gehe neben ihm auf die Knie. Wie in Zeitlupe hebt er den Kopf, während um uns herum Schreie ertönen und die Schockstarre meiner Mitschüler Panik weicht. Stampfende Schritte wirbeln den Sand auf. Sie flüchten alle zu den Autos auf dem Parkplatz nebenan. Ich wühle in meiner Tasche nach einem Taschentuch und reiche es Nicolas. Er reagiert nicht, ist wie abwesend und starrt durch mich hindurch. Vorsichtig tupfe ich das Blut von seiner Unterlippe ab. Er scheint es nicht zu bemerken.

Wenn er nicht dazwischengegangen wäre und mir geholfen hätte, wäre ich jetzt an seiner Stelle. Trotz der Hitze der Wüste überkommt mich eisige Kälte. Das muss das Adrenalin sein, das aus meinen Adern weicht, nachdem es mich zuvor befähigt hat, diesen Kampf gegen einen Krieger zu bestehen, der doppelt so breit war wie ich. Nie zuvor habe ich mich auf diese Art verteidigen müssen; den Selbstverteidigungskurs, zu dem Mavi und Shawnie Leyla und mich vor Kurzem überreden wollten, haben wir nie besucht. Wie also konnte ich seine Schläge parieren und ihm sogar das Schwert entwenden?

Nicolas' Stöhnen reißt mich aus meinen Gedanken. Nun mustert er mich nachdenklich mit seinen grasgrünen Augen, das eine noch immer halb von seinem Lid bedeckt. Irgendwann wird mir sein Blick unangenehm und ich sehe auf den rot gefleckten Sand hinab.

Die Bewegung vor mir lässt mich wieder aufschauen. »Danke«, flüstere ich leise. »Ich weiß nicht …«

Nicolas zuckt nur mit den Schultern und setzt wieder seine arrogante, unnahbare Miene auf. Was schmerzhaft sein muss, denn ich bemerke, wie er zischend die Luft einsaugt. Ich stehe schnell auf und reiche ihm die Hand, die er ablehnt. Er zieht es offenbar vor, sich mit schmerzhaft verzogenem Gesicht aufzurappeln. Ich verdrehe die Augen, während er sich Sand und Staub von der Jeans klopft.

»Du blutest immer noch«, sage ich und deute auf seine Schläfe. Instinktiv greift er mit der Hand an die Stelle und starrt einen Moment später auf das Blut auf seinen Fingerspitzen, ehe er mir wieder direkt in die Augen sieht.

»Wo hast du so kämpfen gelernt?«, spricht er das aus, was ich mich selbst bereits gefragt habe.

Ich schüttle den Kopf, ehe ich wahrheitsgemäß antworte: »Ich weiß es nicht. Und du?«

»Wenn nicht gerade Videospiele für eine solche Kampferfahrung sorgen, weiß ich es auch nicht.«

Wir stehen einander gegenüber. Nicolas spiegelt meine Gefühle: Verwirrung und Angst, das Hochgefühl durch die körperliche Anstrengung und das langsame Abebben der Endorphine, die es ausgelöst haben – und all die Fragen, die sich in meinem Kopf einnisten wie dichter Nebel, der den Blick auf die Wahrheit verbirgt.

Ein weiterer dunkelroter Tropfen quillt aus Nicolas' Unterlippe und instinktiv tupfe ich ihn wieder mit dem Taschentuch ab. Mein Daumen streift dabei seine Haut und er zuckt zurück. Seine Augen werden dunkler, ehe er die Lider senkt und auf meine Lippen starrt. Mein Mund wird trocken. Ist es nicht absurd, in einem solchen Moment darüber nachzudenken, wie sich ein Kuss von ihm anfühlen würde? Nicolas muss dasselbe denken. Er räuspert sich, strafft seinen Körper und weicht zwei Schritte zurück.

Der Bann zwischen uns ist gebrochen, und ich sehe peinlich berührt zur Seite und murmle nur ein erneutes »Danke«, ehe ich mich nach Leyla und Jared umsehe. Ich finde nur Kyle, der reglos dasteht und Richtung Felsen starrt, das Gesicht kreidebleich. Mein Blick folgt seinem und ich erstarre ebenso wie er. Leyla und Jared drücken sich eng umschlungen an einen der Felswürfel und küssen sich leidenschaftlich. Ich höre, wie Kyle leise flucht, ehe er sich schnell abwendet und verschwindet. Ich habe nicht einmal die Zeit, ihn zu beruhigen. Er hat sich also tatsächlich Hoffnung auf Leyla gemacht. Sie würde das klären müssen.

Noch mitten in meinem ersten Schritt auf die beiden zu werde ich am Arm zurückgerissen. Ich fahre herum und sehe Nicolas, der sich bereits umgedreht hat und mich mit sich zieht. »Was soll das?«, entreiße ich ihm meinen Arm, und als er kurz zusammenzuckt, habe ich sofort ein schlechtes Gewissen. Er muss Schmerzen haben, sein ganzer Körper ist gezeichnet von den Schlägen, die er kassiert hat, weil er mir helfen wollte. Ich will etwas sagen, doch ich weiß nicht, was.

Nicolas antwortet auch nicht, sondern deutet auf ein kurzes Aufblitzen zwischen den Felsen. Dasselbe Blitzen, wie ich es kurz zuvor zu sehen geglaubt habe. Nun komme ich freiwillig mit und wir huschen zwischen den Felsblöcken hindurch. Unsere Schritte werden immer schneller, bis Nicolas abrupt stehen bleibt und ich beinahe auf ihn auflaufe.

Wir stehen nur wenige Meter entfernt von dem Totempfahl, der sich neben der Steilwand des Berges emporhebt. Eine in dunkle Gewänder gehüllte Gestalt mit einem Köcher auf dem Rücken wendet sich gerade um und bleibt wie verzaubert stehen, während sie uns mustert.

Automatisch trete ich näher und beobachte, wie sich zarte Lachfältchen um ihre langen Wimpern bilden, die Augen von dunklem Kajal umrandet. Den Ausdruck, der darin liegt, kann ich unmöglich benennen, aber die Frau ist eindeutig auf unserer Seite. Ich will zu ihr, mache bereits den ersten Schritt auf sie zu, doch sie weicht zurück und verschwindet ebenso im Nichts wie die Krieger zuvor.

Weder Nicolas noch ich bringen einen Ton heraus. Sicher geht ihm dasselbe durch den Kopf, und er hadert mit sich, ob wir doch stärkere Kopfverletzungen erlitten haben könnten oder wo sich die Frau versteckt haben könnte.

Irgendwann sagt er: »Kennst du sie?«

Ich schüttle den Kopf. »Warum denkst du das?«

»Sie hat die gleichen Augen wie du.«

Ich kann nicht lange darüber nachdenken, denn ich habe bereits die grummelige Stimme von Mr Vance im Ohr, und ich zucke zusammen: »Ihr habt euch schon wieder von der Gruppe entfernt.«

»Wir haben etwas gesehen«, setzt Nicolas an, doch Mr Vance will keine Erklärungen, sondern schiebt uns zwischen den Felsklötzen hindurch zurück zu den anderen. Nicht jedoch zum Parkplatz, sondern zu fröhlich miteinander quatschenden und in Grüppchen herumstehenden Eltern und Schülern. Manche von ihnen schlendern die Tische mit unseren Projekten entlang, ein paar sitzen bereits an einem der Lagerfeuer. Lydia und Jordan stehen offenbar unverletzt bei den anderen Footballspielern und lachen.

Ich spüre, wie mich eine kalte Hand berührt, und drehe meinen Kopf zu Nicolas. Meine Finger gleiten, ohne dass ich hinabsehe, in seine, und ich erwidere den kurzen Druck von ihm. Eine tröstende Unterstützung, das geteilte Wissen, dass ich nicht verrückt bin, sondern dass er ebenso weiß, was gerade geschehen ist. Dass all die Menschen vor uns in den Kampf verwickelt waren, dass Jordan der Oberschenkel aufgeschlitzt wurde ... und nun sieht seine Jeans aus wie neu. Nicolas' Daumen fährt gedankenverloren über meinen Handrücken und ein wohliger Schauer durchfährt meinen Körper.

Mr Vance tritt näher und mustert uns mit skeptisch verzogenem Mund, die Augen zusammengekniffen, als hätten wir etwas angestellt.

Ich blinzle mehrmals, als meine Sicht kurz verschwimmt. Der Duft der Minzpflanzen, die überall um den alten Totempfahl herum erblühen, dringt an meine Nase und vermischt sich mit etwas anderem, etwas ... Metallischem. Ich sehe mich nach der Ursache um, finde aber nichts. Als ich jedoch sehe, dass meine Hand in der von Nicolas du Roi liegt, erstarre ich. Sein Daumen zeichnet kleine Kreise auf meinen Handrücken, die ein Kribbeln auslösen, das in Wellen meinen Arm hinauffährt.

»Was soll das?«, entreiße ich ihm meine Hand. Er zuckt zusammen, starrt auf seine Hand hinab, die an seiner Seite baumelt, als gehörte sie nicht zu ihm, ehe er den Kopf hebt und in mein Gesicht schaut. Kurz glaube ich, einen Kratzer an seiner Lippe zu sehen, doch nach dem nächsten Blinzeln ist er verschwunden.

»Ich habe versprochen, euch im Auge zu behalten«, sagt Mr Vance mahnend. »Kommt zurück zu den anderen.«

Er wendet sich ab und ich stolpere ihm verwirrt hinterher und lasse den nun fast zu penetranten Geruch der Minze hinter mir. Jeder Muskel meines Körpers fühlt sich an, als hätte ich einen endlosen Tag Sportunterricht hinter mir, und mein Kopf fühlt sich matschig an. Ich bin verwirrt wie nach meinem Blackout in Tucson oder den ständigen Albträumen, nur schlimmer.

Warum bitte schön stehe ich mit Nicolas beim Totempfahl? Wie bin ich dorthin gekommen?

Und warum verdammt hat es sich so gut angefühlt, die Hand dieses arroganten Idioten zu halten?

15

29. Nisannu 6996 nach Atum

Selbst als Malak zur Seite tritt, bin ich noch immer unfähig, mich zu rühren. Die geselligen Gespräche rücken in den Hintergrund, der gesamte Raum mit all den essenden und trinkenden Personen an den unzähligen Tischen verblasst. Ich traue meinen Augen nicht, glaube, ein Täuscher erlaube sich mit mir einen üblen Scherz.

»Was tut *er* hier?«, bringe ich hervor, während sich die Bilder vom Ballabend wiederholen, ich seine Augen vor mir sehe – direkt nachdem wir uns geküsst haben. Mir wird augenblicklich schlecht.

»Ash, hör zu.« Dantes Stimme klingt flehend und beinahe hätte ich ihm den entschuldigenden Blick abgenommen.

»Nein. Hier sind alle gleich. Du hast mir nichts zu befehlen.« Ich stehe hastig auf, weil ich nicht will, dass ich zu ihm aufsehen muss. Er weicht zurück, als hätten ihn meine Worte getroffen. Zu meinem Ärger kann er immer noch auf mich herunterblicken.

»Wieso bist du mitgekommen?«, will ich von ihm wissen.

»Es ist meine Pflicht, Heliopolis zu dienen und den Zwilling zu finden«, sagt er, wie auswendig gelernt, auf. Als ich nicht darauf anspringe und ihn immer noch finster ansehe, fällt ein Schatten über sein Gesicht, und sein Blick wird eiskalt. »Den Zwilling, den deine Mutter gestohlen hat«, setzt er mit gepresster Stimme hinzu, ehe er das Kinn nach oben reckt, sich abwendet und mit eiligen Schritten aus meinem Sichtfeld verschwindet.

»Du hättest ihn ausreden lassen sollen«, sagt Yasmeen, die nun direkt neben mir steht.

»Was?«, sage ich eine Spur zu laut, und schon wieder spüre ich alle Blicke im Raum auf mir. »Er hat mich geküsst, obwohl er …«

»Weil er ebenso getäuscht wurde wie du«, unterbricht mich Yasmeen. »Deshalb sollte Malak ihn holen. Damit er dir sagen kann, dass es nicht seine Absicht war.«

»Ihr beide«, ich sehe von Yasmeen zu Malak, »glaubt ausgerechnet *ihm*? Er hat euch das Leben schwer gemacht, seit wir klein waren!«

»Beruhige dich«, sagt Malak und sieht sich im Raum um. »Das muss nicht jeder mitbekommen. Wollen wir in euer Zimmer gehen?«

Ich stimme zu und lasse mich von den beiden aus dem Gesellschaftsraum an den Trainingsräumen vorbei zum Wohntrakt bringen. Dort öffnet Yasmeen mit ihrem Handabdruck eine Tür.

Der Raum ist karg, natürlich fensterlos wie alles, was ich bisher vom Schiff zu sehen bekommen habe. Es befinden sich zwei an der Wand befestigte Liegen und zwei kleine Schränke darin. Eine weitere Tür führt vermutlich zum Waschraum.

Yasmeen deutet auf das Bett auf der rechten Seite, während sie Malak zum anderen führt und die beiden sich setzen. Ich folge ihrem Beispiel.

»Ich störe ja nur ungern«, sage ich nach einer Weile und

unterbreche damit die tiefen Blicke, die sich Yasmeen und Malak zuwerfen, während sie eine stumme Unterhaltung zu führen scheinen. Wenn ich die beiden jetzt so sehe, würde ich behaupten, sie seien füreinander bestimmt. Sie könnten ebenso die beiden namenlosen Liebenden aus Yasmeens Lieblingsgeschichte sein, von denen sie immer behauptet hat, dass Riaz und ich es wären. Ich fühle mich ausgeschlossen. Die Erkenntnis fühlt sich an wie ein Schlag in den Magen. Wieso habe ich mich in den letzten Wochen so sehr auf Riaz und mich konzentriert und nicht darauf gedrängt, dass Yasmeen mir von ihren Sorgen berichtet? Ich fasse an mein Dekolleté, will nach der kleinen Pyramide greifen, um mich von Riaz' Gegenwart beruhigen zu lassen, wie es schon am Abend des Balls funktioniert hat. Die Leere fühlt sich kalt an. Bei nächster Gelegenheit würde ich Elizaa fragen, wo meine persönlichen Sachen aufbewahrt werden. Ich brauche etwas von Riaz, woran ich mich festhalten kann.

»Tut mir leid.« Yasmeens Augen leuchten wie verzaubert und ihre Wangen sind zart gerötet.

Ich lächle sie kurz an, weil mir plötzlich aufgeht, was diese Expedition für die beiden bedeutet. Sollten sie die Reise überleben, würden sie dieses Leben in Heliopolis fortsetzen können, so lauten die Gesetze. Es ist die besondere Ehre eines jeden Expeditionsteilnehmers, der die von unseren Ahnen begonnene heilige Mission fortführt. Eine so besondere Ehre, dass diese Reise die einzige Möglichkeit darstellt, eine ansonsten verbotene Beziehung zu legalisieren. Der Grund, warum ich hier bin – und die beiden ebenso. Wie viele vor uns haben sich wohl nur wegen der Liebe in den sicheren Tod gestürzt? Mir wird warm und gleichzeitig eiskalt ums Herz.

»Warum sollten wir herkommen, um uns weiter zu unterhalten?«, kehre ich zum Thema zurück.

Yasmeen holt tief Luft, ehe sie erzählt. Sie kann mir dabei kaum in die Augen sehen, was mich sofort misstrauisch macht. »Dante hat ebenfalls länger geschlafen als Malak und ich. Er hat uns direkt nach seiner ersten Untersuchung aufgesucht und nach dir gefragt. Jeden weiteren Tag kam er und wurde immer nervöser.«

Sie sucht Zustimmung bei Malak, der daraufhin nickt.

»Also haben wir ihn gefragt, warum er dich so dringend sucht«, sagt Malak.

»Und?«, frage ich, nachdem er nicht weiterredet.

»Er hat uns erzählt, dass ihr euch geküsst habt«, spricht Yasmeen weiter.

Meine Fingernägel bohren sich in meine Handflächen, während mein Gesicht ausdruckslos bleibt.

»Er hat aber auch erzählt, dass er nicht wusste, dass du es bist. Er dachte, er küsse Elif.«

»Was? Riaz' Vermählungskandidatin?«

Dante wurde also ebenfalls getäuscht. Ich glaube ihm sogar. Denn warum sollte er ansonsten ausgerechnet Elif erwähnen, die ein Auge auf Riaz geworfen hat und deren Verbindung schon vom Rat abgesegnet ist?

»Ich glaube, da ist etwas zwischen ihm und Elif. Etwas, das Leemal sicher nicht gutheißt.« Yasmeen zuckt mit den Schultern.

Ich weiß nicht, was ich darüber denken soll, dass Dante in diesem einen Moment gleich zwei von Riaz' potenziellen Partnerinnen geküsst hat. Es passt aber zu seinem Charakter. Er hat sich schon als Kind genommen, was er haben wollte – ohne Rücksicht darauf, wem es gehörte.

»Du hast dir Sorgen gemacht, dass Riaz das Falsche hören könnte«, zieht mich Yasmeen aus meinen Gedanken. »Die kann ich dir nehmen. Er hat mit ihm gesprochen.«

»Dann wurde er also nicht direkt sediert und an Bord verschleppt?«, frage ich nach.

»Er hat zumindest behauptet, mit ihm gesprochen zu haben.« Yasmeen runzelt dabei angestrengt die Stirn.

Sofort werde ich nervös. »Was ist?«

»Dante hatte eine Platzwunde an der Lippe. Sie war fast verheilt. Ich denke, sie stammt von Riaz. Ich weiß jedoch nicht, warum sie nicht in der Schlafkammer geheilt wurde.«

»Vielleicht hat sein Vater es untersagt«, vermutet Malak. »Einen Vater wie Leemal würde ich nicht einmal geschenkt haben wollen.« Auch wenn Malak versucht, die Sätze locker auszusprechen, bemerke ich, wie sich seine Augen eintrüben, er immer weiter in sich zusammensackt und seine Mundwinkel unablässig nach unten sinken, bis das Lächeln komplett verschwunden ist. Sofort fällt mir sein Vater wieder ein.

»Hast du noch etwas von deinem Vater gehört, ehe du hergebracht wurdest?«, frage ich daher.

Er schüttelt traurig den Kopf. »Die letzte Information, die meine Mutter erhalten hat, war, dass ihm schon bald der Prozess wegen aufrührerischen Verhaltens gemacht wird.« Sein Kehlkopf hebt und senkt sich. Er muss nicht aussprechen, dass Menschen schon wegen geringerer Delikte aus der Stadt verbannt wurden. In den sicheren Tod.

Die weißen Wände wechseln plötzlich ihre Farbe in ein helles Blau.

»Das Training beginnt gleich«, antwortet Yasmeen sofort auf meine stumme Frage.

»Wir sollten los. Wer zu spät kommt, muss die doppelte

Zeit dranhängen«, fügt Malak hinzu, während er sich bereits erhebt und Yasmeen mit sich zieht.

Kurz darauf betreten wir einen Trainingsraum, dessen Ausmaß meine bisherige Vorstellung von diesem Schiff sprengt. Das Modell, das ich mir im Kopf erstellt habe, verschiebt und verzerrt sich, bis meine Schläfen pochen. Der Trainingsraum ist mindestens viermal so groß wie der Gesellschaftsraum, den ich aufgrund seiner Lage am Flurende für das Heck des Schiffes gehalten habe. Ich muss meinen Kopf in den Nacken legen, um die Decke des Raumes weit über mir zu sehen.

Die zehn Anwesenden – alle in den gleichen weißen Hosen und Tuniken gekleidet wie ich – verlieren sich geradezu. Ich glaube, ein paar von ihnen schon einmal gesehen zu haben. Doch auch, wenn die Letzte Stadt nicht mehr sehr groß ist, ist es unmöglich, jeden zu kennen.

»Du kannst den Mund wieder schließen, Akasha«, sagt eine Stimme, und Mazen tritt neben mich, ein freundliches Lächeln auf den Lippen, das so aufrichtig aussieht, dass ich mich beherrschen muss, es nicht automatisch zu erwidern. Ich sehe zu Yasmeen, die meinen Onkel mit einem kurzen Nicken begrüßt, ehe Malak dasselbe tut. Anschließend schenkt sie mir einen entschuldigenden Blick. Sie hat also auch gewusst, dass wir hier auf ihn treffen würden. Langsam frage ich mich, welche unangenehmen Überraschungen noch so auf mich warten.

Nachdem Mazen mich lange gedankenverloren angestarrt und sich vermutlich gefragt hat, warum ich ihm den Verrat meiner Mutter noch immer übel nehme, wendet er sich abrupt ab und brüllt: »Sucht eure Partner!«

Ich fahre vor Schreck zusammen.

In die Personen im Raum kommt augenblicklich Bewegung

und kurz darauf stehen sich immer zwei Weißgekleidete gegenüber. Yasmeen und Malak bilden ebenfalls eine Einheit und ich stehe allein neben Mazen, dessen Finger gerade über seinen Dreitagebart streichen. Das kratzende Geräusch verursacht mir eine Gänsehaut.

»Du wirst wohl mit mir üben müssen«, sagt er anschließend, und jede einzelne Zelle meines Körpers strebt von ihm weg. Ich weiche instinktiv zurück und pralle mit jemandem zusammen, den ich zuvor nicht bemerkt habe. Noch ehe ich mich umwenden und entschuldigen kann, verfinstert sich Mazens Gesicht für den Bruchteil eines Augenblicks, sodass ich mir nicht sicher bin, ob ich mir den Ausdruck nur eingebildet habe und sein aufgesetztes Lächeln, das er jetzt wieder zur Schau trägt, schon die ganze Zeit da war.

Das gleiche schmale Lächeln, das ich nun in Dantes Gesicht sehe. Die Entschuldigung bleibt mir im Hals stecken.

»Du kannst mit ihm trainieren. Er wird dir alles erklären«, sagt Mazen hinter mir.

Ich bin zu erstarrt, um mich zu regen. Ausgerechnet mit ihm? Doch das Gespräch mit Yasmeen und Malak erscheint wieder in meinem Kopf und nimmt der Wut auf ihn ein wenig die Kraft. Mit resignierter Miene nicke ich. Dante ist zumindest das kleinere von zwei Übeln. Er hat immerhin nicht meine ganze Familie durch einen Verrat zerstört.

Dantes Gesicht hellt sich auf. Er deutet mit der Hand auf eine der Trainingsarenen, die sich nun kreisrund überall im Raum aus dem Boden erhoben und in der die ersten Teams bereits die Kämpfe begonnen haben. Das Klirren von Schwertklingen und dumpfe Schläge, die in mir einen Verteidigungsreflex auslösen, sind zu hören. Neben unserer Arena erhebt sich ein gläsernes Regal voller Waffen.

»Welche willst du?«, fragt Dante und greift dabei schon zu einem Schwert. Damit bleibt mir wohl keine andere Wahl und ich wähle die gleiche Waffe. Das letzte Schwert habe ich vor vielleicht zwei Jahren im Unterricht gehalten. Das Neoferrum ist so leicht, dass bereits Kinder damit trainieren können, natürlich mit abgestumpften Klingen. Großes Talent im Kämpfen habe ich aber nie bewiesen und daher auch nur die Pflichtstunden absolviert. Im Gegensatz zu meinem Gegenüber, das das funkelnde Schwert von einer Hand zur anderen wirft und mich dabei so angriffslustig ansieht, als wünsche er sich, es handle sich hier um eine echte Waffe mit scharfer Klinge. Die Muskeln an seinen Oberarmen sind angespannt, als rechne er tatsächlich damit, dass er sich ernsthaft gegen mich verteidigen müsse.

Ich schlucke die Furcht hinunter, die mich lähmt. Es ist nur ein Übungskampf, sage ich mir und umschließe den Griff meines Schwertes mit beiden Händen und halte es zwischen uns. Er ist stärker als ich, einhändig werde ich ihm nichts entgegenzusetzen haben.

Das gläserne Regal wird in den Boden versenkt. Wir taxieren uns, Dantes Verachtung strahlt mir aus seiner gesamten Haltung entgegen. Ich bezweifle, dass ihn ein Kampf mit mir tatsächlich trainiert. Ich bin kein würdiger Gegner.

Er schlägt so schnell zu, dass ich gerade noch meine Waffe hochreißen kann. Der Aufprall der Klingen hallt in meinem Arm nach und ich beiße die Zähne zusammen.

Er macht einen Schritt nach vorne und täuscht einen Schlag gegen meinen linken Oberschenkel vor, dreht jedoch vorher sein Handgelenk, umgeht meine Verteidigung und rammt mir den Ellbogen in den Magen. Keuchend klappe ich zusammen. Überall ist Schmerz, und ich sehe Lichtfunken vor meinen Augen aufsteigen, als ich mich auf die Oberschenkel stemme und, nach Luft ringend, die Übelkeit zurückdränge.

»Vielleicht willst du mir ja jetzt zuhören, Ash«, sagt er emotionslos. Seine Augen funkeln wie von Eis überzogene Smaragde. Ich bin noch nicht in der Lage zu sprechen, gebe lediglich eine Art Grunzen von mir und schüttle den Kopf.

Er packt mich am Handgelenk und zieht mich wieder in eine aufrechte Lage, ehe er einen Schritt zurücktritt und sich in der Grundstellung positioniert, wie wir es damals gelernt haben.

Meine Hände verkrampfen sich wieder um den Griff des Schwertes, und ich versuche, seinen nächsten Schlag vorauszuahnen. Wieder täuscht er an. Ich sehe dieselbe Bewegung, dieselbe Haltung und angedeutete Drehung des Handgelenks und verteidige mich gegen den kommenden Schlag wie zuvor. Sein Ellbogen trifft mit voller Wucht auf die flache Seite meines Schwertes. Dante verzieht nur kurz den Mund, ehe er tatsächlich lächelt.

»Nicht schlecht. Ich sollte meine Strategie wohl ändern.« Ehe ich darauf reagieren kann, trifft mich der Hieb am Oberschenkel, und ich schreie auf. Auch wenn die Waffe stumpf ist, schmerzt es doch so sehr, als wäre sie tief in Haut und Muskeln eingedrungen.

»Dante!«, erklingt Mazens Ruf, ehe er schweren Schrittes auf uns zukommt. Ich kann nicht hinsehen, atme noch immer den Schmerz aus meinem Körper heraus. Nicht dass mir das sonderlich gut gelingen würde.

»Du darfst deine Gaben nicht einsetzen.« Mazen ist außer sich und knurrt Dante regelrecht an, während mir klar wird, warum mich der Schmerz der Trainingswaffe und die

Schläge dermaßen außer Gefecht gesetzt haben. Dante hat mein Schmerzempfinden manipuliert. »Zehn Strafrunden am Ende des Trainings!«

»Mein Vater wird davon erfahren«, presst er zwischen zusammengebissenen Zähnen hervor.

»Hoffentlich«, erwidert Mazen und baut sich so nah vor Dante auf, dass der Größenunterschied noch deutlicher wird. Dante muss den Kopf in den Nacken legen, und aus seiner Perspektive muss Mazen aussehen wie früher, als wir Kinder waren. »General Leemal schätzt es nicht, wenn Anweisungen nicht befolgt werden. Damit solltest du doch Erfahrung haben.«

Dante zuckt zusammen. Ich sehe, wie er innerlich kocht, sich dann jedoch geschlagen gibt.

»Du sollst Akasha trainieren, sie nicht verletzen. Es liegt in deiner Verantwortung, dass sie auf der Erde überlebt.«

Nun erwacht Dante aus seiner Defensive. Er weicht zwei Schritte zurück und erhebt das Schwert gegen Mazen, dessen Braue sich gerade nach oben zieht und unter dem halblangen dunklen Haar verschwindet. Er macht sich keinerlei Sorgen darüber, dass er völlig unbewaffnet dasteht. Ich blicke schnell von einem zum anderen. Innerhalb eines Augenblicks steht Dante ohne Waffe da. Mazen verpasst ihm einen Faustschlag an die Schläfe und Dante geht zu Boden.

»Vergiss nie, mit wem du dich anlegst.« Mazens Stimme klingt so ruhig, als wäre nicht er es gewesen, der gerade die Zeit angehalten, Dante das Schwert abgenommen hat und wieder an seinen Platz zurückgekehrt ist, ehe er den Schlag gesetzt hat. Er wendet sich ab und geht zur nächsten Arena.

Für einen Moment überlege ich, was ich tun soll. Dante aufhelfen oder ihm lieber einen saftigen Tritt verpassen?

Ich entscheide mich für Ersteres und halte Dante meine Hand hin.

Er betrachtet sie, als würde ich ihm eine Giftschlange anbieten, und richtet sich mit vor Stolz hochgerecktem Kinn selbst auf. Wenn er seine sture Haltung unbedingt behalten will, dann soll er das.

»Ich wollte nicht, dass es so weit kommt«, sage ich ehrlich, und er schenkt mir daraufhin einen verwunderten Blick, während er sich mit dem Handrücken über den Mund wischt. Jetzt erst sehe ich das Blut. Er muss sich bei Mazens Schlag auf die Zunge oder Wange gebissen haben.

»Soll ich einen Heiler holen?«, frage ich. Dante schüttelt hastig den Kopf und murmelt: »Lass uns trainieren. Ohne Fähigkeit.«

Ich nicke ihm zu, während ich mich frage, ob er mich absichtlich daran erinnert, dass ich keinerlei Fähigkeiten besitze. Dann wiederholen wir die Angriffe. Jetzt spüre ich nur eine stumpfe Berührung, wenn ich ihm nicht rechtzeitig ausweiche. Das wird vermutlich für blaue Flecken am nächsten Tag sorgen, wirft mich aber nicht gleich zu Boden wie zuvor, als Dante den kleinsten Hauch von Schmerz mit seiner Gabe des Hauses Seth verstärkt hat.

Dantes Miene wird immer konzentrierter. Er greift an, beobachtet, gibt mir Tipps und verdreht die Augen, als ich einfach nicht verstehen will, wie ich in dieser Position das Schwert in seinen Augen korrekt halten soll. Plötzlich steht er hinter mir und nimmt meine Hand. Im ersten Moment bin ich wie erstarrt. Er löst meine Finger und legt sie korrekt um den Griff, ehe er mich bei der Kampfbewegung führt. Meine Bewegung ist holprig, meine Glieder sind noch immer starr. Früher habe ich immer mit Yasmeen trainiert, später manchmal mit Riaz, doch keiner von ihnen hat mich auf *diese* Art angewiesen.

»Verstanden?«, sagt Dante leise in mein Ohr und beschert mir damit eine Gänsehaut, ehe er die Bewegung noch einmal wiederholt.

Ich räuspere mich, will ihm antworten, doch ich bringe keinen Ton heraus, als ich meinen Kopf zu ihm gedreht habe. Unsere Gesichter sind sich so nah wie nie zuvor, ich spüre den Lufthauch seines Atems. Sein Körper erstarrt im selben Moment, und er lässt meine Hand samt Waffe so schnell los und tritt zurück, dass mein Schwert zu Boden fällt. Schwerfällig hebe ich es wieder auf.

Als sich Dante wieder vor mir in Position bringt, ist seine Mimik völlig ausdruckslos. Er greift an, ich pariere, wie er es mir gezeigt hat. Mir wird immer heißer, ich keuche, anstatt zu atmen, und Schweiß rinnt mir den Rücken hinab.

Irgendwann erscheint das gläserne Regal und die Arenen senken sich wieder in den Boden zurück. Ich lege mein Schwert in die Halterung, dankbar über das Ende des Trainings. Länger hätte ich es nicht mehr ausgehalten.

»Ich hoffe, du glaubst mir, wenn ich dir sage, dass ich dich nicht wissentlich betrogen habe«, raunt Dante in mein Ohr, ehe er verschwindet.

Bis Yasmeen und Malak zu mir kommen, stelle ich mir die Frage, worauf genau Dantes Worte bezogen waren. Auf den Kuss beim Ball oder den Angriff mit seiner Gabe?

16

Summit – Arizona, 12. Juni

Der Rest des Freitagabends zieht wie ein Film an mir vorüber. Seit Mr Vance Nicolas und mich zu den anderen zurückgebracht hat, mache ich mir kontinuierlich Gedanken darüber, wie wir überhaupt zum Totempfahl gekommen sind. Ich kann mich trotz größter Anstrengung nicht daran erinnern. Unbeteiligt sitze ich an einem der zahlreichen Lagerfeuer. Direkt neben Kyle, der immer noch finstere Blicke in Richtung Leyla und Jared abfeuert, die zusammen scherzen und sich immer wieder wie zufällig berühren. Ich habe mir ja schon gedacht, dass Kyle auf meine Schwester steht, aber dass er gleich so eifersüchtig auf Jared reagieren würde, habe ich nicht vorhergesehen. Vielleicht will er Leyla ja nur beschützen? Jareds Ruf in Sachen Beziehungen ist ja nicht gerade der beste.

Ausnahmsweise bin ich froh, dass Dad mich stets sehr früh von Partys abholt, obwohl ich nur ein Jahr jünger bin als meine Schwester.

Als ich wenig später in meinem Bett liege, fallen meine Augen vor Erschöpfung augenblicklich zu. In der Nacht verarbeitet mein Unterbewusstsein die Ereignisse des Tages. Ich sehe immer wieder, wie Nicolas mir die Hand reicht – in mehreren voneinander unabhängigen Szenen. Dann kämpfen wir miteinander wie in einem Actionfilm, plötzlich verändert sich Nicolas' Gestalt und wird zu einem massigen Krieger aus einem historischen Filmepos. Immer wieder sehe ich eine in lange Tücher gekleidete Frau, das Gesicht verhüllt, sodass nur die Augen zu sehen sind. Ich erwache mit so rasenden Kopfschmerzen, dass mir übel wird und ich kurz davor bin, mich zu übergeben. Daher bleibe ich einfach im Bett liegen und schicke später auch Leyla weg, die mich zum Essen überreden will. Ich habe keinen Hunger. Stattdessen denke ich über meinen Traum nach, während ich mich so beobachtet fühle, dass mein Nacken unentwegt kribbelt.

In den kommenden zwei Nächten wiederholen sich die Träume. Immer wieder sehe ich Nicolas vor mir, sehe, wie wir uns küssen. Und zu meiner Schande muss ich mir eingestehen, dass ich es zu genießen scheine.

Mir graut davor, ihn in der Schule wiederzusehen. Geistig abwesend, gehe ich neben Leyla und Jared zur Schule und bemerke erst sehr spät, dass sie ihre ineinander verschränkten Finger kaum voneinander lösen können, als Leyla zu Mavi und Shawnie gehen will.

»Sie hat dich also rumgekriegt?«, frage ich Jared, kaum dass meine Schwester außer Hörweite ist. Das Gefühl in meinem Inneren kann ich immer noch nicht endgültig zuordnen, aber ich tendiere eindeutig zu Eifersucht, die ich mir nicht erklären kann. Jared hat mich nie wegen einer seiner zahlreichen Freundinnen links liegen lassen, also warum sollte es mit meiner Schwester anders sein?

Jared bleibt stehen und sieht mich lange an. Während ich auf eine Antwort warte, versinke ich beinahe in seinen tiefblauen Augen. Eine unbekannte Sehnsucht erfasst mich, und als Jared sich räuspert, bin ich kurz davor, ihn zu umarmen, ihn zu berühren, um ihm nahe zu sein. Was macht dieses Beziehungsding zwischen ihm und meiner Schwester nur mit mir? Werde ich plötzlich zu einer von denen, die unbedingt wollen, was sie nicht mehr haben können?

»Leyla hat mich nicht *rumgekriegt*«, verteidigt sich Jared. »Ich habe sie nur plötzlich mit anderen Augen gesehen. Sie bringt mich zum Lachen, ist sehr hübsch und alles andere als langweilig.« Eine Falte entsteht zwischen seinen Brauen. »Bist du etwa eifersüchtig?« Schon während er die Frage ausspricht, lacht er kopfschüttelnd darüber und macht eine wegwerfende Handbewegung.

Ich lache mit und hoffe, dass es nicht so mechanisch klingt, wie es sich anfühlt.

»Du weißt, dass ich immer für dich da sein werde, Hailey. Ich warte immer noch darauf, dass du mit mir redest. Ich sehe doch, dass dich etwas beschäftigt, du bist die meiste Zeit wie abwesend.«

Sein sorgenvoller Blick bestätigt seine Worte, nur bin ich noch nicht so weit, ihm von all den wirren Gedankenfetzen zu erzählen, die mich in meinen Träumen heimsuchen. Zuerst muss ich wissen, was sie mit Nicolas du Roi zu tun haben.

Wenig später betreten wir gemeinsam den Projektraum und steuern auf unseren Tisch zu, während wir uns über Belanglosigkeiten unterhalten. Ich spüre den Moment, in dem Nicolas aufsieht, und erwidere seinen intensiven Blick, der meine Knie weich werden lässt. Unausgesprochene Fragen hängen zwischen uns wie schwere Vorhänge. Meine Hand erinnert sich noch genau an die kreisende Berührung seines Daumens, und ich schlucke mehrmals, noch immer nicht in der Lage wegzusehen.

Erst Kyle bricht den Bann, als er zwischen uns durchgeht und eine große Holzkiste auf den Tisch stellt.

»Was ist das?«, fragt Jared, nachdem wir uns alle um den Tisch herum aufgestellt haben.

»Mr Vance hat mir die Kiste gegeben. Jeder darf einige der Ausstellungsstücke begutachten.« Kyle öffnet den schweren Holzdeckel und schiebt die alles überdeckenden Holzspäne zur Seite.

»Ist es nicht seltsam, dass sie so alte Funde an ein Schulprojekt geben – ganz ohne Aufsicht?« Nicolas spricht exakt meinen Gedanken aus. Die Exponate müssen unglaublich wertvoll sein. Wie hat Mr Vance den Kurator dazu gebracht, dass wir sie hier untersuchen dürfen? Was wäre, wenn Kyle die steinerne Pfeilspitze, die er eben vom Füllmaterial befreit, einfach fallen ließe? Sie ist so uralt, da würde selbst Stein brechen, oder?

Jared und Kyle scheinen sich hierüber keine Gedanken zu machen. Mit einem Schulterzucken reicht Letzterer mir die Pfeilspitze und meine Finger gleiten über die vielen Einkerbungen. Es handelt sich um jene uralte Pfeilspitze, die ich vor ein paar Tagen auf den Fotos gesehen habe und auf der meiner Überzeugung nach das Wort *Tefnut* stand. Mit einem bedeutungsschweren Blick reiche ich sie an Nicolas weiter. Er starrt sie lange an, kneift die Augen so fest zusammen, dass ich das Grün nicht einmal mehr erahnen kann. Plötzlich reißt er sie auf und fährt mit den Fingern ein paar der Striche nach. Ein Prickeln rauscht von meinem Nacken aus den Rücken hinab, als sich die unidentifizierbaren Striche plötzlich in lateinische Schriftzeichen verwandeln und ich *Haus Tefnut* lesen kann. Nicolas und ich sehen erst uns an, dann wieder auf die steinerne Waffe.

»Habt ihr etwas Besonderes entdeckt?«, schreckt uns Kyle auf. In seiner ausgestreckten Hand hält er einen unförmigen Steinklotz, den er eben noch gemeinsam mit Jared untersucht hat.

»Nein, nichts«, sagt Nicolas sehr schnell, wirft mir einen Seitenblick zu und schüttelt langsam den Kopf. Am liebsten würde ich Kyle und Jared fragen, ob sie dasselbe sehen wie ich, aber das war schon bei den Fotos nicht der Fall. Daher bestätige ich mit einem Nicken Nicolas' Lüge und hoffe auf eine baldige Pause, damit ich mit ihm reden kann.

»Und was ist mit dem hier?«, fragt mich Kyle und sieht mir erwartungsvoll dabei zu, wie ich die grob gehauene Figur von allen Seiten untersuche.

Wie bei unseren heutigen Markenzeichen ist unter seinen Füßen ein Symbol eingeritzt, das der Karikatur eines Hundes mit spitzer Schnauze gleicht. Ich glaube nicht, dass es einem der anderen indianischen Piktogramme gleicht, dafür war es zu detailliert.

»Seth«, murmelt Nicolas nach einem kurzen Blick auf die Unterseite der Figur.

»Der ägyptische Gott des Chaos?«, hakt Jared nach, der mit nicht erwartetem Wissen glänzt. »Der sorgte in etwa zur selben Zeit auf der anderen Seite der Erde für Unheil. Das war damals wie Lichtjahre entfernt.«

Nicolas sieht plötzlich aus, als hätte Jared ihm ein Schimpfwort an den Kopf geworfen. Kurz ballt sich seine rechte Hand zur Faust, ehe er im nächsten Moment wieder gelassen wirkt und die Handfläche entspannt auf dem Tisch ruht. Seine Gefühlsschwankungen sind wie eine Fahrt im Ruderboot bei starkem Seegang. Irgendwann wird er noch umkippen, denke ich, während ich ihn fast besorgt mustere.

Bei jedem weiteren Exponat spüre ich Kyles Blicke auf mir. Er hakt nach, ob mir etwas Besonderes auffällt, doch ich weiß nicht einmal, worauf er hinauswill oder seit wann er sich plötzlich so extrem für unsere Projektwoche interessiert. Ich verschweige ihm, dass ich bei jedem einzelnen Stück, auf dem Schriftzeichen in irgendeiner Sprache stehen, ein paar der Worte entziffern kann. Als endlich der Gong zur Mittagspause ruft, platze ich beinahe vor lauter zurückgehaltenen Entdeckungen.

Ich lehne deshalb den gemeinsamen Gang zur Cafeteria ab und blicke Kyle und Jared nach, sehe, wie sie auf Leyla treffen und gemeinsam hinter einer Ecke verschwinden. Langsam gehe ich hinaus auf den Schulhof und hoffe, dass Nicolas mir folgt. Meinem Kribbeln im Nacken nach tut er das. Ich suche nach einer freien Bank, die etwas abgeschieden liegt, und will mich gerade setzen, als mich eine Hand nach hinten reißt.

»Wir müssen zurück in den Klassenraum«, zischt Nicolas mir ins Ohr. Unterwegs erklärt er mir, dass er im Vorbeigehen an einem der anderen Tische einen Stein gesehen hat, den er sich näher mit mir anschauen will.

»Können wir damit nicht bis zum Unterricht warten? Ich würde gerne über andere Dinge mit dir reden.« Ich beiße mir auf die Zunge, weil mein Tonfall dem eines nörgelnden Kindes entspricht.

Er wendet sich zu mir und bannt mich mit seinem Blick. »Bitte, Hailey. Wir können danach reden.«

Mit einem Magengrummeln folge ich ihm und bemerke erst an der Tür zum Projektraum, dass ich noch immer Nicolas' Hand halte. Vorsichtig lasse ich sie los, was er mit einem kurzen Stirnrunzeln quittiert.

»Wir können da nicht ohne Mr Vance rein. Wie du vorhin gesagt hast, ist es schon seltsam genug, dass sie uns die Exponate überhaupt überlassen«, sage ich und zeige zur Verdeutlichung auf den nicht zu übersehenden Zettel an der Tür, der ein Betreten ohne Lehrkraft verbietet. Nicolas reagiert nur mit dem arroganten Blick, von dem ich dachte, er hätte ihn ein für alle Mal abgelegt, und drückt die Klinke nach unten. Binnen Sekunden zerrt er mich mit sich und schließt die Tür hinter uns wieder. Das Licht im Raum ist aus, die Jalousien sind nach wie vor geschlossen.

Es ist ein stinknormales Klassenzimmer, sage ich mir immer wieder, während ich hinter Nicolas herstolpere. Er geht zielstrebig auf den ersten Tisch zu und öffnet die Holzkiste. Die Härchen in meinem Nacken richten sich gemeinsam mit denen auf meinen Unterarmen auf. Ein intensiver Geruch dringt aus der Kiste hervor, als würde ich einen Teeladen betreten.

»Riechst du das?«, fragt Nicolas, und ich nicke. Er schiebt vorsichtig zwei Tonkrüge und anschließend einige Holzspäne zur Seite. Ein schwaches Leuchten dringt zu uns und wird immer heller, bis Nicolas den seltsam geschliffenen eigroßen Stein freigelegt hat. Ein Keuchen dringt aus meinem Mund und meine Hand hebt sich wie von selbst dem Leuchten entgegen.

»Was zur Hölle ist das?«, fragt Nicolas und schnappt sich den Stein. Das Leuchten erlischt sofort.

Mir bleibt keine Zeit für eine Antwort. Schritte nähern sich auf dem Flur. Panik überkommt mich, und ich sehe mich nach einem Versteck um.

Nicolas reagiert gelassener. Er steckt blitzschnell den Stein in seine Hosentasche, schließt die Kiste und setzt sich auf die Tischkante. Ich will ihn gerade auffordern zu verschwinden – die Schritte sind bereits verklungen und die Person muss schon vor der Tür stehen und jeden Moment hereinkommen. Deswegen greife ich nach seiner Hand, um ihn zum Mitkommen zu bewegen. Er hat jedoch das Gegenteil im Sinn und zieht mich stattdessen näher an sich heran. Ich unterdrücke ein Quietschen, weil ich aus dem Gleichgewicht gerate und auf ihn zustolpere.

Die Tür öffnet sich mit einem leisen Knarren, das in der Stille des Raumes ohrenbetäubend scheint. Mein Puls rast, Hunderte unglaubwürdige Entschuldigungen liegen mir auf der Zunge. Nicolas zieht mich weiter an sich. Als kurz darauf Mr Vance' Stimme erklingt, die wütend wissen will, was wir hier zu suchen haben, presst Nicolas schon seine Lippen auf meine, und ich vergesse alle fadenscheinigen Ausreden, die ich gerade stammeln wollte. Ich spüre nur seine weichen Lippen und mein Herzschlag setzt aus.

Erst ein mehrmaliges Räuspern lässt mein Herz wieder schlagen. Nicolas' Lippen liegen noch immer auf meinen, seine Zunge tastet sich an meiner entlang. Zitternd hole ich Luft, genieße die Nähe, seinen warmen Atem. Wie in Trance küsse ich ihn weiter, als würde mein Überleben davon abhängen.

»Nicolas! Hailey!« Mr Vance betätigt mit einem Schlag den Schalter und grelles Licht leuchtet hinter meinen geschlossenen Lidern. Der Druck auf meinen Lippen verschwindet und hinterlässt eine schmerzhafte Leere.

Benommen öffne ich die Augen. Erst nach mehrmaligem Blinzeln kehre ich ins Hier und Jetzt zurück, richte mich mit wackeligen Knien auf und blicke direkt in Mr Vance' ironisch verdrehte Augen.

Nicolas trotzt unserem Lehrer mit unerschütterlicher Überheblichkeit, immer noch locker auf dem Tisch sitzend. Sein Kinn ist nach oben gereckt, die Lippen zu einem arroganten Lächeln verzogen. Ich bewundere ihn, wie gelassen er aussieht, während mein Puls noch immer rast und ich dem Drang widerstehe, meine Lippen zu berühren, um zu ertasten, ob sie tatsächlich so geschwollen sind, wie sie sich anfühlen.

»Habt ihr etwa das Verbotsschild an der Tür nicht gesehen, Hailey und Nicolas?« Mr Vance spricht »Nicolas« aus wie ein Schimpfwort.

»Es ist meine erste Woche hier, Mr Vance«, kontert Nicolas, ohne mit der Wimper zu zucken. »Es gibt so viel Neues.« Er springt locker vom Tisch und greift nach meiner Hand. »Aber da wir nun informiert sind, werden wir den Raum natürlich verlassen.« Seine Lippen verziehen sich zu einem Grinsen, während er mich an unserem Lehrer vorbei auf den Flur zieht. Ich werfe noch einen kurzen Blick zurück auf Mr Vance. Die Sorge, die auf seinem Gesicht steht, kann eigentlich nicht nur mit einem Kuss zweier Teenager zu tun haben.

17

31. Ajaru 6996 nach Atum

Den größten Teil unserer Tage verbringen wir im Trainingsraum; kämpfen mit Schwertern, Stöcken oder auch mit bloßen Händen. Dazwischen sitzen wir erledigt vor unserem faden Essen und würgen es gemeinsam mit viel Wasser hinunter. Durch das kontinuierliche Training der letzten Wochen treten auf meinen Armen allmählich straffe Muskeln hervor. Ohne die Besuche bei Zedan, der mir die Schmerzen der Überlastung abnimmt, wäre es mir unmöglich gewesen, in so kurzer Zeit solche Fortschritte zu machen.

Malak hat eine ebenso starke Veränderung hinter sich. Seine Haare sind nicht mehr wie zuletzt als Diener meines Vaters streng nach hinten gekämmt, sondern umrahmen wieder sein Gesicht wie früher. Sie sind sogar gewachsen, sodass er die Locken im Kampf bändigen muss. Die bisher auf seinen Wangen verbliebenen kindlichen Rundungen sind gewichen. Er wirkt um mehrere Jahre älter, kantiger, worüber Yasmeen abends im Schlafraum über die Maßen ins Schwärmen gerät.

Wir liegen auf unseren Betten. Yasmeen starrt an die Decke, und ich blättere zum wiederholten Mal durch die Anweisungen, die ich am ersten Tag von Elizaa auf den Pod geladen bekommen habe und die nun auf meinen Unterarm projiziert werden. Es gibt eine grobe Übersicht über die Räumlichkeiten des Schiffes, aber mir scheint, als wäre sie nicht annähernd vollständig.

»Hätte er nicht das Leere Zeichen erhalten und wäre den Soldaten beigetreten, wäre er sicher so begehrt wie Riaz oder Dante.« Yasmeen stößt ein Seufzen aus und ich nicke nur zur Bestätigung. Dann richtet sie sich schnell auf, und ich spüre ihren Schlangenblick auf mir, als ich eben die Darstellung einer Treppe im hinteren Bereich des Decks vergrößere.

»Wie läuft es denn mit ihm?«

»Hm?«, frage ich gedankenverloren und erkläre mir die Treppe als eine Art Notfallmöglichkeit, sollte kein Begabter des Hauses Nut gegenwärtig sein und den Schweberaum hinab zu den Heilern bedienen können. Ich speichere die Information ab und deaktiviere die Projektion mit einem Tippen auf das silberfarbene Armband.

»Immerhin sitzt er inzwischen beim Essen bei uns«, fährt Yasmeen fort, und ich versuche schnell, ihren Gedanken zu folgen, und erkenne irgendwann, dass sie von Dante spricht. »Im Training scheint ihr euch ja ganz gut zu verstehen.« Sie stopft sich eins der Kissen in den Rücken und lehnt sich gemütlich im Bett zurück und drückt ein kleineres Kissen auf dem Schoß an sich. Ihre Augen strahlen mich regelrecht an.

»Er ist beinahe wie früher«, sage ich und spüre, wie wahr die Worte sind. »Bevor er so geworden ist wie sein Vater. Ich bin mir nicht sicher, wie Leemal ihn so verändern konnte, aber hier ist er … nett … und benimmt sich nicht wie …«

»… ein Idiot?«, führt Yasmeen meinen Satz lachend zu Ende und steckt mich damit an.

»Ich glaube, er setzt sich endlich gegen Leemal zur Wehr.« Ich hoffe es zumindest.

Yasmeen nickt gedankenverloren und zupft an den Zipfeln ihres Kissens herum. »General Leemal sieht ihn jedes Mal an, als würde er ihn am liebsten eigenhändig töten. Ich habe gestern gehört, wie er ihn angebrüllt hat. Selbst uns Soldaten gegenüber schlägt er keinen solch barschen Ton an.«

Mir fällt das Gespräch wieder ein, das ich kurz nach dem Aufwachen aus dem Heilraum verfolgt habe. Hat Leemal mit Dante geredet und ihm vorgeworfen, seine Aufgabe nicht seinen Wünschen entsprechend erfüllt zu haben?

Ich grüble darüber nach, und Yasmeen umarmt wieder ihr Kissen, als wäre es ein Kuscheltier. In diesem Moment erlöschen sämtliche Lampen und wir befinden uns in tiefster Schwärze. Die Stille um uns wirkt unerklärlich bedrohlich, bis mir auffällt, warum es so ist. Das leise Surren, das ansonsten allgegenwärtig ist, ist ebenfalls verstummt. Der Geruch nach Magie, ein Hauch von Sandkraut in der Luft, klingt ebenfalls bereits ab.

Den ersten Schreien jenseits unseres Schlafraumes, vermutlich durch die Luftschächte getragen, folgen eilige Schritte. Ich stehe auf, taste mich am Bett entlang bis zur Wand. Hinter mir raschelt Yasmeen, und kurz darauf höre ich das Züngeln einer Schlange, ehe ich die glatte, schuppige Haut an meinem Fuß spüre.

»Was tust du?«, frage ich in die absolute Dunkelheit hinein in die Richtung, in der ich die Schlange mittlerweile vermute. Die Antwort erhalte ich erst Minuten später, nachdem Yasmeen sich zurückverwandelt hat.

»Als Schlange kann ich selbst in völliger Dunkelheit ein wenig sehen. Ich bin jetzt an der Tür, aber sie geht nicht auf.«

Dem Geräusch nach schlägt sie mittlerweile auf den Sensor des Paneels ein, anstatt ihn nur zu berühren. »Der Magiefluss im Schiff ist gestört. Ohne Energie lässt sich die Tür nicht von uns öffnen. Wir brauchen einen Formwandler.«

Ich taste mich weiter voran zu Yasmeen, berühre ihre nackten Arme und spüre die Gänsehaut. Sie zittert. Ihre Atemzüge sind unregelmäßig. »Ist dir kalt?«

Keine Antwort.

»Du musst dich anziehen. Ich suche deine Kleidung.« Ich will mich schon auf den kurzen Weg in Richtung ihres Bettes machen, da erklingt ihre Stimme. Gepresst, panisch.

»Ich muss hier raus. Sie müssen uns herauslassen!«

Den zweiten Satz brüllt sie, begleitet von wildem Hämmern auf den Sensor oder die Tür. Die dumpfen Schläge sind selbst hier drin kaum hörbar, sie werden niemals bis auf den langen Flur dringen. Ich will ihr helfen, trete näher und ziehe sie in meine Arme. Ihre Schultern beben, sie klammert sich fest an mich, und ich spüre ihren nackten Körper, fühle die Nässe ihrer Tränen an meiner Schulter. Ich streichle ihr über den Rücken, bis ihr Schluchzen langsam abebbt.

Sie räuspert sich und schiebt sich von mir.

»Tut mir leid!«, sagt sie, und ich verstehe nicht, was sie meint.

»Es gibt nichts, wofür du dich entschuldigen musst«, sage ich sanft.

»Ich bin hier, um dich zu beschützen«, sagt sie laut. »Und was geschieht? Das Licht geht aus und ich bekomme eine Panikattacke!« Ich glaube, die Röte ihrer Wangen in der allumfassenden Dunkelheit zu spüren.

»Es muss dir nicht peinlich sein«, fahre ich fort und erhalte ein leises Schluchzen zur Antwort. Um sie zu beruhigen, erzähle ich ihr von dem Moment in der Schlafkapsel, in dem ich erwacht bin und die Angst mich davontrug wie ein Sandsturm ein Seidentuch.

»Danke«, höre ich irgendwann neben mir. Yasmeens Hand tastet sich zu meiner, und sie zieht mich hinab, bis wir beide, an die Wand gelehnt, dasitzen und abwarten.

»Ob es Malak gutgeht?«, fragt sie mich irgendwann, und ich muss meine Gedanken erst ins Jetzt bringen und verstehen, dass es nicht Riaz' Hand ist, die auf meiner liegt. Mein Inneres zieht sich schmerzhaft zusammen und ich taste nach der fehlenden Kette um meinen Hals.

»Natürlich geht es ihm gut. Wir haben von Energiestörungen auf der Reise gehört. Die Formwandler leiten in diesem Fall all die Magie in die Triebwerke und schalten die nicht notwendigen Energieverbraucher ab, bis das Schiff wieder im Fluss ist. Gleich wird das Licht wieder angehen und alles ist beim Alten.« Meine Worte erzielen selbst bei mir eine beruhigende Wirkung. Yasmeens Atemzüge sind regelmäßig. Beinahe könnte ich glauben, sie wäre eingeschlafen. Glücklicherweise habe ich in all den Unterrichtsstunden über die Expeditionen gut aufgepasst. Die regulären Expeditionsteilnehmer werden monatelang darin geschult, welche Komplikationen im Laufe der Reise auftreten können und wie man sich dann zu verhalten hat.

Ich zähle weniger als hundert Atemzüge, als ein kurzes Knistern in der Luft die Härchen auf meinem Unterarm aufrichtet. Gerade kneife ich die Augen fest zusammen, um mich gegen das Licht zu wappnen, da schneidet die Helligkeit selbst durch meine geschlossenen Lider. Yasmeen schreit kurz auf. Ich taste nach ihrer Hand, trotz des Lichts noch immer blind, doch ich kann sie nicht finden. Der Schmerz in meinen Augen und dem Teil meines Gehirns, der nach der scheinbar ewig andauernden Finsternis nun überreizt reagiert, klingt langsam ab, und ich wage es irgendwann, vorsichtig die Lider zu heben. Nur sehr langsam schälen sich dunkle Konturen aus dem Weiß, und ich sehe Yasmeen, die beide Hände vor ihre Augen hält.

»Du musst die Augen schließen und die Hände wegnehmen, damit sich deine Augen wieder umgewöhnen«, rate ich ihr, und sie folgt meiner Anweisung.

Ich blinzle viele Male, ehe sich alles wieder normal anfühlt und ich auf meine völlig nackte beste Freundin blicke. Gestaltwandlern des Hauses Schu ist es nicht peinlich, sich nackt zu zeigen. Sie sind es von der Initiation an so gewohnt. In der Kaserne sind Männer und Frauen gleichgestellt, es gibt keine getrennten Übungsfelder oder Waschräume. Sie verwandeln sich gemeinsam in ihre Wechselgestalt und auch zurück, wenn es verlangt wird. Dabei wird sehr darauf geachtet, dass die Scham, die die meisten Frauen anfangs noch überkommt, schnell ausgelöscht wird, damit alle Gestaltwandler im Moment der Verwandlung kampfbereit sind und nicht von ihrer Blöße abgelenkt werden. Daher hat Yasmeen nie ein Problem damit, auch im privaten Alltag sehr viel Haut zu zeigen.

Meine Wangen hingegen erhitzen sich beim Anblick von Yasmeens Nacktheit. Wortlos stehe ich auf und trete zu ihrem Bett. Ohne mich umzusehen, werfe ich ihr Hose, Unterkleidung und Tunika zu. Begleitet von ihrem Kichern, das mir noch mehr Röte in die Wangen treibt.

Yasmeen muss sich dem Rascheln nach eben ihre Hose angezogen haben, als das Zischen der Tür erklingt und mich herumfahren lässt.

Malaks Blick ist auf Yasmeen gerichtet, und er zieht scharf die Luft ein, ehe er sich so schnell abwendet, dass ich nicht sagen kann, ob er ein verstecktes Talent für übernatürliche Geschwindigkeit hat. Yasmeen straft ihn ebenfalls mit einem Lachen und streift sich die weiße Tunika über.

»Was ist nur mit euch los?«, gluckst sie, und endlich wagt Malak es, sie wieder anzusehen. Seine Wangen sind noch immer leicht gerötet, was Yasmeen mit einem koketten Lächeln quittiert. Anschließend drückt sie ihm einen kurzen Kuss auf den Mund. Für mehr bleibt keine Zeit. Ein Alarmton erklingt und die Räume werden in rotes Licht getaucht.

»Wir müssen alle zum Gesellschaftsraum«, nimmt Malak meine Worte vorweg. Da ich die Anweisungen auf meinem Pod mittlerweile komplett gelesen habe, brauche ich keine Erläuterungen mehr. Gemeinsam mit zahlreichen anderen ziehen wir den Flur entlang bis zum Gesellschaftsraum, von dem uns bereits lautes Stimmengewirr entgegenschallt.

Der im hintersten Bereich liegende Tisch, den wir auch zu den Mahlzeiten immer auswählen, ist noch frei. Für mich ist Dantes Anwesenheit so normal geworden, dass ich mich wie von selbst nach ihm umsehe. Ich entdecke ihn bei seinem Vater, der auf einem kleinen Podest steht und die Arme zum Zeichen für Stille erhebt. Schnell ebben die Gespräche der rund dreißig Anwesenden ab, selbst die von jenen, die gerade den Raum betreten, und alle wenden sich Leemal zu.

»Heute gab es einen ungewöhnlichen Zwischenfall auf unserer Reise«, beginnt er und erhält zustimmendes Gemurmel. »Einer unserer fähigsten Formwandler ist zusammengebrochen und der Energiefluss ist ins Stocken geraten. Nach eingeleiteten Notfallmaßnahmen konnte die Energieversorgung wieder komplett hergestellt werden.«

Leemal will sich bereits abwenden, das erste Gemurmel ob dieser viel zu einfachen Erklärung setzt bereits ein, da tritt Mazen aus einer Gruppe hervor und erntet einen finsteren Blick vom General. Sofort ist meine Neugier geweckt.

Mazen räuspert sich. »Wie ihr wisst, wurde Vitarus vom Hause Nut die Ehre zuteil, bereits das dritte Mal zur Erde zu reisen.« Ich sehe hier und da Hände, deren Finger das heilige Dreieck auf Stirn und Brust zeichnen. »Vitarus war sehr alt. Die kurzfristige Expedition ohne die gewohnte Vorbereitungsphase war zu viel für ihn. Er hat einen Magieschock erlitten und sein Geist ist zum Diĝir zurückgekehrt.«

Nachdem ich die Bedeutung der Worte erfasst habe, forme ich mit beiden Händen ein Dreieck und lege sie auf die Stirn. Überall um mich herum tragen nun alle das Zeichen der Anteilnahme und des Gebets auf dem Haupt. Mazens Gesicht strahlt dabei eine so tiefe Traurigkeit aus, als hätte er wirklich etwas für den alten Formwandler empfunden. Sein Anblick rührt etwas in mir. Ich meine fast, den Ausdruck meiner Mutter in seinem Gesicht zu erkennen. Mit gebrochener Stimme fährt er fort: »Sobald wir nach Heliopolis zurückgekehrt sind, übergeben wir Vitarus' Körper dem Sand, aus dem er entstanden ist.«

Alle heben ihre zum Dreieck geformten Hände nach oben und führen sie seitlich an ihrem Körper wieder nach unten zum Zeichen der zum Diĝir zurückkehrenden Magie des Verstorbenen. Andere fassen sich anschließend an den Nacken. Ist das Leben aus einem Körper gewichen, bleibt das Zeichen des Diĝirs erhaben und zieht sich nicht in die Haut zurück wie sonst nach der Anwendung von Magie.

Mazen wendet sich bereits ab, strafft dann jedoch die Schultern und will erneut zu uns sprechen. Leemal hebt die

Hand, um ihn aufzuhalten. Ein starkes Prickeln knistert in der Luft, und Mazens Gesicht verzieht sich, als er sich gegen die Beeinflussung des Generals wehrt. Nur mit größter Anstrengung schafft er es dennoch, erneut das Wort an uns zu richten: »Einem jungen und äußerst talentierten Formwandler ist es gelungen, den Energiefluss des Schiffs wiederherzustellen.« An seinem erleichterten Aufatmen erkenne ich, dass Leemal seine Magie zurückgezogen hat. »Ich erbitte von euch den Segen für unseren Helden.«

Ich tippe mir wie die anderen von der Stirn zu beiden Seiten der Brust und warte darauf, unseren Retter kennenzulernen. Die stehende Menge am Eingang zum Gesellschaftsraum teilt sich und Zedan und Elizaa kommen zum Vorschein. Hinter Elizaa schwebt der Stuhl, in dem ich nach meinem Erwachen zu Zedan geführt wurde. Mein Herzschlag setzt kurz aus, ehe mein Puls zu rasen beginnt, während ich mit einem kurzen Aufschrei nach vorne springe und mich zwischen den Mitgliedern der Besatzung durchzudrängeln versuche, die sich bereits dorthin begeben haben, um dem Helden ihren Dank auszusprechen.

Tränen vernebeln mir die Sicht, als ich die letzten Menschen zur Seite schiebe, die zwischen mir und Riaz stehen. Sein Blick gleitet suchend über die Menge, und als er an mir hängen bleibt, strahlen seine blaue Augen wie von einem inneren Feuer erleuchtet.

Ich kann das Schluchzen kaum zurückhalten, als ich vor ihm zum Stehen komme. Seine Hand greift sofort nach meiner. Die Berührung gleicht einem magischen Aufblitzen.

»Wie …«, bringe ich bebend hervor, während er sich langsam erhebt. Jetzt erst sehe ich, wie bleich und ausgezehrt er ist, seine Wangenknochen stechen hervor. Seine Haare sind stumpf, er hat mehrere Blutergüsse in den unterschiedlichsten Farben ihrer Heilstadien. Sein Anblick erschreckt mich, ich muss wissen, was mit ihm geschehen ist. Doch Riaz löscht mit seinem Kuss alle anderen Gedanken aus. Er hält sich nicht zurück, sondern spricht durch die Berührung unserer Lippen alles aus, was mich seit meinem Aufwachen in der Kapsel beschäftigt hat. Sehnsucht, Schmerz, Liebe. Er schert sich nicht darum, ob eine solche öffentliche Zurschaustellung angebracht ist, und ich liebe ihn dafür.

Ich spüre, wie sich eine Träne unter meinen geschlossenen Lidern nach außen drängt. Mein Atem stockt, während mich sein einerseits so vertrauter und andererseits doch leicht veränderter Geruch umringt.

Atemlos lassen wir voneinander ab und Riaz sinkt kraftlos in seinen Sessel zurück.

»Wir sollten von hier verschwinden«, sagt Yasmeen, die plötzlich gemeinsam mit Malak neben mir steht und mit dem Kopf Richtung Podest deutet. Dort steht Leemal und blickt mit zusammengekniffenen Augen zu uns herüber. Mazen kann ich nirgendwo entdecken. Dante steht neben seinem Vater, die Lippen zu einem Strich zusammengepresst. Ich kann nicht mit Sicherheit sagen, ob tatsächlich ein Hauch von Traurigkeit in seinen Augen liegt oder ob ich den Ausdruck falsch deute.

»Wärst du so freundlich?«, lenkt Riaz meine Aufmerksamkeit wieder auf sich. Die angesprochene Elizaa nickt und bahnt sich einen Weg durch die Umstehenden zum Ausgang. Der Sessel mit Riaz schwebt dicht hinter ihr. Zahlreiche Hände streifen Riaz, es gibt etliche Dankesbekundungen. Ich trete mit schnellen Schritten an seine Seite, Yasmeen folgt uns gemeinsam mit Malak zu unserem Schlafraum.

Dort lässt Elizaa uns allein. Die Tür schließt sich hinter ihr und scheint sämtliche Geräusche mit sich zu nehmen. Yasmeen und Malak lassen sich auf Yasmeens Bett fallen. Eine unerträgliche Stille senkt sich über uns, nachdem auch ich meine Decke nach hinten geschoben und Platz genommen habe.

Yasmeen räuspert sich und spricht aus, was wir uns alle fragen: »Was zum Diĝir ist passiert?«

Riaz erzählt vom Abend seines Antrages und dem Abschiedsball. Er wurde nicht bis zum Ballsaal vorgelassen, konnte mir daher nicht folgen. Ein Teil von mir ist froh darüber, dass er nicht mit ansehen musste, wie ich Dante geküsst habe. Aber gleich darauf erzählt er mir, wie Elif ihn *zufällig* getroffen hat, und ich knautsche nervös mein Kissen zusammen, als er den Kuss von mir und Dante erwähnt. Als Mitglied von Haus Nephthys konnte Elif ihn gezielt aufspüren und mich schlechtmachen.

»Sie wollte gut dastehen.« Riaz fährt sich mit beiden Händen übers Gesicht und richtet sich schwankend auf, um sich anschließend neben mich auf mein Bett fallen zu lassen. Ich kann ihn kaum ansehen, so schlecht fühle ich mich wegen des Kusses. Er hebt mein Kinn und schenkt mir ein aufrichtiges Lächeln. »Ich habe nicht einen Moment daran gezweifelt, dass irgendetwas dahinterstecken muss. Kurz zuvor habe ich gesehen, wie Dante eilig den Ball verließ, und ich habe nach ihm gesucht.«

»Hat er die Verletzung von dieser Begegnung?«, wirft Yasmeen ein, und ich zucke zusammen. Bislang haben sie und Malak vollkommen lautlos auf Yasmeens Bett gesessen.

Riaz schüttelt den Kopf. Seine Hand fügt sich so mühelos in meine, als wären es zwei Teile eines Ganzen, die einfach zusammengehören und nicht getrennt werden dürfen. Seine Berührung beruhigt mich und drängt die Scham ein wenig zurück.

»Ich habe ihn viel später bei den Kasernen gesehen, aber kurz darauf war er wie vom Sand verschluckt. Ich habe das gesamte Gebäude untersucht und bin der Magie nachgegangen. Es gibt einen verborgenen Gang, durch den ich mich geschlichen habe. So bin ich an Bord gelangt. Das Schiff muss sich in einer der Pyramiden befinden.«

In meinem Kopf peitschen die wildesten Gedanken umher wie der Sand in den Monaten der Stürme. Es wird behauptet, dass die Pyramiden Grabmäler unserer Ahnen seien, Gedenkstätten, die selbst Soldaten auf Außeneinsätzen nicht betreten dürfen. Nicht einmal Yasmeen kann es laut aussprechen, obwohl ihr Mund bereits offen steht.

Riaz nickt. »Es muss dort sein. Ich war bei zwei Einsätzen draußen dabei. Das erklärt auch das viele Sandkraut rund um die Pyramiden.« Sandkraut wuchert überall, wo viel Magie gewirkt wird. Den frischen Geruch der Blüten verbinde ich seit meiner Kindheit mit Riaz, doch eigentlich ist er ein Zeichen von Magie.

»Und wie bist du an Bord gekommen?«, schaltet sich Malak ein.

»Das war nicht sehr schwer. Es waren nur wenige Soldaten da und die waren beschäftigt. Ich bin hinein und habe mich in einer Kabine versteckt.« Riaz macht eine wegwerfende Handbewegung, als wäre nichts dabei.

»Und wie hast du eine leere Schlafkapsel gefunden?« Ich will mir gar nicht vorstellen, wie er, in seinem Versteck kauernd, einen Magieschock erleidet.

Riaz sieht mich ungläubig an, legt die Stirn in Falten und

reibt sich anschließend mit seiner freien Hand die Schläfe. »Das habe ich nicht.«

»Aber wie konntest du das riskieren?« Ich will ihn anschreien, ihn beschimpfen, ihn … Voller Verzweiflung drücke ich seine Hand so fest, dass er mit der anderen meine Finger lockert.

»Ich konnte dich nicht gehen lassen, Ash. Es war mir das Risiko wert. Ich wusste nicht, ob ich dich jemals wiedersehen würde.« Er löst unsere Hände und presst meine Handfläche auf die Stelle unter seinem Schlüsselbein, an der das Dreieck mit dem Ankh unter seine Haut gezeichnet ist. All die bisher durch die Wiedersehensfreude überstrahlten Gefühle brechen durch. Die Sehnsucht, die Verzweiflung, nicht mehr mit ihm gesprochen zu haben, die Trauer über den Aufbruch ohne Abschied.

Yasmeen bemerkt, was in mir vorgeht. »Wir werden dann mal … etwas zu essen suchen.« Sie zieht Malak hoch, der uns nicht aus den Augen lässt. Er würde gerne mehr von Riaz erfahren, das ist offensichtlich. Doch Yasmeen schiebt ihn schnell zur Tür und ich werfe ihr einen dankbaren Blick zu.

Die Tür ist noch einen kleinen Spalt weit offen, da zieht Riaz mich bereits näher zu sich und hält mich so fest, dass mein Schluchzen nicht aus mir herausbrechen kann. Ich wärme mich in seinen Armen, bis das Zittern nachlässt.

»Ich wollte ihn nicht küssen«, flüstere ich an seine Brust.

»Das weiß ich. Dante hat mir alles erzählt. Dass er Elif gesehen hat, mit der er bis zur Bekanntgabe unserer zukünftigen Vermählung sehr viel Zeit verbracht hat.« Es ist offensichtlich, wie genau sie besagte Zeit verbracht haben.

»Liebt er sie?«, frage ich, obwohl ich nicht weiß, warum es mich interessiert.

»Ich … glaube nicht. Aber er ist gut darin zu verbergen, was er wirklich fühlt.« Nach einer kurzen Pause fügt er hinzu. »Er hat mir geholfen.«

Ich weiche ein Stück zurück, um ihm in die Augen zu sehen, und beobachte ihn aufmerksam. Kann es tatsächlich sein, dass Dante etwas Uneigennütziges tut? War er zu der Zeit schon dieser andere Dante, der mich geduldig in Kampftechniken einweist und gegen seinen Vater aufbegehrt?

»Er war für die Prüfung der Kammern zuständig und hat mich gesehen. Leemal hat ihn gerufen, dann hat er die Tür geschlossen, und ich habe noch gehört, dass er seinem Vater gesagt hat, dass der Raum leer wäre.«

Der positive Eindruck vonDante verpufft sofort. »Er wollte dich damit töten. Er hat gehofft, dass du einen Magieschock erleidest, während wir alle wohlbehütet in unseren Schlafkapseln liegen.« Ich presse meine Lippen fest zusammen, um all die Flüche auf Dante, die mir auf der Zunge liegen, zurückzuhalten. »Warst du in all der Zeit in diesem Raum? Was hast du gegessen und getrunken?«

Riaz reibt sich mit beiden Händen erneut die Schläfen. »Ich … denke schon.« Es klingt wie eine Frage. »Dort … gab es Notfallnahrung.« Die Erinnerung muss unter der Magieschwankung beim Start gelitten haben, und ich verdränge weitere Fragen, die ihn zu sehr anstrengen würden.

»Ich bin froh, dass du hier bist«, sage ich leise und schmiege mich wieder an ihn, füge jedoch hinzu: »Auch wenn du nicht dein Leben für mich hättest riskieren dürfen.«

»Du warst es, die es leichtfertig aufs Spiel gesetzt hast. *Du* bist mein Leben, Ash. Und du warst gewillt, es für eine gemeinsame Zukunft zu riskieren.«

Seine Finger gleiten sanft meinen Rücken hinauf und streichen über meinen Hals. »Man hat mir meine Kette abgenommen«, flüstere ich an seiner Brust. »Ich muss Elizaa fragen, wo sie die persönlichen Dinge untergebracht haben.« Noch während ich es ausspreche, weiß ich, was noch zu tun ist. Ich rücke ein Stück zurück, schiebe seine Tunika beiseite und streiche über das unauslöschbare Zeichen unter seiner Haut. Niemand würde es ihm abnehmen können. »Ich möchte dasselbe Symbol haben.« Ich schiebe die weiß bestickte Bordüre an meinem Ausschnitt zur Seite und wähle genau dieselbe Stelle wie bei ihm.

»Was? Hier? Dein Vater wird mich dafür aus der Stadt verbannen!« Er sagt es so gelassen, dass er die Verbannung nicht wirklich zu fürchten scheint.

»Es ist nicht gerade angenehm, die Struktur des Körpers zu ändern«, setzt er nach. »Es ist nicht mit einer Heilung vergleichbar, in der die Energien nur in die richtigen Bahnen gelenkt werden.«

»Es kann nicht schlimmer sein als die Qualen beim Training. Dante ist nicht gerade zimperlich mit mir umgegangen.«

Riaz' Kiefer verhärten sich.

»Ich muss für die Erdmenschen gewappnet sein«, nehme ich Dante in Schutz. »Das Training war produktiv. Ich bin richtig gut geworden. Zuletzt habe ich es Dante ordentlich heimgezahlt.«

Die Aussage bringt Riaz zum Lächeln. Der grimmige Ausdruck in seinen Augen erlischt und er hebt die Hand. Kurz bevor er meine Haut berührt, hält er inne. Ich nicke ihm noch einmal bestätigend zu, und eine magische Entladung bei der Berührung lässt mich zusammenzucken, was Riaz sofort seine Hand zurückziehen lässt.

»Tu es!«, fordere ich und halte den Atem an.

Riaz' Fingerspitze fühlt sich an wie eine Feder, die sanft über meine Haut fährt. Er zeichnet das Dreieck und das Ankh zuerst auf die Oberfläche. »Jetzt musst du stillhalten«, sagt er dann, ehe der Geruch nach Magie aufsteigt und er das leicht gerötete Symbol nachzeichnet. Ich presse die Zähne zusammen und verdränge das Bild einer glühenden Klinge, mit der ich den Schmerz vergleichen würde. Zwei Wimpernschläge später ist er fertig, lässt seine Heilmagie wirken und atmet gleichzeitig mit mir erleichtert aus. Er ist kreidebleich, sein ganzer Arm zittert vor Anstrengung.

»Dir geht es nicht gut«, sage ich. »Du musst zu Zedan.«

Riaz schüttelt schnell den Kopf. »Meine Magie muss sich regenerieren. Der Energieausfall, die Hilfe bei der Aufrechterhaltung des Antriebes … Zedan sagt, dass ich mich überanstrengt habe.« Ich kann ihm ansehen, wie schwer es ihm fällt, Schwäche zuzugeben. Das Gefühl jedoch, dass er sich mir so öffnen kann, erwärmt mein Innerstes.

Überhaupt hier zu sitzen, lässt mich beinahe an den Diĝir glauben, wie es die Alten tun. Ich schmunzle über meinen eigenen Gedanken, kann das Gefühl jedoch nicht ganz loslassen, dass es tatsächlich Hoffnung geben könnte. Dass da etwas ist, das uns immer wieder zusammenführt. Als würde selbst der Sand, aus dem wir erschaffen wurden, sehen, dass wir eins sind.

Riaz' intensiver Blick und seine Lippen auf meinen besiegeln diesen Glauben.

18

Summit – Arizona, 15. Juni

Während Nicolas und ich die Flure entlang zur Cafeteria gehen, um uns endlich auszusprechen, kocht die Gerüchteküche der Summit Highschool schon heiß. Ich überlege noch, warum sich sein Kuss angefühlt hat wie ein Déjàvu, da hat uns die Nachricht davon bereits überholt.

»Ich habe gehört, Mr Vance hat euch halb nackt in einem der Putzräume erwischt?«, begrüßt uns Leyla in der Cafeteria. Die Hände hat sie demonstrativ in die Hüften gestemmt, und ihre Augen sagen: *Ich will alles wissen.*

Ich verfluche mich für meinen Plan hierherzukommen.

Während mir Leylas Sprüche peinlich sind, sehe ich Nicolas neben mir grinsen. Ich stoße ihn mit der Schulter an der Seite an, was ihn nun wirklich zum Lachen bringt.

Leyla lässt sich auf den Stuhl neben Jared fallen. So wie sie ihn gerade ansieht, könnte man denken, sie wäre auch gerne halb nackt mit ihm in einer Putzkammer.

Jared hingegen sieht angespannt zwischen mir und Nicolas hin und her. Wenn es in der Cafeteria nicht so laut wäre, könnte man die Tischplatte ächzen hören, an der er sich gerade festkrallt. Setzt jetzt so etwas wie sein Beschützerinstinkt ein?

»Lass uns doch nach draußen gehen«, raunt Nicolas in mein Ohr, sodass es für die anderen aussehen muss, als würde er mir unanständige Dinge zuflüstern. Leyla kichert und wünscht uns viel Spaß.

Noch immer irritiert, folge ich Nicolas und bin mir mit einem Mal nicht mehr sicher, ob ich wirklich mit ihm allein sein möchte. Kaum dass wir außerhalb der Sicht der anderen sind, lässt er meine Hand los.

»Wir müssen herausfinden, was das für ein seltsamer Stein ist. Vielleicht steht darauf auch etwas in einer merkwürdigen Schrift.« Sein Ton ist jetzt wieder ein völlig anderer und er ist wieder ganz bei der Frage nach dem merkwürdigen Stein. Aber nach diesem Kuss kann ich so schnell nicht umschalten. Auch wenn er weitermachen kann wie zuvor und alles wieder normal zu sein scheint – ich kann das nicht. Ich bin einfach nur verwirrt.

Nachdem wir uns draußen ins spärliche Gras vor der Schulmauer gesetzt haben und ich weiterhin schweige und meine Gedanken sortiere, spricht er es aus:

»Es tut mir leid, Hailey. Das war die einzige Möglichkeit, Mr Vance abzulenken. Wenn ich gewusst hätte, dass der Kuss so einen Wirbel verursachen würde, hätte ich mir etwas anderes überlegt.«

Ich lehne mich an die Mauer und starre geradeaus.

»Vergessen wir das einfach?«, setzt er hinzu.

Seine Lippen auf meinen, der frische Geruch, der aus der Kiste emporsteigt …

»Die Minzpflanzen«, sage ich laut und sehe ihn an.

Fragezeichen stehen ihm ins Gesicht geschrieben, daher erläutere ich: »Der Geruch aus der Kiste. Ich hatte ihn so intensiv zuletzt bei den Minzblüten draußen beim Totempfahl gerochen. Und auch jetzt …« Ich schnuppere. Ein Hauch von Minze hängt auch jetzt in der Luft.

Endlich versteht Nicolas und zieht umständlich den seltsam geformten Stein aus seiner Hosentasche. Der Geruch wird sofort intensiver. Er bewegt ihn in seiner Hand hin und her, sodass die metallischen Adern des Steins immer wieder das Sonnenlicht einfangen und mich blenden.

»Er ist zu leicht für einen Stein«, grübelt er vor sich hin. Dann führt er ihn plötzlich näher zu sich. Seine Augen verengen sich, als versuche er, etwas zu entziffern, dann blinzelt er und senkt seine Hand enttäuscht.

»Hast du was gesehen?«, frage ich und erwarte, dass er erneut seltsame Zeichen darauf entdeckt hat.

Er schüttelt den Kopf. »Es sind nur Kratzer.« Er dreht den Stein so, dass ich die vermeintlichen Zeichen sehen kann. Doch sie verändern sich nicht vor meinen Augen wie das Piktogramm auf der Scherbe oder die Keilschrift der Pfeilspitze. Auch wenn einzelne Laute durch meine Gedanken ziehen, die aber keinen Sinn ergeben.

»Ich frage mich«, überlegt er weiter und fährt dabei beinahe zärtlich die raue Oberfläche mit seinen Fingern nach, »wie er leuchten konnte. Du hast es doch auch gesehen?«

»Ich glaube, ja.« Das ist die ehrlichste Antwort, die ich ihm geben kann. So langsam kann ich mir nicht mehr sicher sein, ob mich meine Sinne nicht täuschen. Es ist mir zu peinlich, es zuzugeben, und ich wende meinen Blick von Nicolas ab, ehe er mir meine Unsicherheit ansehen kann. Und da sehe ich sie wieder: Sie steht da wie eine Skulptur einer antiken Kriegerin. Die weiten Gewänder sind engeren Tüchern gewichen, über den schwarzen Stoffbahnen trägt sie eine dunkle Lederweste. Ihre Augen – von schwarzem Kajal umrandet – starren mich an. Sie blinzelt nicht ein einziges Mal. Ohne den Rest des Gesichtes, der noch immer von Tüchern umhüllt ist, kann ich sie nicht einschätzen.

»Nimm du ihn mal, vielleicht …« Nicolas hält inne und erstarrt mitten in der Bewegung. Im Augenwinkel sehe ich, dass er mir den Stein reichen wollte, ehe er die Frau entdeckt hat. Sie sieht noch immer in unsere Richtung, ihr Blick ist … erwartungsvoll und macht mir Angst. Meine Wahrnehmung scheint plötzlich stärker, ausgeprägter zu sein. Mein Nacken kribbelt so stark, dass es schon fast einem Brennen gleicht. Dann verdunkelt sich ihre Miene. In meinem Rücken rascheln Zweige. Nicolas reagiert schnell und steckt den Stein wieder in die Tasche. Als ich wieder zu der Frau sehe, ist sie verschwunden. Nicolas lässt seine Atemluft in einem Zug entweichen, sodass sie mich im Nacken kitzelt und das Brennen auf meiner Haut verschwindet. In dem Moment tritt Mr Vance zu uns, klatscht laut in die Hände und verkündet das Ende der Pause.

19

31. Ajaru 6996 nach Atum

Immer wieder streiche ich über die noch empfindliche Stelle unter meinem Schlüsselbein.

»Tut es noch weh?« Riaz klingt so besorgt, dass ich lächle, während ich den Kopf schüttle.

»Nein, es ist perfekt.« Dieses Symbol würde mir nicht unbeabsichtigt abhandenkommen können, und ich bin froh, dass ich ihn darum gebeten habe.

Die Tür gleitet mit einem leisen Zischen auf und Yasmeen stürmt gemeinsam mit Malak in den Raum.

»Wir haben etwas gehört«, stößt sie zwischen hastigen Atemzügen hervor. Abwechselnd berichten sie und Malak, wie sie ein Gespräch zwischen Leemal, Mazen und Dante belauscht haben.

»Sie haben über Gefangene gesprochen«, wiederholt Yasmeen beharrlich, nachdem ich ihr einen äußerst skeptischen Blick zugeworfen habe.

»Warum sollte es Gefangene auf diesem Expeditionsschiff geben?«, spreche ich nun laut aus. Riaz ist ebenso skeptisch wie ich und drückt mir unterstützend die Hand. Yasmeen sucht Zustimmung bei Malak, doch der steht wie erstarrt neben der Tür und wirkt vollkommen abwesend.

»Mein Vater hat immer wieder behauptet, dass Gefangene noch vor ihrem Prozess *verschwinden*, aber ich habe es ihm genauso wenig geglaubt wie die anderen«, stammelt Malak und hat sofort unsere gesamte Aufmerksamkeit.

Yasmeen steigt sofort mit ein. »Auf dem Schat… Markt wurde zuletzt behauptet, dass mehrere Träger des Leeren Zeichens einfach spurlos verschwunden seien. Ich habe dir davon erzählt, Ash, weißt du noch?«

Vage erinnere ich mich daran, bis Riaz mich aus meinen Erinnerungen reißt, indem er erschrocken die Luft einzieht.

»Was ist los?«, hake ich nach, doch er scheint geradewegs durch mich hindurchzusehen.

»Ich war zuletzt dort.« Sein Gesicht wird noch bleicher, als es schon ist. Ich erstarre und weiß nicht, was ich dazu sagen soll.

»Das war, nachdem mich einer von Leemals Anhängern gefunden hat. Ich bin auf dem Schiff herumgeirrt, um etwas zu essen zu finden.« Riaz reibt sich über das Gesicht, als versuche er, seine Erinnerungen zu klären. »Sie sind alle dort«, stammelt er verwirrt, sodass ich mich plötzlich völlig hilflos fühle und nicht weiß, was ich tun soll. Er starrt ins Nichts und erzählt weiter: »Die, die wir für todkrank, ausgestoßen oder bereits verstorben hielten. Sie sind alle auf diesem Schiff.« Er schüttelt erschüttert den Kopf. »Jemand muss mich manipuliert haben, nachdem ich geholfen habe, die Energieversorgung wiederherzustellen. Doch der Bann lässt nach.« Soviel ich weiß, ist kein Angehöriger des Hauses Geb an Bord. Wer also könnte Riaz manipuliert haben?

»Weißt du, in welchem Teil des Schiffs du untergebracht warst?«, fragt Malak hastig und unterbricht meine Überlegungen.

Riaz nickt langsam. »Unten. Aber wir haben nicht den Schweberaum benutzt.« Seinem Gesicht sind die Anstrengung und der damit einhergehende Schmerz anzusehen, die nötig sind, über einen Bann hinweg zu agieren. Da fällt mir die Treppe ein, die ich auf meinem Pad gesehen und für einen Fluchtweg gehalten habe. Schnell aktiviere ich die Projektion und suche nach den Plänen.

»Hier«, deute ich auf meine Entdeckung. Für ein paar Sekunden beugen sich alle über meinen Unterarm. Yasmeen richtet sich als Erste wieder auf. »Ich sehe es als unsere Pflicht an, diesen Raum aufzuspüren. Was sagt ihr?«

Einzig Malak scheint hin- und hergerissen, der Zweifel liegt deutlich auf seinem Gesicht. »Es ist zu gefährlich«, mahnt er seine Freundin. »Wenn es dort tatsächlich Gefangene geben sollte, werden diese bewacht.«

Yasmeen zuckt nur mit den Schultern, als würde sie tagtäglich verborgene Teile eines Expeditionsschiffes aufspüren.

»Malak hat recht.« Riaz streicht sanft mit dem Daumen über meinen Handrücken, sodass ein Prickeln meinen Arm hinauffährt. »Sie haben sogar versucht, mir die Erinnerung daran zu nehmen.« Die unausgesprochene Frage hallt seiner Aussage nach und beunruhigt uns alle: Wer auf diesem Schiff hat die Macht dazu? Es bedarf einer stark ausgeprägten Gabe des Hauses Geb, um jemanden so zu täuschen.

»Und genau deshalb müssen wir mehr herausfinden.« Yasmeen erhebt und strafft sich. Etwas weniger überzeugt, folgt Malak, in dessen Augen ein kleiner Hoffnungsschimmer aufblitzt, ehe auch Riaz und ich uns erheben und Yasmeen auf den Flur folgen.

Schon an der ersten Ecke treffen wir auf Mazen, der uns mit bohrenden Blicken mustert. »Wo wollt ihr hin?«

»Wir bringen Riaz zu Zedan. Er fühlt sich noch sehr schwach«, rede ich uns schnell heraus und deute mit einer Handbewegung zu meinem noch immer viel zu bleichen Freund.

Mazen scheint nicht überzeugt. »Ihr solltet in der Nähe eurer Schlafräume bleiben, falls die Energieversorgung wieder ins Stocken gerät.«

»Dann sollte Riaz sogar noch schneller gestärkt werden«, kontere ich, und Mazen nickt, dann wendet er sich ab und verschwindet in Richtung Gesellschaftsraum.

»Wir sollten uns beeilen. Ich bezweifle, dass er uns das abgekauft hat«, sage ich und gehe mit schnellen Schritten in Richtung des Schweberaumes. »Er wird uns vermutlich Wachen auf den Hals hetzen.« Schließlich hat er auch meine Mutter verraten. Sein Ansehen bei Leemal würde nach dem heutigen Vorfall im Gesellschaftsraum durch einen weiteren Verrat sicher wieder steigen.

Wir hetzen durch die Flure. Immer wieder werfe ich einen Blick auf den Plan auf meinem Unterarm. Wir kommen unserem Ziel näher, doch plötzlich stehen wir vor einer kahlen weißen Wand.

»Die Treppe muss am Ende dieses Flurs liegen«, sage ich, während ich einen verborgenen Mechanismus suche. »Riaz, kannst du etwas spüren?«

Riaz untersucht die Wand ebenso und schüttelt den Kopf. »Da ist nichts.«

»Kannst du die Wand öffnen?« Es wäre schließlich nicht das erste Mal. Für einen kurzen Moment schlägt mein Herz schneller, als ich daran denke, wie er sich verbotenerweise durch die lebende Wand des Vorbereitungsraumes zu mir geschlichen hat.

»Ich weiß nicht, ob ich genug Kraft habe«, gesteht er und lässt die Schultern hängen.

»Versuch es«, motiviert ihn Malak, und ich werfe ihm einen mahnenden Blick zu. Ich will nicht, dass Riaz zusammenbricht. Es hat ihn schon Kraft gekostet, mir unser Symbol unter die Haut zu zeichnen, obwohl es ihm eigentlich leicht von der Hand gehen sollte. Doch Malak scheint von einem Eifer gepackt, den ich nicht nachvollziehen kann.

»Wir können es auch auf später verschieben«, sage ich beschwichtigend.

»Dann haben wir Mazen und Leemals Anhänger auf den Fersen.« Riaz atmet tief ein. Sein Körper strafft sich, etwas Farbe kehrt in seine Wangen zurück, während der Geruch nach Sandkraut immer intensiver wird.

Die Oberfläche der Wand vor uns beginnt zu verschwimmen, als stiegen Hitzewellen daraus hervor. Nur wenig später kräuselt sie sich. Die Struktur des weißen Metalles verändert sich, schiebt sich mithilfe kleiner Wellen zur Seite. Ein schmaler Durchgang entsteht. Riaz' Atemzüge klingen angestrengt. Schnell trete ich durch die Wand und ziehe die anderen mit mir. Riaz hat kaum zu uns aufgeschlossen, als er keuchend seine Magie loslässt. Die Wand beginnt sofort, sich in ihre ursprüngliche Form zurückzuverwandeln. Riaz stützt sich auf die Oberschenkel und ringt keuchend nach Luft. Schweißperlen glänzen auf seiner Stirn.

»Du musst dich dringend ausruhen!«, flüstere ich.

»Wir haben keine Zeit«, drängt Yasmeen, die sich vorsichtig umsieht. »Wir hatten Glück, dass wir nicht direkt auf Wachen gestoßen sind, aber wie lange wird uns dieses Glück noch folgen?« In diesem Teil des Schiffes ist nicht alles weiß und glänzend. Es wirkt schäbig und alt. Der durch die

Energieversorgung des Schiffes hervorgerufene frische Duft passt nicht zu dem schäbigen Ort, an dem wir jetzt stehen. Die Wand, durch die wir eben getreten sind, wurde einfach am Ende des Flurs eingezogen, der uns hierhergeführt hat, in einen nicht instandgesetzten Teil des Schiffs.

Riaz nickt und nimmt meine ausgestreckte Hand entgegen. Unsere Berührung scheint ihm ein wenig Kraft zu schenken. Ich lächle ihn kurz an und sehe dann wieder auf meinen Unterarm.

»Die Treppe muss hinter dieser Tür sein.« Ich deute auf das sich deutlich von der Wand wenige Meter vor uns abhebende metallische Rechteck, das sich nicht annähernd so gut einfügt wie die Türen in unserem Teil des Schiffs. Mit wenigen Schritten ist Yasmeen dort, aktiviert den Sensor, und das Zischen zerreißt die angespannte Stille.

Ich zucke noch zusammen, während Yasmeen bereits den Kopf in den Raum jenseits der Tür steckt. An ihrem erleichterten Ausatmen erkenne ich, dass wir ein weiteres Mal Glück haben.

Riaz zieht mich mit sich, Malak hinterher, der sofort zu Yasmeen aufschließt. Vor mir schraubt sich eine gewundene Treppe ähnlich dem Tempel von Heliopolis in die Tiefe. Ein seltsamer Geruch steigt von dort unten empor, und alles in mir drängt mich dazu, sofort von hier zu verschwinden. Es riecht nach Verderben, Krankheit und Tod.

Meine Hand umschließt Riaz' Finger fester und allen inneren Stimmen zum Trotz steigen wir langsam die Treppe hinab. Mir kommt es vor, als würden wir in die Tiefen der Welt unter dem Sand hinabsteigen, und in meinem Kopf blitzen unwillkürlich Bilder der großen Schlange auf, die den Gläubigen zufolge die verstorbenen Seelen bewacht und mit ihrem Körper die Grenzen jener Welt bildet, die der unseren folgt. Kälte kriecht meinen Rücken hinab und ich kann ein Schaudern nicht zurückhalten.

Bei mir setzt schon ein Schwindelgefühl von der stetigen Drehbewegung ein, als erste Geräusche an mein Ohr dringen. Wir bleiben stehen und lauschen den Stimmen.

Danach passiert alles ganz schnell. Malak rennt plötzlich los, ohne etwas zu sagen. Er poltert die Stufen hinab, und uns bleibt keine andere Möglichkeit, als ihm zu folgen.

Kaum unten angekommen, versagen meine Beine, und Riaz stolpert fast über mich. Wir sehen beide Malak hinterher, der auf eines der zahlreichen vergitterten Abteile zugeht. Der Mann dahinter ist mir nur allzu gut bekannt, auch wenn er nur noch ein Schatten seiner selbst ist. Die hagere Gestalt vor uns gleicht nur noch entfernt dem Mann, der im Heilzentrum energisch Impfstoff für seine Familie eingefordert hat. Malak sucht nach einem Bedienfeld, um das trennende Gitter zwischen sich und seinem Vater zu öffnen.

»Was tust du hier?«, meldet sich Afzal, Malaks Vater, zu Wort. »Ihr müsst sofort verschwinden!«

Mein Blick gleitet über die anderen Menschen in den Zellen und eisige Kälte zieht durch meinen Körper. Einige davon kenne ich, sie sind alle dazu verurteilt worden, aus der Stadt verbannt zu werden. Ungläubig gleitet mein Blick über die leblos wirkenden Gestalten hinweg.

»Verschwindet!« Afzals Stimme wird eindringlicher, doch Malak sucht noch immer nach einem Mechanismus, die Zelle zu öffnen. Als er nicht fündig wird, wendet er sich an Riaz.

Afzal hebt gleich abwehrend die Hand. »Ihr müsst gehen, sonst landet ihr mit uns hier drin und werdet entsorgt.«

Die Aussage lässt uns alle aufhorchen. Ohne weiteres Nachhaken fährt Afzal fort: »Adeel hat uns von der Wahrheit unterrichtet.« Er deutet vage auf eine zerlumpte Gestalt in einer der anderen Kammern. »Die Expeditionen finden weit häufiger statt, als wir vermutet haben. Sie dienen auch keinesfalls der Überwachung der Erdbevölkerung.«

Ich werfe ein, dass wir das bereits wissen, doch Malaks Vater lacht nur freudlos auf. »Sie dienen auch nicht dazu, den Zwilling zu finden. Wie sollte er denn auch auf die Erde gekommen sein?« Er erwartet keine Antwort. »Nein, es hat einen guten Grund, warum nur so wenige von diesen Reisen zurückkehren.« Ich wappne mich gegen das, was er nun sagen wird, auch wenn sich alles in mir dagegen sträuben will, es für die Wahrheit zu halten.

»Die Expeditionen dienen dazu, diejenigen loszuwerden, die nicht nach den Wünschen der hohen Häuser handeln. Ohne jegliche Kampferfahrung ist das Zusammentreffen mit den Menschen auf der Erde tödlich.«

Selbst das Surren der Magie scheint für mehrere Atemzüge auszusetzen. Die vielen Geschichten über die grausame Erdbevölkerung mit ihren zahlreichen Waffen ziehen in meinem Kopf vorüber. Wir trainieren während der Reise zur Erde hart, um es mit ihnen aufnehmen zu können – und dennoch kehren nie alle Besatzungsmitglieder von den Missionen zurück. In der Schule wird ausführlich von den Gefahren der Erde berichtet, jeder weiß es.

Ich will es nicht glauben, will nicht glauben, dass mein Vater Kenntnis davon hat, dass all die Personen hier in diesem geheimen Loch dem Zorn und der Gewalt der Erdmenschen ausgesetzt werden sollen, schutzlos ausgeliefert wie Futter, das einem Tier hingeworfen wird.

»Was beim heiligen Diĝir ist hier los?«

Ich zucke bei der Stimme hinter uns zusammen und fahre herum. Dante steht am Fuß der Treppe und starrt uns mit zu Schlitzen verengten Augen an.

Yasmeen stößt einen zischenden Laut aus, während ich auf Dante zustürme und ihn davon abhalten will, die Treppe wieder nach oben zu steigen und uns zu verraten. Riaz taumelt mir noch immer geschwächt hinterher. Yasmeen schießt in ihrer Schlangengestalt auf mich zu, um mir zu helfen, während ich mich mit aller verfügbaren Kraft an Dantes Tunika festkralle. Yasmeens Schlangenbisse sind sehr schmerzhaft und haben eine lähmende Wirkung. Plötzlich überkommt mich bleierne Resignation. Ich bin nicht in der Lage, meine Hand dazu zu zwingen, weiter an ihm festzuhalten. Mir wäre es selbst gleichgültig, wenn uns Dantes Vater hier finden würde. Einfach alles scheint sinnlos.

»Wehrt euch!«, ruft Afzal. »Es sind nicht eure Gefühle!«

Nur langsam dringen seine Worte durch die Gleichgültigkeit, die mein gesamtes Denken einnimmt. Mit einem letzten Ruck reißt Dante sich von mir los und stürmt nach oben. Das von ihm aufgezwungene Gefühl verblasst und ich renne ihm nach.

Aber seine Manipulation hat mich zu lange zurückgehalten. Nur wenig später kehre ich mit gesenktem Kopf zu meinen Freunden zurück. »Wir müssen gehen. Dante ist mir entwischt«, gebe ich zu. Yasmeen hat sich bereits zurückverwandelt und angekleidet. Malak versucht noch immer, Riaz davon zu überzeugen, Afzal zu befreien.

»Wir kommen zurück«, sage ich ihm und dränge darauf, sofort zu verschwinden. Doch gerade in dem Moment zeigt sich vor Malak ein Paneel.

»Sie hat recht, Malak. Ihr müsst gehen.«

Gemeinsam mit Yasmeen zerre ich Malak von seinem Vater weg, er presst seine Hand noch auf den Mechanismus zum Öffnen der Zellen, doch das Gitter senkt sich nur langsam ab. Nur mit Mühe schaffen wir es, Malak mit uns zu ziehen.

Der Zugang hat sich noch nicht einmal zur Hälfte geöffnet, Afzal ist es nicht möglich, uns zu folgen. Daher ruft er uns nur hinterher: »Sorgt dafür, dass ihr wach bleibt.«

Alles Weitere geht in einem schrillen Alarmton unter, und von oben dringt rotes Licht zu uns hinab, während wir Malak die Stufen hochschleifen. Schritte hallen von unten. Auf der den Zellen gegenüberliegenden Seite muss ein weiterer Gang zu den Gefangenen führen.

Ich blicke die Treppe hinab und sehe in dunkle Tuniken gekleidete Wachen, die unter uns auf die Zellen zustürmen.

Der Alarm ist ohrenbetäubend und noch aggressiver als beim Energieverlust des Schiffes. Wir wagen es nicht weiterzugehen und können nur Vermutungen darüber anstellen, was unten geschieht. Nicht eine Minute vergeht, als sich erste Schatten von den Zellen her in unsere Richtung bewegen.

Yasmeen presst Malak geistesgegenwärtig die Hand auf den Mund, um den Schmerzenslaut zu unterdrücken, der aus ihm herausdrängt. Ich halte die Luft an, als ich sehe, wie die Wachen Afzals gekrümmten Körper mit sich schleifen und eine dunkelrote Spur unter der Treppe hinterlassen.

»Wir müssen weiter«, flüstert Riaz und zieht an meinem Arm. Endlich erstirbt Malaks Gegenwehr und er lässt sich von Yasmeen weiterführen. Riaz öffnet mit zitternden Händen die Wand, durch die wir an diesen tödlichen Ort gekommen sind, und ich stütze ihn, während wir hindurchtreten.

Die Wand schließt sich bereits, als Dante plötzlich hinter uns auftaucht. Wir stehen ihm gegenüber und keiner sagt ein Wort.

Dann rennt Dante los. Auch wenn ich weiß, was uns gleich erwarten wird, unternehmen wir nichts, um ihn aufzuhalten. Früher oder später würde er uns entwischen. Leemal würde nach ihm suchen. Wir sind auf einem Schiff, wo also sollten wir hin? Wir können nicht fliehen, man würde uns finden.

Gebückt und von allen Kräften verlassen, kehren wir in Yasmeens und meine Schlafkammer zurück, deren Wände ebenfalls in rotes Licht getaucht sind. Das Leuchten in Malaks Augen, das mich damals als kleines Mädchen überzeugt hat, ist erloschen. Wortlos setze ich mich neben Riaz, dessen Kräfte es ihm kaum mehr ermöglichen, die Augen offen zu halten.

Wir sitzen nur da, halten uns an den Händen wie auch Yasmeen und Malak. Wohl wissend, dass es nicht lange dauern wird, bis Dante uns wieder einmal verraten wird. Doch dieses Mal werden die Konsequenzen tödlich sein.

20

Summit – Arizona, 15. Juni

Was wollte Mr Vance von dir?«, fragt Jared, nachdem sich Nicolas wieder zu unserer Gruppe gesellt hat. Wir haben schon einige der Exponate aus unserer Kiste mit der beiliegenden Aufstellung verglichen, und während ich die von Mr Vance auf dem Tisch platzierten Schildchen akribisch beschrifte – in meiner schönsten Handschrift –, entwerfen Jared und Kyle am Laptop den dazugehörigen Veranstaltungskatalog.

Neugierig sehe ich von meinem aktuellen Werk »Paläoindianische Pfeilspitze« auf und warte auf Nicolas' Erklärung.

»Er hat mir die Unterlagen gegeben, die ihr letzte Woche erhalten habt, und mich noch einmal ausdrücklich darauf hingewiesen, dass die Summit High eine anständige Schule ist.« Er verdreht die Augen. Als er dann in meine Richtung blickt, spüre ich die Hitze in meinen Wangen aufsteigen und widme mich lieber wieder meiner Beschriftungsaktion.

Der Nachmittag vergeht wie im Flug. Auch die nächsten beiden Projekttage verbringen wir mit Sortieren und Katalogisieren. Dabei verhalte ich mich so unauffällig wie möglich – und nicht so, als hätten Nicolas und ich einen vielleicht unbezahlbaren Stein gestohlen. Seltsamerweise spricht uns Mr Vance nicht auf den fehlenden Stein an, und auch die Gruppe, die die Kiste untersucht und eigentlich eine Aufstellung über den Inhalt hat, bemerkt sein Fehlen nicht. Einerseits bin ich erleichtert darüber – denn wer außer dieser Gruppe und Nicolas und mir würde für das Verschwinden infrage kommen –, andererseits ist das Wissen, dass etwas vor sich geht, was ich nicht benennen kann, beängstigend. Es kann kein Zufall sein, dass die Frau erneut aufgetaucht ist, nachdem Nicolas und ich den Stein genommen haben. Doch all das Grübeln während des Unterrichts führt zu gar nichts. Jedes Mal, wenn ich über den Stein und Nicolas nachdenke, verknotet sich mein Gehirn und spuckt nur sinnloses und verwirrendes Zeug aus. Meine Träume in den beiden Nächten sind ebenso konfus, und ich bin froh, dass ich sie schon kurz nach dem Aufwachen vergessen habe.

Am Mittwoch habe ich mich dann schon weniger unter Kontrolle und erwische mich immer wieder dabei, wie ich verstohlen zu Nicolas hinübersehe, der, völlig in seine Aufgabe und die Exponate vertieft, auf Zetteln herumkritzelt. Immer wenn er dann aufsieht, als würde er spüren, dass ich ihn beobachte, verzieht sich sein Gesicht zu einem schüchternen Lächeln. Ein ehrliches Lächeln, keine Spur der Arroganz, die er gegenüber den meisten anderen an den Tag legt. Ich bin damit überfordert, ihn einzuschätzen, kann die Wärme, die sich irgendwo in meinem Magen ansammelt, sobald ich ihn so sehe, jedoch nicht ignorieren. Ebenso wenig wie die abfälligen Blicke, die er aufsetzt, wenn er Kyle ansieht. Was hat ihm der Junge nur getan? Ich sollte ihn dringend danach fragen.

Nach dem Mittagsunterricht ist Nicolas wie vom Erdboden verschluckt, sosehr ich auch auf den Fluren nach ihm schaue. Ich bereue, ihn nicht noch vor dem Klingeln gefragt zu haben, ob wir noch einmal über den Stein sprechen können. Und den Kuss. Und die verwirrenden Gefühle.

Klar, Hailey, rede mit einem Jungen über deine Gefühle. Ich höre Leylas Stimme förmlich und sehe, wie sie die Augen verdreht. Daher gibt es nur eine Person, mit der ich sprechen kann.

Jared hat mir so oft angeboten, über meine *Momente* und all das zu reden, was ich bisher vor ihm zurückgehalten habe. Endlich bin ich so weit und möchte ihm alles erzählen. Es wird mir guttun, darüber zu sprechen und alles herauszulassen, was sich die letzten Wochen angestaut hat. Ich warte am Rand des Schulhofs auf Jared, der noch im Unterrichtsraum war, als ich ihn verlassen habe. Der Schulhof leert sich immer weiter, und irgendwann gestehe ich mir ein, dass ich ihn verpasst haben muss. Ich gebe auf, gehe allein los und mache mich auf den Weg zum Haus der Familie Matthew. Unterwegs schreibe ich Jared eine Nachricht, dass ich gleich da bin und wir unbedingt reden müssen: *Jetzt bin ich bereit*, schreibe ich. Es kommt keine Antwort.

Eine innere Unruhe erfasst mich, als ich eine Einfahrt nach der anderen passiere. Die Abstände zwischen den Häusern von Jareds Nachbarn werden immer größer, bis ich am Ende der Sackgasse die lange Zufahrt zum Haus der Matthews hinaufblicke. Von hier aus sieht das Gebäude aus wie aus dem Bilderbuch. Eine moderne Villa mit unzähligen Fenstern, die mich anstarren, als ich zur Haustür gehe.

Nahezu beschwingt, drücke ich die Klingel und freue mich, endlich mit Jared über alles zu reden und seine Hilfe anzunehmen. Ich kann nur hoffen, dass er mich nicht für verrückt hält, wenn ich ihm von der Vision über Leylas Verbrennung erzähle oder von der seltsamen Frau, die mich ständig beobachtet.

Lizzy, die leicht rundliche Haushälterin, öffnet die Tür und strahlt mich an. »Er ist oben in seinem Zimmer.« Sie deutet die breite Treppe empor und zwinkert mir verschmitzt zu. Sie sehe ich öfter als Jareds Eltern, die vermutlich wieder einmal geschäftlich unterwegs sind.

Ich renne die Treppen hoch und den Flur entlang zu Jareds Zimmer. Der dicke Teppich dämpft meine Schritte und sorgt für ein Gefühl, auf Watte zu gehen. Passend zu der Vorfreude und Erleichterung in meinem Inneren.

Ich klopfe kurz anstandshalber an, reiße die Tür jedoch sofort auf und wiederhole die Worte meiner Nachricht: »Ich bin bereit.«

Jared sieht von seiner Beschäftigung auf und entdeckt mich. Ohne ein Wort zu sagen, starrt er mich an, ehe er schuldbewusst nach unten sieht.

»Hi, Hailey«, säuselt die Stimme unter ihm. Sie scheint nur versehentlich rot zu werden, während sie mir locker zuwinkt. Ich weiß nicht, von wem ich enttäuschter sein soll, auf wen sich die Wut in meinem Bauch konzentriert. Auf Jared, der keine Zeit für mich hat, weil er lieber halb nackt auf seinem Bett liegt und wild herumknutscht, oder auf dieses Mädchen, das mir irgendwie bekannt vorkommt, während sie mir mit ihren dunklen Augen zuzwinkert.

Ich dachte, Jared hätte etwas für Leyla übrig und würde es ausnahmsweise mal ernst meinen. Ich hatte mich langsam mit dem Gedanken an ein Jared-und-Leyla abgefunden und dann das? Wie soll ich das meiner Schwester erklären? Aber sie wusste schließlich, auf wen sie sich einlässt. Jared ist für seine Frauengeschichten bekannt.

Ich schüttle langsam den Kopf und gehe ein paar Schritte rückwärts. Endlich schaffe ich es, den Blick von dem verstörenden Bild vor mir zu lösen, und wende mich ab. Ich höre Schritte, und Jared hält mich am Arm fest, bevor ich die Tür hinter mir schließen kann.

»Hailey, warte!«

Als könnte ich mich so einfach aus seinem festen Griff lösen. Er dreht mich zu sich um. Er ist ein ganzes Stück größer als ich und ich sehe vor mir nur seine nackte Brust. Die knapp fünf Zentimeter große Narbe darauf leuchtet mir entgegen. Er hat sie schon so lange, dass ich gar nicht mehr daran gedacht habe. Schnell hebe ich meinen Kopf und sehe ihm ins Gesicht. Die Enttäuschung über ihn muss aus meinen Augen herauszulesen sein.

»Hailey, ich dachte, du hast nichts dagegen, wenn Leyla und ich …«

»Wie bitte?« Mehr kann ich nicht sagen.

»Wir hätten darüber reden sollen, sie ist immerhin deine Schwester, aber ich dachte, dass du es mir gesagt hättest, wenn es für dich nicht in Ordnung wäre.«

»Ich hatte mich an den Gedanken gewöhnt«, rufe ich. »Anfangs dachte ich wirklich, dass sie es vielleicht bereuen würde, aber dass dieser Tag so schnell kommt, hätte ich nicht vermutet.« Ich reiße mich aus seinem Halt.

»Ich finde ja, dass dich das rein gar nichts angeht.« Ich fahre herum. Leyla kommt auf uns zu. »Bist du eifersüchtig?« Ich keuche auf und schüttle den Kopf, versuche dabei zu verstehen, woher Leyla plötzlich kommt. Das Bett, auf dem Jared eben noch mit diesem fremden Mädchen lag, ist leer. Mein Kopf dröhnt und der Raum dreht sich bereits leicht.

Leyla legt noch eins drauf: »Darfst du etwa in der Schule

mit dem Neuen herumknutschen und ich nicht mit meinem Freund?« Ihre Worte sind wie Schnitte, scharf und eiskalt.

»Ich …«, stammle ich, wünsche mir eine Erklärung her, mit der ich die Situation entspannen könnte, aber da ist nichts.

Daher wende ich mich ab, renne aus dem Zimmer und den Flur entlang. Als ich die Treppen hinabstürme, werfe ich beinahe einen großen Topf mit der Pflanze um, deren Blätter einen schweren minzigen Duft ausströmen. Die nächste Minzpflanze, die in einem Kübel in der Einfahrt steht, reiße ich eigenhändig aus und trample so lange auf ihr herum, bis sie kein bisschen mehr duften kann. Ich weiß auch nicht, warum ich meinen Ärger an diesen armen Blumenkübeln auslasse. Hoffentlich räumt Lizzy das auf, bevor Jareds Eltern nach Hause kommen.

Es dauert nur wenige Minuten, bis ich zu Hause ankomme und mich auf mein Bett werfe. Glücklicherweise ist Dad nicht da. Ich will nicht mit ihm sprechen, nichts von dem weiteren Aussetzer meines Hirns hören. Ich hätte schwören können, dass Jared mit einer anderen auf seinem Bett lag. Wie konnte ich das dunkelhaarige Mädchen mit der rothaarigen Leyla verwechseln?

Ist auch die Frau nur eine wilde Ausgeburt meiner Fantasie? Ich brauche Antworten, muss mit Nicolas sprechen. Mein Handy liegt bereits in meiner Hand, da fällt mir ein, dass ich keine Handynummer von ihm habe. Ich weiß nicht einmal, wo er wohnt. Schimpfend schleudere ich es auf die Matratze, sodass es einmal hochspringt und zu Boden fällt. Glücklicherweise ist es auf den flauschigen Vorleger gefallen. Ich will es aufheben, sinke dann jedoch neben meinem Bett zu Boden.

Ich weiß nicht, wie lange ich dort gesessen habe. Irgendwann geht die Tür auf, meine Beine sind bereits eingeschlafen und taub.

»Können wir reden?«, fragt Leyla und lächelt mich dabei vorsichtig an. Ich reagiere nicht.

»Es tut mir leid, Hailey. Ich wollte nie, dass du das Gefühl hast, dass ... dass ich mich zwischen dich und Jared dränge.«

Ich schlucke die Erklärung hinunter, dass nicht ihre Beziehung zu Jared das Problem ist, sondern dass ich es bin. Ich muss mit jemandem reden, der mich versteht, der – zumindest zeitweise – ebenso verwirrt ist wie ich. Nicolas. »Hast du Nicolas' Nummer?«

Völlig aus dem Konzept gebracht, runzelt Leyla die Stirn. »Nein. Ich weiß nicht mal, ob er ein Handy hat. Shawnie hat ein paarmal versucht, seine Nummer zu bekommen, aber er hat immer abgeblockt. Was willst du von ihm?«

»Wir müssen wegen des Projekts sprechen«, rede ich mich schnell heraus. »Aber dann muss ich wohl warten.« Bis dahin wäre ich vermutlich geplatzt.

Leylas Augen blitzen kurz auf, dann lächelt sie mich aufmunternd an. Sie scheint froh darüber zu sein, nicht über den *Vorfall* sprechen zu müssen. Ich bin es auch.

»Wenn du nicht warten möchtest, könntest du später mit zu Shawnies Geburtstagsparty kommen. Es ist zwar Mittwoch, aber Dad hat nichts dagegen. Nicolas hat versprochen, dort zu sein.«

Ihre Worte fühlen sich so befreiend an, als hätte sie einen zu engen Gürtel gelöst.

Sogar dann noch, als Leyla mein Zimmer längst verlassen hat.

21

31. Ajaru 6996 nach Atum

Der Alarm verstummt irgendwann. Die Wände strahlen wieder in ihrem grellen Weiß. Die Anspannung ist noch immer so groß, dass ich unentwegt zur Tür schaue, die jeden Moment von Leemals Soldaten aufgerissen werden könnte.

Es scheinen etliche Stunden vergangen zu sein. Meine Finger in Riaz' Hand fühlen sich schon leicht taub an, und ich bin gezwungen, sie zu lösen. Das Rascheln meiner Bewegung dröhnt in der Stille nach dem Alarm und scheint die anderen aufzuschrecken. Sie rühren sich ebenso, sehen endlich weg von der Tür. Malaks Gesicht sieht man seinen inneren Schmerz an. Wenn ich wüsste, wie ich ihm helfen könnte, würde ich es sofort tun.

»Wieso kommen sie uns nicht holen?«, fragt Yasmeen das, was uns allen durch den Kopf geht.

Selbstverständlich hat niemand von uns eine Antwort darauf. Plötzlich springt Riaz auf und tastet die kahlen weißen Wände ab. Noch ehe ich ihn fragen kann, wonach er sucht, sorgt eine kurze statische Entladung für ein Prickeln in der Luft. Ein geheimes Fach öffnet sich, und ich erkenne hinter Riaz zwei sandfarbene Taschen, die ich nur allzu gut aus dem Unterricht kenne.

»Notfallbeutel?« Neugierig gehe ich zu ihm. »Woher wusstest du …«

»So habe ich mich ernährt, als ich mich hier auf dem Schiff versteckt habe. In jedem Raum gibt es solche versteckten Beutel.« Er wirft eine Tasche zu Yasmeen und Malak, die sofort hineinschauen, um kurz darauf Trockennahrung und Wasser zutage zu fördern. Es sind ausreichend Vorräte für mehrere Tage.

»Wir müssen uns stärken«, sagt Riaz entschlossen, reicht mir eine Handvoll der grünen Würfel, und wir würgen so viel Nährstoffe wie möglich hinunter. Der erste Neoferrum-Schlauch ist schnell geleert. Ich sehe, wie Riaz' geschwächtes Zittern nachlässt und die Farbe in sein Gesicht zurückkehrt. Er regeneriert hier an Bord sehr schnell, vermutlich weil die Formwandler-Energie allseits präsent ist. Während der Mahlzeit prüfen Riaz und Malak, was sich sonst noch in den Beuteln befindet. Mit einem Strahlen fördert Riaz eine Dose mit getrocknetem Sandkraut zutage. Die Beschäftigung scheint Malak etwas abzulenken, aber in seinen Augen sehe ich Schmerz und Trauer.

Ich schüttle lächelnd den Kopf, als Riaz ein paar der gelbgrünen Pflanzenreste auf die Handfläche legt, seine Finger sie umschließen und der mentholhaltige Geruch des Krautes aufsteigt. Nicht einmal hier, im Angesicht der Bedrohung durch Dantes Verrat, kann er auf das Zeug verzichten. Er reicht mir eines der Blättchen, doch ich lehne dankend ab. Schulterzuckend steckt er es sich selbst in den Mund. Sofort scheint es ihm noch besser zu gehen, die letzte Blässe ist aus seinem Gesicht gewichen. Vielleicht wirkt das Lutschen der Dragees auf ihn wie eine Art Meditation?

»Wir müssen hier weg, bevor Dante es sich anders überlegt«, sagt Yasmeen, nachdem sie einen letzten Würfel Nahrung hinuntergewürgt hat.

»Wohin denn?«, kontert Riaz, während ich sage: »Dante hat sicher nur seinen Vater nicht gefunden. Lange kann es nicht mehr dauern.«

»Beim Diĝir, wir sind mitten im Weltall. Soweit ich weiß, gibt es nicht einmal eine Rettungsmöglichkeit, sollte das Schiff zerstört werden«, fasst Riaz unsere Situation zusammen. Erneut senkt sich eine beklemmende Stille über uns, während ich fieberhaft nach einem Ausweg suche. Ich gehe im Kopf alles durch, was ich über die Expeditionen, über die Schiffe und die Technik an Bord weiß. Doch ich finde keine Lösung.

Die Stunden ziehen sich dahin und mit einem Mal gehen die blauen Lichter an.

»Es ist normales Training?«, frage ich irritiert.

»Und wenn wir dort nicht auftauchen, wächst das Misstrauen uns gegenüber«, merkt Yasmeen an und steht von ihrem Bett auf. Malak zieht sie mit zu viel Schwung zu sich hoch, sodass die beiden aneinanderprallen. Sie sehen sich so intensiv an, dass ich wegsehen muss und mein Blick dem von Riaz begegnet.

Er sagt nichts, während er sich ebenfalls erhebt und mir seine Hand reicht. Mit der Linken fasst er an das Symbol auf seiner Brust. Mehr muss er nicht sagen. In seinen Augen steht alles, was mir in diesem Moment durch den Kopf geht. Ich wiederhole seine Geste und lächle ihn an, ehe wir den Schlafraum verlassen.

Je näher wir dem Trainingsareal kommen, desto schlechter kann ich atmen. Wir wissen nicht, was uns erwartet. Leemals ausgebildete Soldaten, die uns zum Schweigen bringen sollen wie Afzal? Mein Puls wird mit jedem Schritt schneller, und dieses Mal ist nicht einmal Riaz mit seiner Berührung in der Lage, die Angst einzudämmen.

Die Tür gleitet vor uns auf und sofort bohrt sich Mazens Blick in uns. Er scheint kurz zu überlegen, dann teilt er uns zum Kampf ein. »Yasmeen und Malak, ihr trainiert weiterhin zusammen. Riaz, du kämpfst gegen mich.« Riaz nickt langsam. Ich habe Angst um ihn. Auch wenn er Soldat ist, durfte er bislang nie wirklich kämpfen oder unter realistischen Bedingungen trainieren. »Akasha, Dante wartet bereits in der Arena.« Mazen deutet auf einen der Kreise, neben dem das gläserne Waffenarsenal noch aufgebaut ist.

Ich versuche, den Kloß in meiner Kehle hinunterzuwürgen, doch er hängt fest wie ein Nahrungswürfel ohne Wasser zum Hinunterspülen.

»Ich würde gerne mit Dante üben«, mischt sich Riaz ein.

Mazen mustert ihn mit gerunzelter Stirn, seine Mundwinkel verziehen sich zu einem spöttischen Grinsen. »Ja, das glaube ich gern. Dennoch wird Akasha mit Dante kämpfen.«

Riaz' Muskeln verspannen sich. Ich drücke noch einmal beschwichtigend seine Hand, ehe ich hinüber zu Dante gehe.

Er bemerkt mich nicht, sondern schwingt das lange Schwert in kreisförmigen Bewegungen, als würde er das erdmathematische Zeichen für Unendlichkeit in die Luft zeichnen. Seine lockere Stoffhose wird von einem breiten Band gehalten, die bloßen Füße geben bei den Sprüngen und Drehungen kein Geräusch von sich. Ich kann dem Spiel der Muskeln unter seiner Haut folgen, Anspannung, Entspannung, und erst jetzt fällt mir auf, dass sein Oberkörper entblößt ist und ich ihn anstarre. Sofort räuspere ich mich.

Dante zuckt zusammen und flucht. Er greift zu seiner Tunika, die bei den anderen Waffen im Regal liegt, und wischt sich den Schweiß von der Stirn, ehe er das Gewand überzieht. Als er sich zu mir umdreht, weicht der gleichgültige Gesichtsausdruck sofort. Stattdessen verschließt sich seine Miene, als wäre meine Anwesenheit der Druck auf einen Türsensor.

»Was willst du?« Die Eiseskälte in seiner Stimme durchschneidet die Luft zwischen uns.

»Kämpfen«, antworte ich selbstbewusst, obgleich es in meinem Inneren ganz anders aussieht. Die Frage, warum er uns nicht verraten hat, schiebt sich unentwegt nach oben. Aber vielleicht hat Leemal ja tatsächlich andere Pläne. Der Gedanke lässt mich erschaudern.

»Du solltest zittern, *Prinzessin*«, spuckt Dante aus. Habe ich tatsächlich geglaubt, er habe sich während der Reise verändert? Nun ist er wieder dasselbe Ekel wie zuvor.

Wir liefern uns einen unerbittlichen Kampf. Dante pariert jeden meiner Schläge mit so viel Kraft, dass mir selbst von meinen Angriffen alles wehtut – und wehren sollte ich mich schließlich auch noch. Später werde ich unbedingt Zedan aufsuchen müssen.

In den kurzen Pausen beobachte ich ihn, versuche, eine Antwort auf meine Frage zu bekommen. Dante scheint seinerseits immer wieder in Gedanken versunken, seine ernste Miene entgleitet ihm dann und unter der finsteren, aggressiven Maske steckt reine Verwirrung. Vielleicht ist sie der Schlüssel, um zu ihm durchzudringen.

Als Mazen das Ende des Trainings verkündet, versuche ich, Dante anzusprechen, und folge ihm von der Arena weg. Er weist mich eiskalt ab.

»Verschwinde!«, faucht er mich an.

»Ich will doch nur wissen, warum du uns nicht verraten hast.« Ich werde nicht aufgeben.

Ganz kurz verharrt er, dann öffnet er den Mund, um etwas zu sagen, doch er tut es nicht. Von einem Moment zum nächsten erkaltet sein Gesicht wieder, und er zischt: »Es ist sowieso bald vorbei. Ich habe versagt.« Damit wendet er sich ab und rennt mit großen Schritten aus dem Trainingsraum. Ich bleibe verwirrt stehen und versuche, seine Worte zu deuten, als Riaz, Yasmeen und Malak zu mir stoßen.

»Wie war es?«, fragt Riaz. Sein Blick gleitet über meinen Körper. Vermutlich sucht er ihn nach Verletzungen ab. Doch die Schmerzen des Trainings sind vergessen. Auf dem Weg zu den Waschkammern erzähle ich, was Dante gesagt hat.

Auch während des anschließenden Abendessens interpretieren wir seine Worte.

»Ich habe mir schon gedacht, dass Leemal einen Plan hat. Die Frage ist nur, wann er zuschlägt.« Ich will noch mehr sagen, doch dann tritt General Leemal auf das kleine Podest und erhebt das Wort.

»Ich habe die Ehre, euch mitzuteilen, dass es schon bald so weit sein wird. Genießt eure Mahlzeit und findet euch anschließend auf der unteren Ebene ein. Wir werden in Kürze das Tor zur Erde passieren und zu eurem eigenen Schutz ist der Aufenthalt in einer Schlafkapsel unerlässlich.«

Ich stöhne leise. *»Es ist sowieso bald vorbei.«* Dante hat auf die Ankunft auf der Erde angespielt.

In meinen Gedanken mischen sich die Worte mit denen von Afzal. *»Sorgt dafür, dass ihr wach bleibt.«*

»Sie werden uns auf die Erde setzen, wie sie uns auf das Schiff geschafft haben«, gebe ich die Worte in meinem Kopf wieder. »Schlafend.«

»Wenn sie uns wirklich umbringen wollen, warum haben sie uns den ganzen Weg auf die Erde geschleift?«, kontert Yasmeen.

»Damit die *Überlebenden* davon berichten können.« Die Falte zwischen Riaz' Brauen wird immer tiefer. »Nur dass diese nie durch Zufall überleben.« Er atmet tief durch. »Wir müssen den Rat deines Vaters befolgen.« Ein Schatten gleitet über Malaks Gesicht, als Riaz ihn anspricht. Dann nickt er jedoch tapfer, während wir bereits die ersten Räume mit Schlafkapseln passieren, in denen schon Passagiere von Heilern eingewiesen werden. Am liebsten würde ich sie warnen, aber es hätte doch keinen Zweck. Wer würde uns schon glauben?

»Wir sollten die Notfallbeutel holen, ehe wir zu den Schlafkapseln gehen«, schlägt er vor.

»Die werden sie uns sowieso abnehmen«, erwidere ich und greife instinktiv an mein Dekolleté, wo ich noch immer die Leere nach dem Verlust der Kette spüre. Mit einem bemühten Lächeln tasten meine Finger zu Riaz' Symbol eine Handbreit weiter links.

»Ash hat recht. Außer unserer Kleidung werden wir nichts bei uns haben dürfen«, stimmt Riaz zu. »Aber wir haben einen Vorteil.«

Sofort sehen wir Riaz erwartungsvoll an.

»Ohne mich werden sie die Energien nicht lenken können, jetzt wo Vitarus von uns gegangen ist. Das heißt, sie werden mich bis zum Schluss wach halten müssen.«

Ich weiß, worauf er hinauswill. Vielleicht haben wir tatsächlich eine Chance, den Erdmenschen nicht schlafend und völlig wehrlos gegenüberzutreten.

Der Gedanke stärkt mich, und ich trete aufrecht und

erhaben in den Raum, in dem ich auch aufgewacht bin. Als ich vor über einem Monat hier erwacht bin, befanden sich nur vier Schlafkapseln in dem Raum, und ich weiß ganz sicher, dass die vierte Dante gehörte. Nun zähle ich eine mehr. Riaz. Es scheint ein Hohn zu sein, dass genau jene fünf Jugendlichen, die einst Freunde waren und ihr Leben gemeinsam entdeckt haben, nun ausgerechnet hier wieder zusammengefunden haben.

Dante ist noch nicht da, als Elizaa erst Yasmeen und Malak, dann auch Riaz und mir unsere Kapseln zuweist. Alle außer Riaz klettern auf die offen gelegten Schlafplätze.

Während Elizaa die Geräte von Yasmeen und Malak überprüft, steht Riaz neben mir. Das Formpolster versucht, sich mir anzupassen, ist für ein Quersitzen jedoch nicht geschaffen und drückt mir unangenehm gegen Kehrseite und Oberschenkel.

Riaz' Kehlkopf hebt und senkt sich, was mir mit einem Schlag wieder bewusst macht, was bald geschehen könnte. Ich werde wie ein Sanddornling in seiner Ruhephase nicht zu wecken sein, nicht ohne die Magie eines Formwandlers, der den Energiefluss meines Körpers wieder beschleunigt.

»Sobald alle ruhiggestellt sind, werde ich Elizaa überwältigen und euch aufwecken. Ich habe den Start ohne Schlafkapsel überlebt und zweifle nicht daran, auch die Landung unbeschadet zu überstehen. Du wirst das auch.« In seiner Stimme schwingt volle Überzeugung mit, aber seine Augen verraten seine Angst.

Ich spreche es aus. Er muss nicht für mich mutig sein.

Riaz versucht zu lächeln, doch nun bröckelt seine Überzeugung ein wenig. Dennoch ist genug davon übrig.

»Ich liebe dich, Ash.«

»Ich liebe dich auch, aber das bedeutet nicht, dass wir es schaffen«, erwidere ich.

»Nein, das bedeutet es nicht. Aber hättest du am Abend deiner Initiation erwartet, dass wir heute trotz all der Unwägbarkeiten gemeinsam kurz davor stehen, die Erde zu betreten? Ich glaubte, dich verloren zu haben, aber meine Gefühle waren größer als die Hürden, die uns die hohen Häuser in den Weg gestellt haben. Ich habe dir an unserem letzten Abend in Heliopolis geschworen, dass ich immer an deiner Seite sein werde. Auch wenn kein offizieller Priester Zeuge dessen war, hat der Diĝir uns wohl erhört.«

Seine Augen funkeln wie die Spiegelung des blauen Himmels im Wasserbecken der Oase. Seine Überzeugung ist ansteckend. Riaz schafft es, dort Hoffnung aufblühen zu lassen, wo die unwirtliche Umgebung bereits jegliches Keimen verhindern sollte. Das ist seine wahre Begabung, jenseits der Fähigkeiten seiner Insignie.

Ich spüre, wie sich meine Wangen anspannen, als ich sein Lächeln spiegle. Ich blicke hinüber zu Yasmeen, die sich eben auf das Formpolster sinken lässt. Elizaa legt ihr eine Hand auf das Herz und die andere auf die Stirn. Dann wird sie von Malak zur Seite geschoben, der seinen Schlafplatz noch einmal verlassen hat. Seine Lippen beben, als er näher zu Yasmeen tritt und ihr einen Kuss gibt. Ich glaube seine geflüsterten Worte zu hören, sein Versprechen, dass er alles tun wird, um sie zu beschützen und mit ihr eine gemeinsame Zukunft zu haben. Die Worte rühren mich. Mit gesenktem Kopf kehrt er zu seiner Schlafkapsel zurück. Elizaa schließt das Glas über Yasmeens Körper und folgt ihm, um die Prozedur zu wiederholen. Gleich wird sie bei mir ankommen.

»Ich kann niemals ohne dich sein, Riaz Deimos.«

Vielleicht ist es ja ein wundersames Zeichen unseres Gottes, dass der jüngste Abkömmling jener Familie an meiner Seite auf die Erde zurückkehrt, vor der die damalige griechische Bevölkerung erzittert ist, dem sie die Verkörperung der Angst nachsagten. Ich hoffe, dass wir uns gegen die Erdmenschen behaupten können, ganz gleich, wie mächtig sie sind.

»Du bist mein Leben, Akasha Themis. Wenn der Diĝir dich zu sich zurückruft, wird auch mein Herz aufhören zu schlagen.«

Mir liegen die Worte auf der Zunge, dass mir der Diĝir nicht gerade wohlgesonnen ist, doch Riaz erstickt sie mit seinem Kuss. Seine starken Arme halten mich, sanft gleite ich nach unten. Das Formpolster passt sich meinem Körper an, und mit geschlossenen Augen kann ich mir vorstellen, dass mich Riaz' Kuss zum Schweben bringt. Seine Finger streichen sanft meine Seite hinauf, gleiten am Hals entlang bis zu den Haaren. Seine Hand kommt auf meiner Stirn zum Liegen. Kurz streift seine andere unser Symbol unter meinem Schlüsselbein, ehe sie zu meinem Herzen gleitet und mich die Müdigkeit überkommt, sodass ich nicht mehr in der Lage bin, seinen Kuss weiterhin zu erwidern.

Das Letzte, was ich spüre, ehe mir die Kontrolle über meinen Geist entgleitet, ist die Kälte auf meinen Lippen, als er sich von mir zurückzieht.

Ein Ruck geht durch meinen Körper. Dem dumpfen Poltern, das an meine Ohren drängt, folgt ein leises Zischen. Die Geräusche werden lauter. Poltern, unverständliche Rufe. Mein Kopf schmerzt, es dreht sich alles, obgleich meine Augen geschlossen sind.

Es kostet mich eine große Anstrengung, sie zu öffnen.

Lichtblitze blenden mich, schweben durch mein Sichtfeld. Ich versuche zu sehen, wer die Geräusche verursacht. Doch alles ist verschleiert. Die Wände blinken abwechselnd in Rot und Weiß.

Ein kurzer Schrei, ein dumpfer Schlag, dann weicht die Luft aus meinen Lungen, als jemand auf mich fällt. Die Glaskuppel über mir ist noch nicht geschlossen. Mein Herz setzt aus, als die Person kurz den Kopf anhebt und das Leuchten in den blauen Augen erlischt. Riaz sackt in sich zusammen. Ich versuche, mich zu bewegen.

Ein Schrei hallt durch den Raum.

Mein Schrei.

Hände an meiner Seite. Das Gewicht von Riaz' Körper verschwindet. Ein Brennen an der Stelle unter meinem Schlüsselbein. Ohne hinzusehen, weiß ich, dass Riaz' Zeichen ausgelöscht wird. Ich stöhne auf. Die Hand auf meiner Brust saugt mir die Energie ab. Meine Lider werden schwerer, bis ich mich wieder in der Dunkelheit befinde.

Mein letzter Gedanke gilt Riaz.

22

Summit – Arizona, 17. Juni

Ich bin nervös wie vor einem Date. Die unerklärliche Anspannung, das Kribbeln einfach überall auf meiner Haut, das kurze Rasen meines Herzschlags, das für eine beschleunigte Atmung sorgt … All das durchlebe ich während der halben Ewigkeit, in der sich Leyla für die Party zurechtmacht.

»Er scheint dir ja sehr zu gefallen«, grinst Leyla mich an. Ich habe meine Verwirrung so weit zurückgedrängt und in dem hintersten Winkel meines Kopfes verborgen, dass ich hoffentlich wieder normal mit ihr umgehen kann.

Nur wenig später sitzen wir gemeinsam im Auto. Leyla hat Dad das Cabrio abgequatscht und nun schleichen wir unter seinem kritischen Blick rückwärts die Einfahrt hinaus.

Ich winke ihm bemüht locker zu, dabei fürchte ich Leylas Fahrstil mindestens genauso wie seinen. Meine Schwester bremst immer so abrupt, dass mir der Gurt in die Haut schneidet – und das an jeder Kreuzung.

Nahezu erleichtert, steige ich vor Shawnies Haus aus dem Wagen. Doch schon nach mehreren Schritten überkommt mich das Gefühl, beobachtet zu werden. Mein Nacken kribbelt unentwegt, sodass ich mich ständig umsehe, bis es sogar Leyla auffällt.

»Er wird da sein, er hat es versprochen«, sagt sie mit einem gekünstelten Lächeln. »Und hör auf, dich zu kratzen, als hättest du Flöhe«, fügt sie hinzu und deutet auf meine Hand, die eigenmächtig etwas gegen das Jucken am ganzen Körper unternommen hat.

Die Haustür ist angelehnt, die laute Musik wirft mich beinahe um, als wir eintreten. Ich sehe mich um, entdecke schon auf dem Flur einige bekannte Gesichter aus der Schule. Wie viele Menschen hat Shawnie denn eingeladen?

Leyla schiebt mich Richtung Wohnzimmer, wo sich unzählige Gäste tummeln. Alle, die nicht hineingepasst haben, sind auf die Terrasse geflüchtet. Überall suche ich nach Nicolas, doch der scheint noch nicht da zu sein.

Leyla holt mir eine Cola, und wir quetschen uns zu Mavi, die uns fröhlich zuwinkt. Es war eine bescheuerte Idee, Leyla zu begleiten. Jared und Kyle treffen gemeinsam ein, und obwohl Jared kein Wort über den Nachmittag verliert, fühle ich mich nicht wohl. Wir haben immer zusammengehalten, uns alles erzählt. Jetzt ist wohl tatsächlich Leyla an meine Stelle gerückt.

Kyle unterhält sich angeregt mit Mavi und auch Shawnie, die von einem Grüppchen zum nächsten zieht und in der Gastgeberrolle total aufgeht. Jared und Leyla kleben so aneinander, dass es mir peinlich ist, direkt danebenzusitzen. Ich komme mir so fehl am Platz vor und überlege gerade, mir ein Taxi zu rufen und nach Hause zu fahren. Mein Kopf fühlt sich irgendwie matschig an, ich fühle mich fiebrig. Daher entschuldige ich mich bei Leyla und den anderen und gehe in Richtung Haustür.

»Hailey?« Mir ist schwindelig, daher kann ich mich nicht so schnell umdrehen, wie ich möchte. Hände greifen nach mir und stützen mich. »Alles in Ordnung mit dir?« In Nicolas' grünen Augen sehe ich seine Besorgnis. Sie streift mich wie ein zarter Windhauch und mein Herz klopft ein wenig schneller.

»Mir geht es nicht sehr gut. Ich wollte mir gerade ein Taxi rufen«, sage ich, obwohl ich das Gefühl habe, dass es mir in seiner Gegenwart deutlich besser geht. Selbst der Gedanke daran ist kitschig.

»Ich kann dich nach Hause bringen.« Seine Stimme klingt nahezu flehend. »Ich wollte unbedingt mit dir reden, aber ich hatte deine Nummer nicht.«

Die Aussage bringt mich zum Lächeln. In seinem Auto wären wir ungestört, keiner würde uns unterbrechen. Daher stimme ich ihm zu und wir verlassen gemeinsam die Party.

Im Auto macht Nicolas zuerst keine Anstalten loszufahren, öffnet immer wieder den Mund, um etwas zu sagen, schließt ihn dann jedoch wieder, ohne ein Wort herausgebracht zu haben. Mir geht es genauso. Ich wollte mit ihm über so viele Dinge sprechen, die ich nun jedoch zurückhalte. Was würde er von mir denken? Mich für noch verrückter halten, als ich mich ihm bisher gezeigt habe?

Irgendwann gibt Nicolas auf, startet den Motor und lenkt den Wagen schweigend durch Summit, nachdem ich ihm meine Adresse genannt habe und er sie in das Navi eingetippt hat. Die Stille zwischen uns ist beinahe unerträglich, ich ringe nach den richtigen Worten, doch sie wollen mir nicht einfallen. Wir sind fast bei mir zu Hause angekommen, da bringe ich endlich den ersten Satz heraus: »Das mit dem Reden hast du auch nicht so gut drauf, oder?« *Noch ein Punkt, in dem wir uns ähneln*, füge ich in Gedanken hinzu.

Er trägt es mit Humor. Ich sehe in seinem Profil, wie seine

Mundwinkel nach oben wandern. Als er kurz darauf die Zündung ausmacht, ist es mit meiner Selbstbeherrschung vorbei. Wir halten direkt vor unserem Haus. Panik überkommt mich. Ich muss mit ihm reden und mir läuft die Zeit davon.

Nicolas wendet sich mir zu, zieht dann die Lippen zwischen die Zähne und sieht mich einfach nur an, bis es mir unangenehm wird.

»Was?«, wehre ich mich dagegen, und er blinzelt, als wäre plötzlich ein Bann gebrochen. Dann verzieht er das Gesicht und beginnt tatsächlich zu reden.

»Ich habe dir schon einmal gesagt, dass da zwischen uns irgendetwas ist. Aber das ist nicht alles, Hailey.«

Ich sehe ihn erwartungsvoll an.

»Ich will nicht, dass du mich für verrückt hältst, okay?«

Er spricht nicht weiter, bis ich den Kopf schüttle. Ich habe ganz sicher kein Recht, jemand anderen für verrückt zu halten.

Nicolas räuspert sich mehrmals. Es ist ihm sichtlich unangenehm, das Nachfolgende auszusprechen.

»Ich habe immer wieder solche Träume«, beginnt er, gerät ins Stocken, atmet dann aber mehrmals tief durch und fährt fort. »Das eine Mal handeln sie von einem Flugzeugabsturz, das andere Mal von einer endlosen Wüste, das andere Mal von … uns. Ich sehe immer wieder, wie wir uns küssen, wobei es mir keinesfalls unangebracht oder seltsam vorkommt, sondern eher wie … selbstverständlich. Ein Teil von mir glaubt, dich schon ewig zu kennen, Hailey, und ich möchte es einfach nur verstehen. Doch immer, wenn ich versuche, das Puzzle zusammenzusetzen, fehlt mir ein Teil, das ich bereits an der richtigen Stelle vermutet habe.« Verzweifelt fährt seine Hand durch die Luft und fällt dann resigniert und abrupt zurück auf seinen Schoß. »Ich kann die Wahrheit einfach nicht greifen.«

Ich verstehe ihn. Ich verstehe ihn so gut. »Mir geht es genauso«, flüstere ich leise und erzähle ihm alles. Von jeder seltsamen Situation, die andere seltsame Situationen noch übertrifft. Nicolas lacht nicht, als ich ihm von den Blackouts berichte oder von den so schnell wechselnden Emotionen, die wie aus dem Nichts kommen. Ich rede wie ein Wasserfall, hole kaum Luft, weil es einfach nur guttut, das alles endlich loszuwerden.

Entgegen meinem ersten Eindruck von ihm ist Nicolas alles andere als arrogant oder oberflächlich. Er ist ein wundervoller Zuhörer, gibt mir das Gefühl, dass er sich voll und ganz auf meine Worte konzentriert und alles nachempfinden kann, was in mir vorgeht. Mit jedem Satz, der mir immer leichter über die Lippen kommt, fühle ich mich ihm näher. Irgendwann spüre ich seine Hand auf meiner.

Ich sehe kurz hinab, dann wieder in seine grünen Augen. »Es fühlt sich richtig an, nicht wahr?«, flüstert er, und ich nicke zustimmend, wobei ich das leise Grummeln tief in mir ignoriere. Das viel deutlichere Gefühl ist Zustimmung.

Es muss so sein.

So sollte es immer sein.

Er und ich.

Die Sätze kreisen in meinem Kopf umher, ziehen immer engere Bahnen, während wir uns über die Mittelkonsole hinweg immer näher kommen. Er ist derjenige, der mich versteht, der mir seine Geschichte erzählt hat, damit ich mich besser und nicht allein fühle. Wenn man einmal unter die arrogante Hülle geschaut hat, ist er mehr als nur liebenswert.

Unsere Lippen berühren sich. Der Kuss überrumpelt mich nicht wie der im Klassenraum. Er ist zart, nicht drängend, gleicht eher einer vorsichtigen Bitte als einem Besitzanspruch. Auch wenn ich es bei unserem ersten Kennenlernen nie gedacht hätte, kann ich jetzt mit Sicherheit sagen, dass ich mich in Nicolas du Roi verlieben könnte, vielleicht schon …

Doch der Kuss wird jäh von meinem Aufstöhnen unterbrochen. Der Schmerz in meinem Kopf sorgt einen Moment lang für blitzende Funken vor meinen Augen, die die Sicht verschwimmen lassen. Ich atme tief durch, während Nicolas' Worte langsam zu mir durchdringen. »Ich wollte dich nicht schon wieder überrumpeln«, stammelt er. Ich kann nicht antworten. Würde ich den Mund öffnen, käme nur ein Schrei heraus. Daher presse ich fest die Zähne zusammen und hoffe, dass der Schmerz gleich abebbt.

Nicolas schlägt auf das Lenkrad ein.

»Nicht!«, stoße ich hervor. »Alles … okay.«

Ich will nicht, dass er denkt, er hätte etwas falsch gemacht, und versuche mich an einem Lächeln, das gnadenlos misslingt. Doch mein Blick fällt auf Nicolas' Hosentasche, die leuchtet, als wäre sein Handy an. Ich deute darauf. Sein irritierter Blick folgt meinem Fingerzeig und mit einem Stirnrunzeln zieht er den Stein aus der Tasche.

Das Leuchten ist um einiges stärker als in der Mittagspause und wir beide starren wie gebannt auf das seltsame Artefakt der Ausstellung. Wie von selbst hebt sich meine Hand und will den Stein berühren. Der Schmerz ist verklungen, oder ich bin zu sehr abgelenkt, um ihn zu registrieren.

Wie in Trance strecke ich meine Hand nach dem Stein aus und Nicolas legt ihn vorsichtig auf meine Handfläche. Bei der Berührung schreie ich laut auf. Mein Puls rast, ich lechze nach Luft und kann doch nicht atmen. Ich will den Stein von mir werfen, schüttle mich, doch ich schaffe es nicht loszulassen. Meine Hand ballt sich gegen meinen Willen um das Leuchten und Tränen rinnen meine Wangen hinab.

Nicolas ist völlig hilflos, versucht verzweifelt, mich festzuhalten und zu beruhigen. Der Stein leuchtet mittlerweile hell wie die Sonne, und ich bin froh, dass ich mein Gesicht an Nicolas' Brust verbergen kann. Er umarmt mich, drückt mich eng an sich, während die Schmerzen ihren Höhepunkt erreichen. Im selben Moment wird es dunkel im Auto und dennoch sehe ich klarer als je zuvor.

Ich stöhne auf. Ob vor Erleichterung oder aufgrund des Schocks über die Erkenntnis, vermag ich nicht zu sagen.

In meinem Nacken spüre ich die Insignie, die sich eben aus meiner Haut schiebt, und die Magie des Diĝirs ist allgegenwärtig. Es gleicht in keiner Weise dem leeren Gefühl meiner eigentlichen Initiation. Die Gegenwart der Magie bringt die Luft zum Erbeben und ich könnte tanzen vor Freude!

Doch das Glücksgefühl darüber verpufft sofort, als mir klar wird, in wessen Umarmung ich mich befinde. Mein Herzschlag setzt aus, ich weiche immer weiter zurück, mein Rücken drückt sich gegen die Beifahrertür.

Ich will ihn anschreien, ihm vorwerfen, welch mieses Spiel er mit mir gespielt hat … Doch mit einem Blick in Dantes grüne Augen frage ich mich, ob er überhaupt weiß, wer wir wirklich sind. Seine grünen Augen folgen jeder meiner Bewegungen. Er sieht ängstlich aus, ebenso durcheinander, wie ich mich fühle.

Panisch fasse ich an die Stelle, an der sich Riaz' Symbol unter meiner Haut befinden muss. Doch anstatt mich mit dem Gedanken an ihn zu beruhigen, brennt sich das Bild von Riaz und Yasmeen in meinen Kopf fest, die sich auf der Party eng umschlungen küssen.

Ich reiße am Türöffner, stolpere nach draußen und übergebe mich. Ich höre, wie sich Dantes Tür öffnet, doch ich stürze davon. In das Zuhause, das ich seit unserer Ankunft auf der Erde bewohne, nachdem man uns alle getäuscht hat.

Kurz zögere ich, hole tief Luft, um mich gegen die Person zu wappnen, die sich vermutlich jenseits der Tür aufhält, weil sie sich hier in Summit als mein Vater ausgibt, und mit der ich fröhlich Pancakes gefrühstückt habe: Dantes Vater, General Leemal.

Teil 2

23

Summit – Arizona, 19. Juni

Mein Name ist Akasha. Ich bin die Prinzessin von Heliopolis und habe in den letzten Wochen ein fremdes Leben gelebt, in einer mir fremden Welt, die so anders ist, als es uns erzählt wurde. Eiseskälte kriecht in meinen Nacken und ich erschaudere. Das Heulen von Nicolas' – nein, Dantes! – Wagen dringt an mein Ohr, ehe er mit dröhnendem Motor davonrauscht. Ich kann mich jetzt nicht darum kümmern. Stolpernd betrete ich das Haus. Es ist überall dunkel, anscheinend ist Leemal nicht da. Erleichterung überkommt mich, ich muss erst noch alles für mich sortieren, ehe ich mich mit den anderen auseinandersetzen kann.

Was genau ist heute mit mir passiert?

Ich streife meine Jacke ab und hänge sie an einen der Haken neben der Tür. Auf dem kleinen Schrank steht ein Bilderrahmen. Das Bild zeigt Dad, Leyla und Hailey vor dem neuen Haus. Der Start in einen neuen Lebensabschnitt nach dem Tod der Frau, die meine Mutter sein sollte. Ein spontanes Selfie mit Leylas – Yasmeens! – Handy. Ich starre das Bild an, mein Blick verschwimmt, und ich sehe nur noch mein Spiegelbild im Glas, bis ich blinzelnd wieder das Foto fixieren kann. Es dürfte kein gemeinsames Foto von uns existieren. Doch ich kenne die Erde mittlerweile, die atemberaubende Technik, den Fortschritt, der ganz ohne Magie erreicht wurde. Es sind Fotomontagen, der dazugehörige Moment existierte nie. Langsam gehe ich den Flur entlang, meine Finger gleiten über die Fotos von Leyla und mir. Kinderbilder von der sechsjährigen Hailey bei ihrer Einschulung, der neunjährigen Leyla bei einem Ausflug, Leyla und ich im Feriencamp. Aber wir sehen anders aus, als ich uns in dem Alter in Erinnerung habe. Auf Heliopolis existiert diese Art von Abbildern nicht. Sie müssen nach unserer Ankunft hier entstanden sein. Alle *Erinnerungen* an Haileys Leben existieren nur in meinem Kopf – und in dem von Leyla. Die Bilder sind die Erdversion der Täuschung, wie sie mir am Abend des Abschlussballes auferlegt wurde. Deshalb konnte ich mich kaum an die Eltern meines *besten Freundes* erinnern – sie wurden vermutlich niemals realitätsnah in unsere Köpfe gepflanzt. Riaz könnte tatsächlich allein in dem großen Haus untergebracht worden sein.

Fast allein, korrigiere ich in Gedanken, als ich mich an die stets fürsorgliche Haushälterin Lizzy erinnere, die ich von der Überfahrt als Formwandlerin Elizaa kenne. Ob sie ebenso getäuscht wurde wie wir? Wenn nicht einmal Dante die Wahrheit kennt … Oder doch? Mein Nacken beginnt zu kribbeln, meine Knie geben nach, und ich stolpere in die Küche, um mir ein Glas Wasser einzuschenken. Hastig trinke ich die ersten Schlucke, als hinge mein Überleben davon ab.

Auf der Erde sagt man, dass kurz vor dem Tod Bilder des eigenen Lebens vorbeiziehen. Wenn das wahr ist, sterbe ich gerade. Bild für Bild rauscht an mir vorbei. Etwas ist mit mir in Dantes Wagen geschehen. Meine Magie ist erwacht. Magie, die auf der Erde gar nicht existieren dürfte. Davor …

Dante. Ich habe ihn geküsst, aus eigenem Wunsch. Der süße Kuss gleicht nun einem Déjà-vu meiner letzten Nacht auf Heliopolis. Ich wurde wieder getäuscht. Hat er es gewusst? Der Stein, den wir unter den Ausstellungsstücken gefunden haben ... *Er* hat ihn entdeckt und mich darauf hingewiesen.

Die Worte meines Vaters kommen mir wieder ins Bewusstsein: »*Wir wissen nicht genau, in welches Äußere sich der Zwilling hüllen wird.*«

Hat Dante den Zwilling? Warum sind wir dann noch hier und nicht auf dem Weg zurück nach Heliopolis, um die Letzte Stadt zu schützen?

Ich ordne den mir bekannten Besatzungsmitgliedern ihr Leben auf der Erde zu. Mit einem Mal wird mir klar, warum sich Mr Vance so gut mit Dad versteht, warum sie sich benommen haben, als würden sie sich schon lange kennen. Mein Onkel Mazen hat bis auf das eine Mal, als er Riaz als Retter an Bord gelobt hat, nie gegen Leemal aufbegehrt, hat sogar meine Mutter, seine eigene Schwester, verraten. Ihn als unseren Lehrer auszugeben, um uns auch in der Schule zu überwachen, war klug. Wenn ich an die Blicke zwischen Mazen und Leemal nach meinem Aussetzer im Museum denke, unterliegt Mazen keiner Täuschung, sondern weiß, wer wir wirklich sind. Ich denke an meine *Träume* und die Aussetzer. Wieder und wieder hat mir mein Unterbewusstsein versucht zu sagen, dass Haileys Leben eine Lüge ist. Der Traum von dem Raum mit Rauch. Etwas ist bei der Landung schiefgelaufen. Der Kampf, Riaz' regloser Körper auf mir. Dann ein kurzes Nichts, ehe ich versucht habe, ins Freie zu kommen ... Dort endet Akashas Wissen.

Was ist mit Malak? Wen hat man ihm zur Überwachung an die Seite gestellt?

Die Fragen in meinem Kopf bringen ihn beinahe zum Platzen. Schnell gieße ich mir ein weiteres Glas Wasser ein und nehme es mit nach oben in mein Zimmer, das ebenso voller gefälschter Erinnerungen ist. Das Gegenteil meines Zimmers im Palast. Die vielen Fotos von Jared und mir und auch die mit Leyla oder Kyle bedeuten mir nichts. Ich weiß, was Hailey damit assoziiert, welche wundervollen Momente sie damit verbindet, doch für mich sind die Personen auf den Bildern Fremde.

Die magische Kraft, die für eine solch immense Täuschung notwendig ist, muss selbst die meines Vaters übersteigen. Woher kommt sie, wo die Magie hier auf der Erde doch versiegt ist? Und warum ist es mir auf einmal möglich, sie zu durchbrechen?

Als hätte eine höhere Macht nur auf meine Frage gewartet, prickelt mein Nacken, und meine Finger gleiten über den Kreis meiner Insignie. Ich haste zum Badezimmer, versuche, mithilfe des kleinen weißen Handspiegels einen Blick auf sie zu werfen. In Dantes Auto ist etwas damit passiert, ich habe es deutlich gespürt. Noch während ich meine Haare zur Seite streiche, verpufft die Hoffnung, die sich ungewollt in mir geregt hat, und weicht bitterer Enttäuschung. Der leere Kreis verhöhnt mich, und ich wünsche mir von ganzem Herzen, das Zeichen nicht mehr sehen zu müssen.

Das Bild im Spiegel verschwimmt, ich blinzle mehrmals, weil ich den Blick klären will. Es gelingt mir, und dennoch zweifle ich wieder einmal an meinem Verstand, denn kurz bevor der Griff des Handspiegels weich wie Gummi wird und ich ihn vor Schreck fallen lasse, glaube ich tatsächlich, die Doppelspirale des Hauses Nut in dem verhassten leeren Kreis zu sehen.

Mein »Nein!« hallt von den Fliesen des Badezimmers wider. Der Spiegel berührt schon fast den Boden, ich sehe bereits Tausende winziger Glassplitter das Licht reflektieren. Aber kurz vor dem Aufprall bleibt er mitten in der Luft hängen. Ich halte die Luft an, starre ungläubig auf den deformierten Handspiegel hinab und weiß nicht, was ich tun soll. Die Zeit steht still – und das ist keine Redewendung. Ich denke an die Vorführung beim Abschiedsball des Hauses Osiris, an den Vogel, der mal in Zeitlupe, mal in übernatürlicher Geschwindigkeit umherflatterte, an das Spiel mit der Zeit.

Mein Puls rast, der Schreck übertrifft die Panik in mir und mir entfährt ein kurzer Schrei. Ich greife nach dem Spiegel. Sein Griff ist fest wie zuvor. Ich lege ihn auf die Ablage. Vielleicht ist mein Geist noch immer verwirrt. Ich habe jetzt keine Energie, darüber nachzudenken. Nicht wenn das Fundament meines Lebens wieder einmal erschüttert wurde.

Ich führe seit etlichen Tagen – oder sogar Wochen? – ein normales Leben zwischen so vielen Erdmenschen – und bislang hat niemand versucht, mich anzugreifen oder zu töten.

Vielleicht abgesehen von den Kriegern, die uns draußen beim Totempfahl überfallen haben. Erst jetzt erinnere ich mich wieder an alles. An die Frau, die uns gerettet hat, an Mazen, der immer aufgetaucht ist, wenn irgendetwas geschah.

All die Fragen in meinem Kopf schweben unter einem großen Warum. Wir hatten eine Aufgabe auf der Erde. Wir sollten den Zwilling des Diĝirs finden, ehe die Magie in unserer Welt komplett schwindet. Wurden wir etwa alle getäuscht? Gibt es auf der Erde vielleicht doch noch Magie? Mächtiger noch, als ich sie von zu Hause kenne? Wusste Dante, dass wir den Zwilling gefunden haben, ehe mein Onkel –

Mr Vance – uns im Klassenraum aufgespürt hat? Er hätte Mazen sagen können, dass unsere Mission beendet ist, unser Ziel erreicht.

Wer sagt mir, dass er und Dante nicht ebenfalls auf diese fremde Magie hereingefallen sind? Auf dem Schiff haben beide gegen Leemal aufbegehrt. Ist das die Strafe dafür? Weiß Leemal irgendetwas über den Zwilling? Oder kann ich Haileys *Vater* nicht finden, weil Leemal bereits auf der Reise zurück nach Heliopolis ist und uns alle zurückgelassen hat?

Ich lasse mich auf mein Bett fallen, mein Kopf ist schwer wie nie zuvor. Ich muss wissen, ob die anderen sich ebenfalls erinnern können, zumindest in Bruchstücken. Dante konnte sich aus irgendeinem Grund ebenfalls zeitweise zur Wehr setzen, wer sagt mir, dass Riaz es nicht ebenfalls kann?

Unten schließt jemand die Haustür auf, ich höre an dem Klimpern, mit dem der Schlüssel auf das Sideboard fällt, dass es Leemal ist. Er ist also noch nicht auf dem Weg nach Heliopolis. Demnach weiß er nichts von dem Stein, den Nicolas – Dante – und ich gefunden haben. Dante hat seinem Vater nichts erzählt. Ich muss mit ihm sprechen, muss herausfinden, was er weiß – und was meine Freunde wissen.

Schritte auf dem Flur, das leise Knarren der Treppenstufen. Schnell ziehe ich mir die Bettdecke über den Körper. Um das Licht zu löschen, ist es zu spät. Leemal hat es sicher von außen gesehen. Trotzdem stelle ich mich schlafend, versuche, entspannt und gleichmäßig zu atmen, als seine schweren Schritte lauter werden. Meine Tür öffnet sich. Leemals Atemzüge klingen für mich ohrenbetäubend laut. Mein ganzer Körper verkrampft sich, ich bemühe mich, nicht die Luft vor Anspannung anzuhalten.

Das Licht geht aus, Leemal verlässt mein Zimmer und

schließt die Tür. Vor Erleichterung sacke ich in mich zusammen und eine bleierne Müdigkeit zerrt mit einer enormen Kraft an meinen Lidern. Es dauert keine Minute, bis ich ihr erliege.

»Steh schon auf, es ist fast Mittag!« Jemand rüttelt an meiner Schulter und schlaftrunken öffne ich die Augen.

»Heute ist das Spiel und ich will nicht zu spät kommen.«

»Yasmeen?«, blinzle ich verwirrt. Heute sind ihre meist weißen Haare kirschrot. Ihr Gesicht ist ganz nah bei meinem. »Was machst du in meinem Zimmer?« Ich gähne ausgiebig und reibe mir die Augen.

»Sag mal, schläfst du noch?«, erwidert Yasmeen und sieht mich entsetzt an. Jetzt wacht auch mein Gehirn langsam auf und mit einem Schlag setzt die Erinnerung an den gestrigen Tag wieder ein. Oder war alles nur ein Traum? Ein Albtraum. Ich bin auf der Erde, wir wurden getäuscht, und ich wohne mit Yasmeen und General Leemal in einem Haus.

»Komm schon, Jared wäre enttäuscht, wenn du nicht bei seinem Spiel dabei wärst.« Yasmeen zerrt an meinem Arm. *Jared.* Riaz. Yasmeen und er sind ein Paar. Ich habe sie gemeinsam in seinem Bett erwischt, dachte, es wäre dieses fremde Mädchen. Sie waren … intim. Jetzt erst fällt mir auf, wie sehr jenes Mädchen mir äußerlich ähnelt. Ich habe gewusst, dass Leyla nicht zu Jared gehört, sondern dass *ich* an ihrer Stelle hätte sein sollen.

Ich schlucke den bitteren Geschmack im Mund hinunter. Ich habe nicht geträumt. Ich bin wirklich auf der Erde, lebe ein falsches Leben zwischen den Erdmenschen. Ebenso wie meine Freunde. Ich habe mich zu Dante hingezogen gefühlt. Er ist der Einzige, der … mich verstanden hat.

Yasmeen erhebt sich und tritt einen Schritt zurück, als ich mich hastig aufsetze, geht zum Fenster und reißt die Vorhänge zur Seite. Licht sprenkelt den Fußboden.

»Wir müssen reden«, sage ich ernst.

Sie verdreht nur die Augen. »Nicht schon wieder«, seufzt sie, öffnet mein anderes Fenster, und ich grüble darüber nach, was sie meint. »Außerdem haben wir jetzt keine Zeit. Zieh dich an. Heute ist der Neunzehnte. Du weißt, was das heißt.« Sie macht eine kurze Tanzbewegung. »Kein Unterricht, sondern Jareds großes Spiel.« Das letzte Wort singt sie, was Yasmeen niemals tun würde. Daher lache ich tatsächlich, bis sich das Gesagte setzt.

»Der Neunzehnte?« Gestern war der Siebzehnte, das kann nicht sein. Ich angle nach meinem Handy und kann nicht glauben, was ich auf meinem Display lese. Es ist der 19. Juni. Mir fehlt ein ganzer Tag, und ich habe nicht die geringste Ahnung, was geschehen ist, nachdem ich endlich wieder wusste, wer ich bin. »War gestern nicht die Party bei Shawnie?«, frage ich Yasmeen, und sie verdreht nur die Augen.

»Bist du morgens verpeilt! Wach endlich auf, Hailey!« Yasmeen schreit so laut, dass meine Ohren schmerzen. Wenn es doch nur ein Traum wäre. Wie kann ich *sie* nur aufwecken? Ich brauche meine beste Freundin, um nach einer Lösung zu suchen. Nicht nur Yasmeen, auch Riaz und Malak.

Ich schiebe meine Beine vom Bett, strecke mich und stehe auf. Yasmeen springt hoch. »Ich mache uns Frühstück. Jared und Kyle kommen auch.« Beschwingt und fröhlich wie zuletzt, als wir kleine Kinder waren, hüpft sie zur Tür.

Sie ist glücklich, geht es mir durch den Kopf, als ich mich anziehe. All die Verbitterung, die Wut auf die hohen Häuser, ist verschwunden.

Nachdenklich öffne ich die Tür zu meinem Badezimmer. Sofort fliegt mein Blick zum Handspiegel auf der Ablage. Habe ich das alles nur geträumt? Und warum denkt Yasmeen, dass heute Freitag ist und wir zu einem Spiel müssen?

Erst beim Zähneputzen wird mir klar, was für ein Spiel sie meint. Unten am Tisch wird mein Wissen bestätigt. Yasmeen, Riaz und Malak sitzen rund um einen Berg Pancakes. Yasmeen trägt ein blaues, viel zu großes Football-Shirt mit einer Acht darauf und dem Namen Matthew darüber. Riaz' Shirt. Die Eifersucht krallt sich in meine Eingeweide, als ich verstehe, was die Geste hier auf der Erde bedeutet. Die feste Freundin trägt immer das Shirt ihres Freundes.

»Du bist heute Morgen ja ein richtiger Sonnenschein«, neckt mich Riaz, und seine Augen funkeln verschmitzt. Ein mir so vertrauter Anblick, dass sich mein Herz kurz verkrampft.

Yasmeen schiebt einen Teller Pancakes zu mir und schenkt mir Kaffee ein. Ich frage mich, warum noch niemand dieses Getränk von den Expeditionen mit nach Heliopolis gebracht hat und es dort ebenso kultiviert wird.

Ich seufze, als die ersten belebenden Schlucke meine Kehle hinabrinnen.

»So, jetzt ist sie gleich wieder die Alte«, sagt Yasmeen mit einem Lachen. Sie reden über das Spiel, aber ich höre nur mit einem Ohr zu. Riaz ist *Tight End* und, wie Hailey weiß, ein sehr guter. Hat er durch die Täuschung auch gelernt, Football zu spielen? Welch übermenschliche Macht muss hier gewirkt werden? In Heliopolis kannte ich all die Dinge nicht, die für die Erdenmenschen wichtig sind. Ich wusste nicht, was Football ist, kannte keine Automobile oder Computer. Man hatte uns beigebracht, dass es Schulen gibt, aber keinesfalls kannte ich ihre genauen Bezeichnungen oder wusste, wie ich mich unauffällig unter die Menschen mische oder wie man ein Smartphone benutzt. All das Wissen kam aus dem Nichts.

Doch im Gegensatz zu mir scheint niemand am Tisch verwirrt darüber. Sie plaudern, während sie Pancakes in sich hineinstopfen und Kaffee trinken. Ein Frühstück, wie es Hailey anscheinend vor einem Spiel gewohnt ist. Es ist eindeutig, dass Riaz, Yasmeen und Malak noch immer getäuscht werden und lediglich ich den Bann brechen konnte. Nur wie kann ich das wiederholen? Wie kann ich den anderen die Augen öffnen?

Riaz und Malak verabschieden sich. Ihren Worten habe ich entnommen, dass Malak – vielleicht um *Leyla* zu beeindrucken – ebenfalls dem Team beitreten möchte. Daher will er gemeinsam mit Riaz schon vorher dort sein.

Als die Jungen weg sind, versuche ich noch einmal, mit Yasmeen zu sprechen.

»Yasmeen?«, spreche ich sie an, doch sie reagiert nicht darauf. »Ich muss dringend mit dir sprechen. Es ist wichtig.«

Seufzend wendet sie sich um. Ihrem Gesicht sehe ich an, dass sie gerade lieber den Tisch weiter abräumen würde, als mit mir zu reden.

»Weißt du noch, wie du und Malak in Heliopolis …«, beginne ich, doch sie unterbricht mich.

»Nicht schon wieder, Hailey.« Yasmeen schnaubt und verdreht die Augen, schnappt dann die Teller und bringt sie rüber zur Spülmaschine. So häuslich habe ich meine Freundin auf Heliopolis nie gesehen. Die kriegerische Yasmeen gefällt mir besser. »Du solltest endlich lernen, deine Träume und die Realität zu unterscheiden.«

Ich habe gehofft, dass eine einfache Erinnerung an ihre wahre Identität, der Name Malak oder die Erwähnung von Heliopolis den Bann brechen können. Doch es scheint eher so, als würde sie sich davor noch mehr verschließen.

Ohne ein weiteres Wort zu verlieren, helfe ich ihr beim Aufräumen, und anschließend machen wir uns zu Fuß auf den Weg zur Schule und folgen den Schülergruppen zu dem großen Spielfeld, das an die Turnhalle grenzt.

Das kleine Stadion gleicht mit seinen vielen Sitzreihen dem Amphitheater in Heliopolis, in dem Riaz mir den Antrag gemacht und mir gezeigt hat, dass er immer auf meiner Seite stehen würde. Und nun hat er eine Beziehung mit meiner besten Freundin. Ich muss sie aus diesem falschen Leben befreien!

Könnte mir vielleicht der Zwilling dabei helfen?

Die Sitzreihen sind bereits gut gefüllt, die Farben Blau und Gelb dominieren, und ich muss mir immer wieder verdeutlichen, dass es sich dabei nicht um die Häuser Nut und Osiris handelt. Doch wären die Zeithüter anwesend, wäre die enorme Geräuschkulisse durch all das Geplauder und die Rufe der Schüler sicher erträglicher.

Yasmeen zieht mich zu einer Sitzreihe. Unterwegs treffe ich einige Mitschüler. Die meisten von ihnen sind in Blau gekleidet wie Yasmeen, der Farbe unserer Schule. Die gelb gekleideten Menschen sind die Anhänger der gegnerischen Mannschaft. Malak hat uns zwei Plätze freigehalten. Zu meiner Verwunderung sitzt Dante direkt neben ihm. Malak überlässt mir seinen Platz und setzt sich zwischen Yasmeen und mich.

Ich kann Dante nicht in die Augen sehen und starre stur auf den Rasen, auf dem sich die Spieler gerade aufwärmen.

Wann immer ich ihm verstohlene Blicke zuwerfe, verzieht er grimmig das Gesicht. Weiß er, was gestern – oder wann auch immer – passiert ist? Er konnte wie ich immer wieder durch die Täuschung hindurchsehen. Weiß er auch, dass er im Besitz des Zwillings ist? Dass er Dante Letos und nicht Nicolas du Roi ist? Ich verdränge meine Gewissensbisse Riaz gegenüber, hole tief Luft und wende mich ihm zu, damit ich mit ihm darüber sprechen kann. Ich habe gerade den Mund aufgemacht, da kommt er mir zuvor.

»Ich hätte nicht gedacht, dass du Footballfan bist«, höre ich ihn sagen, und verwirrt halte ich inne. Wir haben uns geküsst, ich bin, nachdem ich schreiend den Zwilling von mir geworfen habe, aus seinem Auto gesprungen und davongerannt, und er will mit mir über Football reden?

»Yas... Leyla hat mich mitgeschleppt«, sage ich, völlig aus dem Konzept gebracht, und denke darüber nach, wie ich ihn nach dem Aufenthaltsort des Zwillings fragen könnte.

»Ich mache mir auch nichts aus Football. Quarterback, Halfback, Defensive Tackle, Receiver ... Das gehört für mich in eine andere Welt.« Dante rückt immer näher zu mir, damit wir uns nicht brüllend unterhalten müssen. Instinktiv will ich zurückweichen, als seine Haare kurz meine Stirn streifen, doch ich halte mich zurück.

»Für was interessierst du dich dann?« Vielleicht könnte ich das Gespräch so in die gewünschte Richtung lenken.

»Musik.« Sein Ton ist schwärmerisch und seine Freude ist beinahe mit Händen greifbar.

Beinahe hätte ich aufgelacht. Wie kann dieser Junge vor mir derselbe sein, der uns so oft verraten hat, der sich mit seinem arroganten Gehabe nur auf seine Stellung berief und dadurch dafür gesorgt hat, dass man ihn hassen musste? Dass ich ihn gehasst habe? Aus ihm hat das Leben auf der Erde definitiv einen besseren Menschen gemacht. Was, wenn er den Bann brechen würde? Ich würde so gerne mit ihm darüber reden, ihn fragen, ob er sich noch daran erinnert, mich heimgefahren zu haben. Aber was, wenn ich ihn damit wieder zu jenem Widerling mache, der er all die letzten Jahre war? Zuletzt habe ich geglaubt, mich in Nicolas verlieben zu können, vielleicht habe ich ja sogar schon damit begonnen. Und das, obwohl mein Herz schon seit langer Zeit Riaz gehört. Doch als Nicolas hat Dante es geschafft, einen Teil davon an sich zu reißen. Die Gewissensbisse drohen mich zu zerreißen. Ebenso die Enttäuschung, die sich wider besseres Wissen in mir einnistet, wann immer ich auch nur an Yasmeen denke.

In meinem Herzen herrscht Aufruhr. Ich habe mich auf diese Reise begeben, um den Zwilling nach Heliopolis zurückzubringen, damit Ehre zu erlangen, um mich offiziell mit Riaz vermählen zu können. Wir hatten so viele Pläne, Ziele, und die Expedition sollte ein Schritt sein, diese zu verwirklichen. Doch nie zuvor bin ich weiter davon entfernt gewesen als in diesem Moment.

24

Summmit – Arizona, 19. Juni

Ein Mitschüler aus der Reihe vor uns wendet sich Dante zu und fragt ihn nach seinem Auto aus. Das Gespräch ist so banal und … unnötig, dass ich mir immer sicherer werde, dass Dante wirklich glaubt, er sei Nicolas. Der Dante, den ich kenne, hätte sich schon lange überheblich abgewendet, doch stattdessen gehen die beiden lachend davon, und meine Gelegenheit, ihn auf den Zwilling anzusprechen, ist verpufft.

Stattdessen folge ich wie gebannt dem Jungen mit der Nummer acht. Immer wieder springen unsere Mitschüler auf und brechen in Jubel aus, ich versuche es ihnen gleichzutun, doch ich bin zu sehr in Gedanken. Jedes Mal, wenn Riaz dort unten dann von seinen Mitspielern anerkennend abgeklatscht wird, wird mir von innen ganz warm, und Stolz erfüllt mich. Yasmeen spiegelt meine Gefühle, was mich wiederum zerreißt.

Heute Morgen hat sie mir wieder einen Aussetzer vorgeworfen. War dies ein Teil der Täuschung? Hatte jemand – wer auch immer das Trugbild zu verantworten hat – diese Ausrede als Erklärung für meine Behauptungen mit eingeflochten?

Wenn ich Yasmeen, Riaz oder Malak mit der Realität

konfrontiere, werden sie mich für vollkommen verrückt halten. Yasmeen alias meine Schwester wird behaupten, dass ich wieder nur eifersüchtig bin. Ich kann es nicht riskieren, dass Riaz sich als Jared sogar von mir abwendet.

Ich muss Beweise vorlegen, muss versuchen herauszufinden, was wirklich geschehen ist, nachdem ich im Schlafraum des Schiffes kurz aufgewacht bin, Riaz auf mir gelandet ist und von mir weggezerrt wurde, ehe bei meinem nächsten Erwachen alles voller Rauch war. Vielleicht werde ich dann auch wissen, wer die Macht besitzt, uns in ein völlig fremdes Leben zu pflanzen – und warum ausgerechnet ich die Täuschung durchschaue. Ich muss herausfinden, ob Dante den Zwilling noch hat oder ob Leemal bereits herausgefunden hat, dass wir ihn tatsächlich aufgespürt haben.

Einen Plan zu haben, stärkt mich. Ich lasse mich zurücksinken, genieße es, Riaz beim Spielen zuzusehen, und glaube, das Spiel langsam immer besser zu verstehen. Einmal springe ich auf, ohne dass es einen Grund dafür gibt. Peinlich berührt, halte ich mich den Rest des Spieles etwas zurück.

Nach dem Sieg unserer Schule kommt Riaz zu uns, klatscht Malak und Dante ab, schnappt mich und wirbelt mich herum, sodass mir ganz schwindelig wird. Als er mich an sich hinabgleiten lässt, schmiege ich mich an ihn. Riaz' Arme um mich zu spüren, fühlt sich so gewohnt und richtig an, dass ich nicht mehr daran denke, dass er aktuell nicht mein Verlobter ist, nicht einmal mein fester Freund, sondern mit Yasmeen in einer Beziehung ist, meiner *Schwester*. Jemand räuspert sich neben mir. Yasmeen wirft mir finstere Blicke zu.

Während ich mehrmals schlucke und von ihm zurückweiche, stelle ich fest, dass Riaz nicht mehr nach Sandkraut riecht. Wie auch? Die Kapseln hat er zuletzt an Bord des Schiffes hergestellt und er kann hier auf der Erde keine Magie wirken. Ich kann nicht mit Bestimmtheit sagen, wie lange das her ist, aber definitiv lange genug, um den Duft des Magieauswuchses komplett aus seinem Kreislauf zu entfernen.

Der nächste Gedanke rauscht wie ein Sandderwisch auf mich zu. Die Minzpflanze! Deshalb hat sie mich die letzte Zeit über verfolgt. Die unscheinbare Pflanze, die unter den Erdmenschen als Minze bekannt ist, wächst in Heliopolis als Sandkraut. Ich denke an all die Momente, in denen mir ihr Geruch – der Geruch nach Magie! – in den Sinn kam – oder der kühlende Geschmack auf der Zunge, der vom Sandkraut herrührt. Draußen beim Totempfahl, in Riaz' Haus, als ich dachte, er würde mit einer anderen … mit mir! … auf seinem Bett liegen anstatt mit Yasmeen. Die Magie, die auf uns alle einwirkt, wenn sich die Täuschung wieder über uns legt.

Zuletzt war der Geruch der Magie präsent, wenn der Zwilling gegenwärtig war. Sofort sehe ich zu Dante hinüber, der gerade auf dem Gang zwischen den Rängen mit einem Mädchen aus unserer Klasse spricht. Er muss meinen Blick spüren, denn seine grünen Augen richten sich auf mich. Er sagt noch kurz etwas zu dem Mädchen und kommt dann zu mir.

Mit jedem Schritt verliert er ein wenig seiner selbstbewussten Haltung, nestelt an der Seitentasche seiner Cargohose herum. Als er dann vor mir steht, ist seine Nervosität greifbar.

»Ich wollte mich bei dir entschuldigen«, sagt er kaum hörbar. Seine Finger zupfen nun nervös am Handgelenk seiner Linken herum. Ich habe Dante noch nie zuvor nervös gesehen. Er war immer die Selbstsicherheit in Person oder wusste dies zumindest nach außen vorzugeben. Ihn nun, halb stammelnd, vor mir zu sehen, entwaffnet mich.

»Ich wollte dich nicht … Ich dachte, du würdest … du spürst …« Er stößt einen zischenden Laut aus, presst gequält die Lippen zusammen und fährt sich durch die Haare.

Noch immer kann ich mir nicht sicher sein, ob er von dem Kuss oder dem Zwilling spricht, ich kann mir ja nicht einmal meiner eigenen Gefühle sicher sein. *Dieser* Dante verwirrt mich. »Was meinst du?«, erwidere ich und stelle mich absichtlich naiv, möge er von mir halten, was er will.

Ich unterdrücke den Instinkt, mich zu wehren, als er nach meinem Handgelenk greift und mich kurzerhand mit sich zieht. Erst ganz oben, wo sich kein einziger Schüler mehr tummelt, hält er an und wendet sich mir zu. Nun wirkt er, als hätte er einen Entschluss gefasst.

»Wir haben uns geküsst, Hailey, dann … Ich wollte dich nicht überrumpeln. Du hättest mit mir sprechen können, musstest nicht …« Er sieht aus, als würde er vor zurückgehaltenen Worten bald platzen.

»Ich muss mich bei dir entschuldigen, Nicolas«, unterbreche ich ihn einfach. »Ich bin einfach ausgestiegen, es tut mir leid, ich war wirklich etwas verwirrt.« Nicolas lächelt mich zutiefst erleichtert an. »Ich … Ich wollte dich wirklich nicht einfach küssen, ohne zu fragen. Aber ich konnte nicht anders.« Die Ernsthaftigkeit in seiner Stimme sorgt für eine Gänsehaut und wie von selbst wiederhole ich meine letzten Gedanken vor dem Kuss. *So sollte es immer sein. Er und ich.* Hastig verdränge ich den Gedanken ebenso wie die aufkommenden Schuldgefühle gegenüber Riaz und erschrecke regelrecht, als Dante nach meiner Hand greift. »Ich würde dich wirklich gerne besser kennenlernen, Hailey.« Der falsche Name reißt mich endgültig in die Realität zurück. Er ist nicht Nicolas. Ich bin nicht Hailey. Nur wie kann ich … Dante scheint meine Unsicherheit zu spüren und ergreift daher die Initiative:

»Was hältst du davon, mir deine Nummer zu geben, und wir schreiben nachher, was wir unternehmen könnten?« Er scheint davon auszugehen, dass mir die Frage peinlich ist. Woher soll er auch von dem Schmerz in meinem Herzen wissen?

Ich schlucke den Kloß in meiner Kehle hinunter und sehe nach oben. In Dantes Augen erkenne ich seine Erleichterung, als ich lächelnd nicke. Er zieht sein Handy aus der Tasche und ich diktiere ihm meine Nummer. Er ruft mich direkt an, und ich will den Kontakt speichern, als mir ein Fehler unterläuft.

»Wer ist Dante?«

Beim Diĝir! Ich habe nicht aufgepasst und ihn unter seinem echten Namen abspeichern wollen. In meinem Kopf gehe ich mehrere mögliche Erklärungen durch, doch keine einzige ergibt Sinn. Wenn ich könnte, würde ich die fünf getippten Buchstaben aus seinem Kopf löschen. Panik erfüllt mich, als ich keine Antwort liefern kann und verzweifelt nach einer Lösung suche. Mein Nacken prickelt bereits, meldet »Gefahr«, doch ich ignoriere es und stammle: »Ich …« Entschuldigend sehe ich zu Dante und zucke mit den Schultern.

»Du weißt nicht, wie man ›Nicolas‹ schreibt? Meine Gegenwart scheint dich zu verwirren.« Dante grinst mich spitzbübisch an und deutet auf mein Display. »NIC«, beginnt er, doch ich höre nicht mehr zu, starre nur auf meinen Bildschirm, auf dem der Cursor mich blinkend auffordert, den ersten Buchstaben des Namens zu tippen. Als hätte an dieser Stelle nicht gerade eben noch »Dante« gestanden.

»Hier steckt ihr.« Hinter uns steht Mr Vance – Mazen – in seinem Traineroutfit, und während ich an das letzte Mal denke, als er uns *erwischt* hat, stößt Dante einen genervten Laut aus. Mazen ignoriert ihn. »Nicolas, ich muss dringend mit Ihnen sprechen. Bitte folgen Sie mir.«

Ich will am liebsten »Nein!« rufen, besinne mich jedoch eines Besseren. Ich weiß nicht, was Mazen weiß – hat er den Zwilling vielleicht gesehen, ehe Dante ihn in seiner Tasche hat verschwinden lassen? Dante versucht, sich herauszureden, aber unser Lehrer bleibt eisern. »Jetzt.« Geschlagen wirft Dante mir noch einen entschuldigenden Blick zu.

Mit dem Gefühl, eine große Chance verpasst zu haben, stehe ich hoch oben im Stadion und blicke Mazen und Dante hinterher. Dante dreht sich noch einmal zu mir um und winkt lächelnd mit dem Handy in seiner Hand, ehe sich die beiden über den oberen Rundgang entfernen und offensichtlich wichtige Dinge zu besprechen haben.

Ich wende mich ab und gehe zu der lang gezogenen Treppe, die zu unseren Sitzplätzen hinabführt, wo Riaz und Yasmeen umringt von unseren Mitschülern stehen, die ihn als Helden feiern.

25

Summit – Arizona, 19. Juni

Ich habe die Einladung, Riaz, Yasmeen und Malak nach dem Spiel ins Café zu begleiten, abgelehnt. Ich kann es nicht ertragen zuzusehen, wie Riaz und Yasmeen sich ständig berühren, sich küssen. Und wie zerrissen Malak ihnen dabei zusieht. Im einen Moment sehnsuchtsvoll, im anderen Moment völlig gleichgültig. Vielleicht lässt sich sein Herz nicht täuschen, fühlt sich noch immer zu Yasmeen hingezogen wie in Heliopolis. Auch die beiden haben allen Widrigkeiten getrotzt und für eine gemeinsame Zukunft gekämpft. Wie Riaz und ich. Und wo sind wir gelandet?

Ich muss erfahren, wer uns in dieses Leben geworfen hat, als wären wir Labortiere. Den ganzen Weg nach Hause und seit ich hier sitze, fliegen meine Gedanken von einem Ereignis zum nächsten. Jemand Allgegenwärtiges scheint ständig in unser Leben einzugreifen, auch als ich versehentlich Dantes Namen in mein Handy getippt habe. Es war, als wäre dieser Moment nicht passiert. Das Gefühl, ständig beobachtet zu werden, zerrt an meinen Nerven. Gegen die Soldaten beim Totempfahl konnte ich ankämpfen – dank Dantes hartem Training auf dem Schiff. Wie aber kann ich mich vor einem unsichtbaren Gegner wappnen und seine Schritte voraussehen? Das Gefühl der Hilflosigkeit, das ich zuletzt nach meiner Initiation gespürt habe, ist erdrückend.

Ich werfe das Sofakissen von mir, das ich eben noch fieberhaft an mich gepresst habe.

»Was hat dir das Kissen denn getan?« Ich fahre herum und sehe durch den Raum in Richtung Küche. Leemal sitzt am Esstisch, als wäre er die ganze Zeit anwesend gewesen. Ich registriere einen Hauch Magie in der Luft. Sofort suche ich nach Veränderungen. Außer Leemal ist niemand im Raum. Mein Blick gleitet durch die Fensterfront in den Garten, und ich glaube, hinter den wild wuchernden Stauden eine dunkle Gestalt verschwinden zu sehen. Die verhüllte Frau! Hat sie dafür gesorgt, dass Leemal wie aus dem Nichts auftauchen konnte, oder war ich nur so sehr in meine Gedanken vertieft, dass ich tatsächlich nicht mitbekommen habe, wie Dad nach Hause kam?

»Hailey? Ist alles in Ordnung mit dir?« Ich glaube tatsächlich, Besorgnis aus Leemals Stimme herauszuhören. Eine Besorgnis, die nun beinahe körperlich greifbar ist. Projiziert er seine Gefühle und will mir damit nur bewusst machen, dass er sich scheinbar sorgt? Besitzt er noch Magie, ein letztes bisschen Macht über Haus Seth? Ich versuche, mich an die Unterrichtsstunden über schwindende Magie bei Expeditionen zu erinnern, doch nie wurde eine genaue Zeitangabe erwähnt, wie lange unsere Gaben genutzt werden können. Es kann auch sein, dass ich nicht aufmerksam genug war. Ich habe nie wirklich erwartet, dass ich jemals die Erde betreten würde. Die Gewissheit, dass Leemal nur vorgibt, Haileys Vater zu sein, und über seine wahre Identität Bescheid weiß, wächst immer weiter.

»Ich …« Ich weiß nicht, was ich sagen soll, daher zucke

ich nur mit den Schultern. Nachdem Leemal an dem Abend kurz zu mir ins Zimmer gesehen und sich vergewissert hat, dass ich da bin, habe ich ihn nicht wiedergesehen. Warum bin ich heute nicht gleich hoch in mein Zimmer, sondern habe mich gedankenverloren ins Wohnzimmer gesetzt?

»Was ärgert dich dann so?« Er deutet mit einer schnellen Kopfbewegung zu dem Sofakissen, das nun verloren auf dem Parkettboden liegt.

Ich überlege, wie ich ihn aus der Reserve locken könnte: »Dieser neue Schüler …« Den Rest des Satzes lasse ich offen.

Sofort habe ich Leemals volle Aufmerksamkeit. Neugierig steht er auf und kommt näher.

Er weiß, dass Nicolas sein Sohn ist!

Doch seine Aussage verwirft meine Schlüsse wieder. »Hat er dich gegen deinen Willen geküsst?« Seine Stimme gleicht einem tiefen Grollen. Er spielt die Vaterrolle sehr überzeugend. Oder unterliegt er ebenfalls der Täuschung?

»Woher weißt du davon?«, frage ich, hoffentlich in dem Tonfall einer ertappten Tochter.

»Dein Lehrer hat mich angerufen. Er hat mir erzählt, dass dieser Nicolas von seiner letzten Schule verwiesen wurde und er ihn deshalb genau im Auge behält. Wenn du mir etwas zu sagen hast, dann kann ich dafür sorgen, dass er …«

Schnell versuche ich, Dante zu verteidigen. »Nein, nein. Das … der Kuss war … okay«, stammle ich und frage mich, welche Vergangenheit Nicolas fälschlicherweise mit sich herumschleppt.

Am liebsten würde ich Leemal zur Rede stellen, ihn fragen, was hier vor sich geht. Aber nach wie vor bin ich mir nicht sicher darüber, was er weiß. Er verzieht keine Miene, nicht der Hauch eines Anzeichens, dass er eingeweiht ist.

»Ich gehe hoch in mein Zimmer«, sage ich und springe auf, um das Gespräch schnellstmöglich zu beenden. Leemal nickt und kehrt zum Esstisch zurück. Ich bin sehr froh darüber, dass er nicht weiter nachhakt.

In meinem Zimmer öffne ich meinen Laptop und bestaune erstmals in vollem Bewusstsein die Technik der Erdmenschen. In den alten Schriften heißt es, dass unsere Magie früher die Antwort auf alles besaß. Die Kommunikatoren, die heute nur noch die Soldaten und die Obersten besitzen, waren damals für jeden zugänglich und müssen ähnlich funktioniert haben wie die Mobiltelefone oder das Gerät, das nun vor mir steht. Ich suche nach lokalen Nachrichten der letzten Wochen, Haileys Wissen hilft mir, ganz natürlich mit dem Laptop umzugehen.

Irgendwo muss es Hinweise über unsere Landung geben. Die Ankunft eines Raumschiffes kann nicht unbemerkt geblieben sein. Nicht einmal in einem kleinen Ort wie Summit, der von einem weiten Nichts umgeben ist, beinahe wie die Welt jenseits der Letzten Stadt. Doch die Nachrichtenseiten berichten von keinerlei außergewöhnlichen Vorfällen.

Bei der Suche nach »Raumschiff« stoße ich auf sehr fantasievolle Berichte, die mit der Wahrheit rein gar nichts zu tun haben. Es sei denn, mein Vater hat über die Impfungen hinaus noch weitere Geheimnisse und es gibt zahlreiche kleinere Schiffe, die der Erde ständig Besuche abstatten, was ich jedoch sofort ausschließe.

Enttäuscht will ich den Laptop schließen, als mir ein Suchergebnis auffällt, das eigentlich gar nichts mit meiner Suche zu tun hat. *Spontane Vermehrung der Mentha* auf einer Seite über die Vegetation Nordamerikas. Ich klicke das Suchergebnis an und überfliege den Bericht.

In Miami wuchert die Mentha, wie der wissenschaftliche Name für Minze lautet, seit einigen Wochen nahezu überall. In Parks, privaten Gärten und in den eigentlich für diese Pflanze viel zu feuchten Everglades, was meiner Meinung nach ein deutliches Zeichen für die gewirkte Magie ist. Doch auch dort finde ich keine Anzeichen für die Landung des Schiffes. Aber in einem solch abgeschiedenen Gebiet hinter den Stadtgrenzen Miamis würde es vielleicht ebenso wenig auffallen wie in der Wüste Arizonas.

Mein Handy vibriert in meiner Tasche und schreckt mich auf.

Wie geht es dir? N., schreibt Dante, und mein Herz macht tatsächlich einen kleinen Freudenhüpfer. Sofort regt sich mein schlechtes Gewissen.

Mir geht es gut. Gehst du heute auch zum Sportlerball? Ich hoffe, dort ein wenig mehr herauszufinden und mich ein wenig von Yasmeen und Riaz abzulenken.

Ich habe eigentlich keine Lust auf Party. :-(

Beim Diĝir! Wie soll ich dann endlich mit ihm in Ruhe reden? Doch dann fällt mir etwas Besseres ein, und die Nachricht ist schnell getippt: *Soll ich dich besuchen kommen?*

Gerne. :-) Wann?, kommt die knappe Antwort. Zusammen mit einer Übermittlung seines Standortes. Dante wohnt nicht weit von Riaz entfernt.

Wie wäre es jetzt? Ich darf die Gelegenheit nicht verstreichen lassen, direkt zum Diĝir zu kommen.

Dann bis gleich. :-)

Hastig kämme ich mir die Haare und eile die Treppe hinab. Leemal scheint nicht mehr da zu sein, was mich sofort erleichtert. Was genau hätte ich ihm denn erzählen sollen?

Auf dem Weg zu Dante gehe ich immer wieder im Kopf

durch, was ich zu ihm sagen könnte. Er weiß mehr als die anderen, das ist sicher. Vielleicht kann er zeitweise durch die Täuschung hindurchsehen wie ich, sich aber nicht endgültig davon lösen. Ich muss herausfinden, was die lichten Momente hervorruft, um auch Riaz und die anderen aus der Täuschung zu holen.

Noch bevor ich einen Plan gefasst habe, komme ich dem roten Punkt auf meinem Handy näher. Hohe Hecken schützen das Anwesen vor tieferen Einblicken. Die bekieste Auffahrt verläuft dazwischen und verliert sich hinter etlichen Büschen. Ein ungutes Gefühl nistet sich in meinem Magen ein, und instinktiv suche ich nach Minzpflanzen, die mir zeigen würden, dass hier starke Magie gewirkt wird. Doch nirgendwo am Wegesrand finde ich den Magieauswuchs.

Ich bin so auf den Boden konzentriert, dass ich erst wieder aufsehe, als der Weg endet und regelmäßigen Pflastersteinen weicht. Das Gebäude stellt Riaz' Wohnhaus bei Weitem in den Schatten. Es gleicht entfernt der Zitadelle von Heliopolis mit seinen vielen Säulen und dem umlaufenden Portikus, in dem sich viele Markthändler vor der Sonne schützen. Ich suche gerade nach dem Eingang, als eine Bewegung neben mir meine Aufmerksamkeit auf sich lenkt.

Dante winkt mir zu und joggt über den gepflegten Rasen hinweg, bis er bei mir zum Stehen kommt. Ich überlege, wie viel Wasser dafür hier in dieser trockenen Gegend verschwendet werden muss. Zu Hause sind Mitglieder des Hauses Tefnut für die Bewässerung zuständig.

»Hi. Schön, dass du da bist.« Er lächelt wieder dieses schüchterne Lächeln. »Ich sitze im Garten. Dort habe ich meine Ruhe«, erklärt er, während er wie von selbst meine Hand nimmt und mich mit sich zieht. Erst möchte ich mich ihm entziehen, doch ich kann es nicht. Zu froh bin ich über den Kontakt, den Rückhalt, den ausgerechnet Dante mir in dieser Welt bietet. Und es ist nur eine Berührung der Hände, rede ich mir ein. Unter Freunden.

Wir biegen um eine weitere akkurat gestutzte Hecke und der Garten weitet sich zu einem Paradies. Ich bleibe stehen, so überwältigt bin ich von dem Bild vor mir, das einem Abbild der Oase von Heliopolis gleicht. Palmen, Sand, glitzerndes Nass, das jeden Sonnenstrahl einfängt.

»So habe ich auch reagiert, als ich das erste Mal nach dem Umzug in den Garten gegangen bin.« Dante lacht auf.

»Es ist ein Traum«, hauche ich, und tiefe Sehnsucht packt mich. Heimweh. Vielleicht werde ich nie wieder nach Hause zurückkehren, die Arbeit der Elementare in den Oasen der Stadt nie wieder bewundern können. *Doch!*, widerspreche ich mir selbst. *Genau deshalb bist du hier. Dante hat den Zwilling!*

»›Traum‹ trifft es gut«, sagt Dante mit einem Nicken. »Ich kannte diesen Ort, noch bevor ich ihn zum ersten Mal gesehen habe. Es war wie ein Déjà-vu.«

»Weißt du denn, woher du ihn kennst?«, versuche ich, ihm etwas zu entlocken.

Dante schüttelt traurig den Kopf. »Leider nicht. Vielleicht von einem Foto, einer Zeitschrift.« Er zuckt mit den Schultern. »Komm mit.«

Er führt mich weiter zu einer kleinen Sitzgruppe mit dicken Polstern, die von getrockneten Palmblättern beschattet wird. Eine Westerngitarre liegt auf einem der vielen breiten Sessel. Das Instrument ähnelt dem *Taar* bei uns zu Hause. Ich habe mich mehrmals daran versucht, ihm vernünftige Klänge zu entlocken, aber mein musikalisches Talent ist leider beschämend. Umso erstaunter bin ich, als Dante meinem Blick folgt und dann zu der Gitarre greift.

»Ich habe vor ein paar Tagen herausgefunden, dass mir die Musik dabei hilft, wieder zu mir selbst zu finden«, erklärt er und schlägt die Saiten an. Das Spiel seiner Finger ist faszinierend, jedoch nichts im Vergleich zum Ausdruck seines Gesichts, als die einzelnen Akkorde zu Melodien werden.

Es scheint mir unmöglich, ein solches Talent mithilfe einer von außen angeregten Täuschung hervorzurufen. Er muss bereits in Heliopolis das *Taar* oder ein anderes Saiteninstrument gespielt haben. Die Erkenntnis überrascht mich. Warum hat Dante darum ein Geheimnis gemacht? Die Emotionalität seines Spiels hätte ihn sofort weniger unnahbar und kühl wirken lassen, menschlicher.

Der letzte Akkord schwebt zwischen uns und Dante blickt auf. Seine grünen Augen schimmern verdächtig, was mich zutiefst berührt. Dante Letos hätte eine solche Zurschaustellung seiner Gefühle nie zugelassen. Ich hätte nicht einmal gedacht, dass er dazu überhaupt in der Lage ist. Verblüfft sehe ich ihn an.

Er räuspert sich und blickt kurz beschämt auf die Gitarre hinab, ehe er sie schnell wieder auf den Platz neben sich legt.

»Ich hätte nicht erwartet, dass du so gut spielst«, sage ich und hoffe, dass er es nicht falsch auffasst. Sein schüchternes Lächeln wärmt mich von innen und sorgt für ein schwebendes Gefühl im Magen.

»Ich wusste es selbst nicht«, sagt er leise und vermeidet es, mich direkt anzusehen. »Letzte Woche bin ich an diesem Musikladen in der Stadt vorbeigekommen und ich musste sie einfach kaufen. Ich habe nie ein Instrument gespielt, aber intuitiv wusste ich, wie ich die Saiten anschlagen muss. Es klingt verrückt.« Nervös schiebt er sich eine Strähne seines dunkelblonden Haares aus der Stirn. Nun bin ich mir sicher, dass er nicht eingeweiht ist.

»Es ist nicht verrückt«, erwidere ich, doch es klingt selbst für mich wie eine Floskel. Dante sieht mich nachdenklich an. Die Falte auf seiner Stirn zeigt mir, dass er wieder versucht, etwas zu greifen, was durch die Täuschung ungreifbar ist.

»Du wirkst irgendwie verändert«, schließt er seine Musterung ab und ringt anschließend um Worte.

Am liebsten hätte ich aufgelacht. Wenn ich ihm nun sagen würde, *wie* sehr ich mich verändert habe – und er ebenso … würde er mich für verrückt halten oder würde es seine Augen öffnen und die Täuschung hinwegbrennen? Ich könnte einen Verbündeten gebrauchen, doch ich habe Angst, dass der alte Dante nicht auf meiner Seite stehen würde.

»Ich entschuldige mich noch einmal für den Kuss. Ich wollte dich nicht überrumpeln, aber es hat sich einfach so … so richtig angefühlt.«

Ich bin so auf seine Worte fixiert, dass ich erst jetzt bemerke, dass er näher gerückt ist und nach meiner Hand greift.

»Hailey, auch wenn wir uns noch nicht lange kennen, weiß ich, dass ich dich brauche. Deine Nähe tut mir gut«, flüstert er, und der beinahe feierliche Unterton in seiner Stimme sorgt für eine Ernsthaftigkeit, die die Luft um uns zum Vibrieren bringt. Er beugt sich weiter vor, und sein Daumen zeichnet wieder die kleinen Kreise auf meinen Handrücken, die für eine Gänsehaut sorgen.

Ich weiß nicht, was ich erwidern soll. Ich hatte es nie mit einem solchen Dante zu tun. Er gibt in so kurzen Momenten mehr von seinem Inneren preis als in den gesamten sechzehn Jahren zuvor. Ich erwische mich beim Gedanken daran, dass dieser Dante eine gute Wahl als Oberhaupt der Letzten Stadt wäre. Ein Regent, der mit seinem Volk fühlt, sich sorgt und mit dem Herzen seiner Arbeit nachgeht.

Doch noch schockierender ist das Bild, das sich daraufhin in meinem Kopf festigt: wir beide als Herrscherpaar. Ganz so, wie es sich mein Vater und Leemal gewünscht haben.

Ich zucke zusammen und weiche so weit wie möglich von Dante zurück. Er kann die Kränkung nicht schnell genug verbergen, sein Gesicht war so kurz vor meinem, dass ein Kuss so unvermeidbar war wie die Dunkelheit nach dem Sonnenuntergang. Mein Herz pocht so laut, dass er es hören muss. Ich kann ihn nicht küssen. Ich liebe Riaz, und ich werde weiterhin um ihn kämpfen, ganz gleich, wie lange dieser Kampf dauern wird. Riaz wird sich wieder erinnern, ebenso wie Dante. Dante wird erkennen, dass er nichts Wahres für mich empfindet, dass alles, was er zu empfinden glaubt, nur auf die Täuschung oder die kurzen Blicke auf etwas Bekanntes zurückzuführen ist. Dass die Gefühle nicht echt sind.

Die Nähe zu diesem tiefgründigeren Dante verwirrt auch mich. Wie er suche ich nach Vertrautem in dieser fremden Welt, nach Rückhalt, vielleicht nach Berührung. Doch ich kann sie nicht von ihm zulassen, wenn mein Herz Riaz gehört. Er ist der Grund dafür, warum ich hier bin – nicht Dante.

»Ich … Ich sollte gehen«, sage ich hastig und springe von meinem Sessel auf und will wie ein Feigling davonrennen. Überrumpelt von dem, was in mir vorgeht und was ich nicht beeinflussen kann. Dass das, was Hailey gedacht hat, auch tief in Akasha zu finden ist. Dass sie sich durchaus in »Nicolas« verlieben könnte. Ich erstarre. Was, wenn Dante doch nur mit mir spielt? Wenn das, was ich für ihn zu empfinden glaube, auf seine Gabe zurückzuführen ist, er mir alles nur vortäuscht? Ich muss nach seiner Insignie sehen!

»Hailey, es tut mir leid.« Das Flehen in seinen Augen berührt mich, vollkommen überzeugend verzweifelt, stützt er seinen Kopf in die Hände und sinkt auf dem Sessel nach vorne. »Ich war selbst so überrascht«, ergänzt er viel leiser. Ich jedoch habe nur Augen für seinen Nacken. Sein hinten kurz geschnittenes Haar lässt keine Zweifel offen und bringt mich doch zum Verzweifeln: Das Om-Symbol des Hauses Seth ist nicht zu sehen.

Meine Gefühle für Dante sind echt.

Nun sieht er über die Schulter zu mir, er wirkt so ... verloren. »Der Kuss war ... ich habe noch nie ähnlich empfunden. Es war, als wäre ich plötzlich erleuchtet.« Er räuspert sich. »Du musst mich für bescheuert halten.«

Ich bringe kein Wort heraus. Soll ich ihn aufklären, ihm sagen, dass er nicht verrückt ist? Nein, ich muss zuerst mit Riaz sprechen. Ich muss herausfinden, wie ich den Schleier der Täuschung von seinen Augen nehme. Langsam bringe ich etwas mehr Abstand zwischen Dante und mich. Er kommentiert es nicht, seine Enttäuschung vermag er jedoch nicht zu verbergen. Ehe ich ihn ablenken oder auf den Zwilling zu sprechen kommen kann, erregt eine Bewegung auf dem Rasen meine Aufmerksamkeit.

Dante sieht ebenfalls auf und seufzt. »Dass die mich auch nie in Ruhe lassen können.«

Ein Mann und eine Frau, schätzungsweise Nicolas' *Eltern*, kommen auf uns zu. Ich erkenne sie nicht, also müssen auch sie wie Mavi und Shawnie normale Menschen sein. Leider heißt das für mich, dass ich demjenigen, der die Täuschung verursacht, keinen Schritt näher gekommen bin.

»Willst du uns nicht vorstellen?«, rügt die Frau Dante, sieht ihn dabei aber mit einem liebevollen Lächeln an. Im Gegensatz zu dem Vater, der ein grimmiges Gesicht zieht und etwas Unverständliches vor sich hin murmelt. Die Frau bringt ihn mit einem kurzen Seitenblick jedoch zum Verstummen.

Dante stellt mich vor, seine Wangen sind tatsächlich leicht gerötet, was mich ganz von selbst lächeln und die Situation kurz zuvor völlig vergessen lässt. Ich fühle mich wohl in Gegenwart von Mrs du Roi, sie ist eine offene Person, die es einem leicht macht, sie zu mögen. Sie zerrt mich beinahe ins Haus, bietet mir Kaffee und Kuchen an, was ich natürlich nicht ablehnen kann. So könnte ein normales Leben aussehen, das Erdenleben von Hailey. Es fühlt sich beinahe zu gut an, sodass ich mich dazu anhalten muss, mir eine neue Taktik auszudenken, während ich die zarte Creme des Kuchens genieße und Mrs du Rois Erzählungen über ihren Sohn folge, ehe wir auf den Sportlerball am Abend zu sprechen kommen. Mrs du Roi entrüstet sich darüber, dass ihr Sohn offenbar keine Lust hat und die Gelegenheit auf ein Date mit einem so wundervollen Mädchen wie mir verstreichen lassen will. Auf ihr Drängen hin verabreden wir uns daher für den Abend.

Als mich Dante dann später zur Tür der Villa begleitet, frage ich ihn geradeaus. »Hast du den Stein noch?« Völlig überrumpelt zieht er die Brauen zusammen und schiebt die Hände in die Hosentasche. Er sieht wieder aus, als würde sich die Realität einen Weg durch die Täuschung bahnen. Würde er sich gleich in Einzelheiten an das erinnern, was nach dem Kuss passiert ist? Doch schon glätten sich die Furchen auf der Stirn und er deutet zur Einfahrt. »Vielleicht ist er noch im Wagen?« Er klimpert mit dem Schlüssel und geht mit schnellen Schritten zu seinem blitzblanken Auto in der

Einfahrt. Ich stürze hinter ihm her, meinem Ziel so nah wie nie zuvor. Ich würde den Zwilling in der Hand halten – dieses Mal in vollem Bewusstsein, um was es sich dabei handelt. Meine Mission wäre erfolgreich.

Doch sosehr wir auch suchen – der Zwilling ist nicht zu finden. Dante erklärt sich meine verzweifelte Suche mit dem schlechten Gewissen, ein wertvolles Artefakt geklaut zu haben, und fragt bei den Bediensteten nach, wer das Auto gesäubert hat, doch der Stein ist wie vom Erdboden verschluckt.

Kurz darauf verlasse ich das Grundstück der du Rois, die Enttäuschung liegt so schwer auf meinen Schultern, dass ich mir kaum Gedanken über meine verwirrenden Gefühle für Dante mache, sondern fieberhaft überlege, wo der Zwilling nun sein könnte. So durcheinander kann ich noch nicht nach Hause, und so beschließe ich, einen Umweg über die Innenstadt zu machen, statt den direkten Weg durchs Wohngebiet zu nehmen. Kaum habe ich die letzten Häuser mit gepflegten Vorgärten und die angrenzende Main Street passiert, wirkt die Stadt wie verwandelt.

Die parallel zur Main Street verlaufende Gasse ist voller als sonst. Überall sehe ich in Blau und Gelb gekleidete Gruppen rund um die Tische vor den Cafés und Restaurants. Ich versuche, mich zu erinnern, in welches davon meine Freunde gehen wollten, doch mir fällt es nicht ein. Ich kann nur hoffen, dass sie mich nicht entdecken, und gehe mit gesenktem Kopf an begeistert diskutierenden Fans unserer Mannschaft vorbei.

Ich umrunde gerade einen kleinen grauen Dekobrunnen vor dem Blumengeschäft, als der Geruch nach Minze so allgegenwärtig ist, dass sich mein Magen umdreht. Ich stöhne auf, will davonlaufen, doch ich kann mich nicht bewegen.

26

Summit – Arizona, 19. Juni

Das Wasser, das soeben noch munter aus einem Loch oben in dem Stein gesprudelt und zu allen Seiten nach unten geflossen ist, steht plötzlich still. Ich kann meinen Kopf nicht bewegen, aber aus den Augenwinkeln erkenne ich, dass die Welt um mich herum grau geworden ist. Farblos. Sämtliche Geräusche sind verstummt. Mein Gehirn arbeitet auf Hochtouren, versucht, Befehle an meine Beine weiterzuleiten, die sich trotz allem nicht rühren. Die Magie prickelt rund um mich herum, und ich schaffe es nicht, die Macht des Hauses Osiris abzustreifen. Wenn ich könnte, würde ich zittern, doch mir bleibt nur die Eiseskälte, die durch meine Glieder rauscht. Dann tritt plötzlich die verhüllte Frau in mein Blickfeld. Dante hatte recht, als er die Ähnlichkeit unserer Augen erwähnte. Ich fühle mich, als stünde ich meinem verschleierten Spiegelbild gegenüber.

Die Augen der Frau sind für meinen Geschmack etwas zu stark geschminkt, aber was mir am meisten auffällt, ist der Glanz darin. Tränen, die nun aus ihren Augenwinkel rollen, ehe sie die Arme um mich schlingt. Ich will mich wehren, wegrennen, doch noch immer kann ich mich nicht rühren.

»Akasha«, seufzt sie, ehe sie von mir ablässt und mich mit

etwas Abstand mustert. Sie kennt meinen Namen, sie weiß, wer ich wirklich bin. Die Kälte in meinen Adern verwandelt sich in eine Hitzewelle und mit einem Mal kann ich mich wieder bewegen. Dennoch rühre ich mich nicht, sondern starre nur auf die Frau vor mir, die nun einen Schritt von mir zurückweicht und beinahe gegen ein kleines Mädchen stößt, das eben an der Hand seiner Mutter die Straße überqueren wollte. Die beiden sind ebenso farblos wie der Rest um mich herum.

Ich wage kaum auszusprechen, was sich binnen Sekunden in meinem Kopf zusammengesetzt hat:

»Mutter?« Das Wort ist nur ein Flüstern, doch in der Stille um uns herum gleicht es einem Schrei.

Die Frau löst mit schnellen Bewegungen die Tücher von ihrem Gesicht. Ihre Lippen sind zusammengepresst, ihr Körper erbebt unter einem weiteren Schluchzen, dann nickt sie.

Ich bin noch immer, wie von Haus Osiris erstarrt, nicht in der Lage, mich zu rühren. So viele Fragen rauschen durch meinen Kopf, begleitet von so vielen Gefühlen, die ich so schnell nicht in der Lage bin auszudrücken.

»Ich glaube, wir haben sehr viel zu besprechen.« Lenora richtet sich auf und nickt jemandem hinter mir zu. Leise Schritte erklingen, ehe Mazen hinter mir erscheint. Jeder Muskel meines Körpers spannt sich an. Eine Falle! Die Frau vor mir muss eine Täuschung sein! Ich weiche Lenoras Hand aus, Mazen jedoch hat meine Reaktion vorhergesehen und packt mich mit beiden Armen.

»Beruhige dich, Akasha!«, raunt er mir ins Ohr und presst mir die eine Hand auf den Mund, damit ich nicht losschreien kann. Doch was würde das bringen? Alles um mich herum ist erstarrt, Mazen kann seine Magie wirken! Panisch sehe ich mich nach einer Fluchtmöglichkeit um und gehe die von Dante gelernten Schritte durch, wie ich mich befreien könnte.

»Wir sind auf deiner Seite, Akasha«, sagt Lenora, doch warum sollte ich einer Täuschung glauben? »Lass sie los, Mazen«, fügt sie hinzu.

»Sie wird weglaufen«, erwidert er, lockert seinen Griff jedoch. Ich versuche, mich ihm zu entwinden, wende alles an, was Dante mir auf dem Schiff gezeigt hat.

»Sie wird nicht weglaufen. Sie will Antworten.« Mutters Stimme ist ruhig.

Mazen lässt mich los. Beim Losreißen fällt mein Blick auf eine Taube, die gerade losfliegen wollte, ehe die Zeit angehalten wurde. Ich sehe zurück zu meiner verschwunden geglaubten Mutter, die jede meiner Bewegungen beobachtet. Sie hat recht mit ihrer Einschätzung. Ich *will* Antworten, will verstehen.

»Wie ...« Ich versuche, die richtigen Worte zu finden, doch anstelle meines Gehirns befindet sich eine große weite Wüste in meinem Kopf, die Fragen sind so zahlreich wie Sandkörner. »Du kannst nicht hier sein. Es ist eine Täuschung.«

»Das ist eine sehr lange Geschichte, *Amira.*« Bei ihrem alten Kosenamen für mich wird mir sofort warm in der Brust, und plötzlich *weiß* ich, dass es wirklich meine Mutter ist, keine Täuschung. Sie hat mich nie in unserer Sprache Prinzessin genannt, wenn wir allein waren, sondern immer das alte Erdenwort benutzt. Das Durcheinander in meinem Kopf wächst zu einem Sandderwisch an, und ich kann nicht einmal mehr greifen, was ich bislang zu wissen glaubte.

»Wie bist du auf die Erde gekommen?«, stelle ich die Frage, die sich zwischen all den anderen hervordrängt. Ich habe mir keine Gedanken darüber gemacht, wie der Zwilling, den

Haus Nephthys auf der Erde gesehen hat, überhaupt hierhergelangen konnte. Doch selbst wenn sie mir Details hätte verraten können, hätte ich doch vermutet, dass meine Mutter unter all den kriegerischen Erdmenschen längst tot wäre wie all jene, die nicht von den Expeditionen zurückgekehrt sind.

»Ich bin ... Es gibt nicht nur ein Schiff, um auf die Erde zu kommen.« Sie verfolgt meine Reaktion aufmerksam. Ich registriere auch Mazens Blicke, der bereit ist, jederzeit einzuschreiten, während er sich neben meine Mutter stellt. Mein Blick fängt wieder die Frau mit ihrer Tochter ein, der ein erstarrter Mann mit einem Kinderwagen zu folgen scheint, und ich spüre, wie die längst verarbeitet geglaubte Wut auf meine Mutter wieder an die Oberfläche tritt.

»Warum hast du mich allein gelassen?« Es klingt weniger nach Vorwurf als nach einem gekränkten Aufschrei. Meine Mutter krümmt sich kurz, meine Worte haben sie wie ein Hieb getroffen.

»Mir blieb keine Wahl, *Amira*. So schmerzhaft es für mich auch war, dich in Zaahirs und Mazens Obhut zu lassen. Ich konnte nicht anders handeln, wusste jedoch, dass sich mein Bruder um dich kümmern würde.« Ihre Stimme zittert, und ich spüre, wie sehr sie der Gedanke belastet, mich bei Mazen gelassen zu haben. Als hätte er sich jemals auf positive Weise um mich *gekümmert*. Am liebsten hätte ich aufgelacht.

»Wir haben nicht viel Zeit, Lenora«, wirft Mazen ein, nachdem er mich ausgiebig gemustert hat. Er kennt mich besser als meine Mutter und kann einschätzen, dass ich diese Aussage nicht einfach so hinnehmen würde.

Meine Mutter nickt und holt tief Luft, ehe sie mir erzählt, warum sie glaubte, von Heliopolis fliehen zu müssen.

»Die Schwester meiner Mutter, meine Tante Anu, war eine

der größten Begabten, die Haus Nephthys jemals hervorgebracht hat. Zu niemand anderem hat die Triskele im Nacken so gut gepasst wie zu ihr, heißt es, denn sie hat tatsächlich neben der Gegenwart und den Möglichkeiten der Zukunft auch die Vergangenheit gesehen. Noch vor meiner Vermählung erzählte mir meine Mutter Ea, dass Anu den Untergang von Heliopolis gesehen hat.«

Ich warte auf den Moment, in dem sie mir erzählt, dass es nicht so weit kommen würde, oder darauf, dass Heliopolis zu seinem verdienten guten Ende kommt. So wie es unsere Ahnen geplant haben. Doch meine Mutter verschafft mir keinerlei Erleichterung. Im Gegenteil.

»Sie teilte dieses Wissen mit dem Hohen Rat, behauptete, dass wir das Erbe unserer Ahnen verraten würden und die Magie Heliopolis verlassen würde. Sie sah den Untergang. Sah, wie die von Haus Nephthys erschaffene Atmosphäre in sich zusammenbrach, das Volk starb und zuletzt die gesamte von Haus Nut erschaffene Stadt zu dem Sand werden würde, aus dem sie erschaffen ist. Zu jener Zeit war die große Pandemie besiegt, das Volk und die Wissenden waren erschöpft und froh, dass wieder alles seinen gewohnten Lauf genommen hatte. Keiner hat sie erhört.«

Mutters Nasenflügel beben, ihre Stimme ist jedoch beeindruckend ruhig.

»Die Wissenden der anderen Häuser haben gemeinsam entschieden, dass man einer *Verrückten* nicht länger folgen dürfe, und haben sie ihres Amtes enthoben. Zaahir wurde zum Herrscher ernannt. Später habe ich herausgefunden, das Haus Seth Intrigen gesponnen hat, die in Mutters Entmachtung gipfelten. Leemals Tante Valea vom Hause Seth war zu jener Zeit mit Kareem Themis vermählt, deinem Großvater, dem Obersten des Hauses Nut und ihm natürlich treu ergeben. So wie Leemal deinem Vater gegenüber loyal ist. Doch die Wahrheit ist, dass die beiden Familien niemals vorhatten, dem Wunsch unserer Ahnen zu folgen und zurückzukehren. Du hast jetzt einige Zeit auf der Erde verbracht. Ist diese Welt so, wie du sie dir vorgestellt hast? Wie Zaahir und all die anderen uns weiszumachen versuchen?«

Ich bin vollkommen überrumpelt von den zahlreichen Namen und schüttle auf ihre Frage hin nur den Kopf. Denselben Gedanken hatte ich auch schon.

»Es braucht keinen Diĝir, um ein lebenswertes Leben zu führen. Anu hat es vorhergesehen. Und auch, zu welchen Mitteln die nachfolgende Generation Wissender greifen würde, um ihren Stand zu verteidigen. Sie hat gesehen, wie Leemal eine erneute Sintflut einleitet und all das hier vernichtet.« Meine Mutter hebt die Arme und sieht zu den Fassaden der Gebäude empor. Weit über ihnen ziehen Vögel vorbei, während hier unten alles vollkommen farblos und erstarrt ist. Warum hat Mazen nach wie vor Macht über seine Gabe? Ich komme nicht dazu, die Frage zu stellen.

»Anu wusste, dass Leemal den Zwilling dazu benutzen würde, die Menschheit erneut zu vernichten. Meiner Mutter hat sie aufgetragen, dass es meine Bestimmung sein würde, den Zwilling aus der Stadt zu schaffen. Anu hat gewusst, dass ich dich eines Tages würde verlassen müssen, *Amira.*« Meine Mutter streift über das Verdeck des Kinderwagens neben sich und hält sich daran fest, als müsse sie sich abstützen. Sie braucht ein paar Augenblicke, ehe sie wieder aufsehen kann. Der Schmerz über ihren Verlust damals kehrt auf einen Schlag zurück und nur mit Mühe halte ich die Tränen zurück.

Nachdem meine Mutter die letzten Worte ausgesprochen hat, ist es totenstill. Ich weiß mit absoluter Bestimmtheit, dass sie einiges von mir fernhält, aber ich spreche sie nicht darauf an. Heute habe ich eine Antwort auf die Frage bekommen, die ich mir seit ihrem Verschwinden jeden Tag gestellt habe: Warum hat mich meine Mutter verlassen? Es tut gut zu wissen, dass es nicht meinetwegen war. Eine düstere Stimme in meinem Inneren wollte mir dies immer wieder weismachen, und die Selbstzweifel haben mich eingeengt, ganz gleich, wie mein Vater versucht hat, den Verlust wettzumachen.

»Aber Vater würde dem nie zustimmen!«, fasse ich meine Gedanken zusammen. »Er will stets das Beste für das Volk, er will sie in Sicherheit bringen, er …«

»Vielleicht hat er nach bestem Gewissen gehandelt. Der Glaube, etwas zu wissen, und wahres Wissen sind nicht immer dasselbe. Doch die Folgen können fatal sein. Ich musste den Plan der beiden durchkreuzen«, sagt meine Mutter nun bestimmt. »Die Vision darf nicht zur Realität werden. Leemal darf nicht zerstören, was unsere Ahnen aufgebaut haben. Die Welt hier auf der Erde hat es nicht verdient, zerstört zu werden. Das konntest du nun mit eigenen Augen sehen, Amira.« Auf ihrem Gesicht zeichnet sich die tiefe Enttäuschung ab. »Ich musste etwas dagegen unternehmen, und daher war die Zeit gekommen, um fortzugehen. Ich musste den Zwilling stehlen und ihn außer Reichweite von Leemal bringen, ehe er das Ergebnis der langen Arbeit unserer Ahnen zerstört. Mazen hat erst viel später von meinem Diebstahl berichtet, sodass ich genug Zeit hatte, mich zu verstecken.« Meine Mutter wirft einen dankbaren Blick zu Mazen, ich runzle nur die Stirn, was meiner Mutter sofort auffällt. »Er hat euch auch an Bord des Schiffes geholfen.«

Auf meine unausgesprochene Frage hin meldet sich Mazen zu Wort: »Leemal wollte Riaz sofort nach seiner Hilfe bei der Energieversorgung beseitigen. Niemandem wäre aufgefallen, wenn er verschwunden wäre. Nur Dante wusste, dass er an Bord war. Ich habe die Räume nach ihm kontrolliert, ohne dass sich jemand vor mir verstecken konnte. Ich habe die Zeit im Raum angehalten, ehe ich hinein bin und Riaz eine Notfallmaske gegeben, die ich ihm später wieder abgenommen habe.«

»Deinetwegen hat er außerhalb der Schlafkammern überlebt?«

Mazen nickt.

»Danke«, flüstere ich nur und nehme in Gedanken sämtliche Flüche und Verwünschungen zurück, die ich jemals in Verbindung mit Mazen ausgesprochen oder gedacht habe. Er hat Riaz das Leben gerettet. Das würde ich ihm nie vergessen.

»Es ist meine Aufgabe, Akasha.« Mazen lächelt mich an. So aufrichtig, dass ich regelrecht spüre, dass wir eine Familie sind.

»Wer ist für die Täuschung verantwortlich?«, frage ich und hole stockend Atem, weil erneut Riaz' und Yasmeens Bild vor meinem inneren Auge auftaucht. »So viel Macht sollte hier auf der Erde nicht verfügbar sein. Ich habe über die Missionen auf die Erde gehört …«

Ehe ich mein Unterrichtswissen aus meinem Gedächtnis hervorkramen kann, erklärt meine Mutter: »Das meiste, das auf Heliopolis erzählt wird, ist eine Lüge. Es gehört seit jeher zu den Expeditionen, dass den Teilnehmern in den Schlafkapseln bei der Rückkehr nach Heliopolis die Erinnerungen manipuliert werden.« Sie macht eine Pause, damit ich diese Neuigkeit mit meinem bisherigen Wissen in Einklang bringen kann. Yasmeen hat schon einmal behauptet, dass alles, was die Soldaten aus der letzten Generation, mit denen sie noch zusammenarbeitet, berichten, nur sehr knapp und wenig detailreich ist. Außerdem weiß niemand, wo sich das Schiff für die Reise zur Erde befindet. Ihre Theorie, dass jemand die Rückkehrer täuscht, ist also tatsächlich wahr.

»Aber warum wurden wir bei der Landung auf die Erde manipuliert und nicht erst bei unserer Rückkehr?«, frage ich sofort. Irgendwo erklingt ein Flattern, und ich sehe nach oben und verfolge, wie eine Taube nach unten gleitet und auf der Markise über dem Schaufenster des Blumengeschäfts landet. Mazen atmet schwer ein und auch sie erstarrt.

»Leemal hat sich nicht an die Regeln gehalten«, mischt sich Mazen ein. »Doch ich konnte nichts dagegen unternehmen. Ich musste erst mit Lenora sprechen. Wir mussten herausfinden, warum er diese Manipulation bereits hier eingesetzt hat.«

»Aber warum werden alle getäuscht?«

Meine Mutter streicht noch einmal über den Kinderwagen, ehe sie ihre Hand sinken lässt: »Bis auf den Kommandanten, der dem Herrscher direkt Bericht erstattet, und wenige Auserwählte soll niemand erfahren, wie es wirklich um die Erde steht. Wie lebenswert ein Leben ohne Diĝir ist, wenn man stattdessen andere Ressourcen und Technik zur Verfügung hat. Niemand soll erfahren, dass es auf der Erde ungefährlich ist, dass eine Rückkehr schon lange möglich wäre. Leemal muss gewusst haben, dass ich Kontakt zu dir aufnehmen würde. Er wollte nicht, dass du oder deine Freunde mich erkennen, damit er den Zwilling an sich bringen kann, ohne dass ihr überhaupt davon wisst. Deshalb habe ich ihn in der Schule versteckt, wo Mazen ihn im Blick hat.« Sie sieht mich erwartungsvoll an, wartet auf eine Reaktion von mir. Doch ich habe mir ja selbst schon zusammengereimt, dass es der Zwilling war, den ich in den Händen hielt – wenn auch nur für einen kurzen Moment. Plötzlich ergibt es sogar einen Sinn, dass *Mr Vance* stets überall aufgetaucht ist. Nicht wegen Hailey und Nicolas, sondern meinetwegen.

Als ich nichts erwidere, tauscht Lenora mit Mazen Blicke aus, die mir das Gefühl geben, ein kleines Kind unter Erwachsenen zu sein. Ich sehe zwischen ihnen hin und her und erwarte beinahe, dass sie auf den Diebstahl des Steins zu sprechen kommen oder darauf, wo er sich jetzt – in diesem Moment – befindet. Fieberhaft überlege ich, wie ich ihn zurück nach Heliopolis bringen kann, ohne ihn in Leemals Hände zu geben. Als hätte sie seinen Namen in meinen Gedanken gelesen, fährt Mutter fort: »Dein Vater und Leemal wussten, dass du die Einzige bist, die mich hervorlocken kann, vermutlich schon bevor Haus Nephthys die Vision davon hatte. Sobald sie dich überzeugt haben, dir einen Grund geliefert haben, die Reise anzutreten, hat sich Mazen ebenfalls für die Expedition gemeldet.« Sie macht eine kurze Pause, als wäre es ihr unangenehm, ihre nächste Frage zu stellen: »Was haben sie dir versprochen?«

»Der Zwilling würde die Letzte Stadt retten«, flüstere ich, während ich vor mir sehe, wie mein Vater mich für die Reise motiviert hat. Ich wollte mein Volk schützen, das Überleben der Magie und damit der ganzen Bevölkerung sichern. Aber niemals wollte ich ein anderes Volk dafür vernichten. Entweder hat er mich angelogen oder Leemal handelt aus eigenem Interesse. Wieder sehe ich die beiden vor dem Ballsaal am Tag unseres Abschieds, wie der General meinem Vater vorwirft, das Volk nicht mehr unter Kontrolle zu haben. Leemal muss seine eigenen Ziele verfolgen, ich glaube fest daran. Doch die habe ich auch.

»Warum kann ich mich wieder an alles erinnern?«, frage ich nun das Einzige, was ich noch wissen muss. Ich muss erfahren, wie ich den Bann über Riaz und die anderen brechen, ihnen die Augen öffnen kann, damit wir gemeinsam unsere nächsten Schritte planen können.

»Mit deiner Initiation wurde der Schleier gelüftet.«

Es dauert, bis ich den Inhalt ihrer Worte erfassen kann, auch wenn ich die Aussage nicht verstehe. Instinktiv greife ich in meinen Nacken und spüre erneut den erhabenen Kreis, das Leere Zeichen.

»Das kann nicht sein«, entgegne ich. »Meine Initiation war vor«, ich versuche, den heliopolitanischen Kalender mit dem der Erde abzugleichen, »vor zwei Monaten. Der Diĝir hat mir das Leere Zeichen gegeben.«

Lenora nickt wissend. »Bei deiner Initiation ist rein gar nichts passiert, weil du dein sechzehntes Lebensjahr noch nicht vollendet hattest.«

Ich versuche erfolglos zu verstehen. Meine Mutter lächelt mich mitfühlend an. »Lange vor deiner Geburt hat Anu gesehen, wie du kurz nach deinem sechzehnten Geburtstag ums Leben kommst, vermutlich unmittelbar nach deiner Initiation. Meine Mutter Ea hat daher vorgeschlagen, eine Frühgeburt vorzutäuschen. Ich habe deinen Vater in dem Glauben gelassen, der schwache Säugling einer Bediensteten wäre seine Tochter. Erst zwei Monde später wurdest du geboren und wir haben dich erstmals dem Volk präsentiert. Erst jetzt war dein wahrer sechzehnter Geburtstag, Amira. Und deine Magie konnte nach außen getragen werden.« Sie tritt auf mich zu und schließt mich in ihre Arme. Ich genieße ihre Berührung, bin mit einem Mal wieder die kleine Akasha, die sich allabendlich an ihre Mutter schmiegt. Wie früher sauge ich ihren Duft ein, der mich in die Gegenwart zurückbringt. Ich bin nicht mehr dieses Kind und ihr Geruch ist ein anderer.

Ein erneutes Flattern lässt sie schnell von mir zurückweichen. Aufmerksam sieht sie sich um, dann weiter zu Mazen. In dem Moment erkenne ich, dass sich die Mutter mit ihrem Kind wie in Zeitlupe bewegt. Farbe kehrt in die Umgebung zurück. Ein Auto rollt langsam weiter.

»Wir müssen von hier verschwinden«, erklärt Mazen mit besorgter Miene und deutet auf den schwach leuchtenden Anhänger, der an einer Silberkette um seinen Hals baumelt. »Ich habe nicht mehr genug Kraft, um die Zeit länger anzuhalten, und Leemal erwartet mich zurück. Ich kann euch nicht weiter einschließen.« Seine Stimme bebt vor Anstrengung. Erst jetzt erkenne ich die Schweißtropfen auf seiner Stirn. Mein Eindruck von Mazen hat sich schon auf dem Schiff verändert, als er sich Leemal widersetzt und dafür gesorgt hat, dass Riaz als Held gefeiert wird. Trotzdem arbeitet er an der Seite des Generals. Der Weggang meiner Mutter hat ihm geholfen. Steht er wirklich auf ihrer Seite?

»Warum hat er dich verraten, wenn er nichts von deiner Flucht hätte erzählen müssen?«, frage ich schnell, ehe meine Mutter einem Abschied zustimmen kann.

»Er hat sich auf meinen Wunsch hin auf Leemals Seite geschlagen. Es musste für Leemal so aussehen, als hätte ich auch Mazen getäuscht. Sonst hätte Zaahir sofort auf Leemals Rat hin seine Verbannung angewiesen und Mazen hätte keine Chance mehr gehabt, dich an meiner statt im Auge zu behalten. Nun musst du aber zurück zu den anderen, *Amira*.

Unser Kampf hat gerade erst begonnen und du bist ein wichtiger Teil davon.«

Ich schüttle den Kopf. Ich kann jetzt nicht gehen, habe Angst, sie wieder zu verlieren. So viele Fragen sind noch in meinem Kopf. »Wie kann hier auf der Erde Magie gewirkt werden?«, stelle ich nur eine davon.

Nach kurzem Zögern deutet Lenora auf den nun nicht länger schimmernden Anhänger vor Mazens Brust. »Alles, was von unseren Ahnen erschaffen wurde, trägt deren Magie noch immer in sich. Es ist möglich, mithilfe dieser Magie die eigenen Gaben aufzuladen.«

Ich erinnere mich an die Unterrichtsstunde über Erdgeschichte. Unsere Vorfahren hinterließen zahlreiche von Magie beeinflusste Gegenstände, überwiegend von Haus Nut erschaffen. Bergen sie alle einen Teil der Macht des Diĝirs?

»Deshalb wurde in unserer Täuschung die Ausstellung verankert«, spreche ich meinen Gedanken aus.

»Und Leemal hat dafür gesorgt, dass die Ausstellungsstücke direkt nach Summit kommen, damit er weiterhin die Möglichkeit hat, eure Emotionen zu beeinflussen oder mich zu zwingen, die Zeit anzuhalten, bis eure neue Identität wieder die Oberhand gewinnt«, bestätigt Mazen. Seine Kiefermuskulatur verhärtet sich. All das Familiäre, das bis eben noch in seinem Gesicht gestanden hat, ist verschwunden. Nun gleicht er wieder Leemals treuem Anhänger.

»Du solltest mit deinen Freunden sprechen. Sorg dafür, dass sie sich erinnern.«

Hilflos sehe ich von ihm zu meiner Mutter, die kurz ihre Hand hebt und über meine Wange streicht. »Du musst an dich und deine Fähigkeit glauben, *Amira*. Direkt nach der Initiation ist dein Körper von Magie durchflutet. Du wirst zu ihnen durchdringen.« Im Tonfall meiner Mutter schwingt ein Flehen mit, obgleich sie nicht bittet, sondern fordert. »Glaube an das, was du gesehen hast. Das Zeichen in deinem Nacken ist nicht das, was es zu sein scheint.«

»Aber sprich nicht mit Dante«, mischt sich Mazen ein. »Ich bin mir bei ihm unsicher. Er hat gekämpft, als ihr angegriffen wurdet. Er kann sich erinnern.«

»Nur bruchstückhaft«, verteidige ich Dante, und Mazens Braue hebt sich. »Ihr wart immer alles andere als Freunde«, sagt er ohne jegliche Wertung. »Sprich erst mit Riaz und entscheidet gemeinsam.«

Er und meine Mutter müssen nichts über meine widersprüchlichen Gefühle wissen, daher nicke ich.

»Es wird Zeit zu gehen. Wir sehen uns bald wieder, *Amira.*« Meine Mutter drückt mir einen Kuss auf die Stirn, ehe sie ihr Gesicht wieder verhüllt. Plötzlich dringen wieder die alltäglichen Geräusche einer belebten Straße an mein Ohr, Gelächter weht zu mir herüber, die Familie überquert mit schnellen Schritten die Straße. Meine Mutter ist verschwunden. Ebenso wie Mazen, der seinen Einfluss auf die Zeit nun endgültig aufgehoben hat.

Ich stolpere durch die Gasse zurück, überquere die Main Street direkt bei unserem Wohngebiet und versuche, auf dem Weg nach Hause zu verarbeiten, was ich soeben erfahren habe. Meine Gedanken schwenken jedoch in eine ganz andere Richtung, als ich sie gelenkt habe.

Seit dem Verschwinden meiner Mutter, ihrem *Verrat*, habe ich immer mit der Angst gelebt, vom Diĝir für ihr Verhalten bestraft zu werden. Meine größte Sorge galt der Insignie in meinem Nacken und ob sie mir das Leben ermöglichen könnte, das Riaz und ich uns ausgemalt haben.

Die Gedanken und Pläne von Kindern, wiederhole ich im Geist, was ich Riaz vor meiner Initiation gesagt habe.

Ganz gleich, in welche Richtung sich die Bilder in meinem Kopf geschoben haben, immer war Riaz an meiner Seite, als Stütze, als Anker, selbst im *Seelenspiegel* vor der Initiation war er einer der drei Faktoren, die mein Leben geprägt haben, mich ausmachen. Als wäre er für mein Leben unabdingbar. Als könnte ich ohne ihn an meiner Seite keine Zukunft haben.

Mein Herz gehört noch immer ihm, schmerzhaft vermisse ich seine Berührungen und das Glücksgefühl, das mich durchströmt, wenn er bei mir ist – und auch die gestohlenen Küsse. Doch je länger ich hier an diesem Ort bin, an dem Riaz nichts weiter als ein Freund ist, desto bewusster wird mir, dass ich ihn nicht an meiner Seite brauche, um zu kämpfen, um meine Ziele zu erreichen.

Ich denke daran, wie meine Großmutter Ea die Visionen ihrer Schwester Anu verfolgt hat, wie Ea dieses Wissen an meine Mutter weitergegeben hat, damit sie erreichen konnte, was auch immer geschehen sollte. Ich erkenne, was meine Mutter für diese Visionen geopfert hat. Sie hat Stärke bewiesen, als sie ihr altes Leben und mich hinter sich gelassen hat, um für ihre Sache zu kämpfen. Sie hat sich nicht auf der Vermählung mit meinem Vater ausgeruht und ein gutes Leben geführt.

Auch ich bin stark, behauptet sie. Ich muss mich darum kümmern, wie ich mein Leben verbringe, was ich bewirken kann – und nicht an wessen Seite der Weg am leichtesten wäre. Die Erde hat mich verändert. Vielleicht ist es mir ebenso vorherbestimmt gewesen wie meiner Mutter. Ich werde mein Volk retten. Und die Erde.

27

19. Juni

Zu Hause schwärmt Yasmeen ohne Pause von *Jared*. Sie hat sich neben mich auf mein Bett geworfen und redet ununterbrochen. Bei jedem ihrer Sätze spüre ich einen kurzen Stich in meiner Brust, aber Yasmeen weiß ja nicht, was sie mir damit antut. Ich nicke ihr nur zu. Doch sie scheint mich gar nicht wirklich zu bemerken. Sie redet sogar noch weiter, als ich aufstehe und in unser gemeinsames Badezimmer gehe.

Wie wird Yasmeen reagieren, wenn sie erfährt, dass sie eine Beziehung mit Riaz eingegangen ist? Mit dem Freund ihrer besten Freundin? Wie wird sie Malak gegenübertreten, wenn sie begreift, wie sehr er seit unserer Ankunft auf der Erde leidet? Dann fällt mir wieder ein, warum Yasmeen überhaupt an der Expedition teilnehmen wollte. Sie braucht den Impfstoff, der ihre Familie davor beschützt, dem Wahnsinn der Magielosigkeit zu verfallen.

Yasmeen scheint als Leyla so glücklich zu sein, und doch muss ich meine Freunde so schnell wie möglich aus der Täuschung befreien, damit wir unsere Aufgabe erfüllen können. Nur wie kann mir das gelingen und vor allem, wann? Und was mache ich mit Dante?

Ich werde sie alle gemeinsam aufklären, beschließe ich

nun. Doch nicht hier, wo Leemal jeden Moment auftauchen könnte. Vielleicht ergibt sich heute Abend auf dem Ball eine Gelegenheit. Der Plan festigt sich und schenkt mir Kraft, die Stunden bis dahin durchzustehen.

Am frühen Abend klingelt es an der Tür, und irritiert stelle ich fest, dass Dante davorsteht. Misstrauisch starre ich ihn an. Ich habe nach dem Gespräch mit meiner Mutter ganz vergessen, dass wir verabredet sind.

»Ich wusste nicht, dass du mich abholen wolltest.«

Er zeigt mir in gespielter Empörung seine Autoschlüssel. »Hey, wir haben ein Date. Ich finde, es gehört sich so. Dieses Mal will ich alles richtig machen.« Sofort regt sich mein schlechtes Gewissen und ich bringe nur ein Nicken zustande. Mazens Warnung hallt in meinem Ohr nach. Ich lasse mir Zeit damit, meine Jacke überzustreifen und meine Tasche von der Kommode zu nehmen. Ich vermeide es irgendwie, Dante direkt anzusehen, und rufe Yasmeen irgendwo in der Küche noch ein kurzes »Bis nachher« zu.

Während der Fahrt gibt Dante keinen Ton von sich, die Lockerheit seiner Begrüßung ist verpufft. Irgendwann fasst er Mut, lenkt den Mustang an den Straßenrand und stellt den Motor ab.

»Was heute Nachmittag passiert ist«, presst er hervor. An meinem Bewusstsein kratzt eine tiefe Unsicherheit, die nicht meine eigene ist. Ich weiß, dass er keine Magie wirken kann, es sei denn ... Mir fällt ein, dass er den Zwilling ebenfalls in der Hand gehalten hat. Vielleicht hat dieser Dantes Magie aufgeladen und er projiziert nun seine Gefühle, ohne Kenntnis von seiner Gabe zu haben, wie seine Gefühle kurz nach seiner Initiation immer nach außen gedrungen sind. Als er seine Gabe noch nicht unter Kontrolle hatte. Seine Unsicherheit ist definitiv nicht gespielt. Immer wieder fährt er sich nervös durch die Haare, sieht durch die Windschutzscheibe und dann wieder zu mir. Es vergehen Minuten, bis er sich endlich überwindet, zu mir zu sehen. Doch die Stille ist nicht annähernd so unangenehm, wie ich sie mir vorgestellt hätte.

Mazens und Mutters Bild von ihm passt nicht zu der Person, die neben mir im Auto sitzt und es kaum schafft, mich anzusehen. Ein Hauch von Angst streift mich aus seiner Richtung. Er weiß, dass etwas nicht stimmt, tief in Nicolas' Innerem kämpft Dante gegen die Barriere der Täuschung an, wie schon zuvor. Doch noch kann ich ihn nicht einweihen. Ich will ihn beruhigen.

»Es ist alles in Ordnung«, sage ich. »Wirklich!«, versichere ich noch mal, nun vollkommen davon überzeugt. Mein Nacken kribbelt, und binnen Sekunden entspannen sich Dantes Hände, die bisher verkrampft das Lenkrad festhielten. Meine Magie scheint zu wirken. Ich habe tatsächlich seine Gefühle beeinflusst. Wenn ich nicht das Leere Zeichen trage, ist es vielleicht die Insignie des Hauses Seth? Dante holt tief Luft, als wäre er lange untergetaucht gewesen. Dann sieht er sich kurz um und schnuppert.

»Ist das dein Parfum?«, fragt er, und mir wird bewusst, wie sehr es in dem kleinen Auto nach Sandkraut riecht.

»Ich habe es zum Testen«, lüge ich schnell.

Dante lächelt. »Es riecht etwas extrem nach Menthol, aber … gut. Es erinnert mich an etwas, aber …« Er schüttelt schnell den Kopf.

Ich sage nichts weiter dazu und Dante startet den Motor und lenkt den Mustang zur Schule. Das leichte Lächeln auf seinen Lippen sollte in meinem Magen nicht für derlei Aufruhr sorgen.

Vor der Turnhalle stehen schon etliche Gruppen, die auf den Einlass zum Sportlerball warten. Wir stellen uns dazu. Dante lächelt noch immer vor sich hin und beeindruckt dabei vor allem die weiblichen Mitschüler. Ich spüre ihre missgünstigen Blicke wie Nadelstiche.

Als sich die große Eingangstür öffnet und wir mit dem Strom an Schülern dorthin getrieben werden, sehe ich neben der Halle ein dicht umschlungenes Pärchen im Schatten abseits der Beleuchtung. Mit Blick auf die feuerroten Haare bleibe ich stehen und werde beinahe umgeschubst. Kurz überlege ich, wie Yasmeen mich überholen konnte, denke dann aber an die Zeit, die ich in einem Mustang am Straßenrand verbracht habe. Mit Dante, der sich soeben durch die Schülergruppen zu mir zurückdrängt und meinem Blick folgt.

»Ich dachte, deine Schwester wäre mit Jared zusammen«, sagt er mir ins Ohr, während ich mit offenem Mund dastehe und beobachte, wie Yasmeen und Malak sich vor allen anderen küssen. Beinahe schon mehr als das. Was ist denn da passiert? Hat Yasmeen nun auch die Täuschung durchschaut? Wissen die beiden jetzt wieder, dass sie in Wirklichkeit zusammengehören?

Ich schiebe mich durch die Gruppe von Wartenden bis zu den beiden und räuspere mich mehrmals lautstark, bis Yasmeen endlich aus ihrer Zweisamkeit auftaucht. Ihre Lippen sind stark gerötet. »Hi«, sagt sie atemlos und zupft nervös an ihren Haaren. Sie hat nicht einmal den Anstand, rot zu werden. Ich freue mich so für die beiden.

»Was tut ihr?«, frage ich, voller Hoffnung, wieder die alte Yasmeen vor mir zu haben und dass die beiden es geschafft haben, der Täuschung ohne Hilfe zu entkommen.

Dante unterbricht meine Gedanken jäh, als er mir zuraunt: »Jared im Anmarsch.«

Ich sehe mich um und mein Blick trifft den von Riaz. Das Funkeln in seinen blauen Augen ist erloschen. Seine Lippen sind nicht einmal mehr zu sehen, so fest hat er sie aufeinandergepresst. Abrupt dreht er sich um und verschwindet mit schnellen Schritten. Nur an seinen hochgezogenen Schultern erkenne ich die tiefe Kränkung. Dann unterliegt er also noch immer der Täuschung. Ich will ihm nach und ihn trösten, schließlich ist er in dieser Realität mein bester Freund, doch zuvor muss ich mit Yasmeen sprechen.

»Yasmeen, wir müssen reden«, rufe ich ihr noch zu. Sie sieht mir völlig verwirrt hinterher. Mittlerweile haben sie und Malak ihre Hände wieder bei sich. Malaks seliges Lächeln erlischt binnen eines Wimpernschlags. Der Wind trägt einen Hauch Sandkraut mit sich, Magie streift mein Bewusstsein, kratzt dann daran und versucht, in meinen Kopf zu dringen, aber ich schaffe es, sie von mir fernzuhalten, und sehe mich hastig um. Nirgendwo ist jemand zu sehen. Weder Leemal noch ein anderes mir bekanntes Gesicht.

»Wovon redest du?«, fragt Yasmeen. Ich zucke zusammen und wende mich ihr wieder zu. »Wir dachten schon, ihr beide kommt nicht mehr. Wo ist Jared?« Yasmeen sieht sich suchend um. Beim Diĝir! Ihre falsche Identität hat sie wieder vollkommen im Griff! Ich sehe zu Dante, bei dem inzwischen meine Gefühlsmanipulation nachgelassen hat. Das breite Lächeln ist wieder der anscheinend angeborenen kühlen Miene gewichen, mit der er jegliche Gefühlsregung überspielt. Ich sehe auch bei ihm keinen Funken Verwunderung über Kyles und Leylas Kuss.

»Ihr könnt schon mal reingehen. Ich suche ihn«, gebe ich

vor und ziehe mein Handy aus der Tasche. Die anderen nicken und gehen in Richtung Eingang, vor dem nur noch wenige Schüler stehen.

Riaz reagiert nicht auf meine Anrufe. Ich umrunde die ganze Sporthalle, doch nirgendwo ist eine Spur von ihm. In der abgedunkelten und mit zahlreichen irritierend blinkenden bunten Lichtern geschmückten Turnhalle fallen mir sofort die Tanzenden auf. Ihre Bewegungen scheinen träger, verlangsamt. Haus Osiris hat hier die Zeit beeinflusst. Sofort sehe ich mich nach Mazen um, doch ich kann ihn nirgendwo finden. In dem seltsamen zuckenden Licht sieht auch die Bewegung meiner Hand verlangsamt aus. Hier wird keine Magie gewirkt, es ist … Technik. Menschliche Technik, die meine Sinne getäuscht hat. Erleichtert atme ich ein und sehe mich weiter in der Halle um.

Malak geht gerade mit schnellen Schritten Richtung Umkleidekabinen. Ich rufe ihm zu, doch meine Stimme verliert sich zwischen der lauten Musik und den Gesprächen der Anwesenden. Daher folge ich ihm und sehe gerade noch, wie er, wild gestikulierend, am Ende des Flurs um eine Ecke biegt, ein Mobiltelefon am Ohr. Einzelne Sprachfetzen dringen zu mir, und ich ärgere mich, dass ich mit einer Insignie von Haus Seth im Nacken keine Möglichkeiten habe, den Wind zu beeinflussen, der die Worte zu mir tragen könnte. Adrenalin rast durch meinen Körper und eine Art sechster Sinn alarmiert mich.

»… weiß, was … tun … bald … Reise …«

Als ich ihn endlich eingeholt habe, beendet er das Gespräch gerade.

»Wer war das?«, frage ich ohne Umschweife.

Malak zuckt zusammen. Ich sehe, wie sich seine freie

Hand kurz zu einer Faust ballt. Während er sich zu mir umdreht, entspannt er sich.

»Niemand«, erwidert er rasch und will an mir vorbei wieder zurück zur Party, doch ich stelle mich ihm in den Weg.

Er verdreht die Augen und seufzt. »Mein Vater. Ich habe heute wegen des Spiels meine Schicht im Restaurant getauscht.« Er steckt sein Smartphone in die Hosentasche. »Eigentlich sollte ich deshalb jetzt in diesem Moment im Restaurant stehen und Leute bedienen.« Er senkt den Kopf und mich überflutet ein starkes Schamgefühl. Ich habe ihm etwas unterstellt, ohne daran zu denken, welches Leben er hier auf der Erde führt. Ich gehe die eingepflanzten Gedanken Haileys durch und finde das Restaurant seiner Eltern und dass er regelmäßig dort aushelfen muss, um sein Taschengeld zu verdienen. Ich sehe ihn mit einer schwarzen langen Schürze Gläser auf einem Tablett balancieren. Malak hat ein Leben auf der Erde bekommen, das seinem in Heliopolis ähnelt. Es gleicht erschreckend dem Dasein als Dienstbote, der er für meinen Vater ist. Als würde ihm jemand deutlich machen wollen, dass er nie etwas Besseres sein würde als das. Er muss arbeiten, während wir anderen einfach nur Schüler sind.

»Was wolltest du von mir?«, fragt Malak, und ich ringe das Bedürfnis nieder, ihn aufzumuntern. Das muss warten, bis ich alle meine Freunde zusammenhabe und versuchen kann, die Täuschung aus ihren Köpfen zu löschen.

»Ich wollte dich fragen, ob du mir hilfst, nach Jared zu suchen.«

Malak zuckt mit den Schultern. »Klar.«

Ohne weitere Worte gehen wir zurück in die Halle und treffen dort sofort auf Yasmeen und Dante, die, johlend und pfeifend, Richtung Bühne winken. Dort oben steht Riaz.

»Was macht er da?«, frage ich, und Yasmeen sieht mich ungläubig an, als zweifle sie an meinem Verstand.

»Hast du ernsthaft in Erwägung gezogen, dass ein anderer als Jared Sportler des Jahres wird?«

Ich gebe mir einen geistigen Klaps und lache auf. »Natürlich nicht. Ich muss mit euch sprechen, sobald Ri… Jared damit fertig ist.«

Yasmeen nickt nur und klatscht begeistert, während Riaz eine Pappkrone aufgesetzt bekommt. Riaz, dem doch eigentlich das Herrschaftszeichen von Heliopolis gebührt, der silberne Turban mit dem großen achtstrahligen Zeichen des Diĝirs und der weißen Phönixfeder.

Riaz lächelt das Publikum an und hält die Hand eines Mädchens hoch, das eine etwas kleinere Version seiner Krone aufhat. Ich kenne sie nicht, sie muss die Sportlerin des Jahres sein. Nach einer weiteren Beifallswelle springt Riaz von der Bühne und kommt zu uns. Dort klatscht er Malak und Dante ab. Kann er sich an den Kuss von Yasmeen und Malak ebenfalls nicht mehr erinnern?

Solange Dante dabei ist, kann ich meine Freunde nicht aufklären. Fieberhaft überlege ich, wie wir von ihm unbemerkt verschwinden können, ehe er selbst die Vorlage bietet:

»Möchtest du etwas zu trinken?«

Ich muss mich zurückhalten, nicht zu erfreut zu nicken. Kaum dass er weg ist, überkommt mich ein mieses Gefühl. Mein Innerstes ist sich sicher, ihm vertrauen zu können. Doch vielleicht will ich ja nur mehr in ihm sehen, weil Hailey ihn geküsst hat. Ich streife meine Einwände ab und bitte meine Freunde, mich nach draußen zu begleiten. Sie folgen mir, auch wenn ich die bedeutungsschweren Blicke, die sich Yasmeen und Riaz zuwerfen, wahrnehme.

»Was ist los, Hailey?« Yasmeen seufzt übertrieben laut, während sie sich an Riaz drängt, der Malak und mir gegenüber auf einer der Bänke im Schulhof sitzt. »Wenn es wieder um deine Träume geht …« In ihrer Version der Realität hatten wir ein solches Gespräch wohl schon öfter. Ich verfluche die Magie der Schlafkapseln, schüttle schnell den Kopf und lasse die Worte meiner Mutter wieder und wieder durch meinen Geist ziehen. »Du musst an dich und deine Fähigkeit glauben, *Amira*. Direkt nach der Initiation ist dein Körper von Magie durchflutet. Du wirst zu ihnen durchdringen.«

Weil ich nicht weiß, wie genau ich zu meinen Freunden durchdringen kann, konzentriere ich mich auf unsere Herkunft, unser aller Leben auf Heliopolis. Magie sammelt sich, rauscht durch meinen Körper und die Luft prickelt. Ich schließe die Augen und sehe die Letzte Stadt vor mir. Dann unsere Reise in dem Raumschiff. Wieder und wieder sehe ich die Impfungen vor mir, Yasmeens Geschwister, Malaks Vater, den Diĝir, dessen Magie schwindet. Die wahren Gründe für unsere Reise. Jeden. Einzelnen. Grund.

Yasmeen schreit leise auf. Ich öffne die Augen und folge ihrem Finger, der auf den Boden deutet. Er ist übersät mit Minzpflanzen, deren kleine Blüten plötzlich überall zwischen den Grashalmen hindurchschießen. Ich bin auf dem richtigen Weg, ich spüre es.

Ich sehe Heliopolis in immer mehr Details vor mir und sende das Bild an meine Freunde.

»Sandkraut«, flüstert Yasmeen, die noch immer nach unten sieht. Hastig rutscht sie von Riaz weg, der fassungslos von Yasmeen zu mir sieht. Malak sitzt da wie erstarrt.

Dann springt Riaz plötzlich auf und sieht sich um. In seinen Augen funkelt regelrechte Mordlust. »Wo steckt Dante?«

28

Summit – Arizona, 19. Juni

Die Atmosphäre ist angespannt, selbst als die Luft nicht länger von meiner Magie getränkt ist. Ich kann förmlich zusehen, wie meine Freunde langsam erfassen, was in den letzten Wochen mit ihnen geschehen ist. Ich gebe ihnen einen Moment Zeit, ihre Gedanken zu ordnen. Sie werfen einander fassungslose Blicke zu, Yasmeen ist den Tränen nahe, als sie Malak ihr gegenüber ansieht. Riaz starrt in die Dunkelheit jenseits der Beleuchtung rund um die Bank, als lauere dort ein Monster. Oder … Dante. Sein Körper ist so angespannt, bereit für einen Kampf. Ich stehe auf und gehe langsam zu ihm. Meine Hand ist bereits erhoben, um ihn zu berühren, aber etwas hält mich zurück wie eine unsichtbare Mauer, ein Überrest des Schleiers der Täuschung.

Riaz dreht sich zu mir um. Der Blick aus seinen blauen Augen dringt bis tief in meine Seele. Nach und nach erhält er die Kontrolle über sich zurück. Seine Hand gleitet zu seinem Schlüsselbein, an die Stelle, an der *Jared* die Narbe aus seiner *Kindheit* hat, dann erscheint die Furche zwischen seinen Brauen.

»Wer hat das Zeichen entfernt? Ich kann meine Magie nicht mehr spüren.«

»Wir sind auf der Erde, unsere Magie hält hier nicht lange an. Du kannst die Energien im Körper nicht spüren«, sage ich, vermeide es vorerst jedoch zu erwähnen, dass es Möglichkeiten gibt, die Magie temporär wiederherzustellen. Er scheint mit meiner Antwort alles andere als zufrieden und sieht sich immer wieder nervös um.

»Ash, was beim Diĝir ist passiert?« Yasmeen hat ihre Sprache wiedergefunden. In ihrem Gesicht sehe ich dieselbe Zerrissenheit, die ich im Hinblick auf Riaz und Dante empfinde. Sie starrt Malak an, den Jungen, für den sie die Verbannung riskiert hat, als sie den Impfstoff für ihre und auch seine Familie gestohlen hat. Doch ihr Blick ist nicht mehr der, den sie ihm auf dem Schiff zugeworfen hat. Ich versuche, aus Malak schlau zu werden. Sein Schock muss tief sitzen, er hat noch immer keinen Ton von sich gegeben.

»Was wisst ihr noch?«, stelle ich die Gegenfrage und sehe von einem meiner Freunde zum nächsten. Yasmeen beginnt, doch mit jedem Wort wird deutlicher, wie sehr sie an ihrer eigenen Aussage zweifelt.

»Elizaa hat mich in den Schlaf geschickt. Malak war der Letzte, den ich gesehen habe. Dann war ich plötzlich Leyla.«

Malak runzelt die Stirn. »Die erste Erinnerung nach dem Einschlafen in der Kapsel ist der Ausflug nach Tucson.«

Ich denke nach. Ich habe auch keine weitere *erlebte* Erinnerung an Haileys Leben. Alles, was vor diesem Tag geschah, muss in der Täuschung verankert sein. Ich habe Riaz an jenem Tag nicht erkannt. Mein Geist war zu verwirrt. Dann ist Mazen eingeschritten. Er muss die Zeit angehalten haben, doch ich weiß nicht, warum. Meine Mutter behauptet, dass er auf ihrer – auf meiner! – Seite steht, doch ich bin mir nicht sicher. Warum hat er die Zeit angehalten? Damit meine neue Identität wieder meine eigene überspielt? Oder war Leemal dort ebenfalls anwesend? Direkt nach der Landung muss seine Magie noch stark gewesen sein, vielleicht hat es ausgereicht, mich zu beruhigen, damit ich mich besser in mein neues Ich einfüge?

Ich suche in Riaz' Gesicht nach einer Reaktion auf die Begegnung im Museum. Doch seine Gedanken sind ganz woanders.

»Dante wusste Bescheid, nicht wahr?«, presst er dann hervor. Ich glaube, er ist froh, endlich einen vermeintlich Schuldigen gefunden zu haben.

»Dante kann sich auch nicht erinnern«, sage ich schnell. Wie soll ich ihm klarmachen, dass Dante hier als Nicolas nicht derselbe ist wie der Dante, den meine Freunde kennen und hassen? »Er wurde ebenfalls getäuscht.«

»Natürlich!« Yasmeens Lachen klingt bitter. »Und weil er so sehr getäuscht wurde, hat er sich *zufällig* gerade dir sofort an den Hals geworfen.« Sie wirft einen kurzen Blick zu Riaz und schlägt sich dann die Hände vors Gesicht. Sie ist nicht in der Position, irgendwem etwas vorzuwerfen. Sie hatte eine Beziehung mit meinem Freund.

»Dante hat sich mir nicht an den Hals geworfen. Ich konnte ihn zuerst nicht ausstehen, aber …«

»Aber?« Yasmeen sieht mich herausfordernd an, während Riaz langsam näher kommt. Ich sollte ihm sagen, dass ich nur ihn liebe, dass ich für Dante nichts empfinde, doch ich kann es nicht.

»Dante ist hier anders«, sage ich so leise, dass es beinahe wie ein Schuldeingeständnis wirkt. »Er sieht wie ich immer wieder kurz hinter die Täuschung. Ihr habt mich für verrückt gehalten, er hat mich verstanden.« Riaz zuckt bei meinen

Worten zurück wie vor einer Klinge. Malak starrt die Außenfassade der Schule an, Yasmeen sieht sofort ertappt zu Boden, auf die zahlreichen Minzblüten um uns herum. Sie müssen verschwinden, sonst wird jeder Eingeweihte sehen können, dass hier starke Magie am Werke war. Leemal wird die Zeichen deuten können.

Ich lasse mich auf die Knie sinken und lege meine Hände flach auf das Gras.

»Was tust du?«, fragt Yasmeen. Neugierig kommt sie näher, bis sie direkt neben mir in die Hocke geht. Das frage ich mich auch. Ich habe mich von meiner Intuition leiten lassen, von Mutters Worten, in mir stecke mehr, als ich denke. Der Wunsch, die Pflanzen verschwinden zu lassen, hat ein Eigenleben entwickelt. Ich schließe die Augen und stelle mir vor, wie das Gras unter uns ohne die Pflanzen aussah. Noch ehe ich Yasmeens schrillen Aufschrei höre, spüre ich die Hitze rund um mich herum. Der Gestank nach versengtem Gras dringt an meine Nase, ich huste vom Rauch, der emporsteigt.

Ich habe das Element Feuer manifestiert. Vor Schreck springe ich auf, die Flammen versiegen sofort, das Gras unter uns glimmt weiter, bis Yasmeen geistesgegenwärtig auf den Glutresten umherspringt.

»Du bist ein Elementar?«, fragt sie krächzend in meine Richtung, doch ich bin nicht in der Lage zu antworten. Ich kann kein Elementar sein, ich trage die Insignie von Seth, ich habe Dantes Gefühle manipuliert, ihn beruhigt. Meine Hand gleitet zu meinem Nacken.

»Seit wann trägst du eine Insignie?« Es sind die ersten Worte, die Malak spricht, seit er wieder weiß, wer er ist. Er ist auch Träger des Leeren Zeichens, vielleicht hofft er, hier auf der Erde ebenfalls Magie wirken zu können.

»Das ist eine längere Geschichte«, erkläre ich ausweichend, während ich mir Grashalme von den Knien klopfe. Wo soll ich nur anfangen?

»Wir sind gespannt.« Malak lässt sich lässig auf die Bank fallen und legt die Arme an beiden Seiten auf die Rückenlehne. Ich möchte nicht den Platz neben ihm einnehmen wie zuvor. Nein, in Wahrheit will ich nicht, dass Yasmeen neben Riaz sitzt. Daher bleibe ich stehen, bis Yasmeen sich auf den freien Platz neben Malak setzt. Die Erlebnisse der letzten Zeit haben eine Mauer zwischen ihnen errichtet, die sie auch mit einem Lächeln nicht überspielen kann. »Ich bin auch neugierig«, sagt sie.

Ich sehe zu Riaz, kann die gleiche Mauer zwischen uns spüren. Er mustert mich lange, und ich stehe kurz davor wegzusehen, als er mich endlich freigibt und sich auf die Bank Yasmeen und Malak gegenüber fallen lässt.

»Komm schon«, sagt er auffordernd in meine Richtung. Früher hätte ich mir das nicht zweimal sagen lassen, nun jedoch … hält mich etwas zurück.

Er ist noch immer derselbe wie in Heliopolis, sage ich mir, doch ich glaube nicht wirklich daran. Langsam sinke ich auf die Bank, Riaz registriert genau, wie viel Abstand ich zwischen uns gelassen habe. Ein kurzer Schatten huscht über sein Gesicht.

Ich überlege nicht lange, sondern beginne bei dem Moment, in dem ich die Täuschung durchschaut habe – in Dantes Auto – und wie ich versucht habe, den Zwilling zurückzubekommen. Dann hole ich weiter aus und ziehe eine Szene unserer Täuschung hervor: »Könnt ihr euch wieder an den Angriff dieser Krieger draußen beim Totempfahl erinnern?«

»Du und Dante habt gekämpft«, sagt Riaz emotionslos. Doch ich glaube zu spüren, wie es unter seiner Haut brodelt, lasse mich aber nicht auf eine weitere Diskussion ein. Von Yasmeen und Malak ernte ich nur ein zustimmendes Nicken. Keiner sagt etwas, ihre Anspannung ist greifbar. Yasmeen spielt mit dem Zipfel ihrer Weste.

»Die Frau, die uns gerettet hat, war meine Mutter.«

»Deine Mutter?« Malaks Gesicht ist unergründlich.

Im selben Moment reißt Yasmeen die Augen auf.

»Lenora?«

Lediglich Riaz schweigt.

Ich nicke und erzähle, was sie mir über Leemal gesagt hat. Dass er den Zwilling aufspüren will, um eine erneute Sintflut auszulösen. Yasmeen brummt etwas wie »Das sieht ihm ähnlich«, doch ich gehe nicht darauf ein. Dann erst begreift sie, was eine Sintflut wirklich bedeutet, und ich nicke auf ihre Frage hin, ob alles hier zerstört werden soll. Malak scheint angestrengt nachzudenken, sein Wissen neu zu sortieren.

Einzig Riaz macht sich keine Gedanken um die Milliarden Menschen, die sterben würden, sondern ist noch immer auf Dante fixiert: »Und du verteidigst ausgerechnet seinen Sohn? Den Sohn, der in Heliopolis nie von seiner Seite gewichen ist?« Seine Augen sind so kalt wie nie zuvor. Ich fröstle und widerstehe dem Drang, von ihm abzurücken, und sage mir, dass er allen Grund hat, eifersüchtig zu sein. Eifersucht, die ich ebenso gespürt habe, als ich ihn und Yasmeen zusammen gesehen habe.

»Er weiß nichts«, sage ich erneut beharrlich. »Denkst du, er hätte mir den Zwilling gegeben, wenn er gewusst hätte, was er da in den Händen hält?« Ich lache auf.

»Vielleicht wusste er es ja nicht. Du sagtest, er habe keine

Ähnlichkeit mit dem Diĝir. Wie also hätte er es ahnen sollen?« Yasmeen reibt sich die Schläfe.

»Das hat mein Vater bereits vor unserer Abreise gesagt. Der Zwilling könne in jeglicher Gestalt auftreten.«

»Wo ist er jetzt?«, fragt Malak.

»Ich weiß es nicht. Zuletzt habe ich ihn in *Nicolas'* Auto gesehen, aber dort ist er nicht mehr. Ich habe gemeinsam mit *Nicolas* überall danach gesucht. Vielleicht kann er uns helfen, wenn wir dafür sorgen, dass er sich ebenfalls wieder erinnert. Vielleicht weiß er dann wieder etwas, vor dem sich seine aufgezwungene Identität verschließt.«

»Vielleicht spielt er nur den Unwissenden und der Zwilling ist bereits bei Leemal, damit er seine Pläne vollenden kann?« Riaz hat die Hände vor der Brust verschränkt. Alles an ihm strahlt die tiefe Abneigung gegen Dante aus. »Vergiss nicht, es ist Dante. Er war es, der mich angegriffen hat, als ich dich im Schiff aufwecken wollte. Mit seiner Gabe hat er mich niedergerungen.« Seine Sätze bestehen nur noch aus Zischlauten. »Hast du einmal unerträglichen Schmerz gespürt? Schmerz, der dich auf die Knie zwingt, ohne dass dich jemand berührt hat?«

Ich denke an das erste Training mit Dante zurück, an seinen unfairen Kampf. Aber ich sage nichts. Meine Reaktion ist Riaz Antwort genug.

»Und du willst ihn ins Vertrauen ziehen?« Ich beginne tatsächlich zu zweifeln. Aber eine leise Stimme in mir behauptet, dass Dantes Leben in Heliopolis ihn zu dem gemacht hat, der er ist, und er sich ein anderes Leben wünscht.

»Nicolas ist …«, beginne ich, doch ehe ich »nicht Dante« hinzufügen kann, werde ich von einem Blätterrascheln unterbrochen.

»Was ist mit mir?« Dante kommt zwischen den Büschen hervor, die uns vom Weg abschirmen.

Riaz erhebt sich blitzschnell und baut sich vor ihm auf. Dante ist jedoch nicht beeindruckt und sieht sich um. »Warum versteckt ihr euch hier?« An mich gewandt, fährt er fort: »Ich habe dich gesucht. Du warst nicht mehr da, als ich die Getränke besorgt habe.« Er sieht auf die zwei Flaschen Limo in seinen Händen hinab.

»Wir müssen ihn einweihen«, sage ich laut, dringe jedoch nicht zu Riaz hindurch. Ich suche bei Yasmeen und Malak nach Unterstützung, doch sie beobachten Riaz und Dante.

Dante sieht an Riaz vorbei zu mir und wieder direkt in Riaz' Gesicht. Seine Augen verengen sich kurz, ehe er wieder seine arrogante Maske zeigt.

Daraufhin spuckt Riaz Dante die nachfolgenden Worte ins Gesicht: »Lass die Finger von ihr.«

»Willst du dir etwa die nächste Schwester angeln?« Dantes Stimme klang schon lange nicht mehr so sehr nach dem alten Dante, so herausfordernd, so überheblich, als könne ihm nichts passieren.

Ich schreie innerlich auf. Wie kann er Riaz nur so reizen? Mit voller Absicht, was ich an dem abfälligen Grinsen im Gesicht erkannt habe. Ich weiß nicht, ob es Selbstschutz ist, ob Dante aus tiefstem Herzen lieber angreift, anstatt Erklärungen zu fordern, aber sein Ziel hat er erreicht.

Riaz schlägt so schnell zu, dass Dante keine Zeit hat, auszuweichen. Er taumelt nach hinten und wischt sich mit dem Handrücken über den Mund. Das Blut aus seiner aufgeplatzten Lippe zieht sich nun bis zu seiner Wange.

»Riaz!«, rufe ich und springe auf, um ihn zurückzuhalten, doch bei ihm hat irgendetwas ausgesetzt. Er hat nur noch

Augen für Dante, der seinerseits nun auf einen Kampf aus ist und nicht einmal registriert, dass ich *Jared* Riaz genannt habe. Ich erkenne den kalkulierenden Blick wie im Training. Seinen antrainierten Sinn für die Aktionen des Gegners und für Lücken in der Abwehr. Sie gehen abwechselnd aufeinander los. Harte Schläge treffen auf die Deckung des anderen, nur selten gelingt ihnen ein Durchbrechen. Sie sind sich ebenbürtig, wie früher im Unterricht. Wenn einer der beiden tatsächlich einen Schlag kassiert, zucke ich zusammen, als hätte man mich getroffen. Immer wieder versuche ich dazwischenzugehen, doch ich schaffe es nicht.

Malak und Yasmeen sehen den beiden ebenfalls zu, greifen nicht ein, als würden sie gutheißen, was da geschieht.

»Helft mir!«, fordere ich und reiße sie damit aus ihrer Erstarrung. Dann kommt Bewegung in sie. Malak versucht, Dante zurückzuhalten, während Yasmeen hinter ihren Soldatenkollegen Riaz tritt, seine Arme auf Höhe der Ellbogen packt und nach hinten reißt. Wütend versucht er, sich loszureißen, doch Yasmeen ist stärker, als sie aussieht.

Dann jedoch begeht Dante den Fehler, Riaz weiter zu provozieren. »Hat sie dich sitzen lassen, sodass du es jetzt bei ihrer kleinen Schwester versuchst?« Abfällig lächelnd, deutet er kurz mit dem Kopf auf Yasmeen, die gerade aussieht, als überlege sie, Riaz nicht länger zurückzuhalten.

Ich könnte es ihr nicht einmal verdenken. Riaz reißt sich von ihr los und stürmt ein weiteres Mal auf Dante zu. Malak lässt ihn gerade noch rechtzeitig los, damit er die Arme zur Deckung hochhalten kann, dann bekommt er Riaz' Arm zu greifen.

In Riaz brennt irgendetwas durch. Wie von Sinnen platziert er einen Schlag nach dem anderen; Dantes Versuche, ihn zu blocken, scheitern immer öfter. Riaz ist kampferprobter, als ich vermutet habe, und ich frage mich, wo er das gelernt hat. Schließlich durfte er auf Heliopolis nie mit den »echten« Soldaten trainieren und Dante hat bereits gegen die Krieger gekämpft und sich tapfer geschlagen. Und nun geht er unter Riaz' Schlägen zu Boden.

»Riaz!« Ich schreie ihm direkt ins Ohr und endlich kehrt er in die Wirklichkeit zurück. Der leicht irre Blick in seinen Augen weicht Schrecken. Er lässt seine Hände fallen, als gehörten sie nicht zu ihm, weicht stolpernd zurück und prallt gegen Yasmeen, die ihn sofort wieder in eisernem Griff hält. Doch nun wehrt er sich nicht mehr gegen sie.

»Was hast du getan?«, brülle ich Riaz an und lasse mich neben Dante auf die Knie sinken, der sich gerade benommen aufrappelt. Er scheint keine Schmerzen zu spüren, das Adrenalin muss alle Rezeptoren dafür ausgeschaltet haben. Er spuckt lediglich Blut aus und richtet sich wieder auf. Ich lege ihm die Hand auf die Brust, um ihn davon abzuhalten, noch einmal auf Riaz loszugehen oder ihn weiter zu provozieren, und wühle in meiner Tasche nach einem Tuch. Während sich Dante das Papiertuch auf die Lippe presst, sehe ich hinüber zu Riaz.

Er erkennt den Vorwurf in meinen Augen und stürmt davon.

Yasmeen und Malak folgen ihm, und ich bin mit Dante allein, aus dessen Gesicht mir viele Fragen entgegenspringen. Ich habe zwei Möglichkeiten, höre aber auf mein Herz, wenngleich meine Freunde nicht mit der Entscheidung einverstanden sein werden.

Ich rufe erneut das Bild der Realität hervor, alles, was ich an Szenen vom Schiff, von Heliopolis, von unserer Kindheit auf die Schnelle greifen kann, und wünsche mir, dass er versteht. Mit all diesen Gedanken durchstoße ich den Täuschungswall, der seinen Geist umgibt.

Als die Mauer um sein Bewusstsein einbricht, erstarrt er. Mit seinen grünen Augen sieht er mich an, als würde er mich zum ersten Mal sehen.

Dann beginne ich zu zittern. Dantes Angst greift auf mich über. Ein Schrei dringt aus meiner Kehle und verliert sich in der Stille um uns herum, ehe ich mich gegen seine auf mich projizierten Gefühle wappnen kann.

Ich höre das Echo von Schritten. Irgendwo in meinem Kopf, in einem Winkel, den ich bisher nicht erforscht habe, sehe ich, wie Riaz meinen Schrei hört, abrupt stehen bleibt, sodass Malak und Yasmeen ihn greifen können. Riaz reißt sich erneut von ihnen los und stürmt zurück zu mir. Um mich zu retten, weil er vermutlich denkt, dass Dante mir etwas antut. Das Bild verblasst, die Schritte kommen näher. Ich sehe wieder Dante, der mich fassungslos ansieht.

Eine Vorhersehung. Die Magie von Nephthys! Doch ich kann jetzt nicht darüber nachdenken. Riaz kommt zurück und sie werden erneut kämpfen. Ich sehe, wie Dante ihn wie im Schiff mit seinen Fähigkeiten zu Boden ringt, wie glutroter Hass sein Gesicht verzerrt. Ich weiß nicht, ob Dante wirklich Magie aus dem Zwilling geschöpft hat und wie lange diese anhalten wird. Ich will nichts riskieren, und mir bleibt nur eine Möglichkeit: Ich muss Dante von hier wegbringen. Ich überrede ihn, mir zu folgen. Die Ironie lacht mir hinterher, als wir gemeinsam zwischen den Büschen in die Dunkelheit rennen: Ich fliehe gemeinsam mit Dante vor Riaz.

29

Summit – Arizona, 19. Juni

Meine Arme werden von den dornigen Büschen zerkratzt, die uns mit ihren Ästen zurückzuhalten versuchen. Dante befreit mich von einem Ast, der sich in meinen zusammengebundenen Haaren verheddert hat, und drängt anschließend an mir vorbei. Ich vermute, dass er nun vor mir davonlaufen will, doch ich irre mich. Zielorientiert schiebt er die gefährlichen Dornen beiseite und sorgt dafür, dass ich ohne weitere Verletzungen auf dem Weg jenseits des Grüns ankomme. Dahinter ruft Riaz meinen Namen. Er klingt verzweifelt und ein Stich fährt mir durch die Brust. Dante hält einen Moment inne, dann zieht er mich mit sich die Turnhalle entlang. Beim Stadion verlangsamt er das Tempo und kommt anschließend, schwer atmend, zum Stehen. Ich bin weit weniger trainiert als er und stütze mich keuchend auf den Oberschenkeln ab. Eines der Flutlichter ist noch angeschaltet, und Licht dringt durch die Ritzen der Holzwand, die das Stadion umgibt. Nachdem ich wieder zu Atem gekommen bin, richte ich mich langsam auf und frage ohne Umschweife: »Kannst du dich wieder erinnern?«

Dante wirft mir einen misstrauischen Blick zu. »Was willst du?«

»Was ich *will*?« Ich kann nicht begreifen, was in seinem Kopf vorgeht. »Ich will mein echtes Leben wieder! Ich lebe mit Yasmeen als Schwester zusammen und dein Vater gibt sich als meiner aus.«

Dantes Verwirrung schwappt auf mich über. Nur schwach, aber er hat definitiv noch einen Rest Magie übrig.

»Kannst du das nicht irgendwie kontrollieren?«, frage ich dazwischen, ehe ich ihm die gewünschte Erklärung gebe: »Ich muss kurz mit dir allein sprechen, ehe die anderen uns finden.«

Sofort ziehen sich sämtliche Gefühle, die nicht meine sind, von mir zurück.

»Entschuldige.« Dante schüttelt den Kopf. »Ich verstehe nicht … Wer …«

»Wir verstehen auch nicht alles. Aber meine Mutter …«

Dante spannt sich sofort an.

»Sie ist es nicht, die uns hier gefangen hält. Diese Erinnerungsmanipulation geschieht eigentlich erst bei der Rückreise, hat Mazen erzählt. Meine Mutter hat mir geholfen, indem sie den Zwilling im Klassenzimmer deponiert hat.«

Seine Augen leuchten auf. »Den seltsamen Stein?« Ich nicke, dränge den Gedanken zurück, dass ich meine Freunde und vielleicht auch meine Mutter verrate, und fasse kurz zusammen, dass mir der Zwilling Magie geschenkt hat und ich deshalb durch die Täuschung sehen konnte.

»Wusstest du davon?«, frage ich direkt.

Ich kann beinahe zusehen, wie Dantes Gehirn arbeitet. Seine Augen bewegen sich schnell hin und her, seine Lider flattern, während er immer und immer wieder nach etwas sucht, das er greifen kann. Seufzend schüttelt er den Kopf. Ich glaube ihm.

»Dein Vater will mit dem Zwilling eine neue Sintflut einleiten.« Ich warte nicht, bis er seine eigenen Gedanken dazu preisgibt, sondern fordere: »Wir müssen ihn aufhalten.« Wie erwartet, stimmt er nicht freudig zu, daher erzähle ich ihm, dass Leemals geplante Zerstörung der Erde meine Mutter dazu veranlasst hat, den Zwilling zu stehlen und zu fliehen. »Sieht es für dich hier aus, als müsste man eingreifen? Haben es all die Menschen verdient, getötet zu werden? Das Volk von Heliopolis hat ein Recht darauf zu erfahren, dass das Leben auf der Erde lebenswert ist.«

»Ich glaube das alles nicht.« Dante lässt sich am Zaun des Stadions nach unten gleiten, als hätten wir alle Zeit der Welt. »Ich habe so einige Probleme mit meinem Vater, aber du unterstellst ihm – und auch deinem Vater – gerade den größten Verrat seit der Wiederbesiedelung dieser Welt!«

Er ballt seine Rechte zur Faust und schlägt neben sich auf karges Unkraut ein.

»Wenn du eine bessere Theorie hast, erläutere sie mir. Warum täuscht man die Reisenden? Warum hat noch niemand erzählt, dass hier auf der Erde keine gewissenlosen Bestien wohnen, die uns alle töten wollen?« Ich gehe vor ihm in die Hocke. Es stört mich, wenn ich mich nicht auf Augenhöhe mit ihm unterhalten kann.

Doch Dante sieht stur auf den Boden vor sich, zupft gedankenverloren an der Pflanze, die er eben noch zerquetscht hat, ehe er langsam den Kopf hin und her bewegt, als wäge er ab, was er mir erzählen kann.

»Ich kann es nicht erklären«, sagt er direkt. »Ich habe zu viel Zeit damit verbracht, mir einen Reim auf all die Dinge zu machen, die einem keiner erzählen will.« Er fängt mit diesen Worten mein Leben so zielgenau ein, dass mir ein Kribbeln durch den Magen fährt, während Dante weiterredet. »Ich würde meinem Vater alles zutrauen. Er hat immer wieder erwähnt, dass die Erde gereinigt werden sollte, weil die Menschen hier zur Gefahr werden. Zum Glück wohnst du jetzt mit ihm zusammen.«

Am liebsten hätte ich aufgelacht.

»Du hast mir immer noch nicht gesagt, warum du mich eingeweiht hast.«

Das ist eine gute Frage, ich bin mir selbst nicht sicher. »Ich fand, du hast das Recht, auch Bescheid zu wissen. Nachdem ich eingesehen habe, dass du uns nicht ebenfalls alle täuschst und mit uns spielst …«

»Wie kommst du darauf?« Er legt den Kopf leicht schief und kommt einen Schritt näher.

»Ich habe gedacht, du beeinflusst mich mit deiner Gabe, damit ich …« Seine Hand verharrt in ihrer Bewegung, als müsse er all seine Konzentration für das Nachfolgende aufbringen.

»Damit du was?« Seine Stimme ist plötzlich etwas tiefer, rauer. Seine Augen werden zu tiefen dunkelgrünen Seen, die mich in die Tiefe ziehen, um dem Funkeln auf dem Grund endlich näher zu kommen.

»Damit ich dich nett finde, dich … küsse«, presse ich schnell hervor, ehe mich der Mut verlässt. »Du warst so überzeugend in deiner Rolle, ich habe geglaubt, dass du wirklich einmal an etwas anderes denkst als an deinen Vorteil, dass du mich um meinetwillen magst und nicht wegen meines Standes.«

Ich sehe, wie Dante schluckt. Mehrmals. Dann räuspert er sich und seine Augen lodern wie grüne Flammen.

»So ist es immer gewesen, Akasha Themis. Ich mochte es,

wie du darum kämpfst, gehört zu werden, wie du jeglichen Widrigkeiten zum Trotz das tust, was dein Herz dir sagt. Ich liebe es, wie das Feuer in deinen Augen lodert, wenn du um das kämpfst, was dir wichtig ist. Du bist stark und mutig, Akasha. Im Gegensatz zu mir.« Dante schluckt ein weiteres Mal und sieht von mir weg. »Ich hatte nie den Mut, offen zu dem zu stehen, was ich möchte. Zumindest nicht in Heliopolis. Ich war zu schwach, einen andauernden Kampf auszufechten wie du. Erst auf dem Schiff habe ich die Wahrheit erkannt, durch deine Hilfe. Ein jedes Mal, wenn du mich gehasst hast, fühlte es sich an, als würde mir jemand in den Magen schlagen.«

Seine Zunge befeuchtet seine Lippen, als er sich mir wieder zuwendet und nach meiner Hand greift. Ich schaffe es nicht, sie ihm zu entziehen.

»Ich war nicht stark genug, um mich zurückzuhalten, als du mich – der Täuschung verfallen – am Ballabend geküsst hast, obwohl ich wusste, dass du nicht *mich* siehst. Mich nicht so ansehen würdest.« Er macht eine Pause, ich höre, wie er schluckt. »Du warst es immer, die ich begehrt habe, Ash. Die einzige Frau, zu der ich aufsehen konnte, die einzige, die den ständigen Kampf im Inneren kennt wie ich.« Seine Stimme wird immer leiser, eindringlicher, klingt beschwörend. Die Worte sind so intensiv, so stark, dass sie mich beinahe erdrücken.

Dante rückt näher an mich heran. Aber vielleicht bin auch ich es, die ihm weiter entgegenkommt. Das Grün seiner Augen verwandelt sich nun in das eines dunklen Waldes, wie ich ihn nur von Bildern her kenne. Ich sehe, wie seine Atemzüge stockender werden, spüre, wie mir dasselbe auf die Brust drückt, das auch ihm ein freies Luftholen unmöglich macht.

Ehe ich mein Gehirn wieder aktivieren kann, berühren sich unsere Lippen. Ein sanfter Kuss, der Hauch einer Berührung. Und doch so anders. Es ist der Kuss von Dante und Akasha, nicht der von Nicolas und Hailey. Ich verharre einen winzigen Moment zu lang in der Berührung, ehe ich zurückweiche und den Kopf schüttle. »Nicht.«

Es ist weniger ein Befehl, es ist die Angst vor meinen eigenen Gefühlen, die ich zurückdrängen will. Wie kann ich *ihn* küssen? Jetzt, da ich die Wahrheit über uns kenne?

Dante ringt um Beherrschung, ich sehe den Kampf in seinem Gesicht, ehe er tief einatmet und nickt und mit einer hastigen Bewegung das Unkraut ausreißt und von sich schleudert. Ich höre die immer panischer werdenden Rufe meiner Freunde. Yasmeen und Malak helfen Riaz bei der Suche nach mir. Vielleicht denken sie, dass ich entführt wurde. Dante erhebt sich langsam und geht in die den Stimmen entgegengesetzte Richtung davon. Es ist besser, wenn er und Riaz sich erst einmal nicht sehen, sage ich mir. Doch wenn ich ehrlich bin, ist der Grund nicht mehr derselbe wie kurz zuvor. Dantes Worte haben mich verändert. Ich kann sie nicht zur selben Zeit am selben Ort haben.

Dante wendet sich noch einmal um, zögert einen Moment, ehe er sagt: »Dieses Mal werde ich nicht aufgeben. Ich werde kämpfen. Wie du.«

Dann ist er verschwunden. In der nächsten Sekunde sind Riaz, Yasmeen und Malak bei mir und ich rapple mich auf.

»Wo ist er?«, knurrt Riaz, der offensichtlich davon ausgeht, dass Dante meinen Schrei zu verantworten hat. Als er sich umsieht und ihn nicht finden kann, nickt er zufrieden. Ich kann nicht antworten, ehe ich nicht die verwirrenden, widersprüchlichen Gefühle und den Aufruhr in meinem

Inneren zur Seite gedrängt habe, daher schweige ich. Ich habe geglaubt, es liegt an diesem Nicolas-und-Hailey und habe nie damit gerechnet, dass dieselben Schwingungen auch zwischen Dante und Akasha herrschen. Mein Herz ist zerrissen wie zuletzt nach dem Verschwinden meiner Mutter. Die eine Seite wollte damals meinem Vater glauben, die andere wollte nur das Positive in meiner Mutter sehen. Nun schlägt jede Kammer meines Herzens für einen anderen Jungen. Junge Männer, die unterschiedlicher nicht sein können.

»Wir suchen nach Dante«, sagt Yasmeen und blickt von Riaz zu mir, ehe sie Malak mit sich zieht. »Ihr habt sicher einiges zu besprechen.« In Windeseile sind sie fort und lassen eine unbehagliche Atmosphäre zurück. Etwas, das es im Beisein von Riaz nie für mich gegeben hat.

»Ash«, flüstert Riaz, nähert sich mir mit langsamen, zögernden Schritten und bittet mich mit den Augen und einer ausgestreckten Hand um Erlaubnis, mich berühren zu dürfen. Ich reiche sie ihm, während die Bilder mich überkommen, wie diese Hand die ganze Zeit auf der Erde die Hand von Yasmeen gehalten hat. Ich schließe die Augen, um das Gesehene zu verdrängen, doch es wird intensiver.

Riaz atmet stockend ein und ich sehe ihn wieder an. Seine Augen glänzen, Verzweiflung spiegelt sich in dem tiefblauen Meer. Dann räuspert er sich.

»Ich kann nicht ungeschehen machen, was passiert ist und was du gesehen hast. Aber ich möchte, dass du weißt, was ich gesehen habe, wie meine Täuschung aussah.« Seine Augen leuchten auf, als sehe er die wundervollsten Bilder vor sich, was sich für mich wie ein Stich in der Brust anfühlt.

»Wie konntest du dich so schnell in sie verlieben?«, frage ich mit zitternder Stimme.

Riaz erhebt die freie Hand und schüttelt vehement den Kopf. »Ich habe nicht wirklich Yasmeen in ihr gesehen, Ash. Meine Täuschung lag darin, dass ich endlich das Mädchen an meiner Seite haben konnte, das ich immer schon wollte.« Er legt seine Hand auf die Narbe, die von der Entfernung unseres Symbols zurückgeblieben ist. »Ich habe nicht Yasmeen gesehen, sondern dich, die Person, nach der ich mich jede wache Minute sehne. Yasmeen hat meine Ziele verkörpert, all die Gefühle, die ich für dich hege, hat Jared auf sie projiziert. In jeder einzelnen Sekunde habe ich meinen Traum gelebt, obgleich ich mich nicht an Heliopolis erinnern konnte.« Er zieht kurz die Lippen zwischen die Zähne und holt tief durch die Nase Atem, während für mich die Worte erst nach und nach einen Sinn ergeben. »Alles, was ich zu ihr gesagt habe, galt dir. Endlich hatte ich unser perfektes Leben, obwohl ich als Jared nicht einmal wusste, nach was sich mein Herz sehnt. Ein normales Leben, ohne jegliche Hindernisse, ohne Konventionen, ohne Verbote aufgrund unseres Ranges. Ich musste keine Küsse stehlen, musste mir keine Sorgen über Konsequenzen unseres Tuns machen. Es ist so viel einfacher in dieser Welt. Es war …«, er greift nach meiner zweiten Hand, »perfekt.«

Seine Gestalt verschwimmt vor meinen Augen. In meinem Kopf versuche ich, Worte zu formen, eine Antwort zu formulieren, doch ich kann es nicht.

Riaz küsst meine Wange, küsst die Träne fort, die sich hervorgestohlen hat.

»Ich weiß, dass ich die Täuschung hätte durchschauen müssen«, seine Stimme wird härter, ich höre den Selbsthass darin. »Ich hätte spüren müssen, dass mich bei jedem Kuss eine Sehnsucht erfasst hat, die ich nicht deuten konnte. Doch ich wollte es nicht. Ich wollte diesen Traum nicht aufgeben, wollte nicht aufwachen.«

Er kann mir nicht länger in die Augen sehen und blickt auf unsere verschränkten Hände hinab.

»Dass ausgerechnet Dante es war, der dir in dieser Zeit zur Seite gestanden hat …« Sein Griff um meine Finger wird fester, bis es beinahe wehtut. »Ich hasse mich dafür. Er war es, der die Worte dir gegenüber ausgesprochen hat. Die Worte, die du von mir hättest hören sollen. Er war für dich da, als ich es nicht war. Das werde ich mir niemals verzeihen.« Mein Herz windet sich, dehnt sich in zwei Richtungen und droht zu zerreißen.

Nach einer kurzen Pause sieht Riaz wieder auf. »Aber ich werde weiterkämpfen, bis du mir sagst, dass ich es lassen soll.« Ein neues Feuer lodert in seinen Augen, ehe er meine Hände loslässt und seinen Kragen zur Seite schiebt. Ich bin noch immer nicht zu einer Reaktion fähig.

Riaz presst unsere verschränkten Hände an die Narbe unter seinem Schlüsselbein und erinnert mich an unser altes Leben, ein glückliches Leben, das binnen kürzester Zeit so durcheinandergeriet.

Wir verharren in dieser Position. So dicht aneinander, unsere Finger verflochten zwischen uns. Und doch ist es nicht dasselbe. Die Stille zwischen uns ist nicht länger angenehm, sondern erdrückend. Irgendwann sagt Riaz leise: »Ich brauche dringend meine Magie zurück. Wir müssen deine Mutter finden.«

Noch ehe ich ihm sagen kann, dass ich nicht weiß, wo sie steckt, räuspert sich jemand ein paar Meter neben uns, und wir fahren auseinander. Riaz kampfbereit, ich … ertappt.

Die verhüllte Gestalt meiner Mutter tritt näher, die senkrechten Streifen des durch den Holzzaun schimmernden Lichtes fallen auf ihren Körper, lassen sie unreal wirken.

»Hier bin ich, Riaz.« Hat sie uns die ganze Zeit beobachtet? Mir nachspioniert? Dem Gespräch mit Riaz und dem mit Dante gelauscht? Mir wird kalt, weil es mir unangenehm ist. Sie ist meine Mutter, ja, aber ich habe Privatsphäre verdient.

Die Anspannung in Riaz' Körper lässt nicht nach. Er sieht meine Mutter nahezu missbilligend an.

»War das dein Plan?« Er begrüßt sie nicht, weder als meine Mutter noch als frühere Herrscherin. Mutter kneift kurz die Augen zusammen. Durch den Schal über ihrem Gesicht ist es mir nahezu unmöglich, ihre Mimik zu deuten. »Hast du zugesehen, wie all das mit uns passiert?« Ich weiß, dass er auf unsere falschen Leben anspielt.

»Es freut mich, dich wiederzusehen, Riaz.« Mit ihrem warmen Lächeln nimmt sie ihm den Wind aus den Segeln und nach einem kurzen Moment erwidert Riaz es wie von selbst. Riaz muss panisch sein, weil er keine Magie mehr wirken kann, erkläre ich mir sein Verhalten.

»Sollte die Magie nicht länger anhalten? Weißt du, was mit … uns passiert ist?« Ich hatte nie bemerkt, wie wichtig Riaz die Magie war. Sie war immer da, er hat sich durch Mauern geschlichen, aus einer Handvoll Sand ein kleines Herz für mich geformt. Aber sie ist es nicht, die ihn ausmacht. Dachte ich zumindest.

Die Falte zwischen Lenoras Brauen vertieft sich, während sie von Riaz zu mir sieht. »Die Magie, die ihr im Körper tragt, ist nicht mehr so stark wie bei den letzten Expeditionen. Die Macht des Diĝirs ist rascher gesunken, als ich gedacht habe.«

»Deshalb brauchen wir den Zwilling!«, werfe ich ein.

»Wir müssen das Gleichgewicht wiederherstellen.« Das war das Ziel der Reise hierher.

»Gleichgewicht?«, fragt meine Mutter und klingt dabei, als würde sie auflachen. »Was haben sie dir erzählt?«

Warum fühlt es sich wie Verrat an, auch nur daran zu denken, ihr zu erzählen, was mein Vater mir im Vertrauen weitergegeben hat? Als ich ausspreche, ihr davon berichte, dass der Impfstoff Moleküle des Diĝirs enthält, der notwendig ist, die Krankheit, die mit der Magielosigkeit einhergeht, zu verhindern, erfüllt ein bitterer Geschmack meinen Mund.

Kaum dass ich geendet habe, lacht meine Mutter wirklich laut auf. »Zaahir glaubt also noch immer daran, sein Volk auf diese Weise zu beschützen? Dabei ist es die Impfung selbst, die die Menschen auf Dauer krank macht. Die Magie muss von selbst zum Körper kommen, im Gleichgewicht sein. Was die Herrscher dem Volk angetan haben, wirkt wie eine Droge. Eine Droge, die zu Entzugserscheinungen führt. Es ist wahr, dass die Magie des Diĝirs versiegt. Aber wir hätten längst wieder hier leben können, ohne künstliche Atmosphäre, in Gebäuden, die mit Händen und nicht mit Magie erschaffen wurden. Ihr habt es gesehen.« Meine Mutter schüttelt missbilligend den Kopf, ehe sie fortfährt: »Ich hatte gehofft, dass sie mir und dem Zwilling folgen würden, dass wir hier noch ein letztes Mal eingreifen, ehe die Magie unserer Ahnen verbraucht ist. Wir hätten die Kriege beenden und den Menschen einen anderen Weg aufzeigen können, den zu beschreiten sich für alle gelohnt hätte. Doch es hat nicht ausgereicht. Die hohen Häuser wollten nicht auf die Magie verzichten, wollten die Macht nicht verlieren, die sie ihnen bot. Anstatt mir mit dem Diĝir und unserem Volk zu folgen, haben sie ihn immer weiter geschwächt und stehen nun am Abgrund.

Magielosigkeit«, sie spuckt das Wort nahezu aus, »ist keine Krankheit oder Schwäche. Sie kann uns stärker machen, bietet neue Wege. Seht euch die Menschen an.« Sie macht eine Pause, damit sich die Bilder in meinem Kopf manifestieren. Die Erde läuft ohne Magie. Sie mag nicht immer friedlich sein, doch die Gefahr, die uns allen eingeredet wurde, besteht nicht. Ich sehe Lenoras Vision vor mir. Mächtige Magieträger wie mein Vater könnten die Menschheit auf der Erde in ein neues Zeitalter führen, wenn wir zurückkehren.

Auch Mutters Blick ist in weite Ferne gerichtet. »Der Diebstahl des Zwillings hat nicht ausgereicht, um den Rat wachzurütteln. Doch der Diĝir selbst war zu gut geschützt. Ich konnte nicht zu ihm gelangen. Und weil alle anderen gescheitert sind, schickt man Jugendliche aus, um ihn zurückzuholen.«

»Gescheitert?«, frage ich sofort. Seit dem Verschwinden des Zwillings hat es keine weitere Expedition gegeben. Erst wenn meine Generation älter ist, steht die nächste reguläre Reise an. Ich habe das Gefühl, dass das große schwarze Loch in der Geschichte von Heliopolis wieder aufreißt, obwohl ich nach Vaters Erklärung geglaubt habe, es schließe sich endlich und der blinde Fleck würde verschwinden.

»Sie müssen die Ausgestoßenen von Heliopolis wegbringen, ehe sie zu einer Bedrohung für die Stadt werden. Das passiert mit jenen, die verbannt werden. Sie werden hierher gebracht, bekommen eine irdische Identität, und entweder sterben sie an der Krankheit oder führen ein normales, magieloses Menschenleben, ohne zu wissen, woher sie eigentlich stammen.«

Ich kann sie wieder vor mir sehen. Jene, die im verborgenen Bereich des Schiffes untergebracht waren. Leben sie jetzt ein fremdes Leben wie ich in den letzten Wochen? Instinktiv greife ich nach Riaz' Hand und drücke sie leicht. Doch die Berührung ist nicht mehr die beruhigende Geste wie zuvor. Erst verzögert schleicht sich die tiefere Bedeutung von Lenoras Worten in meinen Kopf: Wenn sie mir den Zwilling nicht gegeben hätte, mich damit nicht aus dem falschen Leben befreit hätte, würde ich den Rest meines Lebens als Hailey auf der Erde verbringen und meine Heimat nie wiedersehen. Ich bringe keinen Ton heraus. Riaz ist ebenso still und in Gedanken verloren. Kam er zum selben Schluss?

Dumpfe Schritte poltern über den Platz vor dem Stadion. Riaz und ich sind sofort in Alarmbereitschaft. Erleichtert atme ich auf, als Mazen zu uns kommt.

»Sie sind da«, sagt Mazen atemlos, und meine Mutter erstarrt. »Wie du gesagt hast.«

30

Summit – Arizona, 19. Juni

Eine Eiseskälte kriecht mir den Rücken hinauf und ich verstärke meinen Griff um Riaz' Hand.

Mazen stützt sich kurz auf die Oberschenkel, um zu Atem zu kommen. Seine Haare sehen nass aus, glänzen ebenso wie seine Stirn, die er gerade abwischt. Für einen von Leemals Soldaten ist er schlecht in Form. Oder hat er Magie gewirkt? Ich suche nach einem leuchtenden Artefakt um seinen Hals, doch kann nichts finden.

»Wer ist da?«, greift Riaz Mazens Aussage auf. Er scheint keineswegs misstrauisch zu sein. Für ihn war Mazen doch immer mein ungeliebter Onkel, der uns alles andere als wohlgesonnen war, der für Leemal die Drecksarbeit erledigt hat. Er sollte ihn ebenso anfahren wie Dante. Für so vertrauensselig hätte ich Riaz nicht gehalten.

»Truppen. Söldner. Allaz hat sie gesehen.«

Ich verstehe kein Wort.

»In Miami?«, spricht meine Mutter ebenso in Rätseln. Mazen nickt.

»Ruf unsere stärksten Begabten zusammen und trete ihnen entgegen.« Die Stimme meiner Mutter klingt wie die einer Herrscherin. »Versorgt sie mit allem, was wir haben.«

»Die Ankömmlinge wollen nicht kämpfen. Sie tragen Artefakte zusammen.« Mazen deutet beiläufig auf seine Brust, sodass auch ich verstehe, dass sie Magie zusammentragen.

»Wofür benötigen sie die Artefakte?«, frage ich. »Ich dachte, Leemal braucht den Zwilling.«

»Nicht einmal er reicht aus, um das Werk unserer Ahnen zu vernichten. In der Vergangenheit wurde die Macht von Diĝir und dem Zwilling verwendet. Doch nun ist der Diĝir geschwächt, sie brauchen andere Energiequellen, um das Ende einzuleiten«, erklärt Mazen.

Meine Mutter senkt bedrückt den Kopf. »Ich habe gesehen, wie die Siedlung in den Glades fällt. All die Menschen, die sich uns angeschlossen haben, die mir vertrauen und sich ein neues Leben aufgebaut haben …«

»Welche Siedlung?« Ich begreife das Ganze nicht.

»Es gab schon immer Menschen aus Heliopolis, verstreute Siedler, die sich gegen das Herrscherhaus stellten, sich fernab ihrer Heimat zusammentaten und eigene Städte gründeten. Diese Stämme wurden jedes Mal zerstört. Derzeit leben viele von uns in Miami. All jene, die zur Erde gebracht werden, weil sie aus der Letzten Stadt verbannt wurden, werden aufgespürt und zu uns gebracht. In den Glades, nur rund dreißig Minuten vom Zentrum Miamis entfernt, gibt es eine verborgene Siedlung. Der Zwilling verhilft uns zu genug Macht, um die Tarnung aufrechtzuerhalten.«

Endlich fügt sich wenigstens ein Puzzlestück in das große Ganze und mir entfährt ein »Ha!«, woraufhin Riaz mich fragend anblickt. Daher erzähle ich ihm kurz von dem Bericht im Internet über das Wuchern der Minze in den Everglades.

»Aber Leemal hat den Zwilling nicht. Also wird er nichts ausrichten können.« Was mich zutiefst erleichtert.

Meine Mutter sieht mich lange an, ehe sie antwortet: »Leemal muss darauf gesetzt haben, dass du den Zwilling findest und ihn auslieferst. Er wusste nicht, dass du … dass es dein erster Kontakt mit der magischen Essenz nach deinem sechzehnten Geburtstag sein würde und deine eigene Magie die Täuschung hinwegbrennt.« In ihrem Gesicht sehe ich einen Hauch von Zweifel. Dachte sie wirklich, ich würde …

»Ich werde ihm niemals helfen!«, sage ich voller Überzeugung. »Wo ist der Zwilling jetzt?«, frage ich sofort. »Wir müssen ihn beschützen.«

»Er ist in Sicherheit«, antwortet Mazen an ihrer Stelle, und es klingt, als wäre jede Diskussion darüber beendet.

Riaz' Gedanken sind bereits weiter. »Wann soll es beginnen? Was hast du gesehen, Lenora?«

»Wir wissen es nicht genau. Aber es kann nicht mehr lange dauern«, antwortet Mazen erneut an ihrer Stelle so vollkommen regungslos, während in mir die Information einen regelrechten Sturm auslöst. Ich sehe zu Riaz, der die Zusammenhänge noch nicht zu begreifen scheint, dann weiter zu Mazen und meiner Mutter, die kaum merklich nickt.

»Aber wie kann Leemal ohne den Zwilling …«

»Er wird eine Möglichkeit finden.« Ihre Worte klingen wenig überzeugt.

Aber ist Leemal einfach so bereit, nicht nur all die Menschen auf der Erde, sondern auch seinen Sohn Dante und uns andere zu opfern? Ich beantworte mir die Frage selbst. Natürlich ist er bereit dazu. Deshalb sollten wir alle mit auf die Expedition. Nicht nur ich, die laut den Sehern von Nephthys den Zwilling findet. Wir sind ihm alle egal, gehorchen nicht, wollen zu viel wissen. Wir müssen dorthin und ihn aufhalten! Wir werden die Erde beschützen. Dann werden wir zurückkehren, um meinen Vater davon zu überzeugen, Heliopolis zu verlassen. Unser Volk wird das vor so langer Zeit versprochene Glück auf der Erde endlich finden. Zum ersten Mal, seit ich mein Wissen wiedererlangt habe, verspüre ich echte Hoffnung, sehe den Anbruch einer neuen Ära. Mein Herz pocht vor Aufregung und ich bin voller Tatendrang. Wir können es schaffen. Wir können zurückkehren!

»Was können wir tun? Wie können wir Leemal aufhalten?«, frage ich daher. Riaz hingegen dämmt meinen Enthusiasmus, indem er sagt, dass er ohne Magie nutzlos ist.

»Wir können euch Artefakte geben, die eure Magie auffrischen. Sie wird dennoch nie so stark sein wie in Heliopolis und schnell versiegen. Doch sie ist ausreichend, um euch zu schützen.« Mazen zieht sich eine der vielen Ketten, die er um den Hals trägt, über den Kopf und reicht sie Riaz. Ein daumengroßes Stück Sandstein baumelt daran.

»Es ist ein Stein der Pyramiden von Giseh. Unsere Ahnen haben sie aus dem Sand erschaffen wie einst *Dilmut*. Doch die Magie des Artefakts ist begrenzt.«

Das Blau von Riaz' Augen entflammt, als er den Stein berührt. Ich rieche den Geruch von Sandkraut, der ihn plötzlich wieder umhüllt. Ich dachte immer, es läge an den Kapseln, die er ständig kaut. Dabei ist es sein Körper selbst, der vom Duft der Magie umhüllt ist. Ich lächle. Plötzlich fühlt sich alles wieder richtig an und meine Zweifel zerstreuen sich. Dennoch habe ich Angst. Angst, die dann auch sofort von Mazens nächsten Worten geschürt wird: »Mit geliehener Kraft werdet ihr Leemal nicht aufhalten können.«

»Und was sollen wir tun? Warten, bis das Ende dieser Welt über uns kommt?« Riaz richtet seinen Ärger über das Gefühl der Hilflosigkeit gegen Mazen. »Ich will kämpfen!«

Meine Mutter hebt beschwichtigend die Hände. »Akasha ist es, die alldem ein Ende setzen kann. Sie muss nur lernen, ihre Magie zu nutzen.«

Riaz sieht von Lenora zu mir.

»Warum ich?«

»Weil du hier auf der Erde initiiert wurdest. Deine Magie ist frisch, du wirst dich gegen alles zur Wehr setzen, sämtliche Hürden überwinden.«

Ich ziehe scharf die Luft ein. »Du hast alles geplant. Du wusstest, dass ich hierherkommen würde, vor meinem echten Geburtstag.«

Lenora nickt ertappt. »Deine Initiation ohne den manipulierenden Eingriff des Diĝirs hat in dir das hervorgerufen, was vor langer Zeit jeder auf der Erde konnte: In dir schlummert wahre Magie, die keiner Einschränkung unterliegt. Du hast die wahre Macht, *Amira.*« Sie legt mir eine Hand auf die Schulter. Die Geste hat aber nichts Freundschaftliches, Liebevolles, sondern fühlt sich eher so an, als würde sie mich niederdrücken. »Mazen hat dafür gesorgt, dass dein Vater schnell handelt und aufgrund deines ›Leeren Zeichens‹ eine erneute Expedition zur Erde anweist.« Sie erzählt es im Tonfall eines Wetterberichts hier im Fernsehen, nicht als würde sie von mir, ihrer eigenen Tochter, sprechen. Ich möchte wissen, was es bedeutet, »wahre Magie« zu besitzen, doch auch Riaz macht sich Gedanken:

»Warum habt ihr Ash den Zwilling nicht sofort gegeben? Uns gar nicht erst dieses falsche Leben leben lassen.« Ich spüre, wie zornig Riaz ist, als er es sagt. Er wirkt ungewohnt unbeherrscht.

»Der Tag ihrer wahren Geburt war noch nicht gekommen, und wir mussten erst sichergehen, dass sie bereit ist«, sagt meine Mutter, ohne mit der Wimper zu zucken. »Und dabei ist uns klar geworden, dass Dante ... dass etwas mit ihm nicht stimmt. Wir mussten versuchen herauszufinden, was er weiß. Auch er konnte sich erinnern.«

»Der Angriff beim Totempfahl!« Ich stöhne auf und starre meine Mutter ungläubig an. »Es waren deine Leute, die unsere Mitschüler verletzt haben?«

Riaz neben mir spannt sich an.

»Niemals, *Amira*. Ich würde dich niemals in Gefahr bringen, ich will dich beschützen. Genau damit hat Leemal gerechnet. Dass ich dem Trugbild ebenso erliegen und dich retten würde. Er hat uns damit aber geholfen herauszufinden, wer noch eingeweiht ist. Du solltest Dante also besser nichts erzählen.«

Kälte kriecht meinen Rücken hinauf, und ich sehe zu Riaz, der zufrieden nickt. Er weiß ja nicht, dass ich es geschafft habe, auch Dante aus der Manipulation zu reißen. Ich schlucke den Kloß in meiner Kehle hinunter, schaffe es nicht, meiner Mutter in die Augen zu sehen – oder ihr zu erzählen, dass ich bereits mit Dante gesprochen habe. Ich bin immer noch davon überzeugt, dass er nichts von den wahren Plänen seines Vaters weiß, und werde ihm nicht dadurch schaden, dass ich meine Mutter und meinen Onkel auf ihn ansetze. Daher bemühe ich mich um ein ausdrucksloses Nicken.

»Um aber auf dein Hilfsangebot zurückzukommen, *Amira*. Du wirst jetzt regelmäßig mit mir und Mazen den Umgang mit deiner Magie lernen. Mazen wird dich morgen früh abholen und zum Totempfahl bringen.«

Nach diesen Worten nickt sie mir kurz zu, verhüllt ihr Gesicht wieder und wendet sich mit Mazen ab. Ein Prickeln später wird die Welt um uns herum wieder von den Geräuschen aus der Turnhalle erfüllt. Mir ist nicht aufgefallen, dass Mazen wieder eine Zeitblase um uns herum geschaffen hat.

»Versprich mir, dass du Dante nichts erzählst«, sagt Riaz nach einer Weile. Seine Bitte sorgt für einen Kloß in meiner Kehle, den ich trotz mehrerer Versuche nicht herunterschlucken kann. Ich kann ihn nicht anlügen, daher setze ich auf Ablenkung:

»Versprich du mir, dass du nicht kämpfen wirst«, flehe ich ihn an. Die Angst um ihn wächst wieder und mein Körper verwandelt sich in Eis.

»Ash, ich kann nicht dabei zusehen, wie …«

Ich unterbreche ihn. »Dann komm mit, wenn meine Mutter mich trainiert. Mazen kann dir weitere Artefakte geben, die dir helfen, einen echten Kampf zu überstehen.« Ich weiß nicht, woher ich die Sicherheit nehme, aber es fühlt sich einfach wahr an.

»Ich kann kämpfen.« Riaz' Mimik verändert sich, und in seinen blauen Augen spiegelt sich Enttäuschung, die auf mich wie ein Faustschlag wirkt.

»Riaz, es ist nicht … Ich weiß, wie stark du bist, aber hier auf der Erde, auf der Leemal … Ich denke, er hat immer gewusst, wie er dich kleinhalten kann«, versuche ich, ihm klarzumachen, was ich von seinem bisherigen Training halte. »Ich glaube nicht, dass es deine Eltern waren, die etwas dagegen hatten, dass du Soldat wirst.«

Er denkt eine Weile nach. »Du hast recht. Ich werde morgen früh bei dir sein und mitkommen.«

Mich durchströmt pure Erleichterung, die jedoch prompt von einem anderen Gefühl abgelöst wird, als Riaz sich zu mir beugt und mich küsst. Zärtlich, leicht und gleichzeitig wie ein Versprechen, dass alles gut werden wird.

Gemeinsam gehen wir zurück zur dekorierten Schulturnhalle und suchen nach den anderen. Ich weiß nicht, wie viel Zeit hier vergangen ist, doch die Party scheint in den letzten Zügen zu sein. Der Saal hat sich geleert, die Tanzfläche ist verwaist, und das zuckende Licht wurde abgeschaltet. Yasmeen, Malak oder auch Dante sind nirgendwo zu sehen. Wir sehen auch auf den Toiletten nach und durchforsten den Geräteraum, nachdem wir beobachtet haben, wie ein sich wild küssendes Paar sich in die Dunkelheit dort zurückgezogen hat. Wir versuchen, Yasmeen und auch Malak anzurufen, doch keiner der beiden geht an sein Handy.

Als wir in die Halle zurückkommen, steht Mazen auf der kleinen Bühne und verkündet das Ende des Sportlerballes. Die Lichter gehen an und wischen den Zauber der dekorierten Halle weg.

»Sie sind sicher bereits zu Hause«, sagt Riaz, und ich nicke wenig überzeugt. Yasmeen und Malak wissen wieder, wer sie sind, warum sollten sie nicht jedes bisschen Zeit, das sie miteinander verbringen können, ausnutzen?

Wenig später hält Riaz' Auto eine Querstraße entfernt von unserem Haus. Ich kann nicht riskieren, dass Leemal ihn und mich sieht. Jared ist zwar mein bester Freund, doch dass ich ihn küsse, gehört garantiert nicht zu seinen Plänen.

»Wir sehen uns um acht. Genau hier. Dann fahren wir gemeinsam mit Mazen zum Totempfahl.« Riaz flüstert so leise, dass ich ihn kaum verstehe. Er scheint zu befürchten, dass wir auf irgendeine Weise abgehört werden. Ich würde es Leemal zutrauen.

Ich nicke und drücke ihm einen ganz kurzen Kuss auf die Lippen, ehe ich aus dem Wagen steige. Kaum dass ich die Beifahrertür geschlossen habe, rauscht Riaz davon.

Mit einem dumpfen Gefühl im Magen gehe ich zu meinem derzeitigen Zuhause und drehe den Schlüssel im Türschloss um. Etwas sagt mir, dass niemand im Haus ist, und mich durchfluten widersprüchliche Gefühle. Einerseits bin ich froh, Leemal nicht begegnen zu müssen, andererseits weiß ich noch immer nicht, wo Yasmeen steckt.

Sofort ziehe ich mein Handy erneut aus der Tasche und versuche zum wiederholten Mal, bei ihr anzurufen. Eine Frauenstimme verkündet, dass der gewählte Teilnehmer nicht erreichbar sei. Ich schicke ihr eine Nachricht, sie solle sich melden, und durchsuche anschließend Leylas Social-Media-Seiten. Doch seit wir sie aufgeklärt haben, hat sie nichts mehr gepostet.

Malak ist ebenso wenig erreichbar. Ich schreibe auch ihm eine Nachricht, während ich in mein Zimmer gehe. Als ich im Bad fertig bin, schreibe ich Dante und starre auf die Nachrichteninfo. Es kommt keine Lesebestätigung. Ich lasse mich auf mein Bett fallen, seufze und wähle seine Nummer. Auch er nimmt den Anruf nicht entgegen. Nachdem ich zur Sicherheit meinen Wecker gestellt habe, schreibe ich Riaz, dass Yasmeen nicht zu Hause ist.

Während ich auf die Antwort warte, schlafe ich offenbar ein. Das Brummen meines Handys reißt mich aus einem von wirren Traumbildern durchzogenen Schlaf. Ich möchte den Handywecker ausschalten, da sehe ich, dass es ein Anruf ist, der mich geweckt hat. Kyle alias Malak.

Ich räuspere mich und nehme den Anruf entgegen, während ich mir den Schlaf aus den Augen reibe. Wie lange habe ich geschlafen? So wie sich mein Körper anfühlt, waren es nur Minuten.

»Hallo, Hailey«, sagt Malak gut gelaunt, als wäre es nicht

mitten in der Nacht. Ich werfe einen kurzen Blick aufs Display. Kurz nach sieben Uhr. Mein Wecker hätte also auch bald geklingelt.

»Wo seid ihr gestern gewesen?«, frage ich und klinge selbst für mich wie eine Fremde. Meine Stimme ist belegt. »Hast du Yasmeen nach Hause gebracht?« Ich erhalte keine Antwort. »Malak?« Plötzlich bin ich hellwach und setze mich im Bett auf. Hat er mich bei der Begrüßung Hailey genannt? War es ein blöder Scherz, weil er mich so im Handy gespeichert hat, oder wurde er erneut getäuscht?

»Bist du noch da?«, hake ich nach, höre aber nur ein Rascheln. Währenddessen steige ich aus dem Bett und durchquere im Dunkeln mein Zimmer. Etwas Mondlicht scheint von draußen herein und macht es mir leichter, nirgendwo gegenzustoßen.

»Ja, ich bin noch da. Du hast versucht, mich anzurufen? Ist mit Yasmeen alles in Ordnung?«

Ich atme erleichtert auf. »Warte, ich sehe nach.«

Schnell schlüpfe ich durch die Tür. In Leylas Zimmer ist es vollkommen dunkel, daher wende ich das Handy kurz, um aufs Bett zu leuchten. Ich sehe dunkelrote Haarsträhnen wie Federn zwischen Kissen und Bettdecke hervorlugen.

So leise wie möglich verlasse ich ihr Zimmer und schließe die Tür hinter mir.

»Sie schläft«, antworte ich Malak knapp, doch er reagiert nicht, wie erwartet, erleichtert.

»Bleibst du bei ihr?« Seine Stimme klingt abgehackt, er hat schlechten Empfang.

»Ich kann nicht«, antworte ich, nachdem ich schnell in mein Zimmer zurückgekehrt bin und die Tür leise verschlossen habe. »Riaz holt mich bald ab. Wir gehen zum Totempfahl, meine Mutter wartet dort auf mich, um mit mir zu trainieren.«

Malak atmet stockend ein.

»Okay«, antwortet er dann nur knapp und beendet das Telefonat. Was erwartet er von mir? Dass ich Yasmeen wecke, sie mit mir nehme? Meine Mutter will mich trainieren, weil ich diese unberührte Magie in mir trage. Riaz will ich dabeihaben, damit er unter normalen Umständen trainieren kann. Yasmeen ist eine sehr gute Soldatin, sie wurde von Leemal auch auf potenziell gefährliche Einsätze außerhalb der Stadtmauern geschickt. Nicht nur auf Erkundungstouren, an denen Riaz ausschließlich teilnehmen durfte.

Ich wechsle noch kurz meine Kleidung, putze die Zähne und binde meine Haare neu zusammen. Ich mache mich gerade auf, die Treppe nach unten zu gehen, als ich ein Geräusch höre und erstarre. Sofort rauscht Adrenalin durch meinen Körper und meine Sinne werden geschärft. Ich lausche, sehe in die Richtung von Leemals Schlafzimmer, erkenne aber keinerlei Bewegung. Meine Atemzüge sind flach, und ich versuche, mich zu beruhigen, und sage mir, dass Holz ein lebendes Material ist und ohne Zutun Geräusche von sich gibt, dass es keinen Grund gibt, ihn im Schatten lauern zu sehen. Die Gebäude auf der Erde sind nicht von Formwandlern hergestellt, in denen jegliches Geräusch verdächtig wäre. Ich schüttle über mich selbst den Kopf und schleiche lautlos weiter. Das Knarren der alten Holzstufen der Treppe hallt durch den Flur.

Als ich unser Grundstück hinter mir lasse, fühle ich mich, als würde mir das, was mich eingeengt hat, plötzlich von der Brust genommen, und ich bin wieder in der Lage, tief durchzuatmen.

31

Summit – Arizona, 20. Juni

Der Morgen ist kühl, und ich bedaure, keine Jacke mitgenommen zu haben. Ich trete immer wieder von einem Bein aufs andere, um mich etwas aufzuwärmen, während ich auf Riaz warte. Der Horizont bietet bereits ein prächtiges Farbenspiel hinter den Silhouetten der Rincon Mountains. Bald wird sich die Sonne über ihnen erheben. Es ist schon nach acht Uhr und noch immer kein Anzeichen von Riaz. Ich weiß nicht, ob meine Mutter wieder verschwinden würde, wenn ich nicht rechtzeitig dort wäre. Und wo steckt Mazen? Müsste er nicht die Straße entlangkommen, wenn er mich abholen will? Warum habe ich meine Mutter nur nicht um mehr Details gebeten?

Ich ziehe mein Handy aus der Tasche und wähle Riaz' Nummer. Vergeblich. Meine Nachricht von gestern Abend hat er ebenfalls noch nicht gelesen. Ich kann nicht glauben, dass er zu der Zeit bereits geschlafen hat. Weitere drei Anrufe bleiben unbeantwortet.

Ich bin kurz davor, zurück nach Hause zu schleichen und Leemals Auto auszuleihen, als ein dunkler Wagen um die Ecke biegt und neben mir hält. Der erste Schreck weicht sofort, nachdem ich Mazen hinter der Scheibe entdecke.

»Hast du Riaz gesehen?«, frage ich anstelle einer Begrüßung, nachdem ich die Beifahrertür geöffnet habe und mich auf den Sitz fallen lasse.

»Sollte ich?«, fragt Mazen irritiert. »Ich habe bei euch zu Hause auf dich gewartet, weil Leemal unterwegs ist«, fügt er in einem herausfordernden Ton hinzu. Aber ich habe keine Zeit für ein schlechtes Gewissen und ignoriere die Anmerkung.

»Riaz wollte mitkommen. Ich wollte, dass du mit ihm trainierst. Er …«

»Er ist Soldat, Akasha«, will Mazen mich beruhigen, während er den Wagen in erhöhtem Tempo durch die noch schlafenden Straßen lenkt. »Er kann kämpfen.«

»Du weißt genauso gut wie ich, dass Leemal ihn nie ernsthaft hat trainieren lassen. Er ist …« Ich verkneife mir ein »schwach«, das ist Riaz wirklich nicht. Er hat eine so mächtige Gabe, dass er einen Gegner allein damit zu Fall bringen kann. Doch hier auf der Erde ist seine Magie begrenzt. Und er hatte es niemals mit echten Gegnern zu tun – oder gleich mehreren von ihnen. »Ich mache mir einfach Sorgen und würde mich besser fühlen, wenn du mit ihm kämpfen könntest, während ich mit meiner Mutter trainiere.«

Mazen zuckt gleichgültig mit den Schultern. Ist das etwa eine Antwort? Am liebsten hätte ich laut aufgestöhnt.

»Bitte«, setze ich stattdessen nach.

»Von mir aus. Aber du machst dir zu viele Gedanken. Er ist richtig gut, besitzt viel Talent und ist klug. Mehr braucht es nicht, um ein guter Soldat zu sein. Das habe ich damals auch Leemal gesagt.«

Ich sehe ihn fragend an, doch er starrt nach vorne auf die Landstraße. Daher stelle ich die Frage laut.

»Sonst hätte er ihn niemals in die Kasernen gelassen, glaub mir«, erklärt er. »Er wollte Riaz erst nicht akzeptieren, vermutlich um nicht zu riskieren, dass er hinter das Geheimnis um die Schiffe in den Pyramiden kommt.«

Die restliche Fahrt mache ich mir Gedanken und frage mich auch, ob ich es gut oder schlecht finde, dass Mazen dafür gesorgt hat, dass Riaz Soldat wird. Zu einem Schluss komme ich jedoch nicht.

Mazen hält auf dem Parkplatz, bei dem der getäuschte Angriff stattfand. Es fühlt sich an, als wären Wochen seitdem vergangen, dabei sind es nur wenige Tage. Tage, in denen so viel passiert ist. Ich steige aus dem Wagen und beuge mich noch einmal zu Mazen. Ich brauche nichts zu sagen, von sich aus erklärt er: »Ich werde Riaz suchen. Wenn er noch zu Hause ist, werde ich ihn finden und zu euch bringen.«

»Danke«, sage ich nur knapp und schließe die Tür. Für einen Moment sehe ich noch den Rücklichtern von Mazens Auto nach und versichere mir, dass alles gut werden wird.

Dann wende ich mich um und der Anblick raubt mir den Atem. Die Felsblöcke rund um den Totempfahl scheinen in Flammen zu stehen. Ich kann verstehen, dass die Menschen diesen Ort für magisch halten. Nicht nur am Abend gibt es hier diese besondere Atmosphäre. Die Sonne, die nun knapp über der Steilklippe steht, taucht den gesamten Platz in ein rotorangefarbenes Meer aus reinem Licht.

Ich gehe weiter, stets darauf bedacht, die unzähligen Minzblüten nicht zu zertreten, die den Boden sprenkeln. Beim Näherkommen schält sich der Umriss meiner Mutter aus dem grellen Licht. Sie steht auf einem der größeren Blöcke und vollführt einen langsamen Tanz mit ihrem Schwert. Heute trägt sie nicht die langen schwarzen Gewänder, sondern eine

Kampfausrüstung. Der eng anliegende schwarze Ledermantel mit den weiten ellbogenlangen Ärmeln reicht ihr auf der Rückseite beinahe bis zu den Knien, die Beine sind in eine enge dunkelrote Hose gekleidet. Ein langer Schlitz sorgt dafür, dass sie den Mantel geschlossen halten kann, selbst wenn sie wie im Moment einen langen Ausfallschritt macht, den Oberkörper dann in einer fließenden Bewegung dreht, sodass ihr Schwert einen großen Bogen zeichnet. Eine leichte Brise bringt ihre offenen dunklen Haare in Bewegung und sie reflektieren das Sonnenlicht. Das hoch konzentrierte Gesicht meiner Mutter wirkt wie von Flammen umrahmt. Ich beobachte sie selbst dann noch, als ich nur noch zwei Meter entfernt stehe. Sie wirkt so anmutig und konzentriert wie Riaz, wenn er trainiert. Yasmeen bei ihren Übungen zuzusehen, machte mich immer nervös. Sie ist stets so unruhig, ihre Bewegungen sind fahrig, nicht aus der tiefen Ruhe geboren, wie sie meine Mutter ausstrahlt.

»*Amira.*« Mutters Stimme gleicht einem zarten Streicheln und wärmt mich sofort von innen. Sie beschreibt noch zwei weitere Bögen mit dem Schwert, ehe sie es in die Scheide an ihrer Hüfte steckt und von dem Felsblock zu mir herunterspringt. Sie landet sanft und lautlos, als wäre der Fels nur eine Treppenstufe, kein Klotz von über zwei Metern Höhe. Dann öffnet sie den breiten Gürtel ihres Mantels und lässt ihn über die Arme nach unten gleiten. Jetzt sehe ich das ebenfalls eng anliegende dunkelrote Oberteil, dessen Ärmel ihr bis über den Handrücken reichen. Mein Hailey-Wissen zieht sofort den Vergleich zu den zahlreichen weiblichen Superhelden, die in Comics und Filmen regelrecht vergöttert werden. *Moderne Götter.*

Der Moment ist schnell vorbei. Meine Mutter verschwendet keine Minute mehr an Begrüßungsfloskeln, sondern stellt mir sogleich die erste Frage:

»Die Gaben welcher Häuser hast du bereits an dir entdeckt?«

»Guten Morgen, Mutter«, erwidere ich mit respektlosem Sarkasmus, der vermutlich von Hailey auf mich übergegangen ist. Die Augen meiner Mutter funkeln kurz, ehe sie nach meinem bloßen Arm greift. Nicht sehr fest, aber dennoch habe ich den Drang, mich ihr zu entziehen, weil prickelnde Magie durch mich hindurchfährt. Sie muss den Zwilling bei sich tragen. Nach dem Aufwallen des Widerstandes sehe ich, wie sie sich konzentriert und die Luft statisch aufgeladen wird. Einen Wimpernschlag später lässt sie mich los und atmet hörbar aus.

»Ich bitte dich um Verzeihung, *Amira*. Aber für einen kurzen Moment hielt ich dich für eine Täuschung.« Dann fasst sie an meine Wange und streichelt liebevoll darüber, während nun ich an der Reihe bin, misstrauisch zu werden.

»Ich weiß nicht, ob mich Leemal vielleicht aufspüren konnte und ob er in der Lage ist, meinen Geist zu beeinflussen«, erklärt sie. »Ich kann nicht riskieren, getäuscht zu werden. Es gibt sehr viele Menschen dort draußen, die sich auf mich verlassen. Und diese … bissige Art kenne ich von dir nicht. Du warst immer sehr neugierig, dabei aber stets lieb und freundlich.«

Ich lache kurz auf. Sie beschreibt das kleine Mädchen, das ich einmal war – vor vielen Jahren, vor alldem hier, bevor sie … fortging. Wie könnte ich nach allem, was wir erlebt haben, noch lächelnd und völlig blauäugig, durch die Welt gehen? Aber jetzt ist nicht der richtige Moment, um darüber zu diskutieren.

»Entschuldige, Mutter«, ich schenke ihr ein hoffentlich geglücktes Lächeln, ehe mir ihre Frage wieder in den Sinn kommt: »Du hast es gewusst! Du wusstest, dass ich die Gaben mehrerer Häuser habe, und hast mich auflaufen lassen!« Ich konnte Dantes Gefühle beeinflussen, eine Täuschung hervorrufen, als ich versehentlich seinen Namen in mein Handy getippt habe anstatt seines irdischen Namens – und dann der Handspiegel! Es war kein Traum oder Aussetzer. Ich habe ihn in der Luft erstarren lassen. Meine Stimme klingt immer aufgebrachter, während ich ihr die einzelnen Momente beschreibe, und fassungslos registriere ich, wie sie in aller Ruhe ihren Mantel zusammenfaltet und auf dem Felsblock ablegt.

»Bist du sicher, dass er getäuscht wurde?«, fragt sie, meinen Unmut übergehend. Ich ärgere mich über ihren Pessimismus mindestens genauso wie über den Vorwurf des Mangels an Kontrolle. »Ja«, sage ich daher bemüht ruhig. »Ich bin mir sicher.«

»Du scheinst eine Affinität zu mentalen Begabungen zu haben, *Amira*. Wir beginnen daher mit Haus Osiris. Es ist wichtig, dass du das, was die Mitglieder der Häuser über lange Zeit hinweg erlernen, in kürzester Zeit beherrschst.« Sie blickt sich kurz auf dem Boden um und pflückt anschließend einen Minzstängel mitsamt der kleinen weiß-rosafarbenen Blüte, die sie in ihrer ausgestreckten Hand zwischen Daumen und Zeigefinger hält. »Uns bleiben nur noch wenige Tage«, erinnert sie mich. »Konzentriere dich auf die Blüte, auf ihre Farben. Spüre, wie sie sich nach unten bewegt.« Sie senkt ihre Hand. Ich fixiere die Blume und denke angestrengt an die Gabe von Haus Osiris. Die Umgebung verliert an Farbe. Die Blätter der Pflanze sind aufgrund ihrer Bewegung leuchtend grün, Mutters Finger haben einen bronzefarbenen Hautton. Dann lässt sie die Pflanze los und zieht ihre Hand zurück. Die Blüte fällt und landet ohne mein Zutun auf dem sandigen Boden.

Ohne etwas zu sagen, hebt meine Mutter sie wieder auf und wiederholt das Prozedere. Mein Nacken prickelt, als ich mich wieder auf das Grün der Blätter konzentriere. Sie verlieren ein wenig an Farbe, als meine Mutter die Blume loslässt. Sie schwebt langsam wie eine Feder zu Boden. Ihr Duft weht zu mir herüber. Oder ist es die Magie selbst, die den Geruch verursacht? Ein Geruch, der mich sofort an Riaz erinnert.

Ich verliere die Verbindung zu der andersfarbigen Welt und die Blume fällt in normaler Geschwindigkeit zu Boden.

»Konzentrier dich, Akasha!«, fordert meine Mutter. Mir entgeht nicht, dass sie mich nicht mehr mit meinem Kosenamen anspricht.

Wieder und wieder versuche ich, der Blume in der Luft ihre Farbe zu nehmen und ihren Fall anzuhalten. Doch ich schaffe es nicht. Jedes Mal gleiten meine Gedanken zu Riaz, Yasmeen oder Malak. Je mehr Fehlversuche es werden, desto fahriger und ungeduldiger werde ich. Auch wenn meine Mutter nach außen hin keine Veränderung zeigt, spüre ich ihre wachsende Unruhe.

»Beim Diĝir, ich habe keine wirkliche Macht über Osiris«, presse ich beim nächsten Versuch hervor. Die Blume zwischen Mutters Fingern ist nur noch hellgrün, als sie die loslässt. Doch wieder kreisen meine Gedanken umher. Sofort kehrt die Farbe zurück und die Pflanze landet wieder einmal auf dem Boden. Ich stöhne auf, balle die Hände zu Fäusten und verspüre einen unheimlichen Drang, die angestaute Wut über mich selbst loszuwerden.

»*Amira*, wir versuchen es mit etwas anderem.« Meine Mutter hält die Blume zwischen uns. »Ändere ihre Farbe. Nutze die Gabe deines Vaters, um mir eine andere Farbe vorzuspielen.«

Ich nicke, noch immer mit zusammengepressten Lippen. Ich konzentriere mich auf die rosaroten Blätter, die den etwas dunkleren Stempel umrahmen. Ich stelle mir vor, wie Blätter und Stempel die Farben tauschen, berühre mit dem Zeigefinger die Blüte und spüre so etwas wie eine elektrische Entladung. Die Blüte zerfällt zu Staub und rieselt zwischen Mutters Fingern hindurch.

Die Enttäuschung, die ihr Gesicht kurz verdunkelt, ist nichts im Vergleich zu meiner eigenen. Ich bin wütend, dass ich es einfach nicht schaffe. Das Prickeln in meinem Nacken überzieht nun auch meine Arme. Meine Hände zittern, so fest balle ich sie zu Fäusten. Der Ruf meiner Mutter dringt kaum durch das Rauschen in meinen Ohren. Nein, nicht in meinen Ohren. Der Wind fegt zwischen den Felsblöcken hindurch, wirbelt Sand auf und schleudert ihn so fest gegen meine Beine, dass ich es selbst durch die Jogginghose spüre.

»Akasha!«, ruft meine Mutter erneut und kommt mit gesenktem Kopf auf mich zu, den Unterarm hält sie zum Schutz vor die Augen. Erst jetzt begreife ich, dass ich es bin, die den Wind verursacht. Ich schrecke zusammen, mein Ärger verpufft und mit ihm der Wind. Die letzten Sandkörner fallen zu Boden, und ich sehe ihnen zu, wie sie zum Liegen kommen, als meine Mutter neben mich tritt. Ich schäme mich für diesen Ausbruch und halte den Kopf gesenkt.

»Das war …«, beginnt sie und macht eine Pause. »Vielleicht liegen dir elementare Gaben mehr? Wollen wir es mit Haus Tefnut versuchen?« Sie versucht, motivierend zu klingen, aber ich nehme es ihr nicht ab. Sie ist enttäuscht, was mich zutiefst verletzt. Meine Mutter stolz zu machen, war immer alles, was ich wollte.

Ich wage es kaum aufzusehen. Plötzlich fühle ich mich wieder klein, würde mich am liebsten hinter ihrem Rock verstecken wie an jenem Tag, an dem ich dem verwahrlosten Malak etwas zu essen gegeben habe.

Sie berührt mich am Kinn und hebt meinen Kopf, bis sie mir in die Augen schauen kann. Wir sind gleich groß, und es kommt mir vor, als blicke ich in einen Spiegel, der mir aufzeigt, wie die Anstrengungen eines Lebens mein Gesicht zeichnen würden. In Mutters dunklen Augen jedoch sehe ich nichts als Liebe.

»Sei nicht enttäuscht, *Amira*«, flüstert sie und streicht mir über die Wange. »Dir fehlt es lediglich ein wenig an Konzentration.« Sie tritt einen Schritt zurück. »Wie wäre es, wenn du dich auf das Element Erde konzentrierst?« Sie setzt sich auf den Boden und schiebt mit der Hand Sand zur Seite, bis das etwas dunklere Erde-Sand-Gemisch zum Vorschein kommt, das hier den Pflanzen zum Wachsen dient. Sie klopft neben sich und ich lasse mich ebenfalls zu Boden sinken.

»Je besser du mit dem Element verbunden bist, desto einfacher kannst du es lenken«, erklärt sie, nimmt meine Hand und drückt meine Finger in die gelockerte Erde. »Schließ deine Augen und spüre sie.«

Ich folge der Anweisung und konzentriere mich auf meine Finger, die in der kühlen Erde ruhen. Ich spüre tatsächlich, wie viel Leben in dieser doch so öde wirkenden Landschaft steckt. Etwas streift flüchtig meinen Geist, vielleicht ein Tier, das sich in der Erde bewegt. Meine Atemzüge werden tiefer. Die Verbindung zum Element Erde entspannt mich, *erdet* mich. Ich spüre Wurzeln, Keime, die nur darauf warten, irgendwann nach oben zu dringen.

Dann lädt sich die Luft um uns herum plötzlich statisch auf, knistert, als warte die Magie nur auf eine Anweisung von mir, und ich erteile sie, möchte die Keime in der Erde wachsen lassen, sehe alles genau vor mir. Ein tiefes Grollen dringt an mein Ohr, ehe der Boden unter mir zu vibrieren beginnt. Lose Steinchen poltern von den Felsblöcken um uns herum hinab, eine erschreckte Schlange huscht davon. Das Beben wird stärker, und ich spüre eine Welle Magie aus mir herausbrechen, die ich nicht zurückhalten kann.

Die Erde grollt immer lauter, die Bewegung unter mir ist mittlerweile so stark, dass ich mich auch mit der zweiten Hand abstützen muss. Meine Finger graben durch das Sandgemisch an der Oberfläche und beim Kontakt mit der tieferen Schicht passiert es.

Mit einem tiefen, dröhnenden Schrei platzt die Erde auf. Der Riss, der direkt vor mir beginnt, zieht sich immer weiter. Eis. Ich habe sofort Bilder aus dem Unterricht über brechendes Eis im Kopf. Weit entfernt, poltert es, Steine stürzen hinab. Ich versuche, es aufzuhalten, will den Schaden beheben, doch der Strom an Magie, der aus mir hinausdrängt, ist nicht aufzuhalten.

Erst der heftige Schlag, mit dem ich zur Seite gestoßen werde, kappt die Verbindung.

Meine Mutter kniet atemlos neben mir. Ihr Gesicht ist kreidebleich, ihre Augen sind vor Schreck weit geöffnet. Meine Augen folgen dem breiten Riss, den meine Magie wie eine Wunde in diesen magischen Ort geschlagen hat. Das letzte Morgenrot lässt die Oberfläche sogar blutend wirken.

»Du musst es rückgängig machen!«, sagt meine Mutter.

Doch ich kann es nicht, ganz gleich, wie sehr mich ihre Augen anflehen.

»Ich schaffe es nicht«, gebe ich zu.

Meine Mutter sieht den Riss entlang, dann erhebt sie sich und klopft den Sand von Händen und Hose. Ich stehe ebenfalls auf. Mein Blick bleibt dabei an dem von mir hervorgerufenen Schaden hängen. Selbst wenn ich es gewollt hätte, ich glaube nicht, dass ich die Magie so fokussieren könnte, dass sich die Erde wieder schließt. Tief in meinem Inneren bin ich überzeugt davon.

»Ich habe den Zwilling dabei«, sagt meine Mutter.

Ich nicke wenig überrascht. »Ich habe ihn gespürt.« Sie hält damit inne, einen schwarzen Beutel an ihrer Seite zu öffnen, und wirft mir einen kurzen Seitenblick zu. Ich glaube, den Stolz darin zu sehen. Mit einem leichten Lächeln auf den Lippen zieht sie dann einen handflächengroßen unscheinbaren Stein hervor, der nicht von anderen hier zu unterscheiden ist. Würde sie ihn am Rand der Steinklippe neben dem Totempfahl ablegen, würde ich ihn nicht mehr wiederfinden können. Im Tageslicht ist auch keinerlei Schimmer zu sehen wie im abgedunkelten Klassenzimmer oder in Dantes Auto in der Nacht. Handelt es sich dabei wirklich um den Zwilling? Skeptisch sehe ich auf den beigegelben Sandsteinklotz in ihrer Hand hinab. Rote Adern schlängeln sich auf seiner Oberfläche. Es ist ein hübsches Exemplar, aber der Zwilling sah anders aus.

Meine Mutter lacht. »Der Zwilling wechselt ständig sein Äußeres«, erklärt sie. »Würden wir ihn an einen anderen Ort in der Welt bringen, gliche er dem dort vorkommenden Gestein, vielleicht Marmor oder Schiefer.« Sie streckt ihre Hand weiter aus und instinktiv weiche ich noch ein wenig zurück. Der Schmerz der ersten Berührung in Dantes Auto hallt wie ein Echo durch meinen Körper.

»Du musst ihn berühren, *Amira*. Du musst lernen, seine Macht zu nutzen. Du hast eine Verbindung zum Zwilling. Lerne, seine Energie zu lenken. Er wird dir auch helfen, dich zu fokussieren.« Sie macht einen Schritt auf mich zu und ich erstarre innerlich. Meine Mutter senkt die Hand mit dem Zwilling, ihre schlanken Finger umgreifen den Sandstein und wirken wie ein Teil von ihm. Ihre freie Hand streift sanft meinen Oberarm. »Ich wollte dich nicht überrumpeln«, entschuldigt sie sich. »Aber ich fürchte, wir haben keine Zeit, es langsam anzugehen.«

Ich versuche sofort, etwas aus ihrem Gesicht zu lesen. Hatte sie eine weitere Vision?

»Die Vision von Leemal wird präziser. Ich habe gestern Abend noch ein Artefakt für den Blick in die Zukunft genutzt. Uns werden keine fünf Tage bleiben.« Sie durchdringt mich förmlich mit ihrem Blick aus den dunklen, von Kajal umrandeten Augen. »Wir müssen bald aufbrechen und Vorkehrungen treffen.« Ihr Gesicht zeigt keinerlei Gefühle. Sie wirkt wie die Statue einer antiken Kriegerin.

»Ich dachte, ohne den Zwilling könnte Leemal nichts zerstören. Wie also … Vielleicht siehst du in deiner Vision … eine Täuschung?« Meine Stimme klingt ebenso wenig überzeugt, wie ich mich fühle.

Meine Mutter schüttelt langsam den Kopf. »Leemal wird den Zwilling haben. Ich habe es gesehen.«

»Dann bring ihn von hier fort, verstecke ihn, damit er ihn nicht bekommt.« Beim Gedanken an den Tod so vieler Menschen breitet sich eine tiefe Traurigkeit in meiner Brust aus. Wir haben im Unterricht auf Heliopolis den ersten Exodus und auch den späteren Neustart der Erde besprochen. Aber da fühlte ich uns im Recht. Ich hielt die Menschen, die auf der Erde leben, für Monster. Doch das sind sie nicht. Vielleicht waren sie es auch damals nicht. Sie haben es nicht verdient zu sterben. Unsere Zukunft liegt hier auf der Erde, wie es schon die Ahnen gewollt haben.

»Ich brauche ihn nicht wegzubringen. Du musst einfach lernen, ihn zu kontrollieren. Niemand sonst kann dies leisten. Du bist die Einzige, die von ihm initiiert wurde. Du hast eine besondere Verbindung zu ihm, er reagiert auf dich. Lerne, diese Verbindung zu nutzen, und du kannst alle retten.« Meine Mutter hebt wieder ihre Hand und öffnet die Finger.

»Ich … Ich kann nicht.« Es ist zu viel. Wie soll ich es in weniger als fünf Tagen schaffen? »Du siehst doch, was ich angerichtet habe.« Ich brauche nicht erst auf die klaffende Wunde auf dem Boden zu deuten.

»Doch, du kannst. Du stehst dir selbst im Weg.« Dann überrumpelt sie mich. Mit einem Schritt steht sie dicht vor mir und presst den Zwilling auf meine bloße Haut am Unterarm. Ich schreie instinktiv auf, wappne mich gegen den Schmerz – doch ich spüre keinen.

Irritiert sehe ich auf meinen Arm hinab, auf das blasse Schimmern des Zwillings, das in schnellem Rhythmus heller und dunkler wird und nun auch im Sonnenlicht zu sehen ist. Das Licht pulsiert im Takt meines Herzschlags, wie ich schnell feststelle. Er reagiert tatsächlich auf mich. Je mehr ich mich beruhige und das Adrenalin abebbt, desto langsamer werden die Impulse des Zwillings.

Ich stöhne auf, als ich nun durch seine Tarnung hindurchsehen kann, sein wahres Äußeres erkenne. Er ist nicht fest, er ist kein Kristall, sondern reine Energie, nicht greifbare Materie, stattdessen die bloße Magie, für die unsere Ahnen den Diĝir und seinen Zwilling gehalten haben.

»Was ist?«, fragt mich meine Mutter mit Besorgnis in der Stimme.

»Der Zwilling, er ist …«

Sie legt den Kopf leicht schräg und kneift die Augen zusammen. Sieht sie nicht dasselbe wie ich? Ich will nicht von ihr für verrückt gehalten werden, daher verkneife ich mir eine Aussage über die Energiekugel, die wie eine Miniatursonne zwischen uns schwebt, weil die Hände meiner Mutter nur seine Tarnung berühren.

»Es tut nicht weh«, antworte ich ihr stattdessen.

»Natürlich nicht«, sagt meine Mutter, der sanfte Ton ihrer Stimme gleicht einer Liebkosung. »Und nun heile die Erde.«

32

Summit – Arizona, 20. Juni

Nach einem letzten tiefen Atemzug, der meinen Herzschlag beruhigt und das Pulsieren des Zwillings ebenso verlangsamt, greife ich zu dem Ball aus purer Magie. Weil ich nur seine Tarnung berühre, scheint es, als würde er über meiner Handfläche schweben, und ich unterdrücke ein begeistertes Aufseufzen. Nie zuvor kam es mir so richtig vor, diese Reinheit, diese Magie zu vergöttern, wie es die Alten in Heliopolis tun.

»Konzentriere dich«, dringen die Worte meiner Mutter an mein Ohr. Doch sie liegt falsch. Ich muss mich nicht konzentrieren, ich spüre es in mir. Die Magie, die danach lechzt, gelenkt zu werden, zu verändern.

Ich lasse mich auf die Knie fallen und berühre mit meiner freien Hand den Boden. Beim Ausatmen lasse ich all die Zweifel hinter mir, leere meinen Geist und denke an nichts anderes als das, was ich zu bewirken imstande bin.

Die Erde antwortet mir mit einem kurzen Beben. Ich leite die Magie des Zwillings durch meinen Körper hindurch zu der Hand, die auf der Erde ruht. Viel leiser als zuvor, mit einem beinahe belustigt klingenden Poltern kleiner Steinchen, regt sich der Boden, und der Geruch nach Menthol dringt an meine Nase, während um mich herum Minzpflanzen – Sandkraut – aus der Erde schießen. Doch weiter tut sich nichts. Unentwegt schiebe ich die Bilder von Riaz von mir, die in meinem Kopf auftauchen, als ich den aromatischen Duft der Pflanzen einatme. Weicht er aus meinen Kopf, rührt sich das schlechte Gewissen gegenüber ihm, und sofort kommt Dante ins Spiel. Ich kann meinen Kopf nicht freimachen.

Ich zittere bereits vor Anstrengung, meine Atemzüge sind schnell und flach, mein Puls rast, was ich an dem schnellen Pulsieren des Zwillings sogar sehen kann, doch es gelingt mir nicht, die Magie, die in mir tobt, in geordnete Bahnen zu lenken, und das Poltern der Steinchen, die in der Schlucht versinken, klingt nach einem hämischen Lachen. Ich gebe auf.

Mit hängenden Schultern erhebe ich mich.

Meine Mutter lächelt, doch der Stolz, der sie für einen kurzen Moment hat erstrahlen lassen, verblasst, und mein Herz gerät ins Stocken. Ich wollte sie nicht enttäuschen. Mit einem langsamen Nicken tritt meine Mutter näher und schließt mich dann in die Arme.

»Es ist nicht wichtig, *Amira*. Ich wusste immer, dass du eines Tages etwas Großes bewirken wirst. Dieses Wissen war es wert, mein Leben dafür zu opfern.«

Ich betrachte sie mehrere Herzschläge lang. Hat sie etwas vorhergesehen? Wird sie sterben? Ich kann sie nicht verlieren. Die Enttäuschung weicht tiefer Sorge und Unruhe.

Erst als sie ihre Augen weit aufreißt, registriere auch ich meine bebenden Lippen, und meine Mutter erklärt sich sofort.

»Ich glaube, du interpretierst zu viel in diesen Satz, *Amira*. Ich meinte, mein Leben als Herrscherin aufzugeben und alles vorzubereiten, der jahrzehntelangen Ungerechtigkeit und Täuschung der Herrscher ein Ende zu bereiten.«

Ich atme erleichtert aus und verdränge die Bilder meiner sterbenden Mutter, die ihre Aussage in mir hervorrief.

»Du hast so glücklich ausgesehen, als du deine wahre Gabe gespürt hast«, lenkt sie mich gekonnt ab. Ich antworte ihr mit einem aufgesetzten Lächeln, als die Erinnerung an dieses Gefühl der Einheit mit dem Zwilling zurückkehrt. Und dennoch konnte ich die Magie nicht nutzen.

»Deine Gefühle können dich behindern, *Amira*, oder dir große Macht verleihen. Es liegt an dir, ob du sie kontrollierst oder sie dich.«

Sie drückt mich noch ein letztes Mal fest an sich, ehe sie mir den Zwilling abnimmt, sich abwendet, ihren Mantel vom Stein nimmt und zwischen den Felsen davongeht. Mit etwas Verzögerung laufe ich ihr nach und halte mich neben ihr. Ihre Hand umschließt noch immer den Zwilling.

»Mazen wird gleich hier sein und dich zurückbringen. Leemal darf keinen Verdacht schöpfen. Ich muss jemanden suchen, der das Chaos in Ordnung bringen kann.« Das letzte Wort hängt noch in der Luft, als sie stehen bleibt und keuchend die Luft einzieht. Ich höre einen leisen Aufprall im Sand, während ich mich ihr zuwende und sehe, wie ihre Augen trüb werden. Ich kenne dieses Bild noch aus meiner Kindheit. Sie hat eine Vision. Ein Leuchten dringt unter ihrem Oberteil hervor. Ein Artefakt.

Binnen Sekunden verändert sich ihre Mimik. Die Gesichtszüge verhärten sich und ein Schatten legt sich darüber. Ihr gesamter Körper ist angespannt, als sich die Vision von ihr löst und ihre Augen wieder klar werden.

»Was hast du gesehen?«, frage ich sie, doch sie starrt nur über meine Schulter hinweg. Ich folge ihrem Blick und eine Eiseskälte lähmt meinen Körper.

»Versprich mir, deine Gaben nicht zu nutzen. Du musst die Tarnung aufrechterhalten.« Einen Atemzug später fügt sie hinzu: »Lenke ihre Aufmerksamkeit in keinem Fall auf den Zwilling.«

Wie von selbst sehe ich nach unten auf die leuchtende Supernova hinter der Tarnung des einfachen Sandsteins. Sollte irgendwer ebenso dahinterblicken können, würde er den Stein noch aus Meilen Entfernung sehen. Dann schaue ich zurück auf die düsteren Gestalten, die soeben wie aus dem Nichts erschienen sind.

Sie sind zu viert. Vier stämmige Männer in der Uniform der Garde von Heliopolis. Doch im Gegensatz zu jenen Soldaten tragen sie keine Wappen ihrer Insignien auf der Bordüre ihrer Tunika, sondern stellen ein mir unbekanntes Symbol mit acht Kreisen zur Schau.

»Leemals Söldner«, zischt meine Mutter, und mein Magen verkrampft sich, während sie ihr Schwert zieht und mir reicht. Aus einer vorher nicht von mir bemerkten Scheide am Rücken zieht sie ein weiteres.

»Sie sind seine Elite, die Geheimwaffe. Denk daran: Du bist Trägerin des Leeren Zeichens. Du kannst keine Gaben benutzen. Verlass dich auf dein Talent im Kampf. Du hast es bereits bewiesen.«

Ich erschaudere, als sich mir unwillkürlich die Bilder des vermeintlichen Kampfes gegen die Krieger in antiken Rüstungen zeigen. War diese Täuschung der Probelauf für das hier? Wusste meine Mutter, dass sie früher oder später auftauchen würden? Nun jedoch bleibt keine Zeit nachzuhaken. Ich sorge für einen festen Stand und warte ab. Meine Mutter atmet mehrmals hörbar aus und ein, sucht ihre Mitte. Ich tue es ihr nach und warte, bis unsere Gegner auf uns treffen.

Meine Mutter stürzt nach vorne, schwingt ihr Schwert und streift den Oberschenkel des einen Soldaten, ehe sie dem zweiten das Schwert in die Seite stößt und zu mir zurückkehrt. Er ist zu perplex, um zu reagieren, und mit dem überraschten Ausdruck auf seinem Gesicht fällt er zuerst auf die Knie und kippt dann zur Seite. Nun sind die anderen alarmiert, beachten das Rot nicht, das sich um ihren Mitstreiter herum ausbreitet, der sich wider meiner Erwartung stöhnend aufrappelt.

»Nimm den Verletzten«, weist mich meine Mutter an, und ich konzentriere mich auf das Blut, das aus der Oberschenkelwunde des bulligen Mannes sickert, dann jedoch versiegt. Er schenkt seinem Bein keine Beachtung, läuft einfach weiter, als wäre nichts geschehen. Seine Bewegungen, zunächst etwas ungelenk aufgrund der Verletzung, werden immer fließender. Die Wunde kann nicht so tief gewesen sein, wie ich zunächst vermutet habe.

Mit beiden Händen umgreife ich den Griff des Schwertes. Es liegt schwerer in der Hand als die Trainingswaffe im Schiff, und ich hoffe, dass die von Dante gezeigten Angriffe Wirkung erzielen. Jeder Schritt ist so präzise, als würde Dante hinter mir stehen, meinen Körper umgreifen und meine Bewegung lenken. Ich höre seine Stimme, die mir einflüstert, was ich zu tun habe.

Ein kurzer Ausfallschritt nach vorne, antäuschen, zurückziehen, bücken und durchziehen. Die Abfolge ist denkbar einfach, doch mein Gegenüber scheint meine Bewegung vorherzusehen und blockt mein Schwert ab. Der Aufprall bringt meinen gesamten Arm zum Vibrieren. Schnell weiche ich zurück, sammle mich wieder, um es ein weiteres Mal zu versuchen. Dieses Mal bin ich schneller, schaffe einen Treffer, doch mein Gegner ist erneut unbeeindruckt davon. Schneller, als ich es für möglich gehalten hätte, zieht er sein Schwert durch und streift mich am Oberarm. Das Brennen treibt mir die Tränen in die Augen, und ich ziehe scharf die Luft ein, während ich nach hinten taumle.

Er folgt mir, sein Grinsen gleicht dem des Raubtieres, das immer wieder durch sein menschliches Äußeres schimmert. Er ist ein Gestaltwandler. Er muss das Artefakt verborgen unter der Kleidung tragen. Wenn er sich verwandeln würde, hätte ich vielleicht eine Chance, ihn zu überrumpeln. Yasmeen hat mir erzählt, dass sie in dem einen Moment der vollständigen Wandlung für einen Wimpernschlag wie betäubt ist.

Ich stoße das Schwert nach vorne. Unbeholfen, als wüsste ich nicht, dass es ein Schwert und kein Degen ist. Das Grinsen auf den fleischigen Lippen meines Gegenübers wird breiter und offenbart spitze Zähne, ein Raubtiergebiss. Erneut täusche ich an und ziehe die Seite meines Schwertes über seinen Unterarm. Eine winzige Verletzung, die ihn niemals ausschalten würde, aber ich muss ihn aus der Reserve locken. Fassungslos sehe ich zu, wie auch hier der Blutfluss schnell versiegt.

Ein spitzer Aufschrei ertönt jenseits unseres Zweikampfes. Meine Mutter weicht zurück. Einer ihrer Gegner ist bereits am Boden, stemmt sich jedoch eben wieder auf. Die anderen kommen von zwei Seiten auf sie zu. Sie muss sich gegen drei dieser Krieger behaupten, und ich schaffe es nicht einmal, mit dem einen fertig zu werden. Ich reiße mich zusammen und rufe alle tödlichen Hiebe in meinem Kopf ab, die ich von Dante gelernt habe. Doch noch ehe ich sie anwenden kann, lenkt mich ein starkes Prickeln in der Luft endgültig ab. Die Söldner nutzen starke Magie. Doch entgegen meiner Erwartung, dass sich mein Gegenüber nun verwandeln würde, erkenne ich, dass er elementare Fähigkeiten hat. Der kleine Funke, der zunächst über seiner Handfläche schwebt, wird rasend schnell zu einem Feuerball, den er auf mich schleudert. Nur ein Sprung zur Seite rettet mich vor schweren Verbrennungen. Die Gedanken in meinem Kopf rasen. Der Mann ist ein Gestaltwandler, ich habe es doch gesehen! Und nun hat er die Gabe von Haus Tefnut? Wie kann das sein?

Ein glühend heißer Funkenregen saust auf mich zu. Meine Gedanken lenken mich ab, ich kann nicht schnell genug ausweichen und stolpere nach hinten, während ich auf mein angekokeltes Shirt einschlage, damit es nicht in Flammen aufgeht.

Meine Mutter fällt auf die Knie. Ihr Gesicht ist von Schmerzen verzerrt, die ich mir nicht einmal vorstellen kann. Wir können nicht normal kämpfen, wenn unsere Gegner übermächtig sind.

Ich schiebe mich nach hinten, lasse den bulligen Mann nicht aus den Augen, der meine Angst zu riechen scheint. Die tierischen Instinkte von Haus Schu.

Ich wage es nicht, meinen Blick von ihm abzuwenden, taste mit zitternden Händen nach dem für seine Augen vermutlich unscheinbaren Sandstein, den meine Mutter irgendwo hier fallen lassen hat, als diese Männer aufgetaucht sind. Der Söldner greift so schnell nach mir, dass ich mich nicht wehren kann. Er zieht mich zu sich, Steine bohren sich in meine Handflächen, reißen die Haut auf. Dann packt er mich, wirbelt mich herum und presst meine Arme an die Seiten. Ich stemme mich gegen ihn, zerre an den Armen, die mich wie ein Neoferrum-Gurt fixieren, während er mich vom Zwilling wegzerren möchte. Dann kommt mir erneut Dantes

Training zugute. Von einem zum nächsten Augenblick unterlasse ich meine Gegenwehr und sacke nach unten. Die Arme lösen sich, um nachzugreifen, und ich nutze diesen Moment, um mich komplett nach unten fallen zu lassen und auf den Zwilling zu stürzen.

Die Magie wallt in mir auf, unbändiges Glück durchfährt mich wie ein Rausch und vermischt sich mit der Angst um meine Mutter und um mein eigenes Leben.

Ich stelle mir vor, wie diese hochgewachsenen Männer vor Angst zittern, projiziere das, was ich empfinde – echte Todesangst –, auf die vier Soldaten.

Binnen Sekunden weicht das überhebliche Grinsen des Bullen, sein Gesicht wird kreidebleich, Schweißperlen treten auf seine Stirn. Die Augen sind vor Schreck geweitet, als würde er einer Armee von Sandlingen gegenüberstehen. Er weicht zurück. Taumelnd greift er an die Verletzung an seinem Oberschenkel. Ich suggeriere ihm, wie viel Schmerzen sie ihm bereitet, und er knickt bei jedem weiteren Schritt zurück ein. Ein Dolch landet mitten in seiner Brust. Selbst im Angesicht ihrer mächtigen Gegner hat meine Mutter ein Auge auf mich. Der Boden erzittert, als er leblos umfällt und sein Blut den Sand tränkt.

Nun konzentriere ich mich verstärkt auf die Gegner meiner Mutter, verstärke ihre Angst, lasse sie aufschreien wie kleine Kinder, ehe einer von ihnen endlich das Signal zum Rückzug gibt und die drei Überlebenden so schnell verschwunden sind, wie sie aufgetaucht waren.

Meine Mutter sieht zu mir, und ich versuche, aus ihrer Mimik schlau zu werden. Anstatt froh zu sein, dass ich die Söldner verjagt habe, sieht sie eher … verstimmt aus.

»Wir hätten sie nicht besiegt«, stammle ich und fühle

mich wie ein kleines Kind, das sich für seinen Ungehorsam rechtfertigen muss. »Du hättest getötet werden können.« Wollte sie tatsächlich sterben? Hat sie das vorhergesehen?

Mutter seufzt auf. Ihr Gesicht ist noch immer eine Maske, die ich nicht lesen kann. Also spreche ich weiter, bemühe mich um einen sachlichen Ton, der aber misslingt: »Der Mann bei mir war ein Gestaltwandler und konnte gleichzeitig das Feuer beherrschen!«

Meine Mutter nickt. »Leemals Söldner besitzen die Fähigkeiten aller Häuser.«

»Wie beim Diĝir ist das möglich? Sind sie wie … ich?«

Nun schüttelt sie schnell den Kopf. »Leemal hat dafür gesorgt, dass sie sich die Kräfte aller Häuser zunutze machen können, um ihren Gegner mit den eigenen Waffen zu schlagen. Ohne den Einfluss des Diĝirs lassen sich alle Insignien vergeben.« Sie tritt zu dem Mann, den sie mit einem gezielten Wurf getötet hat. Jetzt, da ich mich wieder beruhigt habe, nehme ich ihn genauer unter die Lupe. Er ist groß, hat ausgeprägte Muskeln, die von hartem Training zeugen. Sein Gesicht, nun wieder rein menschlich, ist stark gebräunt und wirkt alt, ausgezehrt. Eine Folge von zu häufiger Sonnenexposition, ohne Heiler aufgesucht zu haben. Hier auf der Erde würde man es wohl vorzeitige Hautalterung nennen.

»Sieh her«, sagt Lenora und wuchtet den Söldner hoch, sodass er auf der Seite liegt, den Rücken zu mir. Beim Anblick des reglosen Körpers wird mir übel. Trotzdem erkenne ich sofort, was sie mir zeigen will. »Das Leere Zeichen?«, sage ich nahezu tonlos. Lenora antwortet nicht, schiebt stattdessen die Tunika des Mannes weiter nach unten. Ich kann nicht fassen, was ich weiter zu sehen bekomme:

Dunkle Tattoos zieren den muskulösen oberen Rücken,

die Stelle unter dem Leeren Zeichen. Ich erkenne die Motive sofort. Es sind Insignien. »Hier auf der Erde ist es möglich, Trägern des Leeren Zeichens gezielt Insignien zu geben. Es ist ein schmerzhafter Prozess, den nicht wenige mit dem Tod bezahlen. Doch auch wenn sie sehr mächtig erscheinen, müssen sie konstant spezielle Artefakte bei sich tragen, um ihre Magie zu nähren.« Nun deutet sie auf die breiten glänzenden Armbänder an den Handgelenken des Mannes. In das Metall sind zahlreiche Steine eingearbeitet. »Du siehst, dass Leemal genau wusste, was er tat. Er muss diese Männer genau für diesen Zweck mit auf die Expedition genommen haben, um sie hier seinem Willen zu unterwerfen.«

Meine Mutter erhebt sich wieder, der Körper des Mannes rollt wieder in seine alte Position zurück. Als ich meinen Blick von ihm losreißen kann, löst Lenora gerade ein Band von ihrem Handgelenk und bindet damit ihre Haare zu einem engen Zopf. Ihre Augen ruhen dabei unnachgiebig auf mir.

Wieder rast mein Puls. Ich bin wütend auf meine Mutter, weil sie mich nicht vorgewarnt hat und auch weil sie mir untersagt hat, die Magie des Zwillings zu nutzen. Sie scheint ebenso verärgert über meinen Ungehorsam, anstatt darüber froh zu sein, dass ich uns beschützt habe. Ich werde keinen Dank von ihr hören, geschweige denn Stolz in ihren Augen sehen, dessen bin ich mir sicher.

»Wer wusste, dass du hier trainieren wirst? Wusste Dante Bescheid?«

Die Fragen reißen mich aus meiner Wut und irritiert schüttle ich den Kopf. War das eine Fangfrage, ob ich Dante gegen ihren Willen eingeweiht habe?

»Es kann kein Zufall sein, *Amira*. Du hast den falschen

Menschen vertraut oder nicht aufgepasst, wer euch belauscht. Gib mir den Zwilling.« Ich reiche ihn weiter und spüre den Verlust wie eine Stichwunde. Sie packt ihn wieder in ihre Tasche und bittet mich, ihr zu folgen. Mit schnellen Schritten gehen wir zwischen den Felsblöcken hindurch in Richtung Parkplatz, wo Mazens Auto gerade zum Stehen kommt. Hastig steigt er aus und kommt uns entgegen, sieht sich dabei immer wieder hektisch um. Er wirkt nervös.

»Was ist los?«, frage ich sofort.

Er kann mir bei seiner Antwort nicht in die Augen sehen. »Ich habe Riaz nirgendwo gefunden. Irgendetwas stimmt nicht.«

33

Summit – Arizona, 20. Juni

Schweigend sitze ich neben Mazen im Auto, während wir an Felsen, trockenem Gebüsch und Kakteen vorüberfahren. Er hält sich auf mein Drängen hin nicht an das Limit, denn Polizeikontrollen sind gerade unser geringstes Problem. Sie ließen sich mithilfe des Artefaktes um Mazens Hals und seiner Gabe über Haus Osiris leicht umgehen.

Während wir weiter nach Riaz suchen, wollte meine Mutter noch dafür sorgen, dass niemand auf den toten Söldner stößt. Die Nachrichten im Radio sprechen von einem kleineren Erdbeben, das dort draußen registriert wurde. Es wird davor gewarnt, heute in die Nähe des Totempfahls zu gehen oder die Steilwand zum Klettern zu benutzen, weil es Nachbeben geben könnte. Ich denke darüber nach, wie fortschrittlich die menschliche Technik eigentlich ist, und frage mich, ob Magie ebenso mittels Wissenschaft aufspürbar sein könnte.

»Ruf ihn noch mal an«, befiehlt Mazen, und ich hebe zum wiederholten Mal mein Handy vom Schoß und wähle Riaz' Nummer. Er nimmt nicht ab. Genauso wenig wie Yasmeen oder Malak.

Wir fahren direkt zu Riaz' Haus. Mazen rast über die bekieste Einfahrt und hält so abrupt an, dass sich eine Steinfontäne vor den Reifen bildet. Ich springe aus dem Wagen und presse ungeduldig den Klingelknopf. Irgendwann öffnet sich die Tür, und ein Mann und eine Frau, die ich von einem Foto kenne – Riaz' *Eltern* –, schauen mich aus müden Augen an.

»Was kann ich für Sie tun?«, fragt mich sein Vater.

»Ich wollte Ri... Jared abholen«, sage ich langsam, während meine Gedanken rasen. Ihre Täuschung muss beinhalten, dass ich die beste Freundin ihres Sohnes bin. Sie müssen mich erkennen. Doch mit den Worten von Jareds Mutter wird klar, wie viel sich tatsächlich verändert hat:

»Wen? Wir kennen ... Wer sind Sie?«

Ihre Worte sind wie ein Schlag ins Gesicht. Mein Gestammel ist nahezu unverständlich: »Ich ... Bitte entschuldigen Sie die Störung. Ich muss mich im Haus geirrt haben.« Ich stolpere die wenigen Stufen nach unten und steige, so schnell ich kann, in Mazens Wagen.

»Was ist passiert?«, fragt er, während er beschleunigt und in der Auffahrt zurücksetzt.

»Sie können sich nicht an Jared erinnern«, höre ich mich sagen, während mein Gehirn unentwegt an einer Erklärung arbeitet. Ich wollte mich mit Riaz treffen, er sollte zum Training kommen. Nun ist er aus der Erinnerung seiner Erdfamilie getilgt.

»Fahr schnell zu mir nach Hause. Ich muss nach Yasmeen sehen.« Mazen nickt und überschreitet erneut jegliches Tempolimit, sodass gefühlt nur zwei Sekunden vergangen sind, als er mit quietschenden Reifen vor meinem Zuhause hält. Hier kann niemand sabotiert worden sein. In diesem Haus leben nur Expeditionsteilnehmer.

Der Schlüsselbund in meiner Hand klimpert, während ich

mit zitternden Händen versuche, den Schlüssel ins Schloss zu stecken. Ich wappne mich dagegen, Leemal anzutreffen, doch das Erdgeschoss ist menschenleer. Also stürme ich nach oben und sehe in Yasmeens Zimmer nach. Sie schläft noch immer tief und fest, liegt noch genauso da wie in der Nacht, ihr Haar über der weißen Bettwäsche ausgebreitet, und ich seufze erleichtert. Mit schnellen Schritten bin ich bei ihr und stupse ihre Decke kräftig an, um sie zu wecken. Sie regt sich nicht. Daher ziehe ich die Bettdecke einfach weg und kann den Aufschrei nicht zurückhalten, als die Perücke aus dem Bett fällt und sich das Rot über das dunkle Parkett ergießt.

War sie schon bei meinem letzten Besuch nicht hier, oder hat sie sich erst heute Morgen rausgeschlichen, nachdem ich weg war? Mein Herz pocht, während ich die Perücke vom Boden aufhebe und mit ihr langsam auf Leemals Schlafzimmer zugehe.

Könnte ich ihn täuschen? Ihm weismachen, dass ich mir Sorgen um meine Schwester mache? Würde mein wahres Wissen aus meinem Gesicht zu lesen sein oder wurde Leemal vielleicht schon von seinem Söldnertrupp informiert?

Mein Herz klopft immer schneller, während ich die letzten Schritte im Flur gehe und an seine Tür klopfe. Sie gleitet mit einem leisen Quietschen nach innen. Das Bett ist unbenutzt. Es sieht sogar so aus, als hätte noch nie jemand darin geschlafen und als wäre das Zimmer noch nie benutzt worden. Auf dem Boden liegt eine dünne Staubschicht, die zeigen würde, wenn jemand hier durchgegangen wäre. Was hat Leemal in all den Nächten getan, wenn er nicht hier geschlafen hat?

Ich schaudere, während sich mein Gehirn die widerwärtigsten Szenarien ausmalt. Schnell konzentriere ich mich wieder auf das Wesentliche: Riaz ist verschwunden, es ist, als wäre er nie hier in Summit gewesen. Yasmeen ist weg, Leemals Bett ist seit Tagen, wenn nicht sogar Wochen unberührt. Es gibt nur noch eine Person, die mit uns gemeinsam suchen könnte, der genauso viel daran liegt, Yasmeen und Riaz zu finden. Der ich voll und ganz vertraue.

Ich eile die Treppen hinab und werfe die Haustür hinter mir mit so viel Schwung zu, dass die Glasscheiben darin erzittern.

»Wir müssen Malak suchen«, sage ich etwas außer Atem und lasse mich auf den Sitz in Mazens Auto gleiten. »Yasmeen ist ebenso verschwunden, und ich bin mir nicht sicher, ob sie nach dem Ball überhaupt zu Hause gewesen ist.« Ich erzähle ihm von der Perücke und dass sie mich am Morgen vielleicht getäuscht haben könnte.

»Ich weiß, wo Malak untergebracht wurde«, sagt Mazen nur und stellt den Hebel des Getriebes auf *Drive*. Ich versuche währenddessen, noch einmal Riaz anzurufen, dann Yasmeen und Malak. Zuletzt drücke ich noch auf Dantes Namen. Eine Frauenstimme verkündet ohne vorheriges Klingeln, dass die gewählte Nummer nicht erreichbar sei.

Wenig später haben wir unsere Wohngegend verlassen und fahren eine Straße entlang, in der sich vor den heruntergekommenen Gebäuden Müllsäcke stapeln. Diese Ecke von Summit ist mir gänzlich unbekannt. Die mir eingebläute Täuschung bietet mir keinen Anhaltspunkt, was das für eine Gegend ist. Für Hailey scheint sie nicht zu existieren. Ihr Wissen kann mir nicht weiterhelfen.

»Wo sind wir hier?«, frage ich Mazen.

»Das ist … Leemal hielt es für angebracht, Malak seinem Stand angemessen unterzubringen, fernab von euch anderen.« Seine Stimme ist durch die Fahrgeräusche kaum hörbar und doch schwingt seine Abneigung gegen Leemal in jeder Silbe mit. Mazen stoppt den Wagen vor einem Mehrfamilienhaus.

Wir steigen gemeinsam aus und mein Blick gleitet über die Gegend. Einige der vielen Straßenlaternen sind noch an, obwohl der Tag bereits angebrochen ist. Doch auch sie schaffen es nicht, die engen Seitengassen auszuleuchten, und ich mag mir gar nicht vorstellen, was sich hinter den umgeworfenen Mülltonnen und den Containern verbirgt. Die Briefkästen neben der Eingangstür zu Malaks Zuhause quellen über, auf dem Boden haben sich zahlreiche zerknüllte Blätter, Flyer oder Werbebotschaften, angesammelt. Das Glas in der nur angelehnten Tür ist zersprungen.

Mazen drückt dagegen, und ich spüre, wie er in Erwartung eines Hinterhalts seine Gabe aktiviert. Das leuchtende Artefakt spiegelt sich in der Scheibe und das Stundenglas erhebt sich aus seiner Haut im Nacken. Doch jenseits der Tür ist nichts außer einem zugemüllten Flur und eine alte Holztreppe mit ausgetretenen Stufen, die nach oben führen.

»Er wohnt gleich dort.« Mazen deutet mit einem Kopfnicken zu der Wohnungstür auf dem ersten Treppenabsatz und geht voraus. Die Tür hat auch von außen eine Klinke, worauf ein Teil von Haileys Wissen irritiert reagiert. Mazen drückt die Klinke und die Tür öffnet sich tatsächlich.

In meinem Kopf schlägt etwas Alarm. Mazen geht mit nach vorne gerichteter Handfläche in den kleinen Flur. Vier Türen, von denen die Farbe abblättert, führen in die Zimmer. In der Wohnung ist es so still, als wären wir von einer kompletten Zeitblase eingehüllt. Mazens Schritte auf dem knirschenden Boden klingen nahezu ohrenbetäubend. Er wendet sich der ersten Tür zu und schiebt sie auf. Als wir in den ganzen Raum blicken können, ist seine Anspannung beinahe körperlich spürbar. Doch in dem Badezimmer ist niemand. Wir wiederholen dasselbe bei der Tür gegenüber, doch auch die Küche mit angeschlossenem Wohn- und Esszimmer ist verwaist. Ebenso das Schlafzimmer mit dem Doppelbett eine Tür weiter. Malak ist nicht hier, vielleicht ebenso aus dem Gedächtnis der anderen Menschen getilgt wie Riaz.

Wir stellen uns vor der letzten Tür auf, und mit einem schabenden Geräusch schleift sie über den Boden, während sie aufgleitet. Mein Blick fällt auf das Bett, in dem definitiv jemand geschlafen hat, und die zahlreichen Kleidungsstücke, die überall herumliegen. Enttäuscht lasse ich die Schultern hängen und will mich gerade an Mazen wenden, als ich ein Leuchten registriere. Ich stürze zum Schreibtisch. Malaks Handy meldet, dass der Akku nur noch zwanzig Prozent hat. Von seinem Besitzer jedoch fehlt jegliche Spur. Mazen sieht sogar in dem kleinen Kleiderschrank nach, während ich das Handy an mich nehme. Zahlreiche Anrufe in Abwesenheit werden auf dem Standbybildschirm angezeigt. Ich drücke auf die Home-Taste und hoffe inständig, dass Malak keine Sperre eingerichtet hat. Ein kurzes Erfolgserlebnis. Das Handy aktiviert sich. Ich gehe die angezeigten Anrufe durch. Er hat viel telefoniert. Seit gestern Abend hat er unentwegt versucht, Yasmeen zu erreichen. Dann der Anruf, der mich geweckt hat. Danach nur noch die eingegangenen Anrufe von meiner Nummer. Beim Diĝir!

Malak ist ebenso verschwunden wie Riaz und Yasmeen. Ich ziehe mein Handy aus der Tasche. Doch auch Dante nimmt meinen Anruf nicht entgegen.

»Wir müssen zurück zu Lenora«, drängt Mazen. Ich

stimme ihm zu, schiebe Malaks Handy in die Gesäßtasche und folge ihm nach draußen.

»Wo können sie sein? Was hat Leemal mit ihnen vor?«, frage ich, doch ich erhalte keine Antwort. Die trostlose Wohnung und das heruntergekommene Treppenhaus machen es mir nicht schwer, das Schlimmste zu vermuten. Meine Freunde würden sich niemals gegen Leemals Söldner wehren können. Vielleicht sind sie längst tot? Hat Leemal herausgefunden, dass sie die Täuschung überwunden haben? Hat er meine Freunde entführt, um meine Mutter zu erpressen? Es gibt so entsetzlich viele Möglichkeiten, aber keine davon ist erstrebenswert. Mir ist so kalt, dass meine Fingerspitzen bereits taub sind.

34

Summit – Arizona, 20. Juni

Erneut sitze ich auf dem Beifahrersitz neben Mazen. Immer wieder versucht er, Lenora per Handy zu erreichen. Erfolglos. Er wird immer unruhiger.

»Wir fahren zum Totempfahl. Vielleicht ist sie noch dort. Ihr Handy könnte bei dem Kampf gegen die Söldner zerstört worden sein.« Es klingt, als versuche er, sich ebenso selbst davon zu überzeugen wie mich. Die Geschwindigkeitsanzeige schlägt beinahe komplett aus, und ich bin sehr froh über den Gurt, weil ich in jeder Kurve vor mir sehe, wie der Wagen ausbricht und wir verunglücken. Jenseits der Fenster rast die karge Landschaft der »Wüste« an uns vorbei. Kakteen, Sträucher und Felsbrocken werden zu Schlieren. Wenn ich könnte, würde ich das Auto noch schneller fahren lassen, um nicht länger nutzlos dazusitzen und meinen eigenen Gedanken zu lauschen.

Dieses Wissen war es wert, mein Leben dafür zu opfern.

Immer und immer wieder zieht Mutters Aussage durch meine Gedanken, löst Bilder in mir aus, die ich trotz höchster Konzentration nicht von mir schieben kann. Meine Mutter, umringt von Leemals Söldnern wie bei unserem Kampf zuvor. Chancenlos. Bis sie zusammenbricht. Sie würde den

Zwilling mit ihrem Leben beschützen, das weiß ich. Ebenso wie ich weiß, dass sie ohne mein Eingreifen bereits bei dem Angriff nach unserem Training getötet worden wäre.

Die Luft um mich herum knistert, die Magie in meinem Blut will meine Verzweiflung ausnutzen, will mir helfen. Doch ich weiß nicht, worauf ich sie lenken soll. Meine Freunde sind verschwunden, meine Mutter reagiert nicht auf die Anrufe – wie meine Freunde zuvor. Ich wage es nicht, den Mund zu öffnen, denn meine Befürchtungen auszusprechen, würde den letzten Funken Hoffnung zunichtemachen, den ich mir bewahrt habe. Hoffnung, dass alles ein Missverständnis ist, einfach nur die Technik versagt hat.

Um wenigstens irgendetwas zu tun, ziehe ich umständlich Malaks Handy aus der Gesäßtasche. Erneut leuchtet die Warnmeldung für den geringen Akkustand auf. Dennoch aktiviere ich das Display, scrolle noch einmal durch die Anrufe, falls mir etwas entgangen sein sollte. Außer den Einträgen gespeicherter Kontakte wird aus den letzten Tagen nur eine einzige Nummer angezeigt. Der Anruf ging gestern bei Malak ein. Er hat ihn angenommen und mehrere Minuten gesprochen. Das muss kurz vor dem Sportlerball gewesen sein.

Neugierig drücke ich auf »Wählen«. Es klingelt und klingelt. Erst als sich die Mailbox meldet, lege ich auf. Der Akkustand beträgt nun nur noch zehn Prozent, meldet das Handy. Ich durchstöbere Malaks Fotogalerie. Und finde zahlreiche Bilder von Yasmeen. Malak alias Kyle ist wirklich in sie verliebt gewesen. Warum wurde unseren falschen Identitäten eine Dreiecksgeschichte eingepflanzt? Warum sollte sich Yasmeen für Riaz interessieren, wenn Malak nach wie vor Yasmeen liebt? Ich habe ständig das Gefühl gehabt, dass er sich zu ihr hingezogen fühlt, dass es für ihn gewesen ist wie zuletzt auf dem Schiff.

Jetzt habe ich die Möglichkeit, meine Frage zu stellen. »Warum wurde in die falsche Identität eingeflochten, dass Riaz und Malak Yasmeen lieben?«

»Für Malak war nichts dergleichen geplant«, antwortet Mazen.

»Aber warum hat er sie dann geliebt? Er war eifersüchtig, als sich Jared und Leyla nähergekommen sind. Selbst als ich noch nicht wusste, dass die beiden Riaz und Yasmeen sind.«

Mazen scheint über meine Worte nachzudenken. Dann sieht er zu mir herüber. Sieht mich lange an. So lange, dass erst ein lang gezogenes Hupen seine Aufmerksamkeit wieder auf die Straße lenkt. Ein entgegenkommendes Fahrzeug warnt uns, dass wir uns mitten auf der Fahrbahn befinden. Mazen reißt das Lenkrad herum. Ich werde in seine Richtung geschleudert. Sein Artefakt gibt ein blasses Leuchten ab.

Keuchend hole ich Luft. Doch sie reicht nicht aus, um Mazen all die Flüche an den Kopf zu werfen, die mir auf der Zunge liegen.

In vollem Tempo biegt Mazen in diesem Moment auf den Parkplatz beim Totempfahl ein. Noch einmal schleudert es mich herum, und Malaks Handy fällt in den Fußraum, als der Wagen mit quietschenden Reifen zum Stehen kommt und der Gurt gegen mein Schlüsselbein drückt. Ich fische nach Malaks Handy. Die Uhr auf dem Display zeigt gerade Punkt zwölf. Vor zwei Stunden sind wir hier aufgebrochen, um nach meinen Freunden zu suchen.

Anstatt den Wagen sofort zu verlassen und nach meiner Mutter zu suchen, verlangt Mazen das Handy. Ich reiche es ihm und er trommelt mit seinen Fingern geradezu auf das

Display. Dann schlägt er mit der anderen Hand so fest auf das Lenkrad, dass der ganze Wagen zu vibrieren scheint. Dicht gefolgt von einem wilden Schrei.

»Was hast du gefunden?«, frage ich, und er reicht mir das Handy wortlos. Sein Gesicht ist nach wie vor nach vorne gerichtet, seine Augen sind geschlossen. Ich nehme das Mobiltelefon an mich und er fährt sich durch die Haare.

Irritiert aktiviere ich den Bildschirm wieder. Mehrmals fliege ich über die zwei Zeilen, in der Hoffnung, dass ich sie falsch lese. Doch die Nachricht lässt keinen Zweifel offen:

Sie werden um 8 beim Totempfahl sein. Mit dem Zwilling. Wir sind bereit.

Erst als die Buchstaben vor mir verschwimmen, hole ich keuchend Luft. Es sind vielleicht nur Bruchteile einer Sekunde vergangen, doch mir kommen sie wie Stunden vor. Wieder und wieder ringe ich mit den Sätzen, versuche, ihnen eine andere Bedeutung beizumessen. Es muss eine Erklärung geben. Und dennoch kreist ein Wort über all den Buchstaben: Verrat.

Mazen springt aus dem Wagen, stürzt den Weg zwischen den Felsblöcken entlang. Ich hetze ihm hinterher. Meine Beine bewegen sich auf Autopilot. Die düsteren Szenarien, die sich immer wieder in mein Unterbewusstsein geschlichen haben, müssen ganz einfach genau das sein: Fantasiegebilde. Ich hoffe so sehr, dass ich nach der ersten Biegung meine Mutter sehen kann. Wie am Morgen mit wehendem Mantel, einer Superheldin gleich – doch ich werde enttäuscht.

Mein erster Blick fällt auf die tiefe klaffende Wunde im Boden, die sich bis zum Totempfahl zieht. Hier sieht es aus wie zuvor, als ich diesen Ort verlassen habe. Aber keine Spur von meiner Mutter.

Ich wende mich gerade Mazen zu, um ihn zu fragen, wo sie sein könnte, als ich aus den Augenwinkeln ein Flattern wahrnehme.

Mazen stößt einen Schrei aus, der die Härchen auf meinen Unterarmen aufrichtet, als er Lenoras Mantel vom Boden hebt. Mit voller Wucht schlägt er mit der Faust auf den Felsen neben sich ein und hinterlässt eine blutrote Spur darauf. Kleine Steinchen und Sand lösen sich und sinken zu Boden. Direkt auf das kleine Stofftäschchen, das zuletzt an Lenoras Hüfte geknotet war. Der Beutel, in dem sie den Zwilling aufbewahrt hat.

Meine Freunde sind verschwunden.

Meine Mutter ist verschollen.

Der Zwilling ist weg.

Weil Malak uns verraten hat.

35

Summit – Arizona, 20. Juni

Ich will es nicht wahrhaben. Mit Nachdruck vertreibe ich den Gedanken daran aus meinem Kopf.

Während Mazens Wutschreie die vorherrschende Stille durchschneiden, renne ich zwischen den Felsblöcken umher, glaube immer wieder, Lenora würde hinter dem nächsten hervortreten, mich anlächeln und mir sagen, dass alles nur eine dumme Prüfung war, ein Witz. Auch wenn es alles andere als witzig ist, würde ich dennoch lachen. Vor Erleichterung.

Aber Mutter ist nicht da. Tritt nicht aus ihrem vermeintlichen Versteck, um lächelnd den Zwilling in die Höhe zu halten. Ich suche nach der leuchtenden Supernova des Zwillings, doch sein Strahlen hätte mich längst auf sich aufmerksam gemacht.

Malaks Verrat frisst sich wie Säure durch mein Inneres und hinterlässt eine düstere Leere. Er hat Leemal erzählt, wo wir trainieren würden. Leemal muss daraufhin seine Söldner geschickt haben, und ich habe genau das getan, was er erwartet hatte. Ich habe den Zwilling offenbart. Von da an mussten sie nur abwarten, bis ich meine Mutter nahezu schutzlos zurückgelassen habe. Ich trage die Schuld. Die Erkenntnis ringt mich nieder.

Wie konnte ich mich derart in einem Menschen täuschen? Wie konnte Malak sich auf Leemals Seite stellen, da er doch wusste, was dieser vorhatte, dass wir alle dem Untergang geweiht sein würden?

Riaz. Mein Herz krampft sich zusammen. Wenn ich jetzt den Mund öffnen würde, würde ich so laut schreien, dass man mich noch bis Tucson hören könnte. Ich versuche, zu atmen, Luft zu holen, doch es scheint unmöglich. Meine Sicht verschwimmt, als ich an das letzte Gespräch mit Riaz denke. Was, wenn es die letzten Worte waren, die wir je gewechselt haben? Ich kann mich nicht einmal mehr genau daran erinnern.

»Wir müssen Lenora finden!« Erschrocken drehe ich mich um und meine Hand schabt über den rauen Stein und wird dabei aufgerissen. Tief in dem finsteren Loch in meinem Inneren versunken, habe ich Mazen nicht neben mich treten hören. Der Knoten in meiner Brust löst sich etwas, sodass ich stockend Atem schöpfen kann.

Mazens Wut hat rote Flecken auf seine Wangen gezeichnet.

»Du glaubst, sie lebt noch?«, frage ich ihn und blinzle hastig die Tränen weg. Ich muss handeln, kann mich jetzt nicht meinen Gefühlen hingeben. Etwas, das mir mein Vater so oft gesagt hat und das ich nie besser verstanden habe als in diesem Moment. Mazen zieht bereits sein Handy aus der Tasche.

»Du hast bereits versucht, sie anzurufen«, sage ich matt. Wir haben unser Möglichstes gegeben. Mit einem Mal fühle ich mich wie betäubt, als geschehe all das jemand Außenstehendem. Achtlos streife ich die Steinchen von der Schramme auf meinem Handrücken.

Ungeduldig geht Mazen mit dem Handy am Ohr auf und

ab. Jemand meldet sich, und ein Fünkchen Hoffnung regt sich in mir, das mich aufrichtet. Ich sehe ihn aufmerksam an und versuche, die knisternde Stimme am anderen Ende zu verstehen, während er erklärt, was vorgefallen ist. Sofort ist klar, dass diese männliche Stimme nicht meine Mutter sein kann, und meine Schultern sacken wieder nach unten.

»Wir kommen sofort zu euch.« Mazen legt auf und bedeutet mir, ihm zu folgen.

»Wo gehen wir hin?«, frage ich, während ich versuche, mit ihm Schritt zu halten. »Ist meine Mutter bei diesem Mann?«

Mazen schüttelt den Kopf und steigt ins Auto. Er hat den Motor schon gestartet, als ich noch die Tür öffne. Ungeduldig tippt er auf das Lenkrad.

Kaum dass ich sitze, heult der Motor auf. Nachdem Mazen den Wagen auf die Straße gelenkt und wieder auf ein halsbrecherisches Tempo beschleunigt hat, klärt er mich auf.

»Auch wir haben Leute hier eingeschleust, die alles im Auge behalten können. Lenora bekommt nicht alles mit, daher müssen wir uns auf unsere Spione verlassen. Feleez ist die Frau von Sameer, einem unserer treuesten Verbündeten. Sie ist damals aus Heliopolis geflohen, als ihr Gemahl verstoßen wurde. Um ihre Gabe auch außerhalb der Reichweite des Zwillings in der Siedlung zu erhalten, bringen wir stets neue Artefakte zu ihr. Wenn sie eines davon in die Hände bekommt, ist ihre Fähigkeit schier grenzenlos.«

»Ist sie eine Seherin? Kann sie Mutter finden?«

»Sie gehört dem Haus Tefnut an.« Mazen blickt konzentriert auf die Straße und kann den Unglauben in meinem Gesicht nicht sehen. »Warte es ab«, sagt er dann geheimnisvoll. »Wenn einer deine Mutter finden kann, dann sie.«

Es dauert nicht lange, bis wir erneut zu einem Bezirk von

Summit kommen, über den Hailey nur vages Wissen besitzt. Mehrere Wohnwagen stehen ohne erkennbare Anordnung auf einem sandigen Platz. Zeltplanen sind davor gespannt und bieten so wenigstens ein wenig Schatten vor den Strahlen der Mittagssonne. Ein Blick auf die Mittelkonsole von Mazens Wagen verrät mir, dass es halb eins ist.

Mazen parkt neben einem der Wohnwagen und steigt aus. Ich folge ihm, als er zwischen etlichen Pflanztrögen hindurch zu einem hübsch dekorierten Wohnmobil geht. Unter der provisorischen Markise weht eine leichte Brise und die Kühle lässt mich aufatmen. Noch ehe Mazen an die Tür klopft, öffnet sie sich, und eine grauhaarige Frau zeigt sich. Ich atme erschrocken ein, als sie sich mir zuwendet und ihre komplett weißen Augen auf mich richtet. Sie legt den Kopf schräg, ein Luftzug streicht über meinen Körper, wirbelt mir die Haare aus dem Gesicht und kitzelt mich im Nacken.

»Du musst Akasha sein. Du siehst Lenora so ähnlich!« Die Frau tritt zu mir, greift nach meiner Hand und drückt sie kurz. Ich bin zu keiner Antwort fähig, starre sie weiterhin einfach nur an. In ihre von dünnen roten Äderchen durchzogenen weißen Augen. Ohne Iris, ohne Pupille. Ich erschaudere.

»Feleez«, begrüßt Mazen sie, und sie dreht sich zu ihm. »Hat Sameer dir bereits alles erzählt?«

Die Frau nickt und winkt uns in das Wohnmobil. Wir nehmen rechter Hand Platz.

»Wollt ihr etwas trinken?«, fragt sie, während sie sich die Schränke entlang in die andere Richtung tastet. Ist sie …

Mazen nickt auf meine unausgesprochene Frage hin. »Feleez hat ihr Augenlicht bei der Reise hierher verloren. Nicht alle erhalten eine solch gute medizinische Versorgung wie ihr.«

»Was aber kein Problem ist«, mischt sich Feleez von der linken Seite des Wohnwagens ein. Erneut lässt ein kurzer Luftzug meine Haare flattern, ehe Feleez gezielt nach Flaschen und Gläsern greift, sie zu uns bringt und auf den Tisch stellt. »Die Luft ersetzt meine Augen.«

Ich starre sie noch immer unhöflich an, die Lippen schon leicht geöffnet, doch es kommt kein Ton heraus. Dem zarten Lufthauch, der über mein Gesicht gleitet und nach Minze duftet, folgt ein herzliches Lachen von Feleez, die, ohne vorher mit den Händen zu tasten, die Gläser füllt. Nicht ein Tropfen geht daneben. Sie beherrscht die Kontrolle über das Element Luft perfekt.

Eine tiefe Ehrfurcht erfüllt mich. »Und so kannst du ... meine Mutter finden?«

Sie nickt, das freundliche Lächeln lässt die Furchen um ihre Mundwinkel um ein Vielfaches tiefer wirken. »Aber die Magie wird nicht dafür ausreichen.« Sie zieht eine zartgliedrige Goldkette aus ihrer Bluse und der schwach leuchtende Stein daran baumelt hin und her. »Die Luft ist überall und sie kommuniziert mit mir. Trinkt etwas, während ich mich auf die Suche nach Lenora mache.« Sie wendet sich an Mazen, der bereits die Kette mit seinem Artefakt über den Kopf gezogen hat. Zielgerichtet greift Feleez zu und verlässt ohne weitere Worte den Wohnwagen. Im einen Moment bin ich noch wie erstarrt, im nächsten jedoch springe ich auf. Ich will es mit eigenen Augen sehen.

Mazen hält mich zurück. »Sie benötigt Ruhe dafür, keine Zuschauer. Du willst doch, dass sie Lenora findet.«

Mit einem Seufzen lasse ich mich zurück auf das Polster fallen und greife nach dem Glas. Mit dem ersten Schluck bemerke ich, wie durstig ich bin, und trinke es in einem Zug aus, während etliche Gedanken in meinem Kopf herumwirbeln.

»Kann sie nicht auch Riaz, Yasmeen und Malak finden?«

Mazen schüttelt den Kopf und zertritt die aufkeimende Hoffnung. »Wenn sie sich noch in der Stadt aufhalten würden, ja. Aber damit rechne ich nicht.«

Er nimmt einen tiefen Zug aus dem Glas, doch ich bemerke seine angespannte Haltung, auch wenn er sich bemüht, sie zu verbergen. Erst auf das Nicken von Feleez hin, nachdem sie den Wohnwagen wieder betreten hat, entspannt er sich ein wenig.

»Sie hat sich im Unterschlupf bei den Solarfeldern versteckt. Sie ist verletzt, lebt aber.«

Mazen ist bereits aufgesprungen, als Feleez hinzufügt: »Die Luft konnte auch Malak ausfindig machen. Er geht den East Drive entlang.« Feleez spricht ohne jegliche Wertung, während auf Mazens Wangen wieder rote Flecken auftauchen.

»Konntest du auch Riaz, Yasmeen und Dante sehen?«, frage ich daher. Sofort weicht das Lächeln von Feleez' Lippen und sie verziehen sich zu einem schmalen Streifen. Ihr Kopfschütteln wäre nicht mehr nötig gewesen, um zu verstehen.

»Sie sind nicht mehr in Summit, so viel kann ich sagen. Aber wo sie sind, weiß ich nicht. Ich vermute, dass sie …«

»Leemal ist sicher auf dem Weg nach Miami«, unterbricht Mazen, und Feleez verzieht den Mund. »Lenora hat euch alle dort gesehen. Lass uns zu deiner Mutter gehen. Sie wird wissen, was wir tun sollen.« Mazen steht auf und verlässt ohne weitere Worte den Wohnwagen. Er muss sich große Sorgen machen, wenn er sich nicht einmal bei Feleez für ihre Hilfe bedankt. Ich gehe nicht ohne Dankesworte und verabschiede mich höflich, ehe ich meinem Onkel folge.

Etwas abseits von Mazens Auto steht ein vom Alter gezeichneter Mann, der uns mit ausdruckslosem Gesicht anstarrt.

»Sameer«, grüßt Mazen knapp, ehe er mich zum Einsteigen auffordert. Wenig später rasen wir die Straßen entlang. Die Hinweisschilder zum Klettererlebnis an der Steilklippe beim Totempfahl lassen meinen Magen verkrampfen, und ohne eine bewusste Entscheidung zu treffen, kommen die Worte aus meinem Mund: »Lass mich mit Malak sprechen.«

Mazen geht vom Gas, sein Blick ruht lange auf mir, und ich bin froh, dass die Straße wie mit einem Lineal gezogen ist. Am liebsten hätte ich gerufen, dass er nach vorne sehen soll, dann nickt er endlich und folgt meiner Bitte. Langsam rollen wir den East Drive entlang, bis ich kurz vor der Abzweigung zum Totempfahl ein starkes Kribbeln im Nacken spüre. »Halt an!«, rufe ich, und Mazen fährt sofort an den Straßenrand. Dann endlich sehe ich ihn zwischen mehreren unerlaubt abgeladenen Mülltüten liegen. Hastig schnalle ich mich ab und eile zu Malak.

»Ich werde Lenora holen, dann kommen wir hierher zurück. Schaffst du es allein?« Die Sorge um meine Mutter steht ihm in großen Lettern auf die Stirn geschrieben, sodass ich mich trotz der aufkommenden Hilflosigkeit zu einem Nicken verleiten lasse. Er nimmt sein Armband ab und drückt es mir in die Hand. Bislang habe ich es nie bemerkt. Es sieht anders aus als der sonst aus Artefakten hergestellte Schmuck. »Es wird dir vielleicht helfen, dich auf die Magie zu fokussieren, solltest du sie brauchen.«

Sofort spüre ich die Macht der vielen kleinen Steine, die darauf aufgefädelt sind, und ziehe es über mein eigenes Handgelenk. Als ich aufblicke, lenkt Mazen den Wagen bereits weiter den East Drive entlang. Ich sehe noch einen Moment der Staubwolke hinterher, dann wende ich mich zu Malak um und bete zum Diĝir, dass er noch lebt. Ganz gleich, was vorgefallen ist, ich will um Yasmeens willen nicht, dass er tot ist. Und auch um unserer Freundschaft willen habe ich ein Recht auf Antworten.

Malak ist kreidebleich, die Lippen nahezu farblos. Seine dunklen Locken kleben in Strähnen an seiner Stirn und den Schläfen. Er muss stark geschwitzt haben, ehe er zusammengebrochen ist.

Ich knie mich neben ihm nieder. Er rührt sich nicht, obwohl meine Schritte auf dem Schotter neben der Straße alles andere als lautlos sind. Ich suche nach der kleinsten Regung in seinem Gesicht, während ich nach seiner Hand taste, um seinen Puls zu fühlen. Das Wissen darum ist rein theoretisch. Nie zuvor habe ich es versucht. In Heliopolis sind stets Formwandler in der Nähe, die nach der Energie im Körper suchen, anstatt auf diese alte Methode zurückzugreifen. Trotz der Hitze wird mir immer kälter. Ich taste Malaks Handgelenk entlang, versuche es dann an seiner Halsbeuge, doch nirgendwo nehme ich ein Pochen wahr. Angst gräbt sich durch meinen Körper, und plötzlich ist das Echo meines eigenen Pulses das Einzige, was ich in meinen Fingerspitzen spüre.

Meine Gedanken kreisen um Yasmeen. Was sie von mir denken würde, wenn ich mich nicht um ihn kümmern würde.

Vielleicht wird sie es nie erfahren.

Lass ihn nicht tot sein! Nicht so.

Wieder und wieder hallen die Worte durch meinen Kopf, während ich auf die kleinste Bewegung seines Brustkorbs achte und mit einer immer größer werdenden Mischung aus Verzweiflung und Angst weiter nach einem Puls taste. Plötzlich rast ein Funke durch meinen Körper, jagt den Arm entlang und es kommt zu einer kurzen Entladung zwischen meinem Finger und Malaks Handgelenk. Farbe kehrt in ihn zurück und ich greife an meinen Nacken. Die Doppelspirale von Nut ist leicht zu ertasten. Intuitiv muss ich Malak geheilt haben.

Keuchend schlägt er die Augen auf und schlägt wild um sich. Er versetzt mir einen harten linken Haken, und ich weiche zurück, lande unsanft auf meinem Hintern.

»Malak, ich bin es!«, rufe ich. Er ist benommen, bemüht sich, die Augen weiter als einen schmalen Schlitz zu öffnen.

»Ash?« Er erhebt sich langsam. Blinzelt immer wieder und sieht sich benommen um.

Die eben noch verspürte Sorge um ihn weicht der Wut. In einer einzigen Bewegung komme ich auf die Beine.

»Du hast uns alle verraten!«, brülle ich ihn an. Meine Worte zerreißen die Stille der Einöde. Doch er reagiert noch immer vollkommen verwirrt und reibt sich über den Kopf.

»Wo sind wir?« Sein Blick bleibt an den Mülltüten hängen, zwischen denen man ihn abgelegt hat. Dann spannt sich sein Körper mit einem Mal an, er springt ebenso schnell auf wie ich, und anstatt mir zu antworten, tastet er seine Hosentasche ab.

»Suchst du das hier?« Ich hole sein Handy hervor und halte es hoch. »Wir wissen alles über dich. Du hast uns verraten. Riaz und Yasmeen sind weg.«

Malak weicht tief getroffen zurück, stolpert über eine der Mülltüten und reißt die Arme nach oben. Die Geste wirkt beinahe entschuldigend.

»Ich habe euch nicht verraten. Ich habe unsere Zukunft

gesichert!«, beteuert er und reibt sich am Kopf. Mir entfährt ein hysterisches Lachen.

»Du hast Leemal verraten, wo meine Mutter ist. Seine Söldner haben uns angegriffen!« Ich trete mit dem Fuß gegen einen faustgroßen Stein. Meine Wut, die Enttäuschung, die Sorge um Riaz, Yasmeen und Dante … all meine Gefühle fließen mit einem Mal aus mir heraus. Ein heftiger Windstoß reißt an meinen Haaren, schleudert Malak zwischen den herumwirbelnden Müll. Sein Schrei geht in dem Tosen unter, aber er kommt schnell wieder auf die Beine. Sand peitscht auf ihn ein. Es dauert einen Augenblick, bis ich verstehe, dass ich den Sturm ausgelöst habe. Die Flamme, die Insignie Tefnuts, brennt wortwörtlich in meinem Nacken. Erschrocken über mich selbst, verliere ich meine Magie. Die Böen fallen in sich zusammen, das Tosen verebbt.

Ich erlange wieder die Kontrolle über meine Gefühle zurück.

»Warum?«, frage ich Malak, der mich mit geöffnetem Mund anstarrt. Es dauert, bis er sich wieder regen kann. Ich sehe ihm an, dass sich sein Verstand zu erklären versucht, warum ich neben dem Feuer, das ich am Vorabend entzündet habe, auch Macht über den Wind habe, ein vollkommen anderes Element. Doch ich bin ihm keine Antwort schuldig. »Wo sind sie, Malak?«, versuche ich es weiter. »Wo sind Riaz und Yasmeen? Und Dante«, füge ich noch hinzu.

»Leemal hat mich betrogen.« Er lässt den Kopf hängen, kann mir nicht in die Augen sehen.

»Du bist es, der uns betrogen hat!« Meine Wut ist wieder entfacht. »Du hast uns verraten und die ganze Zeit ein falsches Spiel gespielt!« Nur mit langsamen Atemzügen halte ich meine Gefühle unter Kontrolle.

Malak sinkt zu Boden, verbirgt sein Gesicht in den Händen, die er auf seinen Knien abstützt. »Ich wollte uns nur retten.« Er blickt aus feucht glänzenden Augen zu mir hoch. So sieht kein Verräter aus. Ihn so zu sehen, entwaffnet mich, die Wut auf ihn lodert nicht mehr, sondern schrumpft zu einem kleinen glimmenden Punkt zusammen. Nach wie vor ist sie da, doch zuallererst brauche ich Antworten. Ich muss meine Freunde retten. Ich gehe vor ihm in die Hocke und berühre ihn am Unterarm.

»Erzähl mir alles. Was hat er mit ihnen vor?«

»Es tut mir so leid, Ash. Ich wollte nie ... nach allem, was du für meine Familie getan hast ... Ich wollte nur, dass ihr überlebt. Ich würde für euch sterben.« Er schluchzt, ehe er den Kopf hebt und mich der Schmerz in seinem Gesicht entwaffnet. »Leemal hat mich auf Heliopolis angesprochen, nachdem mein Vater gefangen genommen wurde. Er hat mich für die Mission rekrutiert, indem er mich mit Impfstoff für meine Familie geködert hat. Inez war schon immer schwächlich, sie ... Ich glaube nicht, dass sie ohne die Impfungen überleben könnte. Daher habe ich zugestimmt.« Seine Hand landet mit einem klatschenden Geräusch auf seiner Hose und ich sehe seine jüngere Schwester Inez vor mir.

»Kurz vor unserer Ankunft hat er mir dann erklärt, was mit den Expeditionsteilnehmern in den Schlafkapseln passiert.« Seine Worte klingen gepresst. Malak braucht mir nicht zu erklären, dass er von den falschen Identitäten spricht. »Er sagte, ich solle dich aufmerksam beobachten. Der Zwilling würde den Weg zu dir finden.« Ich setze die letzten Wochen in meinem Kopf neu zusammen. Malak, der stets nachgehakt hat, wenn ich vermeintliche Aussetzer hatte. Der sehr interessiert daran war zu erfahren, was ich über die Ausstellungsstücke zu sagen hatte. »Um mir immer vor Augen zu halten, wie sehr er in der Lage ist, mich zu beeinflussen, hat er dafür gesorgt, dass Yasmeen mit Riaz …« Das Ende des Satzes geht in einem Schrei unter. Er greift eine Handvoll Steine neben sich und schleudert sie von sich. Ich kann seinen Schmerz verstehen. Mir hat es das Herz zerrissen, Riaz zusammen mit Yasmeen zu sehen. Malak muss dieselben Schmerzen bei ihrem Anblick ertragen haben wie ich, nachdem ich die Täuschung durchschaut habe. Es wundert mich nicht, dass er den beiden immer wieder wütende Blicke zugeworfen hat.

»Ich wollte aussteigen, wollte nicht mehr mitmachen.« Seufzend sieht er dabei zu, wie die geworfenen Steine zum Stillstand kommen. Mir fällt auf, wie lang ihre Schatten bereits sind. »Gestern vor dem Sportlerball hat Leemal dann dafür gesorgt, dass sich für einen kurzen Moment Yasmeens Täuschung lichtet. Sie war wieder sie selbst. Überglücklich, mich zu sehen. Sie hat mich einfach an sich gerissen und mich geküsst.« Ich sehe wieder das eng umschlungene Paar vom Vorabend vor meinem inneren Auge. Malaks lang gezogener Atemstoß fegt das Bild beiseite.

»Dann hat er sie mir wieder genommen. Er wollte mich nur daran erinnern, wofür ich kämpfe. Ich habe ihn angerufen, ihm gesagt, dass ich ihm nicht helfen kann, dass ich nicht weiß, wo sich deine Mutter befindet.« Seine Stimme wird immer lauter. Tränen hinterlassen eine Spur auf seinem von Sand und Staub verschmutzten Gesicht. »Er hat mir gesagt, dass er sie nie mehr aus dieser Täuschung lösen wird, wenn ich nicht mehr herausfinde. Er wollte die Erde verlassen und uns zurücklassen. Mich in dem Bewusstsein lassen, dass meine Freundin, die Frau meines Lebens, mit meinem besten Freund glücklich ist.« Er schluckt mehrmals, ehe er fortfährt. »Als zusätzlichen Anreiz hat er mir versprochen, uns vier mit nach Hause zurückzunehmen, nachdem er die Sintflut ausgelöst hat.«

Ein Auto rast an uns vorbei und wirbelt Sand und Staub in unsere Richtung. Malak hustet.

»Als du die Täuschung durchschaut hast, war ich wütend auf dich. Dass du uns nicht schon länger eingeweiht hast, dass du zugesehen hast, wie Riaz und Yasmeen ... und dass du dann ausgerechnet Dante verteidigt hast.« Er schüttelt den Kopf. »Ich habe Leemal erzählt, dass deine Mutter Kontakt zu dir aufgenommen hat und sie den Zwilling bei sich hat. Ich sollte ihm dann nur noch sagen, wo sie sich befindet. Währenddessen wollte er uns holen. Ich habe euch durchtelefoniert, während ich auf ihn gewartet habe. Leemal schien sein Versprechen einzuhalten. Riaz ging nicht ans Telefon, Yasmeen ebenso wenig. Also habe ich dich angerufen, und du hast mir erzählt, dass du dich mit ihr treffen würdest. Seine Soldaten hätten dich mitnehmen sollen, wie Leemal mich wenig später abgeholt hat. Aber wenn er sein Versprechen in Bezug auf dich nicht eingelöst hat und mich hier einfach ausgesetzt hat ...«

... könnten Riaz und Yasmeen irgendwo sein, beende ich den Satz in Gedanken. Doch dann fällt mir ein, wie einer von Leemals Söldnern versucht hat, mich wegzuzerren. Vielleicht hat er tatsächlich versucht, mich zu Leemal zu bringen, überlege ich. Malek hat uns beschützen wollen. Nur das gewählte Mittel war ... vollkommen falsch. Er hätte sich uns anvertrauen müssen, meine Mutter und Mazen hätten sicher eine Lösung gefunden.

Aber Leemal wusste um Malaks Schwäche. Nur deshalb hat er ihn überhaupt mitgenommen.

Der Druck in meinem Inneren, die Schmerzen, die die Sorge um Riaz hervorruft, werden wieder von einer aufschäumenden Wut abgelöst. Ich überwinde die Distanz zwischen Malak und mir und schubse ihn mit aller Kraft.

Kurz glänzt ein Funke in seinen Augen, erlischt jedoch sofort wieder. Er wird sich nicht wehren. Nicht mehr.

»Warum?«, brülle ich ihn an. »Warum hast du uns nicht eingeweiht? Du hättest uns vertrauen müssen.«

Er lacht freudlos auf und rappelt sich nach oben. »So wie du uns vertraut hast? Wenn ich früher gewusst hätte, dass wir Verbündete auf der Erde haben, wäre es nie so weit gekommen!« Die Worte klingen nicht aufgebracht oder erzürnt, lediglich resigniert. Er versucht nicht wirklich, seine Taten damit zu rechtfertigen, sondern zeigt mir nur auf, dass das, was uns früher so sehr aneinandergekettet hat, in Scherben vor uns liegt: das gegenseitige Vertrauen, unsere Freundschaft.

Meine Wut fällt zusammen wie ein von Haus Tefnut erschaffenes Wesen aus Wasser.

»Was hat er mit ihnen vor?«

»Wir sollten alle gemeinsam nach Miami fahren. Leemal hat versprochen, uns in Sicherheit zu bringen. Dich, Yasmeen, Riaz und mich. Direkt nachdem Leemals Verbündete den Zwilling und dich geholt haben.« Malak tritt ein paar Steine unter uns weg.

»Und wo steckt Dante?«

»Der Möchtegernprinz hat sich auf dem Schiff beim General unbeliebt gemacht. Daher hat Leemal beschlossen, ihn ebenso zu täuschen. Dante hat Riaz kurz vor der Landung geholfen. Nur ganz knapp konnten Leemals Soldaten die beiden ausschalten. Und trotz allem war es Dante, der auf Yasmeen und Riaz geachtet hat, die sediert im Wagen saßen. Er hat mich hier draußen in der Einöde aus dem Auto geworfen. Er hat mich immer schon gehasst, und ich weiß nicht einmal, weswegen.«

Etwas in mir zerbricht. Ich habe mir so sehr gewünscht, dass Dante nun ein anderer ist, dass ihn das Leben hier verändert hat. Wie konnte ich mich so sehr in ihm täuschen? Der bittere Geschmack im Mund lässt sich nicht vertreiben, bis ein Motorengeräusch meine Aufmerksamkeit auf sich lenkt und ich den Highway entlangschaue. Eine Staubwolke rast auf uns zu.

»Du musst mir glauben, dass ich euch nur beschützen wollte. Hätte ich mich widersetzt, hätte Leemal Yasmeen irgendwo anders hingebracht, ohne dass sie weiß, wer sie wirklich ist. Ich hätte sie nie wiedergesehen, selbst wenn du Leemal aufgehalten hättest.«

Ich öffne den Mund, um ihm zu antworten, doch die richtigen Worte wollen mir nicht einfallen. Ich bin hin- und hergerissen und ein Sturm unterschiedlichster Gefühle tobt in mir und droht mich in Fetzen zu reißen. Angst, Wut, Sorge bis hin zu schmerzender Sehnsucht, als ich an Riaz denke, und der bittere Geschmack von Verrat bei den Bildern von Dante, wie er Seite an Seite mit Riaz kämpft. Wie kann er uns – mir! – das antun?

»Wir müssen ihnen alles erzählen.«

Malak deutet in Richtung Straße, wo soeben Mazens Auto scharf abbremst. Ich blinzle gegen die tief stehende Sonne an. Erleichterung durchflutet mich, als sich meine Mutter unversehrt nähert. Doch die Sorgenfalte zwischen ihren Brauen ist wie ein böses Omen.

36

Summit – Arizona, 20. Juni

Meine Mutter und Mazen hören uns aufmerksam zu und stellen die richtigen Fragen. Währenddessen verunglimpft Mazen nicht nur den Diĝir, sondern auch einige unserer als Götter aufgetretenen Vorfahren. Ich verteidige Malak nicht direkt, sein Verrat sitzt mir noch in den Knochen, aber wieder und wieder rede ich mir ein, dass nicht er der Böse ist. Er wollte unser Held sein. Die Einzige, die nach wie vor wie die Ruhe selbst wirkt, ist meine Mutter. Sie saugt jedes unserer Worte wie ein Schwamm auf. Erst als wir bei den letzten Ereignissen angekommen sind, reagiert sie mit einem … anerkennenden Nicken.

»Ich habe Leemal viel zugetraut, aber dass er so weit gehen würde und Malak mit euer aller Tod erpresst, hätte ich nicht von ihm erwartet.« Meine Mutter sieht weder mich noch Mazen an, sondern denkt lediglich laut nach. Sie erwartet keine Antwort, aber Mazen reagiert dennoch darauf.

»Es war weise von ihm, einen deiner Freunde als Spion einzuspannen. Selbst ich habe gedacht, Malak wäre in seiner anderen Identität gefangen. Einen anderen Spion hätten wir mit Sicherheit enttarnt«, wirft Mazen ein, und meine Mutter nickt ihm gedankenverloren zu.

»Aber wozu das Ganze?«, frage ich. »Wirklich nur, um den Zwilling zu bekommen? Hätte er das nicht auf andere Weise schaffen können?«

Mazen schüttelt den Kopf. »Leemal konnte nicht sicher sein, dass Lenora den Zwilling hierherbringt. Haus Nephthys hat sich sehr vage gehalten. Sie konnten den Ort nicht identifizieren, haben nur gesehen, dass du den Zwilling in der Hand hältst – in einem engen Raum in der Nacht.«

Dantes Auto. Und ich habe den Zwilling nicht bei mir behalten.

»Leemal wusste, dass du früher oder später Kontakt zum Zwilling haben würdest, hat euch die falschen Identitäten gegeben und musste einfach nur abwarten. Dass es bei Dante Probleme mit der neuen Identität geben würde, konnte er nicht ahnen.«

»Was ist mit Dante?« Sofort regt sich die Sorge um ihn wieder, für die ich mich selbst am liebsten ohrfeigen würde. Doch die Worte sind bereits ausgesprochen.

»Er ist außergewöhnlich stark. Schon kurz nachdem man ihn aus der Schlafkapsel geholt hat, konnte er sich wieder erinnern. Wir mussten ihn noch einmal das ganze Programm durchlaufen lassen, weswegen er erst später zu uns gestoßen ist.«

»Und selbst dann hat er wie ich die Täuschung immer wieder durchbrochen«, sage ich und hänge in Gedanken hinzu: *um uns dann zu verraten.*

»Oder er hat nur so getan und war ebenso als Spion für Leemal tätig.« Er erwartet keine Reaktion von mir, lässt mich mit den nagenden Zweifeln zurück und wendet sich an Lenora, deren Artefakt um den Hals gerade aufleuchtet. Die Dämmerung hat sich immer weiter eingeschlichen und der

Stein leuchtet wie ein Glühwürmchen. Mutters Augen sind komplett weiß. Mit einem Blinzeln lässt sie die Vision hinter sich.

»Hat sich etwas verändert?«, fragt Mazen und wirft meiner Mutter einen bedeutungsschweren Blick zu.

Sie schüttelt den Kopf. »Ich habe aber jetzt den Zeitpunkt.« Sie holt tief Luft, und dennoch klingen die nachfolgenden Worte gepresst: »Leemal wird morgen die nächste Sintflut einleiten, am längsten Tag des Jahres, wenn die Sonne vor Ort im Zenit steht.«

»Um 12 Uhr?«, frage ich und ziehe bereits mein Handy aus der Tasche, während Lenora nur beiläufig erklärt: »Der wahre Mittag in Miami ist um rund 13.20 Uhr Ortszeit.«

Wie viel Zeit ist vergangen, seit ich mit meiner Mutter trainiert habe? Wann wurde ihr der Zwilling abgenommen? Die Uhr auf dem Display zeigt kurz nach acht.

»Leemal hat einen großen Vorsprung«, bestätigt Mazen meine Befürchtungen. Er hat sich vermutlich ebenso alles zusammengereimt wie ich. »Aber da Feleez Riaz und Yasmeen im Gegensatz zu Malak nicht aufspüren konnte, müssen sie bei ihm sein.« Er fährt sich durch die Haare und denkt weiter laut nach: »Wenn Malak recht hat und die beiden sediert wurden, kann er nicht mit ihnen die zahlreichen Kontrollen am Flughafen überwunden haben. Er muss also mit dem Auto gefahren sein.« Er wirft Malak einen kurzen Seitenblick zu.

Ich sehe genau vor mir, was in der letzten Nacht passiert sein muss. Malak hat behauptet, dass er Riaz und Yasmeen schon kurz nach dem Sportlerball nicht mehr erreichen konnte. Leemal muss die beiden direkt aufgegriffen haben. Am Morgen dann, als Malak ihm gesagt hat, was er wissen musste, hat er noch so getan, als würde er sich an die Abmachung halten, und hat ihn abgeholt. Zusammen mit Dante. Meine Innereien ziehen sich beim Gedanken an ihn zusammen. Dann haben sie ihn hier abgeladen, während sie den Zwilling entgegengenommen haben. Wenn Leemal dann direkt nach Erhalt des Zwillings losgefahren ist, würde er es mit etwas Tempo locker bis 13 Uhr nach Miami schaffen können. Im Gegensatz zu uns.

Mazen zieht sein Handy aus der Tasche und schimpft über die menschliche Technik, während er auf das Display tippt. »Heute gibt es ab Tucson nur noch einen Flug mit Ziel Miami. Wir sollten uns beeilen.« Kaum dass er den Satz beendet hat, kommen wir wie eine Einheit in Bewegung. Während ich mich schon auf den Rücksitz fallen lasse, öffnet Malak die andere hintere Tür. Er vergewissert sich noch kurz, ob ich mit seiner Begleitung einverstanden bin, und ich nicke. Wir verfolgen dasselbe Ziel: Wenn wir Leemal nicht aufhalten, werden wir unsere Liebsten nie wiedersehen und schon bald Zeilen der Totentafeln auf Heliopolis sein. Der Gedenkstätte für die Menschen, die bei Expeditionen ums Leben kamen.

Mazens Scheinwerfer durchschneiden die Nacht, während ich Haileys Wissen über die Entfernung durchforste und mit Informationen aus dem Internet ergänze. Die Flugdauer beträgt rund sechseinhalb Stunden. Der Flug geht um 23 Uhr, weshalb ich nicht verstehe, warum Mazen den Wagen erneut zu Höchstleistungen treibt, wenn uns für die halbstündige Strecke zum Flughafen noch über zwei Stunden bleiben. Erst dann höre ich, wie Lenora Mazen erläutert, dass wir ohne Reisepässe nicht einmal in die Nähe eines Flugzeuges kommen, ja nicht einmal per Internet Tickets ordern können.

»Ich könnte sie täuschen«, schlage ich wenig überzeugend vor. Ich weiß genau, wie wenig ich die Magie von Geb unter Kontrolle habe.

Lenora schüttelt den Kopf, während Mazen einwirft: »Leemal muss die zur Identität passenden Unterlagen haben. Das gehört zum Protokoll. Wir müssen sie nur finden.«

Die Fahrt zu meinem irdischen Zuhause dehnt sich ins Unendliche. Lenora hat ihren Reisepass für den Flug hierher benötigt und bei sich. Sie zeigt ihn uns, damit wir nach den richtigen Unterlagen suchen können. Ich gehe sämtliches Wissen von Hailey im Detail durch, doch nie wurden Ausweisdokumente erwähnt. Es gibt einige Schränke mit Ordnern und Papieren, die ich nie gebraucht habe. Bislang gab es keinen Grund dazu.

Gegen 21.30 Uhr betreten wir das Haus ohne konkrete Pläne und teilen uns auf. Mazen zieht sämtliche Schubladen im Wohnzimmer heraus und verstreut den Inhalt auf dem Fußboden. Malak übernimmt die Küche, und das Klirren von Besteck mischt sich mit Lenoras Flüchen, während sie bunte Ordner aus einem Regal zieht, grob durchblättert und zur Seite legt. Ich kümmere mich um den kleinen Schreibtisch in der Ecke des Wohnzimmers, durchwühle jedes Fach und werde doch nicht fündig. Ich erzähle nebenbei von Leemals ungenutztem Schlafzimmer und Mazen stürmt, dicht gefolgt von Lenora, nach oben. Ich höre ihre Schritte über mir, dann weiter hinten im Flur. Da keine Freudenschreie ertönen, sind ihre Bemühungen wohl nicht von Erfolg gekrönt. Malak kniet mittlerweile vor den Geschirrschränken und reißt Teller, Gläser und später sogar Töpfe achtlos aus dem Regal. Bei jedem Klirren zucke ich zusammen. Ich sehe mich im Wohn- und Esszimmer nach weiteren möglichen

Verstecken um. Eine schwere Pfanne sorgt für ein klangvolles Geräusch, das dem Gong vor Ritualen in Heliopolis ähnelt. Genau in diesem Moment streift mein Blick das gut bestückte Bücherregal, das eine komplette Wand des Wohnzimmers einnimmt. Hailey kennt einige der Titel, mir hingegen sagen nur die Bücher aus der *Classic Edition* etwas. Meine Finger streifen über die unzähligen Werke, die über vergangene Expeditionen sogar den Weg in die Bibliothekshallen der Zitadelle der Letzten Stadt gefunden haben, um sie für die Zukunft zu erhalten: Bücher wie »Romeo und Julia«, »Märchen aus Tausendundeiner Nacht«, »Der Herr der Ringe«, »Vom Winde verweht« und »Utopia«. Aus einer Eingebung heraus ziehe ich ein Buch nach dem anderen aus dem Regal. Sie sehen ungelesen aus, der Buchschnitt ist völlig glatt, definitiv hat nie jemand in diesen Ausgaben geblättert. Dennoch lasse ich die Seiten einzeln durch meine Finger gleiten, bete im Stillen zum Diĝir, dass sich die Ausweisdokumente aus unerklärlichen Gründen zwischen ihnen verstecken. Enttäuscht stelle ich sie an ihren Platz zurück.

Von oben ertönt ein lautes Rumpeln. Dann wieder einmal Mazens Fluchen.

»Wenn die Menschen hier wüssten, dass fast alles darin der Wahrheit entspricht.« Malak steht direkt neben mir und betrachtet das Regalfach mit mythologischen Fachbüchern. Enzyklopädien und Handbücher aus allen Zeitaltern, Sagen der Antike und Abhandlungen über die Götter des alten Orients.

In der Bibliothek der Zitadelle stehen diese Werke im Bereich Geschichte. Der Gedanke bringt mich trotz allem zum Lächeln. Ich ziehe ein Buch über die zweite Ära nach heliopolitanischer Zeitrechnung aus dem Regal. Zu jener Zeit hat man den einzelnen Häusern Namen gegeben. Laut diesem Wälzer handelt es sich bei Isis, Geb, Nut, Seth, Tefnut, Nephthys, Osiris und Schu um ägyptische Gottheiten. Für Menschen müssen wir mit unseren Gaben so wirken, ich hingegen bin beeindruckt von ihren Fähigkeiten und den technischen Errungenschaften.

Doch genau wegen dieser Technik und der damit verbundenen Sicherheitsmaßnahmen sind wir nicht in der Lage, ohne Pässe nach Miami zu gelangen, um sie alle vor dem Untergang zu retten. Ich straffe die Schultern. Wir müssen woanders suchen. Schnell schiebe ich das Buch zurück an die leere Stelle im Regal. Es verkantet sich und fällt zu Boden. Etwas Rotes lugt zwischen den Seiten hervor. Malak hat sich schneller als ich nach unten gebeugt und zieht einen Reisepass hervor. Er schlägt ihn auf. Er lautet auf den Namen Jared Matthews, das Foto daneben zeigt Riaz. Ich habe in der Zwischenzeit in einem Buch über nordische Götter den Pass von Yasmeen gefunden. Malak zieht seinen aus dem Buch auf dem Boden. In all die Chroniken der alten Zeit sind geheime Fächer eingebaut, in denen ein bis drei Ausweise stecken.

Ich rufe, so laut ich kann, nach Lenora und Mazen. Polternd kommen sie die Treppe herab und ihre Erleichterung ist greifbar.

»Leemal ist definitiv nicht geflogen«, stellt er fest und deutet auf das Foto eines grimmig dreinblickenden Generals. »Wenn wir das Flugzeug erwischen, sind wir vor ihnen in Miami.«

Binnen Minuten sind wir auf dem Weg raus aus dem Wohngebiet und folgen dem South Nogales Highway nach Norden. Meine Mutter benötigt die gesamte Fahrtzeit für die Ticketbuchung. Ich werfe im Minutentakt einen Blick auf die leuchtend grünen Ziffern der Mittelkonsole. Es ist kurz vor 22 Uhr, als Mazen direkt neben einem Halteverbotsschild anhält und sich im Weglaufen bei einem schimpfenden alten Mann entschuldigt, den er beinahe mit der Wagentür getroffen hätte.

Wir folgen den Hinweisschildern zu den nationalen Flügen und werden erst von der Warteschlange an der Sicherheitskontrolle gestoppt. Meine innere Uhr warnt mich, dass wir zu spät kommen werden, die Sekunden rinnen dahin, und wir verbringen sie in einer Warteschlange. Mazen scannt die Tickets von seinem Handy und wir passieren die erste Hürde und pilgern zur Sicherheitskontrolle. Wieder müssen wir warten. Aus den Lautsprechern dringt immer wieder die Ansage für das Boarding des Fluges zum Miami International Airport und wir schieben uns nur langsam vorwärts. Der Reisepass in meiner Hand ist außen schon ganz feucht. Doch Lenora ruft mich zur Ruhe auf: »Übertriebene Nervosität macht das Sicherheitspersonal auf uns aufmerksam und wir können uns keine zusätzlichen Kontrollen leisten.«

Der gläserne Raum, in dem sich unser Gate befindet, ist vollkommen verwaist, als wir rennend ankommen. Ein junger Mann hinter einem kleinen Schalter lächelt uns an und streckt schon die Hand nach unseren Tickets aus. Minuten später belegen wir unsere Plätze, die überall im Flugzeug verteilt sind. Ich sitze am Gang neben einer weißhaarigen Frau, die den Kopf in den Nacken gelegt hat und schläft.

Nach dem Start beobachte ich noch, wie die Lichter unter uns immer kleiner werden, dann gähne ich immer häufiger, bis mir zuletzt die Augen zufallen.

37

Miami – Florida, 21. Juni

Ein Rumpeln reißt mich aus dem Schlaf. Ich muss mich einen Moment orientieren, bis ich mich aufrichte und zu Malak schräg vor mir sehe. Er reibt sich gerade den Schlaf aus den Augen. Durch die kleinen Fenster auf seiner Seite des Flugzeuges blendet mich die Sonne. Heute ist der längste Tag des Jahres, und wenn wir Leemal nicht rechtzeitig aufspüren, wird zur Sommersonnenwende im Jahr 6996 nach Atum eine neue Sintflut über die Erde kommen.

Mein Magen macht einen Satz, meine Innereien fliegen, während die Gebäude unter uns immer größer werden. Fasziniert von der technischen Leistung und vollkommen überwältigt von dem Anblick, kehren wir sanft auf die Erde zurück. Wir sind am Ziel.

Zumindest fast. Es dauert noch etliche weitere Kontrollen, bis wir endlich aus dem Gebäude des Miami International Airports in den strahlenden Sonnenschein treten. Dort erwartet uns eine junge Frau in einem olivfarbenen Overall und mit Sonnenbrille, die sich als Janice vorstellt. Wir folgen ihr zu ihrem Wagen und steigen in einen Jeep. Wir schieben uns mit einer schier endlosen Welle an Fahrzeugen voran, bis der Verkehr flüssiger wird und die Gebäude in immer größeren Abständen am Fenster vorbeiziehen. Malak lehnt sich ständig über mich und deutet von einer Besonderheit zur nächsten. Er ist zu einer nahezu beängstigenden Begeisterung fähig, wenn man die Umstände unseres Besuches hier bedenkt. Lenora klärt uns auf, dass bereits Vorbereitungen für den Einsatz laufen würden. Doch Näheres erläutert uns niemand.

Erst als sich das Bild jenseits der Scheibe nicht mehr verändert, setzt Malak sich wieder aufrecht hin. Draußen ist die Stadt dem Grün des Umlandes gewichen, den Everglades. Die Straße ist vereinsamt, ich erkenne kein Ziel, einfach nichts, das einer Siedlung auch nur entfernt ähneln würde. Nur ein paar Scheunen hier und da. Sie tauchen auf und verschwinden. Meine Nervosität steigt, als der Jeep langsamer wird und vorsichtig auf einen kaum erkennbaren Weg einbiegt. Wir werden kräftig durchgeschüttelt, ehe Janice den Wagen neben einer großen Ansammlung hoher Gräser zum Stehen bringt. Außerhalb des Wagens ist es drückend warm, obwohl es noch Morgen ist. Die Luftfeuchtigkeit bringt mich sofort zum Schwitzen, und ich heiße die leichte Brise willkommen, die die hohen Gräser zum Rascheln bringt und in eine Bewegung versetzt, die einer Verbeugung gleicht, die sich irgendwann außerhalb meiner Sicht verliert.

»Willkommen zu Hause, *Amira*«, sagt meine Mutter beinahe feierlich und drückt mir kurz den Unterarm. Irritiert sehe ich ihr nach, und noch während sie den Trampelpfad entlanggeht, kann ich es sehen:

Aus der sumpfigen Einöde um mich herum erheben sich etliche Gebäude – die Siedlung der Ausgestoßenen.

Meine Mutter lächelt und schiebt mich weiter den Pfad entlang zwischen den ersten schlammbraunen Gebäuden hindurch. Sie sind nicht wie die Häuser in Summit, nicht aus Ziegeln oder Holz erbaut und verputzt. Sie wirken viel natürlicher, passen sich durch ihre Farbe an die Umgebung an. Sie erinnern mich an die Lehmhütten afrikanischer Stämme und Hobbitbehausungen.

Ich spüre, dass sie von Begabten erschaffen wurden, aber sie gleichen auch nicht den Gebäuden in Heliopolis. Hier gibt es nirgendwo Sand, aus dem die Letzte Stadt erschaffen wurde. Hier besteht der Untergrund aus flachem Wasser oder mal mehr, mal weniger verdichtetem Schlamm, auf dem sich in ewiger Weite Gräser im Wind hin und her neigen.

Bei meiner Recherche zu den Minzpflanzen habe ich gelesen, dass die Everglades auch Grasfluss genannt werden. Hier überall fließt träge ein rund sechzig Kilometer breiter, wenige Zentimeter tiefer Fluss, der nur in den Wintermonaten vollständig austrocknet. Nur an wenigen, höher gelegenen Stellen wachsen Bäume.

Ich versuche, mein Wissen um die Gegend mit den Gebäuden um mich herum in Einklang zu bringen, und plötzlich verstehe ich.

»Sie sind von Erdelementaren erschaffen … aus der Erde gewachsen!« Ich sehe nicht zu meiner Mutter. Ich brauche es nicht bestätigt zu haben, denn ich weiß es bereits.

Dennoch antwortet sie mir: »Hier leben die Ausgestoßenen von Heliopolis, *Amira*. Niemand von ihnen hat Begabungen der oberen Häuser. Wer würdig genug ist, die Insignie von Geb, Nut oder Seth zu erhalten, wird nicht ausgestoßen.«

Ich lasse mir ihre Worte durch den Kopf gehen. Riaz trägt das Mal des Hauses Nut. Aber es war nicht geplant, dass er mit an Bord kommen würde.

»Du denkst an Riaz, oder?«

Ich nicke zur Antwort.

»Du wirst ihn wiedersehen. Ich habe es gesehen. Doch wie dieses Wiedersehen aussehen wird, ist unklar.« Sie streicht mir eine verwirrte Haarsträhne aus dem Gesicht. Diese Geste und ihr Tonfall erinnern mich sofort an früher. Dann deutet sie zu den Gebäuden. »Lass uns weitergehen, ich möchte dir ein paar Mitglieder der Familie vorstellen.«

Mazen ist bereits mit Malak vorausgegangen und in einem der Erdbauten verschwunden. Nachdem wir einer kleinen Gasse gefolgt sind, in der sich Haus an Haus reiht, folgen wir einer breiteren Straße, die in einen offenen Platz mündet. Er gleicht dem Marktplatz in Heliopolis. Es gibt ein paar Stände, auf deren Auslagen sich Obst und Gemüse befinden, an denen aber auch Kleidung angeboten wird.

»Wie konntet ihr das alles erschaffen und vor der Welt verborgen halten?«, frage ich, während ich mich beeindruckt umsehe.

»Erschaffen haben diese Siedlung damals dieselben Stämme, die auch die Pueblos in Tucson besiedelt haben. Nachdem auch sie mehr und mehr ihre Magie verloren haben und selbst die ersten erschaffenen Gegenstände, heutige Artefakte, sie nicht mehr lange am Leben halten konnten, haben sie ihre letzte Magie gesammelt und sind ausgewandert. Laut den Aufzeichnungen der Menschen sind sie einfach verschwunden. Sie wurden *Hohakam*-Kultur genannt, was so viel bedeutet wie: *diejenigen, die verschwunden sind.* Sie haben hier einen Ort gefunden, an dem sie ohne Magie Felder bestellen und Nahrung finden können, haben die ersten Gebäude erschaffen und mit den letzten Artefakten diesen Ort vor neugierigen Blicken geschützt. Die Magie dauert noch immer an, weil sie weltweit Artefakte zusammentragen, um am Leben zu bleiben. Doch mit jedem Jahrhundert wurde es schwieriger, verborgene Stücke aufzuspüren. Heute ist es nahezu unmöglich, weil die Menschen die alten Stücke in Museen gut beschützen. Deshalb müssen wir mit der Magie haushalten.«

Von irgendwoher dringt ein Gongschlag an meine Ohren und ich sehe meine Mutter fragend an. Sie gebietet mir mit einer Geste abzuwarten, daher sehe ich mich erwartungsvoll um. Kurz nach dem Gongschlag springen vier Kinder aus einem größeren Gebäude gegenüber und ich erstarre.

»Hier leben Kinder? Wie … Wurden sie ausgestoßen?« Ich versuche, mich daran zu erinnern, ob jemals Kinder der Stadt verwiesen wurden. Aber das kann nicht sein. Die Kinder sind die Zukunft der Letzten Stadt. Ohne Nachkommen würden wir aussterben. Sie sind rein und unschuldig, selbst die Kinder, denen Mutter und ich früher Essen gebracht haben, waren nie in Gefahr, ausgestoßen zu werden. Auch Träger des Leeren Zeichens können Nachkommen mit Begabungen hervorbringen. Bei Yasmeen war dies der Fall.

Die Gruppe, die eben den Platz überquert, ist bunt gemischt. Ich würde ihr Alter zwischen acht und vielleicht vierzehn ansetzen. Ein blonder Junge jagt einem wenig älteren Mädchen hinterher, ein kleines rothaariges Mädchen schnappt sich am Obststand einen Apfel, ehe sie mit ihrer Freundin weitergeht. Sie wirken so glücklich und zufrieden. Vermissen sie ihre Eltern nicht? Wurden diese ebenfalls verstoßen?

Meine Mutter ruft so laut direkt neben meinem Ohr, dass ich es erschrocken mit meiner Hand abschirme. »Maya! Aaliyah! Thomas! Leah! Kommt ihr bitte kurz?«

Die Kinder halten sofort inne und kehren um, um zu meiner Mutter zu gelangen. Sie scheint hier so etwas wie die Anführerin zu sein.

»Heißt meine Tochter Akasha willkommen«, sagt meine Mutter. Die Kinder drucksen mehr oder weniger nervös herum und begrüßen mich leise murmelnd. Nur die kleine Rothaarige sieht mich direkt an.

»Du siehst Lenora sehr ähnlich«, sagt sie und kneift die Augen zusammen, ehe sie die kleine Stupsnase rümpft, was mich sehr irritiert. Danach kommt sie näher und scheint in der Luft zu schnuppern, sodass ich instinktiv an mir rieche. Ich hätte die Kleidung nach dem Training wechseln sollen, als ich zu Hause die Gelegenheit hatte. »Du bist besonders!« Das Mädchen reißt die Augen auf und sieht von mir zu meiner Mutter und wieder zurück.

»Wie bin ich denn?«, frage ich, und das Mädchen offenbart grinsend eine große Zahnlücke, ehe sie erwidert: »Du vereinst alle Gaben in dir.«

Ihre Worte haben die Wirkung einer eiskalten Brise und ich sehe zu meiner Mutter.

»Ihr könnt gehen, Kinder. Bei Elizabeth gibt es Essen.«

Sofort stürmen die vier davon und meine Mutter geht ein paar Schritte. Schnell folge ich ihr.

»Hier in der Siedlung leben nicht nur Ausgestoßene«, beginnt sie und macht eine lange, bedeutungsschwere Pause. Ich will es bereits aussprechen, doch dann setzt sie hinzu: »Es leben zahlreiche Erdmenschen mit uns hier.« In ihren Augen funkeln Aufregung und Stolz um die Wette, während in meinem Kopf die wildesten Gedanken herumrasen. Schon als ich mich wieder an mein normales Leben erinnert habe, war mir klar, dass die Menschen hier auf der Erde nicht die wilden Bestien sind, für die man sie in Heliopolis hält. Sie sind es auch nicht, die uns bekämpfen und dafür sorgen, dass so wenige von uns von den Expeditionen zurückkehren, wie man uns immer erzählt hat. Die Menschen hier wissen nicht einmal etwas über uns, haben ihren Glauben an uns – die Götter – schon vor langer Zeit verloren. Magie existiert nur noch in Büchern.

Aber was meine Mutter nun erzählt, wirft dennoch mein komplettes Weltbild durcheinander.

»Als ich mit dem Zwilling hierherkam, haben wir begonnen, diejenigen aufzuspüren, die in ein fremdes Leben geworfen wurden, wie du es selbst erlebt hast. Denn meine Ankunft hat etwas in denjenigen hervorgerufen, die hier auf der Erde geboren wurden. Sie haben in der Nähe des Zwillings alle spezielle Fähigkeiten entwickelt, wie es sie vorher nur bei einem unter Tausenden Nachkommen gab. Sie besitzen besondere Talente, von denen wir nie zuvor gehört haben. Maya, die du eben kennengelernt hast, hat die Fähigkeit, die Gaben anderer zu *riechen*.«

»Wir können … Wir haben … Die Magie des Zwillings …« Ich stammle mehrere Satzanfänge, versuche vergeblich, das auszudrücken, was ich sagen will, doch es gelingt mir einfach nicht. Ungläubig starre ich in die Richtung, wohin die Kinder verschwunden sind. Wie konnte das sein?

»Es gab schon früher Gerüchte über solche Kinder«, erzählt meine Mutter weiter, und in dem Moment wird mir klar, worauf sie anspielt.

»Halbgötter«, flüstere ich leise. Mein Puls rast, meine Hände beginnen zu schwitzen, als ich daran denke, wie jede Mythologie der Erdmenschen von solchen Halbwesen berichtet. Ich habe immer vermutet, dass diese Nachkommen in Wahrheit Kinder unserer Häuser waren, die natürlich von der Magie ihrer Eltern zehrten. Was aber, wenn sie tatsächlich zur Hälfte von unbegabten Menschen abstammten ... Wenn die Gerüchte über diese besonderen Fähigkeiten, die ihnen nachgesagt werden und die nicht immer denen der Häuser entsprechen, wahr sind?

»Ich vermute, dass die Hochkulturen – unsere Zukunft! – jedes Mal zerstört wurden, wenn unsere Siedler begannen, sich mit Menschen zu vereinen, und besondere Kräfte hervorgebracht haben.« Die Stimme meiner Mutter vibriert leise. Ihre unterdrückte Wut ist deutlich herauszuhören, aber auch Angst schwingt mit. »Und jetzt ist es wieder so weit. Durch die Expeditionen erfahren die Machthabenden in Heliopolis von den Siedlungen wie diese hier, die überall auf der Welt existieren. Die derzeitige Hochkultur erstreckt sich über den gesamten Planeten, es reicht nicht aus, ein einziges Land oder einen Kontinent zu zerstören. Um alle Nachkommen zu vernichten, muss eine neue Sintflut eingeleitet werden. Eine Sintflut, die alles, was wir aufgebaut haben, zerstören würde.«

38

Miami – Florida, 21. Juni

Das Wort »Sintflut« hallt in mir nach. Es ist so endgültig. Haben unsere Ahnen vor 6996 Jahren ebenso empfunden? Ich blicke mich auf dem kleinen Marktplatz um, sehe die fröhlichen Menschen hinter den Verkaufsständen, schaue zu dem kleinen Häuschen, in dem die Kinder zum Essen verschwunden sind. Ich kenne sie alle nicht, kenne nicht ihre Lebensgeschichte, ebenso wenig die aller anderen Menschen auf diesem Planeten – und dennoch weiß ich, dass sie es nicht verdient haben unterzugehen.

»Sag mir, wie ich Leemal aufhalten kann«, sage ich mit fester Stimme und meine es mehr denn je. Er ist nicht länger nur eine Gefahr für meine Freunde, sondern für die ganze Welt.

»Ich hatte gehofft, dass du das fragst.« Meine Mutter lächelt und winkt jemandem hinter mir zu. Rasch wende ich mich um und sehe einen gut durchtrainierten Mann, ich schätze ihn auf dasselbe Alter wie meine Mutter. Er trägt nur eine dunkle weite Hose, wie man sie in Heliopolis oft sieht. Sein Oberkörper ist frei, und ohne es zu wollen, betrachte ich die vielen täuschend echt wirkenden Zeichnungen unter der Haut. Ein Wolf, Schwerter, Dolche, Schlangenlinien.

Illustrationen von … Steinen – oder Bruchstücken davon – zieren den Hals bis hinauf zu seinen kurzen dunklen Haaren. Lediglich das gut gebräunte Gesicht mit dem Bartschatten ist frei von jeder Körperkunst. Die Bilder scheinen völlig wahllos unter die Haut gemalt worden zu sein – mir zumindest erschließt sich kein Zusammenhang.

Der Mann kommt näher und nickt mir kurz zu, ehe er meine Mutter anlächelt, sodass seine dunklen Augen leuchten. Das zarte Erröten meiner Mutter und ihr darauffolgendes Lächeln sagen mehr aus als die Erklärung, die folgt: »Das ist Allaz, *Amira*, mein Stellvertreter hier in der Siedlung. Allaz, das ist meine Tochter Akasha.«

Allaz reicht mir die Hand und ein sanftes Kribbeln klettert von unserer Berührung her meinen Arm hinauf. Er muss vor Kurzem Magie gewirkt haben.

»Schön, dich endlich kennenzulernen. Lenora hat mir sehr viel von dir erzählt.«

Meine Mutter kann mir nicht in die Augen sehen. Ich fixiere sie so lange, bis ich endlich ihren Blick erhasche. Darin sehe ich die Gefühle, die sie für Allaz hegt. »Allaz ist ein Nachkomme der letzten Generation, die zur Erde kam. Aufgrund seines besonderen Talents im Umgang mit Waffen befehligt er unsere Krieger.«

Sofort geht mir durch den Kopf, dass die Kriegerrolle perfekt zu seinem Äußeren passt, und überlege dann jedoch, welche besonderen Talente Allaz sonst noch hat, die meine Mutter erröten lassen.

»Es ist alles bereit, Lenora«, sagt er knapp. Auf das Nicken meiner Mutter hin wendet er sich schnell ab und verschwindet in dem größten Gebäude am Platz. Meine Mutter dreht sich anschließend zu mir um.

»Bist du ebenfalls bereit? Allaz und seine Krieger haben nur noch auf uns gewartet. Wir wissen, dass Leemal und seine Söldner bereits eingetroffen sind.«

Ich weiß nicht, ob ich bereit bin. Ich weiß nur, dass ich Leemal aufhalten muss. Aber die Zweifel an meinen Fähigkeiten, meiner Kontrolle über meine Gaben, werden immer lauter. Wie lange könnte ich wohl Leemals Söldnern dieses Mal ohne den Zwilling entgegentreten? Besitzt auch Leemal eine außergewöhnlich starke Gabe, wenn er den Stein in der Hand hält? Wie soll ich ihn je stoppen können?

Meine Mutter liest die Zweifel in meinen Augen.

»Niemand von uns hier hat die Macht über Haus Geb. Nur du kannst Leemal aufhalten, indem du ihn manipulierst, bis unsere Krieger den Zwilling an sich genommen haben.«

»Ich soll *ihn* täuschen?« Meine Stimme ist um mehrere Nuancen heller. »Er ist einer der mächtigsten Empathen und wird spüren, wenn er einer Täuschung unterliegt.«

Meine Mutter schüttelt den Kopf. »Nicht hier auf der Erde, wo auch er auf Artefakte angewiesen ist – und wenn wir ihn zeitgleich ablenken und du ihn sehen lässt, was er sich zu sehen wünscht. Wir werden dich genau instruieren. Komm.«

Sie deutet mit dem Arm auf das Gebäude, in dem Allaz verschwunden ist, und ich gehe zögernd voran. Meine Beine werden weich, scheinen mich nicht länger tragen zu können. Ganz gleich, was ich vielleicht unbeabsichtigt imstande bin zu leisten, ich kann diese Gabe nicht kontrollieren. Niemals.

Meine Mutter geht mit schnellen Schritten voran. Ich folge ihr, meinen Blick starr nach unten gerichtet. Meine Schultern sind schwer von der Last der Erwartung. Lenora hat doch gesehen, dass ich keine Kontrolle über meine Gabe habe.

Wie kann sie mich dennoch als essenziellen Teil eines Planes einbauen – ausgerechnet mit einer Täuschung, die ich gerade mal im Beisein Dantes heraufbeschworen habe? Schnell ignoriere ich den bitteren Geschmack von Dantes Verrat auf meiner Zunge. Lenoras Vertrauen ehrt mich nicht, sondern lastet auf mir, erdrückt mich. Ich weiß, dass ich ihre Erwartungen nicht erfüllen kann. Nicht ohne weiteres Training. Was habe ich mir dabei gedacht, helfen zu wollen? Ich werde alle Menschen in den Untergang führen.

Erst als ich gegen Mutters Rücken stoße, blicke ich wieder auf. Wir befinden uns in einer Art Halle. Bänke und Tische aus Holz stehen aufgereiht an der gegenüberliegenden Wand. Zwölf Männer und Frauen in Kriegerkleidung sitzen darauf, in einer von ihnen erkenne ich Janice wieder, die uns vom Flughafen abgeholt hat. Neben ihr sitzt Malak. Sie lauschen Allaz, der mit dem Rücken zu uns steht.

Als sich vereinzelt Blicke zu uns verirren, wendet er sich uns kurz zu. »Das ist Akasha, Lenoras Tochter. Sie wird die Söldner täuschen, während wir sie gezielt ausschalten und den Zwilling wieder an uns bringen.«

Nun schauen sämtliche Augenpaare zu mir. Ich entspreche ihren Erwartungen nicht. Sicher haben sie eine starke, aufrecht stehende Person erwartet, die Macht ausstrahlt wie meine Mutter. Aber mit ihr habe ich abgesehen von Äußerlichkeiten wenig Ähnlichkeit. Selbst als ich versuche, die Schultern zu straffen, komme ich nicht gegen dieses alles erdrückende Gefühl an.

»Ihr mögt in diesem Moment nicht das in ihr sehen, was Lenora sieht, aber Akashas Macht ist uns allen bei Weitem überlegen. Sie trägt wahre Magie in sich und wird es schaffen.« Allaz' Tonfall macht deutlich, dass er keinerlei Widerworte duldet. Sofort bemühen sich seine Zuhörer um einen neutralen Gesichtsausdruck, die Skepsis und die abfälligen Blicke verschwinden. Wenn ich mich nur auch so leicht überzeugen ließe.

»Verteilt euch auf die Wagen wie geplant. Akasha und Lenora fahren mit mir.«

Die Krieger springen auf und verschwinden zusammen mit Malak durch eine schmale Tür in der hinteren Ecke des Raumes. Er hat sich schnell in die Gruppe eingefügt, während ich mir vorkomme wie ein Außenseiter.

»Du solltest dich noch passend kleiden«, schlägt Allaz vor und sieht mich von oben bis unten an. Meine Kleidung ist staubig, ich trage noch immer die Jogginghose und das T-Shirt vom gestrigen Training mit meiner Mutter. Spuren der Wüste Arizonas zeichnen sich an meinen Knien ab, der Brandfleck vom Kampf mit Leemals Söldner lässt mein T-Shirt alt und schäbig aussehen. Ich sehe zu meiner Mutter.

»Fallen wir nicht zu sehr auf, wenn wir in solcher Kleidung in Miami auftauchen?« Ich runzle die Stirn und deute auf Allaz, versuche dabei, nicht zu sehr auf das Abbild des Wolfskopfes direkt auf seiner Brust zu starren. Der Rest des Wolfes ist nur noch schattenhaft gezeichnet, wie hinter dichtem Nebel, windet sich um Allaz' Oberkörper, und die Wolfsbeine verschwinden im Bund seiner Hose. Ich habe noch nie einen echten Wolf gesehen, würde aber behaupten, dass er beinahe lebensgroß tätowiert wurde. Ein Meisterwerk, das neben zahlreichen weiteren Tattoos nahezu untergeht.

Ich reiße meinen Blick von ihm los, als meine Mutter sich räuspert. Sofort steigt Hitze meine Wangen empor.

»Du fällst genauso auf. Die anderen ziehen sich bereits ihre Menschenkleidung an, du solltest das auch tun.«

Wenig später sitze ich in Dreivierteljeans und einem ärmellosen Top auf dem Rücksitz eines Jeeps. Allaz lenkt den Wagen, meine Mutter sitzt auf dem Beifahrersitz. Beide haben Freizeitkleidung angezogen – wie auch die anderen Krieger in den drei Jeeps hinter uns. Auf den Fahrzeugen prangt das Logo eines Touristenguides, weshalb einige der Krieger ebenso wie Allaz ein Namensschild auf der Brust tragen. Ein kleiner Teil von mir ist beeindruckt. Wir unterscheiden uns nicht von den zahlreichen Reisegruppen, die Stopps am Straßenrand einlegen, weil der Reiseleiter ihnen etwas zeigen möchte. Allaz verhält sich tatsächlich wie ein Touristenguide und nennt mir die Straßen und wichtigsten Punkte, die wir passieren. Am frühen Morgen hat ein Teil von mir anscheinend noch nicht begriffen gehabt, dass ich mich nun an einem völlig anderen Ort befinde. Alles ist vorbeigezogen, ohne großartig hängen zu bleiben. Nun nutze ich die Gelegenheit, mir die Welt jenseits der Scheibe genauer anzusehen.

Die ersten Häuser kommen in Sicht, als wir auf den Ronald-Reagan-Turnpike fahren, dem wir durch die Vororte hindurch bis Miami folgen. Neugierig blicke ich aus dem Fenster. Summit war bislang alles, was ich von der Erde kannte. Nun wachsen immer größere und höhere Gebäude neben der Straße empor und das steppenartige Gelände der Everglades ist schnell vergessen. In *Three Lakes* biegen wir auf den nächsten Highway ab. Die vielen Autos überwältigen mich. Sie gleichen einer wogenden, in der Hitze flirrenden Metallmasse, die unausweichlich über den Asphalt donnert. Ich lese die Schilder mit Hinweisen auf einen tropischen Park oder zahlreiche Malls, dann den internationalen Flughafen von Miami, auf dem wir am Morgen gelandet sind. Doch noch immer sind wir nicht am Ende unserer Reise.

»Wo genau wollen wir denn hin?«, frage ich, als ich mit einem Lächeln den Namen des nächsten Highways registriere, dem wir nun folgen: *Dolphin Expy*. Ich kenne Delfine nur von Bildern, mochte diese Meeresgeschöpfe jedoch vom ersten Moment an.

»Wir fahren zum Pérez Art Museum Miami«, sagt Allaz, und meine Mutter erklärt: »Ich habe Leemal in meiner Vision dort gesehen. Die Grünanlagen des PAMM hat einer unserer Siedler nach dem Vorbild der hängenden Gärten von Babylon entworfen. Ich war kurz nach meiner Ankunft dort, weil mich ein innerer Kompass dorthin geführt hat. Es ist …«

Eine innere Ruhe ergreift mich und vertreibt die Nervosität. Mutters Stimme wird immer leiser, während meine Sicht verschwimmt und sich vor meinem inneren Auge ein Bild abzeichnet: lange Säulen voller Grün, die wie Tropfsteine von der Decke hängen. Dann etliche alte Skulpturen und Bildnisse aus alten Zeiten, die unter einem Banner mit der Aufschrift »Moderne Interpretation antiker Kunst« einen weitläufigen Ausstellungssaal säumen. Doch ich weiß, dass es sich nicht um moderne Interpretationen der alten Kunst handelt. Ich spüre nahezu das Kribbeln der Magie, die aus den Exponaten sickert. Mein Blick fällt auf Riaz und Yasmeen, die reglos auf einer Bank unweit eines lebensgroßen steinernen Uschebti sitzen. Ihre Augen sind stur geradeaus gerichtet, ihr Blick ist getrübt, ein seliges Lächeln liegt auf ihren Lippen, während sie den Uschebti anstarren.

Der Uschebti hält eine Hand zur Faust geballt an die Brust, während die andere an seiner Körperseite hinabhängt, sodass sie mit ihm zu verschmelzen scheint.

Dann sehe ich Leemal. Er hat seine Haare offen, sodass

ich nicht sehen kann, ob er seine Gabe benutzt, was aber sehr wahrscheinlich ist. Er beeinflusst meine Freunde, um sie unter Kontrolle zu halten. Die beiden sehen, glücklich lächelnd, ihrem Ende entgegen, das unausweichlich auf sie zukommen wird.

Leemal berührt den Uschebti und die Faust der Skulptur öffnet sich. Der General legt einen unscheinbaren weißen Stein hinein und sofort schließen sich die steinernen Finger wieder. Die Augen der Steinskulptur öffnen sich daraufhin und schimmern wie hell leuchtende Vollmonde in finsterster Nacht.

Leemal ist bereits verschwunden, als eine gigantische Welle das Museum in Stücke reißt.

Ich schreie auf.

Die Welt scheint sich zu drehen, die Umgebung rast vorüber, während mein Herz schneller schlägt als jemals zuvor. Ich spüre kalten Schweiß auf meiner Stirn, meine Handflächen sind ebenfalls feucht.

»Akasha!«, ruft meine Mutter, die sich auf dem Sitz zu mir umgedreht hat, vermutlich zum wiederholten Mal. »Was hast du gesehen?«

»Ich … Leemal … ein Uschebti … er ist in einem Museum«, stammle ich, nicht in der Lage, ruhiger zu atmen.

Meine Mutter versucht, mich zu beruhigen: »Es war eine Vision, *Amira*. Dieselbe Vision, die ich bereits von diesem Tag hatte. Wir werden ihn aufhalten und deine Freunde retten.«

Die panische Angst, die von den Bildern des hereinbrechenden Wassers, das Riaz und Yasmeen verschlingt, hervorgerufen wurde, verblasst nur sehr langsam, während sich meine Gedanken um etwas anderes drehen. Riaz und Yasmeen werden von Leemal gefangen gehalten. Dante jedoch war in meiner Vision nicht zu sehen. Er hat sich seinem Vater also wirklich freiwillig angeschlossen. Ein Teil von mir hat anscheinend noch immer gehofft, dass Malak etwas falsch verstanden hat. Die Gewissheit, wirklich erneut von ihm verraten worden zu sein – trotz des Vertrauens, das ich ihm entgegengebracht habe –, verletzt mich zutiefst. Ich habe gedacht, die Zeit auf der Erde hätte ihn verändert. Doch das war wohl ein Fehler meinerseits. Den Schmerz kann ich mir damit jedoch nicht ausreden.

»Wir werden ihn ein für alle Mal aufhalten«, wiederholt meine Mutter noch einmal, ehe sie sich abwendet.

Ich blinzle mehrere Male und hoffe inständig, dass sich die blanke Wut, die in ihren Augen lodert, niemals gegen mich richten wird.

39

Miami – Florida, 21. Juni

Bis Allaz den Wagen auf einen Parkplatz für Touristenbusse lenkt, habe ich mich wieder einigermaßen im Griff, Dantes Verrat habe ich, so gut es geht, verdrängt. Meine Mutter erläutert mir noch einmal den Plan: »Allaz und ich werden Leemals Truppe – wenn möglich auch ihn – angreifen, ehe er zu dem Uschebti gelangen kann. Seine Söldner dürften überall im Gebäude verteilt sein. Sobald sie beginnen, sich zu widersetzen, startet deine Täuschung. Zeig Leemal, was er sehen will: wie seine Männer uns besiegen.«

In der Theorie klingt es so einfach. Als müsste ich nur mit einem Zauberstab wedeln, und alle würden sehen, was ich sie sehen lassen möchte.

»Hier, nimm das. Es ist eines unserer mächtigsten Artefakte aus der alten Zeit. Es wird dich fokussieren und deine Magie kanalisieren.« Sie reicht mir ein ledernes Band. An ihm baumelt ein zwei Finger großes Bruchstück, auf dem noch einige Furchen zu sehen sind. Das Artefakt muss ein Teil einer alten Tontafel der Sumerer sein. Ich nehme es an mich und berühre vorsichtig den Anhänger. Pulsierende Magie wogt durch meine Adern. Meine Finger kribbeln vom Kontakt. Mein Stöhnen erwidert meine Mutter mit einem Lächeln.

»Ich habe noch das Armband von Mazen«, sage ich und deute auf den Schmuck an meinem Handgelenk. Ich überlege, ob es mir tatsächlich geholfen hat, und bejahe meine Frage. Ich habe Malak damit geheilt. Das Tonstück, das in meiner Hand liegt, ist noch um ein Vielfaches stärker. Ich lege die Kette um und fühle mich stärker, will einfach daran glauben. Glaube versetzt Berge, heißt es hier auf der Erde. Mir schenkt er Hoffnung.

»Glaube an dich, *Amira*. Ich weiß, dass du es schaffst.« Sie wiederholt nicht, was sie mir die Male zuvor eingebläut hat: Ich muss es nicht nur schaffen, ich muss auch den richtigen Moment erwischen, damit Leemal die Täuschung nicht durchschaut. Ich stecke den Anhänger in die Hosentasche und sofort verpufft die positive Energie. Also lege ich das Lederband um meinen Hals und stecke den Anhänger in den Ausschnitt meines Tops, damit es Hautkontakt hat. Doch das befeuernde Gefühl kehrt nicht zurück.

»Warte bis zum Signal.«

Allaz und meine Mutter verlassen den Parkplatz. Sie hat sich locker bei ihm eingehakt und beide schlendern gemütlich auf das Pérez Art Museum zu. Auch die anderen mischen sich in Grüppchen unter die Touristen. Ich beobachte einen Museumsführer, der eine Gruppe von mindestens zwanzig Personen vor dem Haupteingang versammelt. Rasch überquere ich den Vorplatz und schließe mich ihnen an. Die perfekte Gelegenheit, ohne große Aufmerksamkeit ins Museum zu kommen.

Während wir den Eingang passieren, gehe ich im Geiste noch einmal die Übersichtskarte des PAMM durch, die meine Mutter mir während der Fahrt gezeigt hat, und hoffe, dass ich zur richtigen Zeit im richtigen Flügel des Museums sein werde. Je weiter die Führung voranschreitet, desto nervöser werde ich. Wann kommt nur Mazens Signal?

Wir gehen gerade das Außengelände entlang, und ich bewundere die hängenden Gärten und all das andere Grün, das aussieht, als wäre Haus Tefnut hier aktiv gewesen, als ich eine Gestalt zwischen den grünen Säulen entlanghuschen sehe. War das etwa …

Mein Blick fliegt hin und her, versucht, der Bewegung des Schattens zu folgen, und dann habe ich Gewissheit.

Es dauert keine Sekunde, bis ich das Für und Wider gegeneinander abgewogen habe und ich meine Reisegruppe verlasse. So schnell es geht, ohne allzu sehr aufzufallen, verfolge ich Malak, der soeben durch einen Personaleingang im Inneren des Museums verschwindet. Er will sicherlich Yasmeen retten und könnte durch diesen Alleingang unsere gesamten Pläne zunichtemachen. Ich muss ihn aufhalten.

Durch das Sonnenlicht und die hellen Wände im Außenbereich bin ich nahezu blind, als ich durch die Tür trete. Ich kneife meine Augen fest zusammen, um sie an die Dunkelheit des schummrigen kleinen Raumes zu gewöhnen, an dessen Wänden sich Regale mit allerlei Putzartikeln befinden.

Doch noch ehe ich weitere Details erkennen kann, fällt die Tür hinter mir zu, und ich stehe in völliger Dunkelheit, als jemand von hinten seinen Arm um mich schlingt und mir die Hand auf den Mund drückt. Instinktiv versuche ich, mich loszureißen, der eiserne Griff jedoch macht nahezu jede Bewegung unmöglich.

Angst steigt in mir empor wie eine Rakete. Mein Körper wird von einem Kribbeln überzogen, als sich meine Magie intuitiv regt, der Anhänger auf meiner Brust brennt sich in meine Haut. Doch was soll ich mit der Magie anstellen? Ich kann hier kein Feuer entzünden, meinen Gegner nicht mit Wind niederringen, das Element Erde nutzt mir auch nichts. Selbst wenn ich einen Graben erschaffe, ich würde selbst hineinstürzen.

Daher wende ich einen der zahlreichen Befreiungsgriffe an, die mir Dante auf der Reise beigebracht hat. Den Angreifer bekomme ich jedoch nicht zu fassen. Meine Beschimpfungen dringen nur erstickt durch die Hand, die sich noch immer fest auf meinen Mund presst. Es ist eine große Hand. Ein Mann, was auch den starken Griff erklärt.

Meine Angst wird zu Panik. Wenn ich mich nicht befreien kann, ist der gesamte Plan meiner Mutter und der Siedler hinfällig. Adrenalin flutet meinen Körper und mein Puls rast auf und davon.

Täuschung. Ich muss den Mann hinter mir täuschen. Die Worte meiner Mutter kommen mir in den Sinn. *Zeig ihm, was er sehen will.* Der Rat galt zwar für Leemal, aber er passt auch auf diese Situation.

Ich lenke die Magie auf das Bewusstsein hinter mir, male Bilder im Geiste, die zeigen, wie ich in den Armen des Mannes leblos zusammensinke. Ich sehe die Szene so deutlich vor mir, als wäre sie real. Mein Gegner atmet zischend ein und lockert seinen Griff, fasst nach, um mich im vermeintlichen Sturz abzufangen, sodass ich seinen Arm zu fassen bekomme und mich mit einer Drehbewegung befreien kann. Nun bin ich bereit, Feuer in seine Richtung zu lenken. In meiner geschlossenen Hand manifestieren sich bereits die ersten Funken, wachsen schnell an und nähren sich von der reinen Magie, die durch meinen Körper fließt.

Bis mich plötzlich eine erdrückende Lethargie überkommt. Ich habe Mühe, die Augen offen zu halten, um wenigstens die wenigen Schemen zu sehen, die im Licht des Notausgangsschildes zu erkennen sind. Mein Körper wird mit jeder Millisekunde schwerer. Die Funken in meiner Hand erlöschen, verschwinden zusammen mit der Magie, die mir eben noch so treu gedient hat. Mein Unterbewusstsein wägt ab, ob es sich lohnen würde zu weinen, aber die Leere in mir ist ihm Antwort genug. Es ist egal. Alles ist mir gleich. Es hätte mir von Beginn an klar sein sollen. Was würde ich schon bewirken können? Ich habe es immer gewusst. Ich bin allein. Alle haben sich von mir distanziert. Ich bin wertlos. Ich werde immer wertlos bleiben.

Riaz.

Ich denke an Riaz, versuche, mich an ihn zu klammern, an unser Gespräch, an unseren Kuss.

Er ist mein Anker, der mich aus der Gefühlsmanipulation reißt. Ich weiß, dass das, was ich gerade spüre, nicht von mir ausgeht. Leemal würde mich jedoch nicht manipulieren lassen. Er würde mich direkt töten, schließlich hat er, was er möchte: den Zwilling. Bleibt nur noch: »Dante?« Sein Name kommt nur dumpf über meine Lippen. Ich habe Mühe, die bleierne Schwere der negativen Emotionen von mir zu schieben.

»Wirst du dich zusammenreißen und nicht noch mal versuchen, mich anzugreifen?« Ich nicke langsam und er holt erleichtert Luft. Sofort verschwindet der emotionale Zwang, und ich fühle mich, als hätte man mich von Tonnen Sand befreit, die mich erdrückt haben.

»Was machst du hier?«, frage ich. Ich bin davon ausgegangen, dass er an der Seite seines Vater steht, wieder die Rolle spielt, die ihm in Heliopolis so gefallen hat.

»Ich rette dich«, erwidert er nur. Selbst in der schummrigen

Dunkelheit erkenne ich seinen Versuch, sein gewohnt arrogantes Lächeln aufzusetzen. Er hat seine anerzogene Überheblichkeit verloren. Wenn er sich nun darin versucht, ist er alles andere als überzeugend.

»Ich muss nicht gerettet werden«, gebe ich zurück. »Aber Yasmeen und Riaz. Die du verraten hast.« Das aufgesetzte Grinsen verschwindet und sein Gesicht wird von einem Schatten überzogen.

»Mein Vater hat sie betäubt. Es ging alles so schnell. Als mein Vater den Zwilling hatte, stellte er mich vor die Wahl: in Summit mit all den Erdmenschen zu sterben oder mitzukommen. Ich wollte ihn aufhalten und habe gehofft, dass du einen Weg findest hierherzukommen, wenn ich dafür sorge, dass Malak euch erzählen kann, was passiert ist. Im Wagen habe ich meinen Vater davon überzeugt, Malak zurückzulassen. Ich habe ihn in der Nähe des Totempfahls aus dem Wagen gestoßen, und wie ich sehe, hat mein Plan funktioniert.« Er wirft mir einen unsicheren Blick zu, während ich das Gesagte verarbeite. Jeder Satz klingt vollkommen logisch, und ich bin überwältigt von dem Gefühl, das sich in mir ausbreitet und die Bitterkeit des Verrates hinwegschwemmt. Dante ist genau die Person, für die ich ihn gehalten habe. Am liebsten wäre ich ihm um den Hals gefallen, aber mit einem Blick in sein ernstes Gesicht bringe ich Haileys Gefühle in mir zum Verstummen. Ihr Teil meines Herzens sehnt sich nach einer Berührung von Dante und dieses Wissen bringt mich um. Ich versuche, meine Gefühle auszuschalten, und meine Stimme klingt tatsächlich einigermaßen sicher:

»Wir haben einen Plan.«

»Ach ja? Gehört Malak da auch dazu?« Sein Tonfall wird herausfordernd und Dante tritt einen Schritt näher. Dabei streift er einen Besen, der am Regal gelehnt hat und jeden Moment scheppernd zu Boden fallen wird. Das Geräusch könnte jemanden auf uns aufmerksam machen! Die Angst, dass unser Plan dadurch verhindert wird, lässt mich klarer denken und schnell reagieren. Als ich die Hand hochreiße, um den Stiel zu fassen zu bekommen, bleibt der Besen mitten in der Luft hängen. Mein Nacken prickelt. Ich wage es nicht, mich zu bewegen, um die Macht über die Zeit nicht zu verlieren.

Dante reagiert schnell und schnappt sich den Besenstiel und stellt ihn wieder an das Regal zurück. Dabei murmelt er ein »Danke«.

»Was ist mit Malak?«, lenke ich wieder auf das Thema zurück. »Ich habe gesehen, dass er hier hineingegangen ist.«

»Ich weiß. Ich bin ihm gefolgt. Er arbeitet für meinen Vater.« Dante spuckt die letzten Worte nahezu aus.

»Er *hat* für ihn gearbeitet«, verteidige ich Malak. »Ich muss ihn finden, ehe er unseren Plan durchkreuzt.« Ich wende mich bereits der zweiten Tür der kleinen Abstellkammer zu, doch Dante zieht mich zurück und sieht mir tief in die Augen.

»Lass mich dir helfen, Akasha.« Sein Blick wird so intensiv, dass ich mich unter ihm winde. Seine grünen Augen leuchten erwartungsvoll und drücken die unterschiedlichsten Gefühle aus: Schmerz, Zuneigung, Verständnis. Sie wechseln so rasch, dass ich mir nicht sicher bin, ob ich sie richtig deute. »Du kannst mir vertrauen, Akasha. Ich habe dich mein Leben lang geliebt.«

»Nein!« Ich hebe schnell die Hand. Ich kann mir ein solches Gespräch und das damit verbundene erneute Gefühlschaos nicht leisten. Nicht jetzt. Riaz und Yasmeen sind in Gefahr. Alle Menschen hier im Gebäude – und der Rest der Welt!

»Dante, bitte!« Mehr sage ich nicht. Doch er versteht den flehenden Unterton und nickt mit zusammengepressten Lippen und halb gesenkten Lidern. Das Leuchten ist aus seinen Augen verschwunden.

Ich schiebe alle Gefühle, die aus seiner Richtung auf mich eindringen, von mir, errichte eine Mauer, um mich zu schützen, um meine Konzentration zu bewahren. Mit dem Verdrängen der letzten Bilder eines Nicolas-und-Haileys presse ich noch ein kurzes »Es tut mir leid« hervor, und ich drücke bereits die Türklinke, während mein Herz ein weiteres Mal zerreißt. Begleitet von dem ohrenbetäubenden Jaulen einer Sirene.

Mazens Signal. Es geht los.

40

Miami – Florida, 21. Juni

Jenseits der Tür zur Abstellkammer herrscht Chaos. Die Sirene heult laut auf und ihr Echo potenziert das Geräusch zu ohrenbetäubendem Lärm. Menschen eilen hastig aus allen Richtungen das weitläufige Foyer entlang. Ich orientiere mich in Windeseile und renne gegen den Strom aus Männern, Frauen und schreienden Kindern an.

Mein Ziel liegt um die nächste Ecke. Ein Hinweisschild weist mir den Weg zu dem Veranstaltungsraum von »Moderne Interpretation antiker Kunst«. Vor dem Durchgang werde ich langsamer, das Geräusch der Sirenen rückt immer weiter in den Hintergrund. Mag sein, dass mein Gehirn es mittlerweile versucht auszublenden.

Ich spüre Riaz' Nähe schon, ehe ich einen Blick um die Ecke werfe, und mir wird wieder einmal bewusst, dass es zwischen uns eine Verbindung auf einer höheren Ebene geben muss. Er ist mir auf die Erde gefolgt. Um meinetwillen, nicht aus egoistischen Gründen wie Dante. Dieser ist anscheinend nicht mehr in meiner Nähe. Für ihn hat sich die Expedition vermutlich ganz anders entwickelt als geplant. Das verräterische Kribbeln in meiner Magengegend macht mir nur allzu bewusst, dass für mich dasselbe gilt.

Kann ein Herz für zwei Personen schlagen, die unterschiedlicher nicht sein können? Erneut verbanne ich die grüblerischen Gedanken aus meinem Bewusstsein und atme tief durch, ehe ich den Ausstellungssaal betrete und mich hinter einer gigantischen Version eines Uschebtikastens verstecke, der definitiv sehr modern interpretiert wurde. Zahlreiche Graffiti ersetzen die traditionellen Illustrationen der ägyptischen Götter. Anstelle des Totengottes Anubis prangt die Disney-Version von Hades an der mir zugewandten Seite, was mir Haileys Wissen offenbart. Das würde einigen traditionsreichen Familien der Letzten Stadt sicher nicht gefallen.

Langsam gleite ich an der Seite des rund zwei Meter hohen Kastens entlang, bis ich vorsichtig um die Ecke spähen kann. Beim Blick auf das vor mir liegende Bild geht ein Ruck durch meinen Körper. Die Szene gleicht beinahe exakt der aus meiner Vision.

Riaz und Yasmeen sitzen auf einer Bank. Nein, jetzt erkenne ich, dass es vermutlich eine Totenbahre sein soll. Sie besteht aus Metall und Glas, nüchtern und wenig pompös, worauf die frühen Expeditionsfamilien sehr viel Wert gelegt haben. Etwas stimmt auch nicht an Riaz' Blick. Yasmeen lächelt bereits selig vor sich hin, Leemal muss bereits in ihrer Reichweite sein. Aber warum hat er Riaz nicht ebenfalls mit dieser Glückseligkeit überschüttet? Ich lasse ihn nicht aus den Augen, als ich zum nächsten Exponat husche und mich hinter den breiten Betonsockel kauere. Ich weiß nicht, was direkt über mir ausgestellt wird, es ist aber ganz sicher keine moderne Interpretation von irgendetwas. Die Luft ist elektrostatisch aufgeladen, die Tonscherbe in meinem Ausschnitt erhitzt sich, reagiert auf die Magie, die an dem Sockel entlang nach unten fließt.

Ich schließe für einen kurzen Moment die Augen und genieße die Magie, die sich, von dem Anhänger ausgehend, über meiner Haut ausbreitet wie die ersten morgendlichen Sonnenstrahlen, die über die Mauern um die Letzte Stadt kriechen. Als ich die Augen wieder öffne, sehe ich direkt in Riaz' Augen. Kurz funkeln sie wie Saphire, ehe sich seine Lippen zu einem breiten Lächeln verziehen.

Nun habe ich ein Déjà-vu. Ihrer beider Blicke sind in die Ferne gerichtet. Sie starren durch mich hindurch wie in der Vision, doch beim genaueren Hinsehen erkenne ich einen Hauch von Zufriedenheit in Riaz' Zügen – oder täusche ich mich? Ich komme nicht dazu, weiter darüber nachzudenken. Denn mit einem Mal erstirbt das Sirenengeheul, und der Nachklang ist ein beständiges hohes Piepen in meinen Ohren, als ich mich instinktiv so drehe, dass ich die nächste Szene aus meiner Vision sehen kann.

Der mannshohe Uschebti starrt mir aus steinernen Augen entgegen. Sein rechter Mundwinkel wurde vom Künstler ein wenig weiter nach oben gehoben als der andere, was in mir den Eindruck eines höhnischen Grinsens erweckt. Die steinerne Faust hat er vor die Brust gepresst.

Plötzlich passieren mehrere Dinge gleichzeitig. Leemal tritt wie in meiner Vorhersehung zum Uschebti und berührt ihn im Vorbeigehen, nachdem er Riaz und Yasmeen einen zufriedenen Blick zugeworfen hat. Der Uschebti streckt in roboterhaften Bewegungen die Hand nach vorne und öffnet die Finger. Leemal platziert den leuchtenden Stein.

Vom Korridor dringen Kampfgeräusche herein. Leemal stößt ein lautes Fluchen aus und geht mit schnellen Schritten, ohne sich noch einmal umzusehen, in Richtung der dumpfen Schläge. Erst jetzt wird mir bewusst, dass ich mich nicht nach seinen Söldnern umgesehen habe, sondern zielstrebig das gemacht habe, was Leemal von mir denken würde: ohne nachzusehen, zu Riaz zu stürmen. In die Falle. Mein Weg muss vom Diĝir gesegnet gewesen sein, dass ich tatsächlich unbemerkt hier habe eindringen können. Doch nun muss ich meine Aufgabe erledigen. Ich haste Leemal so leise wie möglich hinterher und halte direkt neben dem Torbogen inne, der die Besucher in den Ausstellungssaal führt. Jenseits der weißen Mauer, gegen die ich mich lehne, muss Leemal stehen, andernfalls würde sein emotionaler Einfluss auf meine Freunde enden oder zumindest schwächer werden. Da hinter den Exponaten keinerlei Geräusche zu hören sind, unterliegen sie noch immer seinem Bann.

Es ist Zeit, meine Aufgabe zu beginnen. Ich male mir die Bilder genauestens aus. Sehe vor mir, wie Allaz' Soldaten gegen Leemals Söldner kämpfen. Ich soll die Täuschung so echt wie möglich wirken lassen, daher lasse ich ihre Gesichter im Schatten, Leemals Bewusstsein wird sie aus dem, was er zuvor gesehen hat, hinzufügen, sagte meine Mutter.

Während ich mir vorstelle, wie der erste unserer Soldaten zu Boden geht, ziehe ich nach der Magie in meinem Körper, um die Täuschung auf Leemals Bewusstsein zu legen. Der enorme Druck, nichts falsch zu machen, lähmt mich. Meine Handflächen sind feucht, und nur mit höchster Konzentration verbanne ich die Bilder aus meinem Kopf, wie ich scheitere und mein Leben in den Wellen der Sintflut aus meinem Körper weicht. Das sind nicht die Bilder, die ich projizieren sollte. Ich schmecke einen sauren Geschmack im Mund und schlucke dagegen an.

Die Magie in meinem Blut schien niemals zuvor weiter entfernt. Ich umschließe die Tonscherbe mit meinen Fingern und mit der anderen Hand Mazens Armband, und doch finde ich keinen Zugang zur Magie.

Ein Schrei schreckt mich auf, meine erdachten Bilder drohen mir zu entgleiten. Ich rieche das Blut, noch ehe sich die einzelnen Tropfen zu einem charakteristischen Bogen in meinem Blickfeld formen, und schlage meine Hand vor den Mund, um nicht aufzuschreien.

Es ist zu spät. Ich habe versagt. Ich lehne mich mit dem Rücken wieder an die kühle Wand und kämpfe gegen das Gefühl, mich jeden Moment übergeben zu müssen, weil ich die Folgen meines Versagens detailliert vor meinem inneren Auge sehe. Ich sehe, wie einer von Allaz' Soldaten nach dem anderen sein Leben lässt. Ob mittels einfacher Waffen oder Magie. Ich sehe, wie Leemal den leuchtenden Kristall auf die Hand des Uschebtis legt und dieser erwacht – und dann die eiskalten Fluten, die jeden verschlingen, der mir etwas bedeutet. Ich will zu Riaz und Yasmeen, doch meine Beine tragen mich nicht.

Ich kann auch nicht in den Korridor treten, um ihnen zu helfen. Das Gefühl des Versagens legt sich über einfach alles, meinen Körper und meine Magie. Mir bleibt nur, die schlimmen Bilder auszuhalten, die ich mir beim Gedanken an das Geschehen jenseits der weißen Museumswand ausmale. Mit jedem Aufstöhnen sehe ich vor mir, wie ein in Jeans und Hemd oder Touristen-T-Shirt gekleideter Siedler zu Boden geht und stirbt.

Ich kann die Bilder ihres Todes nicht von mir schieben und blicke wie erstarrt meinem eigenen Ende entgegen.

Die Bilder eines glücklichen Lebens in ferner Zukunft fallen vor mir zu Boden und brechen in Tausende von Scherben.

Ich habe versagt.

41

Miami – Florida, 21. Juni

Die Sekunden dehnen sich zur Unendlichkeit, aber ich spüre, dass keine Magie dahintersteht. In weiter Ferne wird noch immer gekämpft, ein vermutlich letztes Aufbegehren gegen die Übermacht von Leemals multibegabten Söldnern. Ich versuche, mich aufzurappeln, mich an die Seite der Siedler gegen Leemal zu stellen, doch der Gedanke an die Enttäuschung in den Augen meiner Mutter drückt mich nach unten. Irgendwer ruft meinen Namen, doch ich kann nicht aufschauen, kann jenem vorwurfsvollen Blick angesichts meines Versagens nicht begegnen. Ganz gleich, von wem.

»Beim Diĝir, Akasha!«, zischt eine Stimme direkt neben meinem Ohr. »Steh auf!« Jemand reißt mich an meinem Arm ein Stück nach oben, doch kraftlos, wie ich mich fühle, sacke ich wieder in mich zusammen. Als ich kurz nach oben sehe, blicke ich in Dantes Gesicht, erkenne jedoch nicht die Vorwürfe, die ich erwartet habe. Eher eine Mischung aus Aufmunterung und Zorn. Ich runzle die Stirn.

»Das sind nicht deine Gefühle!« Nur langsam sickern seine Worte durch die vielen Schichten meiner Verzweiflung in mein Bewusstsein. Ruckartig hebe ich noch einmal den Kopf.

»Es tut mir leid, Akasha, aber ich glaube, es ist das Einzige, womit ich ihn übertrumpfen kann.«

Meine zähen Gedanken versuchen noch zu verstehen, was er mir sagen möchte, wofür er sich entschuldigt, da überrollt mich plötzlich das Gefühl reinster Furcht. Mein Herzschlag beschleunigt sich so schnell, dass ich Sorge habe, dass er plötzlich aussetzt. Adrenalin breitet sich in Windeseile durch meine Adern aus, schenkt mir die Kraft, nach oben zu schnellen und mit meinen geschärften Sinnen die Magie zu identifizieren, die mich zuvor gelähmt hat. Ich blicke mich um, registriere Dantes selbstzufriedenes Lächeln, ehe er sich wieder konzentriert und in mir mit der nächste Woge seines projizierten Gefühls den Urinstinkt aller Menschen weckt.

Auf Furcht kann nur Flucht oder Kampf folgen. Mein Körper entscheidet sich intuitiv für Letzteres. Ohne mein bewusstes Zutun flackern die geplanten Bilder meiner Täuschung in meinem Bewusstsein auf, mein Nacken überspringt das vergnügliche Prickeln, und die Insignie brennt sich beinahe schmerzhaft hervor, ehe meine Gabe aus mir herausbricht.

Ich stöhne auf und haste durch den Torbogen auf den Korridor. Sogar ich selbst habe Mühe, durch meine eigene Täuschung hindurchzusehen. Es schieben sich Bilder von siegreichen Söldnern über das letzte Aufbäumen ihrer sterbenden Körper, als sie von Allaz' Soldaten besiegt werden. Irritierte Blicke liegen für mich unter dem Schleier des Siegesrausches. Söldner für Söldner geht zu Boden. Für einen kurzen Moment wundere ich mich darüber, wie meine Mutter und Allaz es geschafft haben, die Siedler zu schützen, aber letztendlich zählt das Ergebnis.

Der Gefühlsrausch ebbt ab, als Dante neben mich tritt und erleichtert seufzt.

»Du hast uns geholfen«, sage ich, ohne meinen Blick von den Söldnern am Boden zu lösen.

»Das habe ich wohl«, sagt er zögernd. Nun wende ich mich ihm doch zu und ignoriere die Unruhe, die unter Allaz' Kriegern entsteht. Dante hat seine eigenen Gefühle nicht unter Kontrolle und seine Unsicherheit kratzt nun an den Rändern meiner Emotionen. Ich frage mich, ob er noch immer von der Berührung des Zwillings zehrt, seine Magie müsste längst aufgebraucht sein. Ich konzentriere mich auf die Unterscheidung seiner und meiner Gefühle, trenne uns mit einer geistigen Mauer und er verzieht vor Schmerzen das Gesicht.

Ich will ihn gerade fragen, wieso er mir geholfen hat, woher er wusste, dass er Furcht in mir hervorrufen musste, damit ich meine Magie einsetzen konnte, da erklingen eilige Schritte von der linken Seite des Korridors.

Meine Mutter und Allaz sprinten, dicht gefolgt von Mazen, um die Ecke. »Wo steckt er?«, fragt meine Mutter atemlos.

»Mein Vater ist nicht hier«, antwortet Dante reserviert. »Er ist geflohen, als er bemerkt hat, wie sein Bann über Akasha gebrochen wurde.« Ich versuche herauszufinden, was in ihm vorgeht. Doch gerade jetzt hat er eine hohe Mauer zum Selbstschutz um sich gezogen, überträgt weder seine Gefühle, noch ist ein Hauch von ihnen in seiner Mimik zu erkennen.

Aber wenn Leemal weg ist, warum …

Ich muss nach ihnen sehen. Schnell renne ich zu dem Ausstellungsraum zurück. Sobald ich Riaz und Yasmeen sehe, atme ich erleichtert auf. Aber warum rühren sie sich nicht, sondern starren noch immer lächelnd in die Ferne? Leemals Bann über sie muss mit seiner Flucht geendet haben, als er begonnen hat, meine Gefühle zu manipulieren. Es ist unmöglich, dass er ihn weiter aufrechterhalten konnte.

Mein Blick gleitet über den Raum und ich werde von einem eiskalten Schauer erfasst. Die Augen des Uschebtis leuchten in reinstem Weiß. Sein Blick muss Riaz und Yasmeen irgendwie hypnotisieren, und ich weiß aus meiner Vision, was geschehen wird. Noch einmal bricht vor meinem inneren Auge die Welle die Außenmauer des PAMM und verschlingt alles und jeden.

»Wir müssen sie hier rausschaffen!«, schreie ich, so laut ich kann, und kurz darauf wimmelt es von Siedlern um mich herum. Ich stehe vor Riaz, zerre ihn mit beiden Händen nach oben, aber er sieht durch mich hindurch. Ich schüttle ihn, doch sein Blick bleibt leer. Was auch immer Leemal mit dem Uschebti angestellt hat, sein Bann ist von Dauer.

Eine weitere Vision überrollt mich, und ich erkenne den Fehler, den meine Mutter begangen hat und dem auch ich erlegen war: Der Uschebti war eine Ablenkung. Der weiße Stein, der zwischen seinen nun wieder vor der Brust verschlossenen Fingern liegt, ist nicht der Zwilling. Es hätte mir auffallen sollen. Der Zwilling gleicht einer Supernova, wohingegen der Stein in der Faust des Steinriesen nur sanfte Wogen von Magie aussendet. Er ist ein Artefakt. Mächtig, aber nicht übermächtig wie der Zwilling.

Der Uschebti vor mir verschwimmt. Ich sehe die nächsten Bilder aus einer seltsamen Perspektive, als würde ich aus Schienbeinhöhe die Geschehnisse verfolgen. Beinahe hätte ich hysterisch aufgelacht, als ich sehe, wie Leemal auf dem begrünten Dach des Gebäudes einen moosigen Quader als Schlussstein auf die Spitze einer unförmigen Pyramide setzt und schnell davoneilt.

Nicht er unterlag einer Täuschung. Sondern wir haben uns erneut von ihm täuschen lassen. Wie lange mag er schon verschwunden sein, nachdem er den Ausstellungsraum Richtung Korridor verlassen hat? Hat er seinen Söldnern überhaupt zugesehen? Wie lange hat der Kampf angedauert? Er muss seine Fähigkeit dem Uschebti übertragen haben, wie es damals zu Zeiten der alten Ägypter möglich gewesen war. Er hat ihn zu seinem Statthalter erklärt. Der Uschebti ist nichts weiter als Leemals Marionette. Durch den Flur vor dem Ausstellungssaal rauschen Flugblätter, begleitet vom Heulen des Windes. Leemal hat schon damit begonnen, die Sintflut einzuleiten.

Mir bleibt keine andere Wahl.

Ich schlucke die letzten Selbstzweifel hinunter und sammle die Magie in meinem Körper.

Dante war es, der mir aufgezeigt hat, warum ich meine Magie nicht immer kontrollieren konnte. Meine Gabe wird von meinen Emotionen bestimmt. Angst und Wut sind ihr Katalysator, stärken mich immens. In jeder Situation, in der ich die Macht kontrollieren konnte, dominierte eines der beiden Gefühle.

Daher konzentriere ich mich auf meine Ängste. Ich brauche das Artefakt nicht, um mich zu unterstützen. Die wahre Stärke ruht in mir. Darin, mich selbst zu akzeptieren und mich diesen Ängsten zu stellen.

Noch ein letztes Mal hole ich tief Luft und schenke meiner Mutter und Mazen Erlösung. Ich muss den weiteren Weg allein gehen.

42

Miami – Florida, 21. Juni

Beinahe beschwingt, verlassen Mazen und meine Mutter den Ausstellungssaal und folgen dem Korridor in Richtung Eingangshalle. Für einen Moment sehe ich durch ihre Augen auf das unbeschwerte Leben, das nun vor ihnen liegt. Sie sehen die tapferen Siedler jubelnd auf dem Platz vor dem Pérez Art Museum stehen, wo Windböen an ihrer Kleidung zerren und die Haare um ihre lachenden Gesichter peitschen lassen und die Palmen sich gefährlich weit gen Boden neigen. Die Augen meiner Mutter leuchten regelrecht, als sie Allaz erblickt, der ihr glücklich zuwinkt.

Ich werde langsamer, halte an der Angst vor einer Zukunft ohne all diese Menschen fest, während die beiden nach draußen treten, die breite Treppe hinabsteigen und ich meiner Mutter einen letzten Gedanken einflöße: »Bringt alle in Sicherheit.« Sie können sich kaum auf den Beinen halten, der Wind schubst sie hin und her wie Spielbälle. Mutters Haar weht ihr ständig ins Gesicht, doch sie denkt sich nichts dabei. Erst als ich die Macht des Hauses Nut entlasse und die Täuschung löse, wirkt sie für einen kurzen Moment irritiert und rennt dann schreiend zum Museum zurück. Doch ich schüttle den Kopf.

»Geht«, forme ich tonlos mit den Lippen und formwandle die verglaste Front gemeinsam mit den großen hölzernen Eingangstüren in massiven, undurchdringlichen Stein. Selbst wenn Riaz Artefakte zur Verfügung gestellt bekommt, wird es ihn eine Weile aufhalten. Denn ich muss Leemal allein entgegentreten. Ich würde es mir niemals verzeihen können, wenn wir über ihn siegen würden, aber einer meiner Freunde oder meine Mutter im Kampf gegen ihn fiele. Die Erde wäre gerettet, aber zu welchem Preis?

Ich stürme die Treppe hinauf, die zu der oberen Galerie führt. Von hier aus hängen zahlreiche Grünpflanzen in die unteren Etagen, die jetzt in den immer stärker werdenden Böen hin und her schaukeln und dabei einen moosigen Geruch verbreiten. Blätter tanzen im Wind. Für eine Sekunde erlaube ich es mir, die kühle Luft zu genießen, ehe ich mich wieder von Ängsten beherrschen lassen muss, um mich Leemal zu stellen.

Von der Anstrengung geht mein Atem immer schneller. Mein Leben zieht an mir vorbei. So viele glückliche Tage, die ich gemeinsam mit meinen Freunden verbringen durfte. Eine unbeschwerte Kindheit, bis meine Mutter mitsamt dem Zwilling verschwunden ist. Mein Vater, der stets zwischen dem Herrscher Zaahir und seiner Rolle als Teil meiner Familie hin- und hergerissen war und mich dennoch immer unterstützt hat, trotz seiner wahren Pläne für Heliopolis.

Yasmeen, die mir in all der Zeit zur Seite gestanden und doch ihren ganz eigenen Kampf ausgetragen hat. Ich denke an Malak, der von einem schwächlichen Kind zu einer starken Persönlichkeit wurde, die den falschen Weg eingeschlagen hat, um die Liebsten zu beschützen. Ich kann es ihm nicht einmal verdenken. Vielleicht war er es letztendlich, der mich hierhergebracht hat. Mich dahingehend beeinflusst hat, alle, die ich liebe, von mir zu schieben, nur um sie zu retten.

Noch einmal sehe ich Dante vor mir, wie er mir aufgezeigt hat, was meine Magie befeuert, als kenne er mich besser als jeder andere Mensch. Sofort denke ich an das Kribbeln in Haileys Magen, an den Kuss und Dantes Worte, als ich ihn aufgeklärt habe. Er ist auf der Erde zu einer anderen Person geworden, einer Person, die man vorbehaltlos lieben könnte.

Ich schlucke gegen den Kloß in meiner Kehle an, während ich mich nach einem Weg umsehe, der mich auf das Dach des PAMM bringen kann. Der Wind hat sich inzwischen zu einem Sturm entwickelt. Einige Fenster sind aus den Angeln gerissen worden, andere schlagen fest gegen die vollverglasten Außenwände dieses Bereichs des Museums. Erste dicke Regentropfen prallen dagegen. Informationsbroschüren wirbeln im Kreis, Aufsteller mit Beschreibungen zu den Bepflanzungen liegen überall verstreut. Irgendwo splittert Glas. Ich entdecke eine schmale Tür fürs Personal, die vom Wind auf- und wieder zugeschlagen wird. Eins der Schilder hat sich in der Zarge verkeilt, sodass das Schloss nicht einrasten kann. Der Windzug muss etwas bedeuten. Ich folge meiner Intuition und finde hinter der Tür eine schmale Treppe, die in engen Windungen hinaufführt. Feuchte Luft weht mir entgegen. Ich schmecke das Salz von Meerwasser. Aus irgendwelchen Gründen verbinde ich es mit Dante, und meine Gedanken kehren zu ihm zurück, während ich mich eine Stufe nach der anderen, gegen die immer stärkeren Böen ankämpfend, hocharbeite.

Dante hat uns allen das Leben gerettet, indem er mir geholfen hat, meine Magie zu aktivieren. Ausgerechnet er. Dabei war es mein Leben lang Riaz, der zu mir gestanden hat und ohne den ich nicht leben zu können glaubte. Diese innere Zerrissenheit hat es mir seit dem Hinwegblicken über die Täuschung unmöglich gemacht, zu mir selbst zu finden, meine wahre Stärke zu entdecken.

Die letzten Stufen liegen vor mir, ich sehe bereits durch die weit geöffnete Metalltür den grauen, wolkenverhangenen Himmel über Miami. Als ich das PAMM vor einer knappen halben Stunde betreten habe, herrschte noch strahlender Sonnenschein.

Riaz.

Ich hoffe, dass er sein Glück ohne mich finden wird, sollte ich Leemal zwar aufhalten können, aber dabei umkommen. Ich würde mein Leben für das aller geben. Vielleicht wird Riaz seines auf der Erde führen. Vielleicht bei den Siedlern.

Ich lächle, während sich meine Sicht verschleiert.

Er könnte sich Allaz' Kriegern anschließen, endlich kämpfen, wie er es immer wollte. Die Siedler hätten für einen Formwandler wie ihn sicherlich überall Aufgaben. Er könnte helfen, den Verlauf der Erdgeschichte zu verändern, unser Volk von Heliopolis zurück zur Erde geleiten.

Schnell blinzle ich die Tränen weg, hole ein letztes Mal tief Luft und trete in den tosenden Sturm über Miami.

Ich brauche gar nicht erst nach der Angst in mir zu suchen. Als ich um die Ecke des kleinen Aufbaus rund um die Tür biege, kommt sie von selbst, und ich erstarre.

Alle meine Sinne sind angespannt. Mein Nacken pulsiert und sendet kleine Stromstöße durch meinen Körper. Ich wische mir hastig den Regen aus dem Gesicht und sehe plötzlich klarer als jemals zuvor.

Leemal steht mit dem Rücken zu mir und stapelt allerhand Artefakte kunstvoll zu einer Pyramide. Er wirkt hoch konzentriert, schenkt der Welt um sich herum keinerlei Beachtung. Diese Selbstzufriedenheit wird seine Pläne zunichtemachen, schwöre ich mir.

Ich schüre die Angst in mir, befeure meine Magie und lasse die Insignie des Hauses Tefnut hervortreten. Auf meiner Handfläche entstehen bereits die ersten Funken, noch ehe ich mich bewusst dafür entscheide, Feuer zu materialisieren. Zwischen zwei Schlägen meines rasenden Herzens baut sich eine Feuerwand vor mir auf, die ungeachtet des Windes und des peitschenden Regens mit einer leichten Handbewegung von mir über das Dach auf Leemal zurollt.

Der sofort entstehende Nebel verschleiert meine Sicht, und der Geruch nach heißem Bitumen brennt mir in der Kehle, sodass ich nur mit Mühe den Hustenreiz unterdrücken kann.

Der kurze Augenblick der Erleichterung weicht sofort der Panik, die mich wie ein unerwarteter Schlag in den Magen trifft, nachdem sich der Rauch gelichtet hat und ich sehe, wie Leemal mit zutiefst zufriedenem Ausdruck im Gesicht zu mir sieht. Er holt etwas aus seiner Hosentasche und hält den Zwilling hoch. Eine leuchtende Supernova, seine Hülle geformt zu einer gleichmäßigen Pyramide. Der Schlussstein.

Mein Herzschlag setzt aus, als die Erkenntnis durch mich hindurchsickert. Der Zwilling muss eine Art Schutzkreis erzeugen. Leemal steht unberührt von meiner Feuersbrunst inmitten des tobenden Sturms und trotz der Orkanwinde bewegt sich weder seine Kleidung noch rühren sich seine Haare. Auch sein Bauwerk wurde verschont.

Das Gesicht völlig emotionslos, wendet er sich wieder seinem Vorhaben zu. Ich gebe nicht auf. Die Luft um mich herum vibriert vor Erwartung, als ich sie zusammenballe. Die Nebelschwaden verziehen sich, ich muss mich inzwischen mit vollem Körpereinsatz gegen den Wind stemmen, ansonsten würde er mich unaufhaltsam nach hinten schieben. Ich suche nach einer Lösung. In meiner Verzweiflung versuche ich, die wenigen unbeschadeten Wurzeln des Dachgrüns zu erreichen. Mehr als ein leichtes Beben bringe ich nicht zustande, die Erschütterung lässt mich, weil ich mich nicht länger gegen die Böen stemmen kann.

Oder doch?

Leemal hält in seiner Bewegung inne und spannt sich an. Es sind drei Artefakte übrig, die er noch aufstapeln muss. Dringt die Magie der Erde wirklich bis zu ihm durch? Ich will in Jubel ausbrechen, halte mich jedoch zurück und konzentriere mich auf die Angst, die meinen Kontakt zum Element Erde stärkt. Weitere Beben fahren durch die Schicht aus Erde, Steinen und Wurzeln unter meinen Füßen.

Ich glaube, Leemals Wutschrei zu hören. Vielleicht ist es aber auch nur das Heulen des Windes. Dann sieht er auf. Blickt mir mit seinen kalten Augen direkt entgegen und kneift sie dann leicht zusammen.

Dann prallt seine Fähigkeit mit einer solchen Macht auf mich ein, dass ich mich nicht rechtzeitig wehren und meine Schutzschilde hochziehen kann. Habe ich zuvor noch Angst und Wut empfinden können, die mich befeuerten, als ich an den drohenden Tod meiner Freunde gedacht habe, bin ich nun dazu nicht mehr in der Lage. Mein Körper fällt in sich zusammen, als wären meine Knochen plötzlich aus Gummi.

Traurigkeit, flüstert mein Unterbewusstsein mit einem letzten Aufbegehren, ehe mich die Emotion komplett überrollt und sämtliche Kraft aus mir weicht. Ich fühle mich, als hätte ich bereits alles verloren, als wäre mein Kampf zu Ende, und ich erkenne erneut, wie mächtig die Gabe des Hauses Seth wirklich ist.

Warum kämpfen, wenn man den Gegner fühlen lassen kann, dass er bereits verloren hat. Es ist mir bewusst, dass es nicht meine eigenen Gefühle sind, und dennoch erliege ich ihnen. Ich habe keine Gelegenheit mehr, mich meinem Schicksal zu widersetzen. Ich sinke auf die Knie, falle zur Seite und rolle mich zusammen.

Tränen vermischen sich mit dem Regen, der mein Gesicht hinabrinnt. Mit stockenden Atemzügen verfolge ich, wie Leemal das nächste Artefakt zur Pyramide aufschichtet.

Ich habe alle verloren. Ich konnte Leemal nicht einmal eine Minute aufhalten. Meine Mutter, meine Freunde, all die Menschen auf der Erde … Ich habe sie nicht schützen können.

Meine eigene Traurigkeit darüber addiert sich zu Leemals falschen Emotionen und presst das letzte bisschen Energie aus mir heraus. Ich sehe Leemal, wie er den Zwilling wieder aus der Tasche zieht. Ich verstehe, warum die Vision kurz zuvor aus dieser Perspektive war. Ich habe auch in ihr hier auf der Erde gelegen und aufgegeben. Ich hätte es besser wissen sollen. Ich habe erst dafür gesorgt, dass ich allein hier ende, dass sich die Vision erfüllt. Ich hätte die anderen nicht ausschließen dürfen. Noch einmal verfolge ich, wie Leemal den pyramidenförmigen Zwilling als Schlussstein auf die anderen Artefakte legt und endlose Blitze über den nun schwarzen Himmel zucken. Das Ende der Welt.

Die Vision ist zur Realität geworden.

Ich will nicht sehen, wie die Welt endet, und schließe die Lider. Unter mir erzittert das Gebäude, ich spüre, wie ich falle. Eiskaltes Salzwasser empfängt mich und zieht mich in die Tiefe. Instinktiv reiße ich die Augen auf und sehe nichts als Dunkelheit. Ich will schreien, doch es hat keinen Sinn mehr.

43

Miami – Florida, 21. Juni

Ich will noch immer schreien. Eine Hand liegt fest auf meinen Mund gepresst, ein Arm umschlingt meine Kehle und drückt meinen Rücken gegen einen warmen Körper, zieht mich nach hinten, sodass ich nur stolpernd mitgehen kann, während Regen schmerzhaft auf mich niederprasselt. Eine Stimme zischt in mein Ohr, ich solle endlich still sein.

Mein Nacken prickelt, während sich die Insignie des Hauses Nephthys in meine Haut zurückzieht.

Beim Diĝir! Es war eine Vision!

Ich will nach Luft schnappen, brauche Sauerstoff. Das Gefühl des Wassers in meinem Mund, meinem Hals will nicht aus meinem Kopf weichen. Die Hand presst sich noch immer auf meine Lippen und meine Kehle ist viel zu eng. Da bemerke ich, dass ich noch immer schreie, es versuche, und nur dieser feste Griff verhindert, dass der Laut über den Sturm hinweg zu hören ist.

Sofort verstumme ich. Der Druck lässt nach und ich sauge gierig den Sauerstoff ein. Die Arme geben mich frei und ich stütze mich keuchend auf die Oberschenkel.

»Endlich!«, sagt Malak, sodass ich ihn kaum hören kann.

»Was tust du hier?«, will ich fragen, doch es kommt nur

ein Krächzen über meine Lippen. Ich schlucke mehrmals, versuche, meine Kehle wieder zu lockern.

»Nicht sprechen. Ich habe eine andere Mission. Mit Magie können wir ihn nicht aufhalten.«

Er deutet mit einem Nicken um die Ecke, hinter die er mich gezogen hat. Woher weiß er, dass Leemal vom Zwilling geschützt wird?

Es ist eine Falle. Er wird uns wieder verraten.

Eiseskälte kriecht in jeden Winkel meines Körpers, als Malak eine Menschenwaffe hinter seinem Rücken hervorzieht und sie auf mich richtet. Ich halte den Atem an und entspanne mich erst, als der unsichere Moment des Zweifels vorbeizieht und Malak die Waffe leise entsichert und auf den Boden richtet.

»Du musst ihn ablenken.« Malaks Worte sind nur ein Hauch in meinem Ohr. Ob es tatsächlich funktionieren wird? Eine einfache Pistole, eine magielose Menschenwaffe?

Dann geht mir durch den Kopf, dass ich früher Angst vor den Erdmenschen hatte. Angst davor, wie mächtig und tödlich sie sind, weil sie Waffen haben, die anders sind als unsere. Vielleicht wird diese Angst nicht ohne Grund schon im Kleinkindalter geschürt. Ich wage es, einen kleinen Funken Hoffnung in mir aufglimmen zu lassen, und nicke Malak entschlossen zu.

Nach einem tiefen Atemzug biege ich um die Ecke und die Bilder der Vision passen eins zu eins aufeinander. Leemal legt gerade eins der Artefakte zu seinen Füßen auf den Stapel vor sich. Ich muss ihn ablenken, daher mache ich das, was ich auch in meiner Vision getan habe: Ich schüre meine Angst, sammle das Feuer in meiner Handfläche und schleudere es auf ihn. Natürlich bleibt er von den Flammen verschont.

Wo steckt Malak mit seiner Waffe?

Ich halte mich an die Vision und bringe den Boden zum Erzittern. Noch immer kein Zeichen von Malak. Auch nicht, als ich mich gegen das Nachfolgende zu wappnen versuche, doch erneut bin ich Leemals Macht haushoch unterlegen. Wieder drückt die Traurigkeit mich nieder, bis ich in Embryonalhaltung am Boden liege und mir vorstelle, wie ich alles noch einmal beobachten muss, ohne dass Malak eingreift.

Malaks weiterer Verrat ist das Letzte, woran ich denke, ehe ich die Augen schließe wie in der Vision, noch ehe die Blitze am Himmel zucken.

Ein Knall lässt sie mich wieder aufreißen, und ich sehe Malak wie in Zeitlupe zusammenbrechen, den Mund zu einem Schmerzensschrei weit aufgerissen.

Mit einem Schlag verschwindet die Traurigkeit, die mich auf dem Boden gehalten hat, und ich springe auf.

Leemal steht von mir abgewandt, sein helles Hemd ist auf Bauchhöhe von Blut getränkt. Er fixiert Malak und zwingt ihn mit seiner Macht ebenso auf den Boden wie mich zuvor. Ich muss eingreifen, sehe mich nach einer Waffe um, die mir im Kampf gegen ihn hilft. Doch außer kleinen Steinen ist hier nichts.

Malaks Körper bebt unter dem Druck von Leemals Macht. Ich schleiche näher an den General. Ein Windstoß bringt mich zum Taumeln, und ich stoße gegen ein gusseisernes Pflanzgitter, das daraufhin krachend umfällt und Leemal aufschreckt. Doch er sieht nicht mich an. Ich folge seinem Blick und traue meinen Augen nicht.

»Hast du gedacht, wir würden dich und meinen Freund alleinlassen?« Yasmeen wirft mir ein Grinsen zu. Doch der lockere Spruch und das festgefrorene Lächeln täuschen nicht über ihre Anspannung hinweg. Ihre Arme zittern, als sie mir ein Schwert zuwirft. Eins, wie es auch Riaz und Dante in den Händen halten, von denen sie flankiert wird.

Leemal hat für meine Freunde nur ein Kopfschütteln übrig und wendet sich dem letzten Artefakt zu und positioniert es auf der Pyramide.

»Was tut ihr hier?«, frage ich, bekomme jedoch keine Antwort mehr.

Yasmeen erschaudert und ist im nächsten Augenblick verschwunden. Ich sehe zu Boden und aus ihrer Kleidung schlüpft eine Schlange hervor, die kurz züngelnd Richtung Riaz und Dante nickt, ehe sie sich auf Leemal zuschlängelt.

»Wir können ihn nicht mit Magie bekämpfen«, wiederholt Riaz Malaks Worte, ehe er sich entschlossen aufrichtet, das Schwert erhebt und auf die Pyramide zustürmt. Dante folgt ihm, ich spüre jedoch sein Zögern. Trotz seines Verhaltens ist Leemal sein Vater. Niemand sollte gegen seinen eigenen Vater kämpfen müssen.

Ich verharre noch eine Sekunde, überlege, wie ich ihm helfen kann, doch ich komme auf keine Lösung, außer ihm zuvorzukommen. Ihn nicht den tödlichen Hieb ausführen zu lassen, der ihn auf ewig verfolgen wird.

Ich stürze an ihm vorbei und komme zeitgleich mit Riaz bei Leemal an, der soeben den Zwilling aus der Tasche zieht. Wie bei einem Spiegelbild heben Riaz und ich zeitgleich unsere Schwerter. Ein leises Zischen zu unseren Füßen und ein Huschen im Augenwinkel lenken mich ab. Ich sehe nach unten, auf Yasmeen, die soeben zum Biss ansetzt und nach vorne schnellt.

Leemal hat sie zu spät kommen sehen, sein Gesicht verzieht sich vor Wut, und Yasmeen wird zur Seite geschleudert.

Sie landet reglos in einer Pfütze. Malaks Aufschrei ist ein Echo meines eigenen. Er versucht, sich gegen Leemals Magie zu stemmen, doch auch er wird erneut niedergerungen.

Ich lege all meine Wut auf Leemal in die Drehung meines Körpers, um ihm mit voller Kraft das Schwert in die Seite zu rammen. Er weicht mir gekonnt aus. Ebenso wie Riaz' darauffolgendem Schlag. Es ist, als würde er unsere Bewegungen vorhersehen. Für Dante hat er einen noch abfälligeren Blick übrig, der vor Enttäuschung nur so trieft, ehe er sich blitzschnell bückt und den Zwilling auf die Pyramide setzt.

Das grelle Licht der Blitze nimmt mir die Sicht. Das anschließende Donnergrollen gleicht einem harten Schlag auf die Ohren.

Riaz, Dante und ich verharren einen kurzen Moment, ehe wir gleichzeitig die Schwerter zum nächsten Schlag schwingen. Leemal kann Dante und mir ausweichen, Riaz' Schwert jedoch streift ihn am Oberschenkel. Das Gesicht des Generals verzieht sich kurz vor Schmerz. Schmerz, der ihn zu befeuern scheint. In seinen Augen liegt ein irrer Glanz, ehe er sich kurz zu den Jungen umdreht und ich das Om aus seinem Nacken hervortreten sehe.

Der falsche Schmerz wirft uns alle zu Boden, ehe das PAMM unter uns von den ersten Beben erschüttert wird. Die gesamte Pyramide, jedes einzelne Artefakt, leuchtet nun wie zuvor der Zwilling. Die Magie pulsiert, bereit, alles Leben zu zerstören.

44

Miami – Florida, 21. Juni

Der Himmel gleicht einem leuchtenden Vorhang. Die vielen Linien, die sich ihren Weg durch die Dunkelheit bahnen, sind wunderschön. Ein feines leuchtendes Gitter vor tiefdunklem Schwarz.

Leemals Manipulation wird plötzlich von Angst verdrängt, die nicht von mir ausgeht. Magie tastet sich von einer anderen Seite heran. Ich weiß, was Dante vorhat. Er rettet mich erneut und zeigt mir den Weg zu meiner Macht. Mein Puls rast so schnell wie nie zuvor in meinem Leben. Nackte Angst kriecht mir in den Nacken. Es fällt mir immer leichter, mich gegen Leemals Einfluss zu wehren. Ich stemme mich hoch. Dante erhebt sich ebenfalls und stellt sich aufrecht neben mich, Strähnen seiner Haare kleben ihm im Gesicht.

Schweißperlen mischen sich mit den prasselnden Regentropfen und rinnen mir von der Stirn, während ich Leemals Kräfte visualisiere und seine Emotionen von uns wegschiebe. Riaz kommt keuchend auf die Beine. Der Schmerz hat seinem Gesicht sämtliche Farbe entzogen. Doch meine Magie wirkt wie ein Schild, der meine Freunde vor Leemals Übergriff schützt. Im zuckenden Blitzlicht sieht Riaz aus wie ein Geist.

Ich atme dem Schmerz entgegen, heiße die Angst willkommen, die Dante auf mich zuschiebt und die meine Magie befeuert. Mutters Worte hallen in meinem Gedächtnis nach: »*Du hast eine Verbindung zum Zwilling. Lerne, seine Energie zu lenken. Er reagiert auf dich.*« Ich sehe wieder vor mir, wie der Zwilling im Takt meines Herzens schlug, als ich ihn in der Hand hielt. Ich konnte ihn beruhigen, als ich mich selbst beruhigt habe.

»Verschwindet!«, keuche ich.

Als sich keiner der beiden rührt, wiederhole ich meinen Befehl und schaue zu beiden Seiten. Dante tritt mit erhobenem Kinn näher und schüttelt kurz den Kopf. Ich sehe in seine grünen Augen, sehe die gemeinsam erlebte Zeit hier auf der Erde.

»Ich werde dich niemals alleinlassen.« Seine Worte haben so viel Gewicht, das sich unendlich potenziert, als er nach meiner Hand greift und seine Magie von ihm zu mir fließt.

»Niemals«, echot Riaz auf meiner anderen Seite. Mit einem Blick in seine blauen Augen zieht unser gemeinsames Leben durch meine Gedanken. Das Leben, das wir uns erträumt haben und das uns niemals vergönnt war. Wortlos tippt er sich an die Stelle über seiner Brust, an der er die Narbe unseres Zeichens trägt, was für ein warmes Gefühl in meinem Bauch sorgt, ehe er meine Hand greift und seine Finger fest mit meinen verschränkt.

Dann stehe ich in Flammen. Weiße, heißeste Flammen brennen sich durch meine Adern, während ich noch versuche, die Emotion zu benennen, die meine wahren Kräfte entfacht: Es ist nicht die Angst. Es ist Vertrauen.

Von mir geht ein Strahlen aus, das dem Leuchten der Pyramide mit dem Zwilling zu Leemals Beinen in nichts nachsteht. Ich spüre die Verbindung zu dem heiligen Kristall, seine Energie fließt in sichtbaren Wellen die Seiten der Pyramide entlang, sie ist es, die die Erde zum Erbeben bringt, die die Luft bis in die Atmosphäre hoch mit Energie tränkt, die sich in Blitzen entlädt.

»Du hast eine Verbindung zum Zwilling. Lerne, seine Energie zu lenken. Er reagiert auf dich.«

Und ich lasse es zu. Ich lenke seine Energie auf Leemal. Auf seinem Gesicht zeichnet sich der Schock ab, dieser wird von der nackten Angst abgelöst, mit der er uns zuvor niedergerungen hat. Seine Miene verzieht sich zu einer Maske blanken Horrors. Kreidebleich öffnet er den Mund zu einem für uns unhörbaren Schrei.

Aus den Augenwinkeln sehe ich, wie Dante den Blick abwendet. Ein Echo seines Schmerzes dringt zu mir hindurch. Ich drücke seine Hand fester, während er die Augen schließt. Dann ist es vorbei. Leemal sackt zusammen. Doch der Zwilling lässt noch immer seine Energie auf diese Welt los.

Die ersten Blitze gehen nieder. Ihre Einschläge erfolgen irgendwo in der Ferne. Doch die nächsten lassen nicht lange auf sich warten. Im Sekundentakt wird die Stadt getroffen. Auch weit entfernt am Horizont geht das Leuchten auf die Erde nieder. Ich sehe Flammen, die selbst von dem starken Regen nicht gelöscht werden. Der Wind nährt das Feuer.

Und dann ist es von einem Moment zum anderen vorbei. Der Wind, gegen den ich mich wie von selbst gelehnt habe, um das Gleichgewicht nicht zu verlieren, ist fort. Ich stolpere nach vorne, entreiße Riaz und Dante meine Hände, um mich beim Fallen abzustützen. Der Regen prasselt nicht weiter auf uns ein. Die Blitze sind nur noch ein letztes kurzes Leuchten am Himmel, ehe sie verschwinden.

Es herrscht Totenstille. Ich wage kaum zu atmen, während ich mich auf allen vieren langsam umsehe. Die Pyramide sendet noch weiter ihre pulsierende Magie aus, sie fließt unaufhaltsam durch das Dach des Museums, und von tief unter uns ist ein dunkles Grollen zu hören.

Es ist noch nicht vorbei.

45

Miami – Florida, 21. Juni

Die Magie des Zwillings wird weiter bis in die untersten Erdschichten vordringen. Ich weiß aus dem Unterricht, dass die riesigen Wellen, die bald auf die Küsten der Erde zurollen werden, größer sind als alles, was die Menschen dieser Ära jemals gesehen haben.

Ich krieche kraftlos auf allen vieren voran, schiebe mich dem Zwilling entgegen. Die Verbindung zu ihm wird stärker, je näher ich ihm komme. Hinter mir erklingen Schreie, doch ich kann mich nicht darum kümmern. Mühsam überwinde ich den letzten Meter und hebe die Hand.

Ich wappne mich gegen den Schmerz der ersten Berührung. Doch wie auch beim Training meiner Mutter belebt mich der Zwilling und ich kann mich endlich aufrichten und hinknien. Seine Magie fließt nun über meine Hand hinweg weiter, das Grollen aus der Tiefe nimmt zu, die ersten Erschütterungen sind spürbar. Bald werden die Vulkane weltweit entlang der Kontinentalplatten ausbrechen, ihr Feuer über die Welt ergießen, das dann von den Wellen verschlungen wird, die alles unter sich begraben.

Ich schließe die Augen und konzentriere mich. Das Stakkato meines Herzschlages dröhnt in meinem Ohr. Endlich nehme ich jedoch das synchrone Pulsieren des Zwillings wahr, und die Gewissheit steigt, dass ich seine Magie stoppen muss, um alle zu retten. Dieser Druck macht es nur noch schlimmer. Ich atme bemüht ruhig aus und ein, doch mein Inneres kann ich damit nicht beeindrucken. Ich beschwöre Bilder herauf. Bilder, die mich beruhigen. Die Bilder aus dem Seelenspiegel: meine Mutter. Unser gemeinsames Leben auf Heliopolis, ehe sich alles veränderte.

Die Energie des Zwillings quillt ungebremst weiter.

Ich denke an Riaz, an unsere *Verlobung*. An das Gefühl tiefer Liebe, in die er mich in jedem Moment des Zusammenseins einhüllt.

Meine Atemzüge werden tiefer, doch es reicht nicht aus. Ich öffne die Augen und blicke zum Himmel hinauf. Die dunklen Wolken über mir scheinen zu wachsen, quellen auf und erdrücken mich.

Dann ist da dieser eine Gedankenblitz. Dieses eine Bild – und in mir regt sich etwas. Ein Kuss, der nicht hätte sein sollen. Der Kuss von Dante und Akasha. Mein Herzschlag gerät für einen kurzen Moment ins Stolpern. Eine innere Wärme durchflutet mich, ein Gefühl des Nachhausekommens. Ich halte die Erinnerungen an Hailey und Nicolas fest, genieße jeden einzelnen Moment zwischen ihnen und ich … entspanne mich.

Der Zwilling in meiner Hand folgt dem Takt meines Herzens. Die Magie tritt weiter aus, doch es ist nicht länger die zerstörerische Macht von zuvor. Die innere Stimme, die mich herausfordert, die mich fragt, warum ausgerechnet Dante die Lösung ist, schiebe ich von mir. Ich werde mich später damit auseinandersetzen.

Wenn ich es geschafft habe. Mühsam beschwöre ich Bild

für Bild herauf, bis ich kraftlos zur Seite kippe. Der Zwilling rollt aus meiner Hand. Er strahlt nur noch in seinem gewohnten Licht.

Binnen Sekunden schlingen sich starke Arme um mich, richten mich auf, ich werde gegen eine muskulöse Brust gepresst. Ich nehme Riaz' Minzgeruch tief in mich auf, und trotz des Wissens, dass ich eben die Erde vor einer neuen Sintflut bewahrt habe, regt sich mein schlechtes Gewissen ihm gegenüber. Sein Daumen kreist sanft über meinen Handrücken.

»Du hast uns alle gerettet«, flüstert er in mein Ohr, und seine Hände sind plötzlich überall, als hätte er Sorge, dass ich mich auflösen könnte. Unweit neben uns liegt Leemals lebloser Körper. Ich schlucke gegen die Säure an, die meinen Hals emporsteigt. Ich schwanke zwischen dem Glücksgefühl, es geschafft zu haben, und dem fauligen Geschmack des Wissens, jemanden in vollem Bewusstsein getötet zu haben. Mir ist klar, dass ich Letzteres niemals ganz überwinden würde. Riaz setzt sich anders hin, sodass ich Leemal nicht mehr ansehen muss.

Ich sehe mich erschöpft um und mein Blick streift den Dantes. Der Schmerz seines Verlustes fühlt sich an wie mein eigener, ehe er sich abwendet und mit hastigen Schritten davongeht.

Ich sehe zu Riaz auf und er nickt, hilft mir sogar, mich auf meine wackeligen Beine zu stellen. Jeder einzelne Muskel scheint überlastet. Womit habe ich sein Verständnis verdient? Ich schiebe den Gedanken von mir, um Dante zu folgen und mit ihm zu sprechen.

Doch ich verliere ihn aus den Augen, als mir meine Mutter, Mazen und Allaz entgegenstürmen, dicht gefolgt von seinen Kriegern. Sie jubeln, als sie Leemal am Boden sehen, was mir den Magen umdreht. Ich würge mehrmals, ehe ich mich übergebe.

Eine Hand legt sich auf meinen Rücken und streichelt in sanften Kreisen darüber. Ich weiß, dass es Riaz ist. Mein Herz weiß es.

Als ich mir den Mund mit einer Ecke meines Tops abwische und mich wieder aufrichte, sehe ich, wie die Siedler die Artefakte einsammeln. Die Supernova des Zwillings ist nirgendwo zu sehen. Vielleicht hat er seine Magie verbraucht.

Malak, meine Mutter und Allaz knien neben Yasmeen, die sich eben benommen aufrichtet, nachdem sie sich wieder zurückverwandelt hat. Mazen reicht ihr ihre Kleidung und sie streift schnell das T-Shirt über und zieht danach auf wackeligen Beinen den Rest an. Malak weicht nicht von ihrer Seite. Ebenso wenig wie Riaz mir von der Seite weicht.

Die nächste Stunde verschwimmt zu einem verwischten Gemälde aus prickelnder Magie und dunklen Schatten bei der Erinnerung an Leemal. Riaz ist immer da, hält mich fest. Vorsichtig, als könne ich zerbrechen. Vielleicht werde ich das noch. Ich fühle mich, als bestünde ich aus Glas, das aufgrund zahlreicher Risse bei der nächsten Berührung zu zerspringen droht.

Wir verlassen die Dachterrasse des Pérez Art Museum als Letztes. Riaz stützt mich mehr, als dass ich selbst gehe. Was ich getan habe – einen Menschen, einen der Unseren, Dantes Vater, getötet zu haben –, lastet schwerer auf mir als Leemals aufgezwungene Emotionen. Ich weiß nicht, ob diese Last jemals von mir lassen wird oder ob ich dadurch mein Leben lang an ihn erinnert werde.

Riaz drückt mir einen Kuss auf die Schläfe, eher er mich weiterzieht. Wir folgen den beiden Soldaten, die Leemal zwischen sich tragen.

Der Platz vor dem Museum ist menschenleer. Vor dem aufziehenden Sturm haben sich die meisten Bewohner Miamis in Sicherheit gebracht. Entwurzelte Palmen liegen mitten auf dem Parkplatz, im Hintergrund diejenigen, die den Orkan überstanden haben. Überall liegen Büsche, Holz- und Metallteile. Die Zerstörung ist allgegenwärtig. Das Zelt einer Umweltorganisation liegt zerstört auf dem Boden, bedeckt zur Hälfte ein Schild, das davor warnt, dass die Erde sich rächen wird, wenn man sie weiter ausbeutet. Beinahe hätte ich darüber gelacht, wie knapp sie nur danebenliegen.

Die Wahrheit werden sie niemals erfahren.

Genauso wenig wie all die Menschen in den Jahrtausenden zuvor. Entweder sie überleben die Eingriffe in ihre Geschichte unbemerkt – oder sie sterben in einer weiteren Sintflut.

Es gibt nichts dazwischen.

46

Miami – Florida, 21. Juni

Die Welt jenseits der Autoscheibe zieht in Schlieren an mir vorüber, ohne dass ich etwas erkenne. Ich sitze, fest an Riaz gepresst, in der Mitte der Rückbank zwischen ihm und Mazen. Keiner spricht ein Wort, bis wir auf den holprigen Weg zur Siedlung einbiegen.

»Es war richtig«, flüstert Riaz mir zu, und ich schlucke.

Wieder und wieder habe ich mir eingeredet, dass es wirklich richtig war, Leemal zu töten, dass es keine andere Lösung gab. Und wieder und wieder hat meine innere Stimme protestiert.

Die lauten Jubelrufe dringen selbst durch die geschlossenen Fenster und reißen mich zumindest teilweise aus meiner Lethargie, die mich jedes Mal überkommt, wenn ich den erstarrten Leemal vor meinem inneren Auge sehe. Nein, um Leemal trauere ich nur bedingt. Es ist Dante, dem dieses Gefühl gewidmet ist. Er musste dabei zusehen, wie sein eigener Vater durch unsere verbundene Magie getötet wurde. Ich trauere um den Jungen, der als Nicolas endlich glücklich war. Kann er es jemals wieder werden, befreit von seinem Vater?

Ich versuche loszulassen. Ich kann Leemal nicht mein restliches Leben bestimmen lassen. Wir sind frei. Die Erde ist außer Gefahr.

Kaum dass der Wagen hält, werden die Türen aufgerissen und die heiße, nach Erde riechende Luft der Siedlung dringt auf mich ein. Sie ist beruhigend, sodass mit jedem Atemzug ein wenig Druck von meinem Brustkorb weicht.

Mechanisch steige ich aus, schwimme mit der Masse zu dem großen Platz, auf den meine Mutter mich wenige Stunden zuvor geführt hat. Mir kommt es vor, als wäre ich seitdem um Jahre gealtert, als wäre ich ein anderer Mensch.

Wir werden wie Helden gefeiert, die Siedler um uns haben in Windeseile ein Fest organisiert, Tische und Bänke wachsen aus dem erdigen Untergrund empor und kurz darauf werden duftende Speisen gereicht. Für mich fühlt es sich nicht wie eine Siegesfeier an. Etwas ist falsch. Etwas, das ich einfach nicht ignorieren kann. Doch den anderen zuliebe stelle ich eine gute Miene zur Schau. Vor allem für meine Mutter, die regelrecht von einem zum anderen Tisch schwebt, indessen wirft sie Allaz immer wieder ein glückliches Lächeln zu.

Während ich sie und die frohen Siedler beobachte, lausche ich Malaks Erklärung, die er den wissbegierigen Siedlern gibt:

»Mein Vater wäre hier so glücklich geworden.« Er senkt den Blick, und auch ich schlucke kurz, als ich wieder vor mir sehe, wie Afzals lebloser Körper von Soldaten auf dem Schiff weggeschleppt wird und eine Blutspur auf dem Boden hinterlässt. Yasmeen rückt näher zu Malak, und er entspannt sich ein wenig, doch ein Schatten verbleibt auf seinem Gesicht. Heute ist Malak der strahlende Held, den sie immer in ihm gesehen hat. Er hat sich, ohne zu zögern und ohne jegliche Magie, Leemal entgegengestellt.

Ich gönne ihr das Glück, auch wenn sich mein eigener Magen zusammenzieht, als Riaz meine Hand nimmt und sanft drückt. Ich verstehe mich selbst nicht, doch in mir scheinen noch immer zwei Herzen zu schlagen: das von Hailey und das von Akasha. Und jede hat ihr Herz einem anderen geschenkt. Ich weiß, dass ich nicht ewig so weitermachen kann, dass ich Riaz die Wahrheit sagen, mich entscheiden muss. Doch nicht heute. Heute ist schon genug passiert.

Riaz zieht mich näher an sich und drückt mir einen Kuss auf die Haare. Akashas Herz macht einen Satz, meine Haut kribbelt vor Anspannung, lechzt nach mehr. Doch Riaz rückt wieder etwas ab. Trotz der schwülen Hitze in der Siedlung wird mir kalt. Ich begreife, dass Riaz es bereits weiß, und blinzle gegen die Tränen an.

Noch einen Tag, sage ich mir. *Morgen werde ich darüber sprechen können.*

Es ist eine Ausrede. Mein Herz hängt, seit ich denken kann, an Riaz, und doch kann ich ihm nicht sagen, dass ich nur ihn liebe, jederzeit ihn wählen würde. Obwohl er es ist, der hier bei mir sitzt, mich hält, mich unterstützt. Niemand hat Dante mehr gesehen, nachdem er die Dachterrasse des PAMM verlassen hat. Nachdem ich seinen Vater getötet habe.

Ich schiebe den Gedanken beiseite und konzentriere mich auf Malak, den Helden des Tages. Der Kreis unserer Zuhörer ist angewachsen. Es müssen an die hundert sein, vermutlich nahezu alle Bewohner der Siedlung, die nun um uns herumstehen.

»Als wir draußen auf dem Parkplatz standen und begriffen haben, dass du dich allein gegen Leemal stellen würdest, wusste ich, dass es nicht klappen konnte. Eine Geschichte meines Vaters fiel mir wieder ein. Warum die Menschen für uns überlegen sind. Ihrer Technik hat Magie nichts entgegenzusetzen.« Malak lässt den Blick über seine Zuhörer gleiten. »Jetzt weiß ich, dass diese Gefahr nicht die ist, die man auf Heliopolis heraufbeschwört. Aber dennoch habe ich gehofft, dass darin etwas Wahres steckt. Wir mussten nur darauf setzen, dass du tust, was du immer tust. Andere selbstlos retten. Dante hatte keinerlei Zweifel.« Ein Stich in meinem Herzen. Riaz neben mir spannt sich an. Die Stimmung kippt binnen eines Wimpernschlags. Die Leute scheinen es zu spüren.

Ich will Riaz nicht beschämen und fragen, ob Malak weiß, wo Dante steckt. Eine ungemütliche Stille senkt sich über die gesamte Siedlung. Allaz' Räuspern schreckt mich auf.

»Malak hatte recht mit seiner Einschätzung und er konnte die anderen gemeinsam mit Dante überzeugen. Zusammen konntet ihr es schaffen.«

Jubelrufe sind die Antwort darauf, die Schar um uns herum wendet sich wieder den eigenen Plätzen zu. Es herrscht eine ausgelassene Stimmung.

Malak wird noch weiter gelöchert, um alte Geschichten seines Vaters gebeten und zieht gemeinsam mit Yasmeen von Tisch zu Tisch, wo die Becher auf uns erhoben werden. Alle stoßen auf Erdmenschenart auf den größten Sieg in der Geschichte der Siedler, der Geschichte der Erde an.

Riaz und ich sitzen allein da. Die Sonne verschwindet irgendwann hinter den Erdbauten. Kerzen und Fackeln werden entzündet. Nicht mit Magie, sondern mit Feuerzeugen. Als ich in die tanzenden Flammen starre, fühle ich mich an den Tag meiner Initiation zurückversetzt. Als ich die ältere Frau des Hauses Tefnut beobachtet habe, die lebensechte Flammen erschaffen konnte.

Dante hatte recht. Ich bin nun eine andere. Damals war mein sehnlichster Wunsch, mit Riaz zusammen sein zu können. Aber was möchte ich jetzt, wo ich es könnte? Ich muss mir eingestehen, dass ich jetzt keine Antwort darauf habe. In mir herrscht eine Leere, die zunehmend von einem Unwohlsein aufgefüllt wird. Ich kann es nicht einschätzen. Zumindest noch nicht.

Plötzlich spüre ich, wie sich die Luft verändert, die Stimmung sich wandelt. Stille breitet sich von meiner linken Seite her aus. Ich spanne mich an, suche nach dem Grund und entdecke eins der Kinder der Siedlung an der Seite meiner Mutter zwischen die Tische treten. Binnen Sekunden herrscht Ruhe in der gesamten Siedlung und alle sehen erwartungsvoll zu dem Mädchen mit den langen braunen Haaren. Es ist das älteste der Kinder, die ich kennengelernt habe, ich schätze es auf vielleicht vierzehn Jahre. Das Gesicht hat noch leichte Rundungen an den Wangen, die sich aber bereits verlieren. Die großen dunklen Augen leuchten, als das Mädchen, von Vorfreude gepackt, ihre Finger schüttelt und die Knöchel knacken lässt, was mich erschaudern lässt.

Meine Mutter legt dem Mädchen eine Kette um den Hals, an der ein kleines Tonstück baumelt. Ein Artefakt. Gleich wird Magie gewirkt.

»Genießt Leahs Vorführung. Wir haben sie uns verdient.« Meine Mutter tritt zurück und jemand löscht die Fackeln rund um uns herum. Die plötzliche Dunkelheit verunsichert mich, und instinktiv rücke ich näher an Riaz, der leise aufatmet, als wäre meine Nähe für ihn Erleichterung.

Gemeinsam warten wir, welche Gabe Leah wohl haben mag. Sie lässt, schwach beleuchtet von den Kerzen, auf den Tischen noch einmal ihre Finger tanzen, als würde sie

Klavier spielen, dann reißt sie die nach oben, und Funken sprühen aus ihren Fingerspitzen. Jubelschreie hallen über den Platz, die Leah motivieren.

Sie tanzt umher, springt auf und ab, von Seite zu Seite, während sie immer mehr Funken in allen erdenklichen Farben in die Luft über uns malt. Es ist nicht mit den menschlichen Feuerwerken zu vergleichen. Sie lässt Bilder entstehen, richtige Bilder, zeichnet einen Drachen vor das Dunkel des Himmels, dann ein Meer mit zahlreichen Tieren und Pflanzen, so farbenfroh, dass ich am liebsten hineintauchen würde. Dann macht sie eine kurze Pause. Wir sitzen im schwachen Kerzenlicht da, und keiner wagt es auch nur zu atmen, ehe Leah zum Höhepunkt der Vorstellung ansetzt. Einer detailgetreuen, farbenprächtigen Darbietung dessen, was im Initiationsraum an der lebendigen Wand dargestellt wird: die Geschichte der Menschheit, die Kämpfe auf der Erde, die Sintflut, das sich erhebende Raumschiff Atum und das Emporwachsen der Letzten Stadt aus dem Nichts. Zuletzt erscheint der gewundene Tempel mit den acht Türmen der Häuser. Sie hat ihn nie gesehen, also muss hier jemand Bilder davon gemalt haben. Ich bin froh, dass auch die Kinder von gemischtem Blut von ihrem Ursprung erfahren und die wahre Geschichte der Menschheit gelehrt wird.

Ein Funkenregen geht auf den Tempel nieder, ehe die Bilder verblassen. Mehrere Herzschläge lang herrscht absolute Stille, ehe der begeisterte Applaus losbricht, der durch die gesamten Glades hallen muss.

Die Fackeln werden eben wieder entzündet, als mein Nacken so stark kribbelt, dass ich erschaudere. Riaz bemerkt es und sieht mich fragend an. Ich stehe wie von einer höheren Macht gelenkt auf und bitte ihn, mich kurz zu entschuldigen, ehe ich ihm einen schnellen Kuss auf die Stirn drücke und zwischen den Bänken hindurchgehe.

Einer Eingebung folgend, betrete ich das große Erdgebäude, in dem am Nachmittag Allaz' Krieger gewartet haben. Die Tür schließt sich langsam hinter mir und die Geräusche der Feiernden rücken in weite Ferne. Mein Blick gleitet über die vielen Fackeln, die den großen Raum beleuchten. Die Bänke sind zur Seite gerückt worden und mitten im Saal liegt ein aufgebahrter Leichnam.

Meine Atmung setzt aus. Ich weiß nicht, was ich erwartet habe, aber für Leemal scheint ein traditionelles Totenritual vorgesehen zu sein. Vielleicht glauben auch die Siedler wie die Alten in Heliopolis, dass die Magie zum Ursprung zurückkehren muss, um wieder einen neuen Wirt zu finden. Doch mich schockiert es. Was hat mich zu diesem Ort geführt?

Zögernd trete ich näher an die einfache Bahre aus Erde. Leemals Kopf ist zur Seite geneigt, er sieht aus, als würde er schlafen, und ich beginne zu zittern. Meine Magie tränkt die Luft, bis ich die Furcht zurückdränge. Er ist tot. Ich selbst habe ihn getötet. Vielleicht musste ich ihn noch einmal sehen, um es zu akzeptieren, vielleicht eines Tages damit abschließen zu können.

Leemals lange Haare sind zur Seite gekämmt, damit der Nacken freiliegt, wie es sich für das Totenritual gehört. Die Insignie muss aus dem Körper weichen können, heißt es in den alten Schriften. Sie darf nicht behindert werden.

Eine Böe wirbelt seine Haare auf und ich sehe mich um. Meine Mutter betritt den Raum.

»Ich bin stolz auf dich, *Amira.*«

Mutters Kleidung raschelt, als sie näher tritt und ihre Hand sanft meinen Arm streift.

»Doch du weißt, dass es noch nicht zu Ende ist.« Ich begehre gegen die eindringenden Bilder auf, möchte auch nicht hören, was Lenora zu sagen hat. Und dennoch spricht sie es aus. »Es wird weitere Expeditionen zur Erde geben, Eingriffe in unser aller Leben.« Sie wirft einen kurzen Blick zu Leemals Körper. »Solange Heliopolis existiert, wird die Erde immer kurz vor dem Untergang stehen. Zaahir wird weitere Soldaten entsenden, wird erneut versuchen, dich und den Zwilling zu finden und die Erde den Ahnen angemessen zu gestalten.« Mit ihren nächsten Worten sorgt sie für eine Eiseskälte, die meinen Körper durchdringt: »Du musst ihm zuvorkommen.«

Danke!

Bei keinem Projekt zuvor haben mich so viele wundervolle Menschen so intensiv begleitet. Begonnen hat alles bei meiner wundervollen Agentin Franziska Hoffmann von Meller Literary Agency, die vom ersten Moment an ihre Begeisterung für »Heliopolis« ausgedrückt hat. Dein Glaube hat mich auch die Durststrecken durchstehen lassen und ich genieße jedes Gespräch mit dir.

Ich danke Susanne Bertels von Loewe für die vielen Telefonate, die Diskussionen und das Auflösen so mancher Knoten. Ich liebe das, was wir gemeinsam aus dem Manuskript gemacht haben.

Danke an Ramona Karl, die das perfekte Äußere für »Heliopolis« geschaffen hat. Ich fiebere jeder einzelnen Mail von dir entgegen. Dasselbe gilt für die wundervolle Franziska Frank von Loewe, die mich immer wieder motiviert und meine Ideen unterstützt.

Dann gibt es da Menschen, ohne die das Schreiben sehr einsam wäre. Danke an meine wundervollen Kolleginnen, die mich motivieren, anschubsen und, wenn es sein muss, in den Hintern treten (ich revanchiere mich immer wieder gerne!):

Tanja Voosen, Felicitas Brandt, Lisa Rosenbecker, Nina MacKay, Ava Reed, Amelie Murmann, Carina Mueller, Valentina Fast und Kim Kestner (jetzt hoffe ich, dass ich niemanden vergessen habe – wenn ja, dann muss hier irgendwer von Haus Geb anwesend sein).

Während all der chaotischen Phasen, die ein Projekt durchläuft – insbesondere der des Lektorats –, haben mein Mann und meine Kinder einen Orden dafür verdient, dass sie mich nicht schon längst zum Ursprung gewünscht haben. Danke, dass ihr mich ertragt und mich immer unterstützt. Danke, Liebling. Danke, Colin. Danke, Nico. Ihr seid die beste Familie der Welt!

Einen extra Dank hat meine Mama verdient, die mich immer fleißig mit Süßigkeiten zur Motivation versorgt und uns regelmäßig mit Essen beliefert, als würden wir ohne gleich verhungern.

Der allergrößte Dank gilt jedoch meinen LeserInnen, ohne die es nicht möglich gewesen wäre, die Geschichte der Menschheit neu zu schreiben …

Ich danke dir, dass du zu diesem Buch gegriffen hast, und freue mich über jedes Feedback. Egal ob per Mail, auf Facebook, Instagram, Twitter oder in Form einer kurzen Lesermeinung in den Shops. Nur so weiß ich, ob all das, was ich mir für die Geschichte gewünscht habe, auch wirklich funktioniert hat. Also bitte: Überschwemmt mich mit Bildern und Nachrichten. Ich freue mich!

Wir sehen uns in Heliopolis.